U0485060

安徽文学史
ANHUI WENXUESHI

第三卷（现当代）

主编◎唐先田 陈友冰

本卷编著◎唐先田 杨四平 等

时代出版传媒股份有限公司
安徽文艺出版社

图书在版编目（CIP）数据

安徽文学史. 第三卷（现当代）/唐先田，陈友冰主编. —合肥：安徽文艺出版社，2013.12（2019.5重印）
　ISBN 978-7-5396-4750-0

Ⅰ.①安… Ⅱ.①唐… ②陈… Ⅲ.①地方文学史－安徽省－现代②地方文学史－安徽省－当代 Ⅳ.①I209.954

中国版本图书馆CIP数据核字(2013)第255625号

出　版　人：朱寒冬		扉页题签：唐先田	
责任编辑：秦　雯		装帧设计：许含章　徐　睿	

出版发行：时代出版传媒股份有限公司　www.press-mart.com
　　　　　安徽文艺出版社　　　www.awpub.com
地　　　址：合肥市翡翠路1118号　　邮政编码：230071
营　销　部：(0551)63533889
印　　　制：安徽新华印刷股份有限公司　　(0551)65859551

开本：700×1000　1/16　印张：37.5　字数：560千字
版次：2013年11月第1版　2019年5月第2版
　　　2019年5月第2次印刷
定价：90.00元（精装）

（如发现印装质量问题，影响阅读，请与出版社联系调换）
版权所有，侵权必究

内容简介

《安徽文学史》是第一部安徽地域文学史，首次系统地评述皖籍暨在皖人士的文学思想与创作成就，总结从先秦到当代安徽文学的地域文化特征、历史演变以及与大中华文化的传承关系和邻近的吴楚文学、齐鲁文学的相互影响，探究安徽文学的发生发展及创新规律，并揭示出安徽文学在中国文学中的地位、作用及对中国文学的独特贡献。全书分三卷，共一百多万字，资料完备，史论结合，代表着安徽文学史研究的最新成果。

主编简介

唐先田，安徽宿松人，安徽省文学学会会长，中国作家协会会员，编审，1993年起享受国务院特殊津贴。曾任安徽省社会科学院副院长。著有《寻找生活的主旋律》《红豆集》《文论长短录》《追求和谐》《随意集》《中国散文小说简论》等。

陈友冰，安徽省社会科学院研究员，台湾大学、安徽大学客座教授。著有《海峡两岸唐代文学研究史》（上下卷，国家社会科学基金项目）、《新时期中国古典文学研究述论》（第二、三卷，教育部文科重点研究基地安徽师范大学中国诗学研究中心重点课题）、《考槃在涧：中国古典诗歌的结构与表达》《唐代文学研究论著集成》（八卷十册、台湾"中华文化发展基金"项目），并在《中国社会科学》《文学评论》《文学遗产》《国际中国学研究》（日本）、《中语中文学》（韩国）等国内外杂志上发表论文多篇。

目　录

第六编　现代安徽文学

第一章　走在文学革命前列的现代安徽文学 / 003

第二章　陈独秀与胡适的文学革命 / 011
第一节　陈独秀与文学革命 / 011
第二节　胡适的文学主张与白话诗尝试 / 019

第三章　灿若群星的现代安徽诗歌 / 037
第一节　陈独秀的旧体诗 / 037
第二节　汪静之与湖畔诗社 / 052
第三节　朱湘与现代格律诗 / 064
第四节　方令孺、方玮德与新月诗派 / 075
第五节　许承尧、吕碧城的旧体诗词 / 082
第六节　田间与街头诗运动 / 087

第四章　现代安徽作家与鲁迅 / 100
第一节　皖西作家群与未名社 / 100
第二节　台静农与"鲁迅风范" / 116

第五章　现代安徽作家的小说创作与文艺研究 / 126
第一节　张恨水的现代言情章回体小说 / 126
第二节　蒋光慈与现代中国普罗文学 / 136

第三节　吴组缃的社会剖析小说／147

第四节　苏雪林及其创作／156

第五节　美国女作家赛珍珠在宿州等地的经历及文学创作／167

第六节　阿英的"力的文艺"／176

第七节　朱光潜的京派文艺批评／187

第七编　当代安徽文学

第一章　五彩斑斓的当代安徽文学／199

第二章　当代安徽文学四杰：陈登科、公刘、鲁彦周、严阵／209

第一节　陈登科奇特坎坷的创作道路／209

第二节　公刘的诗歌创作／218

第三节　鲁彦周的小说、戏剧、电影创作／227

第四节　严阵的诗文创作／239

第三章　当代安徽作家的小说创作／249

第一节　江流的文学创作／249

第二节　张弦的短篇小说创作／255

第三节　刘克的创作道路／263

第四节　周而复的小说创作／270

第五节　肖马的小说创作／280

第六节　祝兴义的小说创作／290

第七节　石楠的传记小说创作／296

第八节　彭拜的历史小说创作／306

第九节　戴厚英的小说创作／312

第十节　曹玉模的小说创作／322

第十一节　完颜海瑞的小说创作／328

第十二节　刘先平的大自然文学／335

第十三节　黄复彩、耿龙祥、孙肖平、徐瑛、海涛、沙丙德的小说创作 / 345

第十四节　熊尚志、陈源斌、李平易、裴章传、杨小凡的小说创作 / 359

第四章　新时期崛起的安徽中青年作家 / 374

第一节　季宇的小说创作 / 374

第二节　许辉的小说创作 / 380

第三节　潘军的小说创作 / 387

第四节　许春樵的小说创作 / 397

第五节　徐贵祥的军旅题材小说 / 407

第五章　当代安徽诗人的诗歌创作 / 416

第一节　韩瀚的诗文创作 / 416

第二节　刘祖慈的诗歌创作 / 423

第三节　梁小斌的朦胧诗与"片断写作" / 430

第四节　海子的诗歌创作 / 440

第五节　林散之的旧体诗词创作 / 448

第六节　赵朴初的诗词曲创作 / 457

第七节　丁宁、宋亦英、刘夜烽、徐味、邹人煜的旧体诗词创作 / 463

第八节　陈所巨的诗文创作 / 478

第九节　那沙、贾梦雷、张万舒、玛金、徐子芳、时红军的诗歌创作 / 487

第十节　陈先发、梁如云、贺东久、贺羡泉、沈天鸿、杨键、祝凤鸣的诗歌创作 / 498

第六章　当代安徽作家的散文、报告文学及其他方面的创作 / 520

第一节　王英琦的散文创作 / 520

第二节　白榕、刘湘如、潘小平、苏北、徐迅的散文创作 / 526

第三节　张锲、陈桂棣、温跃渊、高正文的报告文学创作 / 535

第四节　陆洪非、金全才的戏剧创作 / 545

第五节　苏中、舒芜、李何林、吕荧的文学研究 / 557

第六节　皖籍台港暨海外华人的文学创作／570

后记／591
《安徽文学史》修订后记／593

第六编　现代安徽文学

第一章　走在文学革命前列的现代安徽文学

在中国现代史上,安徽文学界的先驱们,为文学的革命与创新奔走呼号、身体力行,为推动中国文学的发展做出了可贵的努力。在中国新文学草创之初,以胡适和陈独秀为首,安徽现代文学一马当先、冲锋陷阵,引领时代风潮,在刊物创办、理论提倡和文学创作等方面具有开风气之先的典范作用。

首先值得提到的是,在新文化运动和文学革命运动中,陈独秀创办的刊物,发挥了功不可没的推波助澜的作用。在20世纪90年代兴起的"文化热"中,学者们从对文学的内部研究进而转向对文学的外部研究,报刊研究成为现代文学研究中的热点。毕竟报刊不但为文学作品的发表提供了园地,还体现了编辑者的审美理想,以及常常在报刊发表文章的作者们的大体相同的文学趣味,而且为文学的传播与接受营构了对话性的公共空间,影响了文化风尚。1915年,陈独秀在上海创办《青年杂志》,1916年出第2卷时改名为《新青年》。它是在"通商口岸报刊"启发下创办的。这是现代以来中国最重要的刊物,空前绝后!无与伦比!在创刊词《敬告青年》里,陈独秀明确提出"民主"和"科学"的口号,一时间应者云聚,纷纷撰写文章,批判旧道德、旧文学,提倡新道德、新文学,发生了意义非凡的五四新文化运动。自此,中国历史上的"现代"时期正式到来。试想,如果没有陈独秀,没有他创办的《新青年》,没有他提出的极具感染力的现代口号,新文化运动、文学革命、现代文学会不会发生?中国历史会不会在五四时期出现那种划时代意义的大拐弯?可以这样说:没有陈独秀,何来五四?没有《新青年》,何来新文化运动?五四新文学的最具有代表性的作品几乎都是在《新青年》上发表的,胡适、陈独秀等人的文学革命理论文章、胡适等人的第一批白话新诗、鲁迅的《狂人日记》等都由《新青年》推出,然后产生了深入持久的影响。由此可见,《新青年》与现代中国文学的密切关系。当然,我们不能忽视《新青年》除在文学方面的影响外,在思想和文化等领域也曾经起到过的启蒙作用。1918年,陈独秀又创办了影响也很大的《每周评论》。1919年1月《每周评论》第5号发表了周作人的重要文章《平民文学》。周作人在该文中径直提出著名的文学口号"为人生的文学",进而提出"以真为主,美即在其中"的新文学的创作原则,成为文学研究会成员一致认同和追求的创作主张和创作目标。新时期以来,《新青年》研究已经成为现代中国文化、现代中国思想、现代中国出版和现代中国文学研究领域里的一门显学,取得了丰硕的学术成果。

其次,从理论创建上看,胡适和陈独秀率先在国内提倡"文学革命",他们举起文学革命的大旗,掀起了轰轰烈烈的文学革命运动,揭开了中国现代文学的序幕。他们提倡文学革命并非偶然,是时代风潮把他们推到了风口浪尖,并最终成为文学革命的弄潮儿。众所周知,在胡适、陈独秀提出文学革命之前,晚清一批知识分子如黄遵宪、梁启超等就已经着手变革文学,只不过他们是在旧的思想框架内对中国文学进行一些"微调",没能肩负起文学革命的使命。一般文学史著作都认为,标志着发出五四文学革命先声的理论文章是胡适的《文学改良刍议》和陈独秀的《文学革命论》。尽管有人已经提出现代中国文学的起点可以上溯到陈季同的《黄衫客传》那里,上溯到晚清,乃至上溯到晚明,但是它们都没有撼动胡适和陈独秀这两篇文章开现代中国文学风气之先的地位。它们均被认为是文学革命的第一号、第二号宣言。作为第一号文学革命宣言的胡适的《文学改良刍议》发表在《新青年》1917年1月第2卷第5号上。作为第二号文学革命宣言的陈独秀的《文学革命论》发表在《新青年》1917年2月第2卷第6号上。前者提出了掷地有声的文学革命的"八事"主张,即"须言之有物、不模仿古人、须讲求文法、不作无病之呻吟、务去滥调套语、不用典、不讲对仗、不避俗字俗句"。后者提出了广有影响的"三大主义",即"推倒雕琢的、阿谀的贵族文学,建设平易的、抒情的国民文学;推倒陈腐的、铺张的古典文学,建设新鲜的、立诚的写实文学;推倒迂晦的、艰涩的山林文学,建设明了的、通俗的社会文学"。不管是胡适的"八事"主张,还是陈独秀的"三大主义",都是把矛头直接对准旧文学,要求对之进行一场革命,创作出从内容到形式上都是新的现代文学。他们的主张立即得到了五四文学先驱者如刘半农、钱玄同等人的热烈响应,并渐渐形成了文学革命的高潮。

在亡国灭种的危难时刻,安徽的陈独秀、胡适等人对于旧文化的"清谈"之风已是深恶痛绝,视之若敌,坚决与之决绝。陈独秀直呼:"有不顾迂儒之毁誉,明目张胆以与十八妖魔宣战者乎?予愿拖四十二生的大炮,为之前驱!"陈独秀文学革命的对象是"明之前后七子及八家文派之归方刘姚"这样的"十八妖魔",其实,还包括以老子学说为代表的形而上思想。陈独秀甚至把胡适封为"攻击老子学说及形而上学的司令",同时断然指出:"改良中国文学,当以白话为文学正宗之说,其是非甚明,必不容反对者有讨论之余地,必以吾辈所主张者为绝对之是,而不容他人之匡正也。"[1]由此可见陈独秀、胡适等人文学革命的磅礴气势与坚定决心。"文言亡国""旧文学亡国"成为许多现代知识分子的共识。胡适从建设"国语的文学,文学的国语"入手,深化文学革命。他说:"这二千年的文人所做的文学都是死的,都是用已经死了的语言文字做的。死文字决不能产出活文学。所以中国这二千年只有死文学,只有些没有价值的死文学。……中国若想有活文学,必须用白话,必须用国语,必须做国语的文学。"[2]这就使得胡适提倡"伦理道德革命"有了强有力的"抓手",使得反对旧道德、旧文学与建立新道德、新文学有机联系起来,使得文学革命、文化革命和思想革命能有机联系起来。

为什么陈独秀、胡适毫不留情地拿曾令安徽人引以为傲的"桐城古文派"开刀?因为"桐城派"是清代作家众多、影响最大的古文派。在乾嘉期间,流传着"天下文章其在桐城"的说法。桐城文法不只影响时人的创作,而且还影响到跨国语际文化交流。当年,严复、林纾就用桐城文法向国人译介西学。桐城派的文论体系和古文运动的产生,肇始于方苞,他的"义法论"为桐城派奠基;刘大櫆承前启后,他的"积字成句,积句成章,积章成篇,合而读

---

[1] 陈独秀答胡适函,1917年4月。
[2] 胡适:《建设的文学革命论》,刊《新青年》,1918年4月第4卷第4号。

之,音节见矣,歌而咏之,神气出矣",丰富了桐城派的文论内涵;集大成者姚鼐强调"义理、考据、词章,三者不可偏废",使桐城派文论体系日臻完整周密;此外,还有"姚门四杰"梅曾亮、管同、方东树、姚莹,曾国藩及"曾门四弟子"张裕钊、吴汝纶、薛福成、黎庶昌以及林纾、姚永朴、姚永概等继承发扬了桐城派文风。桐城派所提倡的阐发儒家的"义理"以及"清真雅正"的文风已经与时代发展严重脱节,所以,在五四初期,当林纾不识时务,仍然在鼓吹"尊孔读经"时,很快被五四文学先驱们痛斥为"桐城谬种""选学妖孽"(钱玄同语)。在这个历史重大转折时期,以桐城派为代表的中国古典文学,已经到了穷途末路的地步,成为历史向前发展的障碍。当然,我们不能因此全盘否定桐城派,像梁启超所说的"不能以其末流之堕落,归咎于作始"①。申言之,在看到桐城派的历史惰性时,也应该看到它曾经是历史的推动力,同时,也还在作为一种文学资源与新文学保持着紧密的内在联系,比如,它的内容与形式并重、徘徊于"文"与"道"之间的文论观念;比如,它所倡导纯正的文学品格,都是严肃文学向来所追求的。

在对待像桐城派这样的旧文化的态度上,陈独秀采取的是毅然决然的革命态度,表现出文化激进主义倾向。而胡适在批判桐城派的同时,还有所选择地传承桐城派文化。胡适十分肯定曾国藩以及桐城派末代传人的人格,能以"持平"的心态,看待桐城派在中国文化史上的功过,他认为,桐城派古文的长处在于"甘心做通顺的文章,不妄做假古董"②;而且,胡适文学"八事"主张里的"言之有物"与方苞的"古文义法"有渊源关系。从这里,我们可以看出对待旧文化,胡适的文化态度是自由主义的。在五四后期,由于派系斗争和学术逻辑的演进,北大章门部分弟子联络皖籍学人陈独秀、胡适等一致批判桐城派,造成了北大英美派与江浙派之间的派系争斗,使得新文化阵营分化。胡适开始发起"整理国故"运动,目的是想使人知道被历史神圣化了的

---

① 梁启超:《清代学术概论》,上海:上海古籍出版社,1998 年版。
② 胡适:《胡适文存四集》,合肥:黄山书社,1996 年版,第 188 页。

国学也不过如此，一方面重整已经被"分化"了的文化队伍，另一方面也促使国学与本土学术的近代化。我们不能把胡适五四后期的这种"文化复兴"简单地判定是"复古"，是"守成"，因为胡适从来就不曾激进过。以梅光迪、胡先骕、柳诒徵、吴宓为代表的"学衡派"，不是反对"科学与民主"，而是反对文学革命的"全盘否定中国文化传统"和"全盘西化"。他们认为文学革命在打倒孔家店的同时，也把儒家所提倡的"心性之学"之类的人文精神也否弃了，把维系中华民族文明几千年的文脉也给斩断了，所谓的新文化运动成了无源之水、无本之木。不同于胡适的采用杜威的实用主义去整理国故，梅光迪是继承其师白璧德的新人文精神，要在现代中国提倡新人文运动。这种影响波及近年力主重建传统精神的新儒学。梅光迪的这种对待新文化运动的态度被解读成保守主义。也就是说，在安徽现代文学发轫时，激进主义文化、自由主义文化和保守主义文化之间的相互激荡，为安徽新文学的发生发展提供了现代化和世界化的精神资源，从而催生了安徽新文学的发生发展，规划了安徽新文学未来发展的格局与走向。

在新旧文化激荡中，文学革命时期的安徽新文学首先要求摆脱"文以载道""代圣贤立言"等封建文学的传统观念。陈独秀在《文学革命论》里指斥："文学本非为载道而设，而自昌黎以讫曾国藩所谓载道之文，不过抄袭孔孟以来极肤浅、极空泛之门面语而已"，唐宋八家的"文以载道"与八股家的"代圣贤立言"是同一鼻孔出气，进而提出上面提到的文学革命的"三大主义"。陈独秀把改革文学的内容放在了重中之重的地位。陈独秀、胡适主张政治和文化上的平民主义，主张以欧洲19世纪资产阶级"写实主义"文学为楷模，"赤裸裸地抒情写世"。他们要把文学从封建宗法礼教的捆绑中解放出来，反对把文学当作说教的工具，想使文学凸显自身的主体性，从而能够独立起来。但是，他们也陷入了难以自圆其说的悖论之中：他们要反对文学载"封建"之道，但又要文学载"现代"之道，也就是说，其实，文学革命继承了中国传统文化向来偏向理性的传统，依然重视文学理性，而忽视了文学的非理性精神这一至关重要的实质，这就从根本上影响了现代中国文学的精神向度和思想深度。

最后,我们要谈到是文学革命时期,安徽的文学创作也是开风气之先的。文学革命时期的安徽新文学气势很大。陈独秀、胡适是这一时期的旗手,他们眼界开阔,站在时代的潮头,用全新的意识,引进"活"的文学观念,主张用"写实主义""浪漫主义"等现代文学表现手法和技巧来创作"新文学",从而开创有别于旧文学的新文学谱系。为了给新文学提供样板,胡适按照他意念中的新诗标准,参照英美意象派作品,摸索着写出了一种叫作白话新诗的东西,并于1920年3月出版,取名为《尝试集》,目的是"要想把这本集子所代表的'实验的精神'贡献给全国的文人,请他们大家都来尝试尝试"①。此乃中国现代文学史上第一本纯属个人的新诗集。因此,我们完全可以说胡适是中国新诗写作的第一人,是新诗的"老祖宗"。他的这些诗是践行他自己的"诗体大解放""诗该怎样做,就怎样做""话怎么说,诗就怎么写""要须作诗如作文"等诗歌革命和新诗理想的初步结果。他自认为,其中的《老鸦》《老洛伯》《应该》《希望》《一颗星儿》《威权》《乐观》《上山》等14首是理想中的白话新诗。尽管人们常常指责胡适的这些诗"很像一个缠过脚后来放大的妇人""未能尽脱文言窠臼",但是人们还是不得不承认"头一个放脚人的功劳,对于后来是深而且大的"。胡适否弃古诗的格律,用书面的白话来写诗,虽然没有像郭沫若那样明确提出按照诗人内在情绪的消长来写诗,但也是按自然的形式来写实抒情的。对百年新诗写作来说,胡适是第一个"吃螃蟹"的人。自此,人们知道了新诗应该是一个什么面目,乃至该如何写了。总之,在胡适、陈独秀的感召之下,安徽的文学精英云集响应,他们自愿结社、办刊办报、精心写作、相互砥砺、共同提高。这就有了与安徽新文学密切相关的各种新文学社团。汪静之与友人建立湖畔诗社,在胡适的帮助下,他出版的情诗集《蕙的风》,以自己的"胆颤而心寒"令当时整个旧道德的遗老遗少们也"胆颤而心寒"! 同时,激起了一场关于文学道德与不道德的论争,周作人等站到了

---

① 胡适:《尝试集·自序》,上海:亚东图书馆,1920年版。

汪静之一边，为汪静之这些诗所颂扬的"新道德"而击掌叫好，使得《蕙的风》成为20世纪20年代有影响的新诗集之一。朱湘、方令孺、方玮德等都是新月派成员，在现实与唯美之间写作浪漫主义新诗，尤其是他们对诗歌"本质的醇正、技巧的周密和格律的谨严"（陈梦家语）的唯美追求，他们量体裁衣的诗式探索，赢得了诗界的赞誉。当年，方玮德死后不久，闻一多曾撰文以方玮德的诗歌作为诗歌创作的圭臬与衡量诗歌的标尺。20世纪20年代，安徽的皖西形成了一个作家群体，有台静农、韦丛芜、韦素园、李霁野等，他们在鲁迅的指导下，从事创作与翻译，成立了未名社、莽原社。他们都受到鲁迅的影响，表现出现实主义创作倾向。其中，韦氏兄弟和李霁野的翻译成就十分巨大，台静农的小说创作则比较突出。台静农是早期乡土小说派作家，他的小说集《地之子》出版后，鲁迅称其是难见的"优秀之作"，而且，在编《中国新文学大系》小说二集时，鲁迅把自己的4篇小说"打头"，而将台静农的4篇小说"殿后"，足见鲁迅对台静农小说的推崇。还有曾任上海大东书局总编辑的章衣萍，与鲁迅筹办《语丝》月刊，是重要撰稿人，系"语丝派"成员。完全可以想象，如果没有这些安徽新文学作家的参与和贡献，现代中国文学史上的文学社团与文学流派会有多么黯淡啊！反过来说，正是这些优秀的安徽新文学作家的组建或加盟，才使得现代中国文学史上这些文学社团和文学流派光耀史册。那个时期，被誉为"中国的巴尔扎克"的张恨水，通过其数量惊人的现代社会言情小说写作和抗战小说写作，使得现代中国文学传统文化现代化、大众化以及长篇章回小说文体现代化，其成功的"说故事、写人物"的写作模式，为现代中国作家职业化树立了典范。总之，经过陈独秀、胡适和这些安徽新文学作家的共同努力，文学革命时期的安徽文学创造出了不朽的文学辉煌，为现代中国文学树立了新的典范，开创了新的写作范式，成就了新的文学经典。

　　文学的现代性、世界性也是文学革命时期安徽新文学的理想和追求。那时，安徽新文学作家几乎都接受过良好的新式教育，他们或在国内知名大学继续接受高等教育，或在那里任教。尤为可喜的是，不少安徽新文学作家留学欧美或日本,比如,胡适和朱湘就留学美国,陈独秀也在日本早稻田大学读过书。这些教育背景使他们眼界大开,而且切身感受到西方现代文明和进步,因此,激起了他们改变旧中国面貌的豪情和理想。所以,他们要以世界先进的文学观念来改造国内陈腐文学,努力使本国文学跟上世界先进文学发展水平。同时,为了使更多的人了解世界文学,并参与新文学建设,他们还主动译介了大量西方著名作品和文学理论著作。正是这些切实有效的工作为现代中国重新"造血""换氧",从而使得现代中国文学的新生儿得以产生,并渐渐长大。有的作家虽然没有出国留学,但是这并不表示他就没有世界眼光和远大抱负,比如,台静农在中学时期就立志要"立定脚跟撑世界,放开斗胆吸文明"。

由此,我们看到,文学革命时期的安徽新文学起点高、观点新、成就巨大,尤具开风气之先的价值和意义。

第二章　陈独秀与胡适的文学革命

中国的新文学革命不能不提到两个人，一个是陈独秀，一个是胡适。他们都是安徽人，他们在现代文化史、现代文学史上的贡献，将会随着历史的演进而愈加显现。

第一节　陈独秀与文学革命

陈独秀(1879—1942)，原名乾生，字仲甫，号实庵，安徽怀宁人。1896年中秀才。次年入浙江求是书院学习。因发表反清文章被通缉，遂赴日本留学。1902年为反对《中俄密约》回国，在安徽芜湖创办《安徽俗话报》，与柏文蔚等组织岳王会，进行反清斗争。1905年加入同盟会。1912年任安徽省都督府秘书长。此后参加"二次革命"，失败后被捕入狱，出狱后到日本。1915年9月在上海创办《青年杂志》(从第2卷起改名《新青年》)，倡导新文化运动。1917年任北京大学文科学长。次年与李大钊等创办《每周评论》，宣传马克思主义。1919年参加领导五四运动。次年4月与李大钊等人会见共产国际派来的第一位使者魏金斯基，就建立共产党问题进行商谈，建议其拜会孙中山。9月发起组织上海共产主义小组。12月应陈炯明之请到广州任广东革命政府教育委员会委员长，重新组建广州共产党组织。中国共产党一大至五大当选为中央局书记、中央执行委员会委员长、总书记。在上海与国民党领导人张继会谈，表示坚决支持孙中山。1922年与李大钊率先加入国民党，被孙中山指定为国民党改进案起草委员会委员。1924年1月被孙中山指派为国民党"一大"代表，未出席。1926年"中山舰事件"后写信给共产国际，建议退出国民党，改为党外联盟。1927年"八七会议"后被撤销总书记职务。次年拒绝出席中共六大。1929年11月被开除出党。12月15日与彭述之等发表《我们的政治意见书》，在上海成立"托派"组织。1931年5月在上海成立"中国共产党左派反对派"，出任总书记。次年被国民党政府逮捕入狱。

中国民权保障同盟"请将陈独秀案作公开审判"。1937年8月获释。抗日战争期间多次发表文章及演讲,赞同建立抗日民族统一战线。此期的陈独秀既同"托派"组织脱离关系,亦拒绝张国焘拉拢另立"共产党"。1942年5月27日在四川江津病逝。著有《独秀文存》等。他的座右铭是"推倒一时豪杰,扩拓万古心胸"。

陈独秀早期的思想发生过激烈的变化。一开始读八股,考科举,受到"选学妖孽"之影响。自从读到了《时务报》后,他的思想受到了现代意义上的启蒙,明白了知识分子的社会责任和担当,开始关心起现代民族、国家的大业来。由此,他的思想倾向于"康梁派"的维新改良。留学日本期间,他开始大量阅读西方民主政治的书刊,思想变得更加激进起来,进而从"改良"转向"革命"了。回国后,他组织学社学会,创办报刊,大力提倡并践行革命。只不过,陈独秀的"革命"经由了从社会革命到思想文化革命再到政治革命的变化。

陈独秀的文学思想与梁启超的文学思想有相通之处,都主张以文学去启发民众。也就是说,他们都是把文学当作"新民""新国"的手段,其工具理性很明显。为了达到这一目标,早在"文学革命"之前,陈独秀就主张平民文学。比如,他十分看重戏曲这种妇孺皆知的大众化文艺形式。为此,他撰写了《论戏曲》,试图通过传统戏曲的形式传输革命思想。

真正引发陈独秀提出文学革命理论的是,他在编《青年杂志》过程中发现了很多必须革命的文学问题;同时,也得益于与老乡胡适的交往及其以后的深入合作。虽然是老乡,而且都很有声望,但他们两人原本并不相识,是在亚东图书馆经理汪孟邹的介绍下,二人开始了书信往来,共商文学革命之盛事。1916年2月3日,胡适给陈独秀写信说:"今日欲为祖国造新文学,宜从输入欧西名著入手,使国中人士有所取法,有所观摩,然后乃有自己创造之新文学可言也""译书须择其与国人心理接近者先译之,未容躐等也。贵报所载王尔德之《意中人》虽佳,然似非吾国今日士夫所能领会也"①。同年 8 月,胡适又写信给陈独秀表示,既不赞成《青年杂志》发表如陈独秀的好友谢无量的古典主义诗歌,也不同意陈独秀关于写实主义的文学主张。胡适的这些想法后来在 1917 年《新青年》第 2 卷第 5 号发表的《文学改良刍议》里得到了集中的提炼与体现。

身为同一战壕里的"战友",作为一种积极的文学回应,1917 年 2 月 1 日,陈独秀在《新青年》第 2 卷第 6 号发表了具有世纪影响的战斗檄文《文学革命论》,把锋利的矛头直接指向孔教,首当其冲的是"桐城谬种、选学妖孽"的桐城派文论;同时,明确提出了具有文学革命号角性质的"三大主义"——"曰,推倒雕琢的、阿谀的贵族文学,建设平易的、抒情的国民文学;曰,推倒陈腐的、铺张的古典文学,建设新鲜的、立诚的写实文学;曰,推倒迂晦的、艰涩的山林文学,建设明了的、通俗的社会文学"。在高举民主和科学旗帜下,陈独秀提倡的"国民文学""写实文学"和"社会文学",其实都是要建设新型的"白话文学"。对于白话文学的建设,他认为有三件重要的事情要做:"首当有比较的统一的国语;其次则需要创造国语文典;再其次国之人多以国语著书立说。"②他从文学形式讲到了文学范本,又从文学范本讲到了理想的落实,只有把这"三要件"都做好了,才能打败旧文学、旧道德,建立新文学、新道德。

陈独秀反对"文以载道",也就是反对文学宣扬封建思想。为此,他特地把文学区分为"应用之文"和"文学之文"。他说:"应用之文,以理为主;文学

---

① 陈独秀:《致胡适》,转引自中国社会科学院近代史所民国史组编《胡适来往书信选》(上),北京:中华书局,1979 年版,第 3 页。
② 陈独秀:《陈独秀著作选》(第 1 卷),任建树编,上海:上海人民出版社,1993 年版。

之文,以情为主。"①所以,他曾经在他的古诗里说,但丁、拜伦是他的老师。②陈独秀所要建设的白话文学是写实主义和自然主义的文学。

在文学革命初期,由于受到历史进化论观念的影响,五四文学先驱几乎都相信欧洲文学发展经过了古典主义、浪漫主义、现实主义、自然主义和新浪漫主义等各阶段。而且以此作为参照,认为中国古典文学停滞于古典主义与浪漫主义之间,不再能往前发展了,于是,文学要发展就必须对文学进行革命,而革命的武器就是写实主义和自然主义。其实,在陈独秀的认识中,"写实主义"与"现实主义"是没有什么区别的。而且,他所说的"现实主义"与巴尔扎克等人的"现实主义"有很大的不同。陈独秀所理解的"现实主义"是比较主观化的,大约指那种具有社会政治关怀的通俗文学,也就是那种"大众化"和"社会化"的文学。

同时,陈独秀所谓的"自然主义"又与左拉"绝对客观性"的自然主义和龚古尔的"部分主观"的自然主义也不同,也是那种主观化的现实主义。正如李欧梵指出的那样:"虽然陈独秀讨厌传统文学的精英主义,他的大众化倾向却仍旧是模糊的。他所理解的那种新文学顶多只能称之为'社会现实主义',不一定是社会主义的或无产阶级的文学。凡是现实主义地、真实地描写社会各种人物生活不同方面的新文学作品,只要不属于'少数贵族'的,他大约都会欢迎。在这一早期阶段,他还不是只专注于更具阶级意识的工农方向。陈独秀虽然拟议出一种范围更广泛的新文学,但他并没有提出创造这样一种文学的具体办法"③,而是胡适率先提出并践行的。

---

① 陈独秀:《陈独秀著作选》(第1卷),任建树编,上海:上海人民出版社,1993年版。

② 见陈独秀的《本事诗》十首中的第四首:"丹顿裴伦是我师,才如江海命如丝。朱弦休为佳人绝,孤愤酸情欲语谁?"转引自安庆陈独秀学术研究会编注的《陈独秀诗存》,合肥:安徽教育出版社,2003年版,第30页。

③ 李欧梵:《文学潮流(一):追求现代性(1895—1927)》,转见费正清主编《剑桥中华民国史(1912—1949)》第1部,上海:上海人民出版社,1991年版。

陈独秀一边提倡文学革命,一边从事文学创作。从写诗的角度来看,他既写古体诗又写白话诗。早在1986年由张君编的《陈独秀诗选》作为内部资料印出。直到1993年,由任建树、靳树鹏和李岳山编的《陈独秀诗选》才由时代文艺出版社正式出版。刘半农早在20世纪30年代就说:"陈仲甫先生白话文做得很多,旧体诗做得很多,白话诗就我所知道的,只有《除夕》一首,这一首的原稿也保存下来了。"①

为了切实推进"科学""民主",并且使国人开阔眼界,陈独秀还用古体诗形式翻译外国诗歌。1915年,陈独秀通过英文读本翻译了"印度青年尊为先觉"的泰戈尔的四首诗《赞歌》,意在借此推动新文化运动。同时,陈独秀还翻译了美国国歌《亚美利加》,其中的译句反复出现"自由",如"爱吾土兮自由乡""自由之歌声抑扬""自由名族之所宅""自由之歌乐其雍""自由创造汝之矩""自由灵光耀吾土",可见陈独秀对民主自由是何其神往!陈独秀是想使"老大帝国"变身为现代化强国。陈独秀的这首译作与《赞歌》一同发表在1915年10月《青年杂志》第1卷第2号上。陈独秀是文化引进的先驱,是高举现代化火炬的先觉,是"五四运动的总司令"。他的现代思想和革命行动得到了新文化运动同仁的赞扬,尤其是1919年6月11日,当陈独秀去北京新世界亲自散发自己写的《北京市民宣言》,遭到北洋军阀政府逮捕入狱,并被关押80多天后,李大钊、胡适、刘半农、沈尹默等纷纷写诗声援支持他。刘半农在《D——!》里称陈独秀为"牺牲的神",并说我们"只在黑夜中远远的仰望着你"。李大钊在《欢迎陈独秀出狱》里高歌:"因为你拥护真理,所以真理拥护你";同时,高度肯定陈独秀作为时代先锋的模范引领作用:"我们现在有了很多的化身,同时奋起"。这些新诗都发表在1919年11月1日《新青年》第6号上。这里尤其要提到时任北京大学庶务主任李辛白写的那首爱憎分明的小诗《怀陈独秀》:"依他们的主张,我们小百姓痛苦。/依你的主

---

① 刘半农编:《初期白话诗稿·引言》,北平星云堂书店影印,1933年版。

张,他们痛苦。/他们不愿意痛苦,所以你痛苦。/你痛苦,是替我们痛苦。"①从这些诗篇里,我们了解到陈独秀在当时文化界、文学界知识分子心目中至高无上的地位。

作为文学革命的首创者,力主用白话写作的陈独秀,也写了少量的几首白话诗。从目前的资料来看,能够找到的有四首,而不是刘半农在20世纪30年代初期讲的一首。陈独秀的第一首白话诗原题是《丁巳除夕歌》(一名《他与我》)②,用对比手法写出了阶级贫富差异等不合理的丑恶的生活现象:

除夕歌,歌除夕,
几人嬉笑几人泣。
富人乐洋洋,
吃肉穿绸不费力。
穷人昼夜忙,
屋漏被破无衣食。

通过"除夕"这一特定的时空集中展示社会不公,其启发意义和鼓动性是巨大的。有意味的是,这首诗在《新青年》发表的同期还有意刊发了胡适、刘半农和沈尹默的同题白话诗《除夕》。现代意义上的启蒙精神和人道主义思想以及西式的"高低格"诗体是陈独秀这首白话诗的主要特征。应该说,安徽早期的白话诗创作,陈独秀起到了率先垂范的作用。

陈独秀的第二首白话诗是他出狱后,专门为刘半农的《D——!》而"唱和"的《答半农的〈D——!〉诗》。它写于1919年11月15日,发表于《新青年》1920年1月1日第7卷第2号上。这首篇幅比较长的、散文化倾向十分明显的白话诗,提出了一个试图超越时空限制的"重大问题",就是号召四海兄弟一起携起手来,"走向光明","在永续不断的时间中,永续常住的空间

---

① 李辛白:《怀陈独秀》,《每周评论》,1919年7月13日第30号。
② 陈独秀:《丁巳除夕歌——一名〈他与我〉》,《新青年》,1918年3月15日第4卷第3期。

中,一点一点画上创造的痕迹",充分发挥"你和我创造的痕迹底力量"。陈独秀在此诗中宣扬的是"大同社会"的理想,把调整人与人之间的和睦关系放在十分重要的位置,因为这是毁灭旧世界、创造新世界的首要条件。因此,陈独秀说:"我们对于世上同类的姊妹弟兄,都不可彼界此疆,怨张怪李。"要打破社会上阶级、阶层的界限,建立一个互助友爱的和谐社会,他在诗中情真意切地表白:

我不会做屋,我的弟兄们造给我住;

我不会缝衣,我的衣是姊妹们做的;

我不会种田,弟兄们做米给我吃;

我走路太慢,弟兄们造了车船把我送到远方;

我不会书画,许多弟兄姊妹们写了画了挂在我的壁上;

有时倦了,姊妹们便弹琴唱歌叫我舒畅,

有时病了,弟兄们便替我开下药方;

倘若没有他们,我要受何等苦况!

为了感谢他们的恩情,我的会哭会笑底心情,更觉得暗地里增长。

这里一扫以往知识分子常见的身份、地位、智力、道德等方方面面的优越感,更多地抒写的是以他为代表的知识分子是如何在他人的关怀备至中成长起来的,字里行间充满了感激之情。正是因为如此,所以,在诗的结尾,陈独秀写道:

爱我的、我爱的姊妹们弟兄们,还在背着太阳那黑暗的方面受苦。

他们不能和我同来,我便到那里和他们同住。

陈独秀的意思是,知识分子要主动走下圣坛,走到深陷水深火热的苦难大众中去。我们从这里可以看到陈独秀早期"工农结合思想"的萌芽。这种思想可能是五四新文化运动催生的,也为陈独秀后来走上马克思主义道路,为中国共产党的成立作了前期铺垫。

陈独秀还有两首白话诗鲜为人知。一首叫《献诗》,一首叫《致读者》。以上两首新诗出自《陈独秀传——从总书记到反对派》(唐宝林著,上海人民出版社1989年出版)。据著者介绍,该诗是从《安徽史学》转引陈独秀编辑的《革命文学史》书中来的。《陈独秀传》出版后,学术界有人对这两首新诗的作者提出异议,认为不是出于陈独秀之手。他们认为没有听说和发现过陈独秀曾编著过《革命文学史》,再者,两首新诗的意境和歌颂对象与当时革命形势不尽吻合,似乎难以肯定是陈独秀的手笔。嗣经《陈独秀传》著者深入查考,终于在北京图书馆藏本书库中,找到了已成孤本的《革命文学史》。这本硕果仅存的文献,虽经年代久远,书芯完全发黄,由于保管良好,书页丝毫没有破损,字迹也未漫漶。扉页上目次下署陈独秀编,里面除两首新诗为陈独秀署名,还收载他的《文学革命论》,还有郭沫若、郁达夫、沈泽民、蒋光赤、瞿秋白、沈雁冰、穆木天、邓中夏、成仿吾,也都为该书投写了文稿。"惟感遗憾的是该书没有版权页和出版社,但其中诗文是客观存在的,特录存疑,以备遗佚查考。"①其实,这两首从主题、风格、美学上都体现了陈独秀诗歌一以贯之的特色。《献诗》是呼唤"我们自己的觉醒",是属于启蒙主题里的被启蒙与自我启蒙。《致读者》全诗如下:

> 快放下你们的葡萄酒杯,
> 莫再如此的昏迷沉饮;
> 烈火已将烧到你们的脚边,
> 你们怎不起来自卫生命?
> 呀,趁你们的声音未破,
> 快起来把同伴唱醒;
> 趁你们的热血未干,
> 快起来和你们的仇敌拼命!
> 在这恶魔残杀的世界,
> 本没生趣之意义与价值可寻;

---

① 转自安庆陈独秀学术研究会编注:《陈独秀诗存》,合肥:安徽教育出版社,2003年版,第162页。

只有向自己的仇敌挑战。

就是死呀,死后也得安心。

苏维埃的列宁永生,

孙中山的精灵不冥;

热血未干的朋友们呀,

莫忘了你们尊贵的使命!

从主题上看,陈独秀继续对民众进行启蒙,号召大家认清形势,抓住时机,拼死一搏,而且还直接讴歌了中外人民革命的榜样列宁和孙中山;从风格上看,本诗依然保持遒劲有力的风骨;从美学上看,口语化、散文化也体现了陈独秀始终如一的白话诗创作风格。

与古体诗相比,陈独秀的白话诗把"文学"与"革命"结合得更好,更好地践行了他那有名的"三大主义"。然而,这一点以往常常被人们所忽视。过去,人们在把陈独秀与梁启超进行比较时,更多地指出他们二人的共同点——提倡文学革命的目的在于社会思想革命,而很少看到陈独秀既重视政治革命又重视文学革命;同时,人们在把陈独秀与胡适进行比较时,在认识到他们俩对发动文学革命有首功的前提下,有"褒胡抑陈"之倾向,认为胡适身体力行地尝试写白话诗而陈独秀没有。这是因为我们过去很少看到或谈到陈独秀少而精的白话诗创作。然而,通过上述分析,我们有必要重新认识作为新文学家的陈独秀,作为白话诗人的陈独秀,对于新文学在理论与实践方面的贡献!这样有利于全面认识陈独秀,有利于重绘白话诗的文学版图,有利于进一步梳理新文化运动和新文学的发生实况。

第二节 胡适的文学主张与白话诗尝试

胡适(1891—1962),原名胡洪骍,谱名嗣穈,安徽绩溪人。1910年参加留美考试时改名胡适,字适之。幼年在故乡家塾读书,思想上深受程朱理学影响。1904年随兄到上海,先后进梅溪学堂、澄衷学堂。1906年考入中国公学,同年在校刊《竞业旬报》上公开发表散文、诗、小说,最初发表的是宣传

"地圆说"的《地理学》和章回小说《真如岛》,随后任该刊主编。1910年考取"庚子赔款"官费生赴美留学,成为第二批官费留美学生。至于胡适留学的目的,有的学者认为是他摆脱经济困境,为家庭分忧的十分现实的考虑,而胡适在给母亲的信里却是这样说的:"京中举行留学美国之考试。……儿思此次机会甚好,不可错过。后又承许多亲友极力相劝,甚且有人允为儿担任养家之费。……且吾家家声衰微极矣,振兴之责,惟在儿辈。……且此次如果被取,一切费用皆由国家出之。闻官费甚宽,每年可节省二三百金。则出洋一事,于学问既有益,于家用又可无忧,岂非一举两得乎。"①胡适参加国文和科学两场考试,国文试题是《不以矩不能成方圆》,成绩优秀;而科学一门成绩不很好。在七十名留学名额中以第五十五名的成绩录取。按清政府的《立案章程》规定,留学生归国后应在"本地当差"。胡适到美国先入康奈尔大学农科;1912年转入文学院,修哲学、文学,1915年入哥伦比亚大学哲学系,师从哲学家杜威,接受了杜威的实用主义哲学,并一生服膺。

1916年开始在美国与同学讨论白话文,最后写成《文学改良刍议》,1917年1月发表于陈独秀主编的《新青年》杂志。这是最早全面系统地提倡白话文的论文,在新文化运动初期有重大影响。他提出文学改良"八事"主张,为以新文学取代旧文学打开了缺口,被谀为文学革命"首举义旗的先锋",一时应者云集。同时,他开始尝试写白话诗。

1917年回国任北京大学教授,参加《新青年》编务,继续尝试创作白话诗,与保守势力进行论争。他于1917年发表的白话诗是现代文学史上的第一批新诗。1920年第一部白话诗集《尝试集》出版,是我国第一部个人新诗集,影响深远。1920年起陆续对《红楼梦》等许多古代白话小说进行"实用主义"性质的研究;同时,积极介绍欧美文学作品和理论,促进了新文学的巩固与发展。

五四运动以后,胡适思想逐渐趋于保守,同李大钊、陈独秀等接受马克思

---

① 转见耿云志:《胡适年谱》,成都:四川人民出版社,1989年版,第23—24页。

主义的知识分子分道扬镳,由"问题与主义之争"开其端,反对空谈主义,倡导改良,主张"好人政治",从此改变了他原想二十年不谈政治的态度。二十年代主办《努力》杂志以后,着力宣扬改良主义,不同意政治上的根本变革。1928 年受聘担任中国公学校长兼文理学院院长。此期,他陆续发表一些文章,从创作理论的角度阐述新旧文学的区别,提倡新文学创作,翻译法国作家都德、莫泊桑、易卜生的部分作品,同时从事白话文学的创作。1931 年回北大任文学院长兼中文系主任。1932 年创办《独立评论》。此后,政治思想上与当时统治者愈益合拍。尤其是九一八事变后到抗战前夕,与当时政府的不抵抗政策呼应唱和,引起国人普遍不满。抗战期间一直担任驻美大使。1946 年就任北京大学校长。

1949 年到美国,次年任普林斯顿大学葛斯德图书馆馆长。1958 年回台湾担任"中央研究院"院长。晚年潜心于《水经注》的考证,但未及写出定稿。1962 年 2 月 24 日"中央研究院"举行第五次院士会议,为欢迎新院士举行的酒会结束时,因心脏病猝发逝世。

胡适一生不懈追求科学文明,孜孜探究学术,成果丰硕。胡适一生的学术活动主要在史学、文学和哲学几个方面,主要著作有《中国哲学史大纲》(上)、《尝试集》《白话文学史》(上)和《胡适文存》(四集)等。2003 年安徽教育出版社出版了《胡适全集》,共 44 卷 2000 余万字,其中还辑录许多种未刊稿。这也是迄今第一次出版的胡适著译全集。

从文学的角度来看,胡适的贡献主要是提倡推广白话诗,并尝试创作白话诗。

有人说,"胡适其实并不是真正意义上的诗人,其诗歌主张及其创作实践却开一代诗风,真乃一场历史的大误会"[①]。这种非常具有代表性的观点,使得一个世纪以来人们一方面对胡适作品进行经典化的同时,一方面又用这种观念来解读胡适并以之来教育民众,其顽固的程度使得人们只赞美胡适的

---

① 周晓风:《新诗的历程》,重庆:重庆出版社,2001 年版,第 34 页。

"新诗姿态"而低估乃至嘲笑他的新诗写作。此间的矛盾,只能说明人们对于胡适的认识还不够深入;换言之,不是胡适愚弄了历史和新诗读者,而是历史和新诗读者误读了胡适。

胡适天生就是一个诗人,而最终仍旧是一个诗人。① 对于他来说,写诗绝对不是出于偶然,更不是游戏似的闹着玩——像当下某些所谓的诗人几乎每天都在想方设法地折腾诗——而是胡适人生过程中的一种历史必然。作为一种历史必然,要有现实的诱因和催发,才能得以最终实现。为了说明这个问题,下文从胡适最初写诗的"诱因"和最终写白话新诗的"诱因"两个层次来论述。

1."我以何因缘,得交旧诗词"。

胡适最初写诗的"诱因"是隐秘的、偶然的。在 1933 年出版的《四十自述》里,他写有这样一段回忆性的文字:"有一天,我回学堂去(1906 年胡适进入在上海刚成立的中国公学,因水土不服,患了严重的脚气病,只得请假回到他家在上海南市开的瑞兴泰茶叶店养病,此间他闲来无事,读了许多白话旧诗,对诗歌产生了浓郁的兴趣——作者注),路过《竞业旬报》社,我进去看傅君剑,他说不久就要回湖南去了。我回到了宿舍,写了一首送别诗,自己带给君剑,问他像不像诗。这诗我记不得了,只记得开端是'我以何因缘,得交傅君剑'。君剑很夸奖我的送别诗,但我始终有点不自信。过了一天,他送了一首《留别适之即和赠别之作》来,用日本卷笺写好,我打开一看,真吓了一跳,他的诗中有'天下英雄君与我,文章知己友兼师'两句,在我这刚满 15 岁的小孩子的眼里,这真是受宠若惊了!'难道他说谎话哄小孩子吗?'我忍不住这样想。君剑这幅诗笺,我赶快藏了,不敢给人看。然而他这两句鼓励小孩子

---

① 唐德刚:《胡适杂忆》,北京:华文出版社,1990 年版,第 49 页。胡适根本上是一个读书人;他的政治是"我实在不要儿子,儿子自己来了"(参见胡适的诗《我的儿子》)的政治。1949 年 4 月 6 日胡适从上海乘坐克里夫兰总统号轮船逃离大陆,在纽约和台湾度过"飘零的晚年"。1950 年他留在大陆的儿子胡思杜因受政治批判被迫同胡适划清界限。

的话可害苦我了！从此以后,我发愤读诗、写诗,想要做个诗人了。"①从这段话里,我们可以知道胡适所说的"我以何因缘,得交傅君剑"就是他的"我以何因缘,得交旧诗词"的因缘！自此,胡适几乎天天被诗的氛围包裹着,时时都有写诗的冲动,有时咏物,有时感事,一下子不知不觉就写了 200 多首旧体诗词,因此在学校里也就有了"少年诗人"的美誉。此外,他还写作、翻译、发表小说,充分展露了少年胡适作为文人的兴情、才情。尽管这之后出现了一些波折,比如 1910 年前后他在上海放浪形骸②,又比如 1910 年夏当他考取了"留美赔款官费"时进入的是康乃尔大学附设的纽约州立农学院,一心想"以农报国"等,但是很快地他又回到了"执笔报国"③的道路上来了。尽管我们失去了一位可能的农学家,但是我们却实在地拥有了一位 20 世纪中国新文化运动的巨人。真是"物竞天择、适者生存",更是"物竞天择、幸者生存！"④由此,我们知道了胡适"为什么要写诗"的原因,那么接下来还应该说说胡适

---

① 胡适:《四十自述·在上海(二)》,上海:亚东图书馆,1933 年版,第 61 页。

② 因学潮等诸多原因,加上他那时与中国新公学的德国教员何德梅(Ottomeir)相邻,开始和一帮朋友游戏人生,据现存 59 天的《藏晖室札记》进行粗略统计,打牌 15 次,喝酒 17 次,进戏园捧戏子 11 次,逛窑子嫖妓 10 次,计 53 次,几乎每天都有活动。有人开玩笑地说,那时的胡适除了"惧怕"格律就天不怕地不怕。胡适 1910 年除夕写的诗《岁莫杂感一律》有句云:"壮志随年逝,乡思逐岁添。"含有悔意。

③ 胡适在 1917 年 6 月 1 日的日记里写道:"救国千万事,何事不当为？而吾性所适,仅有一二宜。"转而学文,参见《藏晖室札记》卷 16。但是他并没有因此就与科学划清了界线而老死不相往来,反而还在 1914 年 6 月与赵元任、杨杏佛等人一起成立中国最早的科学团体——科学社,并于 1929 年还为此创作了"中国科学社社歌"。而有不少的"胡适研究专家"却像表述鲁迅的弃医从文那样习惯性地说胡适当年也是"弃农学文",比如易竹贤在他的《胡适传》的第 3 章《西乞医国术(1910—1917)》中就用了"弃农学文"的表述,显然,这与事实是有出入的。

④ 这要从"胡适"和"胡适之"这两个在不同境遇下的命名来参考。受《天演论》的影响,他的二哥为他取号为"适之"。而"胡适"不是"胡适之"的简称。"胡适"是 1910 年报考清华留美预备学校时出于保护自己的谨慎考虑而临时使用的;其义是"到哪里去？"所以,"胡适之"表积极进取的意思,而"胡适"则流露出苦闷彷徨的情绪。参见沈寂:《论胡适与蒋介石的关系》,载《胡适研究》第 2 辑,合肥:安徽教育出版社,2000 年版。

"为什么要用白话来写诗"的原因。

2. 诗界革命与笔墨官司。

胡适用白话(一种包容了较多口语元素的书面语)写新诗的"诱因"有两个:

一个远因和一个近因。远因就是20世纪初,国内正处于新文化运动的孕育期,而且,清末"诗界革命"的余响和正处于酝酿期的"文学革命",都使得当时在美国留学的胡适深切地感受到了"山雨欲来风满楼"的力量。此时具有"执笔报国"志向的胡适,于是拿起了笔,走在时代的最前沿,鼓动和催生国内的新文化运动。近因就是胡适本人所说的,发生在异国他乡的而且是发生在朋友之间的一场相当激烈的"笔墨官司"。这场论争的发生不是偶然的,更不是文人之间相互做秀,它是在民主和科学的两面旗帜下、在"同是曾开风气人,愿长相亲不相鄙"①的意愿下,新旧文学观念之间的论争。具体到当事人胡适来说,就是他果敢地同"旧观念"斗争,力创"新观念"的过程,更是他自己同"旧我"告别,努力创造"新我"的过程。质言之,在新文化运动中,作为跨越新旧两个不同时代的"过来人",首先要面对的是自己同自己进行搏斗;同时,还要面对他人同他人进行搏斗。通常,人们只注意到后者而忽视了前者,但往往前者比后者更难以解决。人们也因此常常指责、挑剔胡适。他说,1915年写的《沁园春·誓诗》的下半首"是《去国集》的尾声,是《尝试集》的先声"②。也就是说,它是胡适诗歌创作过程中具有界碑意义的作品。它是这样写的:"文章革命何疑?且准备搴旗作健儿。要前空千古,下开百世;收他臭腐,还我神奇!为大中华,造新文学,此业吾曹欲让谁?诗材料,有簇新世界,供我驱驰!"胡适是要否弃"臭腐"的旧文学,用新的诗材料来创制新文学。

刚到绮色佳城的胡适,非常孤寂,没有写什么诗。两年后,梅觐庄、任叔

---

① 胡适:《题章士钊、胡适合照》。
② 胡适:《尝试集·自序》,上海:亚东图书馆,1920年版。

永、杨杏佛等朋友来了,预示着有写诗的伴了。他们相互辩驳、相互砥砺,一来二往,诗兴一天足似一天,于是就写了不少的诗歌,并且还有了不少新的想法。

至于他们之间所发生的笔墨官司,是由这一年胡适写的一首诗内共有十一个音译外来词的诗《送梅觐庄往哈佛大学》而引起的。在论争中,胡适常常被朋友们给问住。所以,他不得不常常对未来的新文学进行种种大胆的设想,于是他真的想出了一些诗界革命的新方法,比如他在一首诗里写道:"诗界革命何自始?要须作诗如作文";同时,为了使自己的革命诗学理论更有说服力而不至于是流于"纸上的主义",他又在他的科学实验论的指导下,开始大规模地试着写了许多与他的理论相配相应的白话新诗。随后也就有了《尝试集》和《尝试后集》中的那些中国白话新诗的最初的一批实验意味很强的新诗。

这次发生在文学前辈们之间的笔墨论争是那种真正诗学意义上的文学论争,而不是带着文学之外的因素来从事另有所图的文学批判。所以它对于我们这些文学后辈来说,不管是正方还是反方都同样可敬可爱。因为它留给人们的记忆始终是温馨的。胡适的新文学的尝试虽然成功了,但是胡适并没有独占独享成功的喜悦,而是在当年和他争论的那帮文友们身上大大地记了一功。所以,在1917年6月1日写的《文学篇——别叔永、杏佛、觐庄》的"诗序"里,胡适写道:"若无叔永、觐庄,定无《尝试集》";而在"正文"里还写有这样的诗句:"做诗的兴味,大半靠朋友。"胡适乃至把他的文学成果看成是"集体智慧的结晶"。由此可见,那几年的笔墨论争,对于胡适从事新文学的创造是多么的重要!

如上所述,显然是那场笔墨论争把胡适带进了白话新诗的试验室里。虽然他的朋友们对文学有着同样的关爱、同样的迷恋,但是他们所关爱和迷恋的是旧文学;而胡适在"历史的文学进化观念"指引下所痴迷的是必然要产生的新文学。从力量的对比上看,当年站在他朋友们那边的人占绝大多数,而同他站在一起的几乎就没有人(尽管国内有陈独秀等人)。所以,势单力薄的胡适在那时是充分地体会到了作为先驱者"须单身匹马而往"的内心的那份孤寂和凄凉！1917年下半年,他刚从美国回到北平,因离开了在美国的那帮朋友,国内又一时难以找到同调者。因此,他说:"这一年之中,白话诗的试验室里只有我一个人。"①

所谓的实验或者说试验(胡适常常不分彼此地混用它们),就是要先有一套理念——至少要在理论的逻辑论证上站得住脚;然后就是要通过实验这一环节把它应用到实践中来,在实践中接受检验。胡适把这个过程总结成了那句人所共知的名言:"大胆的假设,小心的求证。"实质上,它指的是,要创设白话新诗理论和在它的指导下从事白话新诗创作的问题。这样做,虽然有可能出现诗歌创作的公式化和形式主义诗歌创作的模式化,同时,也有可能使诗歌创作无视诗歌与生活之间的复杂关系——使得生活成为诗歌的附庸、陪衬,使得诗歌成为体现诗人某种理念的工具,这样诗歌和生活都有可能失去独立性,更有甚者,诗人在用这种理念去指导创作的同时又用创作来应验这种理念的过程之中,也有可能失去主体性。难怪,周策纵说:"胡适诗最大的缺点是欠缺热情或挚情。"②不过,在20世纪初,这也是胡适在不得已的情况下而为之的创造新文学的一种应急的办法。下面我们从两个方面来说。

1. "大胆的假设"

(1)"三事"论到前"八事"论再到后"八事"论。

首先,胡适在创制中国新诗理论上是怎样进行"大胆的假设"的呢？换言之,胡适创制了哪些具有代表性的诗论或者文论？他对于"文学改良"的"八事"③主张,就很有代表性。

> 八事者何？一曰,须言之有物。二曰,不模仿古人。三曰,须讲求文法。四曰,不作无病之呻吟。五曰,务去滥调套语。六曰,不用典。七

---

① 胡适:《尝试集·自序》,上海:亚东图书馆,1920年版。
② 周策纵:《论胡适的诗》,转见唐德刚《胡适杂忆·附录》,北京:华文出版社,1992年版。
③ 胡适:《文学改良刍议》,《新青年》,1917年1月第2卷第5号。

日,不讲对仗。八日,不避俗字俗语。

这"八事"在今天看来,似乎寻常,但在胡适那个年代,真可谓石破天惊。这"八事"并非一蹴而就,更非空穴来风。它经历了一个由思考、酝酿的潜在状态(在胡适的书信往来中)到公开发表的过程,而且是一个不断地进行修改、充实与丰富的过程。它的"胚胎"是胡适在1916年2月3日写给任叔永的信里所提出的新文学"三事"[①]论和同年8月21日写给朱经农的信里所提出的新文学"八事"[②]论。先来看看胡适所说的"三事"论:

第一,须言之有物;第二,须讲求文法;第三,当用"文之文字"时,不可故意避之。

再来看看胡适早期提出的"八事"论——前"八事"论:

一、不用典。二、不用陈套语。三、不讲对仗。四、不避俗字俗语。(不嫌以白话作诗词)。五、须讲求文法。——以上为形式的一方面。六、不作无病之呻吟。七、不模仿古人。须语语有个我在。八、须言之有物。——以上为精神(内容)的一方面。

从"三事"论到前"八事"论再到后"八事"论,其中的变化不难发现。"三事"论强调了做白话诗的内容、形式和文字。胡适特别指出:"何一非用'文之文字'?又何一非用'诗之文字'耶?"[③]而前"八事"论可以说是对"三事"论的三个方面的引申,但把"文字"纳入到了形式里面从而分成形式和精神两个部分。后"八事"论只是在前"八事"排列的次序上作了重大的"本末倒置"的更动——几乎把精神方面放在了形式方面的前面。从这些改动、变化中,至少可以挖掘出胡适白话新诗理论三个层面的诗学意义:

---

① 胡适:《与梅觐庄论文学改良》,《胡适留学日记(下)》卷十二,合肥:安徽教育出版社,1999年版,第268页。
② 胡适:《文学革命八条件》,《胡适留学日记(下)》卷十四,合肥:安徽教育出版社,1999年版,第391—392页。
③ 胡适:《"文之文字"与"诗之文字"》(1916年2月3日日记),《胡适留学日记(下)》卷十二,合肥:安徽教育出版社,1999年版,第269页。

第一,从两次调改中,胡适由最初的强调文字,到将文字归纳到形式里面,到最后又将形式排到精神之后(同时就将文字排后了)。由此可见,文字,在胡适的白话新诗理念中渐渐呈现出一种弱化的趋势。质言之,文字的弱化,精神的凸现,体现出胡适白话新诗理论变化的轨迹。在《尝试集·序》里,钱玄同在痛斥了使"文"与"言"分离的"民贼"和"文妖"的基础上,对胡适在新文学革命的领地里冲锋陷阵的先锋精神作了充分的肯定,但对他在"文"与"言"取舍上所表现的犹豫不决和反反复复表示出"小小不满意"。本来,胡适一开始就是从文字入手来进行文学革命的。他当年也曾表示:从"文的形式"下手(即从文字和文体解放下手),"白话实验优先着手"。所以,至今人们对胡适当年的这一宝贵的艺术思维还赞叹不已。比如,钱理群说:"五四文学革命从诗歌入手,诗歌又以语言为突破口,这是相当明智的。胡适的最大功绩就在于找到了这么一个最佳突破口。"[1]当胡适以语言为突破口在打破旧文学闯开了一条血路后,他渐渐感觉到要真正巩固这个难得的改革成果,就必须将文学的精神慢慢地凸现出来。这种新的艺术思维再一次表现出胡适作为革新家不断地相时而动的明智。

第二,胡适的文学革命主张是改良性质的。他曾说,他做白话诗与别人干系不大:他写他的白话诗,守旧派们也可以写他们的旧体诗,前提是,只要他们不阻止他革新。所以,他说:"能有这八事的五六,便与'死文学'不同,不必全用白话。白话乃是我一人所要办的实地实验。倘有愿从我的,无不欢迎,却不必强拉人到我的实验室中来,他人也不必定要捣毁我的实验室。"[2]有人认为,胡适的思想受西化影响,所以是"假改良主义"。至于它到底是不是"假改良主义",可以从下文分析中得到答案。

第三,胡适的"三事"和"八事"被有的中外比较诗学的研究学者认为是

---

[1] 钱理群等:《艺术思维》,《读书》,总第83期。
[2] 胡适:《文学革命八条件》,《胡适留学日记(下)》卷十四,合肥:安徽教育出版社,1999年版,第391—392页。

对英美意象主义(胡适和梁实秋等人曾把它翻译成"影像派")诗观的中国化处理的结果。当年覠庄对此表示出极为不满,他毫不留情地说:"剽窃此种不值钱的新潮流以哄国人。"①众所周知,1913年休姆、庞德、弗林特在伦敦发表了三点意象主义宣言:要求直接表现主客观事物,删除一切无助于"表现"的词语,以口语节奏代替传统格律。意象主义得益于中国旧体诗词和日本的俳句。所以,它和中国诗学的关系是属于那种反复的"回返影响"。可能是受到意象主义的启发,稍后,胡适把"三事"论进一步发展成下文要讲到的"胡适之体"所要求的三条完美的诗学主张。从这个意义上,我们可以说,胡适的白话诗观,既是对外来诗学的中国化,又是对中国传统诗学的现代化。而人们一般只注意到前者并以前者来遮蔽后者,这是不符合胡适的白话新诗理论创造的实际的。所以必须认真研究胡适的白话新诗理论是如何并在哪些层面上对中国传统诗学进行现代性的转化的。比如,要考察胡适与白居易之间的关系,即他的"须言之有物"和"不作无病之呻吟"同白居易的"文章合为时而著,歌诗合为事而作"的关系,他的"作诗如作文"同白居易的浅白诗风的关系,同时他不喜欢白居易老是在诗尾将写诗的"本意"写出来的迂腐做法。②又比如,胡适在《〈蕙的风〉序》里提到了恢复女孩子的"天足"③和童心,所以也不妨去考察一下它与李贽的"童心说"之间的关系。考察之后,便可以说明胡适的诗歌诗论具有很丰富的文化传统。显然,周策纵在《论胡适的诗》里所说的那句话——"胡适诗最大的缺点是欠缺热情或挚情"④——并不一定符合胡适的实际。之后,胡适在他的重要诗学论文《谈新诗——八年

---

① 胡适:《尝试集·自序》,上海:亚东图书馆,1920年版。
② 胡适:《论短篇小说》,《新青年》,1918年5月第4卷第5号。
③ 胡适:《〈蕙的风〉序》,《努力周报》,1922年9月24日第21期。
④ 周策纵:《论胡适的诗》,转引自唐德刚的《胡适杂忆·附录》,北京:华文出版社,1992年版。

来一件大事》里进一步提出:"诗须要用具体的做法"①。他还曾以他的学生俞平伯的诗歌创作为例说明:诗最忌抽象的题目用抽象的写法。② 这也可以看出,胡适的诗观还是改良主义性质的。它既是对中国传统诗学的改良,也是对英美意象主义的改良。而不理解胡适白话新诗理论的"中国化"和"现代化"或者只知其一不知其二的人是不能真正解读胡适的白话新诗的。因此,当时,国内的人嫌它"太文",而国外的人嫌它"太俗"③。

(2)"诗的经验主义":在新诗史上,首开以诗论诗的先河。

1919年7月胡适发表了著名的《问题与主义》④,主张多研究些问题,少谈些"主义"。它曾长期被曲解为胡适在国内抵制马克思主义的传播。实质上,它要求人们把眼光向下,到实践中去。这大概可以视为胡适的"诗的经验主义"(Poeticempiricism)的前期思想理论方面的准备。三个月后,胡适正式在《梦与诗》的自跋里提出了这个重要的诗学理论。该诗是这样写的:

都是平常经验,

都是平常影像,

偶然涌到梦中来,

变幻出多少新奇花样!

都是平常情感,

都是平常言语,

偶然碰着个诗人,

变幻出多少新奇诗句!

---

① 胡适:《谈新诗——八年来一件大事》,《星期评论》,1919年10月10日纪念号。
② 胡适:《俞平伯的〈冬夜〉》,《读书杂志》,1922年10月1日第2期。
③ 胡适:《尝试集·自序》,上海:亚东图书馆,1920年版。
④ 胡适:《问题与主义》,《胡适文存》第1集第2卷,上海:亚东图书馆,1921年版。

醉过才知酒浓,

爱过才知情重——

你不能做我的诗,

正如我不能做你的梦。

1931年7月8日在《题陆小曼画山水》里,胡适又写道:"画山要看山,画马要看马。闭门造云岚,终算不得画。"它都要求艺术家事事躬行,它说明的是直接经验对于艺术家创作的至关重要性,它具有现实主义倾向。当时有的人称之为"写实主义"。正如茅盾所说:"初期白话诗的最一贯而坚定的方向是写实主义。"①但我们不能简单地理解胡适所说的"诗的经验主义",它并不否认理性在诗歌写作中的作用。胡适深受西方意象派影响,但他并不对它采取"本本主义"(教条主义)的态度,也不迷信自己的写作经验而对诗歌写作采取"经验主义"。

在《尝试集·自序》里,胡适带着少有的怀旧意绪抒写道:"我至今回想当时和那班朋友,一日一邮片、三日一长函的乐趣,觉得那真是人生最不容易有的幸福。我对于文学革命的一切见解,所以能结晶出成一种有系统的主张,全都是同这一班朋友切磋讨论的结果。"

2. "小心的求证"

胡适是怎样尝试着写白话诗来"小心的求证"他的文学革命论的?

首先,从技法尝试到文体尝试。

被司马长风在《中国新文学史》里称为中国第一首白话诗[2]的是胡适在

---

① 茅盾:《论初期白话诗》,《文学》,1937年1月1日第8卷第1期。
② 司马长风:《中国新文学史》,香港:昭明出版社,1976年版。对此,朱自清持异论。参读他在1935出版的《中国新文学大系·诗集导言》里写的话:"胡适之是第一个'尝试'新诗的人,起手是民国五年七月。新诗第一次出现在《新青年》第4卷第1号上,作者三人,胡适之除外,有沈尹默刘半农二氏;诗九首,胡氏作四首,第一首是他的《鸽子》。这时是七年正月。"

1916年夏写的一首百余行的"白话打油诗"《答梅觐庄——白话诗》。它开篇摹写论争的情状：

"人闲天又凉"，老梅上战场。

拍桌骂胡适，说话太荒唐！

说什么"中国要活文学"！

说什么"须用白话做文章"！

文字岂有死活，白话俗不可当！

接着胡适又写道：

老梅牢骚发了，老胡呵呵大笑。

且请平心静气，这是什么论调！

文字没有古今，却有死活可道，

古人叫做"欲"，今人叫做"要"。

……

本来同一字，声音少许变了。

并无雅俗可言，何必纷纷胡闹？

这首诗从文字到音节都做到了"语气自然，用字和谐"①。它貌似文人之间的文字游戏，其实，是胡适用"戏拟"的技法，乃至用反讽的手法所从事的具有现代性价值的诗歌写作。20世纪80年代中后期"生活流"式诗歌写作和90年代的所谓的"民间写作"就类似于它。胡适本人于1917年2月在《新青年》第2卷第6号上首次公开以"白话诗"为名发表的诗歌是《白话诗八首》。但后来他在《尝试集》"再版自序"里坦言：其中只有《蝴蝶》（即《朋友》）和《他》才算新诗。请读《蝴蝶》：

两个黄蝴蝶，双双飞上天。

不知为什么，一个忽飞还。

---

① 胡适：《谈新诗——八年来一件大事》，《星期评论》，1919年10月10日纪念号。

剩下那一个,孤单怪可怜。

也无心上天,天上太孤单。

该诗本意是抒写诗人因主张写白话新诗不被朋友们所理解而感受到外在的孤寂和内心的悲凉。但该诗发表后就有一位名叫黄侃的"守成派"在他的《文心雕龙札记》里大骂胡适的白话新诗是"驴鸣狗吠",嘲弄胡适是只"黄蝴蝶",言下之意就是说胡适的《蝴蝶》是对西洋诗歌的胡乱拼贴。他是用中国旧体诗词的眼光来看胡适的白话新诗的。胡适的《蝴蝶》并非"胡贴",他在该诗诗前的小序里写道:"此诗天怜为韵,还单为韵,故用西诗写法,高低一格以别之。"如果说,《答梅觐庄——白话诗》是胡适在白话诗写作技法上的最初"尝试",那么,《蝴蝶》就是他在白话诗的文体——有意味的形式——上的最初"尝试"。值得玩味的是,胡适1919年翻译了美国意象派女诗人梯斯黛尔(Sara Teasdale)的 Over the Roofs,并把这首译诗《关不住了》宣布为自己"'新诗'成立的纪元"①;而且在诗体上它也是采用西洋的"高低格体"来建制的。这表明受西洋文化教育很深的胡适,急于使刚诞生的中国新诗与西方现代诗歌缩短距离的紧迫心情。同时,它也是草创期的中国新诗需要中国化,并试图进行规范化的必然要求。

其次,再从文体尝试到精神尝试。

在上文"大胆的假设"的段落里,论述了胡适的白话新诗论呈现出由"文字弱化"到"精神凸现"的趋势。相应地,在白话新诗的写作上也就最终要落脚到重视精神上来。在胡适的观念中,"诗味在骨子里,在质不在文"。因此,强调诗味、强调精神是胡适写白话新诗的必然趋势。那么,胡适白话新诗的诗味到底是什么样的味道呢?请读他"自己最喜欢的一首"②而并没有受到文艺批评家们赏识的白话新诗的代表作《十一月二十四夜》:

老槐树的影子。

---

① 胡适:《尝试集·自序》,上海:亚东图书馆,1920年版。
② 胡适:《谈谈"胡适之体"的诗》,《自由评论》,1936年2月第12期。

在月光的地上微晃；

枣树上还有几个干叶，

时时做出一种没气力的声响。

西山的秋色几回招我，

不幸被我的病拖住了。

那幽艳的秋天早已过去了。

需要说明的是，《尝试集》里的诗，在不同的版本里有不少改动。胡适曾邀请过鲁迅、俞平伯等人为他改诗。这首诗，在 1920 年 11 月 25 日发表时，在第二节的倒数第二行原本有一句"现在他们说我快要好了"，而 1936 年在胡适发表的《谈谈"胡适之体"的诗》①的引文里就把它删除了。这样的改动应合了意象主义三点宣言的第二条："删除一切不利于'表现'的词语"。这也进一步证实胡适的"小心的求证"。这首诗的味道主要在于它的"平实淡远的意境"（胡适语）。这也是胡适非常喜欢它的原因。而不像用"好事近"词调写的、被陈子展称道的《飞行小赞》②有一些"老气"，《十一月二十四夜》是被胡适视为完美地体现了"胡适之体"所要求的三个条件——"说话要清楚明白"（即深入浅出、言近旨远），"用材料要剪裁"，"意境要平实"——的标本。胡适曾告诫我们在读俞平伯的诗时，是不能用俞平伯自己所说的话去进行解读的，然而我们在读胡适的诗时，是可以用他自己所说的标准去进行评价的。此外，这首诗的味道还在于它能从侧面、以个人的人生况味来透视时代精神和社会现实（胡适说："须语语有个我在"）。胡适的白话新诗以个人化、个性化的题材为主，只是在写讽刺诗时如《乐观》《威权》等时，他直接面对并处理时代的重大主题。所以，胡适总喜欢写寂静的夜晚，写夜晚幽暗的月光，写月光扶疏下的"个我"。最后，它的味道还从他的诗歌美学追求上

---

① 胡适:《谈谈"胡适之体"的诗》,《自由评论》,1936 年 2 月第 12 期。
② 胡适:《谈谈"胡适之体"的诗》,《自由评论》,1936 年 2 月第 12 期。

得到体现。这首诗用"朴实无华的白描"①烘托出伤秋、伤时的意绪。质言之,胡适的白话新诗是以现代人的忧患意识为情感的底色。"胡适之体"的味道是现代的、感伤的、孤寂的味道。像这样的白话新诗绝不能说它们是由于"年代的错误"而产生的"新形式的旧诗",更不是"旧形式的旧诗";而是那种像鲁迅所说的"摩罗诗人"般"立意在反抗,旨归在动作"的"纯洁的尝试"。人们通常提到的《老鸦》《鸽子》等也是这样的代表作。

总之,胡适在他的白话新诗的试验室里,以"大胆的假设"和"小心的求证"为两把利器,以"大胆的假设"指导"小心的求证",以"小心的求证"促进"大胆的假设",从而使他的白话新诗在理论和创作两方面都取得了令人瞩目的成绩。正如有的论者所说,胡适追求"高深的理想,复杂的感情",并以此作为对现代汉诗意义的探索与建构,以白话的力量来否弃古诗的僵化和单纯含蓄的品格,选择"以文为诗"的散文化写诗的方向来解构古诗文言分裂的格律传统,这应视为是具有现代性表征的诗艺探索与实践。尽管它们存在着这样或那样不尽如人意的地方,但是它们的实验功绩和实验精神——"做了过河卒子,只能拼命向前"——是值得肯定并值得进一步研究的。

胡适历来就是一个有争议性的人物。他的争议性是由他的丰富性带来的。换言之,对于胡适来说,他的争议性就是他的丰富性,他的丰富性就是他的争议性。所以,一个胡适,一本薄薄的《尝试集》,已经吸引住了一个世纪的目光,并注定在未来的时空里还将继续下去。

历来对于胡适白话新诗的评价有三种代表性意见:一种是周策纵说的:"他(胡适)立志要写'明白清楚的诗',这走进了诗的魔道"②;一种是朱湘说

---

① 胡适:《尝试集·自序》,上海:亚东图书馆,1920 年版。
② 周策纵:《论胡适的诗》。类似的观点有穆木天在《谭诗——寄沫若的一封信》里说了这样一段非常激进的话:"中国的新诗运动,我以为胡适是最大的罪人。胡适说:作诗须得如作文,那是他的大错。所以他的影响给中国造成一种 Prose in Verse 一派的东西。他给散文的思想穿上了韵文的衣裳。"载《创造月刊》,1926 年 3 月第 1 卷第 1 期。

的:"胡君的诗没有一首是平庸的"①;一种是康白情说的:"看来毫不用心,而自具一种有以异人的美"②。

此外,胡适在"戏剧改良"方面也体现了"文学革命"的时代要求。此前,戏曲改革者不乏其人,如梅兰芳、程砚秋、欧阳予倩等,早已经开始从剧本、唱腔、表演,到舞台、服装、化妆等进行了大胆革新,要求旧戏能够与时俱进,为推动社会变革贡献力量。1918 年 6 月,《新青年》发表了胡适与罗家伦合译的《娜拉》。胡适还写了《易卜生主义》,向国内读者介绍国外"问题剧"。它们均产生了巨大影响,有力推动了人性解放和思想解放以及新文学现实主义风格的形成,比如,受此影响,鲁迅不但写了他唯一的爱情小说《伤逝》,而且还写了讲演稿《娜拉走后怎样》。还有,利用自己的威望,胡适出面组织一批激进的文学革命青年,撰写这方面的文章,比如,1918 年 10 月《新青年》第 5 卷第 4 号专门开辟"戏剧改良专号",发表了六篇关于戏剧改良的文章。胡适的《文学进化观念与戏剧改良》猛烈地攻击中国旧戏中常见的"团圆迷信",提倡现代的"悲剧观念",尤其不满意旧戏的"连台本"和表演的程式化。当然,胡适的"戏剧改良"观忽视了中国旧戏的优良传统,有"全盘西化"之弊端。但其提倡戏剧应当走写实主义的大众化道路符合新文化运动的大方向。

尽管胡适一直是一个有争议的人物,但对于他在中国新文化运动的贡献,是真正的中国新文化运动的先驱这一点上则是渐渐达成了共识。

1936 年毛泽东主席曾对斯诺说过"非常佩服胡适和陈独秀的文章","有一段时间,他们代替了梁启超和康有为,成为我的楷模"。关于陈独秀,毛泽东还说过:"到了 21 世纪,那时候,替他恢复名誉吧。"③时间已经进入 21 世纪,历史已在渐渐地恢复它的本来面目,陈独秀、胡适在中国文学革命中的贡献,在中国新文化运动中的贡献,是应当得到公正的评价了。

---

① 朱湘:《中书集》,上海生活书店,1934 年版。
② 胡适:《康白情的〈草儿〉》,《读书杂志》,1922 年 9 月 3 日第 1 期。
③ 毛泽东:《"七大"工作方针》,《人民日报》,1981 年 7 月 16 日。

第三章　灿若群星的现代安徽诗歌

第一节　陈独秀的旧体诗

陈独秀不仅是新文化运动的旗手,也是一个杰出的诗人。王森然20世纪30年代中叶就在《近代二十家评传》中盛赞陈诗"雅洁豪放,均正宗也",称陈"二十年前,亦中国最有名之诗人也"[①]。他提倡白话诗,带头创作白话诗。然而,旧体诗创作,更是贯串其生命的全程。陈独秀的旧体诗作既是他所处时代的风云录,更是其个性鲜明的精神自传。

一、"本有冲天志"与"万境妍于未到时"

陈独秀一登上文化舞台,就是以壮志凌云的文化英雄的形象出现在世人面前的。他喜以旧体诗言其新志向、新思想。陈独秀现存最早的旧体诗,是写于1903年的《哭汪希颜》,共三章,"言"了三个志:"英雄第一伤心事,不赴沙场为国亡";"而今世界须男子,又杀支那二少年";"说起联邦新制度,又将遗恨到君身"——这里既有对西方联邦制度的向往,又强调乱世之中男儿救国的使命,更有为国献身的决心。同年所作的《题西乡南洲游猎图》云:"男子立身唯一剑,不知事败与功成。"这些思想在辛亥革命前夕的中国,不只是先进的,实为超前的。可谓"本有冲天志"[②](《咏鹤》)。

1915年6月间,陈独秀因随柏文蔚讨袁失败而被抄家,流寓上海时所作《远游》,名曰远游,实为游思录,其上下求索:"忽然生八翼,轻身浮天衢。"环视天下,竟无净土。于是他既有"百年苦劳役,汲汲胡为乎"的天问,也有"仙

[①] 王森然:《近代二十家评传》,北京:书目文献出版社,1987年版,第227—228页。

[②] 本章所引陈诗,皆见任建树等编注《陈独秀诗集》,长春:时代文艺出版社,1995年4月版,下文无特殊需要则不另注。

释同日死,儒墨徒区区"的论断。这种反叛精神,正是他数月后创办《新青年》的主题。

与《远游》遥相呼应的,是其晚年之作《告少年》,则是讨伐专制、独裁的檄文。请看他笔下独裁者的形象:

> 伯强今昼出,拍手市上行。
>
> 旁行越郡国①,势若吞舟鲸。
>
> 食人及其类,勋旧一朝烹。
>
> 黄金握在手,利剑腰间鸣。
>
> 二者唯君择,逆死顺则生。
>
> 高踞万民上,万民齐屏营。
>
> 有口不得言,伏地传其声。
>
> 是非旦暮变,黑白任其情。
>
> 云雨翻覆手,信义鸿毛轻。
>
> 为恶恐不足,惑众美其名。
>
> 举世附和者,人头而畜鸣。
>
> 忍此以终古,人世昼且冥。②

陈氏笔下的独裁者并非寻常的独裁者,而是如日中天的斯大林。何之瑜曾致信胡适称:"这首诗,是陈仲甫先生在四川江津鹤山坪听见史大林和希特拉成立了'德苏协定'的消息,那正是一个无月的黑夜,他'有感而作'的。"③《苏德互不侵犯条约》签订于1939年8月23日,则此诗当作于这年的八九月之交。陈氏于手稿中自注:"伯强,古传说中的大疫厉鬼也,以此喻斯大林。

---

① 此句任建树等编注本作"旁行越邻国",现据《台静农先生珍藏书札》(台湾中国文哲研究所筹备处,1996年编辑影印)中所藏陈独秀佚诗手迹校正。

② 此句任建树等编注本作"人生昼且冥",现据《台静农先生珍藏书札》中陈氏手迹校正。

③ 《胡适来往书信集》(下册),北京:中华书局,1979年版,第304页。

近日悲愤作此歌,知己者,可予一观。"①

陈独秀与第三共产国际领袖斯大林之间有着理不清的恩恩怨怨。中国大革命失败后,曾为中国革命越俎代庖充当总设计师的斯大林的文过饰非与专横武断,使陈独秀毅然站到了斯大林主义反对派的立场上,直视斯大林为"伯强"。然而疾恶如仇的陈独秀并不计较与斯大林之间的私怨,而是高瞻远瞩地看到了斯大林的独裁远非个人品德问题,而是曾被描绘得最美好的苏维埃政权本身背离了科学、民主的根本原则。面对独裁,陈氏唯寄希望于对青年一代的重新启蒙。

> 人中有鸾凤,众愚顽不灵。
>
> 哲人间世出,吐辞律以诚。
>
> 忤众非所忌,坷坎终其生。②
>
> 千金市骏骨,遗言觉斯民。
>
> 善非恶之敌,事倍功半成。
>
> 毋轻涓涓水,积之江河盈。
>
> 亦有星星火,燎原势竟成。
>
> 作歌告少年,努力与天争。

"重新启蒙",这在中国实在是个大课题,或许需要几代人为之奋斗。只是陈独秀在暮年揭示这一命题时,仍如五四当年充满着自信。他以人中鸾凤、时代先哲自居,犹如他始终以"新青年"自居,始终寄希望于"新青年",难怪被人誉为永远的"新青年"。

诗不仅可以言志,也可以言理。虽然中国诗论中有"不涉理路,不落言筌"之说,却并不排斥诗含哲理,而实际上中国古代哲理诗为数不少。陈独秀的诗中有少数哲理诗,如《国民党四字经》中所谓"党外无党,帝王思想;党内

---

① 任建树等编注:《陈独秀诗集》,第201页。按此前陈在1915年所作的《夜雨狂歌答沈二》中有云:"烛龙老死夜深黝,伯强拍手满地走","伯强"指的是封建势力。

② 此句陈氏手迹中作"坎坷终其生"。

无派,千奇百怪",就是穿透力极强的哲理。唱和苏曼殊《本事诗》(十首)中"相逢不及相思好,万境妍于未到时"等等,更是令人拍案叫绝富有哲理性的诗句,可与陈氏喜爱的宋人邵雍《赏花》名言"美酒饮到微醉处,好花看到半开时"媲美。

二、从"酒旗风暖少年狂"到"垂老文章气益卑"

陈诗在志向、哲理之外,更有着广阔的情感空间,供人领悟与发掘。一谈到情感空间,有人立即想到陈氏之狂放。如陈木辛在《陈独秀印象·编选小序》①中就说,陈独秀之狂,在中国现代文化、政治史上罕有可比肩者。陈木辛继而说,一个人的狂,如果没有实际的人生内容做底子,恐怕就不大有什么好说的。但从性格、气质、作为来看,陈独秀完全称得上现代中国的大英雄。英雄与狂,自古就结缘了。大英雄大狂,本是应有之义。即使屡经磨难之后,暮年的陈独秀僻居江津,老、病与穷、冤交加,他仍能一狂到底。

1937年8月22日陈独秀从南京出狱后,一度住在当年北京大学文科学生陈中凡家。陈中凡目睹先生之高风亮节,曾有诗相赠,歌颂的是先生"高翔不可驯"的豪情。陈独秀率笔相和:"沧溟何辽阔,龙性岂易驯?"在忧国忧民之余仍是一腔狂不可驯的"龙性"。诚如余杰所云:"天地大气的分合汹涌,只有真正的'龙'才能体验到。整个20世纪中国人过的都是'虫'的生活,有几个称得上'龙'的人呢?"②陈独秀无疑是其中一个。

狂放不失为陈独秀精神结构中的一个重要侧面,但决非其全貌。作为一个先知先觉的启蒙大师,陈独秀也有其孤独、悲愁乃至无奈之时。无论其前期与后期,莫不如此。陈独秀前期隐居杭州期间(1909年9月—1911年12月),在写"酒旗风暖少年狂"的同时,也写了大量反映孤寂心态的诗篇。如《游韬光》云:"山意不遮湖水白,钟声疏与暮云平。月明远别碧天去,尘向丹

---

① 陈木辛编:《陈独秀印象》。
② 余杰:《永远的"新青年"》,《陈独秀研究动态》,1999年9月,第17期。

台寂寞生。"颇有忘情山水、出世绝尘之慨。《游虎跑》云:"神虎避人去,清泉满地流。僧贫慵款客,山邃欲迎秋。竹沼滋新绿,山堂锁暮愁。烹茶自汲水,何事不清幽?"僧人的恬适,反衬出诗人的孤寂。"影着孤山树,心随江汉流。转蓬俱异域,诗酒各拘囚"(《寄士远长安》),状与友相别,孤寂如囚;"登高失川原,乾坤莽一色。骋心穷俯仰,万象眼中寂"(《雪中偕友人登吴山》),言与友同游,仍当众孤立;"病起客愁新,心枯日景沦。有天留巨眚,无地着孤身"(《杭州酷暑寄怀刘三沈二》),病中则更觉天地间无其容身之所。这是何等苦涩的形象,与狂放的诗人几乎判若两人。晚年避居江津的陈独秀,虽有"沧溟何辽阔,龙性岂易驯?"(《和斠玄兄赠诗原韵》)之豪唱,但作为一个"终身的反对派",陈独秀的一生处于"长使英雄泪满襟"的苦境,他多次自称"老病之异乡人,举目无亲"[1],又以"一瓶一钵垂垂老"的贯休和尚自拟,说是"卧病山中生事微"。其慷慨悲凉孤寂之良多,自然流露于诗作之中:

除去文章无嗜好,世无朋友更凄凉。

诗人枉向汨罗去,不及刘伶老醉乡。

这是1940年端午节后听说何之瑜、台静农等友人于屈原祭日聚饮大醉,有感而作的。凄凉之际向友人诉说凄凉,也许成了陈独秀的一种无奈的生存方式。《自鹤山坪寄怀江津诸友》有云:

竟夜惊秋雨,山居忆故人。

干戈今满地,何处着孤身。

久病心初静,论交老更肫。

与君共日月,起坐待朝暾。[2]

盼友忆友已成了他晚年的主要功课了。然而他越住越偏僻,由重庆而江津而鹤山坪,在那干戈满地的乱世,能有几个朋友到那穷乡僻壤去听他诉说典故呢?好在即使是凄凉的暮年,陈氏精神低调也有个孤傲的底线,如《与孝

---

[1] 陈独秀:《致杨朋升》(1940年8月3日)。
[2] 石钟扬:《台静农所藏陈独秀佚诗》,《文献》,2001年第1期。

远兄同寓江津出纸索书辄赋一绝》所云：

> 何处乡关感乱离，蜀江如几好栖迟。
>
> 相逢须发垂垂老，且喜疏狂性未移。①

这样的陈独秀，才始终有着强烈的人格魅力。

三、友情：此去凭君珍重看

陈中凡曾在《陈独秀先生印象记》中说："看他表面冷淡，与人落落寡合，实则胸怀俊迈，富于热情。"②陈乃性情中人，陈诗中有大量篇幅表现对友情、爱情、亲情的无比执着。

陈诗中悼亡诗不少。何梅士是1903年在上海与陈独秀、章士钊共同创办《国民日日报》的文友，1904年2月不幸因脚气病逝于东京。陈氏闻信，悲痛万分，疾书《哭何梅士》悼之："海上一为别，沧桑已万重。落花浮世劫，流水故人踪。星界微尘里，吾生弹指中。棋卿今尚在，能否此心同。"此诗1904年4月15日刊于《警钟日报》时，附有章士钊的诗与跋，跋云："余与梅士居上海，形影相属者，半年有余，无一日不促谈至漏尽。安徽陈由己（即陈独秀），亦与余及梅士同享友朋之乐者也。何梅士之立志与行事，由己知之亦详。梅士之死也，由己方卧病淮南，余驰书告之。余得由己报书谓：梅士之变，使我病已加剧，人生朝露，为欢几何？对此弗能自悲，哭诗一首，惨不成句矣。"③诗中的"棋卿"即为何之恋人，其爱情为家庭所阻。陈认为何的死因与爱情磨难有关，所以次月，陈又写长诗一首《夜梦亡友何梅士觉而赋此》，梦中何氏非死于脚气病，而为殉情蹈海而死。继有《存殁六绝句》称"何郎弱冠称神勇"，足见他们是非一般的文友。

陈独秀是一个有颇多幻想之人，晚年著有《悼老友李光炯先生》，其自序

---

① 石钟扬：《台静农所藏陈独秀佚诗》，《文献》，2001年第1期。
② 陈中凡：《陈独秀先生印象记》，《大学》1942年9月，第1卷第9期。
③ 转见任建树等编注：《陈独秀诗集》，第44页。

云:"六年前,老友李光炯先视余于金陵狱中,别时余有奇感,以为永诀。其告余,生死未卜,先生亦体弱多病也。抗日军兴,余出狱,避寇入蜀,卜居江津。嗣闻光炯先生亦至成都,久病颇动归思。闻耗后数日,梦见先生推户而入。余惊曰:闻君病已笃,何遽至此?彼但紧握余手,笑而不言。觉而作此诗:自古谁无死,于君独怆神;璎心惟教育,抑气历风尘;苦忆狱中别,惊疑梦里情;艰难已万岭,凄绝未归魂。"①其梦中徘徊的多为不忍忘却的友人形象。陈独秀与苏曼殊的友谊非同一般,1911年春所作《存殁六绝句》②首先寄他。苏曼殊是个特殊人物,是个"性情奇、行止奇、思想奇","文章艺术尤奇"的情僧、诗僧、画僧,陈诗中称他"曼殊善画工虚写","南国投荒期皓首"。苏能成为一个卓越的诗人,也实得力于与陈之交往。柳无忌说:"曼殊就因仲甫的影响,启示了自己的天才,成为一个超绝的文人了。"③1903年,苏曼殊初到《国民日日报》时,"汉文的程度实在不甚高明",于诗的"平仄和押韵都不懂"④。但因与陈同居一室,亦师亦友,朝夕切磋,兼苏悟性极强,很快就能以诗与师友酬唱。

曼殊不仅于诗中称陈为"仲兄",而且在《文学因缘·自序》中称陈为"畏友仲子",亲密之情溢于言表。1913年底曼殊赴日看病,临行写下《东行别仲兄》:"江城如画一倾杯,乍合仍离倍可哀;此去孤舟明月夜,排云谁与望楼台?"⑤送行的独秀不禁被其依恋之情所感动,当即亦赋有《曼殊赴江户,余适皖城,写此志别》云:"春申浦上离歌急,扬子江头春色长;此去凭君珍重看,

---

① 此诗见石钟扬《台静农所藏陈独秀佚诗》。
② 章士钊认为此组诗作于庚戌年即1910年,而陈氏在《〈双枰记〉叙》中则说其作于"辛亥春"即1911年。今从陈说。
③ 柳无忌:《苏曼殊及其友人》,《苏曼殊全集》第5卷,上海:北新书局,1928年版,第77页。
④ 柳亚子:《记陈仲甫先生关于苏曼殊的谈话》,柳亚子等:《苏曼殊年代及其他》,上海:北新书局,1928年版,第284页。
⑤ 此诗及《游不忍示仲兄》《过若松町有感示仲兄》,皆见马以君笺注《燕子龛诗》,成都:四川人民出版社,1983年版。

海中又见几株桑。"除了劝曼殊远行珍重之外,还对友人之"乍合还离"不免添几分沧桑感,更何况他也急于离沪归皖参加讨袁战斗,所以感慨良深。

四、爱情:新得佳人字莫愁

陈独秀诗中受人曲解最甚的,大概要数《感怀》二十首。它是陈 1909 年秋到 1910 年底隐居杭州时的作品。诗成后曾寄至上海《民立报》编辑王无生。① 王选其中的第 17、19 两首刊于 1911 年 1 月 5 日《民立报》。

王无生说陈诗《感怀》二十首,皆忧时感世之作。

其实《感怀》二十首中虽不乏对革命生涯之感慨,但更多的则是言情之作。这组诗写作正值陈独秀与妻妹高君曼同居杭州之时。对于这位高君曼,潘赞化 1959 年有文介绍说:"高君曼女士曾在北京女子师范读书,文学专长,思想新颖,与独秀颇相得,以至亲密关系,近(进)而发生爱情,同居沪上渔阳里(与我同里),故对其家情形知之最详。"②这里说是 1915 年前后的上海时代。此前 1910 年他们新居杭州时独秀 31 岁,君曼 25 岁,两情相悦,甚为欢洽。《感怀》二十首的第一首决非诗人以佳人自喻,而实为其对新得佳人之赞美:

委巷有佳人,颜色艳桃李。

珠翠不增妍,所佩兰与芷。

相遇非深思,羞为发皓齿。

闭户弄朱弦,江湖万余里。

这里不仅称赞新得佳人天生丽质,艳若桃李,无须粉饰,更称道这位佳人与自己道同志合,虽暂隐委巷,闭门弄弦,却志存高远。但是这位佳人身份非

---

① 王无生(1880—1914),名钟麟,别名天僇生、大哀,安徽歙县人,世居杭州,1909 年入于右任创办的《民立报》工作;"小奢摩室诗话"是以王之书斋为题的诗话专栏。

② 潘赞化:《我所知道的安庆两小英雄故事略述》,《陈独秀研究参考资料》第 1 辑,第 203 页。

常,她是独秀结发妻子高晓岚(乳名大众)同父异母的妹妹高君曼(乳名小众),仅此就使他们的结合忧喜参半:在朋辈中是津津乐道,在世俗中却被愤愤责难。如《感怀》之二云:

> 春日二三月,百草恣妍美。
> 瘦马仰天鸣,壮心殊不已。
> 日望苍梧云,夜梦湘江水。
> 晓镜览朱颜,忧伤自此始。

这里的第三联,借用的是古代传说中帝尧的两个女儿娥皇、女英同嫁帝舜的故事。现实生活中的独秀没有帝舜那么幸运,舜之二妃千里寻夫,当知舜南巡死于苍梧之野,哭悼不已,遂溺湘江。陈氏虽也有不惜为国赴难的决心,但家事却不得安宁。

陈独秀这种惊世骇俗的人生选择,或许是错误的,但人之感情实是难以言说,如《感怀》之三云:

> 得失在跬步,杨朱泣路歧。
> 变易在俄顷,墨翟悲染丝。
> 人心有取舍,爱憎随相欺。
> 八骏虽神速,绝尘犹可追。

当感情蒙蔽理智时,其爱憎未必很准确;但其一旦作出取舍时,真可谓八骏难追。

1897年冬,18岁的陈独秀与比他长三岁的高晓岚成亲。潘赞化说,高氏"与独秀思想相隔距离不止一世纪"[①],他们之夫妻关系早已名存实亡。世俗的非议,当是陈独秀当年携高君曼背井离乡,移居杭州的重要原因。其第十七首云:

> 女娲为精卫,衔石埋东海。
> 东海水未埋,女娲心已改。

---

① 潘赞化:《我所知道的安庆两小英雄故事略述》。

夸父走虞渊,白日终相待。

奈何金石心,坐视生咨悔?

诗意表达其愿如精卫填海、夸父追日般无怨无悔地追求自由幸福的生活。如果说第二十首是对他们长期奋斗的总结(饮羽及石梁,九载甘肃瑟)与光明未来的期待(十日丽芜臬,光明冀来日),那么第十首则为对苦尽甘来的现实的品味:

东邻有处子,文采何翩翩。

高情薄尘俗,入海求神仙。

归来夸邻里,朱楼列绮筵。

今日横波目,昔时流泪泉。

《感怀》二十首,堪称献给"新得佳人"高君曼之情歌,不必刻意去追求其中的什么革命的微言大义。令人遗憾的是,这对经过艰苦奋斗好不容易自由结合的夫妇,也未白头偕老,将其爱情进行到底。

五、亲情:诗化之恋母情结

在亲情世界里,陈独秀有强烈的仇父情结与恋母情结。其根源,他在《实庵自传》中有明确的表述。这种倾向,见诸诗歌则为两首悼亡诗:一为早年的《述哀》,一为晚年的《挽大姊》。他是把"阿弥陀佛"的大哥与"勤谨"的大姊,作为母爱的延伸来歌颂的。

陈独秀父亲早逝,他的童年时代是在严厉的祖父的拷打中度过的,童年的温馨只来源于温和的母亲和大哥大姐,早中秀才的大哥与他亦师亦友,不仅教他读书,还陪他应举,感情弥深。[1]

1909年10月22日,陈独秀之大哥孟吉因肺病逝世于东北。行踪不定的

---

[1] 大哥陈庆元(1872—1909),官名健生,字孟吉,为府学廪贡生。大姐陈氏生平不详,1939年逝世于江津。

陈独秀得悉后,"仓卒北渡,载骨南还","悲怀郁结,发为咏歌"①,于是在沈阳寓斋就写下了这首长达 680 字的五言诗《述哀》,痛悼亡兄。全诗重在第三章,那是哥俩三十年手足之情的生动倾诉:

与君为兄弟,匆匆三十年。
十年余少小,罔知忧苦煎。
十年各南北,一面无良缘。
其间十年内,孤苦各相怜。
青灯课我读,文彩励先鞭。
慈母虑孤弱,一夕魂九迁。
弱冠弄文史,寸草心拳拳。
关东遭丧乱,飞鸿惊寒弦。
南奔历艰险,意图骨肉全。
辛苦归闾里,母已长弃捐。
无言执兄手,泪湿雍门弦。
相携出门去,顾影各涓涓。
弟就辽东道,兄航燕海边。
海上各为别,一别已终天。
回思十载上,泣语如眼前。
见兄不见母,今兄亦亡焉。
兄亡归母侧,子身苦迍邅。
地下语老母,儿命青丝悬。
老母喜兄至,泪落如流泉。
同根复相爱,怎不双来还?

独秀与孟吉作为兄弟,虽有三十个春秋,但除去少小十年不省事与最近"十年各南北",真正难忘的相处只"其间十年内,孤苦各相怜",即从长兄教

---

① 引自陈独秀《述哀·序言》。

他读书到母亲查氏去世,亦即独秀10到20岁这段历史。这是他成长史上的重要阶段,受母亲与长兄影响最大。与祖父严厉打骂的教育方式迥然不同的是大哥,"青灯课我读,文彩励先鞭",两相对比,真叫独秀终生难忘。这种教育方式的转换,关键在母亲。祖父在世时,母亲无发言权。祖父死后,几经周折,母亲就命性情温和的大哥教独秀读书。"慈母虑孤弱,一夕魂九迁",母亲梦魂萦绕的是儿子如何以孤弱之体魄去博取辉煌的前途所构成的尖锐矛盾。"弱冠弄文史,寸草心拳拳",则是儿子对母爱的心灵感应以及由此激起的奋斗精神。"母亲的眼泪,比祖父的板子,着实有威权,一直到现在,我还是不怕打,不怕杀,只怕人对我哭,尤其妇人哭。母亲的眼泪,是叫我用功读书之强有力的命令"——独秀到1937年写《实庵自传》时,还如是说。可见他17岁考中第一名秀才的真正动力是母亲的眼泪。尽管捷报传来,母亲乐得几乎掉下眼泪,他却更加鄙薄科举,因为整个考试过程与内容太荒唐了。但母亲快乐,他自然也高兴。叛逆的陈独秀,对母亲(包括嗣母谢氏)却非常孝敬。母亲去世之后,长兄也去世了,"兄亡归母侧,子身苦迍邅。地下语老母,儿命青丝悬。老母喜兄至,泪落如流泉。同根复相爱,怎不双来还?"独秀痛不欲生,恨不得逐亡兄一起奔赴母亲怀抱。失亲之痛被表现得何等真诚与深切。《述哀》与其说是亡兄的挽歌,还不如说是母爱的颂歌。

晚年所作的《挽大姊》,白描出大姊形象:

姊性习勤俭,老益戒怠侈。

纨素不被体,兼味素所訾。

家人奉甘旨,尽食孙与儿。

强之拒不纳,作色相争持。

如何操奇赢,日夕心与驰。

生存为后人,信念不可移。

名曰写大姊,实则勾勒了一个为了后代"身心复交疲"的慈母形象。

六、从学宋诗到以杂文入诗

对于陈独秀的诗艺,其同时代不断有人评说,李大钊对陈诗就评价颇高,据罗章龙转述说:

> 仲甫、守常居国外(指日本)时,雅好吟咏,往往有佳什流布文坛。自一九二一年以还,仲甫忽摒弃旧诗不作,众方以为异。有人以此询诸守常,守常解说云:"仲甫平生为诗意境本高,今乃如'大匠傍观,缩手袖间'。窥其用意,盖欲专志于革命实践,遂不免蚁视雕虫小技耳",后仲甫闻此语亦不置辩。①

对于陈氏之诗学渊源与诗艺风格,权威的观点,似乎是胡适的"宋诗"说。胡适1932年10月29日在北京大学讲演《陈独秀与文学革命》时说:陈独秀"他有充分的文学训练,对于旧文学很有根底……说到诗,他是学宋诗的","他的诗有很大胆的变化,其中有一首哭亡兄,可说是完全白话的,是一种新的创造"②。尔后的论者亦多信从胡适的观点,却很少有人明白胡适是从宋诗与白话诗的关系上谈论独秀诗的。胡适有浓重的白话诗情结,他是从推行白话诗的立场来论述白话诗与宋诗的关系,并敏感而准确地看到陈独秀在这一历史逻辑上的地位与作用。即使是旧体诗之写作,陈独秀也以宋诗为参照物,进行了大胆的创造,如他的《述哀》《挽大姊》等。

陈独秀之独创处,不仅仅在以文为诗,更在其能以杂文为诗,创造了杂文体诗,或曰诗体杂文。最典型的是由56首绝句组成的大型组诗《金粉泪》。这组杂文诗是陈氏1934年于南京监狱中所作。1936年或1937年由亚东图书馆汪孟邹从狱中带出,辗转秘藏,1959年由汪原放捐给上海中共一大纪念馆收藏。首尾两首,一曰:"放弃燕云战马豪,胡儿醉梦倚天骄。此身犹未成

---

① 罗章龙:《亢斋汗漫游诗话》,《湘江文艺》,1979年第11期。
② 胡适:《陈独秀与文学革命》,引自陈东晓编:《陈独秀评论》,上海:东亚书局,1933年3月版。

衰骨,梦里寒霜夜渡辽。"一曰:"自来亡国多妖孽,一世兴衰照眼明。幸有艰难能炼骨,依然白发老书生。"正是其当时心境的写照。他虽身陷囹圄无力回天,却忧心国事,感慨万千。他将一世兴衰尽收眼底,对亡国妖孽之种种倒行逆施,极尽讥笑嘲讽之能事。诚如濮清泉所云,这些随兴之作,一首嘲讽一个党国要人,如邵元冲挨过蒋介石的一记耳光,陈立夫挨过蒋介石的一顿脚踢,蒋作宾闻蒋介石排下气而曰不臭,宋霭龄巧遇大学生等等,虽然是一些无聊小事,但诗却写得相当辛辣,可以看出那时当局的一些丑态。[①] 这些故事原是写杂文的好题目,但被陈氏信手拈来,稍加点染,或寓庄于谐,或化丑为美,即成妙趣横生的讽刺诗章。如濮氏所说的第一个故事,陈注云:蒋曾因事批邵元冲之颊。

批颊何颜见妇人,妇人忍辱重黄金。

高官我做他何恤,廉耻声声教国民。

立法院副院长邵某被蒋某赏了耳光,第一难关大概在无颜见夫人,谁知平日仰视夫君的夫人如今只要底子(有高官做)不要面子。面子工程中的行政长官们尚且如此,何必还拿什么廉耻之类的条文去愚弄国民呢?再如褚民谊等在南京组织风筝大会,以粉饰蒋介石的"新生活运动",而蒋介石则是以"新生活运动"粉饰太平,这与抗战救亡的局势形成鲜明对比,陈氏敏感地抓住这一奇怪现象,不是以杂文,而是以诗写道:

要人玩耍新生活,贪吏难招死国魂。

家国兴亡都不管,满城争看放风筝。

吴稚晖(敬恒)早年落水侥幸未死,后以投机成名,晚年官运亨通,实指望世代荣华下去,谁承望其子染上花柳病,致使他绕室长叹曰:吴氏之祀斩矣。陈氏早年与吴有交往,后厌其人格卑污而断交,今则以杂文诗为之画了一幅漫画像:

艮兑成名老运亨,不虞落水仗天星。

---

① 胡适:《国语文学史》第2编第2章《北宋诗》。

只怜虎子风流甚，斩祀汪汪长叹声。

大型组诗《金粉泪》，宛如一组随感录，组成一幅讽刺长卷，活画出蒋介石集团中的群丑图。陈独秀以杂文为诗，创造了一片诗坛异彩。

对于陈独秀的旧体诗，许多论家都认为有魏晋风度。那么，陈独秀是怎么看待自己的诗作呢？他有两则论诗绝句值得重视。其一为早年和苏曼殊《本事诗》之一云：

丹顿裴伦是我师，才如江海命如丝。

朱弦休为佳人绝，孤愤酸情欲语谁？

以欧洲著名诗人但丁（丹顿，1265—1321）、拜伦（裴伦，1788—1828）为师，是陈诗更富人文精神与更多现代气息之关键所在。

其二为晚年于江津《寄沈尹默绝句四首》之一云：

论诗气韵推天宝，无那心情属晚唐。

百艺穷通偕世变，非因才力薄苏黄。

陈独秀从"百艺穷通偕世变"——亦即从"一代又一代之文学"的观念出发，他虽不轻视以苏（轼）、黄（庭坚）为代表的宋诗，但其骨子还是崇尚盛唐诗风的。不过，这首"论诗"绝句，论的是诗的气韵与时代变迁的关系，诗自"天宝"而"晚唐"，自李、杜而苏、黄，一言以蔽之，曰"百艺穷通偕世变。""天宝"之诗固为第一流，气韵生动，垂范千古，而至晚唐则不免露出"无那"即无奈之境，诗章不失华丽而气质不免衰颓。责任不在诗人之才情，而乃时势使然，如之奈何？唐诗尚且如此，遑论苏、黄。陈氏于此是为自己晚年"哀乐渐平诗兴减，西来病骨日支离；小诗聊写胸中意，垂老文章气益卑"的心态作历史脚注与审美解说，"诗兴减"与"气益卑"非主观所愿，乃时势所迫，非以人的主观愿望为转移也；同时也为中国诗艺贡献了一条可贵的美学原则。

此外，陈独秀还有些诗句言及诗学。如《病中口占》："斩爱力穷翻入梦，炼诗心豁猛通禅。邻家藏有中山酿，乞取深卮疗不眠"，酒与梦，既是陈诗之催化剂，又是陈诗之造境物；由诗心通向禅心，则是其晚年作诗之佳境。又如《寒夜醉成》："纵横谈以忘形健，衰飒心因得句雄。自得酒兵麈百战，醉乡老子是元戎。"现已无法确知陈氏到底有多大酒量,但"醉里乾坤大,壶中日月长",有"酒兵"在心头激荡,本就豪气冲天的陈氏所作诗章则多呈豪放之美;衰飒心因得句雄,亦如苏轼诗"波澜富而句律疏"。

陈独秀的旧体诗,实为中国诗坛一枝独秀之奇葩。

第二节 汪静之与湖畔诗社

汪静之(1902—1996),安徽绩溪人。1919年在屯溪安徽第一茶务学校读书时开始创作新诗。1920年进浙江省立第一师范学校。1921年9月在《新潮》发表处女诗作。1921年与潘漠华、柔石、冯雪峰等人结成文学社团晨光社,在《浙江日报》上编《晨光周刊》。1922年同冯雪峰等结成湖畔诗社,开始在《新青年》《诗》杂志上发表诗作;暑假到上海学习英文,后在上海出版《支那二月》月刊。也就在这一年出版了产生广泛影响的代表作诗集《蕙的风》。随后,在武汉、保定、芜湖等地教书度日。1926年北伐时,任北伐军总政治部宣传科编纂,后又任《革命军日报》、《劳工月刊》编辑。1928年后,在上海、南京等地中学教书,还担任过建设大学、安徽大学、暨南大学等校中文系教授。1938年后任中央军校广州分校国文教官。1945年起先后任江苏文理学院、复旦大学中文系教授。1952年后曾任职于人民文学出版社古典文学部。晚年隐居于西子湖畔。他著作丰富,诗集除《蕙的风》外,还有《湖畔》、《寂寞的国》、《诗二十一首》(1958年版),文学评论集有《诗歌原理》《作家的条件》和《李杜研究》,中篇小说《耶稣的吩咐》和长篇小说《翠英及其夫的故事》,诗文合集《六美缘》,以及编选的《文章模范》(1—3册)、《爱国诗选》(1—4册)、《爱国文选》(1—4册)等等。

《蕙的风》是中国新诗史上第7本诗集[①]。

---

① 此前出版的六本新诗集分别是胡适的《尝试集》,郭沫若的《女神》,康白情的《草儿》,俞平伯的《冬夜》,应修人、潘漠华、冯雪峰、汪静之四人合集《湖畔》和朱自清、周作人、俞平伯、徐玉诺、郭绍虞、叶绍钧、刘延陵、郑振铎八人合集《雪朝》。

一、暮气沉沉中的少年气象

出版《蕙的风》时,汪静之才20岁,还是个中师学生。诗集一出版,就在诗坛闹得沸沸扬扬。不过,汪静之还是幸运的。当时他就读的浙江第一师范学校是名扬全国的东南新文化堡垒①。而且新诗才刚刚起步两三年,适逢百废待兴的大好时机。还有此时他与曹佩声②、丁德贞、傅慧贞③、符竹因④四位新女性之间的爱情瓜葛使他拥有了相当丰富的书写爱情诗的题材,他说这是他的"诗库"⑤。最后重要的一条是他有像胡适这样的中国新文化运动先驱的同乡(他们俩同为安徽绩溪县上庄余村人)。所以,他就能够拥有像应修人、冯雪峰和潘漠华这样的至交同仁并与他们一起创办了中国新文学史上第一个新诗社团——湖畔诗社,写出了大批的现代爱情诗,并能够让自己的处女诗集在当时影响甚巨的上海亚东图书馆出版,还能够使自己的诗集在出版的时候请到当时就已名震四方的鲁迅审读,胡适、朱自清和刘延陵三人作序和周作人题签。《蕙的风》出版后,胡梦华等几个旧派文人频频发表文章攻击它存在严重的道德问题⑥,新文学阵营内部当时远在美国读书的闻一多也

---

① 1920年"一师"发动过"挽经风潮",迫使原校长经亨颐和"四大金刚"离开学校。学校聘请了朱自清、俞平伯、叶圣陶、刘延陵等老师任教。1921年,晨光社在潘漠华的策划下在该校成立。

② 曹佩声(1902—1973),又名曹诚英,安徽绩溪人,我国最早的作物遗传育种女教授。比汪静之大半岁,二人曾产生过恋情,汪写曹佩声的诗有《题B底小影》和《你已被他霸占》等。

③ 傅慧贞是汪静之追求的一个女性。汪写给傅慧贞的诗有《蕙的风》等,他俩的关系,可参见《六美缘》第37页《慧贞的闪现》里的文字。

④ 符竹因(1903—1983),当年在杭州女子师范就读,学业优秀,1920年底与汪认识,1924年结婚。"静竹爱情"的佳话被汪静之记入他早年爱情诗、《六美缘》(1996年版)和《汪静之情书:漪漪讯》(2002年版)。

⑤ 汪静之著,飞白编:《汪静之情书:漪漪讯》,杭州:浙江文艺出版社,2002年版,第234页。

⑥ 王训昭:《湖畔诗社评论资料选》,上海:华东师范大学出版社,1986年版。

大骂它"只可以挂在'一师校第二厕所'底墙上给没带草纸的人救急"①,当此之时,又是周作人、宗白华、鲁迅等人毅然地站了出来,替汪静之说话,维护《蕙的风》的价值,从而这场关于文学和道德的论争使得汪静之和《蕙的风》声名大震,使《蕙的风》成为新诗史上一部重要的诗集。

经过历史的淘洗,今天来看《蕙的风》,可以明确地看出,它的思想价值大于它的艺术价值。但这不是说汪静之是位思想家和精神战士,汪静之只是一位浪漫派诗人、唯美主义者、享乐至上主义者和"准隐士"。只不过,他和他的爱情诗恰好切合那个时代的审美趣味。

关于《蕙的风》诗集里诗歌的产生,汪静之在《蕙的风》出版时写卷首题词里有一句话"放情地唱呵",这句话包涵了汪静之当时的精神状态。后来,在《我怎能不歌唱》里,汪静之还坦陈了他写诗的内驱力:

我们住的地狱不能变为天堂,

我们的狂欢不能久长,

我们的青春如流水:

我怎能不歌唱?

这表明,汪静之是遵循"心的命令"来写诗的。他说过:"心的命令是不可违的。"②他还说:"我是情动于中而形于言,完全是盲目的,不自觉的。"③在1957年版的《蕙的风·自序》里,汪静之进一步阐释说:"《蕙的风》是我十七岁到未满二十岁时写的。我那时是一个不识人情世故的青年,完全蒙昧懵懂。因为无知无识,没有顾忌,有话就瞎说,就有人以为真实;因为不懂诗的艺术,随意乱写,就有人以为自然;因为孩子气重,没有做作,说些蠢话,就有人以为天真;因为对古典诗歌学习得少,再加上有意摆脱旧诗的影响,故意破

---

① 闻一多:《给梁实秋的信》,转蓝棣之编:《闻一多诗歌全编》,杭州:浙江文艺出版社,1995年版,第19页。

② 汪静之著,飞白编:《汪静之情书:漪漪讯》,杭州:浙江文艺出版社,2002年版,第19页。

③ 汪静之:《回忆湖畔诗社》,刊《诗刊》,1979年7月号。

坏旧诗的传统,标新立异,就有人以为清新。"这是在特定的政治环境下说的特定的话,真真假假,躲躲闪闪,若隐若现,给人"一半清醒一半醉"的感觉,而诗人的矛盾心态可以从其"文本的分裂"中窥见出来。

《蕙的风》收诗 160 多首,其中爱情诗占四分之一。有位研究湖畔诗派的专家,做了一项十分能说明问题的细致工作——他把此前在中国新诗史上已经出版的 6 本新诗集从爱情诗的角度进行了统计,结果发现它们里面的爱情诗的总和还不及《蕙的风》一本里的数量;而当时在写爱情诗方面,在数量上能与汪静之相匹敌的只有刘大白,但因为刘大白的爱情诗如他自评的"用笔太重,爱说尽,少含蓄"①和没有完全挣脱掉旧体诗词的陈腐气味而难以给人新印象而成为可有可无的"旧梦"了②。所以,人们习惯上把汪静之称为中国现代诗歌史上第一位爱情诗人。

虽然,汪静之自小就有"梦中题诗"③的记录,15 岁那年就因爱上曹佩声而作了一首七言绝句向她表白自己萌动的爱情。但是此前他还从未写过新诗。他几乎是在新诗荒原上来开笔写新诗的。虽然他受到了《新青年》上白话新诗的直接诱发,但是当时可资借鉴的中外新诗少得可怜。何况他认为中国现代的书不必去读④。他只推崇周作人⑤和冰心⑥。而外国诗人他则喜欢

---

① 刘大白:《〈旧梦〉付印自记》,上海:开明书店,1926 年版。
② 汪静之著,飞白编:《汪静之情书:漪漪讯》,杭州:浙江文艺出版社,2002 年版,第 124 页。
③ 汪静之著,飞白编:《汪静之情书:漪漪讯》,杭州:浙江文艺出版社,2002 年版,第 401 页。
④ 汪静之著,飞白编:《汪静之情书:漪漪讯》,杭州:浙江文艺出版社,2002 年版,第 266 页。
⑤ 汪静之著,飞白编:《汪静之情书:漪漪讯》,杭州:浙江文艺出版社,2002 年版,第 252—253、269、272 页。
⑥ 汪静之:《蕙的风·自序》,北京:人民文学出版社,1957 年版。

海涅①和泰戈尔②。他是凭借着天资和才情"自动"写情诗的。所以,他的诗就能给人"纯洁天真,活泼乐生"③的美好印象。不管熟悉还是不熟悉他本人的,不管是在国内的还是在国外的中国诗人,只要是持首肯姿态的,都一致赞扬《蕙的风》有可爱的"稚气"而无垂死的"暮气"(胡适语)。这种"少年气象"(宗白华语)令人兴奋、给人鼓舞的是,它不但给新诗带来了光明,而且给当时死气沉沉的文坛添了些微的亮色。因而它的意义由诗之内向诗之外弥散开来,它的作用也就被意外地放大了。

二、欲望化的诗歌文本

浪漫主义的基本品格是激情的表现。汪静之的爱情诗是浪漫主义诗篇。

在20世纪20年代旧礼教旧道德的全面禁锢下,自我解放的总体目标是个体欲望的解放。汪静之在爱情诗里说"我心里筑了一座悲苦的城"(《心上的城》),"心上有了一座悲痛的岛"(《海水与虹霓》)。尽管如此,它们还是给人"不忍不读"而又使人微笑④的审美感受。

汪静之现实欲望文本化过程中的几块界碑是:从1922年的《蕙的风》到1927年的《寂寞的国》,再到写于1922年至1933年十多年的情书集《汪静之情书:漪漪讯》(它是中国文学史上第一部真正意义上的情书集,时间跨度有11年,有约150封信,长达32万字,这是广为人知的徐志摩的《爱眉小札》无法比拟的),最后到1996年之前写的关于他与六位青年女性之间恋爱的"情场痛史"的古体诗文集《六美缘》。我们在这里只谈新诗,后两者就搁置不论了。

先谈诗集《蕙的风》的欲望化表现。《蕙的风》抒写的是"我"与四个恋人

---

① 汪静之:《蕙的风·自序》,北京:人民文学出版社,1957年版。
② 汪静之著,飞白编:《汪静之情书:漪漪讯》,杭州:浙江文艺出版社,2002年版,第125、307页。
③ 宗白华:《〈蕙的风〉之赞扬者》,《时事新报·学灯》,1923年1月13日。
④ 应修人:《心爱的》,见《湖畔》,1922年版。

之间的患得患失的内心情感。这四个女子除了与他白头偕老的符竹因(绿漪、录漪)外,其他三个分别是曹佩声(诗中用 B 代称)、丁德贞(诗中用 D 代称)和傅慧贞(诗中用 H 和蕙代称)。可以称《蕙的风》为"四美缘"。汪静之主张少交友①,保持精神的清洁。他持有现代意义上的婚恋观(比如,他坚持用"伊"而不用"她",除非用"男也"作为一个汉字来替代"他"②),提倡精神之恋③,而非"金莲"、"楚腰"之类。因此,他写爱情诗也就不是狎客听艳曲,遗老作艳诗,而是一种"纯洁的尝试"④。他认为:"道德是依时代精神而转移……破坏旧道德的人不是无道德,却是最有道德的人,因为旧道德已经变成不道德了。"⑤而"这旧道德上的不道德,正是情诗的精神"⑥。在封建礼教蒙昧愚民的欺骗下,中国婚恋里出现了心态畸形的男女。为此,汪静之在《贞节坊》里为"贞女"、"节妇"和"烈妇"而扼腕落泪,在《不曾用过》里辛辣地讽刺了愚人又愚己的"贞男"。因为,汪静之是极力反对"自己镣铐自己"⑦的。诗人含泪地笑着写道:"他独身到七十岁时死了,/他的魂就进了天堂。/他把心呈上上帝查验,——/是一颗枯死的心脏。//上帝悲悯地发怒说:/'你不知已犯了罪恶?/愚人呵!我给你的爱情,/你一点也不曾用过!'"这些有力的诗句说明了"贞女"、"节妇"、"烈妇"、"贞男"等这类在现实中自苦自戕而把希望寄托在未来世界的愚男昧女们就连他们痴信的上帝也不会宽宥他们的。

---

① 汪静之著,飞白编:《汪静之情书:漪漪讯》,杭州:浙江文艺出版社,2002 年版,第 301 页。
② 汪静之著,飞白编:《汪静之情书:漪漪讯》,杭州:浙江文艺出版社,2002 年版,第 161 页。
③ 汪静之著,飞白编:《汪静之情书:漪漪讯》,杭州:浙江文艺出版社,2002 年版,第 230、284、307 页。
④ 冯文炳:《谈新诗》,北京:人民文学出版社,1984 年版。
⑤ 汪静之著,飞白编:《汪静之情书:漪漪讯》,杭州:浙江文艺出版社,2002 年版,第 271 页。
⑥ 周作人:《情诗》,刊《晨报副刊》,1924 年 12 月 12 日。
⑦ 汪静之著,飞白编:《汪静之情书:漪漪讯》,杭州:浙江文艺出版社,2002 年版,第 299 页。

如果说,这里的贞男贞女是一些典型的"旧人",那么,在《小和尚》和《灵隐寺》里诗人写了另一个极端的"新人"形象。前者写了人性未泯的"小和尚"对前来朝拜的妇女流露出"希求的眼色羡慕的神情",后者写了灵隐寺的和尚久已压抑的爱情在春天莅临的时候要沸腾了。"旧人"和"新人"是两个极端的代表。而在《被摧残的萌芽》里,用私生子被抛弃在荒郊野外的景象,来警示那些为数不少的半旧半新的"过渡人"。在思想上汪静之就没有这种过渡性的时代特征,而只有"新人"的战斗风采。他当年备受胡适和宗白华等人推崇的小诗《一步一回头》:"我冒犯了人们的指摘,/一步一回头地瞟我意中人,/我怎样欣慰而胆寒呵。"着一"瞟"字,尽得风流。它展示出诗人对自己"意中人"的那种极其矛盾而又复杂的心态:既想看,又怕看;既倍感欣慰,又深觉胆寒。最后,爱情的力量战胜了一切。所以,诗人才敢于"冒犯"世俗的偏见,恋恋不舍地、不断地瞟他的意中人。但它也从侧面突出了封建势力的顽固和巨大。它既写了封建礼教严密的捆绑,又写了自由爱情的强烈炽热,它确实达到了"趣味在文字的缴绕上"[1]和拥有"曲折的心理情境"[2]这类新文学先驱们对新诗在美学追求上所预设的目标。汪静之的这首诗和分别受到赵景深、宗白华称赞的《祷告》[3]《谢绝》[4],三首诗都摆脱了草创期新诗普遍存在的说理太多的弊病,达到了深入浅出的佳境。

《寂寞的国》是汪静之继《蕙的风》之后的第二本诗集,在这本诗集里,诗人进一步以自我的爱情波折为叙说的中心,好像只顾自个儿说自个儿的,在寂寞的、一个人的天地里倾诉。而且此时他假想的读者、听众由《蕙的风》时

---

[1] 朱自清在《中国新文学大系·诗集·导言》里评价胡适自己最得意的诗《"应该"》之语。
[2] 胡适在《尝试集·再版自序》里认为他的《"应该"》是新诗的"一种创体"而评价它的用语。
[3] 赵景深:《现代诗选·序》,上海:北新书局,1934年版。"作者自己说《蕙的风》是要不得的,而《寂寞的国》较为成熟老练"。
[4] 宗白华:《〈蕙的风〉之赞扬者》,刊《时事新报·学灯》,1923年1月13日。

期的四个女性剧减到只有符竹因一个。这不能不说也是诗人此时寂寞的一层意思。比如,写单恋的有《不曾知道》《她心里有一座花园》《秋风歌》和《野草全枯黄》等,《漂流到西湖》里的"我单思苦恋的爱情,已经绿遍了西湖水",则道出了单恋苦涩而又不肯罢休的滋味,还有写失恋的《独游》、《很好过了》、《笛声》等。这类诗尽管表现出了失望的惆怅,但是更让人体味到诗人在失望的尴尬情境下令人心颤的悲苦——明知希望的不可得、"希望太虚幻"(《希望》),还要苦苦地追求。这种执着不但不使人感觉到诗人是在非理性地表达,反而使读者要为诗人锲而不舍的爱情至上的爱情追求而击掌!他说,尽管"我自己的心中也有了沉重的塔儿镇压"(《雷峰塔》),但是"我为你的美而生"(《赠录漪》),"我为你到世界上来"(《玫瑰》),"我没有信仰","我把你当做上帝",而"你若要命令我不再爱你,我绝对不能从命"(《不能从命》),"你的心是我的故乡,你的心是我的祖国。我生长在你的心里,我最爱住在你心窝"(《挖窖》)。这些诗践诺了他曾经告诉他的爱人符竹因他写诗的秘诀:抒情加大胆①。

从《蕙的风》到《寂寞的国》,诗人生活的圈子进一步缩小,他被时代、生活和情爱,也被自己逼到了一个狭窄的甬道。这再一次体现了诗人一贯的诗歌主张:"我在做诗便是在生活"②,"我的诗就是我的代表"③。而不少的论者认为它表明汪静之在走下坡路,进一步颓废和黯淡④。汪静之本人生前也曾为《寂寞的国》的倍受冷落而焦心⑤。而从艺术的角度,汪静之自认为《寂寞的国》比《蕙的风》自觉些。此时他已经得出了一个诗歌公式:"情感 + 想

---

① 汪静之著,飞白编:《汪静之情书:漪漪讯》,杭州:浙江文艺出版社,2002年版,第407页。
② 汪静之:《寂寞的国·自序》,上海:开明书店,1927年版。
③ 汪静之著,飞白编:《汪静之情书:漪漪讯》,杭州:浙江文艺出版社,2002年版,第57页。
④ 刘大白:《〈旧梦〉付印自记》,上海:开明书店,1926年版。
⑤ 赵景深:《现代诗选·序》,上海:北新书局,1934年版。

象+事实=诗"。在写作《蕙的风》时,他是从他非常推崇的《诗经》①那里借用了比兴手法,所以在诗集里,大自然的一切都被人格化、对象化,都成双成对地"谈"起了恋爱。而在《寂寞的国》里,更多的诗篇,诗人干脆直接使用"你是……""我是……"的二元矛盾对立统一的隐喻性抒情结构,像《太阳和月亮的情爱》《河水》《湖水和小鱼》和《我是死寂的海水》等就是。同时他还常常运用到后来为朱湘所不齿的失败的排比②。但应当看到,在一无所鉴、一无"师承"的情况下,排比的反复运用,有利于避免诗歌结构的板结,有利于使诗歌张开想象的翅膀,从而有可能产生一种"交叉文化蒙太奇"的审美效果。此外,《寂寞的国》多采用西方诗歌的高低格的结构体式,使诗歌呈现出比《蕙的风》更自觉的格律化的倾向,它要比新月派的现代格律诗美追求要早得多,这也是人们在研究新诗格律化、规范化时所不容忽视的!

三、艺术至上、享乐至上

汪静之自幼生活优裕,在其父的引领下,遍游了徽州一带名山大川③。从小到16岁一直和姆妈或阿姐同睡④。15岁前就有了指腹为婚的未婚妻,同她和比她大1岁的小姑妈三人常常在一起玩耍,可谓有了自己的青梅竹马了。所以,汪静之说:"进了中学,仍旧像个小孩,不懂人情世故,受不了一点委屈"⑤。童年和少年的这些经验,使他长大后难免不形成远离社会、倾心山

---

① 汪静之著,飞白编:《汪静之情书:漪漪讯》,杭州:浙江文艺出版社,2002年版,第54、64、90、92、155页。
② 汪静之著,飞白编:《汪静之情书:漪漪讯》,杭州:浙江文艺出版社,2002年版,第20页。
③ 汪静之著,飞白编:《汪静之情书:漪漪讯》,杭州:浙江文艺出版社,2002年版,第24页。
④ 汪静之著,飞白编:《汪静之情书:漪漪讯》,杭州:浙江文艺出版社,2002年版,第169页。
⑤ 汪静之著,飞白编:《汪静之情书:漪漪讯》,杭州:浙江文艺出版社,2002年版,第169页。

林、喜爱美女和崇尚艺术的品性。汪静之把艺术和享乐看得很重要,他从诗集《蕙的风》写作的自发时期进入到诗集《寂寞的国》写作的自觉时期之后,湖畔诗社同仁应修人、冯雪峰和潘漠华纷纷改弦更张地写革命诗并投入现实革命斗争的激流中去了,他不但没有跟着他们去投身革命,反而越来越强烈地追求及时行乐。在1922年7月19日写给符竹因的情书中,他劝慰道:"记得你前信说'生活又很枯燥',我以为总有法子改造的;不然,这种没趣的生活,岂不大有损于精神么?丰润精神,培养心情,最好莫过于艺术——文学、音乐、画图。"[1]而在汪静之看来,诗和诗人又在其他艺术和艺术家之上。他说:"一切艺术,最高超的、最美妙的总莫过于诗,而最多情的大都是诗人"[2],"诗真是一件最可享乐的东西"[3]。正是因为汪静之持诗歌至上观念,所以他不会是个现实主义者,而只能成为浪漫主义者,他宣称自己是个唯美主义者、享乐主义者[4]。1923年6月22日在写给符竹因的祝贺生日的长信中有这样一段话:"人生最大最终之目的为何?求乐耳!流年如水去,青春不再来,极可悲也,于乐何有?……生到世上来为了求乐而有意义,不然等于不生,故须及时行乐也(但是真正高尚的求乐,非俗流之求乐)。"[5]同年11月9日,他又在写给符竹因的信里说:"青春不再来,确是极可哀极可痛的无可奈何的事。但不可因此便灰心一切,专事纵乐怠堕,我们应当更要努力上进,著

---

[1] 汪静之著,飞白编:《汪静之情书:漪漪讯》,杭州:浙江文艺出版社,2002年版,第21页。
[2] 汪静之著,飞白编:《汪静之情书:漪漪讯》,杭州:浙江文艺出版社,2002年版,第330页。
[3] 汪静之著,飞白编:《汪静之情书:漪漪讯》,杭州:浙江文艺出版社,2002年版,第309页。
[4] 汪静之著,飞白编:《汪静之情书:漪漪讯》,杭州:浙江文艺出版社,2002年版,第262页。
[5] 汪静之著,飞白编:《汪静之情书:漪漪讯》,杭州:浙江文艺出版社,2002年版,第293、394页。

书立说,做一点好成绩留在世上,于是我们的精神永远不会再死了。"①可见,汪静之之享乐,不是纵乐、挥霍、颓废;而是要认真地过好每一天。在诗歌里,他也是这样写的,比如《柳儿娇》:"尽力地舞蹈,表出本来的美妙","失去了青春何处找?快把碧波儿搂抱。只管今朝拼命地欢爱去,听他是凋零呀枯槁";又如《我是天空的晚霞》:"但在我被毁灭的刹那,让我再醉舞一番","但在我快憔悴的末日,让我再鲜红一次";再如《我若是一片火石》:"我为了仅仅一秒钟的欢舞,愿把我的生命作牺牲"等等。而且,他还把这种思想传染给他的爱人。比如,在《莫停下你的金樽》的末节所言:"这是甜美的葡萄酒呀,玫瑰一般的清芬,录漪呀,莫停下你的金樽,莫干了你的芳唇。"

四、"做个纯粹的诗人"

20世纪90年代,汪静之曾说这样一番总结性的话:

> 解放前我胆子小,不敢革命;解放后仍旧不敢革命。因为怕组织性、纪律性。从20年代到现在,我都靠不谈政治、明哲保身苟全性命。否则,我不是当烈士,就是当右派,就不能自由自在地游山玩水,自由自在地谈情说爱,自由自在地写爱情诗,我又要命做什么呢?"②

他一生都在有意回避政治,而值得庆幸的是几乎历次政治运动都把他给"漏网"了。只有20世纪50年代中期,他因受冯雪峰问题的牵连而被人民文学出版社停职回家过一次,"文革"时期更是相安无事。此后他一直"隐居"在西湖。从政治的、社会的意义上来说,他真正算得上一个现代的"隐士诗人"了。他兑现了1924年初他在武昌一所中学教书时给符竹因写的信里的愿望:

> 我不愿入世,这个黑暗的社会非诗人所居之地,我见着普通一班"社

---

① 汪静之著,飞白编:《汪静之情书:漪漪讯》,杭州:浙江文艺出版社,2002年版,第392页。
② 龙彼德:《汪静之特写》,《诗探索》,1995年第4期。

会人"就头痛！（我只好把他们取"社会人"这个名字，因他们是溺在社会里的俗人，诗人却是脱离社会的高人）。我只愿做隐士，我只愿"三间无佛寺，一个有妻僧"！我将来定要和你隐于山水之中，做个纯粹的诗人，做个多情的诗人，做个真诗人！这个臭社会绝对不要管他，改造社会是革命家的职务。诗人只管唱他的诗，音乐家只管奏他的乐。①

汪静之认为人间是庸俗，因而多少有些厌世的情绪，但他相信自己和爱情，在《我只有憎恶》一诗里有集中的体现。但是，诗人又不可能不食人间烟火。这种社会意识淡漠的情绪，使他在现实生活里不断地吃亏碰壁。尤其是在婚后，在民不聊生兵荒马乱的岁月里，为了养家糊口，他四处奔波，不断地求职，随后因不善人事，又不断地遭遇解聘……他坚持的"半隐士"的人生理想和生活方式给他带来的也是无尽的悲辛。我们也可以从《汪静之五十年前的一封信》②里见出他在1946年前后的一段心迹：

盖有感于抗战八年之后，大学尽为各学阀各党派所占，已非纯粹的讲学之地。弟既不属于任何学阀，又不属于任何党派，故毫无门路。……仍为一超然的无党无派的自由主义者。……弟素不喜欢加入团体，文学研究会，创造社，文艺协会亦从未加入，虽因此而陷入孤独无援，因此而绝少朋友之交游，亦无悔意也。……六口之家，生活威胁严重，请多方设法为荷。

开一代爱情诗风的汪静之，是个浪漫主义者、是个现代"准隐士诗人"、是个半吊子的厌世主义者，还是个百分之百的唯美主义者和享乐主义者。然而，现实给予他的只是窘迫和艰辛，但他的一生，却充分地实现了"半隐士"的生活目标和唯美的艺术追求。

---

① 汪静之著，飞白编：《汪静之情书：漪漪讯》，杭州：浙江文艺出版社，2002年版，第376页。
② 徐重庆：《汪静之五十年前的一封信》，《香港文学》，1997年第2期。

第三节　朱湘与现代格律诗

朱湘(1904—1933),字子沅,安徽太湖人。父母早逝,1919 年考取清华学校,参加了由梁实秋、闻一多组织的清华文学社。1922 年加入文学研究会,同年在《小说月报》第一次发表五首新诗。1923 年因抵制学校斋务处早餐点名制度被开除。1925 年处女诗集《夏天》出版。1926 年重新复学清华。他自办刊物《新文》,与众不同的是,只刊载自己创作的诗文及翻译的诗歌,且自办发行;终因经济拮据,只发行了两期而终。1927 年第二本诗集《草莽集》出版。1927 年至 1929 年,他留学美国。回国后,因性情孤傲,不会处理世故,虽曾任教于安徽大学外语系,因与校方不和而离职,此后职业始终无着落,生活动荡不安,家庭矛盾也日渐激化。1933 年 12 月 5 日,他在从上海到南京的客轮上,投江自杀。朱湘在二十九年的短暂生涯中,留下了四本诗集即《夏天》(1925)、《草莽集》(1927)、《石门集》(1934)和《永言集》(1936)(生前只出版了前两部),两本评论集即《中书集》(1934)和《文学闲谈》(1934),两本书信集即《海外寄霓君》(1934)和《朱湘书信集》(1936)和三部译著即《路曼尼亚民歌一斑》(1924)、《英国近代小说集》(怀特等著,1929)与《番石榴集》(阿拉伯穆塔密德等著,1936)。可谓著述丰硕、成果卓著,尤其是朱湘诗歌的艺术价值,对中国新诗的积极影响是功不可没的。

一、"代表了中国十年来诗歌的一个方向"

早在 30 年代初期,沈从文就认为,朱湘的诗,"代表了中国十年来诗歌的一个方向","可以说是一本不会使时代遗忘的诗","在中国的现时,并无一个"[1]与他相同。学术界一直认为朱湘是前期新月派中除闻一多、徐志摩外的另一位重要诗人。[2] 有人认为朱湘是文研会会员而非合法的新月派诗人,

---

[1] 沈从文:《论朱湘的诗》,《文艺月刊》社,1931 年第 3 卷第 1 期。
[2] 钱理群、吴福辉、温儒敏:《中国现代文学三十年》,上海:上海文艺出版社,1987 年版,第 172 页。

如钱光培在《现代诗人朱湘研究》专书中就把朱湘写入"文学研究会一群"一章;他从文研会的会员录上推算出朱湘加入该会的时间在1923年到1924年之际;他还认为,尽管朱湘1926年参与了《晨报·诗镌》的活动,次年就出国,1929年归国后又参加《新月》的活动,但很快与其盟主徐志摩反目并对徐诗相当鄙薄,朱湘说:"闻一多刘梦苇最好,汪静之郭沫若次之,徐志摩又次之"①。总之,钱氏已从朱湘与文研会的关系、朱湘与《晨报·诗镌》的起初关系以及朱湘与徐志摩的决裂等方面得出一反"常理"的结论:朱湘并非新月派中人,亦非同志者,而是视若路人的反对者。又如游友基也认为,尽管种种迹象已"使人对朱湘的新月派的'派籍'产生怀疑"②,但是朱湘的诗仍应属于新月派,体现出新月派的流派特征。从诗歌创作角度考察,朱湘虽曾是文学研究会会员,虽不是"合法"的新月派,但他与新月派有着巨大的亲缘关系。1931年陈梦家在编同仁诗选《新月诗选》时已将朱湘列入其中。沈从文当年所说的朱湘的诗代表了中国新诗第一个十年的发展方向,也应是指朱湘的诗所具备的新月派特征(现代格律诗的规范化之要求即"本质的醇正,技巧的周密和格律的谨严"③)而言的。在同辈诗人中,朱湘欣赏闻一多诗歌之幽玄,刘梦苇诗歌之清秀,汪静之诗歌之灵敏和郭沫若诗歌之奔放。④ 他认为,"文学只有一种,不过文学的路却有两条。唯美唯用并非文学的种类,他们只是文学的道路。道路虽然不同,归宿只有一点:这便是,文学,换个法子讲,便是,真的文学,好的文学"⑤。朱湘反对"浮浅"的文学。在新诗草创期,"大家注重的是'白话',不是'诗'"⑥。典型的代表是胡适("作诗更近于作文,更

---

① 朱湘:《朱湘书信集·寄徐霞村》,天津:人生与文学社,1936年版,第41页。
② 游友基:《中国现代诗潮与诗派》,桂林:广西师范大学出版社,1993年版,第301页。
③ 陈梦家:《新月诗选·序》,上海:新月书店,1931年版,第17页。
④ 朱湘:《朱湘书信集·寄徐霞村》,天津:人生与文学社,1936年版,第40页。
⑤ 朱湘:《朱湘书信集·寄徐霞村》,天津:人生与文学社,1936年版,第39页。
⑥ 梁实秋:《新诗的格调及其他》,《诗刊》创刊号,1931年1月。

近于说话"①)。尝试期的中国新诗一直被伪浪漫主义和感伤主义所充斥着,新诗在一种无序的状态下徘徊不前。新诗期待着内容与形式完美契合的经典范本,新诗需要确立一种新的美学原则,走适合自身规律的规范化的发展道路。这一历史重任就历史地落到了朱湘、闻一多等人的肩上。朱湘的旗号是"无形中已有求形美的倾向;所以机缘到了之时,内质与外形便能很匀称和谐的混合起来"②。这便是朱湘心目中那真的、好的文学。朱湘就是扛着这面大旗在20年代后期至30年代前期的中国新诗规范化建设中辛勤地耕耘了十多年,短暂而宝贵的十多年!

二、"朋友。性。文章。这是我一生中的三件大事。"

朱湘作诗并非游戏,而是有着相当深刻的思想精神的积淀与历史文化的结晶。他曾说:"朋友。性。文章。这是我一生中的三件大事。只看我诗文作得最起劲的时候,正是头次尝到性与朋友甜头的时候。"③弗洛伊德的"性欲升华理论"和俄狄浦斯情结已从精神分析学的角度解释了文艺的起源与实质以及作家艺术家从事艺术创作的原始动机。如弗氏说过:"艺术的产生并不是为了艺术,它们的主要目的是在于发泄那些在今日大部分已被压抑了的冲动。"④持此种观点的还有厨川白村,他在《苦闷的象征》中说:"人的生命力受到压抑而产生的苦闷与懊恼"是文艺产生的"根柢。"⑤它的译者鲁迅显然也很欣赏此种论点。朱湘的这种看法与他们不谋而合。朱湘所说的"性",蕴含着的是爱,是人的本能要求,而朋友,是人的社会交际要求。对朱湘而

---

① 胡适:《我为什么做白话诗——〈尝试集〉自序》,《新青年》,1919年5月第6卷第5号。
② 朱湘:《朱湘书信集·寄汪静之》,天津:人生与文学社,1936年版,第20页。
③ 朱湘:《朱湘书信集·寄彭基相》,天津:人生与文学社,1936年版,第17页。
④ 弗洛伊德:《图腾与禁忌》,台湾:志文出版社,第116页。
⑤ 厨川白村:《苦闷的象征》,鲁迅译,新潮社代售,1924年版。

言,只有在性与朋友兼得的情况下,"文学这个笑涡呈颊的女郎是我的爱宠罢了"①。反之,则意味着精神的萎缩与无尽的痛苦。留美时的朱湘就在给友人的信中说过:"我生活上并不苦,只是隔绝人生,不能提笔作文,这是我的两大痛苦。"②具体说来,应该是欲获取而终未获得性、朋友和文章的三大痛苦。据此,可以看出,性与朋友,是一次次触发朱湘创作的根本动因。当然,性、朋友与文章之间的关系,在朱湘那里,又是辩证的。它们成为贯穿朱湘一生的三大环节,是支撑起朱湘生命与艺术的三大支柱,朱湘一生是围绕这三者生活着的,幸福抑或痛苦,这三者又影响了乃至决定了朱湘生命的价值与生命的长度。

首先,朱湘的一生是怎样围着性、朋友和文章打转转的?从性来看,朱湘一直深爱其妻刘霓君。虽然留美时朱湘曾反省地说过这样的话:"几年来只有北京初见面时候最好,那时候人是两个人,心只一片心,那时候我过得最快活。"③但是,朱湘在留美的两年时间里(1927—1929)几乎每一个星期就给刘霓君写一封情深意长的情书,在朱湘死后的1934年12月由北新书局初版的《海外寄霓君》里就收录了106封。可见朱湘对其妻爱的热度和韧度。更有甚者,有时朱湘对其妻还一味地溺爱,他在一次家书中写道:"我又想到上海当时,你同大哥姨奶奶吵闹,大人不见小人怪。"④刘霓君的每一个细微变化(如租房、上学堂、手指痛等)均会掀起朱湘情爱世界里的轩然大波。朱湘常为自己在异地求学而使妻子受苦而自责,并幻想着"把这几年过了,我们就可以享福了"⑤,"回家以后,很想无事时候种种花草,最好住房后面有一片园地"⑥。正是这种魂牵梦绕、刻骨铭心的眷恋,将朱湘的性升华到一片纯美的

---

① 朱湘:《朱湘书信集·寄彭基相》,天津:人生与文学社,1936年版,第15页。
② 朱湘:《朱湘书信集·寄徐霞村》,天津:人生与文学社,1936年版,第39页。
③ 朱湘:《海外寄霓君》,石家庄:河北教育出版社,1995年版,第127页。
④ 朱湘:《海外寄霓君》,石家庄:河北教育出版社,1995年版,第140页。
⑤ 朱湘:《朱湘书信集·寄霓君》,天津:人生与文学社,1936年版,第10页。
⑥ 朱湘:《海外寄霓君》,石家庄:河北教育出版社,1995年版,第177页。

境地。有诗为证:"我好比长流的那河水,/你便是小鱼安居水中。/水作衣将鱼浑身搂抱,/黑夜到白天一刻不松。"①这当然不是说朱湘是位"泛性"主义者。在朋友来看,朱湘是个性中人,个性"狂妄很得严肃"。"他在这些信里得罪了许多人,这是他的率直处,甚至还写信去直骂本人,因此他不能见容于这个世界。"②如,他批评汪静之的《寂寞之国》前辑里的诗"是大半都失败了"③;认为丁玲的《莎菲女士的日记》的结尾太弱④;指出戴望舒的《林下的小语》第一章是多余的⑤,等等。而他的文朋诗友很少能真正理解他。为此,朱湘痛苦地喟叹道:"天下最难的是朋友。"⑥朱湘对朋友,绝不意气用事地进行"棒杀"或"捧杀",更反对拉帮结派的宗派主义。他说过这样一句话:"至于对×××先生×××先生迎头痛击,那是一班文人吐气。"⑦相反,朱湘心里总是装着他的朋友。留美时,他省吃俭用,为的是将来回国后开书店——"作者书店"⑧,"用自筹资金。……这书店的两个最大方针是:(一)大部分盈余拿进作者手中,(二)小部分赔补销得不畅的书,如诗集、学理书等"⑨。但是,朱湘毕竟"脾气不好"⑩,"眼睛太高,对人太不客气"⑪,"性子生得好强"⑫,所以,他原本就很少的朋友愈来愈少了,他本人也感觉到这种生存的尴尬。留美时,他写信对妻说:"我又想回家,可是国内仇人太多"⑬,"我在中

---

① 朱湘:《海外寄霓君》,石家庄:河北教育出版社,1995年版,第92页。
② 罗念生:《朱湘书信集·序》,天津:人生与文学社,1936年版,第1—2页。
③ 朱湘:《朱湘书信集·寄汪静之》,天津:人生与文学社,1936年版,第20页。
④ 朱湘:《朱湘书信集·寄徐霞村》,天津:人生与文学社,1936年版,第40页。
⑤ 朱湘:《朱湘书信集·寄徐霞村》,天津:人生与文学社,1936年版,第36页。
⑥ 朱湘:《朱湘书信集·寄彭基相》,天津:人生与文学社,1936年版,第18页。
⑦ 朱湘:《朱湘书信集·寄赵景深》,天津:人生与文学社,1936年版,第58页。
⑧ 朱湘:《朱湘书信集·寄徐霞村》,天津:人生与文学社,1936年版,第39页。
⑨ 朱湘:《朱湘书信集·寄赵景深》,天津:人生与文学社,1936年版,第58页。
⑩ 朱湘:《海外寄霓君》,石家庄:河北教育出版社,1995年版,第157页。
⑪ 朱湘:《海外寄霓君》,石家庄:河北教育出版社,1995年版,第179页。
⑫ 朱湘:《海外寄霓君》,石家庄:河北教育出版社,1995年版,第131页。
⑬ 朱湘:《海外寄霓君》,石家庄:河北教育出版社,1995年版,第163页。

国结的仇人太多,找事不容易"①。后来的情况应和了他的预言。关于文章,从大处看,朱湘作文是为了中国文化的建设和启示浑圆的人性。② 他说:"我作诗是为中国作事。"③朱湘是位清醒的现实主义者,认识到在当时的中国,比较起实业来,文学显得苍白无力。明知文学之路很艰难,但朱湘依然奋勇而前行,他在给友人的信中说:"只得尽一生精力于这不是当今之急务而是文化之峰的文学罢。"④这也许是作为一个中国现代文人对中国现代文化建设的最好的价值建构方式。当然,朱湘这一思想在爱国情绪极度高涨时也有过变化。1929 年,他说:"我近来思想起一大变化……舍文而取实。"⑤但朱湘的最终的理想人生图景依然是"卖文为生"。他说:"我的理想,是文人能不教书而靠著作来支持生活。"⑥朱湘毕竟是文人,作文能给他带来许多快乐。他说:"创作时好像探险一般,常时看见意想不到的佳境,涌呈于心目之前。创作后好像母亲对着新生儿凝视,详细估量他四肢的调和,肤色的红润,目光的闪动,声音的圆转。"⑦

其次,朱湘人生欲望的三个向度的展开是如何一一被砸毁的。朱湘回国后,身似浮萍,生活无着落,这使他以前的"享福"与"卖文为生"的理想轰毁了。特别是他在回国前曾给了他妻子那么多关于家庭未来美好前景的允诺,在中国的现实面前也只能变成一些令人沮丧的气泡,在经济压力下,他们的婚姻出现了裂痕。钱光培在《现代诗人朱湘研究》第四章《归国后的挣扎和投江》的目录里编排了朱湘归国后的"末日的图景":

返回上海——赴安徽大学教书的时间——筹办外国文学系的努

---

① 朱湘:《海外寄霓君》,石家庄:河北教育出版社,1995 年版,第 130 页。
② 朱湘:《朱湘书信集·寄赵景深》,天津:人生与文学社,1936 年版,第 91 页。
③ 朱湘:《海外寄霓君》,石家庄:河北教育出版社,1995 年版,第 165 页。
④ 朱湘:《朱湘书信集·寄徐霞村》,天津:人生与文学社,1936 年版,第 39 页。
⑤ 朱湘:《朱湘书信集·寄罗念生》,天津:人生与文学社,1936 年版,第 181 页。
⑥ 朱湘:《朱湘书信集·寄罗暟岚》,天津:人生与文学社,1936 年版,第 107 页。
⑦ 朱湘:《朱湘书信集·寄赵景深》,天津:人生与文学社,1936 年版,第 69 页。

力——两度去上海聘赵景深等任教——在安大的挫折与失望——对"温暖而甜蜜的家庭"的幻想——短暂的甜美生活——经济压迫的袭来——夫妻关系恶化——"向希望之星挣扎而前"——1932 年冬到武汉大学谋职的窘况——1933 年春到上海见赵景深时的窘况——离沪之杭求助于二嫂——1933 年夏赴北平求生计——在北平长达数月的期待——给柳无忌的信——1933 年 10 月在南开大学的"最后的讲演"——再度到武大做最后的寻求的落空——回上海对霓君做最后试探的失望——十二月五日投江。①

朱湘因社会与自身的双重原因,"众叛亲离"。几乎只有个别例外,比如苏雪林在他人生难以过去的关口就曾力所能及地帮助过他。早年,苏雪林与朱湘是安徽大学的同事。苏雪林写过《论朱湘的诗》。在苏雪林的印象中,朱湘架子最大,傲气十足。朱湘当时住在教会旧培媛学校的一栋洋楼上,诗名正盛。1932 年 10 月,苏雪林接到朱湘从汉口某一旅店的求助信,苏雪林约他来武大参观。后来,朱湘几次寄诗稿给苏雪林,请代为投稿。1933 年 10 月,朱湘再次来武大找工作,看是否有代课岗位,苏雪林再次给了他一点钱,还请他在武大的消费合作社吃了碗面。这次找工作无果后,朱湘走投无路了,在回安庆的江轮上,投江自杀。随后,苏雪林撰文追忆朱湘道:"生命于我们虽然宝贵,比起艺术却又不值什么,不过谁能够殉艺术,像诗人朱湘这样呢?我仿佛看见诗人悬崖撒手之顷,顶上晕着一道金色灿烂的圣者的圆光,有说不出的庄严,说不出的瑰丽。"②

朱湘那么钟爱着他的性、朋友和文章,可是又有谁来钟爱他呢?!朱湘早就预言:"光明去了时我也闭眼。"③他觉得他决不能这样活,也不值得这样活。于是,经过情感与理性和深思熟虑后,他认真地思考着文艺复兴时期哈

---

① 钱光培:《现代诗人朱湘研究》目录,北京:燕山出版社,1987 年版。
② 苏雪林:《我所见于诗人朱湘》,《苏雪林文集》,合肥:安徽文艺出版社,1996 年版,第 337 页。
③ 朱湘:《草莽集·序诗》,上海:开明书店,1927 年版。

姆雷特的那句话"活还是不活,这就是问题",最终选择了自杀,以"无"来对抗"有",以死来对抗这个荒谬的现实世界。李泽厚评析屈原之自杀选择的深层原因同样适用于朱湘:"他从情感上便觉得活不下去,理知上的'不值得活'在这里明显地展现为'决不能活'。这种情感上的'决不能活'不是某种本能的冲动或迷狂的信仰,而仍然是溶入了、渗透了并且经过了个体的道德责任感的反省之后的积淀产物。它既不神秘,也并非狂热,而仍然是种理性的情感态度。但是,它是虽符合理性甚至符合道德,却又超越了它们,这就是真正的关键所在。"①朱湘命运的悲剧,是性格的悲剧,更是社会的悲剧。

三、由纤丽走向悲愤

以三本诗集为诗路标识,可将朱湘的诗歌创作分为《夏天》期、《草莽集》期和《石门集》期。

在《夏天》期,朱湘的写作还只是一种时代的公共写作,而不具备个人风格的个性写作的品性。朱湘1921年才开始写诗,次年入文研会,21岁时(即1925年)出版处女诗集《夏天》(列入"文学研究会丛书")。在《夏天·自序》中,他写道:"朱湘优游的生活既终,奋斗的生活开始,乃检两年来所做的诗,选存半数得二十六首,命名《夏天》,取青春已过,入了成人期的意思。我的诗,你们去吧!站得住自然的风雨,你们就存在;站不住,死了也罢。"朱湘早期写诗,着力于表现他在"成人期""奋斗的生活"的情感履历,以此与他"青春期""优游的生活"的幼稚的经历区分开来。但这并不能表明朱湘此期的写作已进入思想与艺术的成熟期。朱湘努力脱掉诗的社会功用色彩,不让诗沾染上那个时代的幼稚病,使自己的诗置身于时代风雨之外的"自然的风雨"之中,他多写一些"陈旧"的题材,以磨砺自己的诗艺。在《夏天》里,朱湘以自己的方式描写与歌颂自然风物,如《小河》《鹅》《等了许久的春天》等。在一首题为《春》的诗里,朱湘用九个诗节写了画师的、农人的、乐师的、恋人

---

① 李泽厚:《生死反思》,《文学评论》,1986年第4期。

的、囚犯的、弃妇的、老人的、孤女的和诗人的九种春天,宛如由九个乐章奏出的一曲春之交响曲。请读其中一首:"囚犯的/绿草没有来这里,怕伤他的心。/屋里漆黑,他的日头已经落了。"二十七个字包纳了辽远的诗美空间:季节变换,空间错置,而囚犯被囚于咫尺的监牢,与世隔绝,与春无缘,伴随他的只有漫长的隆冬与无尽的寒夜。这比起当时那些直抒胸臆的白话诗来,多了一层诗意的含蓄和诗美的弹性。这时,大革命已经发生,朱湘没有去写大革命前后的时代巨变,他的诗里也见不出革命的成败,他是从人道主义的立场出发,选取个人化的题材,通过暗示、反复等技法来精心构思他的诗篇,如《废园》:"有风时白杨萧萧着,/无风时白杨萧萧着;/萧萧外更不听到什么,//野花悄悄的发了,/野花悄悄的谢了;/悄悄外园里更没什么"。诗人用三次反复"萧萧"与"悄悄"和排比的方法来渲染废园的衰败及其在诗人心灵之墙上投下的暗淡的阴影。朱湘反对"排比的镣铐"[1],因为乏力的排比,总是可以永无休止地排列下去的。在《夏天》里,也有歌咏友情的温暖的篇章(如《寄一多基相》)和轻唱离别的眷恋的篇什(如《春鸟》)。尽管"《夏天》期"朱湘写的诗也部分地显露了他的艺术手法,但是,"这时代朱湘的诗,并无气力完全超跃这一幼稚时代的因习"——"朴实的描写,单纯的想,天真的唱"[2]。朱湘真正除去那个时代新诗写作的不良积习而形成自己独特的艺术风格,唱出自己独特的声音还是在他创作的第二个时期即《草莽集》期。朱湘说:"我现在以学徒自视,《草莽集》是正式的第一步"[3]。诗集命名为"草莽",名取披荆斩棘、开疆拓土之义,标示出朱湘自觉地进行新诗文体探索、创作现代格律诗的开始。他在给其妻的信中说:"自从我的《草莽集》去年出版以后,我名气很好。"[4]的确,《草莽集》成了朱湘的成名作,奠定了朱湘在中国新诗史上牢不可破的地位。《草莽集》真正践诺了朱湘的那句话——"我回国后决计复

---

[1] 朱湘:《朱湘书信集·寄汪静之》,天津:人生与文学社,1936年版,第20页。
[2] 沈从文:《论朱湘的诗》,《文艺月刊》,1931年第3卷第1期。
[3] 朱湘:《朱湘书信集·寄罗暟岚》,天津:人生与文学社,1936年版,第145页。
[4] 朱湘:《海外寄霓君》,石家庄:河北教育出版社,1995年版,第179页。

活起古代的理想,人格,文化,与美丽,要极端的自由,极端的寻根究底。"①朱湘的诗,对中国传统文化诗艺进行着现代性的转换,而且能天然去雕饰,毫无生涩之处,充分显示了朱湘为诗的天赋。沈从文说:"《草莽集》才能代表作者在新诗一方面的成就,于外形的完整与音调的柔和上,达到一个为一般诗人所不及的高点。"②《草莽集》中又能作为高点之高点的杰作是《采莲曲》。诗的首节是:

  小船呀轻飘,

 杨柳呀风里颠摇

   荷叶呀翠盖,

 荷花呀人样娇娆。

   日落,

    微波,

     金丝闪动过小河。

   左行,

    右撑,

     莲舟上扬起歌声。

  全诗里有"溪间采莲图""溪头采藕图"和"溪中采蓬图"。朱湘非常重视音节,他说:"想象、情感、思想,三种诗的成分是彼此独立的,唯有音节的表达出来,他们才能融合起来成为一个浑圆的整体。"③朱湘擅长"化用古诗中长短句的音节"④。此诗采用的就是一种"词曲式"的格律,每节韵式均为AABACCCDEE,押"人辰韵",传达出了采莲舟过路时随波上下的那种景况。在情致上,本诗展示了江南人民采莲生活中摇篮曲一般、梦一般的柔婉温和

---

① 朱湘:《朱湘书信集·寄徐霞村》,天津:人生与文学社,1936年版,第46页。
② 沈从文:《论朱湘的诗》,《文艺月刊》,1931年第3卷第1期。
③ 朱湘:《朱湘书信集·寄曹葆华》,天津:人生与文学社,1936年版,第29—30页。
④ 朱湘:《朱湘书信集·寄戴望舒》,天津:人生与文学社,1936年版,第35页。

的调子。朱湘自己也说:"《采莲曲》中,'左行、右撑''拍紧,拍轻'等处便是想以先重后轻的韵表现出采莲舟过路时随波上下的一种感觉。"①这节奏、这韵律、这调子,令人忆念起"江南可采莲,莲叶何田田"的佳构来,而且"日落/微波/金丝闪动过小河"又可在苏轼的《调啸词》中找到"历史的回音";在篇章结构上,朱湘也从词曲中"学乖"。他说:"诗行不宜过长,以免不连贯,不简洁,不紧凑"②;"诗章方面我的各种尝试中有一种全章各行长短不定的……是从词学的乖。不过词(大阕非小令)不曾划一字数,我却划一了就是"③。而本诗的对称方式复杂而统一,每节一三奇行、二四偶行、五六和八九奇偶行、七十奇偶行对称。总之,《采莲曲》,在它的情调意境中,完美地为中国新诗呈上了一幅精美的"江南采莲图";在诗艺上,它复活了中国旧诗的新的血液,使新诗与词曲在音乐之河中握手言欢。朱湘说:"天下没有崭新的材料,只有崭新的方法。"④这种"崭新的方法"归纳起来就是朱湘在新诗创作中注重情与景、物与我的对立统一,并从音韵与节奏(用韵严格、韵要与诗的情趣相协调)、用字(新颖与规范)、诗行诗章(独立、匀配、紧凑、整饬)等方面将诗的形体美与音乐美展现出来,诗集中的《摇篮曲》《婚歌》《昭君出塞》《梦》等均有此特点。《草莽集》期,朱湘的诗均以"形式的完美"、"文字的典则"与"东方的静美",成为中国现代格律诗典范之作,朱湘也因此被鲁迅称为"中国的济慈"。奇怪的是,尽管当时社会黑暗、生活窘迫、友谊崩溃、人性卑劣,但在朱湘此期的诗里没有一丁点儿的显露。正如沈从文所言"生活使作者性情乖僻,却并不使诗人在作品上显得纷乱。"⑤朱湘完全不让外界的风寒侵入他的诗中。他一味地沉醉于自己的诗艺探索与创造里,用平静的调子轻吟着他那平常而又美丽的愿望。朱湘是一位纯粹而自觉的诗人。《草莽

---

① 朱湘:《朱湘书信集·寄赵景深》,天津:人生与文学社,1936年版,第69页。
② 朱湘:《朱湘书信集·寄赵景深》,天津:人生与文学社,1936年版,第69页。
③ 朱湘:《朱湘书信集·寄赵景深》,天津:人生与文学社,1936年版,第69页。
④ 朱湘:《朱湘书信集·寄赵景深》,天津:人生与文学社,1936年版,第69页。
⑤ 沈从文:《论朱湘的诗》,《文艺月刊》,1931年第3卷第1期。

》期,朱湘还较早地进行他自称之为"史事诗"①的写作,如《王娇》,7500字,通过错落有致的诗行排列和徐徐上升、复徐徐下降,从容不迫、余音绕梁的诗艺手段,复活了《今古奇观》里《王娇鸾百年长恨》的古老故事,而《草莽集》中对人生与历史进行嘲讽之作(如《猫诰》)又显露出朱湘下一个阶段写诗的方向。

《石门集》期,是朱湘写诗的最后时期。《收魂》(借瘸腿的太白金星为老驴收魂一事曲尽地讽刺着人生与社会)等诗直接吐露出诗人对虚伪社会与卑劣人性的憎恶与诅咒。诗风庄肃严峻,凄苦悲愤(唐弢语)。而且,在此期,朱湘广泛地借鉴西方格律诗四行体,栾兜儿等体式来建设、丰富中国现代格律诗。当然,尽管朱湘此期写作也很自觉,但它们并没有超过《草莽集》期所达到的水准,故不征引详评。

朱湘的整个诗歌创作,从《夏天》期到《草莽集》期最后到《石门集》期,由抒写个人际遇不幸到抒写忧国忧民之哀思到对外国格律诗形式的借鉴和对中国古诗词的现代创新,生动地凸现了朱湘在不同历史时期的艺术追求及其嬗变。这是一条由个人走向社会、由内心走向外界、由纤丽走向悲愤的渐次开放的道路。正是在这样一条并不长的诗艺追求之路上,朱湘潜心于对中国新诗的艺术秩序进行着规范化的努力,中国新诗发展史也因此留下了朱湘高大的背影。

第四节　方令孺、方玮德与新月诗派

方令孺(1897—1976)　女,安徽桐城人,出自桐城名门。祖父方宗诚是知名的理学家,父亲方守敦谙熟诗书经典,自命清高,不曾踏入仕途。方令孺7岁丧母,在家排行第九,人称"九姑"。由于父亲的喜爱和家庭浓厚的传统文化氛围,方令孺受到了良好的传统文化教育。19岁时,嫁给一官绅之子陈平甫,但由于二人志趣不投,婚后感情不好。1923年,方令孺随夫携大女儿

---

① 沈从文:《论朱湘的诗》,《文艺月刊》,1931年第3卷第1期。

漂洋过海到美国求学，先后入华盛顿州立大学和威士康辛大学攻读外国文学。1929 年回国不久，夫妻即行分居。方令孺自食其力并担负抚养三个女儿的重任。1930 年，由清华大学教授邓叔存（即邓以蛰先生，著名美学家、美术史家，安徽怀宁人）介绍，到青岛大学中文系任讲师，讲授《昭明文选》和《大学国文》。此时，校长杨振声是五四时期就很著名的文学家，闻一多任中文系主任，陈梦家任助教。同年 5 月，方令孺在南京玄武湖与徐志摩、陈梦家邂逅相遇，又结识了在中央大学任教的胡怀琛、宗白华、吴宓等人。后来，这些学界名流组成了南京的文化沙龙，方令孺参加其中，并受他们的影响走上文学道路。也是在这年秋天，方令孺同陈梦家商议，打算在《新月》之外再创办一个专门发表诗歌的刊物。后来，陈梦家去了上海，把这个想法告诉了徐志摩。对此，徐志摩很高兴，马上发信四处收稿。1931 年 1 月，《诗刊》创刊。这个刊名就是根据方令孺的建议而定的。

方令孺的侄儿方玮德与陈梦家是同学，同为新月派诗人，又同为闻一多的学生，共同的志趣爱好使他们走到一起，方令孺开始创作新诗，并向《新月》杂志投稿，成为新月派的重要诗人，和林徽因一起成为"新月派"仅有的两位女诗人，被称为"新月女才子"。这一段时间，是方令孺文学创作的重要时期。1958 年以后，方令孺任浙江省文联主席，在社会工作之余，发表了数十篇散文和一些诗歌，这是她创作的第二个主要时期。方令孺以饱满的激情歌颂党，歌颂各条战线上的英雄模范，谴责美国的假民主、真霸权面目，显示出一种时代的精神和振奋。"文革"中方令孺被"打倒"，后下放"五七"干校，在"四人帮"垮台的前 6 天，即 1976 年 9 月 30 日病逝。

方令孺的创作主要是散文和诗歌两类，创作的旺盛期是 30 年代和 50 年代，其中 30 年代的创作成就更突出一些。

方令孺 30 年代的散文情感细腻、笔法细致，文中隐约透露出诗人的忧郁和彷徨。方令孺擅长写书信体散文，用写信的方式让身居斗室的自己浮想联翩，缅怀逝去的友人，思念远方的亲朋，回忆过去的岁月，思索未来的人生。《信》是一位多愁善感而多思的女性的内心独白。她诉说自己的苦闷、彷徨，将生命视为"一个不可解的谜",同时又渴望生命的创造和再创造,向往一种恬淡宁静中透出的睿智、超然。《志摩是人人的朋友》是她悼念因飞机失事而不幸遇难的文友徐志摩的散文,在深沉哀婉的氛围中,尽显故人生前的性情和风采。《悼玮德》是她为因病早逝的侄儿方玮德所写的悼念文章。文中,作者的情感沉痛哀婉,在饱含悲痛的语言中尽显侄儿生前执着、坚强、真诚、热情的为人和性情。方令孺的游记散文善于将丰富细腻的心灵感受渗透在自然景物的描写中。《游日杂记》记叙作者 1935 年 9 月前往东京看望姐姐的旅途历程及自己的心理感受。写景、叙事、议论与抒情融为一体,夹叙夹议,富含真情。写于 1936 年的《琅琊山游记》同样显示了方令孺融情于景、情景交融的散文艺术手法。

方令孺的诗歌清新、质朴、意象单纯、诗风优柔蕴藉。《诗一首》发表在 1931 年 1 月《诗刊》创刊号上,是一首恬淡宁静中透出睿智和超然的诗:

爱,只把我当一块石头,

不要再献给我,

百合花的温柔,

香火的热,

长河一道的泪流。

看,那山冈上一匹小犊,

临着白的世界;

不要说它愚碌,

它只默然,

严守着它的静穆。

此诗是一位已婚女子委婉地拒绝倾慕者的内心独白。她并非没有热血激情,也并非是心性愚碌,只是在经历了爱情和婚姻的失望后,宁愿固守内心的静默,以超然的态度面对人生而已。诗歌曲折而含蓄地表达了诗人不再渴求爱,宁愿固守内心宁静的想法。新月派诗人陈梦家特别称赞方令孺的这首诗,他评价道:"这是一个清幽的生命河中的流响,她是有着如此样严肃的神采,这单纯的印象素描,是一首不经见的佳作。"①方令孺此时的诗,意象单纯,意蕴含蓄,讲究技巧的周密和格律的谨严,具有与新月诗派一致的风格。

方令孺的诗作虽清新婉转,感情上却很冷峻理性,或许这与她不幸的家庭婚姻生活和较早地走上自立自主的生活道路有关。尽管不幸的婚姻让她心头有一层抹不去的阴影,但她并没有沉郁其中,更没有自怨自叹,而是在孤独与清寂中让自己的心与大自然相交流、相沟通。如《灵奇》就是一首诗人独自一人将心灵融于自然之中的抒情诗:

有一晚我乘着微茫的星光,
我一个人走上了惯熟的山道,
泉水依然细细的在石上交抱,
白露沾透了我的草履轻裳。

一炷磷火照亮纵横的榛棘,
一双朱冠的小蟒向前宛引领,
导我攀登一千层皑白的石磴,
为要寻那镌着碑文的石壁。

你,镌在石上的字忽地化成,
伶俐的白鸽,轻轻飞落又腾上;
小小的翅膀上系着我的希望,
信心的坚实和生命的永恒。

可是这灵奇的迹,灵奇的光,
在我的惊喜中我正想抱紧你,

---

① 《二十世纪中国作家怀人散文·谢冰莹集》,北京:知识出版社,1997年版。

我摸索到这黑夜,这黑夜的静,
神怪的寒风冷透我的胸膛。

诗人独自一人漫步在山间石道上,"我"与周围的榛棘、露水、石壁、碑文、微弱的星光融为一体,完全沉浸在星光笼罩下的自然之中。面对石壁,"我"思绪万千,浮想联翩,碑文上的文字化成了"白鸽",系上了我的希望——坚实的信心和永恒的生命,但人生的希望和理想犹如自然中"灵奇的迹"、"灵奇的光",只是一闪,难以实现,令人心凉。《灵奇》诗思曲折委婉,含蓄蕴藉,诗人渴望理想,渴望生命的坚实,但总有抹不去的阴影和忧伤让诗人忧郁、彷徨。《月夜在鸡鸣寺》《枕江阁》等抒情诗同样传达了诗人独自一人置身于自然之中的情绪。这些诗作在清冷孤寂中散发着幽香,诗人的期盼与渴望,惆怅和苦闷都溶于其中。《听雨》更是一首婉转流畅又夹杂着淡淡忧伤的小夜曲,"是谁在空林里挥泪,谁在檐前啜泣,谁把悲哀尽量在夸张?不,是谁从太多愁的心里漏下盛不住的愁,趁夜静,趁满天云霾遮着月光,悄悄,掏出几点……慢慢地在较量?"在女诗人笔下,连忧愁也变得轻盈、美丽。

1940年5月,方令孺的好友、复旦大学校务长孙寒冰在日本敌机轰炸下不幸罹难,方令孺悲愤地写下长诗《悼寒冰》,表达了对敌人罪行的无比愤慨和对死者的深挚怀念。此诗一改以往清新婉约的诗风,变得明快、粗犷、激烈。这表明,在时代的腥风血雨中,方令孺已摆脱"新月"的束缚,走出往日的苦闷彷徨,完全站到了民主爱国、担当民族解放重任的民主战士一边。

方令孺的作品大都散见于各种报刊,选编成集的有1945年文化生活出版社出版的散文集《信》,1980年台北洪范书店出版的《方令孺散文集》和1982年上海文艺出版社出版的《方令孺散文选集》等数种,其中后两个版本的散文选集均附有她的部分诗作。

方玮德(1908—1935)　字重质,安徽桐城人,其父方孝岳、表兄宗白华、九姑方令孺,都是著名学者诗人。他成长的文学环境很好。可不幸的是,他11岁丧母。这对他的打击很大很强烈。在后来他写的《丧裳》里有反映:"姑娘,我额上的雪花融成了冷汗下降,我眼睑前的雪化成了热泪几行——我发上,肩上,衣服上,满盖的是雪,我好像穿了件缟素的丧裳。姑娘,我想起十年前的曾为我阿娘穿上凶惨的麻服映出了撕碎的心肠;母亲的爱早断了我孤心的苦梦,到如今只剩下父亲,还有——姑娘!"

桐城中学毕业后,考入南京中央大学外国文学系读书,与陈梦家同学。此时,九姑方令孺、表兄宗白华也都在南京。他们在南京结成小文会,经常一起谈人生谈艺术。从1929年起他就在《新月》《文艺》《诗刊》等上发表诗歌,颇得闻一多、徐志摩赞赏,成为新月诗派的后起之秀,其诗风轻灵飘忽,凝重中显出温柔,逐渐形成清纯轻灵、韵律和谐的风格。他的诗歌以《幽子》和《秋夜荡歌》最具代表性。尤其值得提到的是,他与陈梦家同题唱和的长诗《悔与日》,淋漓尽致地表达了当时一代青年人不满于社会的沉郁、焦急和愤懑的情绪,引起青年人的热烈反响。据谢冰莹在《方玮德》一文中回忆,方玮德本应在民国二十年毕业于南京中央大学的,但是,"因为追求黎宪初小姐的缘故,他跑去北平清华园里住了一年,写了一部丁香花诗集"[1],所以才推迟到民国二十一年毕业。大学毕业后,又"因为黎小姐对他的态度太冷淡,使他实在受不了,才跑到山清水秀的厦门来教书"[2]。在厦门集美学校任教期间,致力于文学创作和翻译。这使他与同在厦门教书的冰心有机会接触。1932年参与创办文艺刊物《灯塔》,出二期而止。1933年病倒于厦门,1934年暑期到南京,不久赴北平,次年因肺病逝世,年仅27岁。令人感动的是,尽管黎小姐一开始对方玮德表现出极度的冷漠,但是随着两人渐渐了解,他们之间产生了真正的恋情,尤其是在方玮德病重期间,黎小姐"尽心服侍,数月不懈,鞠躬尽瘁,人所不堪,真正表现了伟大的牺牲的精神的爱"。宗白华还曾这样称赞黎小姐:"她是玮德短短的生命中唯一的幸福与最后的安慰。她给予玮德这灰色苦痛的人生披上了一幅温柔的金色轻绡,使玮德能对生命谅解。"[3]方

---

[1] 《二十世纪中国作家怀人散文·谢冰莹集》,北京:知识出版社,1997年版。
[2] 《二十世纪中国作家怀人散文·谢冰莹集》,北京:知识出版社,1997年版。
[3] 宗白华:《昙花一现》,《文艺月刊》,1935年6月1日第7卷第6期。

玮德英年早逝,写诗不多,据说,他生前出版过《玮德诗集》《秋夜荡歌》(诗集)和《丁香花诗集》,但都没有具体的出版信息,都无法考证这些"私印品",现在能见到的只有陈梦家编的《玮德诗文集》,1936年由上海时代书局出版。

方玮德写于20个世纪30年代初的那些诗歌,几乎都是在大学期间写的,而且几乎都是些情诗,属于典型的"青春写作"。如《秋夜荡歌》:"八月的天掉下一些忧伤,/雁子的翅膀停落在沙港,/看不见一颗夏天的星光,/让路草告诉我它的仓皇;/我摇荡,摇荡,/盖妮,你的影子在我心上。//我摇过无数幽暗的村庄,/岸上的虫子合拢来歌唱,/这四野罩满了一片凄凉,/露水也笑我心头的狂妄;/我摇荡,摇荡,/盖妮,你的影子在我嘴上。//东方招呼我大红的光亮,/看河水铺起云霞的衣裳,/落叶太息我模糊的疯狂,/雄鸡也停止了我的梦幻;/我摇荡,摇荡,/盖妮,你分明在我的身上。"对方玮德的这些"不害人不误国"的诗,宗白华评价很高。他说:"提起他的白话诗,真是新文学里的粒粒珍珠。情致的热烈而潇洒,文字的流利飘逸,节奏韵律完全来自他一片天真的心,反对白话诗的人,如果真肯虚心读它,恐怕也可以改变他们的顽固成见(可惜还没有有识的书店,肯将他自订的诗集本出版,然而他的诗之可以长存是无疑的)。"①同为新月派诗人的孙毓棠在《玮德的诗》一文中写道:"玮德死后仅仅给我们留下了二三十首短的抒情诗……这些诗篇几年来分散在各杂志上发表。单独刊印的只有1932年所印《丁香花的歌》,书仅五页、包括诗两首,最足以代表玮德的作风。"②也就是说,方玮德是用真情写诗,诗风热烈而不失法度,是新诗里"格律体"一脉的代表者之一。

总之,在现代安徽诗人中,方令孺和方玮德是新月诗派的重要诗人,为中国新诗的规范化做出了自己的贡献。

---

① 宗白华:《昙花一现》,《文艺月刊》,1935年6月1日第7卷第6期。
② 孙毓棠:《玮德的诗》,《文艺月刊》,1935年6月1日第7卷第6期。

第五节　许承尧、吕碧城的旧体诗词

许承尧（1874—1946）　字际唐，别署疑庵，晚号疑翁，安徽歙县人。1894年中举人，1904年中进士，改庶吉士。次年即放弃京官，回乡办学，任新安中学堂和紫阳师范学堂两校监督。继而与黄宾虹等组织"黄社"，以诗文鼓吹革命。被人告发后返京，授翰林院编修兼国史馆协修。辛亥革命后，曾先后任安徽都督府高级参谋、甘肃省府秘书长、甘肃渭川道尹等职。1924年辞官返歙县，至老不复出仕，致力于故里的文史搜辑工作，编《歙县志》，撰《歙事闲谈》。许承尧为近代诗人，又是史志学家与书法家，诗的成就尤其突出。黄山书社1990年出版《疑庵诗》，存诗十四卷，附录二。汪辟疆《光宣诗坛点将录》称："疑庵诗，风骨高秀，意境老澹，皖中高手。"

许承尧的诗在描写社会生活与山川自然两方面都很突出。他生在晚清至民国之际，遭逢很多重大的历史事件与社会变故，像很多仁人志士一样，他爱国忧民，关心民生疾苦，渴望变革图强，发而为诗，思虑精微，忧愤深广，具有很强的现实内容和时代特征。如"匦地风云暗，凭城虎豹嗥。苍生泣高俎，碧血浣欧刀。"（《匦地四首》）揭露"八国联军"入侵北京，屠杀中国人民的罪行。诗人1913年冬在赴兰州途中，经过石壕村，写下《石壕村》一诗：

> 我过石壕村，忽忆石壕行。杜老呕血语，呜咽如闻声。嗟彼宜禄郊，莫漫争此名。父老为我言，老睫犹自莹。去岁造共和，此地嗟鏖兵。一战崤陵东，再战渑池城。奇事怵心目，千骸排纵横。旷野撑枯骸，群乌日飞鸣。龙蛇既已起，鸡犬安得宁？至今闾里间，两日一食并。我闻父老言，怃立心怦怦！述之为歌谣，以俟仁者听。

极写军阀战争的残酷以及给人民带来的灾难，触目惊心而动人魂魄，该诗从构思立意到叙述视角，以及诗中流露的仁者之心，都颇似杜甫的《石壕吏》。"一姓再兴原不许，万方多难更谁纾？"（《彼黍四首》）斥责张勋复辟。《惰民八首》谴责日本侵略者的暴行，歌颂为国死难的勇士，痛惜国人"自相夷残"，愤激慷慨，沉郁悲壮，充满爱国主义的激情。抗日战争胜利以后，他写下了《痛定篇六首》，其中《县长来》《老估叹》《乡长寿》《官拥兵》等，对国民党反动官吏鱼肉百姓,敲骨吸髓的行为进行了深刻的揭露和讽刺,对人民的苦难深表同情。

许承尧的山水诗主要写中国的东南山水和西北风光。东南山水以写家乡的黄山为多,诸如《发慈光寺至文殊院六首》《文殊院四首》《黄山杂诗二十首》等均见特色。《文殊院四首》其二云:

> 雄风破空来,驱云蹋天走。惊涛悸心目,奔石落肩肘。群峰易其次,倏忽分见否。见如舟出峡,一闪复无有。掉头偶不虞,云气咽满口。老松与风战,如人竞张手。百撑不一折,颇恃鳞甲厚。山灵顾怜之,鏖斗不使久。吾徒饭未毕,旭日已窥牖。

写黄山老松与雄风战斗,夸张渲染,活灵活现,惊心动魄,想象奇特。其他写江南风物的,如《富春江二首》之"半弯挑菜路,百丈钓鱼矶。水爱天然净,花怜雨后稀。"《游灵金山道中作二首》之"林隙漏天光,筛金碎夕阳。人依苔磴古,衣惹箬云香。"等皆清丽自然,一派天机流泻。至于写西北风光的诗篇,则雄浑俊朗,气象开阔,亦是不凡。如写登黄河岸边的北山寺有云:"山巅清梵声,袅袅云中回。月明千峰白,疑有孤鹤来。下视足底流,潋滟酒一杯。长城作衣带,北斗相徘徊。"(《北山寺》)写实与想象相结合,突出山寺之高,超然出尘。又如写河套中遇大风:"河张古镜夐,天染蔚蓝纸。微波送一叶,万象各欢喜。……霾头如渑滪,咫尺惊沙起。横扫大漠来,千里怒未已。全河供一噀,巨浪立齿齿。"写大风袭击的前后变化,历历如绘,蔚为壮观。

《疑庵诗》中有一些对宇宙时空及生命现象的沉思,将科学知识与佛经语言、地理名词等等结合起来,斑驳陆离,别具一格。如《言天》中说:

> 星球有老少,斯语匪我欺。试观流与彗,确证何然疑。原质不生灭,游衍无边陲。最初果何有?名"爱耐卢尼"。此"爱耐卢尼",非出真宰为。更思求其朔,冥阆不可窥。万球本一祖,盈缩相推移。为有互吸力,遂生成毁期。……茫茫大宇中,脑电纵横飞。如金合一冶,如水合一卮。为同一原质,不受迹象羁。云何得比例,光线无差池?灵魂较光线,速率尤神奇。佛家轮回说,我请更大之。此语无左验,留侯通人推。

该诗思考物质的生灭、脑电的速率、灵魂的神奇,既继承了屈原《天问》的探索精神,又建立在现代科学的基础之上,对于一个旧式诗人来说显得难能可贵。就其容量来说,已经大大超过了黄遵宪的《今别离》等诗。又如《五十杂感八首》中说:"我生从何来?我去复何之?我不知我谁,我被谁驱驰?此我固易毁,世亦有成亏。无情与有情,何苦相攀追?终生聋且瞽,郁郁扃此悲。"这种玄思颇合西方的存在主义之思。浙江诗人马一浮、安徽诗人方东美也喜欢做这种存在之思,他们是近代为数不多的带哲学家气质的诗人。

写日常生活情趣、酬唱赠答、题画论艺的诗在《疑庵诗》中自然也占很大的比例。他的追悼已逝亲人、怀念朋友的诗也值得一提,大抵情真意切,感人至深。如《清明日遣奠亡女素闻》:

石榴庄畔路,吾女惨停棺。惊见清明日,连天柳树寒。早衰摧鬓发,奇痛贮心肝。不敢亲临视,求人奠一箪。

因为心中奇痛,清明日不敢临棺祭奠亡女,只好求人代为祭奠,悲痛宛转,催人泪下。

在艺术风格上,许承尧不囿于某家某派,而是转益多师,量体裁衣,只求适情达意。他在《疑庵诗·自序》中说:"余为诗初爱长吉、义山,继乃由韩入杜,冀窥陶阮。于宋亦取王半山、梅圣俞、陈简斋。明清二代,时复旁撷,无偏嗜,故无偏肖。因时变迁,惟意所适,取足宣吾情,自娱悦耳。"确如其言,许承尧诗风格是多样化的。早期有些诗明显受李贺影响,如《行野》:

冬山自抱冬云睡,野田忽造霜天地。老鸦弄影团团黑,独屋钟声赴寒色。篱外横斜拒霜死,昨日秋魂呼不起。照眼无端见铁枝,喜汝先春孕妍理。

写冬天的田野死气沉沉,而在荒凉肃杀的环境中,又见"铁枝"蕴含着生机,当有所寄托。风格凄清险怪,用字用韵都像李贺的一些诗。其五言古诗颇类韩愈,铺陈雕镂,浪漫奇崛。《石壕村》一类的诗继承杜甫、孟郊、梅尧臣一路,灌注着强烈的现实主义精神。"物极诚难再,情秾更易伤。迁流从万化,怜汝未能忘。"(《新秋将归歙感作》)则类似陶潜声气。

吕碧城(1883—1943)　字圣因，安徽旌德人。近代著名女词人。生于翰苑世家，禀赋高，富文才，具有叛逆性格，常常特立独行。早年曾致力于女权运动，出任北洋女子公学总教习。中年出国，曾卜居瑞士日内瓦湖畔与阿尔卑斯山中，皈依佛教，以弘扬佛法为己务。1943年病逝于香港。早年有《信芳集》多种版本行世，收诗词文，晚年有《晓珠词》四卷。诗精纯老练，写女子豪情的诗如《书怀》《写怀》《和梅花馆主见赠原韵》尤有特色，可与秋瑾的诗相媲美，只不过被词名所掩。词的成就更高，论者常将她与李清照相提并论，揄扬有加。樊增祥、易顺鼎皆称赏她的才华，龙榆生誉之为近三百年名家词之"殿军"，钱仲联《近百年词坛点将录》称："圣因近代女词人第一，不徒皖中之秀。"

吕碧城生活的时代，海禁松弛，西风东渐。为时代思潮所激以及视野的拓展，吕碧城词能"以新材料入旧格律"（吴宓语），此其与李清照显著不同之处，是其一大贡献。如倡导女权的《满江红·感怀》：

晦暗神州，欣曙光一线遥射。问何人，女权高唱，若安达克？雪浪千寻悲业海，风潮廿纪看东亚。听青闺挥涕发狂言，君休讶。　幽与闭，长如夜。羁与绊，无休歇。叩帝阍不见，愤怀难泻。遍地离魂招未得，一腔热血无从洒。叹蛙居井底愿违频，情空惹。

若安，今翻译罗兰夫人，法国女革命党人，吉伦特派主要领导者之一。达克，今翻译贞德，百年战争时期法国女民族英雄。引用外国著名女性为例，在词中颇为新颖。数千年的封建枷锁牢牢禁锢着女性的身心，使她们陷入无穷的黑夜，该词勇于冲决封建罗网，为女权与民主鼓与呼，一洗闺怨愁苦之音，振聋发聩，风格沉雄，迥异前人。

吕碧城词的"新"突出表现在她的异域风光词方面。她游学欧美，长期居瑞士，颇多观感，遂将异国他乡的风物纳入词的创作之中，数量多且成就高，这也是她对词坛的一大贡献。如写在阿尔卑斯山乘雪橇的《玲珑玉》：

谁斗寒姿，正青素、乍试轻盈。飞云溜屐，朔风回舞流霙。羞拟临波步弱，任长空奔电，恣汝纵横。峥嵘。诧瑶峰、时自送迎。　望极山河冪缟,警梅魂初返,鹤梦频惊。悄碾银沙,只飞琼、惯履坚冰。休愁人间途险,有仙掌、为调玉髓,逶迤填平。怅归晚,又谯楼、红灿冻蘂。

青素,青女素娥的简称,借指滑雪的女子。上片描写滑雪女子的身手不凡,迥异于"临波步弱"的古典女性。歇拍写瑶峰迎送,人与物谐。下片紧承上片,先运用古典意象写雪山美景,灵气飞动。接着转入抒情,盼望仙人调就玉髓般的白雪将人间的坎坷填平,表现了关心民间疾苦的胸怀。该词写乘雪橇滑雪,题材新颖,豁人心目,借景抒情,设想奇特。又如《解连环·巴黎铁塔》:

> 万红深坞。怕春魂易散,九州先铸。铸千寻、铁网凌空,把花气轻兜,珠光团聚。联袂人来,似宛转、蛛丝牵度。认云烟缥缈,远共海风,吹入虚步。 铜标别翻旧谱。借云斤月斧,幻起仙宇。问谁将、绕指柔钢,作一柱擎天,近衔羲驭。绣市低环,瞰如蚁、钿车来去。更凄迷、夕阳写影,半捎蒨雾。

开头三句,写对塔的平视景象。巴黎有"世界花都"的美称,"万红深坞"点明巴黎铁塔所在的位置。接下去写仰视铁塔,用"千寻""凌空"突出其气势,连用六个韵句(聚、度、步、谱、宇、驭),写其高度,此是重点,故工笔细描。"绣市低环"以下写登塔俯视景象。以上从平视、仰视、俯视的角度,以现实加想象的笔法,写对巴黎铁塔的观感,秩序井然,语言流转合律,足见吕碧城描绘的功夫。该词属于"咏物词",咏物词以有寄托为高,该词结尾"瞰如蚁""更凄迷"诸语,微微透露作者的感情色彩,人生短暂之感喟、身世之悲、家国之情等等皆蕴藏其中。其他如《玲珑四犯》(虹影牵斜)写日内瓦之铁网桥,《江城梅花引》(搴霞扶梦下苍穹)写日内瓦湖畔樱花盛开,《绛都春》(禅天妙谛)写意大利火山,《金缕曲》(值得黄金范)写纽约港口自由女神像,《多丽》(海潮多)写在大风雪中渡英吉利海峡等等,皆为长调,豪宕纵横,辞彩华茂,堪称佳作。

孤云《评吕碧城女士信芳集》将吕碧城与李清照相比较,说:"至若碧城,则以灵慧之才,负磊落之气,下笔为文章,无论赋物写怀,皆豪纵感激,多亢坠之声","其气体骞举,句势峥嵘,直与太白歌行相抗"。"豪纵感激""句势峥嵘",指的是吕碧城的长调词作,如她的域外风光词。相反,吕碧城的中调、小令则多为婉约之作,或清新明丽,或哀婉缠绵,自有引人入胜之处。如《生查子》:

> 清明烟雨浓,上巳莺花好。游侣渐凋零,追忆成烦恼。当年拾翠时,共说春光早。六幅画罗裙,拂遍江南草。

上片写当前,正值清明、上巳时节,春光无限,但"游侣渐凋零",无人与同游,不禁悲从中来。下片写追忆,回想与女伴游春的情景,芳洲拾翠羽,罗裙拂芳草,浪漫而温馨。虽然"追忆成烦恼",但忍不住要追忆,过去与现在对比,失落感油然而生,令人情何以堪!上片歇拍"追忆成烦恼"逗引下片,过片"当年"句上承"追忆",衔接自然。虽是小令,也很讲究章法,情思宛转缠绵,放在《花间集》中亦毫不逊色。

吕碧城腹笥繁富,词中喜熔经铸史,表现在长调中,便有堆垒故实、用典过多的毛病。用中华典故或实名写域外风光,多少有些不够妥帖,如《月华清》(雕影横秋)写阿尔卑斯山,以"巫云""蜀峰"指称,让人觉得隔。有些篇章堆垛秾词艳语,有伤真趣,如《惜黄花慢·蜡梅》云"麝苞微绽,浓薰秀幌,蜜英斜鞭,蒨引瑶觥",反觉与梅的风骨绝不相类,如同杨圻所反对的"珠扎美人"。

第六节 田间与街头诗运动

田间(1916—1985),原名童天鉴,安徽无为人。父亲童冠群本是一介书生,读过一些进步书刊,后经营过木材生意。田间早先在家乡王家大村读私立小学,那时就喜读《诗经》和《孔雀东南飞》等。1930年到无锡辅仁中学读书,一年后转入陶行知创办的南京安徽中学,接着考入芜湖安徽省立第五中学读书(赭山中学)。1933年读完高二后,田间考入上海光华大学政治系(前身为圣约翰大学),与马子华、蒋弼、蒲风、柳倩、穆时英、赵家璧、潘且予、周德(周而复)等同学,并与马子华、蒋弼一起办《轨道》。1934年经过蒋弼、苏灵扬等人介绍,田间加入中国左翼作家联盟,参加《文学丛报》(聂绀弩为主审)、《新诗歌》的编辑工作,并与中国诗歌会同仁打成一片。由此可以看出,田间一开始走的就是一条革命路线。

1935年,田间主编《每周诗歌》,并把近三四年来写的诗整理出40首交由上海群众杂志公司出版。这就是田间的处女新诗集《未明集》。书前有左翼文艺理论家王淑明的"序"和田间的"自序"《我是怎样写诗的》。正如田间在自序里谈到的,他的这些诗歌"没有诳语",只有"诚实的灵魂,解剖在草纸上"。田间的这些诗,为人民而歌,诗风明朗朴实,呈现出大众化倾向。

1936年,田间出版了两本广有影响的诗集。第一本是由诗人社出版的《中国牧歌》,胡风作序,收诗32首,分《夜的眼》《唱给田野》《向田野出战》《十月诗篇》《站》和《北方》6辑,此外还有"跋"《诗,我的诗呵》。诗集名为"牧歌",实则是战歌。虽然他也写了对中国乡村田野的无比热爱,但是他更多是揭示中国人民在国内外反动势力压迫下的深重苦难及其觉醒反抗,如《走向中国田野的歌》:"在中国,养育吧,斗争的火焰";又如《松花江》:"射击吧,东北的民众呵!"田间在《诗,我的诗呵》里说,他的这些诗是"燃烧"的、"粗野"的、"愤怒"的。由于这些诗里豪壮的、悲惨的故事及情绪是"被作者底血液温暖起来",因而就罕有胡风所不齿的那种在分行分节的诗歌形式掩盖下的客观冷漠的形式主义。正是看中了田间的诗歌写作把主客观糅合起来并对新诗形式进行了有益的探索,胡风乐于为田间的这本诗集作序,并在序文里指出:"诗不是分析,说理,也不是新闻记录,应该是具体的生活事象在诗人底感动里面所搅起的波纹,所凝成的晶体。"《中国牧歌》就是这样的"晶体"。所以,人们把田间归入"七月诗派"。这一年,田间还出版了另一本诗集《中国·农村的故事》。这是田间第一部长篇叙事诗,7月由诗人社出版,分《饥饿》《扬子江上》和《去》3个部分,共1500行。这首以现实主义手法创作的长篇叙事诗,以红军长征为背景,以扬子江象征祖国和人民,写中国农村的深重苦难与农民的反抗斗争,深情呼唤"人民的春天"将"踏着战斗的路回来"。这种乐观主义、英雄主义在山雨欲来的关键时刻,起到了振奋人心、鼓舞士气、催化革命的政治作用。所以,此诗发表后,引起了文坛的普遍关注。

在《叙事诗的前途》里,茅盾把田间的《中国·农村的故事》与臧克家的《自己的写照》、蒲风的《六月流火》进行了比较,在肯定了它们"各有各的作风"后,说《中国·农村的故事》是"最可注意"的。这有两层意思,一是它突出的优点即"飞迸的热情,新鲜的感觉,奔放的想象",一是它明显的不足即"俏劲有余而深奥醇厚不够"①。总之,《中国·农村的故事》是抗战时期最有代表性的长篇叙事诗。这两部书都被国民党政府列为禁书,田间由此被搜捕。

1937年,田间收到朋友胡明树的邀请,说是郭沫若在东京,叫田间来东京,这样他们就可以一起办刊物,同时,田间也可以达到避难的目的。一举两得。在日本逗留期间,通过日文,田间读到了马雅可夫斯基的文章,了解了"罗斯塔之窗",同时,还读到了拜伦、裴多菲等革命诗人的诗歌。田间后来回忆道:"当时看过一点马雅可夫斯基的论文,对诗如何到广场去,诗如何在'罗斯塔之窗'等等,其革命精神,吸引了我。我们后来(1938年8月)在延安发动街头诗运动,和这有一些关系。"②也许正是在这个意义上,有人说包括田间在内的许多左翼诗人,其实都是"现代派"③。

随着七七事变爆发,国内抗日形势日趋严峻,田间立即起身回国,投入抗战。在回国的轮船上,恰好与郭沫若相遇,并得以结识郭沫若。回到上海后,田间参加了编辑抗战诗刊《高射炮》。但是,由于战事吃紧,在上海住了一段时间后,田间只得暂时回到老家。1937年秋天,茅盾给在家乡的田间写信,要他先来武汉参加抗战。听到革命召唤后的田间匆匆告别母亲,离开家乡,风尘仆仆奔往武汉,并在武汉一夜之间就写成了《给战斗者》这首最有名的代表作,写好后给艾青看,艾青看后大为欣赏,连忙叫田间直接给正在汉口编辑《七月》的胡风。后经茅盾安排,与胡风、萧红等进步作家晤面,并与艾青住在一起。可以说,《给战斗者》是抗战时代最优秀的政治抒情诗。首先,诗

---

① 玄珠(茅盾):《叙事诗的前途》,《文学》,1937年第8卷第2期。
② 田间:《〈给战斗者〉重印补记》,北京:人民文学出版社,1978年版。
③ 施蛰存:《三十年代新文学情况——答李欧梵》,引自辜健编:《施蛰存海外书简》,郑州:大象出版社,2008年版。

人从日本侵略者在中华大地上施行惨绝人寰的法西斯统治的角度交代了中国人民为什么要战斗，写出了抗战的必要性和紧迫性：

在没有灯光

没有热气的晚上

我们底敌人

来了，

从我们的

手里，

从我们的

怀抱里，

把无罪的伙伴，

关进强暴底栅栏。

他们身上

裸露着

伤疤，

他们永远

呼吸着

仇恨，

他们颤抖，

在大连，在满洲的

野营里，

让喝了酒的

吃了肉的

残忍的总管，

用它底刀，

嬉戏着——

荒芜的

生命，

饥饿的

血……

接着，写面对血腥强暴而不愿做亡国奴的中国人民的起而反抗：

是开始了伟大战斗的

七月啊！

七月，

我们

起来了。

这既是现实严峻形势所逼，也与中华民族勤劳勇敢、自强不息、保家爱国的文化传统和民族精神紧密相连。中华民族历来是不屈不挠、不可战胜的民族。随后，写了大敌当前，所有的中国人都应该成为战斗者，包括妇女、儿童，同仇敌忾，拿起武器，跟敌人战斗到底！"在斗争里，/胜利/或者死"。最后，诗人写了这样做的伟大价值和意义：

在诗篇上，

战士底坟场

会比奴隶底国家

要温暖，

要明亮。

这些诗句唤起了中国人民对国家无比深厚的爱与对侵略者咬牙切齿的恨，激起了中国军民崇高的爱国主义、英雄主义和乐观主义热情，催人奋进，鼓舞战斗，达到了以诗歌宣传抗战的政治目标。抗战诗歌写作的确是中国人民在文化战场上勇于抗日、勇于夺取胜利的另一场特殊的战役。对于《给战斗者》的诗体探索特点，诗评家曾经说过："本诗由折句成行的'长短句'写成。诗人根据情绪节奏或音节节奏，为凸现某一特定的词或画面，而把一句话分成数行。它貌似拖沓、冗长，实则短促、干脆、铿锵有力。虽意强字少，意弱字多，但均为一顿行，有如战斗的鼓点。田间的'鼓点'，是生活诗化的'鼓点',是抗战诗化的'鼓点',是战斗者心中的'鼓点'。"①1937年底,由于革命的需要,田间北上,来到临沂民族革命大学任文艺辅导员,随后,又到丁玲领导的西北战地服务团任战地记者,创作了收诗25首的诗集《呈在大风沙里奔走的岗卫们》和长篇叙事诗《她也要杀人》。这些诗歌都是根据他在战地的经历和见闻写成的,具有很强的纪实性、新闻性和速写性。前者写了丁玲和史沫特莱等中外人士在抗战中的精神状貌。后者写青年农妇白娘被日军强暴致疯后拿起菜刀抗日的故事。它们都以一个个感人的事件和人物去感召人,没有早期革命诗歌里常见的多少显得有些空茫的革命激情和理想情怀。

　　1938年春天,田间随西北战地服务团来到了向往已久的革命圣地延安。在延安,田间的思想境界进一步得到净化,激情更加高涨,意志更加坚强,方向更加明确。如果说此前田间还只是凭着自己的一首首诗打动人、鼓舞人去抗日,那么来到延安后的田间就开始依托革命集体的力量,主动把自己融入集体,发动革命诗歌大众化运动,以便更好、更有效地为抗战服务。当然,作为中国现代知识分子,田间的这种转变没有艾青等来到延安的知识分子那样艰难,因为田间前后的思想并没有多大的不同。也可以说,田间的革命思想是始终如一的,前后有所不同的只是革命的方式、方法、程度、境界而已。田间到延安后做的最有意义的一件大事就是,与延安文艺界同仁,包括延安战歌社和西北战地服务团战地社成员,如邵子南等,共同发起"街头诗运动",并把8月7日定为延安街头诗运动日。这是一种大众化(甚至是全民化)、民族化的小诗运动。诗人们把一首首短小精悍的诗写在墙壁上、岩石上、树干上,写在老百姓和普通战士随时随地都能够看得到的地方,对所有抗日军民进行最广泛的抗战动员宣传。这些诗歌就是街头诗,或者叫作传单诗、诗传单,有时还被称为"诗中的宣传画"。在这场诗歌运动中,田间的街头诗写得最多,最好,也最有名,如《义勇军》:"在长白山一带的地方/中国的高粱/正

---

① 杨四平语,转见吕进主编:《新诗三百首》,石家庄:河北人民出版社,1996年版,第235页。

在血里生长。/大风沙里/一个义勇军/骑马走过他的家乡,/他回来:/敌人的头,/挂在铁枪上……"等,其中最有名的是《假如我们不去打仗》:

假如我们不去打仗

敌人用刺刀

杀死了我们,

还要用手指着我们骨头说:

"看,

这是奴隶!"

诗人从侧面来写出了抗战的必要性和紧迫性:假如我们真的不去打仗,后果将极其严重,在物理形态上,我们必然要付出生命的代价,更有甚者,在精神层面上,我们还会丢掉人格,丢掉"国格",失去一切尊严!所以,我们只有去抗战,因为这关乎个人生死,更关乎民族存亡。中国人不但要活着,而且还要挺直脊梁有尊严地活着。这首脍炙人口的街头诗,忠实地传达出了在民族危亡的紧要关口中国人民一致抗日御敌的时代心声,比任何抗日形势分析和政治报告都具有感染力、说服力!《假使我们不去打仗》很快口耳相传,传遍全国,它对宣传抗战的作用也是无可估量的。

1938 年底,田间到晋察冀边区,任边区文协副主任,同时,作为战地记者,参加了名闻遐迩的百团大战。1939 年,田间等人发起了创作千首街头诗活动以纪念街头诗运动一周年,并以"战地社"之名创办了《诗建设》期刊,还与丹辉等人创办的"铁流社"联手,进一步推进街头诗运动向纵深发展。9 月,日军开始扫荡晋察冀平西区。根据地军民响应党的号召采取了快收、快打、快藏的"坚壁清野"战略。为此,田间写了街头诗《坚壁》:"狗强盗,/你要问我么/'枪、弹药,/埋在哪儿?'//来,我告诉你:/'枪、弹药,/统埋在我的心里!'"也就是说,在抗战胜利前,田间一直都在写作街头诗,并力主推进街头诗运动。田间街头诗的主要作品收集在诗集《给战斗者》里。这是田间一生中最有代表性的诗集,集中反映了田间诗歌写作水平及其诗歌理想。《给战斗者》收入于由胡风主编的《七月诗丛》,1943 年由桂林南天出版社出版,共分 6 辑,收诗 40 首,书前有作为"代序"的《论我们时代底颂歌》,书后有胡风专门为该诗集写的"后记"。

田间的街头诗,不只具有巨大的社会价值,同时也具有重大的文学价值。它们在知识界、文学界都产生了广泛影响,使得一批文学前辈也改弦更张,倾向于街头诗。闻一多的变化具有代表性。正如他的儿子所言,由于政治态度的改变引起了闻一多文艺观的变化,他回忆道:"1943 年夏季,联大的英籍教授罗伯特·白英约父亲与他合作编辑出版一部《中国新诗选》,父亲欣然应允,并且大量收集近现代诗人的诗作。朱自清为此向父亲提供了一本诗集,父亲从中看到了田间的诗,非常赞赏。田间是在敌后根据地的诗人,他的诗大多写的是根据地人民生产和抗日斗争的事,字句短促有力,字字铿锵。父亲看了后非常高兴,也非常惊讶,说想不到好几年没有看新诗,新诗已经写得这样进步了!称赞田间的诗是鼓的声音。9 月里,新学年开始后的一天,父亲在课堂上一边激情洋溢地朗诵着田间的诗,一边热情赞扬田间的诗是'鼓的声音',说诗人那些一句句朴质,干脆,真诚而有斤两的话,简短而坚实的句子,就是一声声的鼓点。单调,但是响亮而沉重,没有'弦外之音',没有'绕梁三日'的余韵,没有半音,没有玩任何'花头',鼓舞你爱,鼓动你恨,鼓励你活着,用最高限度的热活着。他说我们这个时代沉醉在软弱的弦调太久了,现在是需要鼓的声音的时代,是一个'需要鼓手的时代'。他联系自己的情况说:'抗战六年来,我生活在历史里,古书堆里,实在非常惭愧,但今天是鼓的时代,我现在才发现了田间,听到了鼓的声音,使我非常感动……诸位想想我以前写的是什么诗……田间实在是这鼓的时代的鼓手!他的诗是这时代的鼓的声音!'后来他还写了题为《时代的鼓手——读田间的诗》的短文,进一步阐发他的看法和想法。同学们听了他的课都非常受鼓舞,对他这一历史性的转变不仅十分惊讶,而且非常钦佩。"[①]与此前只看重"三美"现代格律诗不同,此时闻一多主张诗体多样化。他说:"我以为诗是应该自由发展的。什

---

① 闻立雕:《我的父亲闻一多·红烛(20)》,《新民晚报》,2009 年 6 月 13 日。

么形式什么内容的诗我们都要。"而且,他更欣赏田间这样的"这时代鼓的声音",那种"鼓的声律,鼓的情绪",那种"积极的、绝对的生活欲",虽然他也认为"这些都不算成功的诗"①! 自此,田间就被称为"擂鼓诗人"、"时代的鼓手"。冯至也赞同田间街头诗所显示出来的"新风格"。当然,对于田间街头诗里的战斗者形象,以及火热的诗情、昂扬的斗志、急骤的诗句、铿锵的声调,不同的人有不同的评价。如司马长风的评价与闻一多、冯至、胡风等人的评价就有差异。他说:"田间一开头就从泥土中钻出来歌唱广大农村的苦难则颇似臧克家。他们都是触目惊心于百年丧乱生民煎熬的苦难,又激于日本暴虐的侵略,遂提起了笔当做了枪,勇赴战斗。在这种狂激的热流之下,他们荒疏于文学的尺度,就不值得奇怪了",并说田间的街头诗游离于诗与口号之间。② 田间的抗战诗歌还直接影响到贺敬之等人的政治抒情诗写作。

20世纪40年代,田间除了以街头诗名世外,长篇叙事诗写作也是他的重头戏。首先,我们要提到1946年由冀晋日报社出版的长篇叙事诗《戎冠秀》。全诗除诗前《小记》外,共分《穷光景》《翻身》《好老人》和《英雄赞》四章,通过23个生活片断来写"子弟兵母亲"戎冠秀在旧社会的悲惨遭遇以及翻身后成长为英雄母亲的历程。《戎冠秀》出版后,先是在晋察冀边区广为流传,迅速波及大江南北。1946年哈尔滨东北画报社又版,1948年再版,1950年第1卷第5期《大众诗歌》刊载。1950年被列入胡风主编的《七月诗丛》,由上海中学时代社出版,1953年由上海平明出版社出版修订本。1950年,田间写了《戎冠秀》的续诗《天安门》,写新中国成立后"老好人"戎冠秀被毛主席邀请进京登上天安门城楼参加国庆观礼。

《赶车传》(原名《赶车》)是田间创作的著名长篇叙事诗,前后写了十多年。这是一部非同凡响的长篇叙事诗,鸿篇巨制,有"文人史诗"的美誉。它

---

① 田间:《时代的鼓手——读田间的诗》,《闻一多全集》第2卷,武汉:湖北人民出版社,1993年版。
② 司马长风:《中国新文学史》(中卷),香港:昭明出版社有限公司,1978年版,第220页。

是根据作者在乡下、在游击区开展减租减息的生活体验提炼而成的。它的第一部分1946年发表于晋察冀边区办的《长城》第1卷第2期上,1949年由天津新华书店出单行本;同年,被列入中国人民文艺丛书社所编辑的"中国人民文艺丛书"在广东再版,1950年北京新华书店校订3版,1959年至1961年由作家出版社出版上、下卷。收入长诗《赶车传》的诗共有《赶车传》《兰妮》《石不烂》《毛主席》《金娃》《金不换》和《乐园歌》七部。全诗以贫农石不烂为主人公,先写他一开始在家乡自发反抗旧社会失败;接着写他为了寻找出路来到了敌后抗日根据地晋察冀边区,目睹了共产党使"天底下出了活路",备受鼓舞;最后写他回到家乡带领群众进行自觉的革命反抗并翻身得解放。实质上,全诗通过写石不烂寻找人间乐园和建设人间乐园的曲折过程,展示了30年代至50年代中国农民在中国共产党领导下进行革命斗争的艰苦历程,生动地揭示了广大人民群众只有在共产党领导下才能翻身得解放。全诗立意高远,波澜壮阔,情节曲折,结构灵活,除第一、七部外,其余五部皆以五个人名为题,每一部以一个人物为中心,独立成章,有利于刻画每个主人公的精神世界。全诗主要采用了"信天游"和六、七言民歌的表现手法,明快严谨,朗朗上口,富于变化,同时,在叙事主人公之外,诗人还塑造了一个抒情主人公,让他在每部诗中或咏怀,或议论,或谴责,增强了叙事诗的抒情效果,突出了主题。由于历史局限,长诗的后面部分出现了概念化的迹象,而且通篇采用五字上下的句式,过于板结,缺乏灵动,影响了长诗主题的乐化传达。

除了上面提到的那些有影响的叙事诗、街头诗外,这一期间,田间还写过长篇叙事诗如《亲爱的土地》(写新女性王桃的故事)和《铁的子弟兵》(写邓兴华的成长故事)等以及不少小抒情诗、小叙事诗如《名将录》和《太原谣》等。

抗战胜利后,田间担任了党内比较重要的职务:1945年任冀晋边区《新群众》杂志社社长兼主编,1946年任雁北地委宣传部长、秘书长,1948年任张家口市委宣传部长,等等。在行政工作之余,田间也写了一些诗,不过影响不大。

1949年田间兼任察哈尔省文联主任,参加了"第一次文代会",得到了周恩来的鼓励。1950年任全国文联研究会主任。1951年任中央文学研究所秘书长兼研究员,与丁玲、康濯共事,并赴朝鲜慰问志愿军。1953年,中央文学研究所改为中国作协文学讲习所后,任主任;并再次去朝鲜前线,以记者身份进入板门店谈判帐篷内,写成散文集《板门店记事》。1954年出访东德、罗马尼亚、保加利亚等国,次年写《欧游札记》。1956年到内蒙古包头及黄河两岸访问,创作《马头琴歌集》。1957年到云南访问,创作《芒市见闻》。1958年兼任河北省文联主席,与梁斌、李满天等著名作家一起共事二十多年。1964年到开罗参加亚非作家大会。"文化大革命"期间受到打击,《赶车传》被视为"美化刘少奇,歌颂错误路线"的大毒草。从新中国成立后田间的"履历表",可以看到,新中国成立后田间被委以重任,时而到抗美援朝前线采访,时而到国外进行文学交流,时而到边疆、农村采风,他的视野大大开阔起来,因而写作的题材也从以前单一写抗日战争扩大到写朝鲜战争、海防前线、国际友谊、少数民族生活、新农村生活等,出版了《一杆红旗》《誓辞》《田间短诗选》《非洲游记》等,虽然题材范围扩大了,虽然声律由战鼓到战鼓与玉笛兼备了,但田间和很多老诗人一样,新中国成立后,诗歌写作的数量不少,但艺术质量却出现了严重滑坡。

田间一生的写作,是从"擂鼓"到"赶车",从失乐园到寻乐园,再到建乐园。这是贯穿田间诗歌写作的一条主线。而在新诗形式和体式上,田间诗歌写作经历了新格律体、自由体、信天游、民歌体等多种探索,"字汇和句法多有野生的健康色泽"(胡风语),变中求律,律中求变,为新诗民族化、大众化做出了重大贡献。

田间的诗歌在国外也产生过影响。比如,《赶车传》(第一部)有德、捷两个译本,《田间诗选》有朝文译本,日本、苏联、法国、罗马尼亚、保加利亚、蒙古等十多个国家也翻译了田间的不少短诗,如《给战斗者》《斯大林颂》和《鹿》等。

从1989年到1996年,花山文艺出版社出版了六卷本的《田间诗文集》。

在当年延安街头诗运动中,还有安徽诗人方冰。方冰(1914—2005),安徽省凤台县人,原名张世方。取"方冰"做笔名的用意:一是有棱角,二是坚硬,同时也纯洁、透明。方冰出生在一个清苦的店员家庭。十六七岁时参加地下革命活动。1938年到晋察冀边区,入陕北公学。方冰曾任西北战地服务团文学队队长,主编《新建设》,与田间等一起开展街头诗运动,写街头诗、歌词,参加七年敌后游击战争,就写了七年,尤其是1942年写的《歌唱二小放牛郎》经作曲家劫夫谱曲,插上了音乐的翅膀,使得晋察冀抗日英雄王二小"人小鬼大"的故事在根据地广为传诵。这首诗是根据《晋察冀日报》第一版发表的王二小在反"扫荡"斗争中把敌人引进我军埋伏圈而被敌人刺死的材料写成的。全诗如下:"牛儿还在山坡吃草/放牛的却不知道哪儿去了/不是他贪玩耍丢了牛/那放牛的孩子王二小/九月十六那天早上/敌人向一条山沟扫荡/山沟里掩护着后方机关/掩护着几千老乡/正在那十分危急的时候/敌人来到这个山沟/昏头昏脑地迷失了方向/抓住了二小要他带路/二小他顺从地走在前面/把敌人带进我们的埋伏圈/四下里乒乒乓乓响起了枪炮/敌人才知道受了骗/敌人把二小挑在枪尖/摔死在大石头的旁边/我们十三岁的王二小/英勇的牺牲在山间/干部和老乡得到了安全/他却睡在冰冷的山里/他的脸上含着微笑/他的血染红了蓝天/一阵阵秋风吹遍了每个村庄/它把这动人的故事传扬/每一个村庄都含着眼泪/歌唱着二小放牛郎/歌唱着二小放牛郎。"新中国成立后,方冰到了东北,长期担任行政工作,如辽宁作协副主席。方冰著有长篇叙事诗《柴堡》和诗集《战斗的乡村》《飞》《大海的心》。

2005年8月29日,在沈阳举行的"从战斗乡村走出来的抗日战争著名诗人方冰同志纪念会"上,刘文玉在题为《方冰是人民的方冰》的发言中说,当年,在晋察冀边区抗战时,方冰、劫夫等将诗歌写在墙头上,写在油印小报上,写在人民的心头上,那时候他们写诗,没有考虑到会不会在什么大刊物上发表,更没有考虑到要拿什么奖项。我们的战士,一颗子弹射出去,就要消灭一个敌人,一首诗歌写出来,也要起到消灭敌人、打击敌人、鼓舞人民抗战的作用。这是对街头诗的最准确、最形象的评价。

如上所述,在街头诗运动中,安徽就有田间、方冰两位重要诗人。由此可见,安徽新诗对街头诗运动,乃至对民族抗战起到了多么重要的作用。

第四章 现代安徽作家与鲁迅

第一节 皖西作家群与未名社

中国现代文学史上的未名社成立于1925年夏的北京,后与莽原社合并,都是在鲁迅的指导下发起、成立的,主要成员有鲁迅、韦素园、韦丛芜、李霁野、台静农、曹靖华等,多为"皖西"作家,韦素园、韦丛芜、李霁野、台静农都是安徽省霍邱县叶集人。

韦素园(1902—1932) 原名崇文,安徽霍邱人,生于叶集一个小商人家庭,弟兄五人,素园排行第三,是作家、翻译家韦丛芜之兄,曾用名"漱园"。据韦顺、韦苇在《韦素园的性格》里记载:

> 1926年,鲁迅因段祺瑞和帮闲们的压迫,8月离京去厦门。大约9月上旬的一天早晨,素园从报上看到有个叫林素园的人带兵接管女师大的消息,顿时破口大骂:"他妈的,他也叫'素园'。这个肮脏的名字我不要了。"旁边有人劝他:"天下同名同姓的人多呢,有什么稀奇?"素园仍咬牙切齿怒不可遏地说:"我看见这两个字就像给蝎子叮的那样难受。这个可耻的名字,我绝对不要了!"并且马上给鲁迅先生写信述说此情此事。即由此开始,素园将名字改为"漱园"①。

由于家庭经济原因,13岁那年,韦素园才从镇上私塾转入叶集的明强小学高级班就读,台静农、李霁野以及弟弟韦丛芜等人是他的同班同学。据他的同学李霁野后来的回忆,韦素园性格内向孤傲,好沉默多思。② 他在读小学期间就写了一首以"鸡冠花"来喻志的七言绝句:"文冠屹立不求栽,壁上挺然独自开。抛去世间尘俗气,今朝还与菊争魁。"

---

① 韦顺、韦苇:《韦素园的性格》,《韦素园选集》,合肥:安徽文艺出版社,1985年版,第319页。
② 李霁野:《忆素园》,《文季月刊》,1936年第8期。

1915年,韦素园小学毕业,入公费的阜阳安徽第三师范学校求学。在这里,韦素园开始接受了新文化新思想。三年后,他毅然投笔从戎,赴京参加段祺瑞的"参战军"。当他识破其骗局后,愤然离去,赶往长沙入法政专门学校预科班读书。第二年夏,随长兄韦凤章来到安庆,转入安徽省立法政专门学校就读。此间,他积极参加驱逐安徽军阀马联甲和法政学校校长丁述明的斗争,成为安徽青年学生运动领导人之一。

1921年春,20岁的韦素园离开安庆赴上海,参加上海社会主义青年团,入外国语学社学习俄语。是年夏,韦素园和刘少奇、肖劲光、任弼时、蒋光慈、曹靖华、廖化平、吴葆萼等人赴苏学习。这是我国派往苏俄的第一批留学生,也是韦素园人生道路的重大转折期。经过三个月的一路颠簸,他们来到莫斯科,入东方共产主义劳动大学学习政治经济学。也就在这时,韦素园结识了瞿秋白。这些经历给了韦素园很好的锻炼,他的思想越来越向革命靠拢。他十分珍惜留学机会,发奋读书,购买了许多苏俄书籍,这为他日后回国从事苏俄文学译介做了前期的资料准备。皖西其他现代作家也如同韦素园那样,读苏俄书、购苏俄书,这就是他们当中出现许多苏俄文学翻译家的原因。

1922年,韦素园和曹靖华一起护送患病的吴葆萼、廖化平两同学归国。其实,此时素园已患上了肺病。这年秋天,韦素园考上北京俄文法政专门学校。第二年,韦素园选择了梭罗古勃的《蛇睛集》进行翻译,这是他最早的译文。

1925年春,经李霁野介绍,韦素园会见了鲁迅。如果说留学苏联是他人生中的第一件大事,那么认识鲁迅就是他人生中的第二件大事。留学苏联使他开阔了眼界,增长了见识,为他后来的发展做了很好的铺垫。而结识鲁迅并得到了鲁迅的赏识和提携,使得他的事业发展有了方向、空间和前景,使得他最终成长为现代翻译家、散文家、诗人,成为"未名社"的骨干力量。

鲁迅先是把他推荐到《民报》担任副刊编辑,后支持他同李霁野、台静农、韦丛芜、曹靖华等人组织"未名社",接编原由北新书局出版的《未名丛刊》和《未名新集》，随后责编《莽原》半月刊。韦素园没有辜负鲁迅的期望，脚踏实地、埋头苦干，把事情做得很完满，得到了鲁迅的高度评价。后来，鲁迅在《忆韦素园君》中评价说："未名社的同人，实在并没有什么雄心和大志，但是，愿意切切实实的，点点滴滴的做下去的意志，却是大家一致的。而其中的骨干就是素园。"[1]

其实，回国后的韦素园一直是病魔缠身，他顽强地同病魔斗争，他的斗争方式是忘我地工作，一边办刊编刊，一边写作散文和诗歌，同时，还翻译了不少外国文学作品，比如，他在病中翻译的《黄花集》是我国最早介绍北欧散文和诗歌的一本结集。1932 年 8 月 1 日，韦素园终于被病魔夺去了年仅 30 岁的生命。得知韦素园病逝的消息后，鲁迅悲痛万分，在给李霁野、台静农、韦丛芜等人的信中沉痛地说："素园逝去，实足哀伤，有志者入泉，无为者住世，岂佳事乎。"随后，鲁迅除写了悼念文章《忆韦素园君》外，还为韦素园题写了墓记："呜呼，宏才远志，厄于短年。文苑失英，明者永悼。弟丛芜，友静农、霁野立表，鲁迅书。"由此可见，鲁迅对韦素园的重视和情谊。

在人生短暂的三十年里，除去六年的病榻生活和学校教育外，韦素园真正能够用来从事他所热爱的文学创作和文学翻译的时间不到十年，就是在这十年内，韦素园创作了散文小品集《西山朝影》，诗集《山中之歌》，翻译了北欧诗歌小品集《黄花集》、俄国短篇小说集《最后的光芒》、果戈理的《外套》、屠格涅夫的《门槛》、梭罗古勃的《邂逅》、安德列夫的《巨人》、契诃夫的《冢上的一朵小花》、科罗连珂的《小小的火》、高尔基的《海燕颂》以及其他几篇谈文艺问题的杂文，书信 25 封，日记 2 本。

韦素园的散文小品创作是安徽现代文学的重要收获。在散文小品集《西山朝影》里，公开发表的有《晚道上——访俄诗人特列捷阔夫以后》《春雨》《校了稿后》《通信》《影的辞行》《"窄狭"》《端午节的邀请》《小猫的拜

---

[1] 鲁迅:《忆韦素园君》，《鲁迅全集》第 6 卷，北京：人民文学出版社，1981 年版。

访》《蜘蛛的网》《焚化》(后6篇又统称《痕六篇》)。作为诗人,他的新诗有20余首。

韦素园的诗文有两大类内容。

第一大类是抨击黑暗、忧国忧民,洋溢着爱国主义和人道主义精神。比如《晚道上——访俄诗人特列捷阔夫以后》,以苏联的光明和苏联诗人特列捷阔夫的光彩人生来比照当时深陷军阀混战中的中国以及在"过去,现在,一切只在失望的吞噬里边"的中国人,并以此来拷问中国落后的封建制度及其亟待启蒙的"国民性"。又如,1928年7月,"未名社"遭到北洋军阀政府查封,李霁野等人被捕,囚禁了五十多天,为控诉封建军阀的残暴和担忧未名社同仁的安危,他写了诗歌《忆"黑室"中友人》。1932年6月,当得知友人共产党员赵赤坪被捕入狱后,又愤然写下了诗歌《怀念我的一位亲友——呈坪》,诗的结尾是:"敌人'黑铁'的高压,终敌不过我们'赤血'的奋起,朋友,等着吧,未来光明的时代,究是属于我们的。不要悲伤,不要愁虑,今日的牢狱生活,正是未来的甜蜜回忆。"体现了"文章合为时而著"的现实主义思想,它们都是作家真情实感的流露,来自作家刻骨铭心的生活体验。韦素园在给侄儿德富的信中说:"所谓文学,也须有素养才成。至于所谓素养,则一是生活之体验,二是技术之练习等等,想一下成功颇不容易。"

第二大类是抒发人生情谊的诗文。韦素园是个"真人"。他说,"唯有真心,唯有真情",而"真情的取得又赖于真心"。他做人是这样,而为文也是如此。首先是兄弟手足情深。1930年春,当得知与他一样患有肺结核病的弟弟韦丛芜译完了《罪与罚》后,韦素园拖着病体欣然为该书撰写了两千多字的"后记"。对此,韦丛芜在序言中感激地说:"可惜素园在病中,不然这个译本或者更会可读的,他曾为译者那么悉心地用俄文原本从头到尾地校阅过《穷人》。而且他又是那般地爱陀思妥耶夫斯基。这个译本也就献给他吧。"其次是对待友人的至诚。韦素园在遗书中写道:"鲁迅先生和靖华,是我所极敬重的先生和朋友。竹年(李何林)、野秋(王冶秋)、池萍(赵赤坪)、一林(张一林)、目寒(张目寒)等,我都怀念着。"1932年6月,在韦素园生命行将终结前,收到了友人王冶秋(1907—1987,安徽霍邱人,著有《民元前的鲁迅先生》《琉璃厂史话》等)从外地寄来的几朵"压干"的连翘花,感受到了世间友情的可贵,于是在枕边写下了《压干的连翘花》:"好几朵连翘花,／都被压得干巴巴的。／这是朋友从远方寄来,／算是一种小小的赠礼。／我记得那时我很喜欢。／看后将它夹在书里。／不管日子过得再久,／我也不会将它忘记。／今朝我又打开书来,／欣赏着这小小的美丽的东西。／我爱这干巴巴的连翘花,／我尤爱朋友的甜蜜的厚意。"最后就是他对于自己爱情的哀悼。他的散文小品《春雨》《"窄狭"》《端午的邀请》和《蜘蛛的网》都是写爱之悲伤的。《春雨》写一位少女在春天的"暮霞"里期盼、等待爱情的心情以及最终由于家庭的阻力而带来的惆怅。这是韦素园散文小品的代表作。《蜘蛛的网》把深陷爱情中的人比如成在蛛网中挣扎的人,其凄苦可想而知。而《"窄狭"》和《端午的邀请》则与作家自己的两次爱恋经历有关,都是写作家在与少女不期而遇并且彼此一见钟情后由于理智的管束(比如他患有肺结核病)最终"放弃"了这段情缘的落寞心绪。体弱多病,缘起缘灭,甚是惨淡!如在《小猫的拜访》里暗示的小猫来到"我"的病床上来拜访"我",使"我"略显安慰,但更是凄切,毕竟"我"医治无望,要离开人世了。也像韦素园在《白色的丁香》里所抒写的,四时变换,而病痛依然:

> 这里有一株白色的丁香,
>
> 干枯地在春风里开放。
>
> 枝间生了几簇稀疏的嫩条,
>
> 枝头还是去年憔悴的模样。

韦素园的诗文,直抒胸臆的少,大多是运用象征、暗示的"曲笔",因而手法比较现代,这多少是受到了鲁迅的影响。比如,《影的辞行》与鲁迅的《影的告别》都写了孤独者,但是韦素园仅仅止于写孤独者的悲伤情绪,而没有能够像鲁迅那样写出孤独者明知无地彷徨而偏要执着前行的"反抗绝望"的思想精神层面。又如,《乡人与山雀》写农民无以为食,只得捕杀山雀为食;农民一方面是黑暗社会的受害者,另一方面农民又是自然悲剧的制造者。这就像鲁迅《狂人日记》里的狂人既是被吃者又是吃人者。这种现代启蒙精神表现得比较充分。

英年早逝的韦素园,在散文小品、新诗、苏联文学翻译等方面做出了重大贡献,为未名社出了大力气,值得我们记忆。

韦丛芜(1905—1978)　原名韦崇武,又名韦立人、韦若愚,笔名东滢、蓼南、白菜、力行,安徽霍邱人,韦素园胞弟。1915 年,入霍邱叶集明强小学读书。1920 年与李何林一起考入阜阳安徽第三师范学校。此时,韦素园已从该校毕业正准备赴苏联留学,他常常给韦丛芜和比韦丛芜高一年级的李霁野寄宣传共产主义的书刊,如《共产党宣言》等。因其思想倾向进步,与学校守旧势力发生冲突,于次年秋与李霁野同时声明退学。也就是在此期间读到了鲁迅的《狂人日记》等新文学作品。1922 年与李霁野同去安庆,合办《微光周刊》和《微光副刊》,宣传新文化。同年夏,考入湖南岳阳湖滨大学附中。1923 年 6 月,三哥韦素园让他来到北京,转入美国长老会办的崇实中学高中二年级读书,主要目的是学英文。他们兄弟俩同住北大一院大楼对面的新开路沙滩 5 号公寓。1924 年,由于大哥韦凤章去官为僧,不久在常州病逝,经济来源断绝,他们只得靠写稿、译稿和亲友资助继续求学。在这种情况下,年仅 19 岁的韦丛芜着手翻译俄国著名作家陀思妥耶夫斯基的传世之作《穷人》,试图以写作谋生。1923 年春,韦丛芜到洞庭湖中君山游玩时,结识了岳阳城内教会女中一对美丽的姐妹——山女和白水,在这个"花朵是可爱的,爱情好像是花朵"的情窦初开时期,韦丛芜和山女很快就坠入爱河。人生就是一次长途跋涉,在不同时期要路过不同的人生驿站,一些意想不到的美好的邂逅也许会催生出人生华彩的篇章。《君山》的第二章就抒写了韦丛芜与这两个新女性的情感偶会:"夜幕中卧着一座荒凉的野站/野站中坐着我们三个远来的青年/壁下的炉火熊熊/桌上的灯光昏黯//我们对着壁炉并坐/我坐在伊们的中间/炉火映着我们低垂的红红的脸/我的心炉呵伸出蛇一般的情焰//'今夜真是想不到呵/我们在这过了小年/感谢你山女提起/此夜呵我要终身纪念'/心炉的情焰/燃破紧密的夜幕/切切的细语/催来四野的晓雾//壁下的炉火消残/桌上的灯光昏黯/晓雾中卧着一座荒凉的野站/野站中坐着我们三个远来的青年。"处于恋爱中的男女,在他们眼中一切都是美好的,如《君山》所写:"我随伊走进楼来,/我随伊走出楼去;/伊的脚步何等轻盈,/伊的头发软得爱人。//我随伊走上楼来,/我随伊走下楼去;/在伊的食指指处,/一切都是美丽的。"但好景不长,他们的爱情美梦,这种"青"色的梦很快遭受了现实风雨的严重摧残,致使刚刚开放不久的爱情花朵过早地凋谢了。有感于此,韦丛芜一气呵成写作了这首追忆性的、自传性的爱情长诗《君山》。《君山》写的是缘起缘灭,既写出了爱情美梦的甜蜜,也写出了爱情与现实矛盾交织的苦痛,还写出了爱情美梦幻灭后的失魂落魄、心灰意冷,如《君山》第40首,也是最后一首所写:"月光下我独自在林边伫立/眼前的世界何等幽凄/这夏夜的神秘的寂静里/颤动着我轻微的嘘唏//我死死凝视闪烁的群星/我的心呵不知飞向何许/幸福的群星有青天作底/我的心有填不了的空虚。"《君山》热烈奔放的爱情激流以及随后的寂灭与五四新文化运动的涨潮和落潮十分吻合,体现了强烈的时代精神。而且它从文体到句式、语言上的自然流畅,明显不见当时很多新诗欧化的摹写痕迹,体现了韦丛芜新诗写作的成熟。尽管中国新文学史很少提到这部早熟之作,但是它还是引起了少数有识之士的关注,比如瑞典的汉学家马悦然就推荐学者们重读它。它最初作为《未名新集》中的第一本诗集出版于1927年。

鲁迅是韦丛芜文学道路的引领者和导师。1925年3月26日,已经结识鲁迅的李霁野将同乡韦丛芜创作的署名为蓼南(叶集古称蓼南)的短篇小说《校长》寄给鲁迅。鲁迅又把它推荐给郑振铎,很快就在《小说月报》上发表出来了。这篇小试牛刀的作品的发表,使韦丛芜备受鼓舞。不久,韦丛芜又托同乡张目寒将他翻译的《穷人》送给鲁迅先生。鲁迅看后很是喜爱,并用日文文本参照帮助修改了不少地方,1926年当它正式出版面世时还欣然命笔为之作序。鲁迅写道:"《穷人》是作于千八百四十五年……中国的知道陀思妥耶夫斯基将近十年了,他的姓已听得耳熟,但作品的译本却未见……这回丛芜才将他的最初作品,最初介绍到中国来,我觉得似乎弥补了些缺憾。"①自此,韦丛芜开始了他的翻译文学生涯。他主要翻译的是苏俄文学,达到几十种。他翻译的陀思妥耶夫斯基的作品完全可以和傅雷翻译的巴尔扎克的作品相媲美。韦丛芜是个翻译家和诗人。

1925年5月9日,韦丛芜在张目寒的引荐下,登门造访了他心仪已久的鲁迅。同年8月30日,经鲁迅提名,韦丛芜、韦素园、李霁野、台静农、曹靖华组成了"未名社",专门出版本社社员的译作和创作。韦氏兄弟的住处便成了未名社的"破寨"。未名社在1925年至1931年的存在期间,成员始终只有六个人。先后"守寨"的是韦素园、李霁野、台静农、韦丛芜。几年间出了专门发表译著的《未名丛刊》和专门发表创作的《未名新集》和《莽原》《未名》两种半月刊。1927年春张作霖杀害李大钊后,鲁迅被迫南下,韦素园病倒疗养,曹靖华远去苏联。1928年4月,未名社出版部被军阀查封,韦丛芜与李霁野、台静农同时遭逮捕,关押五十天后才被释放。这之后又经过几次"忽封忽启,忽捕忽放"的折腾。未名社虽然有过短暂的"云破月来"的小中兴,但远离"帅主",让几个穷学生来支撑毕竟日趋艰难。1930年1月19日,住在上海的鲁迅在回复李霁野的信中就提出了解散"未名社"的意见:"未名社既然如此为难,据我想,还是停业的好。所有的一切书籍和版权可以卖给别人的。否则,因为收旧欠而添新股,添了之后,于旧欠并无必得的把握,无非又添了些新欠,何苦如此呢。这不是永远给分销处做牛马吗?"也许是出于对"未名社"的深厚感情,也许是另有其他考虑,韦丛芜没有遵照鲁迅的指示去办,而是继续办"未名社",虽然入不敷出,但是还是想方设法给包括鲁迅、曹靖华在内的作家支付版税。这一年再版了鲁迅先生创作的《坟》和译著《出了象牙之塔》,出版了台静农的短篇小说集《建塔者》,出版了韦丛芜的译著《罪与罚》《近代英国文学史》《拜伦时代》等。1931年初,韦丛芜到上海谒见鲁迅先生,汇报社务,请示对策,后决定将存书和版权转给上海的开明书店。

---

① 鲁迅:《〈穷人〉小引》。

据 1931 年 5 月 1 日鲁迅日记记载："下午得韦丛芜信即复,声明退出未名社。"1931 年 6 月 13 日,鲁迅在致曹靖华信中说："未名社竟弄得烟消云散,可叹。上月丛芜来此,谓社事无人管理……同人既不自管,我可以即刻退出的。"至此,未名社已实质解体了。但是,由于未名社的账目没有及时结清,致使鲁迅对韦丛芜表示出诸多不满。

此间,韦丛芜参加了进步学生的游行、请愿,尤其是在 1926 年 3 月 18 日"三一八"惨案中,他死里逃生。从死人堆里爬出来之后,写下了控诉反动派血腥镇压学生爱国运动暴行的诗篇《我披着血衣爬过寥阔的街心》《我踽踽、踽踽,有如幽灵》。它们先是在《莽原》半月刊上发表,后被收入他的第二本诗集《冰块》。这本诗集褪去了知识分子的空想,更加面对血淋淋的现实,风格激烈而苍劲。值得提到的是,1925 年至 1929 年间,在鲁迅与"现代评论派"干将陈西滢的论战中,韦丛芜坚定地站在鲁迅一边,以"东滢"的笔名在《莽原》周刊上发表杂文驳斥陈西滢。这表明他的文学思想的革命性和先进性。

1931 年,韦丛芜被聘为天津女子师范学院英文系教授。11 月 8 日,天津日军组织汉奸便衣队千余人,自日租界冲入华界,并借口其排长被流弹击伤而向华界开炮,致使华北各大学院校停课,师生逃散。适逢韦素园病逝,他也吐血住院。这件严重的政治事件,加上此前的"三一八"惨案,促使他考虑另谋出路。1933 年 1 月,胡愈之主编的《东方杂志》发表了他的《新年的梦想》。这表明他要为实现"新梦想"而进行人生新抉择。

这也是时代大潮的推涌所致。因为,这一时期,有一批主张民族振兴的学者在着力推进所谓的"乡村建设"运动,号召知识分子到农村去,组织教育农民合作救国。于是,在这股风潮的影响下,韦丛芜也离开大城市,回到了安徽老家从事这项貌似能够拯救民族危亡的政治运动。1933 年 9 月以"皖西视察"的身份回到霍邱城关,在孔庙办起了"农村合作自卫研究班"。1934 年冬,当时的安徽省政府主席刘镇华根据陈立夫的授意,委任韦丛芜为中华民国安徽省霍邱县县长。韦丛芜上任后曾致力于开发霍邱城东、西湖,围湖地十万余亩。为此，他写了《述怀》表达初尝成功的喜悦："牛刀小试惊海内，咄咄称怪何为谁。龙潭虎穴只身闯，哪管他人说是非"；"万顷波光变稻黄，西风卷浪送清香。书生投笔试经济，只为御侮寻妙方"。不久，他将他的设想编成名为《合作同盟》的小册子，印了6000册，未向外发行，仅赠送数十册。他仍然首先想到鲁迅先生，奉上一本请教。鲁迅看后，于1933年6月28日致信留在北平的未名社作家台静农："立人先生大作，曾以册见惠，读之既哀其梦梦，又觉其凄凄。昔之诗人，本为梦者，今谈世事，遂如狂醒；诗人原宜热中，然神驰宦海，则溺矣。立人已无可救，意者素园若在，或不至于此，然亦难言也。"韦丛芜当时不以为然。直到1936年秋因触犯豪强利益而免职，以"渎职"罪被捕，抗战初获释，他才幡然醒悟，并自嘲道："三年一觉狂夫梦！"就是到了后来，韦丛芜还在《忆鲁迅先生》中说："五十年来一觉醒，先生有怨我心惊！"

1947年韦丛芜去上海译书，1950年参加上海翻译工作者协会，后在新艺出版社任编审。1955年，肃反运动开始，时任上海人民出版社英文编辑的韦丛芜，作为"胡风集团"圈子里的人被抓起来审查，并转到霍邱原籍继续收审。一年后说弄错了，无罪释放重返上海文艺出版社工作。1958年9月，他再度被捕，未经审讯就被关进监牢一年零四个月。1960年1月，未经审判的他就被带到一间屋子，当场宣布判处有期徒刑3年，缓刑2年，同时立即释放。4月，韦丛芜全家被强令由上海迁居杭州。在新中国成立后二十多年的时间里，韦丛芜受尽了历次政治运动的折磨而穷困潦倒。但韦丛芜坚强地活了下来。韦丛芜晚年写的《自吟》："自炊自爨自吟哦，闲傍小摊逐利末。天外浮云物外隐，人间岁月隙中过"，记述了这梦魇般的漫长的十八年。1978年初，经浙江省政协介绍，韦丛芜于杭州丝绸学校任教，同年12月19日病逝于杭州。1981年，上海中级人民法院对韦丛芜历史错案给予纠正。

李霁野（1904—1997） 原名李继业、李季野，笔名任冬、野等，安徽霍邱人。李霁野青少年时期的人生轨迹与他的同乡好友韦丛芜有很多吻合交叉之处。8岁时在一家私塾读四书五经和中国古典小说，随后入明强小学读书。那时正值维新改良时期,他所就读的这所学校掀起了"剪辫子风潮"。如前所述,韦素园和韦丛芜兄弟也曾就读于此,后又先后就读于同一家师范学校——安徽第三师范学校。李霁野是1919年秋天考取该师范的,比韦氏兄弟都晚些。也就是在这里,他真正接触到了五四新思潮,并以自己的方式参与了新文化运动,比如,订阅《新青年》《少年中国》《时事新报》和《民国日报》等进步报刊,联系几个在武昌读书的小学同学合办了两期《新淮潮》。他终因学校阻拦他们传播新思潮而与韦丛芜一起愤然声明退学。在家自学与准备转学安庆期间,他苦学英语,把师范学校高年级的英语课本自修完了,为以后从事翻译工作打下了基础。同时,与韦丛芜一道先后在《评议报》和《皖报》上办了几期《微光周刊》,继续大力宣传启蒙思想。1923年,在韦丛芜的劝导下,李霁野来到北京,在长老会办的教会学校崇实中学读书,英语水平得到进一步提高。为了贴补学费和生活费,李霁野利用空闲时间常常翻译一些可供报刊发表的短文。在"试译"的基础上,1924年暑期,李霁野翻译了安特列夫的《往星中》,并托小学同学张目寒送给鲁迅,请鲁迅批评,由此得以结识鲁迅。如前所述,随后,在鲁迅的指导下,他们成立了未名社。在未名社里,李霁野完全是尽义务的。1928年4月7日,因未名社出售《文学与革命》,张作霖应山东军阀张宗昌之请,将李霁野和台静农关押五十天。以未名社名义出版的李霁野翻译的书籍有《往星中》《黑假面人》《文学与革命》《不幸的一群》和《近代文学批评断片》5种,由此可见,李霁野无愧为未名社的翻译家。这段时期,尽管李霁野在孔德学院带点课,但是由于学院常常拖欠教师工资,因而他在经济上十分拮据。为了缓解经济压力,20年代末30年代初,李霁野先后翻译出了《不幸的一群》和《被侮辱与损害的》两本著作。1930年,经老乡同学李何林介绍到天津河北女子师范学院英语系任教,直到抗日战争爆发止。1934年他翻译完了《简·爱自传》,接着又译完了《我的家庭》,随后,到北平辅仁大学女生部任教。尤其值得提到的是,1938年,李霁野翻译完了120万字的《战争与和平》,由此奠定了他在中国现代翻译界的翻译家地位。1943年,李霁野逃出了沦陷区,来到了界首,但听说故乡已经沦陷,只得转道洛阳,接着又去了重庆。由于兵荒马乱,工作难找,在重庆的李霁野只得依靠翻译前苏联作品《死后》为生。之后,一直坎坎坷坷,直到 1946 年回到故乡叶集时,仍然找不到工作。正在一筹莫展之时,友人许寿裳邀约他到台北台湾省编译馆当编纂,专门编译西洋文学名著。可是,好景不长,编译馆很快被迫关闭,李霁野只得到台湾大学外文系教学。本想这下可以安定下来了,但是,不久又听到了台湾当局要逮捕他的消息,李霁野只得逃离台湾,于 1949 年回到了可以称为他第二故乡的天津,并在南开大学外文系任教到 1981 年退休。在从重庆到台北的那些惶恐不安的日子里,李霁野排除万难,利用一切可以挤出的时间翻译出了《虎皮武士》《四季随笔》《化身博士》《忙里偷闲》《史达林格勒》等。新中国成立后,除了教学,李霁野还担任行政工作,兼任了不少社会职务,如担任过南开大学外文系主任、天津市文化局局长、天津市政协副主席、天津市文联和作协副主席等职。正是这些繁重的工作,使得他新中国成立后翻译的东西明显减少,只有《难忘的一九一九》《山灵湖》和《妙意曲》3 种。

  李霁野一生著述甚丰,他生前即编定 16 卷《李霁野文集》。在他 100 周年诞辰的时候,百花文艺出版社出版了 9 卷本的《李霁野文集》,共有 400 多万字。在这 9 卷文集里,翻译作品就占了 5 卷,可见翻译在李霁野文学事业中的地位。

  李霁野是著名的翻译家,也是位优秀的散文家。从 1928 年开始创作散文一直到晚年,他笔耕不辍,写了 100 多万字,是其翻译规模的四分之一。这些散文被编为《温暖集》《马前集》《给少男少女》《意大利访问记》《纪念鲁迅先生》《鲁迅先生与未名社》《华诞集》《怀旧集》和《我的生活历程》9 集,现在全部收入《李霁野文集》第 1、2 卷中。李霁野散文题材十分广泛,有忆旧怀人的,有知识小品的,有访问记述的,有现实写真的等等。从风格上看,李霁野的散文可以分为感性散文和知性散文两大类别。

  感性散文最能体现李霁野的诗人情怀。李霁野是在鲁迅的指导和启发下开始写散文的,而且一上手就是写那种类似于英国随笔式的感性散文。这

一点,我们可以从《温暖集》的"序"中可以看出:

> 就文章的性质说,现在一般称之为散文或随笔。未名社所印行的第一本书是鲁迅先生翻译的《出了象牙之塔》,其中论到"Essay",论及这种体裁文章的发展史略,并说在日本还无适当的译名。先生在《莽原》半月刊上陆续发表的十篇回忆文,后来结集印行为《朝花夕拾》,就是这类文章的杰作。在谈话中,我说到我是喜欢读这类文章和抒情诗的,先生就劝我多读些英国的名家作品。稍后他又勉励我试写一点这类的文章。我说我的学识和人生经验都远远不够,不敢动笔。先生说了几句类似他在《未有天才之前》中所说的话:"幼稚对于老成,有如孩子对于老人,决没有什么耻辱,作品也一样,起初幼稚,不算耻辱的。"我们知道先生对于青年既不苛求,也不过誉,总是实事求是,循循善诱。我很乐于遵循先生的教导。

这些忆旧怀人的散文有写自己亲人的,如《三幅遗容》里写到了自己的祖母、外祖母和母亲,写母亲的还有《听雁》和《春晖忆》,《给大儿》是写儿子的。在《父亲》里,李霁野把父亲写成一个宽和、儒雅且有责任感的好父亲,写出了普天下父子之间既冲突又和谐的复杂情感:

> 订这糊涂的婚约,大概是二十年前的事了,那时候是照例如此,没有什么错对可说。远在十年前,宣布解除婚约,在闭塞的乡间小镇上,实在是一件破天荒的谬举,顽固点的父亲一定会发誓不要这样不孝的儿子了,然而从我向家表示要解除婚约的意思起,到这事圆满解决了的时候止,父亲无论在书信上,或是在谈话中,都没有拿出一点父亲的权威来压迫我的心意过,他从他的观点来委婉劝我的话,有时甚至让我感动得哭了。在理智上我认识了"父与子"的冲突,在感情上我们依然还和谐一致。

忆旧怀人的散文还有写师友的。写鲁迅的最多,有两个集子《纪念鲁迅先生》和《鲁迅先生与未名社》。它们重视对鲁迅先生一举手一投足,对先生一言一行及日常生活的细枝末节的把握和描写,它们是研究鲁迅和未名社的重要史料,其历史价值和艺术价值都很高。李霁野是鲁迅研究专家。此外,他还写了回忆韦素园的《忆素园》等。

李霁野的感性散文,既有日常生活的细节,又有具体感人的场景,还有历历在目的人物和事件,更有情真意切、感人肺腑的情感。

知性散文最能体现李霁野的学者智慧。《给少男少女》尤其具有代表性。它原本是李霁野40年代中期在重庆白沙的女子师范学院教学时给学生所作的讲演稿,曾经在当时的《中学生》和《文艺春秋》上发表过,1949年由上海文化生活出版社结集出版。到1983年重庆出版社重新出版时,发行量竟达到十万多册,足见其影响之广。这样一些旧文章,在时隔四十年后再度影响80年代少男少女的心灵,表明它们不但不过时,反而历久弥新。因为,生活知识和人生智慧是超越时代,超越民族,乃至超越时空的。它们似乎比那些感性散文具有更加持久的知识价值和思想魅力。比如,在《至上的艺术——爱》里,李霁野向少男少女谈人生、谈爱情,告诉青年人如何理智地对待爱情这种至上的艺术。爱既然是一门至上的艺术,那么就要求人们严肃、智慧地处置。李霁野写道:

> 被爱可是并不爱,往往也是怪苦恼人的事,对不对?我觉得诗人是很可爱的,可是诸位的前辈使他们有不少吃过很大的苦头。我们在班上已经读过好几首诗,哀求他们的女神不要残酷无情,不要漠然轻视。不过大体是没有用的。这自然无话可说。我记起约二十年前的一件小事。一个诗人为一位女子写了几首情诗,被她送给一个报纸发表了,传为一段佳话。这样的事幸而以后不大听到了,或者我们应该感谢这位记者的手腕也未可知。可是拿这样的诗信之类向学校当局去告状,在不几年前我知道是还发生的,我不觉得是可喜的现象。爱是一个男子对于女子所能给予的最高的敬意,不接受是没有什么的,不过态度要大大方方,而且绝对不应当给人不必要的痛苦。在爱情上表现的小气和残酷,是最准确的量人的尺度。

李霁野是这样想的,也是这样做的。尽管当时他是有妇之夫,但是他还同两位学生保持着纯洁的"精神之恋",并且为这段"情事"写了几首抒情诗。同时,也把此事告诉了他的妻子刘文贞。这就是李霁野所理想并践行的"爱的艺术"。

如果说李霁野的感性散文具有"兰姆格调",那么他的知性散文就具有"蒙田风度"。它们里面有经验、知识、掌故、传说、哲理。它们动之以情、晓之以理。最终,它们以理服人,仿佛黑暗中的一盏盏明灯,指引人们前进的方向。

李霁野还是位诗人。他既写古诗又写新诗。他写诗的机缘得益于他所认识的家乡小镇上的一个古董店老板,此人边饮酒边吟诗的神采着实让他入迷,激发了他对诗歌最初的兴趣。诗歌最初发表在他和韦丛芜编辑的《皖报》的《微光副刊》上。这些练笔之作明显受到了周作人翻译的日本俳句的影响。李霁野是边阅读诗歌、翻译诗歌,边写作诗歌的。他曾说:"读诗是最大的赏心乐事,诗的魅力胜过爱神弓矢。"[1]李霁野写古体诗不是为了发表,更不是为了养家糊口,而是为了宣泄自己日常生活的情绪,聊以自慰,顶多给他的妻子看看。虽然李霁野写古体诗的时间跨度比较长,但是总共只写了300首左右,而且,由于解放前生活颠沛流离,致使它们流失过半。新中国成立后不久,他就把这些有幸存留下来的残篇汇集成册,取名为《今昔集》。由于当时中苏关系恶化,集中有些诗歌,尤其是那些歌唱苏联"老大哥"的应景之作显然已经不合时宜,因而没有拿出来出版,只得束之高阁。直到1986年才由重庆出版社正式出版,并更名为《乡愁与国瑞》。《乡愁与国瑞》中的"乡愁"是"昔",是他新中国成立前写的古体诗,《乡愁与国瑞》中的"今",是他新中国成立后至1971年写的古体诗,而此后至晚年写的古体诗大部分被他编成《卿云集》,收入《李霁野文集》第3卷。根据题材,《乡愁集》里的诗可分为"感遇体""家书体"和"花鸟体"3种。"感遇体"主要抒写李霁野解放前

---

[1] 李霁野:《赠丽莎》,《李霁野文集》第3卷,天津:百花文艺出版社,2004年版,第185页。

的流亡生活及感受，比如，当 1943 年 1 月逃离敌陷区，来到界首并听说故乡已经沦陷的消息时，李霁野愤然写道："既伤国破群奸误，复叹家亡音信无。入蜀道难惊绝嗽，妖气窒息放狂呼"；又如，他在流亡四川时，既写了出川时的艰辛："敝车度峻岭，颠簸脊头摧。妖姬与巨贾，飞去又飞回"；又写了出川时的愉悦："欲闻虎啸复登临，停立芳丛近水滨。黄尊蔷薇共攀折，清泉奔放六龙吟"。而真正代表李霁野古体诗写作风格的要数他在抗战时期赠送给李何林的一首七绝："吾生四十信多创，壮志犹雄扬子江。宁共流星同陨灭，羞将悲苦诉穹苍。""家书体"主要是写给妻子的，具有家书性质，情真意切，如"灿烂山花美画图，三十年后情未疏。梦中似识山花貌，为问山花识我无？"等等。《国瑞集》收集的是新中国成立后至 70 年代初的古体诗，受时代风潮的影响，大多是粉饰太平之作，其真实性和艺术性都很弱，如 1960 年 9 月，李霁野写了一组 6 首的"浮夸"恩师鲁迅的古体诗，其中就有这样的诗句："无产阶级济时艰，百战千经志愈坚。八十诞辰思往事，颂歌声上九重天。"而晚年的《卿云集》尽管是些题赠、酬唱或政治抒情之作，但是它们已经克服了《国瑞集》中的浮泛，回复到现实主义的艺术道路上来了。总之，李霁野的古体诗里"家书体"要好些。

　　李霁野写新诗的时间只比写旧诗晚一年。他是受到当时一些报刊上新诗的影响而开始写新诗的。20 世纪 40 年代中期，他在四川白沙的女子师范学院教书时，教英语诗歌课程，他尤其喜欢英国浪漫主义诗歌和莎士比亚的十四行诗，受后者影响，他写了 10 首关于自己初恋的十四行诗，其中，组诗《赠丽莎》和《赠露曦》最具代表性。这些十四行诗感情激烈而有法度，是中国现代格律诗的又一贡献。晚年，李霁野还写了一组 16 首的十四行诗《初恋》，可以视为 40 年代那些十四行诗的"姊妹篇"。李霁野在新中国成立后的新诗主要收集在 1960 年由上海文艺出版社出版的《海河集》中，由于时代的影响，这些诗不同程度地流于空泛和言不由衷的"左"倾色彩。李霁野的新诗成就表现在他的那些十四行诗上。

第二节　台静农与"鲁迅风范"

台静农(1902—1990),原名台传严,字伯简,笔名青曲、青辰、孔嘉、闻超、释耒、白简等,晚年号静者,安徽霍邱人。1917 年于叶集明强小学毕业后考入汉口大华中学,与同乡同学创办《新淮报》杂志。1920 年夏去北京大学文学系旁听。1921 年加入林如稷倡办的文学团体"明天社"。"明天社"宣言:"指责当时思想界的幼稚沉闷""反对旧诗和旧小说""反对文学成为发牢骚和名利狂的工具"。由此可以看出台静农变革思想、改造文学和社会的"新青年"面貌。

1924 年又转该校国学研究所半工半读,并在张竞生主持的风俗调查会当事务员。当时研究所中师长有蔡元培、陈垣、马衡、沈兼士、刘半农诸先生,同学有董作宾、陆侃如、冯沅君、庄尚严、常惠等。在导师陈垣的教导下,开始着手收集故乡歌谣。1924 年的 8 月底,台静农应主持《歌谣》周刊编辑事务的常惠之请,归乡(淮南、霍邱)搜集歌谣达半年之久,搜集到淮南歌谣 2000 多首,先后在《歌谣》周刊和《北大研究所国学门周刊》发表 167 首。其间,他写的《山歌原始之传说》一文,发表在 1924 年第 10 期的《语丝》周刊上,并引起了钟敬文和尚钺的争论。

1925 年春回北京后,经当时就读于北京世界语专门学校的小学同学张目寒介绍,结识了鲁迅,加入了"未名社"。这是台静农文学生涯的重要转折时期。据《鲁迅日记》记载,二人交往在 180 次以上。在他们十一年半的交往中,台静农致鲁迅信件有 74 封,鲁迅致台静农信件有 69 封,目前经保存收录于《鲁迅书信集》中的尚有 43 封。鲁迅在给他人的书信里写道:"台君为人极好。"[①]1926 年,台静农广泛搜集鲁迅研究材料并结集为《关于鲁迅及其著作》,内收有关《呐喊》的评论和鲁迅访问记等文章共 14 篇。这是台静农问世的第一本书,也是中国现代文学史上出现的第一本研究鲁迅的论著。在该

---

① 鲁迅:《书信 331219·致姚克》。

书的序言里,台静农坦陈是鲁迅精神鼓舞了他编辑该书的。他说:"这种精神是必须的,新的中国就要在这里出现","我爱这种精神,这也是我集印这本书的主要原因"①。鲁迅精神鼓舞了台静农的小说创作,台静农很快成长为一名重要的现代小说家。

1927年8月,经刘半农荐引,台静农到北京私立中法大学中文系任讲师,后辗转就任于辅仁大学、北平大学女子文理学院。鲁迅逝世两周年时,台静农应中华全国文艺界抗敌协会之邀在重庆纪念大会上以《我以我血荐轩辕》为题旨发表专题演讲。1928年4月、1932年12月和1934年7月,因政治观点不为国民党当局所容,甚至被怀疑为打算制作炸弹暗杀军阀,以"共党嫌疑"而被国民党当局三次逮捕入狱。蔡元培、许寿裳、沈兼士、常惠等奔走营救。第三次出狱后,在北平学界已难立足,由胡适介绍前往厦门大学任教,后又转至山东大学、齐鲁大学。1937年7月,台静农回北平度暑假,适值抗战爆发,于是,携全家辗转逃难入蜀,定居江津之白沙,稍后就职于国立编译馆。1939年4月,到新成立的国立女子师范学院任教授,后任国文系主任。此间,台静农加入"文协",其实,早在1930年秋台静农就加入了"北方左翼作家联盟"并选为常务委员。在抗战期间发表了数篇抗战小说,并有旧体诗一卷36首的《白沙草》。1946年10月,经魏建功介绍,应当时任台湾省编译馆馆长许寿裳的邀请,出川渡海到该馆任职;后又随许寿裳转至台湾大学中文系任教,后任系主任,从此"故国青山一万重",在任二十年间,奠定了台大中文系学术传统,贡献卓著。台静农晚年出版有书艺论文集《静农书艺集》(1985)、散文集《龙坡杂文》(1988)、学术论文集《静农论文集》(1989)等,并编有《关于鲁迅及其著作》和《淮南民歌集》等。台静农是1949年后最受大陆文学界尊敬的去台作家。1973年退休后,台静农仍任辅仁大学、东吴大学讲座教授,从事教学和写作,直到86岁高龄时才辞教休息。1990年台静农因患食道癌在台北台大医院逝世。台静农是台湾出版的《中文大学典》编纂人之一。

---

① 台静农:《关于鲁迅及其著作》,未名社,1926年7月。

台静农中学时代开始热爱文学。受五四白话诗的影响,1922 年 1 月,上海的《民国日报·觉悟》发表了台静农的处女作新诗《宝刀》,抒发了一个年轻人"面对军阀混战和人民的困难,决心以宝刀铲除战争罪恶"的理想和热情。① 从此,台静农走上了文学道路。但是,台静农新诗写得极少,只有《寄墓中的思永》等几首。台静农常说"我不会作诗,我不会作诗"。他曾说:"余未尝学诗,中年偶然以五、七言写吾胸中烦冤,又不推敲格律,更不示人。今钞付文月女弟存之,亦无量劫中一泡影尔。"②虽然,台静农无意写诗,但是,他有写诗的天赋,而且,他的古体诗还写得很好。这些诗词在他死后由他的弟子林文月整理成《台静农先生诗稿》,所抄录的诗有《白沙草》《龙坡草》和《补遗》三个部分。《白沙草》中所收录的是抗战期间,到来台一段期间的作品,计共 36 首。《龙坡草》中所收录的是 1946 年来台后,定居于台大宿舍龙坡里一段期间的作品,计 33 首。最后《补遗》部分共 6 首。《白沙草》主要抒发在那个山河破碎的时代一个现代知识分子的忧国、思乡、怀友之情,如"为怜冰雪盈怀抱,来写荒山绝世姿"(《画梅》),"要拼玉碎争全局,泚水功收属上游"(《谁使》),"英雄大泽志,竖子河山新"(《苦叶》)等。《龙坡草》的主题是乡愁,借写自然景物抒发思乡之情,如《种桃十年始花》:"十年种树年花迟,一见花开雪涕思。欲画千花投碧海,碧翻红浪铸新辞。"头两句写历史和现实,后两句写理想和期望。此外,《龙坡草》里有一小部分诗抒发了台静农晚年超然物外的风骨,如《题大千游鱼》有这样述志的诗句:"唼食从容水一沤,萍风荇带自悠游"。台静农写诗仿佛是有意无意之间的事情。正是这些古体诗直接抒发了台静农在不同历史时期、不同政治环境下的不同心境。显然,台静农的文学成就主要不在诗歌方面,而在小说,尤其是短篇小说写作方面。

---

① 施淑女:《台静农老师的文学思想》,见叶嘉莹:《〈台静农先生诗稿〉序言》,见《迦陵杂文集》,北京:北京大学出版社,2008 年版。
② 林文月:《台先生写字》,叶嘉莹:《〈台静农先生诗稿〉序言》,见《迦陵杂文集》,北京:北京大学出版社,2008 年版。

台静农的小说可分为三个时期,最早是写爱情小说,接着写乡土小说,最后写革命小说。

1923年,台静农的第一篇小说《负伤的鸟》发表在《东方杂志》第21卷第14期,署名青曲。它写的是青年男女因追求爱情而不得的恋爱悲剧:当主人公郑躅回到阔别了六年的故乡时,发现自己当年的心上人已经同别人结婚生子,过上了幸福的生活。后来,台静农把这篇一万字的小说压缩改写成两千多字的《白蔷薇》,故事叙述者由郑躅改为"我"来自叙,故事情节在结尾部分改为自己的心上人虽然结婚了但婚后生活不幸福。随后发表的《懊悔》是写老姑娘密斯柳以爱国为名实施寻找理想伴侣的计划。这是台静农最初的小说创作,从题材上看,属于爱情小说;从结构上看,带有比较强的抒情性。但是,终因浮泛地表现个性解放而显示力度不够。

真正代表台静农小说成就的是他的乡土小说。台静农为什么放弃最初的写爱情转而写乡土呢?原因是多方面的。首先是鲁迅的影响。"他承认他的创作深受鲁迅的影响"①。其次是对民间歌谣的收集、整理与研究也使他钟情乡土,因为台静农对淮南民歌从收集到整理的过程完整地体现出了他作为"乡土研究"派之一员的歌谣研究理念和乡土文学观念。这之后不久,他就创作了《天二哥》和《吴老爹》等乡土题材的小说。韦素园的激励和《莽原》的用稿之所需,也是他写乡土小说的一个原因。

台静农的乡土小说主要收集在1928年11月由未名社出版的小说集《地之子》里。《地之子》结集之前取名为《蟪蛄》并被寄呈鲁迅审阅,鲁迅看后建议书名改一改,并让台静农与韦素园商量着办,这样就有了《地之子》的书名。被鲁迅誉为"优秀之作"②的《地之子》共收小说14篇,这些作品充分显示了台静农"从民间取材"的能力,其中既揭露了乡间社会生活的黑暗,又剖析了农民精神深处的国民劣根性,还展示了封建风俗文化"吃人"的残暴。

---

① 陈漱渝:《丹心白发一老翁》,《鲁迅研究月刊》,1990年第2期。
② 鲁迅:《二心集·我们要的批评家》。

鲁迅特别喜爱这些小说。他在编选《中国新文学大系·小说二集》时,选入了台静农的《天二哥》《红灯》《新坟》和《蚯蚓们》4篇,与他自己被选入的篇数相等,并还特意以自己的小说发端,而以台静农的小说殿后,把台静农的乡土小说放在与自己相当的地位。不仅如此,鲁迅还站在中国现代小说史的高度来评价台静农的乡土小说创作。他说:"在争写着恋爱的悲欢,都会的明暗的那时候,能将乡间的死生,泥土的气息,移在纸上的,也没有更多,更勤于这作者的了。"①不同于最初爱情小说的高蹈、空茫,乡土小说把眼光向下,向现实深处挖掘,通过写乡间佃民的日常生活,来呈现小人物的人生悲剧。阶级对比是这类作品常用的表现手法。比如,《弃婴》写穷人因为贫困养不起孩子,不得不把孩子抛弃于荒野而被野狗吃掉的惨剧。又如,《蚯蚓们》里的佃户李小,被地主阶级所逼卖妻,成为流民;《负伤者》里的农民吴大郎被地主张二爷和警察署长层层威逼、盘剥、卖妻丢家后,最后被当作罪犯关进大牢;《新坟》写女儿被大兵奸死,儿子被大兵打死,母亲最终疯死,整个家被毁灭了,旷野中又增添了三座新坟,农民根本就没有活路。从如"蚯蚓"般的李小到"负伤者"吴大郎,我们可以看到官、绅、兵、匪的压迫越来越残酷,而农民的命运越来越惨悲。面对人间地狱般的现实生存,农民们表现出了惊人的沉默、忍耐、麻木、不觉悟。比如,《蚯蚓们》里的李小被生活压垮后认命了:"他认识了命,命运的责罚,不在死后,却在人世;不在有钱的田主身上,却在最忠实的穷人。"小说还揭示,农民之所以有如此宿命的想法,是因为在他们精神深处顽劣的国民劣根性作祟。因此,台静农的乡土小说又把笔触深入国民劣根性并对其进行有力批判。《天二哥》中,当天二哥压得小柿子"一点也不能动弹"时,看客们十分开心,天二哥像凯旋的将军,虚荣心得到了极大的满足,而小柿子却在围观群众的"冷刻的讥笑"中"含着眼泪"离去了。《新坟》中,当悲剧发生时,四太太的小叔子五爷竟然无动于衷,仿佛事不关己,失去了亲

---

① 鲁迅:《〈中国新文学大系〉小说二集·序》,《〈中国新文学大系〉小说二集》,上海:上海文艺出版社,1984年版,第16页。

人之间最起码的同情心,就连乡民们都看不过去了:"他妈的,这不讲良心的!要是他问她的事,倒不至于这样。那次兵变,他自己只晓得跑,要是着人招呼一声,她们母子不也跑掉了么?他妈的,有了这样的亲兄弟。"被刘以鬯推为"杰作"①的《吴老爹》通过写吴老爹全心全意侍奉的店主因吃喝嫖赌而家破人亡致使吴老爹只得卷铺盖走人的故事,既写出了剥削阶级的奢靡与堕落,又写出了吴老爹的愚忠及悲剧。台静农以冷静客观的笔法,揭示和批判这种"哀其不幸、怒其不争"的国民劣根性。

此外,台静农的乡土小说还写到了皖西风俗文化的"吃人"本质。婚嫁、殡丧、斗架、卖妻、超度、冲喜等都带有浓烈的地方色彩,这也是乡土文学特色的主要体现。尽管这些风俗不一定为皖西叶集那个地方所都有,但是它们的确构成了皖西人民世世代代的生活方式和文化习惯。比如,《红灯》写得银娘在"鬼节"放"美丽的小小的红灯"为得银"超度"亡灵。又如,《烛焰》写辞亲出嫁、出殡送葬的"冲喜":正值花季的少女翠儿,因为包办婚姻,而不得不嫁给身患重病、奄奄一息的吴少爷,翠儿嫁过去没两天吴家少爷便死去了,翠儿成了旧习俗的陪葬品。还如,《拜堂》写叔嫂"拜堂"成家:当汪大去世后,为了不让身怀六甲的汪大嫂"发卖",汪二违背父亲旨意,心怀内疚地在"牵亲人"的主持下,与嫂子拜堂成亲,毕竟"将来日子长,哈要过活的"。有时,这些恶俗的风习是会致人毙命的,比如,《天二哥》里的酒徒天二哥喝尿解酒,中毒而亡。总之,《地之子》写出皖西大地上中国农民的无谓地生无谓地死的人间悲剧、精神麻木及其被恶风陋俗所戕害的痛楚;皖西农民就是中国"地之子"的典型代表。在谈到冲喜这一题材时,刘以鬯认为:"20 年代,中国小说家能够将旧社会的病态这样深刻地描绘出来的,鲁迅之外,台静农是最成功的一个。"②白先勇在读了刘文后,很快促成了台湾远景出版事业公司出

---

① 刘以鬯:《台静农的短篇小说》,香港《明报月刊》,1979 年 9 月号,总第 165 期。

② 刘以鬯:《台静农的短篇小说》,香港《明报月刊》,1979 年 9 月号,总第 165 期。

版《台静农短篇小说选》(1980 年版)。大陆于 1981 年发表了专门论述台静农的文章。[1]

像《地之子》那样,台静农的第二本小说集《建塔者》也是作为《未名新集》于 1930 年由未名社出版。《建塔者》共收台静农 1928 年写的 10 篇短篇小说,一方面揭露新军阀黑暗的血腥统治,一方面歌颂在白色恐怖下坚持斗争的革命志士。正如集中同名小说《建塔者》里写的:"我们的血凝结成的鲜红的血块,便是我们的塔的基础。我们期望这塔的坚固和永久,不用泥土和顽石,毫无疑惑地将我们的血凝结起来。"如果说《地之子》是一首首悲歌的话,那么《建塔者》则是一曲曲颂歌。它们是对早期无产阶级革命者的礼赞,具有阳刚的美,迥然不同于《地之子》里的"安特莱夫式的阴冷"[2]。不同于《地之子》里的茶馆酒店、坟场地府,《建塔者》里的场景是监狱、鲜血。《建塔者》里的主人公也从蒙昧中觉醒过来并要拿起武器推翻旧世界建立新世界。比如,《建塔者》中,当少女玛丽与 A、D、E 三位青年高唱着悲壮的歌曲英勇就义时,"那些武装的人,时时用枪柄来打他们,想塞住他们的嘴,但是终于不能够,歌声依旧缭绕于太空中"。这些革命先烈尽管牺牲了,但是在"我们的塔的基础上,又增加了一份新的力量了"。与《地之子》的客观冷静描写不同,《建塔者》里的革命小说是叙事与抒情交融。比如,《昨夜》写革命者秋在昨夜是如何乔装打扮机智地逃离敌人的搜捕的,故事情节叙述得惊心动魄、扣人心弦,带有很强的传奇性和抒情性;而整个故事是作家的自叙传,故事中的主人公秋就是现实生活中台静农的朋友、老乡王冶秋[3],所以这篇小说又具有十足的纪实性。《建塔者》出版后,左翼评论界充分肯定了它的思想价值:"有着热情,有着愤懑,有着反抗的心","想努力反映出他的时代的黑暗与恐怖","显示着我们的这个特殊残酷的时代",而"这种显示,给予了他的

---

[1] 金宏达:《台静农小说简论》,《新文学论丛》,1981 年第 2 期。
[2] 杨义:《中国现代小说史》,北京:人民文学出版社,1986 年版,第 497 页。
[3] 台益燕:《台静农的〈昨夜〉与王冶秋》,《瞭望》,1993 年第 51 期。

作品以价值"①。毕竟不像对农村生活和人物那样烂熟于心,台静农对革命者及其生活了解不够,所以写起来就不会那么得心应手。但是台静农努力把自己所耳闻目见的"人间的酸辛和凄楚","用我的心血细细地写出"。《建塔者》作为早期革命文学有它独特的贡献,所以,鲁迅把它和《地之子》放在一起加以褒奖。鲁迅说:"丛芜的《君山》、静农的《地之子》和《建塔者》,我的《朝花夕拾》,在那时还算是相当可看的作品。"②

台静农的《地之子》和《建塔者》受鲁迅影响很深,具体表现在用进步的阶级分析观从民间取材,批判封建宗法制度和国民劣根性;用写实和白描的手法塑造人物,尤其注重对人物灵魂的剖析,截取生活横断面的小说结构等等。所以,评论界认为,台静农是 20 世纪 20 年代继承鲁迅风格最成功的作家,是屈指可数的乡土小说的代表作家之一。

抗战时期,受到民族抗日的爱国大潮的感召,台静农于 30 年代末写作了 4 篇抗战小说:《大时代的小故事》发表于 1938 年 12 月,其余三篇《么武》《被侵蚀者》《电报》皆于 1939 年春发表。《大时代的小故事》和《么武》写"叶镇"农民英勇抗日的革命故事,而《被侵蚀者》和《电报》则抨击抗战中大后方的黑暗和腐败现实。前者是赞歌,后者是讽刺。具体而言,《大时代的小故事》用抒情的笔调从侧面叙写了变成"山猫子"的叶镇农民隐藏在"富金山"里开展游击战,设陷阱一举歼灭"留守在皖西大门的鬼子"。如果说《大时代的小故事》塑造的是抗战农民的英雄群像,那么《么武》则侧重塑造在抗战中觉醒并奉献了生命的个体农民英雄——么武。与前面两者歌颂英勇抗战的新农民不同的是,台静农还注意揭露抗战时大后方的黑暗腐败现象。《电报》塑造了一对战时政治投机分子姜景行夫妇的形象。《被侵蚀者》揭露的是国统区基层权势人物荒淫卑劣的行径。台静农的抗战小说,因急于表现这个"大时代",很多素材来不及沉淀和反思,不免犯有"急就章"的毛病,概

---

① 侍桁:《文艺短评:建塔者》,《文学与生活》,1931 年第 1 期。
② 鲁迅:《忆韦素园》。

念、议论、陈述较多,对人物的内心表现不足。

总体来看,台静农的乡土小说最为成功,而革命小说和抗战小说显然没有达到乡土小说的水平,在同类题材的小说写作中代表性不强。

台静农还是一位散文家。早年写的散文,散见于《莽原》。抗战时期,在重庆的台静农写了不少散文。像此期的小说那样,抗战仍然是台静农散文写作压倒一切的时代主题。它们按时间和题材可以分为现实题材的散文和历史题材的散文。抗战时期,台静农的现实题材的散文,除《我与老舍与酒》是专门为好友老舍写的贺文和《记张大千》歌颂张大千"尽其所有奉献于祖国者"外,其余篇章皆以抗战现实为触媒,以坚持抗战、反对投降为中心,揭露日本军国主义者的强盗本性,抨击汪精卫集团的卖国投降行径,谴责周作人的失节附逆,褒扬坚持抗战的爱国民众。《谈"楼寇的直系子孙"》揭露日军御用文人的人格尽失和麻木无耻,《鲁迅眼中的汪精卫》是声讨卖国贼汪精卫的战斗檄文,《记钱牧斋遗事》《读知堂老人的瓜豆集》《老人的胡闹》等文章则严厉斥责周作人的"附逆"。抗战时期,台静农的历史题材的散文,如《历史之重演》《秀才》《关于贩卖生口》《关于买卖妇女》《瞻乌仰止于谁之屋》《"士大夫好为人奴"》《读日知录校记》等,以史为鉴,反观现实,因而对问题的看法更显深度,也就更有思想力量。这些散文大多收入于1990年由人民日报出版社出版的《台静农散文选》(陈子善编)中。去台以后,台静农写的散文大多收入《龙坡杂文》。集名由台静农在台湾大学的住所而得名,张大千居士曾为其题写"龙坡丈室"小匾。《龙坡杂文》收录35篇散文小品。它们或忆旧怀人,或论文谈艺,喜怒哀乐,皆成文章。忆旧怀人的散文占多数,台静农为情所动后再以情动人,比如,想到老友许寿裳不幸被砍死,心中顿然涌起一股难以言表的悲情,写成了"苦闷的象征"的《追思》。论文谈艺的散文以理服人,显示了台静农作为学者的学问水平,《〈夜宴图〉与韩熙载》《书〈宋人画南唐耿先生炼雪图〉之所见》等是其代表。它们"在本质上富有读书笔记或笔记小说的趣味,而其叙述铺露的方式,却有学术性考证的功夫"①。纵观台静农的散文写作,从大陆到台湾,从社会大舞台转到斗室书斋,越来越褪去现实性,而越来越重视学理性。也就是说,晚年的台静农更多的时候是以一个学问家的身份和面貌出现。1985 年,台湾"行政院"文化奖颁给台静农并评价道:"早年致力于新文学创作,文风兼具犀利批判与悲悯胸襟,作品至今尤为文学批评界重视。其后专攻古典文学研究,阐扬文化精义,重要著作《两汉乐舞考》《论两汉散文的演变》《论唐代士风与文学》等,段论创新,精微独到,于传承文化,功不可没。"

台静农还是一位书法家,他的书法广泛涉猎金文、刻石、碑版和各家墨迹,篆、隶、草、行、楷诸体皆精,亦擅篆刻、绘画。幼年时,台静农受先君庭训,苦摹古帖。青少年时代,因"取悦新知,视书艺为玩物丧志"而放弃。直到抗战蜗居重庆时,有空时又拿出旧碑临摹,在他习书的过程中,得到过沈尹默先生指导,还在胡小石和张大千那里喜获书法"秘本"。"时日累聚,亦薄有会心",境界别开,自成格调,著有《台静农书艺集》。1982 年,台北历史博物馆举办了台静农个人书法展。1983 年 9 月,台北《雄狮美术》月刊第 151 期接着推出"书家台静农专辑",由学理上阐释和总结台静农在书法艺术上的杰出成就,由此奠定了台静农在书法史上的地位。1985 年元旦,在《联合报》上,台静农以《我与书艺》为题,发表了《告老宣言》,郑重声明自 1985 年起,一概谢绝为人题书写字。

---

① 张淑香:《鳞爪见风雅》,引自林文月编:《台静农先生纪念文集》,台北:洪范书店出版公司,1991 年版,第 1258 页。

第五章　现代安徽作家的小说创作与文艺研究

第一节　张恨水的现代言情章回体小说

张恨水(1895—1967),原名张心远,安徽潜山人。因其父曾在江西上饶广信税务当职员而生于广信。张恨水在家是长子。父亲给他取名"心远"是希望他长大后能够志向远大,有所作为。根据《张氏宗谱》的"宗岁兆联芳,祖泽益福庆"排名,他的谱名则为"芳松"①。生活的反复变故使得张恨水年少老成,认识到"人生长恨"就好像水长东流那样是不可抗拒的命运实质,当然,也有人说张恨水是因为"惜时",包括张恨水自己也说是"珍惜时光"的意思,而把自己主要的笔名取自李煜《乌夜啼》里的"自是人生长恨水长东"。1914 年,他在给一家小报投稿时第一次使用"恨水"这个笔名。除了"恨水"外,其笔名还有:旧燕、哀梨、哀、梨、并剪、藏稗楼主、画卒、崇公道、于戏、半瓶、逐客、报人、不平、我、油、大雨、杏痕、北雁、小记者、打油诗人、打油词人、东方晦、布衣、我亦潜山人、天柱山下人、天柱峰旧客,等等。②

少年时代,张恨水主要在江西读私塾。《西游记》《列国志》《红楼梦》等古典小说和诗词成为他日常阅读大餐。十多岁时,父亲病死,从此家道中落。16 岁回潜山自学;后考入蒙藏垦殖学校,接着,又因学校解散而返乡。

19 岁时外出谋生,在上海参加了陈大悲的话剧团,为练习生。1916 年在芜湖《皖江日报》当编辑,正式成为一名"报人",开始了写作生涯。1919 年发表第一篇小说《南国相思谱》后到北京,先后担任《益报》校对、上海《申报》驻京办事处编辑、北京世界通讯社编辑等职。1924 年主编《世界晚报》副刊《夜光》。此间,张恨水写作了大量有名而畅销的社会言情小说,如《啼笑因缘》等。九一八事变后,张恨水写作了大批"国难小说"。1935 年举家迁至上海,

---

① 张伍:《忆父亲张恨水先生》,北京:十月文艺出版社,1995 年版,第 3 页。
② 张伍:《忆父亲张恨水先生》,北京:十月文艺出版社,1995 年版,第 3 页。

编辑《立报》副刊《花果山》。1936年到南京,与"小老弟"张友鸾创办《南京人报》并任社长。随后去重庆,1938年任重庆《新民报》编辑,并为主笔;同时,被推选为中华全国文艺界抗敌协会理事,写了许多小说和诗文。1944年、1945年张恨水受到了毛泽东、周恩来的接见,新中国成立后还受到了周恩来的特别照顾。1944年5月16日这一天《新华日报》发表《小说家张恨水先生创作30年纪念》,《新民报》发表潘梓年的《精进不已》,以庆祝张恨水寿辰50年和小说创作30年。1945年11月14日,时任《新民报》负责人的张恨水在《新民报》的副刊《西方夜谈》上首发了毛泽东《沁心园·雪》(署名毛润之),还配发了按语:"毛润之氏能诗词,似鲜为人知。客有抄得其《沁园春·咏雪》词者,风调独绝,文情并茂,而气魄之大,乃不可及。"引起轰动。抗战胜利后,1946年张恨水出任北平《新民报》总经理,并编辑副刊《北海》。1948年辞去《新民报》职务,结束了40年的新闻生涯。1949年初发表他回忆自己生活和创作的《写作生涯回忆》。

张恨水是中国现代通俗文学史上第一号人物,是"北派"社会言情小说的高峰式作家,是雅俗合流的现代言情章回体小说的集大成者,有"中国大仲马""民国第一写手"之称。新中国成立前,茅盾就说:"在近三十年来,运用'章回体'而能善为扬弃,使'章回体'延续了新生命的,应当首推张恨水先生。"[1]新中国成立后,张恨水任文化部顾问和中央文史馆馆员等职,但仍写小说,写了长篇小说《秋江》《凤求凰》和《孔雀东南飞》等,同时,他改编了大量民间故事和古典名著如《梁山伯与祝英台》《白蛇传》《孟姜女》《魔镜记》等,为发掘和传播中国传统文化和非物质文化遗产做出了巨大贡献。他还创作了大量诗词和散文。

张恨水是"集文人、民主战士、士大夫于一体"的现代知识分子,他的包办婚姻、英雄救美、才子佳人式的三次婚姻[2]为他的社会言情通俗小说创作

---

[1] 茅盾:《关于〈吕梁英雄传〉》,《中华论丛》,1946年第2卷第1期。
[2] 石楠:《张恨水传》,南京:江苏文艺出版社,2000年版。

提供了生活素材。他传奇的一生被不少人写成传记,如,1988年湖南文艺出版社出版了袁进的《张恨水评传》,1995年业强出版社出版袁进的《小说奇才:张恨水传》,1999年团结出版社出版了闻涛的《张恨水传》,1999年华夏出版社出版了张毅的《文人的黄昏——通俗小说大家张恨水评传》,2000年江苏文艺出版社出版了石楠写的《张恨水传》,等等。此外,尤其值得阅读的是他的子女们写的回忆文章、著作,如他的女儿张明明撰写的《回忆我的父亲张恨水》(百花文艺出版社1984年版)和他的四子、中国京剧院编剧张伍撰写的《雪泥印痕:我的父亲张恨水》(团结出版社2006年版)等。

张恨水是一个创作量大得惊人的作家。在四十余年的创作生涯里,张恨水共写了120多部中篇小说和长篇小说,共3000多万字,为世间少有。1993年北岳文艺出版社出版了62卷本的《张恨水全集》。

据他的女儿张正回忆,张恨水曾自比为"推磨的驴子","除了生病或旅行,没有工作,比不吃饭都难受"。张恨水"大约每日九点钟开始写作,直到下午六七点钟,才放下笔吃晚饭,饭后稍事休息,然后写到夜里十二点钟,日复一日"。"父亲的写作很辛苦,在书桌前,他俯伏了一生"[1]。

从题材类别和叙事风格上看,张恨水的小说可以分为社会言情小说系列和抗战讽刺小说系列。而从写作时间上看,以1931年抗战爆发为界,张恨水的小说创作可笼统地分为前后两个时期。显然,前期是写社会言情系列小说时期,而后期是写抗战讽刺小说系列时期。也就是说,前期,张恨水是鸳鸯蝴蝶派作家;后期,张恨水是抗战爱国作家。而人们通常只把张恨水视为鸳鸯蝴蝶派作家而没有认识到张恨水作为抗战作家的创作价值。在张恨水那么多小说里,真正具有代表性的小说是《春明外史》《金粉世家》《啼笑因缘》和《八十一梦》四部。其中,前三部是前期小说的代表,而后一部是后期小说的代表。从小说叙事情节结构模式上看,张恨水前期小说多是"言情+社会",后期小说多是"言情+抗战"。而张恨水这些优秀小说在写作模式上不断有

---

[1] 张正:《魂梦潜山:张恨水纪传》,太原:山西人民出版社,2000年版。

所突破和创新。张恨水的高明之处就在于他总是能够在"常"与"变"之间找到很好的平衡点。

如前所述,抗战前的张恨水基本上是以鸳鸯蝴蝶派小说家的风貌出现。鸳鸯蝴蝶派以"趣味第一""消遣至上"为宗旨,强调小说的娱乐性、消遣性和趣味性,以言情小说为正宗,而以社会小说、历史小说、武侠小说、侦探小说、宫闱小说等为旁支,他还用文言写过《旧新娘》和《梅花劫》等旧派通俗小说,在晚清时期满足了普通市民阶层日常审美的需求。从张恨水的《写作生涯回忆》里,我们得知张恨水早年沉迷于中国传统文化,7岁那年开始读古文,11岁喜读古典小说和唐诗宋词,十三四岁时"跌进了小说圈",此时的张恨水"除了对故事生着兴趣外","便注意到文章结构上去"[①]。这表明,张恨水的小说既保留了鸳鸯蝴蝶派小说的思想艺术特征,又部分地"偏离"了它的航道,彰显了自己的创造价值。张恨水最初写的小说,比如那篇连他自己也记不起篇名的写武侠的处女作,就是按"言情+武侠"的老套路来写的。渐渐地,他有意挣脱正统鸳鸯蝴蝶派小说的影响,努力在个别地方张扬自己的艺术追求及特色。到了写《春明外史》时,张恨水就开始能够做到不为写言情而写言情了,而显示了重写言情兼批社会的写作意向。这就使他的言情小说与当时市面上流行的一般鸳鸯蝴蝶派小说区分开来,因而比其他鸳鸯蝴蝶派小说更加畅销,更受读者喜爱。《春明外史》一上市,人们争相购买,一时洛阳纸贵,盛况空前。

《春明外史》在1924年至1929年的《世界晚报》副刊《夜光》上连载,是张恨水的成名作。《春明外史》中的"春明"是唐代京城东面三门之一,张恨水把它作为北京的代称。《春明外史》写的是北京城里上层社会的黑幕。小说以谦谦君子杨杏园的恋爱历程为情节发展的主要线索,来"爆料"鲜为人知的官场内幕。虽然结构有些松散,但是由于它的市民生活气息浓烈,仍然具有很大的煽情性。质言之,张恨水此时写的言情小说已经不是"纯言情"

---

① 张恨水:《我的写作生涯》,成都:四川人民出版社,1981年版。

小说了,而是掺入了社会成分,属于社会言情小说。张恨水说:"用作《红楼梦》的办法,来作《儒林外史》。"①

尽管像以往那样,小说是在报纸上连载,但张恨水的"连载小说"是边想、边写、边载,每一章回相对独立成篇。有"民国的《红楼梦》"之称的《金粉世家》克服了《春明外史》结构比较涣散的弊端。后来他在回忆写《金粉世家》前的准备情况时说:"在整个小说布局之后,我列有一个人物表,不时地查阅表格,以免错误。同时,关于每个人物所发生的故事,也都极简单地注明在表格下。这是我写小说以来,第一次这样做的。"②《金粉世家》是张恨水最具有代表性的小说,也是中国现代通俗小说的经典。它 1927 年 2 月到 1932 年 5 月连载于《世界日报》副刊,是在报纸上连载时间最长、最轰动的张恨水小说。《金粉世家》借用"六朝金粉"的典故,叙写豪门巨族的兴衰历史。作为家族小说,不少人把它与《红楼梦》《家》进行比较,以显示出俗雅之分、温和与激烈之别。《金粉世家》以七少爷金燕西和出身书香门第的美少女冷清秋之间的"齐大非偶"的爱情婚姻悲剧为主线,写京城三世同堂的国务总理兼某银行董事长金铨一家的衰败史:金燕西原本与二嫂王玉芬的表妹、大家闺秀白秀珠交往密切,但是当他巧遇冷清秋后为她的色相所迷倒,于是不择手段地把她弄到手,组成家庭,结婚生子。婚后,由于金燕西纨绔子弟的喜新厌旧的本性,加上二嫂的百般刁难和仇视,使冷清秋置身于家庭矛盾的旋涡中备受煎熬。而金燕西为了借助白秀珠的哥哥在军界的势力出国,又回过头来重新追求白秀珠。此时的冷清秋已经警醒过来,开始了反抗,不愿再留在这个糜烂堕落、钩心斗角的大家庭,搬进阁楼,闭门读经,后来趁金家发生火灾之际带着孩子逃离金家,从此隐姓埋名,靠卖字为生。而金燕西在如愿以偿地出国后,也被白秀珠所抛弃,悲惨地流落异乡。金家最后的结局是树倒猢狲散。由此,我们知道,《金粉世家》也不是为写言情而写言情,而是把暴

---

① 张恨水:《我的写作生涯》,成都:四川人民出版社,1981 年版。
② 张恨水:《我的写作生涯》,成都:四川人民出版社,1981 年版,第 101 页。

露范围缩小到"家"中,透过一个大家族的没落来写时局变化以及人物命运沉浮。也就是说,家庭内耗和时势变迁是封建大家族这种"家庭共同体"瓦解的动因。为此,张恨水曾悲叹:"嗟夫!人生宇宙间,岂非一玄妙不可捉摸之悲剧乎?吾有家人相与终日饮食团聚,至乐也。然而今日饮食团聚,明日而仍饮食团聚否?未可卜也。吾有吾身,今日品茗吟诗,微醺登榻,至逸也。然则今日如此,明日何如此否?未可知也。最亲近者莫如家人,最能自主者莫如吾身,而吾家吾身,吾终莫能操其聚散生死之权。"①由于《金粉世家》已经摆脱了当时报刊文章"花边新闻"之类的纪实性、猎奇性,在高度典型化的基础上显示了小说的艺术概括力量,因而具有普遍的、持久的意义和影响力。

《金粉世家》写作背景是北方,其影响面也主要是在北方。1929年,经过钱芥尘介绍,张恨水认识了上海《新闻报》编辑严独鹤,并受他之邀为《新闻报》写作连载小说《啼笑因缘》,共22回,于1930年3月17日至11月30日在《新闻报》副刊《快活林》上连载,受到了南方读者的青睐,"抢夺"了原本由"南派"鸳鸯蝴蝶派作家控制的南方读者群体。1931年,三友书社出版了该书的单行本,成为当时最畅销的小说。据不完全统计,这本20多万字的小说在作者生前就印行过20多版,发行量达到十几万册,还被改编成6集电视剧搬上了银幕。《啼笑因缘》的畅销使得张恨水的影响由北而南,遍及全国。至此,张恨水真正成了家喻户晓的小说大家。究其原因,张恨水回忆说:"在那几年间,上海洋场章回小说,走着两条路子,一条是肉感的,一条是武侠而神怪的。《啼笑因缘》,完全和这两种不同。又除了新文艺外,那些长篇运用的对话,并不是纯粹白话。而《啼笑因缘》是以国语姿态出现的,这也不同。"②《啼笑因缘》把言情、社会和武侠三者融为一体,叙写以富家子弟樊家树为中心的多角恋爱,巧妙地运用了通俗小说常用的"错中错"的结构技巧,而且穿插了军阀刘德柱诱逼在天桥说书的女艺人沈凤喜为妾,以及在江湖卖

---

① 张恨水:《金粉世家·序》,上海:世界书局,1932年版。
② 张恨水:《我的写作生涯》,成都:四川人民出版社,1981年版,第45页。

艺的关寿峰、关秀姑协同樊家树营救沈凤喜的武侠故事。樊家树与沈凤喜的爱情纠葛是整个故事的主线。在北京大学读书的樊家树，不像一般的纨绔子弟，他乐善好施，资助贫贱女子沈凤喜上学读书。但是，沈凤喜在刘将军的钱权利诱下，终于缴械投降，背叛了与樊家树的爱情，显示了她贪慕虚荣，对爱情不忠的本性。而当关氏父女把她救出火坑之后，她精神已经失常，疯掉了。关秀姑侠骨柔肠，心中暗恋着樊家树，但是，当她知道樊家树真正喜欢的人是沈凤喜时，就悄然把这种情感深埋心间。小说还安排了一个外表长相酷似沈凤喜的摩登女郎何丽娜，在"错中错"里认识樊家树后，抛弃凡尘，归隐学佛，在感情趋归上，有了与樊家树结合的可能性，但小说结尾并没有写明，打破了以往文学惯用的"大团圆"的结局模式，呈现一种具有现代意味的开放式结构。张恨水说："长篇小说之团圆结局，此为中国人通病。《红楼梦》一出打破此例，弥觉隽永，于是近来作长篇者，又多趋于不团圆主义。其实团圆如不落窠臼，又耐人寻味，则团圆固亦无碍。"①所以，在《啼笑因缘》热销后，尤其是在像《续啼笑因缘》《新啼笑因缘》《啼笑因缘三集》和《反啼笑因缘》等"续书"不断的情形下，张恨水开始从"不团圆主义"转向"团圆主义"，亲自续写了40回，安排了樊家树和何丽娜的结合，使别人无法再续。但是，张恨水的续写，情节牵强，技术较弱，是作家向畅销书市场让步的典型表现。《啼笑因缘》与徐枕亚的《玉梨魂》、李涵秋的《广陵潮》、平江不肖生的《江湖奇侠传》合称鸳鸯蝴蝶派的"四大说部"。

　　随着抗战的到来，鸳鸯蝴蝶派阵营内部发生分化，有的仍然在写"言情＋社会"小说，而张恨水则从以往写"言情＋社会"小说转而写针对性、时代性、斗争性较强的"言情＋抗战"小说，成为抗战文学大集体的一分子。由于突出"应时性"，张恨水写了30多部"国难小说"。像绝大多数"国难小说"那样，张恨水的这些小说大多思想极其抗日而艺术性则比较弱。而且，这段时间跨度比较长，从1931年开始一直到1938年。此期的《夜深沉》《大江东去》

---

① 张恨水：《长篇与短篇》，《世界日报·明珠》，1928年6月5日。

《巷战之夜》等都没有挣脱"抗战+言情"的抗战小说模式。尽管如此,我们也不能苛求张恨水这种以"抗战为经,言情为纬"的写作策略,不能苛求他那些意在"鼓励民气"①的御侮小说。直到1939年《八十一梦》出版,才扭转整个局面,使张恨水"得到写作的新方向"②,那就是写作抗战讽刺小说。《八十一梦》是抗战时期现实主义讽刺小说的力作,也是张恨水后期的代表作。《八十一梦》用漫画笔法,用梦幻形式,融古今人事、神仙鬼怪、海外域中于一炉,揭示了大发国难财的贪官污吏、投机商人和洋人奴才的丑恶嘴脸,把讽刺矛头直指以蒋宋孔陈四大家族为首的国民党反动统治。张恨水因写《八十一梦》险些被关进军统特务的牢狱,不得不暂时中断这部小说的写作,到1943年成书时,才写出14个梦。像当时不少历史剧以历史来讽喻现实那样,张恨水是在以怪异的梦境来讽喻荒诞不经的黑暗现实,同样取得了小说思想和艺术的双丰收。

到了40年代,张恨水继续以笔当枪,进一步高扬现实主义精神,因而写作了像纯粹谴责性的《五子登科》,谴责了以金子原为代表的国民党反动派中的上层分子被权力异化了的肮脏灵魂,在权力魔杖的指使下,疯狂地兑换"金子、房子、女子、车子、条子"这"五子"。

纵观张恨水的小说写作,由先前的社会言情小说写作发展到后来的抗战讽刺小说写作,经历了从"趣味主义"到"现实主义",从"小说封建性"到小说在民间视角、平民化倾向、现实主题以及章回体制现代化等方面的"现代性"的巨大变化。史家评价张恨水的小说是"通俗小说中含金量极高的经典之作"③。这得益于张恨水中外古今交融的艺术滋养。所以,我们看到张恨水的小说既有中国传统文化的艺术体现,又有西方现代艺术的表现深度。从前者来看,张恨水的小说篇名很多直接出自中国古典诗词,还有就是在小说结

---

① 张恨水:《弯弓集·序》。
② 张恨水:《八十一梦·前记》。
③ 范伯群主编:《中国近现代通俗文学史》(上卷),南京:江苏教育出版社,1999年版,第229页。

构和审美精神上得益于《红楼梦》和《儒林外史》等古典名著。当然,他在继承的基础上有自己的创造,比如,在处理小说的回目问题上,他总结了一套艺术准则:"一、两个回目,要能包括本回小说的最高潮。二、尽量求其词华藻丽。三、取的字句和典故,一定要是浑成的。四、每回的回目,字数一样多,求其一律。五、下联必定以平声落韵。"①从后者来看,张恨水的许多小说明显受益于西方现代小说,比如,他小说里的心理剖析、心理透视、梦幻、荒诞手法等。他说:"风景描写与心理描写,有时,也特地写些小动作,实不相瞒,这是得自西洋小说。所有章回小说的老套,我是一向取逐渐淘汰手法,那意识也是试试看。"②因此,张恨水的小说是古今交融、中西合璧的艺术上品。文学史家一致认为:"张恨水完成了他实现章回小说体制现代化的文学使命。"③

近年来,随着消费文化迅猛发展,张恨水"引雅入俗""以俗为雅"的现代通俗小说再次受到了人们的青睐,尤其是根据他的小说改编成影视作品的《金粉世家》《啼笑因缘》和《红粉世家》(据《满江红》改编)等热播后,"张恨水热"再度波及大江南北。中央电视台录播的《百家讲坛:张恨水》系列节目也推进了张恨水的大众化、经典化。

像郁达夫等现代小说家那样,因为张恨水在小说创作上的巨大声望,掩盖了他的散文和诗词创作成绩。

张恨水一生创作了5000多篇散文,约600万字。他的散文有新闻性散文和文艺性散文两大类,包括小品、随笔、游记、日记、书信、杂文、政论、学术小品、序跋、回忆录、人物特写、报告文学、传记文学等多种体裁。其中,有名的篇章有《短案》《待漏斋》《猪肝价》《贱邻》《中国不会亡国》《亡国的经验》《长篇与短篇》《章回小说的变迁》《金粉世家·自序》《啼笑因缘·作者自序》《八十一梦·前记》《我的写作与生活》,等等。如果从狭义散文的角度

---

① 张恨水:《我的写作生涯》,成都:四川人民出版社,1981年版。
② 张恨水:《总答谢》,《新民报》,1944年5月2日。
③ 钱理群、温儒敏、吴福辉:《中国现代文学三十年》(修订本),北京:北京大学出版社,2006年版,第264页。

看,张恨水的文艺性散文主要收集在他的《山窗小品》里。这本写于抗战期间的散文集共收入50篇文言小品文。那时张恨水蛰居在重庆郊区南温泉的破旧房子里,生活条件十分艰苦。在《山窗小品》的序文里,张恨水交代了这本散文集的命意:"乃时就眼前小事物,随感随书,题之曰山窗小品。山窗,措大家事也,小品,则不复欲登大雅之堂。"①

张恨水的散文具有很强的现实主义精神。他关心民族前途、国家命运和民生疾苦。《短案》从自己家里的短案案面写到案面上的杂物,进而联想到在京城生活的情形,两相对比,生发出今不如昔的感叹。《待漏斋》写"屋漏",有着杜甫的"秋风""茅屋"的意韵。这些散文,在貌似平和冲淡的表面下,隐含着作家对现实的强烈批判。张恨水的士大夫情结和兼济天下的人文情怀,使得他的写作能够眼光向下,推己及人,同情弱小。《贱邻》写邻居的贫困,《忆车水人》写平民的生活艰辛。它们体现了张恨水可贵的平民意识。同时,张恨水的散文还具有强烈的时代精神。比如《猪肝价》写了抗战时期国统区物价飞涨,民不聊生,民怨沸腾。

张恨水还有一类散文写自己的文人雅趣和学问知识。比如,《苔前偶忆》从吟杜甫的咏苔诗写起,写到赏苔、忆苔。《跳棋》写下跳棋时欲重觅红袖香之乐趣。这类散文往往从日常生活的某个细节写起,慢慢地玩,而后见微知著,追求趣味、知识、智慧和幽默。张明明在一篇回忆文章里谈到过司马小对张恨水散文的评价:"以我个人而言,我十分欣赏他的散文,而对于他的小说不过尔尔。他的散文,于朴质冲淡之中,有一股清新隽永之气,韵味深长,若不食人间烟火。"②

总之,张恨水的散文既有"外向型"的现实性和时代性很强的"载道散文",又有"内向型"的超然性和人文性很强的"知识小品"。它们具有现实意

---

① 张恨水:《张恨水散文》,太原:北岳文艺出版社,2008年版,第18页。
② 张明明:《回忆我的父亲张恨水》,天津:百花文艺出版社,1984年版,第77页。

义和社会意义,体现了作家的人格力量和审美意趣。

张恨水的3000多首诗词也值得注意。它们大多是作家一时兴之所至而作,或批现实黑暗,或叹命运多艰,或发人生感慨。他的诗词,有不少是穿插在小说里的与小说文本浑然一体,或为渲染氛围,或为塑造人物,或为抒发情感。同他的小说和散文那样,张恨水的诗词同样具有现实主义精神。《剪愁集》所收的是他的诗词的代表作。所谓"剪愁",就是通过写诗词把现实生活、思想精神上的愁苦抒发出来,从而使苦闷得到宣泄,精神得到升华。《剪愁集》是别样的"苦闷的象征"。比如,《记者节作》写的是他作为报人、记者和文人在抗战时期报效国家的焦灼:"热肠双冷眼,无用一书生。谁堪共肝胆,我欲忘姓名。"又如,《苍蝇叹》直接声讨国统区的贪官污吏:"官样文章走一途,藏猫式的捉贪污。儿童要捉藏猫伴,先问人家躲好无。"《春明外史》在第一回杨杏园亮相时,作家写道:"春来总是负啼鹃,披发逃名亦惘然!除死已无销恨术,此生可有送穷年?丈夫不须嗟来食,养母何须造孽钱。遮莫闻鸡中夜起,前程终让祖生鞭。"张恨水常常借小说中的人物来抒发自己的志向。1940年,他写过一首述志诗:"不食嗟来四十年,戴将白眼看青天。解嘲本事寻常事,莫把文章事乞怜。"

张恨水一生卖文为生,是真正靠写文章生活的独立文人,是文人中的文人。

第二节　蒋光慈与现代中国普罗文学

蒋光慈(1901—1931),原名蒋如恒,又名光赤、宣恒、侠僧等,笔名有华西里、华希理、华维素、华希祖、维索等,安徽霍邱人。9岁那年到河南志成小学读书。1917年,经李宗邺介绍入芜湖安徽省立第五中学读书。芜湖"五中"是安徽新文化运动的中心,校长刘希平和教师高语罕思想都很进步,给了蒋光慈以很大影响,蒋光慈很快就成为安徽学生运动的领导。根据胡苏民的《"五四"时期芜湖反帝反封建的斗争》和刘伯璜的《蒋光慈要当梁山泊好汉》两篇文章回忆,在芜湖读书期间的蒋光慈非常喜欢宣传无政府主义思想的

《夜未央》,尤其迷恋、崇拜其女主人公苏维亚,并赋诗云:"此生不遇苏维亚,死到黄泉也独身。"1920 年,经高语罕介绍,蒋光慈代表芜湖各界联合会和芜湖学生联合会赴上海参加全国各界联合会和全国学生联合会的活动。同时,在 4 月 18 日的《国民日报》与李宗邺一起发表《代表通告书》,号召安徽省内学生尤其是芜湖学生开展罢课运动,设法营救合肥二中校长王蔼如。① 这一年,他见到了在上海大学任教的陈独秀,并在共产国际办的"上海外国语学社"学习俄语,还加入社会主义青年团。1921 年,作为最早到苏联学习的中国人之一,蒋光慈与刘少奇、肖劲夫和曹靖华等一起被中国共产党派往苏联留学,在莫斯科东方共产主义劳动大学学习,并开始文学创作,在校期间转为共产党员。1923 年开始使用"光赤"这个名字。1924 年回国,在上海大学社会学系任教,与沈泽民等创办革命文学团体"春雷社"。1925 年到北京中共北方区委工作,并任冯玉祥的苏联顾问的翻译;同年返回上海,继续在上海大学任教。1925 年开始使用"光慈"这个名字,到 1928 年正式用"光慈"作为文章的署名。1927 年与钱杏邨、孟超等人组织"太阳社",与创造社争夺革命话语权,并主编《太阳月刊》。1929 年又主编了《新流月报》,1930 年主编了《拓荒者》等社刊。从 1924 年到 1928 年,钱杏邨是持续关注并十分推崇蒋光慈小说创作的评论家,几乎蒋光慈每发表一篇小说,他都要撰写热情的评论,从"时代精神"和思想正确方面高度肯定蒋光慈的小说。同时,对批评蒋光慈小说的言论一律斥为资产阶级文艺观。在 1929 年出版的《现代中国文学作家》上册中,钱杏邨认为蒋光慈是最伟大的作家,然后依次是郭沫若、郁达夫和鲁迅。钱杏邨的因为"最正确"所以"最伟大"的逻辑与结论在文坛引起了广泛质疑,太阳社提出的革命文学主张及其创作,遭到了五四文学先驱的猛烈抨击。对此,蒋光慈于 1929 年 1 月在《海霞》半月刊创刊号上发表《鲁迅先生》予以回击,他首先嘲讽了鲁迅对苏俄文学理论的"硬译",接着自嘲道:"我是一个懂俄文的人,所译的东西在什么地方呢? 浑蛋! 惭愧。"显然,蒋

---

① 哈晓斯:《蒋光慈早期史实三题》,《安徽大学学报》,1987 年第 4 期。

光慈对鲁迅缺乏了解。而且,"蒋光慈把自己推为这个时代的一个领导作家的企图,使他受到共产党及'左'倾团体的猜忌。此时,创造社很明显的得到共产党较大的支持,他们的人数也较大。不久'左'派文艺批评家也都一致站在创造社那边,把蒋光慈贬为一个无关重要的作家"①。也就在这一年冬天,经田汉的撮合,蒋光慈与"南社"青年演员、作家吴似鸿结婚。1930 年 10 月,因写据说是同情了白俄贵族的《丽莎的哀怨》,蒋光慈被开除党籍。1931 年,在白色恐怖中,在饥寒交迫里,蒋光慈因患肺结核病在上海逝世,年仅 30 岁。郁达夫追忆了蒋光慈后期的落魄情形:1931 年春天,他还在上海街头遇见了蒋光慈。这时的蒋光慈,由于受到国民党当局的迫害,好几本好销的书被禁止出版,弄得生活很艰难;同时,他被党组织开除党籍,精神上受到了莫大的打击。于是,他的肺病愈益严重,"清瘦得不堪,说话时老在喘着气"②。由于左联宗派关门主义,在蒋光慈死后,只有阿英以"方英"为笔名在《文艺新闻》上发表《在发展的浪潮中生长,在发展的浪潮中死亡》等少数几篇纪念文章,这种局面就连当时的书商也看不过去,为蒋光慈鸣不平。

蒋光慈是最早卖文为生的共产党作家,也是 20 年代中后期最多产、最受读者欢迎的作家。蒋光慈既是革命诗人,又是革命小说家。

作为诗人,蒋光慈以为数不多的诗篇,成为"普罗诗派"的代表。他反对"以诗为消遣,吟风弄月",他主张"把诗当作一种重要的工作",他对当时的诗坛很不满意,他说:"在这十年来的新诗坛内,我们又可以寻出趣味的小诗,莫名其妙的哲学诗,好哥哥甜妹妹的肉麻诗……而很少能寻出能够代表时代精神的呼声。"③1925 年,他的第一本新诗集《新梦》由上海书店出版,收入 1921 年至 1924 年的 42 首诗,其中译诗 6 首;分 5 辑,依次题为《红笑》《新梦》《我的心灵》《昨夜梦入天国》和《劳动的武士》。这些诗都是诗人在去苏

---

① 夏志清:《中国现代小说史》,上海:复旦大学出版社,2005 年版,第 184 页。
② 郁达夫:《光慈的晚年》,《现代》,1933 年第 1 期。
③ 华西里(蒋光慈):《序》,引自钱杏邨:《暴风雨的前夜》,上海:泰东图书局,1928 年版。

联途中和在苏联期间写的,饱含激情,鼓动性强。《新梦》很热销,仅一年的时间,就连出了三版,得到了广大知识青年的喜爱,产生了广泛影响。孟超在60年代曾回忆:"老实讲,在没有认识他以前,我是早已被他的《新梦》等诗歌触发了革命热情的,而且在当时不止我一个人受到了他的鼓励,不少的青年也因为他昂扬的歌声而得到鼓舞,迈上了革命的第一步。"①所谓"新梦",意指对未来世界的崭新的梦想。显然,蒋光慈把世界上第一个新兴的社会主义国家苏联视为我们国家的"新梦""新世界""新中国"。这之前,对于依旧在水深火热中受煎熬的中国人来说,他们从各种渠道了解到苏联就是他们未来生活的梦想。他们把这样一个国家、这样一个民族比喻成梦中情人,尽管在现实中暂时不能得到她,不能同她在一起,但是,他们至少可以在梦中相会或者拥抱。正是这种强烈的幻想欲望,驱使蒋光慈在赶赴莫斯科的旅途中创作了《新梦》里的第一首诗《红笑》:"那不是莫斯科么?/多少年梦见的情人!/我快要回你怀抱哩!"就是踏上了梦中的这块赤色的国土后,蒋光慈仿佛依然生活在梦中,分不清哪是梦境哪是现实,现实被理想化,理想也被现实化,理想与现实令人难以置信地吻合起来。蒋光慈视十月革命为革命者追求革命、献身革命的心灵祭坛。因此,他创作了国内较早歌颂俄国十月革命的新诗《莫斯科吟》:"我卧在朝霞中,/我漫游在水晶宫里,/我要歌就高歌,/我要梦就长梦","哎!十月革命,/我将我的心灵贡献给你罢,/人类因你出世而重生。"十月革命在诗人心中拥有至高无上的位置,它是全人类重获新生的成功的光辉典范,它"照耀着将来的新途径"。当然,要实现如此伟大的抱负和梦想,就必须忘我地进行革命,舍弃旧我,催生新我,并把"小我"融入到"大我"之中,因而,蒋光慈在《自题小照》中写道:"是我,/非我;非我,/是我","我啊!/抛去过去的骸骨,/爱恋将来的美容"。当然,除了抒发自己出国追寻真理的理想,抒发自己在苏联新生活的感受,歌颂十月革命(《新梦》是国内最早歌颂十月革命的新诗集)和渴盼中国革命的大爆发外,《新梦》里还有像

---

① 孟超:《蒋光慈选集·序》,北京:人民文学出版社,1960年版。

《哭列宁》这样的哀悼列宁的诗歌和像《太平洋中的恶像》这样的诅咒帝国主义的诗歌。革命与被革命、新与旧、光明与黑暗是如此了然！这是由革命浪漫主义的意绪所致。对于《新梦》，钱杏邨推崇备至："简直可以说是中国革命文学著作的开山祖。"①《新梦》开了一代新诗风。

1927 年，蒋光慈的第二本诗集《哀中国》由长江书店出版，收入 1924 年至 1926 年的 23 首新诗。1924 年，诗人从象征幸福和希望的"赤都"回到了灾难深重的中国，仿佛从云端一下子跌落到大地上。在天国般的苏联与地狱般的中国的对比中，诗人无比地愤恨。这本诗集，有写农民受帝国主义残害而走投无路的《余痛》，有写工人被资本家敲骨吸髓地压榨而不得不起来反抗的《罢工》，有写革命者被反动派枪杀的《在黑夜里》，等等。面对这一幕幕惨剧的上演，诗人进行了反思，《哀中国》里有这样振聋发聩的诗句：

哎哟，中国人是奴隶啊！

为什么这般地自甘屈服？

为什么这般地萎靡颓唐？

面对严酷的社会现实，蒋光慈旗帜鲜明地指出了革命的必要性、紧迫性和艰巨性，比如，在五卅运动周年纪念日，蒋光慈写了《血祭》："我们的自由，解放，正义，在与敌人斗争里。/倘若我们还讲什么和平，守什么秩序，/可怜的弱者啊，我们将永远地——永远地做奴隶！"

比较起《新梦》的革命浪漫主义来，《哀中国》的现实主义色彩越发浓烈。至此，蒋光慈已经从一个理想中的革命诗人、"人类的牧童"，变为一个现实中的革命诗人。他说："谁个能将现社会的缺点、罪恶、黑暗……痛痛快快地写将出来，谁个能够高喊着人们向这些缺点、罪恶、黑暗……奋斗，则他就是革命的文学家，他的作品就是革命的文学。"②《哀中国》正是这样的"革命的

---

① 钱杏邨:《蒋光慈与革命文学》,《现代中国文学作家》,上海:泰东图书局,1928 年版。

② 蒋光慈:《现代中国社会与革命文学》,《民国日报·觉悟》,1925 年 1 月 1 日。

文学",蒋光慈就是自己设想中的理想的"革命的文学家"。

1928年,作为"太阳小丛书"的第四种,春野书店出版了蒋光慈的自传体现代抒情长诗《哭诉》,再版时改题为《献给母亲》。它是大革命失败后蒋光慈对黑暗现实的揭露,内心越来越强大的有力哭诉:"诗人呵,痛苦吧,祖国而今到了沦亡的时候","往日的朋友有许多发财的发财,做官的做官,/今日的朋友也有不少投降的投降,丢脸的丢脸。/但是母亲呵,你给了我这一副铁一般的骨头,/我只知道倔强、抵抗、悲愤、顽固,至死不变。"虽然蒋光慈曾经是创造社的成员,但是他不满创造社的"为艺术而艺术"。在五四诗人里,他唯一欣赏的诗人只有郭沫若,他说:"倘若现在我们找不出别一个伟大的、反抗的、革命的文学家来,那我们就不得不说郭沫若是现在中国唯一的诗人了。"①而且,在《哭诉·后记》里,蒋光慈义正词严地坦言:"倘若别的诗人矜持自己是超时代的艺术家,是美的创造者;那我就矜持我是时代的忠实的儿子,是暴风雨的歌者。"②《哭诉》是"暴风雨的歌者"唱出的深沉咏叹与轩昂高亢交织的英雄诗篇,字字泣血,声声入耳,振聋发聩,鼓舞人心,催人奋进,产生了广泛的社会影响。1929年蒋光慈又出版了诗集《战鼓》,同样真切地反映革命现实,鼓舞革命斗志。1930年蒋光慈的最后一本诗集《乡情集》出版了,收新诗5首,附译诗2首,主要写故乡,如写亡妻(宋若瑜),写母亲,写农民暴动。《乡情集》依然保持着革命乐观主义的情绪,但比《新梦》和《哀中国》要深沉些。

蒋光慈的革命诗歌主题宏大、意象硬朗、意境恢宏、感情激越、词语遒劲、声律铿锵,是现实与理想、形象与逻辑、力与美的诗性结合,并对此后的无产阶级诗歌产生了深远影响。

蒋光慈是一位充满激情的诗人,又是小说家。作为革命小说家,蒋光慈

---

① 蒋光慈:《现代中国社会与革命文学》,《民国日报·觉悟》,1925年1月1日。
② 蒋光慈:《哭诉·后记》,《哭诉》,上海:春野书店,1928年版。

以《少年飘泊者》《鸭绿江上》《兄弟夜话》《短裤党》《野祭》《菊芬》(又名《汉江潮》)《最后的微笑》《丽莎的哀怨》《冲出云围的月亮》和《咆哮了的土地》(又名《田野的风》)等十多篇小说,开创了中国现代革命小说流派,成为早期"普罗小说"最具代表性的作家。《短裤党》是蒋光慈革命小说成熟的标志。以《短裤党》为界,我们可以把蒋光慈革命小说创作分为前后两个时期。前期小说抒情性很浓,多属于自叙传体,后期小说里的现实性因素明显增强。

"包含了大部分在以后共产主义小说所有地道的主题"[①]的书信体小说《少年飘泊者》,写汪中的父母被地主逼死过后,他只身在异乡流浪,先是在 H 城(合肥)一家杂货店当学徒,期间与店主女儿玉梅恋爱而被店主辞退。接着,来到 W 城(芜湖)一家洋货店做"小伙友",因抵制日货被老板辞退。之后,做过旅店里的茶房和工厂里的工人,都先后被解雇。然后,参加了二七大罢工被捕入狱;出狱后,结束了流浪生活,报考黄埔军校,在惠州战役中牺牲。《少年飘泊者》写的是一个少年飘泊者是如何成长为革命者的,但是小说重在写"飘泊","革命"写得很少,表明"革命"的实体性不够,属于"成长小说",指明了从五四到五卅期间处于苦闷和彷徨中的青年前进的方向。《少年飘泊者》既写了汪中的生活遭遇,又写了汪中由生活遭遇引发的情感波澜,尤其是汪中与玉梅恋爱那一部分的心理描写十分细腻、感人。作为把文学当作宣传工具的《少年飘泊者》,宣扬了国共合作的共产党路线。胡耀邦和陶铸都曾经回忆说他们是读了《少年飘泊者》后才走上革命道路的。

《短裤党》的鲜明主题是革命,蒋光慈直接写伟大的革命事件和革命人物,写的基本上是真人真事,人物都有原型,如小说里的史兆炎是赵世炎,杨直夫、秋华是瞿秋白夫妇,林鹤生是周恩来。《短裤党》的现实性、纪实性和时代性明显增强。它是对 1927 年上海工人大罢工曲折历程的生动再现。2 月,在共产党员史兆炎的领导下,上海工人举行总同盟罢工,纱厂支部书记李金贵领导工人到警察署抢枪支,妇女部书记华月娟带领女工到西门一带放火

---

① 夏志清:《中国现代小说史》,上海:复旦大学出版社,2005 年版,第 185 页。

等,由于准备不足,加上军阀的血腥镇压,这次起义以失败告终;3月,在李金贵等人血的教训下,杨直夫、史兆炎和大家一起总结经验,周密部署,再次举行了几十万人的总同盟大罢工,并举行了武装起义。经过两天两夜的浴血奋战,终于取得了胜利,并成立了革命市政府。正如蒋光慈在这篇小说序言里写到的"这本书是中国革命史上的一个证据",《短裤党》是上海工人大罢工的文学性的历史文献,它的"小说味"低于它的"革命味"。

钱杏邨在总结蒋光慈早期小说创作的变化时指出:"我们也可以把《少年飘泊者》《鸭绿江上》和《短裤党》特别地提出来,因为,这三部创作里所表现的完全是一部革命青年的三部曲。《少年飘泊者》代表初期的青年,对于一切怀疑,想找出路,而有了革命的要求,但要哪一种革命,他们是说不出来的。《鸭绿江上》代表了革命青年的第二期,在这一期里的青年是认清了自己所需要的是哪一种革命了,然而还没有挺身向前。《短裤党》代表了第三期,代表了青年的革命家表现他们最伟大的力的时期,是青年革命家的血沸腾到最高点的时候,是他勇敢向前,走上牺牲的血路的时期。"[①]

如果说蒋光慈前期小说是以把人物性格发展作为越来越健全化的简单浪漫处理为特色的话,那么蒋光慈后期小说的贡献就在于创造了"革命+恋爱"的普罗小说写作的叙事模式。尤其是他的《野祭》和《菊芬》成为此类创作争相模仿的典范。《野祭》写革命文学家陈季侠被章淑君爱恋着,但是陈没有接受章的爱,而是与小学教师郑玉弦一见钟情。章刻苦阅读革命著作,参加工人运动,在思想和行动上努力赶超她深爱着的陈,最后被敌人杀害。而郑不但自己不革命而且也不理解不支持陈的革命。在现实面前,陈改变了对章和郑的认识。最终,陈带着玫瑰酒和鲜花,来到章的墓地进行野祭,为他们那段迂回的爱情而祭奠。这篇小说也是自叙体。1926年秋天蒋光慈在上海与宋若瑜结婚,但不幸的是,11月宋若瑜就得肺结核病病逝了。在郁达夫

---

① 钱杏邨:《蒋光慈与革命文学》,《现代中国文学作家》,上海:泰东图书局,1928年版。

的关心下,郁达夫的妻子王映霞把她的同窗好友、当时正在上海新昌小学教书的陈锡贤介绍给蒋光慈,但是,四·一二的血雨腥风吓坏了陈锡贤,她随即拒绝与蒋光慈继续交往。《野祭》中的人物也是有具体原型的,陈季侠是蒋光慈自己,郑玉弦是陈锡贤,俞君和黄女士则是郁达夫夫妇。

  蒋光慈的这类小说,多写三角恋和多角恋,在这些恋爱中,革命成了检验和衡量恋爱真假、深浅的标准。它们要么写恋爱拖累了革命,要么写革命战胜了恋爱,要么写恋爱与革命的双赢,具有"革命的浪漫谛克"的倾向。这种"唯物辩证法创作方法"遭到了鲁迅、瞿秋白和茅盾等文坛前辈的批评。其实,这种模式的小说并不都是概念化、公式化和粗鄙化的,当年遭到批判的《丽莎的哀怨》和《冲出云围的月亮》就很艺术,很有思想,很有深度。《丽莎的哀怨》写由于俄国革命的发展,丽莎从一个白俄贵族沦落为一个用身体来报复社会的妓女。丽莎的哀怨是对失去贵族地位的悲叹,也是对十月革命的憎恨。因而,丽莎的心理是病态的报复性的。而《冲出云围的月亮》对这种病态心理进行了更为深入的挖掘。它写的是王曼英在上海被一个买办少爷诱奸后,开始怀疑一切,并用肉体持续地对社会进行病态的报复。几经曲折后,她最终放弃了报复行径,做了一名纱厂女工,希图带着健康的身体和灵魂,与革命者李尚志把爱情进行到底。王曼英就像一轮冲出云层的月亮,渐渐地显露出了自己的皎洁,散发出清雅的月辉。当时,人们主要从两个方面来批评《冲出云围的月亮》:第一,小说是以先入为主的观念把青年知识分子分三类来写——歌颂坚持革命的李尚志,肯定虽一度幻灭、动摇但最终继续追求革命的王曼英,鞭挞出卖灵魂的柳遇秋;第二,王曼英的转变,有违生活逻辑。其实,《丽莎的哀怨》和《冲出云围的月亮》都是作家用心去写的艺术品。它们都借鉴了陀思妥耶夫斯基对人物病态心理进行发掘和展示的艺术手法,摆脱了机械图解和演绎政治、政策的弊害。蒋光慈说:"我近来颇觉得自己受了点朵也夫斯基技术的影响,老是偏向于心理方面的描写。"[①]

---

  ① 蒋光慈:《异邦与故国》,上海:现代书局,1930年版。

真正把蒋光慈的小说创作推向思想和艺术都较为成熟的是他的长篇小说《咆哮了的土地》。它是蒋光慈的辞世之作，也是"红色文学经典"的扛鼎之作。小说共47章，前25章写矿工张进德的生活经历和当时的生活环境，后22章写党领导下的风起云涌的农村革命风暴。小说的前13章登载于《拓荒者》1930年第1卷第3期和第4、5期合刊上。这部小说1932年由上海湖风书局出版时，更名为《田野的风》。小说写"诚实而精明强干"的青年工人张进德和知识分子李杰回到家乡，组织农会，他们带回村子里的"新的思想，新的言语"，使村子"更加激荡了"，动摇了以李杰的父亲为代表的地主土豪劣绅在农村的统治，许多农民如王贵才、王荣发、吴长兴、毛姑等纷纷觉醒过来，就连富家小姐何月素也觉醒了，表明了党对农村革命领导的成功以及农村革命基础的加固。之后的"马日事变"使得原本逃离家乡的地主又返回农村，企图解散农会，卷土重来。但是，在张进德和李杰的领导下，觉醒的农民组成了自卫队，进行了武装反抗，冲出敌人的包围，奔向金刚山（井冈山）。小说的主人公虽然是张进德，但是小说里塑造得较为成功的人物形象却是地主家庭出身的青年知识分子李杰。小说写他是如何与封建家庭决裂，与工人张进德联手进行斗争，还写了他与兰姑、何月素的爱情。作家把李杰放在一个错综复杂的网络中去写，写他在矛盾中是如何克服软弱和缺点并最终成长为坚强的农民运动的领导者的。农民的觉醒、土地的咆哮，是党领导的结果。小说歌颂了党对农民革命运动的正确领导。《咆哮了的土地》基本上克服了"革命的浪漫谛克"的弊端：小说主角从先前的青年知识分子变换为工人阶级，情感基调也由哀怨低沉变为昂扬乐观。但是，正如《少年飘泊者》为了突出汪中的革命，在《后记》里硬是强行添加了他在对抗陈炯明的战役中死亡，《冲出云围的月亮》最后写王曼英的"突变"那样，这些与故事情节明显"脱节"的毛病，使《咆哮了的土地》也有一些"硬伤"，如李杰叫自卫队小队长李木匠放火烧掉自家的老房子，一点也不顾及病倒在家里的母亲和小妹，这是有违人性，有违人之常情的，因而这种"高调"也是不真实，缺乏说服力的。然而，瑕不掩瑜，从中国现代文学史的角度来看，在五四文学开创的思想启蒙模式外,《咆哮了的土地》开启了中国革命文学政治启蒙的全新思维模式,在主题思想、故事情节、人物塑造、叙事方法和语言风格上,影响了"左翼"文学、解放区文学和"十七年文学"。但是,全面来看,《咆哮了的土地》的认识价值大于文学价值,它在文学价值上不如《丽莎的哀怨》和《冲出云围的月亮》鲜活、深刻、有人性深度。

蒋光慈在《少年飘泊者》的《自序》里说,他的小说是在"花呀月呀"声中"粗暴的叫喊",是他理想中的"伟大的、反抗的、革命的"小说。蒋光慈的小说观念及创作在当时是很时髦的。他接受的是与当时中国时势相吻合的苏联无产阶级文化派的理论和"列夫派"(即"左翼艺术阵线")的文学主张,《短裤党》是在别津斯基的《一周间》影响下创作出来的,那些"愤激"的"革命+恋爱"的小说受陀思妥耶夫斯基的影响很深,《咆哮了的土地》有法捷耶夫的《毁灭》的印痕。所以,像蒋光慈的"普罗诗歌"那样,他的"普罗小说"也是十分流行的。总之,蒋光慈的文学是"新兴文学",是先锋与流行融合得很成功的典范,是新文学的一个首创和奇迹。郁达夫在《光慈的晚年》里说:"1928年、1929年后,普罗文学就执了中国文坛的牛耳。光慈的读者崇拜者也在这两年突然增加起来。"[①]

现在,海内外有些专家专注于研讨疾病与中国现代性的关系,将浪漫病理学和现代革命诗学结合起来,深思"身体的政治学"和国家"政治病原学"。蒋光慈的结核病史很能说明"革命加恋爱加死亡"的论题。他从宋若瑜那里感染了结核病,后又把它传染给吴似鸿。在第一段狂热的婚姻中,他与宋若瑜均死于结核病,尽管现实生活中没有那么浪漫,但是他们的死却可以升华到为爱情、革命而死的高度。在第二段失败的婚姻里,吴似鸿逃脱了结核病的魔掌,幸运地活了下来,成为"革命加恋爱加死亡"经典模式的一个意外,说明了"革命浪漫诗学与现实生命的妥协"。所以说,蒋光慈的这两段婚姻具有寓言意义。1956年,在"继续革命"的形势下,"革命加恋爱加死亡"再显

---

① 郁达夫:《光慈的晚年》,《现代》,1933年第1期。

神通,蒋光慈的革命浪漫主义终于得到了意识形态的认可。于是,这一年,他被追认为中共党员,再次被纳入毛泽东文艺思想阵营。

第三节　吴组缃的社会剖析小说

吴组缃(1908—1994),原名祖缃,字仲华,14 岁时改名祖襄,笔名吴组缃、芜帝、木公、寄谷、野松等,安徽泾县人。与王稼祥、李紫翔同乡,与书法家吴玉如、画家吴作人并称"泾川三吴"。吴组缃是茂林吴姓"绿野堂"七房后裔。按《吴氏宗谱》所载,其世系如下:吴豹文,乾隆间岁贡生,云南大理府通判摄禄丰知县,升京府通判,在茂林建"绿野堂";吴豹文生有八子,分为八房,其中,"七房"吴聘九,岁贡生,山西吉州知州,即吴组缃曾祖父;吴组缃的祖父吴季萃,字耕伊,在南陵县青弋江一家油坊做"管事";父亲吴庆余,字吉孚,禀生,弃举子业去武汉卖字为生,后为袁世凯文案,愤于袁复辟帝制,毅然去职返里,1918 年创办"育英小学",开茂林办新学之先声。吴组缃从小就读于这所小学。

从 1921 年起,吴组缃就先后到宣城安徽省立第八中学和芜湖安徽省立第五中学读书。在那里,他听过恽代英等人的讲演,集中接触、吸收了进步思想。在芜湖五中读书时,吴组缃开始了文学创作,其处女作是《狗尾草》,并主持学生会的《赭山》文艺周刊。同时,在《赭山》和《皖江日报》副刊发表了第一批散文和白话诗。随后,吴组缃又先后到南京新民中学和上海持志大学中文系读书。1923 年,在上海《民国日报》副刊《觉悟》上发表短篇小说《不幸的小草》。1925 年,在《妇女杂志》上发表短篇小说《鸢飞鱼跃》,都具有鲜明的反封建意义。1927 年,吴组缃回茂林同沈菽园结婚。婚后,在养正小学和福群小学做教师。

1929 年前后,世界范围的经济危机波及中国,致使吴组缃家庭破落,父亲也因此抑郁而死。为了寻求解决现实问题的良方和出路,这一年,吴组缃报考清华大学。一开始读的是经济系,一年后转学中文系,与钱钟书、吴晗、曹禺同学,还与季羡林、林庚、李长之并称为"清华四剑客"。尽管读的是中文系,但在其兄吴半农等影响下,吴组缃注意钻研社会科学著作,并在九一八以后参加了"社会科学研究会"和"反帝同盟"。这为他以后写作社会剖析派小说打下了扎实的理论基础,同时,也锻炼了他分析社会经济发展的科学能力。1933年毕业后,吴组缃直升清华大学研究院深造。据吴组缃回忆,读研究生期间,他曾选了国学大师刘文典的六朝文学课,在学期作业中,他骂六朝文学是娼妓文学,刘教授非常生气,给了他不及格,但刘教授托人带口信给他,只要他改变观点,就可以过关。当时,他已经结婚生子,奖学金成为全家的经济支柱,一门课不及格,意味着拿不到奖学金,拿不到奖学金,全家人的生活就没有着落,也就意味着他不能再继续学业。在此"严重"时刻,他仍然坚持"尺度",不改初衷,结果不得不中断学业,离开了清华园。

清华读书时期是吴组缃文学创作的黄金时期。他的小说《离家的前夜》《官官的补品》《菉竹山房》《卐字金银花》《一千八百担》《天下太平》和《樊家铺》等均写于此时。

1934年,吴组湘中断清华学业,经人推荐到南京中央研究院担任丁文江的秘书半年。同时,经郑振铎介绍,结识了王任叔、张天翼、蒋牧良、朱凡等左翼作家,常在一起探讨文学创作问题。1935年初开始,吴组缃应聘担任冯玉祥的国文教师兼秘书,达13年之久。吴组缃后来回忆说:"冯玉祥爱国,主张抗日,拥护共产党,很了不起。他是《三国演义》的信徒,学刘备三顾茅庐,尊重知识分子。他看过我的作品,请我去当国文教员。我20多岁,他50多岁,我每次去上课,他都到大门口迎接。坐下来讲课,他双手捧茶给我。他做好作文,双手捧给我:'吴先生,请你给我改一改。'"1934年上海生活书店出版吴组缃的小说集《西柳集》,1935年上海文化生活书店出版吴组缃的小说散文集《饭余集》。

1936年,吴组缃与鲁迅、巴金、曹禺等63人联名发表《中国文艺工作者宣言》,并与欧阳山、张天翼等左翼作家创办《小说家》杂志。1938年,武汉沦陷后,吴组缃随冯玉祥到重庆,在西南联大执教。同时,与老舍一起住在中国文艺家抗敌协会,跟进步文艺界建立了广泛联系,发起并参加中华全国文艺界抗敌协会,与老舍共同起草《中华全国文艺界抗敌协会宣言》,担任协会理事。值得一提的是,此时的吴组缃跟中共中央代表周恩来交往密切,彼此常以"恩来兄""组缃兄"相称。《鸭嘴崂》创作于抗战时期,1943年由重庆文艺奖助金管理委员会出版部出版,1946年由上海星群出版公司再版时改名为《山洪》。他的同学钱钟书说:"吴组缃是一位相当谨严的作家,对于写作一事,始终觉得力不从心,所以自从《鸭嘴崂》(后来经老舍先生建议,改名《山洪》)出版后便搁笔了。"①

1946年至1947年间,吴组缃随冯玉祥访美,回国后,历任中央大学师范学院讲师、副教授,金陵女子文理学院教授,清华大学教授和中文系主任。

新中国成立后,吴组缃担任北京大学教授,主要讲授宋元明清文学史和古典小说研究等课程,潜心于古典文学尤其是明清小说的研究,出版了古典小说论评集《说稗集》和《宋元文学史稿》(与沈天佑合著)。同时,兼任《红楼梦》研究会会长、中国作协书记处书记、北京市文联副主席、中国作协北京分会副主席、民盟第五届中央委员。

1981年吴组缃赴美讲学,国内出现"吴组缃热"。20世纪80年代中后期,吴组缃先后出版了小说集《宿草集》、散文集《拾荒集》和文艺评论集《苑外集》等。

吴组缃一生涉猎的文体较多,但最重要的还是他的小说创作。夏志清在《中国现代小说史》第二编《成长的十年(1928—1937)》里单列专章进行论述的作家有茅盾、老舍、沈从文、张天翼、巴金和吴组缃。夏志清认为,吴组缃是抗战爆发前几年"左翼作家中最优秀的农村小说家"②,吴组缃的出类拔萃之处在于他最成功地运用小说直觉在心理和道德方面对旧中国进行有力批判。他说:"到了1930年,'左翼'的气氛笼罩了文坛,新起的小说家几乎一致地敌视旧秩序,不满国民党政府,同时对于共产主义,或多或少带着点依附的心

---

① 李洪岩:《吴组缃论钱钟书》,《人物》,1992年第1期。
② 夏志清:《中国现代小说史》,上海:复旦大学出版社,2005年版,第203页。

情。绝大多数的作家从来不认为有关艺术和宣传的冲突是一个课题,因为他们除了'左'派批评家所勾画的中国社会远景以外,没有个人的视景。甚至于在最优秀的青年作家中间,问题也不在驳斥这种批判中国社会的论调——因为他们自以为衷心服膺它——而在于如何把他们道德上以及心理上的直觉,置放到这一论调的范畴里去。吴组缃便是处理这一问题最成功的一个。1934年,他以短篇小说《西柳集》一书,崛起于文坛。"①

以1930年为界,吴组缃的文学创作可以分为前后两个时期。前期小说常用第一人称来写农村女性的命运。而后期小说阶级对抗意识和社会批判意识明显增强,走上了茅盾开创的"社会剖析小说"的写作路子。然而,皖南农村封建宗法制度的危害,中国农村经济的普遍破产及由此引发的农民命运悲剧,是贯穿吴组缃社会剖析小说、乡土小说的总主线。

吴组缃前期小说的代表作有《离家的前夜》《栀子花》《卐字金银花》《箓竹山房》和《金小姐与雪姑娘》等。受到五四文学启蒙精神的影响,这些小说都着重表现封建礼教对农村妇女的摧残和迫害,这是五四时期乡村妇女解放话题的延续。《离家的前夜》写"绚灿青春"的蝶女士有意挣脱婆婆诸如"女人读书无用论"等封建观念的束缚,本想与丈夫"我"一道,告别"没落的封建乡村"和"寂寞古旧的家庭",把孩子小鸠留在家乡,外出求学,去追寻"活跃的,前进的,充实的生活"。但是就在准备离开家的前一夜,当蝶女士再去看小鸠时,被孩子的恋母情感和自己的母爱意识所掌控,最终放弃外出求学的机会,选择牺牲自己的前程留了下来照顾孩子,做一个"好母亲",对此,丈夫"我""不禁也黯然了"。而《卐字金银花》和《箓竹山房》里女性的命运就更悲惨。《卐字金银花》写年轻守寡的妇女,在做了与别人偷情怀孕这种"为社会所不容的事"后,她的舅父,因为是"名教中人",对其临产置之不理,致使她在绝望中悲苦地死去。《箓竹山房》里的"鬼趣殊多",小说通过描写幽灵般变态的二姑姑命运的变化,将批判矛头指向了把人变成"鬼"的具有象征

---

① 夏志清:《中国现代小说史》,上海:复旦大学出版社,2005年版,第200页。

性的"菉竹山房"。这些小说写的都是发生在皖南乡村的"本土"悲剧,写了那里的女性,尤其是青年女性,几乎无一例外地成了封建宗法制度的牺牲品。不仅如此,吴组缃对离开了故土而到大城市里去闯荡的皖南女性的命运也给予了高度关注。在这类小说里,吴组缃除了把人物的悲剧原因归咎于封建文化制度之外,还看到了以现代城市文明为代表的资本主义制度给进城的乡下人以新的伤害。《金小姐与雪姑娘》里的金小姐金家凤和雪姑娘王雪姿都是从皖南山区来到上海的青年女性,一个恪守传统,一个追求时髦,结果,金小姐像上面提到的那些女性那样"被这社会用封建传统的毒害给沦落",最后又回到了老家等待父母给她安排的婚姻,而雪姑娘放浪形骸、纸醉金迷并最终以自杀的方式结束了她不道德的人生。正如作家所归结的:"金小姐是被这社会用封建传统的毒害给沦落的,雪姑娘是被这社会用资本主义的方式给蹂躏践踏成污泥的。"作家正是通过雪姑娘的悲剧控诉"这个吃人的社会怎么摆布一个无瑕的女子"!皖南山区的女子命运是如此,而男性也不会好到哪里去。《栀子花》写祥发在家乡破产之后,为生计所迫,背井离乡,怀着"北京总比家乡好"的意念,在大堂叔的照顾下,到北京做了一个小录事。但是,经过三四个月的挣扎,最后还是在城市找不到立足之地,只得绝望地回到了家乡,此时他的妻子已经去世了,家庭也败落了。小说里,大堂叔的喟叹具有警世作用,他说:"经济,完全踹在帝国主义的脚下;政治是如此地紊乱;内地的农村加速地崩溃,失业的人,都市也无法收容。大家走投无路,不是去当土匪,就是在家里吃老米饭。"后来,吴组缃在回忆这一时期的小说创作时说,尽管前期小说"在思想和艺术上都不很成熟",但是它们能够"显示出当时自己对现实的看法和艺术思想的成长过程或发展的道路"[1]。

1930年至1933年,是吴组缃思想和创作发生重大变化的时期。用他自己的话来说是"慢慢从自己的小天地探出头来,要看整个的时代与社会"[2]。

---

[1] 吴组缃:《吴组缃小说散文集·前记》,北京:人民文学出版社,1954年版。
[2] 吴组缃:《吴组缃小说散文集·前记》,北京:人民文学出版社,1954年版。

为什么会发生这么大的变化？主要是由于吴组缃上了清华大学，在兄长的影响下，开始学习马克思主义理论和社会科学理论，对家乡经济凋敝以及农民遭殃有了清醒的认识，而且，还用这些理论去指导自己的创作。具有转型意义的《官官的补品》就是在社会学理论导引下自觉进行创作的作品。官官是个纨绔子弟，当在上海寻欢作乐遭车祸需要及时输血时，给他输血的人恰恰是他过去在乡下的佃农陈小秃子。而当他回家养病时，每天给他挤两碗人奶来滋补他的奶妈恰恰是陈小秃子的妻子。也就是说，官官的"补品"，官官赖以生存下去的都是农民的人血人奶这样宝贵的东西。然而，官官不但没有一丁点儿感激，反而对农民阶级充满了鄙夷和嘲讽，当他望着陈小秃子的妻子给他挤奶水时，他竟然把陈小秃子的妻子和奶牛联系在一起。而陈小秃子的结局是，在从上海返乡的路上，被当作土匪砍头示众。由此，我们看到，乡绅们把农民当牛当马，任意践踏。阶级对立如此强烈！中国农村如人间地狱！真正标志着吴组缃社会剖析小说趋于成熟的是他随后发表的《一千八百担》《天下太平》和《樊家铺》等。《一千八百担》发表于1934年《文学季刊》的创刊号上，副标题是《七月十五日宋氏大宗祠速写》。小说写宋氏家族代表们为了义庄一千八百担存谷的处置问题而召开了宗祠集会，各房代表都只为自己的利益着想，各自心怀鬼胎，有借口粮的，有借路费的，有领"古稀俸"的，有押田借谷还债的，有要求扩充学校经费的，更有甚者，义庄管事宋柏堂一心想私吞这一千八百担而延迟开会。正当他们闹得不可开交时，义庄的佃户、客民等一大批饥民，在这个家族里的叛逆者共产党员孙竹堂的领导下，发动农民暴动，抢走了这一千八百担存谷。由此，我们可以看到，在大革命总体形势的逼进下，封建家族内部出现了自行瓦解的颓势，这个"五世同堂、百岁齐眉、科甲齐全"的庞大封建家族开始走向分崩离析，同时，我们还能看到封建宗法制度的岌岌可危。《一千八百担》在这方面表现得十分出色。王瑶常常同吴组缃开玩笑说："你那'一千八百担'，一辈子也吃不完。"如果说《一千八百担》描述了曾经显赫一时的封建大家族由盛及衰的过程，那么《天下太平》则通过写王小福如何被生活所逼而终成窃贼，展示了皖南农村破产的严酷现实。《樊家铺》里也写到小狗子沦为窃贼,而且还写到线子为了救出作为抢劫犯已经被关入大牢的丈夫,在偷盗母亲的钱不成的情况下,用烛针刺死了母亲。在《樊家铺》里,吴组缃写道:"年头太坏了,哪个存心要做坏人? 也是没法。"吴组缃写了这么多的家乡民众被生活所逼成为乞丐、窃贼、土匪、饥民,描画了那么多的难民图,目的就是要对其进行社会剖析,在对封建社会、宗法制度和经济剥削进行诅咒的同时,也在探寻中国农民和农村的出路问题。

《山洪》是吴组缃抗战时期创作的长篇小说,这是吴组缃唯一的长篇小说。不像此期他写的《铁闷子》赞扬抗战初期中国民众舍生忘死的民族精神,《山洪》主要写青年农民章三官是如何从犹豫不决转变到坚定抗日的心路历程,侧重写农民民族意识的觉醒。它不以"社会剖析"取胜,而是注重民族文化心理透视。但是,毕竟它还是以宣传新四军在皖南游击抗日为首要目标,同时,由于它里面的宣传教条较多,它仍然是一部政治小说,而不是一部文化小说。也许正是在这个意义上,有人称它是"最佳的爱国小说"①。这以后,吴组缃就很少写小说了。

除了出色的"社会剖析"揭示皖南乡村经济破产以及宗法制度溃败外,吴组缃的小说还以描写皖南乡土色彩见长。首先是茂林的自然生态环境描写,如鸭嘴山、山峰、岩石、竹林、乌桕树、槐柳、大河、河滩,等等,其次是茂林的文化风俗风物描写,如放牛歌、儿歌、花鼓腔、农谚、头风膏药、手炉,等等,还有就是大量运用茂林方言土语,如"飞天的本事"(本事大)、"乖乖龙的东"(惊羡)、"依我火心"(依我的脾气)、"团鱼莫笑鳖,都是沙里歇"(半斤八两)、"三分颜料开染坊"(一经褒奖就飘飘然),等等。吴组缃的小说是典型的乡土小说。胡乔木曾说,吴组缃是"五四以来,乡土方言小说第一人"。对吴组缃小说艺术作全面评价的是袁良骏的《百炼钢化为绕指柔——吴组缃小说艺术漫笔》这篇 8 万字的评论文章。他说:"读过吴组缃作品的人,往往情

---

① 余冠英:《山洪》,《文艺复兴》,1946 年 6 月第 1 卷第 5 期。

不自禁地称许他艺术上的取精用宏,文笔上的千锤百炼。语云'百炼钢化为绕指柔',这或许是吴组缃小说读者的共同感受吧。"①

吴组缃的散文也值得重视。如果从1929年发表的散文《致雷梦那者》算起,到1993年作《我与二十世纪》止,吴组缃写散文写了六十多年,但是,主要还是集中在三四十年代。现在有不少人把吴组缃的散文称为"小说家的散文"。吴组缃的散文,以人物为中心,以人物的对话或独语为表现手段,写人叙事。吴组缃在《谈散文》里说:"其实散文何止抒情?它也叙述,也说理,也描写。古代散文名篇是如此,看《古文观止》就知道。"同他的小说那样,吴组缃的散文写皖南山村的宗法制度、经济破产、阶级对立、游击抗日这样一些重大的时代主题以及大时代下小人物的命运变化。他的散文与小说具有一定的"互文性",或者说是"文体互渗性"。比如写家庆膏子堕落为窃贼的《黄昏》,有人把它看成散文,并认为它是吴组缃散文的成名作,但是也有人把它当作小说。1934年在出版小说集《西柳集》时,吴组缃把《黄昏》编进去了,并在《序》里说:"有的似乎是小说,有的其实不是,但都多少说了点故事。"这说明吴组缃的某些短小篇幅的创作在文体上难以归属。小说家杨振声说,"现代散文的运用就在于它打破了过去的桎梏,成为一种综合的艺术。写人物可以如小说,写紧张局面可以如戏剧,抒情写景又可以如写诗","它的方便之处,在于写小说不必有结构","所以它本体还是散文"②。

吴组缃有代表性的散文除了《黄昏》就是《柴》和《泰山风光》。它们都是小说化散文。《柴》以回忆笔法先写家乡的"柴"事活动,后写小时候他家雇来的劈柴人"江北佬""鹭鸶哥"的悲惨身世和有着妻离子散倒霉遭遇、靠卖苦力换饭吃的劈柴人等,其惊心动魄的情节及叙述与小说并无二致。《柴》发表后不久就被日本作家增田涉译成日文,并称赞它的"鲜明的写实主义作

---

① 袁良骏:《百炼钢化为绕指柔——吴组缃小说艺术漫笔》,《北京大学学报》,1982年第6期。
② 杨振声:《朱自清先生和现代散文》,《朱自清研究资料》,北京:北京师范大学出版社,1981年版。

风",还被收入佐藤春夫编的《世界短篇述作全集》。脍炙人口的《泰山风光》没有去写泰山自然风光,而是依循游览泰山的行踪,围绕香客们朝拜泰山的线索写泰山一带的风俗,活灵活现地刻画了三种人:"干枯的瘦黑的脸,敝旧的深色的棉衣""眼睛深陷,放着钝滞呆板的黯光"的乡下香客;"团面白肉、穿着时髦、谙熟生财之道"的乞倌;守灵官菩萨的道士。道士外表看来"温文尔雅,果然很有身份的样子",但一看到乡下香客就显露出疯狂敛财的真面目:"他一手握着敲磬的木槌,衣袖捋到臂膊上,敲一回磬,嚷一回,唾沫四溅,脸红耳赤。"同他写小说的目的一样,吴组缃写散文也是为了探寻中国农民的出路。在《黄昏》里,吴组缃说:"我觉得我是在一个坟墓中,一些活的尸首在呻吟,在嚎啕,在愤怒地叫吼,在猛力挣扎。我自言自语说:'家乡变成这样了,几时才走上活路。'"

  吴组缃写新诗和散文比他写小说要早,在入清华前,《野草》等报刊就发表过他的新诗,如《我要踏着云霞飞腾》《我抱着我的青春啼哭》《我们怀着渺冥的情绪》《去问前面的大哥》和《献诗》等。这些诗带有五四时期青春写作的浪漫主义气息,偏向抒情,当然是智性地抒情,有的新诗还具有"现代派"的风韵,不同于他的小说和散文那么严肃、凝重、惨烈的写实。在清华读书时期,他的新诗以发表在郑振铎和章靳以主编的《文学季刊》上的组诗《嫩黄之忆》为代表。这组诗里有7首短诗:《荒院》《病愈》《隐秘》《草墩上》《菜园》《窗外》《腊梅树》。同时,他还写过新诗《嫩黄之忆一》和《游河》等。"嫩黄"是雏雀嘴的颜色,"嫩黄之忆"写的是吴组缃的童年经验和童年记忆。比如,回忆母爱的《病愈》:"庭中花草骤然发长了/一只苍蝇碰着玻璃/地板上躺着雪梨皮/冬瓜汤冒着腾腾的气/软绵绵的脚/蓝的心溶和着母亲的笑/飞在蓝的天空。"又如写苦难记忆的《窗外》:"麦秆锁在后园里/蝴蝶飞过墙头/去远了/阶沿上谁丢的/那憔悴的栀子花/——一条蛇似的粗辫子/漠漠月亮漠漠雨/无端的眼泪。"抗战爆发后,吴组湘在写小说的间隙里写了新诗《你们二十四个——投赠孩子团》和《与抗战有关》。只不过受那个时代环境影响,它们多是些教条式的慷慨陈词罢了。新中国成立后,吴组缃不写新诗和小说，除了偶尔写点散文和古体诗外，把主要的精力放到教学研究上去了。

吴组缃逝世后，与他"执子之手，与子偕老"的夫人沈菽园为他撰写的墓志铭是"竟解中华百年之恨，得蒙人民一世之恩"。

第四节　苏雪林及其创作

苏雪林(1897—1999)，女，安徽太平人。她的名字种类很多，有乳名、原名、学名、笔名等，乳名有瑞奴、小妹，原名有苏小梅，学名有苏小梅、苏老梅，笔名有雪林女士、绿漪女士、瑞奴、瑞庐、小妹、绿漪、灵芬、老梅、苏梅、天婴、杜芳、杜若、野隼等。从明代诗人高启咏梅佳句"雪满山中高士卧，月明林下美人来"取意，她自号"雪林"。

由于新思潮影响的持续深入并且取得了实效，在五四文坛上出现了历史上罕见的现代女性作家群体，如陈衡哲、冰心、冯沅君（淦女士）、庐隐、石评梅、凌叔华、白薇、林徽因、丁玲、袁昌英、苏雪林等，她们集体"闪亮登场"，揭开了中国女性从历史后台走到历史前台的序幕，"浮出了历史地表"，给中国知识阶层增添了一道靓丽的风景线——中国现代知识女性。其中，苏雪林与庐隐、冯沅君、石评梅还是同学。

苏雪林兼善散文、小说、戏剧、诗歌及评论，是现代著名的女作家、评论家，有"才女"之誉。同时，苏雪林长期在各地高校任教，从事中国古典文学的教学与研究，对楚辞和神话的研究尤为见长，是卓有影响的学问家，在学界又有"福尔摩斯"之称。此外，苏雪林还从事翻译和绘画工作，成绩斐然。她以102岁的生命长度赢得了五四以来"两岸迄今最长寿的作家"的头衔。苏雪林一生笔耕不辍，写了53部著作，共计2000多万字。面对如此巨大的成就，台湾学界评价道："她的声誉之著，学养之深，成就之伟和影响之大，恐怕更要以'矫然独步'或'首屈一指'来为她而群相推许的吧。"[①]但是，由于她曾经为国民党的报刊撰稿，尤其是曾经撰文大肆攻击、诋毁鲁迅、郭沫若等左

---

① 陈敬之：《现代文学早期的女作家》，台湾：成文出版社，1980年版，第103页。

翼作家与革命文学，还发表过反共言论，所以，她在相当一段时间内并不受大陆文界、学界欢迎。直到20世纪80年代末期，大陆出版界、学界才开始渐渐关注她的创作与研究，使得长期以来大陆方面有意或无意遮蔽她的局面有所改变，比如，1989年、1996年安徽文艺出版社先后出版了《苏雪林选集》《苏雪林文集》（1—4卷），1991年百花文艺出版社出版了《苏雪林散文选集》，1996年江苏文艺出版社出版了《苏雪林自传》等，2004年东方出版社出版了石楠的《天才奇女——苏雪林传》，2006年河北教育出版社出版了范震威的《世纪才女——苏雪林传》和广西师范大学出版社出版了方维保的《苏雪林：荆棘花冠》，等等。这些研究多是资料性的、介绍性的、评传性的。相信随着大陆女性文学研究的进一步深入，对苏雪林的文学研究一定会向纵深处发展。

苏雪林之所以会成为一名作家，首先是因为她继承了苏家深厚的文脉。据《太平苏氏宗谱》记载，安徽省太平县岭下村苏姓是四川眉山苏氏的裔脉，苏雪林是苏辙第34代后裔。其次是因为她的成长环境影响。苏雪林的祖父是浙江瑞安县县丞，她就出生在县衙里，并在那里长大成人，直到16岁那年，才离开瑞安来到岭下村。由于从小在县衙设的私塾里读书，而且成天跟着哥哥、叔叔们玩，所以大人们叫她"野丫头"。她从小读书很杂，既读了那些启蒙读物，如《幼学琼林》等，又读了古典小说，如《西游记》等，还读到了在外地读书的叔叔们放假时带回来的现代书籍，包括汉译西方名著。正是因为读书又多又广又杂，为她以后从事多种文体创作与研究打下了宽广的基础。当然，读了一些书，不一定就能成为作家。苏雪林能成为作家，除了上述原因外，与她刻骨铭心的成长经历、叛逆与退守的复杂性格有关。回到岭下村生活后，苏雪林看到了祖母对母亲几近变态的使唤，由此产生了对封建宗法制度的痛恨以及对母亲的分外怜爱。正是这种牢固的"孝"，既使她获得了生存下去的精神支撑，又让她十分苦闷，当这种愁绪浓得化不开的时候，她就通过创作来稀释它、排解它，开始了她最初的文学创作。也正是根深蒂固的"孝"，规划了她的人生轨迹。

受到西方个性解放思潮的影响,加上目睹了封建家庭里女性命运的悲苦,苏雪林誓死也不愿意重走母亲的生活道路,决心通过外出求学,走出封建家庭的牢笼,找寻新的自由的人生。苏雪林离开了家,来到省会安庆,先是在一个美国天主教会兴办的小学——培媛女学读书。但当她要投考安庆省立第一女子师范学校时,却遭到了来自家庭的极力反对。在这人生的关键时刻,苏雪林没有妥协,与家庭长辈进行了不懈的斗争。最后,斗争取得了胜利,母亲领着她和堂妹来安庆考试继续升学。1915年,苏雪林考取了这所学校,从此迈开人生的新步伐,走上新女性的解放道路。后来,苏雪林写了自传性散文《溪水》,回忆了这段为争取读书权利而斗争的难忘的人生经历:

水初流到石边时,还是不经意地涎着脸撒娇撒痴地要求石头放行,但石头却像没有耳朵似的,板着冷静的面孔,一点儿不理。于是水开始娇嗔起来了,拼命向石头冲突过去;冲突激烈时,浅碧的衣裳袒开了,露出雪白的胸臂,肺叶收放,呼吸极其急促,发出怒吼的声音来,缕缕银丝头发,四散飞起。

噼噼啪啪,温柔的巴掌,尽打在石头皱纹深陷的颊边——她真的怒了,不是儿戏。

谁说大石头是始终顽固呢?巴掌来得狠了,也不得不低头躲避。于是水安然渡过难关了。

她虽然得胜了,然而弄得异常疲倦,曳了浅碧的衣裳去时,我们还听见她断续的喘息声。

苏雪林自喻为溪水,而把抵挡她前进的来自家庭的阻力比喻成大石头,经过几番较量,大石头终于给溪水让了路,溪水带着一身的疲惫,愉悦地流向了远方。它是那个时代所有立志冲出封建家庭、走向社会的新女性的共同写照,因而引起了读者的共鸣。

1917年,苏雪林以优异成绩毕业,留在该校附小任教。但是,她深感自己学识太浅,难以胜任教师岗位,还需要继续充实提高自己的学业,于是,就同几个年轻教师一起参加"国学"补习班,而补习班的老师是一个"老古董"

"老顽固",对陈独秀和《新青年》痛恶至极,有一次在课堂上猛批《新青年》为"异端邪说",并当场昏厥。尽管苏雪林读过一些西方的书,而且还在新式学校学习过,但是,当时毕竟还是"旧学"的天下,"西学"仅仅是点缀。因此,此时的苏雪林在思想上仍然是一个满脑子"旧学"的青年女性。这件事情发生后,一开始她也因此憎恨陈独秀和《新青年》,但是,当她从同学那里借来《新青年》阅读过后,联想起自己的家庭及遭遇,她的思想起了变化。她顿然觉得自己的眼界还十分狭窄,知识还相当贫乏,因此,她需要进一步走出去深造,于是,决定报考北京女子高等师范学校(北京师范大学的前身)国文系。经过一番周折,1919年,苏雪林正式成为该校的本科生。在这里,她时时、事事、处处都能感受到新文化运动的冲击。在课堂上,她聆听到五四文学前辈如胡适、李大钊、周作人、陈衡哲等人的授课;在课外,她与思想开通的庐隐、冯沅君、石评梅等同学进行频繁交流。同时,她如饥似渴地阅读《新青年》《新潮》《每周评论》等进步报刊。就这样,她的世界一下子开阔起来,思想也变得活跃起来,她渐渐地完成了从旧式知识女性向新式知识女性的转变,当然,转变得还不够彻底。

两年后,苏雪林又考取了吴稚晖、李石曾在法国里昂创办的海外中法学院。在那里,她先学西方文学,后学绘画艺术。留学的生活,使她的视野进一步开阔,知识进一步丰富,思想进一步成熟。当时,有两件事影响了她的一生。一是她与未婚夫张宝龄之间的婚姻纠葛,一是她皈依了天主教。1925年,在母亲的再三恳求下,没有完成学业的苏雪林回国完婚。但这种没有感情基础的婚姻不久就破裂了,为此苏雪林痛苦了大半辈子,也迫使她把全部的时间和精力投入教学、科研和创作中去,可以说,对于苏雪林是"婚姻不幸而文学幸"。由于婚姻纠葛的直接影响,苏雪林没有拿到"洋"毕业证和学位,给她后面找工作带来了无穷的麻烦,即使经朋友推介被某大学聘用了,也总是被"低聘",而且总被人瞧不起。在沪江大学、安徽大学、武汉大学等高校教学时,她很压抑。这就迫使她要比别人教学更用功,做人更低调,只有这样,她才能在高校站稳脚跟,并以此维持生计。

除了"嫁错郎"造成婚姻不幸外，苏雪林还因为反对鲁迅、恶意攻击"左翼文学"造成了政治上的严重被动。

20年代末30年代初，苏雪林还是比较钦佩鲁迅的。虽然1928年苏雪林在应邀出席北新书局老板李小峰为鲁迅举办的宴会因受到鲁迅的"冷遇"而心里不快，但她还是能够客观地评价鲁迅及其创作。1929年，苏雪林在《写在〈现代作家〉前面》中称鲁迅为"中国最成功的乡土文学家"。之后，她又在《周作人先生介绍》中说鲁迅是"对中华民族病态具有深刻研究的"，"立下了许多脉案和治疗之方"。她在武汉大学教书不久，因为开设中国现代文学课程要讲现代著名作家作品，她选讲了鲁迅，并撰写了讲稿，这就是随后发表在《国文周报》上的关于《阿Q正传》的文章和《鲁迅创作的艺术》，后者尤其盛赞《呐喊》和《彷徨》，说："两本，仅仅的两本但已经使他在将来中国文学史占到永久的地位了"，"第一是用笔的深刻、冷峻"，"第二是句法上的简洁峭拔"，"第三是体裁的新颖独到"①。

使得苏雪林态度发生逆转的是她与鲁迅在政治上的分歧。这种政治分歧主要表现在对待北京女子师范大学风潮中校长杨荫榆及其支持她的教育部长章士钊的截然不同的态度上。然而，苏雪林正式公开发表文章反对鲁迅是在鲁迅死后，所以，有人把她写的那些"反鲁"文章说成是"鞭尸文"。揭开苏雪林"反鲁"序幕的文章是《与胡适之先生论当前文化动态》和《与蔡孑民先生论鲁迅书》。苏雪林把"反鲁"看成是"关于我们怎样从左派掌握中取回新文化的问题"，也就是说，她主要是从意识形态的考量上来"反鲁"，从大陆到台湾，她一直没有停息过，还常常以"反鲁斗士"自傲。从1936年秋末至1937年春，苏雪林在主要由国民党把持的报刊如《军中文艺》、《武汉日报·鹦鹉洲》、《文艺》民族专号、《奔涛》等上发表了《说妒》《富贵神仙》《论偶像》《论诬蔑》《论是非》《过去文坛病态的检讨》《对〈武汉日报〉副刊的建议》《论鲁迅的杂感文》等一系列"反鲁"文章，其中，《过去文坛病态的检讨》发表了

---

① 苏雪林：《鲁迅创作的艺术》，《国文周报》，1934年第11卷第14期。

苏雪林"反鲁"的基本观点。在该文中,苏雪林把五四以来的文坛分为"色情文化""刀笔文化"和"屠刀文化"三个时期,把鲁迅视为"刀笔文化"的旗手。她虽然也承认鲁迅对新文化有功,虽然也认同鲁迅的小说创作,"短篇小说《呐喊》《彷徨》,传诵众口,其中《阿Q正传》一篇,更可推为不朽的杰作",但是,她却大肆鞭挞鲁迅的"为人"以及杂文,说鲁迅"幼年时代困厄环境所造成的迫害狂,与地理环境所养成的绍兴师爷气质事融合一处,心理失其常态。掉转他那抨击旧社会的笔锋,专以攻讦三数私人为事了。他的杂感文字,自《华盖集》到《准风月谈》,约十四五种,内容百分之九十九,在痛骂他所怨恨的'正人君子'。散布流言、捏造事实、放冷箭、用软刀、深文罗织,任意周纳"。1967年,苏雪林将她大半生"反鲁"的文章结集为《我论鲁迅》,由台湾爱眉出版社出版。80年代末期,91岁高龄的苏雪林仍然站在"反鲁"阵线上,就鲁迅日记中一句话"邀一妓略来坐,与以一元"来批评鲁迅"召妓发泄"[①]。由此可见,在苏雪林批评鲁迅的言论中,意识形态话语遮蔽了学术论争话语,成了争夺文坛话语权的政治斗争。

　　苏雪林除了在"反鲁"过程中表现出严重的非学术化的个人意气用事外,在从事其他文学批评时,还是能够坚持严肃求真的科学态度的。比如,苏雪林的"作家论",如《沈从文论》《郁达夫论》《周作人先生研究》等,还是可以看到苏雪林"向着学术迈进了一步,使'作家论'具有了一种学术力度和品格"[②]。苏雪林的"作家论"大多收入《中国二三十年代作家》一书,其中,她用"澄澈"和"凄美"评价冰心,以曼殊菲尔比凌叔华,评价十分中肯,已经成为文学史定论。50年代末,苏雪林在台湾发起的关于象征诗派的论战,也很有意义。从文学趣味上讲,苏雪林是个现实主义者,她对现代主义很不赞成。50年代,为了逃避台湾当局的政治迫害,为了表现"文化乡愁",台湾诗人机敏地用比较隐晦的抒写方式来传达这种意绪,使得现代主义诗风在台湾诗坛

---

① 苏雪林:《大陆刮起反鲁风》,《香港月刊》,1988年11月号。
② 周海波:《中国现代文学批评史论》,上海:上海人民出版社,2002年版。

弥散开来。这种现代主义诗歌,表面上看来是逃避现实,实质上是更为深入地切入现实,只不过是用了象征和暗示的"曲笔"罢了。对于一向要求文学直接表现现实生活的苏雪林来说,这种象征主义的"曲笔"不符合她的文学理想。1959年,台湾《自由青年》刊物主编约请苏雪林开辟专栏,为该刊撰写文章。适值"诗人节",而且当时台湾青年又特别喜爱新诗,加上苏雪林对当时台湾新诗的确有话要说,因此,她把预设的"文坛话旧"的话题临时改为谈台湾新诗,以使这个专栏更有现实针对性。苏雪林对台湾现代新诗有一个基本判断,那就是它是大陆20年代象征诗风的"沉渣泛起"。虽然早在武汉大学教授中国现代文学课程时,苏雪林就批评过开新诗象征诗风之先的李金发及其创作,但是毕竟年代久远了,因此,她重新找来《微雨》《为幸福而歌》和《食客与凶年》来读,并写出了《新诗坛象征派创始者李金发》一文,拉开了台湾象征诗派论争的序幕。在这篇文章里,苏雪林虽然肯定了李金发吸取西方象征派传统,写出了中国象征主义新诗,但在归纳李金发诗歌的艺术特色时,却提出了许多批语,如"观念联系奇特,不固执文法的原则,白话诗常夹有文言之'之',随意省略,跳过句法,不讲技巧","朦胧、暧昧,将死板的规律、繁琐的格律一律摒弃","含意模糊、恍惚、感觉敏锐,幻觉异常,读者难以看懂,只能去猜","感伤的情调,颓废的色彩"[1]。接着,她毫不客气地指出,李金发这种晦涩难懂的诗风当年就已经把新诗引进了死胡同,如今,台湾诗人重拾这样一种早已没有生命力和前途的东西,并把它当作宝贝,敝帚自珍,大力践行,必将把新诗再次引入歧途。她的这番言论,激起了台湾现代主义诗坛元老级诗歌评论家覃子豪的强烈不满。覃子豪先后发表了《论象征派与中国新诗——兼致苏雪林先生》和《简论马拉美、徐志摩、李金发及其他——再致苏雪林先生》,对苏雪林的言论予以回击。这场论争挑起了台湾诗坛的"神经",把很多人都卷入进来,并逐渐从苏雪林与覃子豪之间关于"象征派"的论争,升级为诗坛保守派与现代派之间的论争。这场由苏雪林有意发起的诗

---

① 苏雪林:《新诗坛象征派创始者李金发》,《自由青年》,1959年7月1日。

学论争,无疑为当代台湾新诗的发展提供了一次绝好的认真反思自己的机会,其积极意义显而易见。因此,这场文学论争是苏雪林文学生涯中最有价值的文学论争,与她的"反鲁"不可同日而语!

苏雪林是在典型的封建家庭里长大的,又受到过教会学校的教育,同时,耳闻目染过新文化运动,还出国留学学习过"西学",并且最终还皈依了天主教。因此,有人把苏雪林这种复杂的文化身份归结为三:体现旧道德的封建文化;体现佛教和天主教"唯理主义"的西方文化;体现新理性主义的五四新文化。而这三种文化在同一个人身上表现出来,其复杂的矛盾冲突可想而知。具体到苏雪林那里,就是叛逆与守道、情爱与孝道之间的两难与抉择。这种文化取舍,既影响了她的人生轨迹,也影响了她的文学批评,还决定了她文学创作的价值取向。

从文学创作上讲,苏雪林的文学成就主要表现在散文和小说上,戏剧和诗歌次之。1925 年,苏雪林留法归国后,出现了一个创作小高潮。上海北新书局于 1928 年、1929 年接连出版了她的散文集《绿天》和她的长篇小说《棘心》,均署名"绿漪"。而且,两书中女主人公的生活、思想、性格都有苏雪林的影子,都带有强烈的自叙传色彩。

《绿天》是一本很薄的散文集,集内只有 6 篇散文:《鸽儿的通信》《小小银翅蝴蝶的故事》《我们的秋天》《收获》和《小猫》。其中,《鸽儿的通信》以写溪水捉弄红叶,石头阻挠溪水,来写新婚生活的幸福与快乐,来写精神高于肉体的婚恋认知。作者认为上帝安排的一切都是圆满的,精神上的爱恋具有宗教般超越现实的意义。《小小银翅蝴蝶的故事》写银翅蝴蝶的执着:尽管蝴蝶接二连三地被蝉、蠹鱼、蜥蜴追求着,但是它都以与蜜蜂有婚约在先而一一予以拒绝。不幸的是,它不但没有得到蜜蜂的爱恋,反而遭到了蜜蜂的冷遇,虽然蜜蜂冷遇它,但它依然爱着蜜蜂,真乃"莺魂啼断,红雨飘香"。文中,苏雪林以银翅蝴蝶自喻,并坦言:"我们的婚约,是母亲代定的。我爱我的母亲,所以也爱他。"《绿天》写的是苏雪林自己婚恋前后的生活,比较真实,但并没有把无爱的婚姻及其痛楚写出来,没有把封建思想对青年知识女性的毒害写出来，反而用华美的外衣把一个个悲情的故事进行包裹，既麻痹了他人，也愚弄了自己，使之与女性解放的时代大潮脱节。对此，苏雪林后来也有所觉悟，她说《绿天》里的散文，编织的是"美丽的谎"①。《绿天》出版后，引起读者的广泛喜爱，立即成为畅销书，并于 1929 年、1930 年、1937 年、1955 年、1959 年十多次再版。除《绿天》之外，苏雪林的散文集还有《青鸟集》《蠹鱼集》《屠龙集》《归鸿集》《欧游揽胜》等。

苏雪林早期小说的代表作是 1929 年上海北新书局出版的《棘心》。《棘心》分《母亲的南旋》《赴法》《家乡遭匪的噩耗》《巴黎圣心院》等共 15 章，以自传体的写法，原生态的纪实，写作家留法四年的生涯以及心路历程，展示在读者面前的是一位二三十岁女性伤痕累累的心。《棘心》作品中的人物杜醒秋即作家自己，作品借杜醒秋来讲自己的身世、矛盾、痛苦，同时，写到了母亲的"贤孝、谦退、忍耐、艰苦"及其悲苦命运。小说主要写醒秋在"孝道"与"个性追求"之间的矛盾，即背离、逃离、回归，还由此触及醒秋在儒家文化、天主教文化与五四新文化之间的周旋。小说的名字，从字面解释，是指被荆棘刺伤的心；从深层含义上看，是指 20 世纪初中国女性的受难、隐忍与宽容。小说女主人公杜醒秋姓名的含义，是指她虽然已经觉醒过来，但是时间已然到了秋天，其中充满了无奈与惆怅，爱怨交加，反映出五四青年设身处地的典型的文化环境和现实境遇。《棘心》出版后，同样受到读者的喜爱。《绿天》和《棘心》不仅受到读者的热捧，也受到评论界的关注并给予好评。1930 年，皖籍左翼评论家阿英撰写了《绿漪论》，以这两本书为考察对象，深入剖析了苏雪林的思想状态。他说，苏雪林"第一，生活在母爱的抚育里；第二，生活在自然的陶醉里；第三，生活在狂热的恋爱里"，同时也指出了苏雪林思想的半新半旧状态，说苏雪林"只是刚从封建社会里解放下来，才获得资产阶级的意

---

① 苏雪林:《苏雪林文集》第 1 册,合肥:安徽文艺出版社,1996 年版,第 218 页。

识,封建势力仍然相当的占有着她的伤感主义的女性的姿态"①。阿英的这些言论基本上定下了文学史对苏雪林创作的基调,具有一定的权威性,《绿天》和《棘心》是苏雪林的代表作。此外,赵景深发表《苏雪林和她的创作》,赞扬《绿天》"精细地描绘了最纯洁的处女的心",还归结出"文辞的美妙,色泽的鲜丽"②是苏雪林散文的特色。贺王波、草野、王哲甫等人也发表了评论《棘心》的文章。到了90年代,大陆再次出现不少关于《棘心》的评论文章。人们从苏雪林的家庭环境、教育背景、生活经历、个性心理气质等方面来分析苏雪林儒家伦理道德立场的形成及其社会价值取向,并考察苏雪林由此形成的人格模式、思维模式、行为模式,认为《棘心》以爱为核心,写自然之爱、两性之爱、母亲之爱和文化之爱。"苏雪林的文化取舍和价值判断,代表了当时新旧交替时代相当一部分知识分子的态度,成为文化转型期的一个典型"。苏雪林在新与旧之间挣扎,并最后向"孝道"投降,只得舞文弄墨,写写文章来抚慰受了严重内伤的心灵,以祭奠已经逝去的青春和爱情。还指出在《棘心》里,苏雪林借杜醒秋之口道出自己内心的哀曲:"她思前想后,不嫁、修道不能,回国后还以从事著述为唯一良策,她的哀怨,她的爱恋,她不幸的命运,她芳馨凄艳的情操,都可以借文学发表出来,文学是她最佳的慰情者,最相宜的终身伴侣。"③苏雪林和《棘心》是20世纪初文化转型时代的一个有意味的典型,因此,它们具有普泛的文化意义。也有学者从题材选择、思想深度和审美意识三个方面指出了苏雪林散文的不足。1944年,为激励全国人民的抗日斗志和振奋民族精神,受国民党中央宣传部委托,苏雪林编写了历史传记集《南明忠烈传》,详细记载了抗清复明的仁人志士多达四百人。然后,苏雪林以此为创作素材,结合现实斗争,借古讽今,嬉笑怒骂,改写加工而成了历

---

① 钱杏邨:《绿漪论》,《中国现代文学作家》第2卷,上海:泰东图书局,1930年版。
② 赵景深:《苏雪林和她的创作》,《海上集》,上海:北新书局,1946年版。
③ 孟丹青:《从〈棘心〉看苏雪林的道德立场》,《江苏社会科学》,1999年第5期。

史小说集《蝉蜕集》,旨在塑造一个个"抗战"民族英雄,1945年由重庆商务印书馆出版。苏雪林在《蝉蜕集·自序》中说:"历史小说也和历史一般,其任务不在将过去史实加以复现,而在从过去事迹反映现在及将来。……抗战时期内种种可恶可悲的现象与过去时代相类似者却也未免太多了。本书在此等处极力加以揭发,也无非想教读者触目惊心,消极的戒惧,起而为积极的矫正与补救。"但《蝉蜕集》里只有《小秃子》一篇写普通民众的抗倭斗争,其他小说都把中国国内的民族矛盾等同于抗战时期中国与日本之间的矛盾,是不妥当的。而且,苏雪林还从维护明朝遗民的角度来主张"反清复明",这种民族主义显得相当狭隘,相当守旧。尽管苏雪林的出发点是想借这些历史故事来号召大家起来抗战,而且客观上也的确起到了鼓舞士气的积极作用。但是这些故事里面的忠孝思想在内部削弱,乃至瓦解了这种可贵的积极作用。这是由苏雪林骨子里的传统儒家思想所致。

苏雪林还写过一部剧本,那就是1935年11月1日发表在《文学》第5卷第5号上的《鸠那罗的眼睛》。这部三幕剧的故事取自印度佛经:孔雀王朝的王后爱上了国王前妻所生的太子鸠那罗,在遭到太子的拒绝后,恼羞成怒的王后想方设法挖取了太子的眼睛。而且,这部剧作也明显受到了王尔德的《莎乐美》剧情的影响。还有,因为苏雪林皈依了天主教,《圣经》里类似的故事也影响了她的这部剧作。在《我怎样写〈鸠那罗的眼睛〉》里,苏雪林道出了写这部戏剧的原委:"去年冬天,这个故事又隐隐在我心灵深处呼唤,我想还是把它表现出来吧。不过这个故事用短篇小说体来写,恐怕不能写得如何痛快,打了几回腹稿,总觉不相宜,最后才决定采用戏剧体。我对于戏剧虽然没什么研究,为了这好题目,不妨冒一次灵魂的险。"①她还说:"我这个《鸠那罗的眼睛》也可说是不大道德,但系采用美文的题材,那不道德的气氛便完全

---

① 苏雪林:《我怎样写〈鸠那罗的眼睛〉》,《大公报》,1936年5月6日。

给冲淡了。"①我们可以把《鸠那罗的眼睛》视为深陷现实泥淖中的苏雪林超越现实、在唯美的天地里"残酷"地享受着爱情理想的一次艺术尝试,一次灵魂冒险。《鸠那罗的眼睛》发表后,就戏剧的布景和舞台上的表演等问题,苏雪林还与向培良展开了学术讨论。比如,1935年4月16日《武汉日报》发表了苏雪林的《演剧问题答向培良先生》。解志熙和欧洲汉学家M. Calik都认为,《鸠那罗的眼睛》的成就已经超过了《莎乐美》。可惜,苏雪林没有在戏剧创作的路上继续走下去,不然也许还会给我们更多的惊喜。

纵观苏雪林的一生,是矛盾纠结的一生,是强忍孤独的一生。而她的散文,她的小说,她的戏剧和诗歌,她的学术文章,她的山水画,就是这种矛盾纠结与强忍孤独的产物。在苏雪林这里,为人,为文,为学是真正统合起来了。

第五节　美国女作家赛珍珠在宿州等地的经历及文学创作

赛珍珠(1892—1973),本名珀尔·布克(Pearl Sydenstricker Buck),20世纪美国著名女作家。一生著述甚丰,有各种著作116部,其中小说50部,译作和诗集各1部,剧本8部,传记作品集6部,散文集26部,儿童读物22部,另有编著2部。赛珍珠是唯一同时获得普利策奖和诺贝尔奖的女作家,也是作品流传语种最多的美国作家。

赛珍珠出生于美国弗吉尼亚州西部,四个月大的时候就被做传教士的父母带到了中国。赛珍珠的父母很开明,让她从小就与中国孩子亲密地在一起玩耍,接受中国传统的私塾式的教育,跟着一位姓孔的先生学习中国传统文化。所以,赛珍珠自小首先会说的是汉语,写的是汉字,读的是四书五经,听的是奶妈给她讲的各种民间传说和厨师讲的"三国""水浒"故事。赛珍珠先后在中国江苏的镇江、苏州、南京,安徽的宿州,江西的庐山生活了三十多年,对中国和中国人民充满感情,她将中国视作自己的第二故乡。去世前的1972

---

① 苏雪林:《关于我写作和研究的经验》,《苏雪林文集》第3卷,合肥:安徽文艺出版社,1996年版,第63页。

年,她还说自己一生到老,从童稚到少女到成年,都属于中国。

赛珍珠的文学作品大都以中国为题材。1926年,赛珍珠发表的第一部小说《东风·西风》,即被美国《星期日纽约论坛》评为"第一部成功地用英文写中国的小说"。她以自己的作品与那些恶意扭曲中国的偏见作斗争,并以此为基点来进行跨文化的交流和沟通。同时,她也以独特的"双焦透视"的特殊视角见证了现代中国的形成和发展,并记录了中国近现代文化风俗及其变化。她以《龙子》《爱国者》《永生》《生命的旅途》分析中国抗战的走向及战争中的人性,以《母亲》《群芳亭》《帝国女人》《牡丹》探讨中国各阶层妇女的命运,以《同胞》《北京来信》考察中国知识分子的性格及人生道路,以《大地》关注中国农民的生存与发展。

其中《大地》(*The Good Earth*)因对中国农民的真实描绘而备受关注。《大地》1931年出版,在美国文坛引起轰动,连续两年名列畅销小说榜首。1932年,获普利策文学奖。后被重印多次,销售量达数百万册,同时被改编成剧本上演,又被拍成电影并获得奥斯卡金像奖。小说全面而生动地描写了那个时代中国农村的封闭、落后,农民的愚昧、质朴,农村妇女的重负、艰辛,以及中国乡村文化的种种不足,从而让世界了解了当时的中国农村、农民,特别是农村妇女的生存状态,在世界上激起了强烈的反响。作为《大地》三部曲的其余两篇《儿子们》《分家》于1932年、1935年先后出版。"由于她对中国农村生活所作的丰富而生动的史诗般的描述",赛珍珠获得1938年的诺贝尔文学奖,这也使她成为迄今唯一因写中国题材而获此世界性文学奖的非中国作家。

《大地》是以皖北20世纪20年代的农民生活为背景创作出来的。它的成功,并不在于写作技巧的高妙,而在其独具慧眼的选材。它抓住了中国农民与土地的关系这一主线,以当时中国最贫困地区之一的安徽宿州农村作为人物生活的主要背景展开情节,讲述了一个普通农民王龙的发家史。向西方介绍了这个人口众多、苦难深重的中国农民,是如何凭着坚强的意志,承受诸多灾难而终于获得胜利的。贫苦的王龙从地主黄家娶回一个丫头做老婆。

两人辛勤积攒,渐有积蓄,买了一些田地。他们知道只有自己拥有土地,才能更好地生活。土地赋予他们勤劳的美德,就像诺贝尔文学奖授奖词中说的那样"他的品德来源于一个唯一的根:与土地的密切联系,土地生产出粮食来报答人的劳动"。他们经过辛勤的劳动获得了土地,也有了几个孩子,生活幸福殷实。不料一场持续不断的旱灾打破了王龙的发家梦。饥饿的灾民抢劫了王龙的家,王龙没有了粮食,一家人挣扎在死亡线上,但就是在危机的时刻,王龙,尤其是他的妻子阿兰十分坚定地对前来买地的人说:不卖地。他们宁愿选择背井离乡逃到南方城市,靠拉洋车和乞讨过活。在南方,他们盼望着回到老家去种田,回到属于自己的土地上去。在一次贫民暴动中,王龙和阿兰意外得到了一笔财富。于是,他们回到老家买了许多田地,并雇人帮着种地,财富越积越多,王龙由此成了富甲一方的大财主。过上富裕安逸生活的王龙那种炽热的土地情结丝毫没有改变,如果说富裕之前的王龙更多的是把土地作为一种物质财富而倍加珍惜的话,那么,富裕之后的王龙则是把土地当作是一种精神的寄托。当王龙成天跟小妾荷花沉溺于情欲时,是他灵魂深处对土地根深蒂固的爱把他唤醒。他脱下长袍、丝绒鞋和白色的长筒袜,将裤管挽到膝盖,热切而有力地走了出去,他大声喊道:"锄在哪里?犁在哪里?种麦的种子在哪里……我要到地里去。"冥冥中的土地之爱唤回了他那渐渐堕落的天性,使他恢复了生机与活力。到了晚年,王龙对许多事都失去了兴趣,但是,在他昏昏沉沉的意识里,却仍然牵挂着土地,他的根扎在他的土地上。他有时弯下身,从地里抓些土放在手里,手里摇着土坐着,感到心满意足,仿佛他的手指间的泥土充满了生命。他想着土地,想着他的绝好的棺材,他觉得仁慈的土地在不慌不忙地等着他,一直等到他应该回到土里的时候。《大地》生动而深刻地揭示出融入中国农民血液之中的土地意识。

赛珍珠之所以能够挖掘出中国农民这种深层次的生命意识,能够把这样一部中国农民题材小说写得如此成功,主要是得益于她在安徽的数年生活经历,与宿州农民的亲密接触。赛珍珠1917年5月与农学专家约翰·布克(John Buck)在镇江结婚,婚后即随布克迁居安徽北部的宿县(当时也称南徐州,今宿州市),至1922年他们去南京金陵大学任教,在宿州居住了近五年的时间。赛珍珠来宿后,在启秀女校任教,也经常陪丈夫一道下乡进行农业调查,充当翻译。时间长了,她逐渐地和农民们成了朋友。在自传《我的中国世界》里,赛珍珠曾这样说:"在南徐州居住的时间越长,我就越了解那些住在城外村庄里的穷苦农民,而不是那些富人。穷人们承受着生活的重压,钱挣得最少,活干得最多。他们活得最真实,最接近土地,最接近生和死,最接近欢笑和泪水。走访农家成了我自己寻找生活真实的途径。在农民当中,我找到了人类最纯真的感情。"①"即使跟一个目不识丁的农民谈话,你也会听到既精辟又幽默的哲理。"②这些都表明她对宿州农民既有密切的接触,更怀有特殊的感情。在宿州,她得以深入地了解中国农村的生活和农民的内心世界,为日后创作《大地》三部曲提供了丰富的积淀和灵感,从而成就了人生的辉煌。

《大地》中的人物原型、生活环境和民风民俗等素材,很多都取之于宿州。小说中王龙的朴实、勤劳以及阿兰的温顺寡言等特点,正是宿州农民也是中国农民的典型性格。女主人公阿兰的刻画尤其成功。她既沉默寡言,又具有顽强、坚韧的求生欲望和巧妙的生存技巧。正如瑞典学者佩尔·哈尔斯特龙在颁奖词中所说:"在这部长篇小说提出的众多问题中,一个最严肃最忧郁的问题是中国妇女的地位问题……阿兰很少说话,而正因为如此,才更有分量。对她整个一生,虽着墨不多,却刻画得十分深刻。"③小说中阿兰原先的主人黄大户,原型也在宿州。当年城里确有一家黄姓地主,是宿州三大户之一,拥有前街通后街的广厦百间,乡间有良田数千亩,也像小说中描写的那样,后来家道中落。人物生活的环境也处处闪现典型的北方小城宿州的影

---

① 赛珍珠著,尚营林等译:《我的中国世界》,长沙:湖南文艺出版社,1991年版,第156页。
② 赛珍珠著,尚营林等译:《我的中国世界》,长沙:湖南文艺出版社,1991年版,第272页。
③ 刘龙主编:《赛珍珠研究》,昆明:云南人民出版社,1992年版,第57—58页。

子、城门、护城河……漫天的灰土,赛珍珠刚到宿州时很不习惯无处不在的灰土,连妇女们的脸上和头发上都布满灰土;还有第十八章写发迹后的王龙,经常去一家大茶馆吃茶,附带写到城西的一座高塔,这座高塔的原型就是当时宿州西关兴福寺里的高塔。赛珍珠长期深入宿州民间,熟知不少民间的风俗习惯,在《大地》中展开了一幅壮阔的中国社会风俗长卷。小说中的婚丧节日礼仪、民间的烧香磕头、鬼神祭祀,应有尽有。例如,蝗灾一来,人们连忙去土地庙烧香,又去城里的大庙拜天神;小孩穿老虎鞋戴老虎帽以避邪,为死者叫魂……还有,阿兰生了一个儿子,王龙非常高兴,给产妇买红糖冲水喝,给乡亲送染红的鸡蛋。直到现在,宿州城乡一带都还保留这些古老的风俗。宿州自古以来就是一个多灾多难的地区,水、旱、蝗、雹等自然灾害频繁,农民只得南下逃荒,当地流传着这样的谚语:"宁愿南逃三千,不往北移一砖。"在《大地》中,赛珍珠泼墨描写了旱灾和蝗灾,并充分展示了中国农民与自然搏斗的抗争精神和顽强的生命力,表现了对中国农民同情和敬佩的感情。

宿州不仅给赛珍珠创作《大地》以很深的影响,也给她创作其他文学作品以灵感。例如,基于对宿州农民品质的了解,赛珍珠真正领悟到中国农民的勇敢、坚韧和机智,所以,中国抗日战争开始后,美国人都不相信中国人能把日本人赶出中国,赛珍珠在美国的广播电台发表演讲,却坚信中国人一定会取得胜利,并在 40 年代创作了《龙子》,以此支持中国抗战。在这篇南京农民抗战的史诗中,赛珍珠以她惯有的民间话语立场,描述了中国农民对入侵者的茫然无知、幻想和期待、恐惧和震惊、愤怒和觉醒的心灵历程,着重描写了手无寸铁的中国农民以挖地道、挖陷阱等巧妙的方式与日军作战,屡屡获胜,凸显中国农民的智慧和勇气,向世界人民宣告:中国人是不可战胜的。

在女性描写上,更能够清楚地看到宿州女子给赛珍珠留下的深刻印象。在宿州生活期间,她常和农妇们促膝而谈。妯娌、婆媳间的不和睦,溺婴,媳妇自尽等都是常谈的话题。由此,她了解了受苦最深的妇女的内心世界。在《我的中国世界》中赛珍珠提到在南京时曾收留了一位在宿州给她当过园丁的芦姓农民的妻子,怀了身孕的芦妻因灾荒逃到南京,生产前后都得到了赛珍珠的照顾。《母亲》中农妇的原型就是这位芦妈，小说中所描绘的灰土漫天的生活环境，正是她在《我的中国世界》中描述的宿州的自然环境。赛珍珠不光与贫穷的妇女交往密切，与富家女性也倾心相谈。当年她寄寓的大河南街，被称为"富贵街"，为清末民初达官与地主、豪绅的聚居之所。在这儿，她结交了饱有人生经验、多次创立女学的张太太，人过中年而风韵不减又善于治家之道的吴太太，还有求知若渴的闺中少妇。赛珍珠以"杂取种种人，合成一个"的方法，把三位朋友的性格、理想、经历都集聚在长篇小说《群芳亭》的女主人公吴爱莲身上，塑造出一位美丽聪慧、积极进取、善解人意、善管家事的东方女性。这位吴爱莲处于四世同堂的封建大家庭之中，家中上下几十口人，各种事情她都能处理得井井有条，而且人到四十而风韵不减，这些很像宿州的吴太太。吴爱莲颇通文墨，并不断涉猎各种书籍，开阔自己的眼界，这一点又与那位少妇相近。吴爱莲兴办学堂，跟现实中宿州的张太太一样。宿州女性的身影还闪现在她的《发妻和其他故事》《愤怒的妻子》《学来的功课》《梁太太的三个女儿》《被改变的妇女及其他故事》等小说中，其间流露出赛珍珠对宿州妇女善良、坚毅、勤劳、智慧的赞美。赛珍珠笔下的女主人公涉及各种中国女性，除了农妇、封建大家庭的太太、富家小姐、丫鬟外，还有女皇帝、女地下党员、女医生、女土匪、留学美国的女学生。作为一名女性作家，她始终关注女性问题，关注女性自我实现人生价值问题，独具敏锐和细腻，为人们展现了一个充满活力的女性世界，表达了巾帼不让须眉的女权思想。

以取材于中国生活的文学作品数量之多、质量之高而论，赛珍珠在外国作家中绝无仅有，自有其独特的价值。

她一生迷恋、熟知中国文化，了解中国民风民俗，精通中国民间掌故，被美国中美关系史专家韩德称赞为"民间中国专家"。她小说中细腻地描绘了中国多姿多彩的民风民俗，众多鲜活人物的吃、穿、住、行的日常生活都散发着独特的东方韵味，体现出强烈的乡土气息。赛珍珠把当时中国的饮食文化、服饰文化、宗教文化、婚丧文化等独具东方特色的方方面面，包括中国特有的耕种、收获等农作方式和节令风俗，都巧妙地穿插于小说之中，诸如《大地》《东风·西风》《群芳亭》《学来的功课》等都存在大量的此类描写。这样,全世界的读者就可以在新奇的审美愉悦中了解到当时中国的社会状况及风土民情,进而对中国社会各阶层心理状态有所了解。当然,她也描写了男子蓄辫子,女子裹小脚的做法,重男轻女的观念以及吸鸦片烟等恶习陋俗。因而,赛珍珠的小说具有一定的民俗学价值。

她以其独特的眼光,关注中国的历史进程。虽然她很少直接描写中国的重大事件,但是在小说中能够看到中国几十年来的风云变幻。《爱国者》《永生》《中国的航程》《北京来信》等小说展开了半个多世纪以来中国的历史画卷,20年代的大革命、三四十年代的抗日战争、六七十年代的"文化大革命",她以此向西方展示一个伟大民族艰难困苦的生活画卷。仅长篇小说《爱国者》中,就艺术地呈现了蒋介石在大革命中背叛革命的行径,揭示了卢沟桥事变的实质,描绘了国共两党共同抗日的细节,还涉及中国共产党的作战方法,日本的军国主义思想等。在阅读这些小说时,历史事件与文化现象都历历在目,仿佛读的不是小说,而是历史文献。因而,赛珍珠的小说具有不可忽视的文献价值。

她的小说有着跟中国古代传奇小说相似的浪漫奇异的色彩,这跟她从小就喜欢读中国小说有关。她爱看《水浒传》《红楼梦》《镜花缘》《野叟曝言》《金瓶梅》《三国演义》《封神演义》《西厢记》等小说,中国传统文学与文化的熏陶让她受益匪浅。1938年获诺贝尔文学奖时,赛珍珠虽是以美国作家的身份领奖,但在世界文学最高的领奖台上,她演讲的内容却是中国古典小说而不是美国小说,她说,"虽然我生来是美国人","但恰恰是中国小说而不是美国小说决定了我在写作上的成就。我最早的小说知识,关于怎样叙述故事和怎样写故事,都是在中国学到的。今天不承认这点,在我来说就是忘恩负义。"[①]她说中国小说传统使她立志不去追求那种漂亮的文字或高雅的艺术,"如果他们有一百万人读他们的杂志,我愿意我的小说在他们的杂志上发表,

---

① 刘龙主编:《赛珍珠研究》,昆明:云南人民出版社,1992年版,第65页。

而不想在只有少数人读的杂志上发表",其作品充分表现出民间性和通俗性,"为人民而艺术"是她小说创作的宗旨。像中国古典小说家那样,赛珍珠爱使用白描手法刻画人物,喜以"全知"视角叙述情节,好用浪漫现实主义手法记述传奇而又真实的中国故事,其小说充分彰显了中国小说风貌。她笔下的中国同鲁迅、巴金、老舍等现代文学作家笔下的中国在同一个时间维度上,而她的写作技法却比许多中国现代作家更加中国化。因而,赛珍珠的小说具有独特的文学价值。

赛珍珠是中西文化交融的集大成者,是受西方博爱思想和中国"天下一家"的思想深刻影响,进而形成"文化和合"思想的文学大家。她自觉将东西方文化交流作为自己毕生的使命和神圣的事业,为东西方文化交流做出了杰出贡献,因此被美国前总统尼克松誉为"一座沟通东西方文明的人桥……一位伟大的艺术家,一位敏感而富于同情心的人"。她渴望异域文化的平等沟通与对话,希望看到异质文化融合共生的和谐状态,她的跨文化创作在一定程度上实现了她崇高的文化理想,使西方了解了神秘的东方古国及其人民。斯德哥尔摩天文台台长伯蒂尔·林布莱德说:"赛珍珠女士,你在你的具有高超艺术质量的文学作品中,促进了西方世界对于人类的一个伟大而重要的组成部分——中国人民的了解和重视。你通过你的作品使我们看到了人民大众中的个人。你给我们展示了家庭的兴衰以及作为家庭基础的土地。在这方面你教会我们认识那些思想感情的品性,正是它们把我们芸芸众生在这个地球上联系到一起,你给了我们西方人某种中国心。"[1]在赛珍珠的中国题材小说问世之前,西方人眼中的中国人是小眼睛、塌鼻梁,生性野蛮、奸诈、阴险,神情呆板麻木,中国人被严重地妖魔化了。赛珍珠对中国人的真实描绘在很大程度上扭转了这一局面。《大地》改变了西方人对中国人的看法,许多外国人都是在看了《大地》以后而对中国产生了同情,并萌生了来中国的念头,《大地》甚至成了西方人了解中国的一个窗口。在《我的中国世界》《中

---

[1] 刘龙主编:《赛珍珠研究》,昆明:云南人民出版社,1992年版,第63页。

国之美》《东风·西风》等作品中,赛珍珠向人们呈现了中国的人伦之美、哲学之美、和谐之美、道德之美、古典之美等,展示了中华民族的优良传统和中国人民的杰出品德,其中有些是已经被忽略或容易被忽略的。她在文中表现的中国之美、中国之风,不仅为中国赢得了众多国际友人,而且能够让中国人更清楚地看到自己民族的精华,激起民族文化的认同感,从而增强民族意识、民族自豪感和自信心。赛珍珠给我们留下了一笔十分宝贵的文化遗产,在全球化的文化语境中,其作品潜在的价值是不可估量的。

赛珍珠是一位极富同情心和具有远见卓识的作家,英国著名传记文学作家斯布尔林写过一部关于赛珍珠的传记——《埋骨——赛珍珠在中国》。当问到为什么要将这本传记命名为《埋骨》时,斯布尔林是这样回答的:"这个书名本自于赛珍珠回忆录中的一个故事。她小时候在镇江常到后门外农田里的坟墓堆里与伙伴们一起玩耍。她经常会看到草丛里有尸骨,形状细小,她知道这是些死婴留下的。当时,有大量女婴一出生就被杀死并遗弃在荒野让野狗啃噬。她静悄悄地,控制住恶心,用泥巴筑成微型坟茔,按自己发明的葬礼把发现的尸骨予以安葬。她每次外出总是带着网袋收集尸骨,还拿着竹子做的棍棒驱赶野狗。我觉得这是一个有必要记住的完美形象,就像她埋葬的那些尸骨。"40岁那年,赛珍珠回到美国,但她依旧将关注目光投向亚洲,她把自己的财产和精力大部分都用在了儿童福利事业上,她在自己的农庄曾收养过7个孩子,她特别注意为那些由于种族原因而不能被社会收养的混血儿童找到收养家庭。1964年她出资创立赛珍珠基金会并发表基金会声明:"我从事了十五年帮助丢失和贫困儿童的工作,我坚信,世界上最需要帮助的是那些出生在亚洲、母亲是亚洲人而父亲是美国人的孩子们。"1973年她去世前夕将所有财产都留给了基金会。赛珍珠的远见卓识同样表现在对于人的认识和理解上。早在1935年,中国处于积贫积弱的艰难之中,但赛珍珠从中国人的坚毅中看到了中国的未来,她在一篇文章中预言中国将来会成为一个超级大国、亚洲的领袖,并认为强大的中国符合美国的利益。这是当时许多政治家和外交家所不能看到的。历史正在逐渐证明赛珍珠想象力的精准。

20世纪50年代,赛珍珠在美国被贴上了共产党的标签,因为她是中国的朋友而成了她自己国家的敌人,她受到了美国政府的怀疑,被美国联邦调查局当作危险人物并受到监控,这给她带来很大的伤害。她的作品在中国也成为禁书,这使她很尴尬。但她以她的人文情怀坦然处之,她始终爱着中国,将中国看作是自己的祖国,认为自己属于中国。她说她在美国从没有家的感觉。在中国她有着自己人生的众多记忆,有她的许多朋友,她人生上半段的许多朋友都在中国,她的父母都埋葬在中国,她期待着去给他们上坟,但终未如愿。历史证明,赛珍珠是中国的朋友。

第六节 阿英的"力的文艺"

阿英(1900—1977),安徽芜湖人。他的原名有两个:一个是他5岁时,他父亲给取的,叫"德富";一个是他10岁那年由私塾改入公学时,他的父亲给他改的,叫"德赋"。他的笔名很多。经常使用的有两个:一个是1919年一位老先生给他取的,叫"钱杏邨";一个是1931年他自己开始使用的,叫"阿英"。而他偶尔使用的笔名有钱谦吾、张凤吾、凤吾、张若英、黄英、王英、方英、黄锦涛、牟殊、残夫、寒峰居士、阮无名、鹰隼、魏如晦等。1937年11月23日,他还借用李健吾的笔名"刘西渭",主编了综合文艺刊物《离骚》,不过只出了一期。

阿英一生著作等身。他生前出版著作70余部,1000余万字。2003年安徽教育出版社出版了12卷的《阿英全集》。2006年安徽教育出版社还出版了《阿英全集》的"附卷"。阿英是我国现当代革命文艺理论批评家、近代文学研究专家、民间文学研究专家、史料学家、剧作家、电影评论家、小说家、诗人,也是现代中国唯一可以与郑振铎比肩的藏书家。

阿英首先是以中国现代革命文艺理论家的身份而名世的。尽管阿英在文学艺术方面极富成就,但是,由于历来对阿英的"深度"误解,人们总是有意或无意地遮蔽或忽视阿英文学艺术的存在,至今,研究阿英的论文或论著还是很少,与阿英文学艺术的成就相比,显得十分疲弱。新时期以来,研究阿英的论文不到百篇,硕博论文也寥寥无几,《阿英传论》仅1部。对阿英来说,仿佛成也革命文艺,败也革命文艺。

阿英走上革命道路,成为激进的革命文艺家,绝非偶然。环境和时代因素,对阿英的人生道路、政治选择与文学方向起到了决定性的作用。

芜湖是近代安徽革命的中心。阿英是在芜湖成长并从芜湖走出去的革命文艺家。阿英的成长与他的故乡芜湖密切相连。

从求学的角度来看,芜湖的两所新式学校给了阿英终生难忘的教育。辛亥革命的前一年,阿英从读了三年的私塾进入徽州公立小学即安徽公学附小读书。在这里,他师从卢伯荪、王肖山等辛亥革命前辈,接受了史地、数学、音乐、图画等资产阶级民主革命的新式教育。但好景不长,辛亥革命的爆发,使得公立学校不能复课。阿英只得到教会办的芜湖圣雅阁中学学习,但因不满该校帝国主义的奴化教育,1913年转入由美国来复会在芜湖创办的萃文中学。在这里,他接受了陶行知等现代教育家的教导,阅读了大量中外报刊和书籍,参加了演戏等多种课外活动,萌发了对文艺的兴趣,还创作了少量的诗文。阿英的民主革命思想是在徽州公立小学和萃文中学这两所新式学校培育起来的。尽管他在五四运动的前一年到了上海,考入中华工业专门学校,参加了上海学生联合会工作。但是,他还是利用在上海的有利条件,帮助芜湖学联开展反帝反封建工作,并向芜湖的《皖江新潮》投稿,尤其是1920年10月8日,他在《皖江新潮》发表《孔丘也配称至圣吗?》在芜湖引起轩然大波,差一点使报馆关门。

从教学的角度来看,芜湖是阿英传播五四启蒙思想的据点。1920年,阿英暑期回到芜湖,结识了安徽新文化运动的前驱刘希平、高语罕等。之后,积极响应他们的号召,放弃学业,回安徽领导新文化运动,先后到合肥、六安等地以教书为生,用白话文教学,宣传五四思想。1923年,阿英来到卢伯荪创办的求实中学任教。第二年,阿英到他妻子戴淑真所在的省立第二女子师范学校任教,同时,在省立第二甲种农校和省立第五中学兼任语文老师。此间,他与刚从苏联回来的蒋光慈认识,并常常一起探讨社会人生,并深受蒋光慈诗集《新梦》之鼓舞,革命劲头更足了。当时,由于五卅运动的爆发,广大爱国青年学生对帝国主义有了深入的认识,不愿意再上教会学校,要求上国人自己办的民主革命性质的学校。于是,1925年,阿英与李克农、宫乔岩创办的民生中学应运而生,地址选在大官山原李鸿章后裔李经方属下的一座洋行"李漱兰堂"。民生中学以"陶冶坚洁人格,激发国家观念"为宗旨,首招了百余名进步青年,他们深入现实生活,到工厂去,到田间地头去,到游行的队列中去。民生中学成了革命的摇篮和党的重要活动据点之一。至此,阿英就由一个"新学"教育的接受者,转而成为一名"新学"教育的传播者、组织者和引领者。

从革命活动的角度来看,阿英的政治生涯也应从芜湖开始。阿英在芜湖从事革命活动浓墨重彩的一笔就是,在五卅运动后立即成立了"外交后援会",组织芜湖广大师生集会游行,声援上海人民的反帝运动。之前,恽代英来到芜湖指导革命工作,阿英和李克农负责接待与配合,由此,阿英结识了周范文、章慕陶等共产党员,思想上进一步"赤化",为他随后开展反帝爱国运动提供了坚强的思想保证。阿英领导的"外交后援会"卓有成效。芜湖的报纸详细报道了当年"外交后援会"的反帝细节及影响,比如,1925年6月11日,芜湖《工商日报》就报道:"群众示威游行……加入团体比前次多出两倍,人数竟达三万余人。群众抵十三道门后,即举行国民大会,当经公推钱杏邨为临时主席,报告开会宗旨,首述英、日两国在上海残杀我国同胞情形,请大家以三不主义对待,即不买英、日货,不卖原料予英、日两国,不为英、日两国雇工,希望群众一致维持到底(众鼓掌)。继对沪案提出惩凶,赔偿,谢罪诸条件。"此外,阿英还在芜湖编辑出版《苍茫》,进一步广泛宣扬反帝反封建思想。他的这些提振民族精神、争取民族独立自主的爱国行为,很快就遭到了反动军阀的血腥镇压。1926年,阿英受到了军阀孙传芳的通缉,被迫流亡上海。在上海的阿英依然秘密从事革命活动,经常与好友蒋光慈、高语罕等人接触,并经后者介绍加入了中国共产党。然后,与李克农一起秘密回到芜湖,组织起义,成为芜湖现代革命运动的领袖之一。在第一次国共合作期间,阿英被组织上派到国民党芜湖县委工作,任主任委员,同王稼祥、李克农、宫乔岩一道,利用十里长街上的"科学图书社"积极开展革命工作,准备迎接北伐军的到来。为了使革命工作取得实效,阿英还打入芜湖的青帮,但终因蒋介石背叛革命,所有的努力几乎前功尽弃。1927年4月18日,国民党反动派在芜湖展开大搜捕,事先得到了信息的阿英只得迅速撤离。1927年底阿英离开芜湖后,就再也没有踏上这块故乡的革命热土。

离开芜湖之后,上海是阿英继芜湖之后开展革命活动一个极其重要的城市。如果说芜湖还只是培养和锻炼了阿英的革命意志,那么上海则是阿英把这种革命意志通过文学艺术的形式充分施展出来的场域。阿英在上海最重要的文学活动就是和其他共产党人一起组织创办了"太阳社"和"左联"。1927年底,根据在汉口时大家的酝酿,蒋光慈的提议以及瞿秋白的同意,阿英、蒋光慈、孟超、杨邨人等中共党员一起在上海发起成立"太阳社"和春野书店,成立太阳社支部(又称春野支部),出版《太阳月刊》《时代文艺》《海风周报》《新流月刊》《拓荒者》等报刊和"太阳小丛书",倡导无产阶级革命文学运动,宣传马克思主义文艺观。1929年蒋光慈去日本,成立太阳社东京支部,1930年因"左联"成立而自动解散。"左联"成立时,阿英是七个常委之一。1932年初还短暂接替阳翰笙担任"左联"的党团书记。那时的阿英不无偏激,他曾公开撰文评语、指责鲁迅说,"鲁迅的思想是只有怀疑、没有出路",《野草》"引着青年走向死灭的道上",《阿Q正传》"是不能放在五四时代的,也不能放在五卅时代的,更不能放在大革命的时代",因为,"阿Q时代是早已死去了","我们是永不需要阿Q时代了"[1]!对此,新中国成立后周扬的评价显得合情合理。他说:"阿Q的时代并没有死去,但却应当死亡。"[2]不久,阿英认识到了自己的偏激,随着阿英和鲁迅双方了解的加深,对抗状态也得到了缓解。后来,阿英主动拜访了鲁迅,承认自己在这场文学论争中过激

---

[1] 钱杏邨:《死去了的阿Q时代》,《太阳月刊》,1928年3月1日3月号。
[2] 周扬:《阿英序跋集·序》,开封:河南大学出版社,1989年版。

言辞的错误,得到了鲁迅的宽谅。

通常,人们只是静态地看待阿英的文艺思想,总是一相情愿地、以偏概全地把"太阳社"时期阿英的文艺思想当作阿英文艺思想的全部。其实,阿英文艺思想并非一成不变,以"左联"为界,阿英文艺思想分为前后两个时期:无产阶级文学批评时期即"太阳社"时期和革命文学论争时期即"左联"时期。

"太阳社"时期,阿英大力倡导无产阶级文学,撰写了大量的文学批评文章,如两册《现代中国文学作家》和一册《文艺批评集》,还出版了译介外国文艺的《力的文艺》,成为中国现代无产阶级文艺批评的主将。由于受到瞿秋白"革命持续高涨论"的直接影响,加上阿英身上的小资产阶级世界观还没有彻底改造好,因而,阿英对20年代末期大革命失败后的形势估计不足,他激进地认为,当时革命形势一片大好,革命已经走出低谷,革命即将"总爆发"①。由于对革命发展形势的判断发生了偏误,致使阿英的文艺思想出现了一些不切合实际的成分。他机械地搬用了苏联"拉普"的极左文学思想,没有很好地与当时中国革命文学的实践结合起来,犯了文学批评上的"左"倾幼稚病。这个时期,阿英的文学思想由文学阶级论统帅,他对作家的取舍、臧否的首要条件就是要看这个作家是不是革命作家,其作品有没有鲜明的阶级意识。阿英说:"真正的革命文学的作家,他本身就应该是一个革命家,是与革命的势力接近的;也就是 Linen(列宁)所说,劳动阶级是文学家的思想,是应该隶属于他的社会主义的。"②也正是因为如此,鲁迅等五四作家很快就成了他的批判对象。阿英认为他们的作品在革命意识方面还表现得不明晰,还比较模糊。阿英又说:"革命文学离不开革命生活。"③因而,表现革命生活

---

① 钱杏邨:《批评与抄书》,《太阳月刊》,1928年4月号。
② 钱杏邨:《蒋光慈与革命文学》,《现代中国文学作家》第1卷,上海:泰东图书局,1928年版。
③ 钱杏邨:《蒋光慈与革命文学》,《现代中国文学作家》第1卷,上海:泰东图书局,1928年版。

成为衡量一部作品是否是革命文学的重要标准。阿英认为文学作品要写革命与反革命之间的尖锐冲突,还要写出对革命美好未来有所期许。他也是以此给文学作品区分价值等级。像蒋光慈那样直接渲染阶级斗争的作品是最革命的,因而也就是最好的。对蒋光慈及其文学创作,阿英评价甚高。阿英说:"他是一个时代表现者,革命文学最早的提倡者,是民众所要求的一个说诉者。他的创作表现了时代又表现了时代的思想……在创作的意义方面,他究竟是革命文学的前驱。"①在阿英早期的文学思想里,优秀的作家,首先要是革命家,其次要身体力行地提倡并践行革命文学,同时,还要代人民立言。阿英对那些一味地批判现实、暴露黑暗的文学,是持保留态度的,他认为要看它们是立足于个人主义,还是集体主义,如果作品里的黑暗暴露与社会经济制度勾连,那这种暴露就值得肯定。阿英说,"暴露黑暗并不就是革命文学","我们所谓的暴露黑暗,并不是盲目的暴露,不是以个人'趣味主义'的暴露,暴露与不暴露,完全是出发于集体"②。显然,阿英并没有否定文学的暴露功能,只是要求新兴文学应该与旧时代"黑幕小说"等以猎奇为旨归的市民趣味小说区分开来。新兴文学不应该仅仅停留于暴露现实的黑暗,而应该揭示出黑暗的根源,并指出解决病患的良方,给人以光明,给人以希望。正是在这个意义上,阿英既肯定了郁达夫兼写"性的苦闷"与"生的苦闷"的抒情自传体小说,又肯定了叶绍钧写小知识分子灰色人生的教育小说。对叶绍钧教育小说的政治意义,阿英是这样评价的:"他站在写实主义的立场上写,他站在教育家的立场上考察的写。同时应该根本观察到一切的教育上的纠纷与起源,完全是经济制度底下的社会里必然的现象。要改造教育,得先推翻现代经济制度。"③对那些一味暴露黑暗,玩味人生的作品,阿英嗤之以鼻,

---

① 钱杏邨:《蒋光慈与革命文学》,《现代中国文学作家》第 1 卷,上海:泰东图书局,1928 年版。
② 钱杏邨:《死去了的阿 Q 时代》,《太阳月刊》,1928 年 3 月号。
③ 钱杏邨:《叶绍钧的创作的考察》,《现代中国文学作家》第 1 卷,上海:泰东图书局,1928 年版。

因为,在阿英看来,这些作家的阶级立场是成问题的,"他们对于文学,是注意于小资产阶级的美,而否认劳动阶级的美"①。此时,唯阶级斗争至上论的阿英,把文学的阶级性和工具性强调到了极致,而对文学的艺术性不够讲究,对文学中的人性表现更是深恶痛绝。此时,阿英脑海里理想的革命文学是不同于五四启蒙文学的,它是革命的"新兴文学","新兴文学是新兴阶级革命的战斗的鼓号,是新兴阶级的战斗的武器,是新兴阶级的战斗的檄文"②。无产阶级文学"是有意识的服务世界的变革的工作"③,要么表现国民党领导下的大革命生活,要么表现共产党领导下的工农武装革命,而且要着力表现出其中的"无产阶级的活力"④,还有就是,为了有效地表现出无产阶级的战斗活力和神采,乃至不惜以"粗暴"的面貌出现,因为在阿英看来,"劳动文学的生命就是粗暴"⑤! 这种粗暴的风格不仅表现于大写的"群众的行动"⑥,而且还表现在直接用政治宣传口号的文字叙述那里,在阿英的心目中,无产阶级文学"创作内容是必然要适应于政治宣传的口号与鼓动口号的"⑦,"标语口号文学都含有宣传文学的本质意义的"⑧。

通过与鲁迅、茅盾等五四文学先驱的论争,加上无产阶级文学实践的不断发展,以及自己思考的日渐成熟,到了"左联"时期,阿英就抛弃了早期文学思想里的偏见和误识,其革命文学思想成熟起来,丰富起来。"左联"时期,阿英对政治有了更为宽泛的认识,不再把政治限定为时事政策,也不只是

---

① 钱杏邨:《蒋光慈与革命文学》,《现代中国文学作家》第1卷,上海:泰东图书局,1928年版。
② 钱杏邨:《中国新兴文学中的几个具体问题》,《拓荒者》,1930年第1卷第1期。
③ 钱杏邨:《创作与生活》,上海:良友图书印刷公司,1923年版。
④ 钱杏邨:《叶绍钧的创作的考察》,《现代中国文学作家》第1卷,上海:泰东图书局,1928年版。
⑤ 钱杏邨:《野祭》,《太阳月刊》1928年2月号。
⑥ 钱杏邨:《野祭》,《太阳月刊》1928年2月号。
⑦ 钱杏邨:《前田何广一郎的戏剧》,《作品论》,上海:沪滨书店,1929年版。
⑧ 钱杏邨:《批评与抄书》,《太阳月刊》1928年4月号。

把政治简单等同于政治制度,而是更多地从"政治理念"的层面上来理解政治。这一时期阿英撰写了大量有影响的"作家论",体现了他的文艺观的转变。阿英不再一味强调文学的共性,转而比较看重文学创作的个性表现,要求作家们要善于"抓住那些在成长的新的个性而加以表现"①。正是在这种文艺观的指导下,阿英写的《夜航集》,在对16位小品文作家的创作进行专题评论的时候,就能既注意到他们创作的共同风格,又能辨析他们之间的个性特征,因而,这些观点也就成了这些作家创作的"定论",并常常为后人所接受。

除文学评论影响非凡之外,阿英的历史剧创作也影响很大。新中国成立前,阿英几乎在不同的历史时期都创作了戏剧,影响大的有5部:孤岛时期在上海创作的《碧血花》(又名《明末遗恨》《葛嫩娘》)、《海国英雄》(又名《郑成功》)、《杨娥传》、《洪宣娇》4部历史剧以及在苏北新四军根据地创作的历史剧《李闯王》。阿英写这些历史剧的动机,用他自己的话来说是"借历史的题材,对现实有所启发"②。写于1939年的《碧血花》,写秦淮名妓葛嫩娘与抗清名士孙克威的爱情与抗清故事,在"我本中华儿,今为中华死"的抗清信念的支持下,葛嫩娘经受住了各种威逼利诱,视死如归,最后咬舌而死。此剧在孤岛时期的上海日夜连演了两个月,对鼓舞上海军民的抗日信心发挥了重要作用。《杨娥传》同样塑造了巾帼英雄杨娥的光辉形象,她成为"做人做兽"的检验标准。《洪宣娇》写于"皖南事变"后不久,该剧借洪宣娇的故事,道出了这样的时代主题:大敌当前,国人更加需要内部团结,一致对付外来入侵者。《海国英雄》写了民族大英雄郑成功与降敌的父亲决裂,即使在战败的不利情形下,也没有动摇他始终如一的精忠报国的决心。用阿英自己的话来说就是,该剧写出了郑成功"不为威逼、不为利诱、刻苦耐劳,忍受人间一切惨痛,不为最大的失败灰心,为公忘私,不屈不挠,苦斗到底,一个韧性的恢复国

---

① 钱杏邨:《1931年中国文坛的回顾》,《北斗》,1932年第2卷第1期。
② 阿英:《关于评剧〈孔雀胆〉》,《关东日报》,1948年8月2日。

土的伟大意念与献身精神"①。虽然写的都是历史上的名人,但是阿英努力不把他们写成没有灵魂的空心的名人,而是在凸现他们作为英雄一面的同时也写出他们作为常人的性格特点。比如,写郑成功,既写了他在大是大非面前果断地与降父断绝父子关系,也写了当他得知父亲被杀害时所牵动的骨肉亲情而落下了悲痛的泪水。也就是说,阿英在写这些历史英雄时,首先是把他们当作有别于常人的英雄来写,其次也没有忘记英雄也是人,也有人的普通的一面,也有七情六欲、儿女情长。阿英的这些历史剧作,剧情是本着郭沫若提出的"失事求似"②的创作现代历史剧的艺术原则来处理的,不以编造曲折离奇的情节取胜,而是用一些大写意的粗线条,在紧张的气氛中,凸现人物形象的精神面貌,以情感人,给孤岛时期的上海民众以强烈的爱国主义的教育与感染。阿英孤岛时期的历史剧在上海卡尔登大戏院、辣斐剧场、璇宫剧院、兰心大戏院等处上演,盛况空前,反响热烈。当然,阿英这些历史剧里也体现出一些狭隘的以汉族为中心的"民族意识"。如果说《碧血花》是阿英在孤岛时期影响最大的历史剧的话,那么《李闯王》就是他在解放战争时期影响最大的历史剧。《李闯王》是阿英为了响应党中央的号召,在学习了郭沫若于1944年发表的《甲申三百年祭》之后,依凭自己丰厚的历史知识,加上自己刻苦钻研的精神(光是《李闯王》剧本后的附注就有114条),以及此前创作多部历史剧的成功经验,再加上自己对未来新中国的激情向往而写成的。该剧写"马上天子"李自成率领农民起义军在山西宁武关打败明朝大军之后,一路势如破竹,直取北京,受到了老百姓的热烈欢迎,但进城后丞相牛金星等人生活腐化,不思进取,欺下瞒上。将军李岩极力反对,李自成不但没有采信他的意见,反而在吴三桂投降清军并率军步步紧逼的情况下,听信丞相等人的谗言,把忠诚的李岩杀了。从此军心涣散,最终被清军击溃。李自成

---

① 魏如晦(阿英):《写作杂记》,《阿英剧作选》,北京:中国戏剧出版社,1980年版。
② 郭沫若:《历史·史剧·现实》,《沸羹集》,上海:大孚出版社,1947年版。

化名奉天玉和尚,认真总结失败的经验教训,并在晨钟暮鼓中结束了叱咤风云的一生。此剧的政治意义在于以史为鉴,就像李自成痛定思痛之后所说的:"我李闯王,我大顺皇帝,是从百姓中来,但没有回到百姓中去。"并以此来证明走群众路线,发动群众,依靠群众,为群众翻身而战是唯一的宗旨。此剧的现实意义巨大,在华东、华北、东北根据地和解放区等地轮番演出,为即将到来的解放战争的胜利作了思想舆论上的铺垫。当然,阿英的历史剧也存在着诸如"仓促收场""铺垫尚嫌不够""泼墨写意居多""特别是反面人物,有的写得或油滑或凶残,失之平面"[1]等毛病。但是,瑕不掩瑜,阿英的历史剧是三四十年代中国文学的重要一笔,为现代中国文学增了光、添了彩。

作为作家,阿英还创作了近百万字的散文。阿英出版的散文集有《流离》《灰色之家》《敌后日记》《津平日记选》《海市集》《剑腥集》等。如柯灵所言,这些散文,尤其是日记性的散文杂感,有"迫切的现实感"[2],具有重要的史料价值,从一个生动的侧面和无数真切的细节反映了中国现代革命史的进程。阿英的散文中,艺术成就比较高的,要数那些文艺性的随笔体散文。如《城隍庙的书市》,既写了自己在城隍庙买书的乐趣,也写了城隍庙书市的变迁,如葆光书店的倒闭,菊龄书店的冷清以及城隍庙整个商业的凋敝。作者由盛写到衰,以小见大,因为"上海城隍庙就是旧中国的一个缩影"。此外,阿英早年还写过一些诗歌和小说。在新诗写作方面,阿英写了三本反映大革命失败后革命青年知识分子思绪的新诗集《暴风雨的前夜》《饿人与饥鹰》和《荒土》。阿英也写小说,出版了小说集《革命的故事》《欢乐的舞蹈》和中篇小说《一条鞭痕》。这些作品,参与了早期无产阶级文学的时代大合唱,体现了早期无产阶级革命文学的足迹。

阿英不只是在革命文学批评、历史剧、散文、诗歌和小说创作方面成绩卓著,他还是一位广有影响的近代中国文学的研究专家。他在近代中国文学资

---

[1] 吴家荣:《阿英传论》,合肥:安徽教育出版社,2002年版,第90页。
[2] 柯灵:《向拓荒者致敬·〈阿英散文选〉》,天津:百花文艺出版社,1981年版。

料的整理与出版、编写书目和研究论著三方面做出了巨大的成绩。早年他主要收集石刻汉画像、戏曲、小说、版画等方面的史料,后期则侧重收集晚清诗文集。他不仅自己经常到城隍庙、西门、浙东、苏常等地"访书",还托人(如黄裳)帮他购书,有"坐拥书城"之誉。阿英先是编辑了《近代反侵略文学集》丛书,内含《鸦片战争文学集》《中法战争文学集》《甲午中日战争文学集》《庚子事变文学集》《反美华工禁约文学集》和已整理未刊行的《中国近代反侵略文学补编》;接着,又编辑了《晚清文学丛钞》丛书,包括《小说戏曲研究卷》《说唱文学卷》《小说四卷》《传奇杂剧卷》《域外文学译文卷》《俄罗斯文学译文卷》,尚有已编好未出版的《文学论卷》《诗词卷》《散文与杂文卷》,全部《丛钞》共 12 卷,500 多万字;加上《中国近代反侵略文学集》,共编辑近代中国文学作品约 800 万字。在书目编撰方面,阿英用功也很深。比如,《晚清戏曲小说目》收录晚清戏剧 161 种,小说 1070 种(创作 462 种、翻译 608 种);1957 年又出增补本,收创作小说 478 种,翻译小说 629 种,计 1107 种,较前增补 37 种。此外,还辑录了《晚清文艺报刊述略》,包括《晚清文学期刊述略》《晚清小报录》和《辛亥革命书征》。《晚清文艺期刊述略》介绍了 24 种文学期刊,如《新小说》(1902)、《绣像小说》(1903)、《月月小说》(1906)、《小说林》(1907),《小说世界》(1907)、《竞立社小说月报》(1907)、《新小说丛》(1907)、《扬子江小说报》(1909)、《瀛寰琐记》(1872)、《四溟琐记》(1875)、《寰宇琐记》(1876)、《海上奇书》(1892)。还如,《近代国难史籍录》《中英鸦片战争书录》《太平天国书录》《甲午中日战争书录》《庚子八国联军战争书录》《清末小说杂志略》《国难小说丛话》等。阿英为近代中国文学做了大量的抢救性工作,为建立近代中国史料学做出了巨大贡献。现在,学界对阿英的史料学思想进行了比较深入的探讨,研究了阿英的"对史料工作紧迫性的认识""对史料历史语境的强调"和"将'事变'与文学相结合的史料整理思路"。① 在收集翔实史料同时,阿英也展开了对近代中国文学的学术研究,其

---

① 陆成:《阿英史料学思想》,《中国现代文学研究丛刊》,2005 年第 1 期。

成果有《晚清小说史》《小说闲谈四种》等。阿英兴趣十分广泛,还体现在他对美术展开的研究上,编写并出版了《中国年画发展史略》《中国连环画史话》和《红楼梦版画集》,还撰写了不少美术论文。

综上所述,可以看出阿英是现代中国一位"百科全书式"的全才作家。1977 年 6 月 17 日,阿英在京逝世。弥留之际,他嘱其子女将他"文革"劫后残存的 4900 种 1.2 万余册珍贵藏书捐赠给家乡芜湖市。十年之后的 1987 年 5 月,为了了却阿英生前的遗愿,其女钱璎、次子钱小惠、三子钱厚祥,将他的骨灰盒及其捐书护送到芜湖,安置在美丽的镜湖公园。烟雨墩上安静的"阿英藏书陈列室"和洁白的阿英塑像,常常迎来海内外各界人士的凭吊。阿英的文学创作、文学研究和文学史料整理,必将长久地影响世人。

第七节 朱光潜的京派文艺批评

朱光潜(1897—1986),笔名孟实、孟石,偶尔也用盟石、蒙石、明石,安徽桐城人。他出生在一个没落的地主家庭。父亲朱子香是家乡的私塾先生。1903 年至 1912 年朱光潜在父亲教书的私塾接受旧式教育。这段读书经历使朱光潜的"家学""国学"底子打得很厚,很扎实。15 岁那年,朱光潜考入桐城高等小学读书,由于基础好,半年后,跳级升入吴汝伦创办的桐城中学。在桐中学习期间,朱光潜对古文兴趣很浓,且模仿欧阳修、归有光作古文习作。1917 年,因家境贫穷,朱光潜只得报考公费的国立高等师范,入武昌高等师范学校中文系学习。由于该校的国文老师水平远不如桐中的老师,朱光潜大失所望,恰好该校有招考北洋政府教育部选派学生到香港大学学习的名额,朱光潜决定报考并考上了。但由于英语水平较差,只得先在港大先修班学习。1919 秋,经过校内考试后才正式入港大教育系就读。从 1918 年至 1922 年,在港大学习期间,朱光潜眼界大开。适逢五四新文化运动,朱光潜如饥似渴地学习"西学",渐渐认识到"桐城谬种"的弊端,决心放弃古文而使用白话文。朱光潜学习成绩优秀,1921 年 7 月 25 日在《东方杂志》上发表了他的处女作《福鲁德的隐意识与心理分析》。随后,朱光潜又发表了《行为派心理学之概略及其批评》《进化论证》等读书心得。在《怎样改造学术界》中,他倡导培养"爱真理的精神""科学的批评精神""创造精神"和"实证精神"。这是朱光潜终生为之奋斗的理想。港大四年,朱光潜一直把"恒、恬、诚、勇"作为座右铭,刻苦学习,博览群书。他后来回忆说,慈母般的港大学习生活"奠定了我这一生教育活动和学术活动的方向"[1]。

香港大学毕业后,经同班好友高觉敷介绍,朱光潜结识了吴淞中国公学校长张东荪,被聘到该校中学部教英文,兼主编校刊《旬刊》,同时,兼任上海大学逻辑学讲师。在中国公学从教期间,朱光潜努力不问政治,专心教书,探究有效、有趣的教学方法,大受欢迎。不久,江浙战争爆发,中国公学关闭。经夏丏尊推荐,朱光潜来到浙江上虞白马湖春晖中学教英文,并协助编辑校刊《春晖》。那时,春晖中学人才荟萃、大师齐聚,朱自清在那里教国文,丰子恺在那里教艺术,俞平伯、叶圣陶、胡愈之等名家常常来校讲学,弘一法师也偶尔光顾校园。大家常常在一起相互切磋,其乐融融,形成了自由、平和、宽松的教学氛围和人际环境。同时,他们几乎都用白话写作记叙文、说理文,形成了中国现代文学史上的"白马湖派"。朱光潜在 1924 年完成了他的第一篇美学论文《无言之美》,提倡含蓄,认为残缺也是一种美。春晖中学这段生活给朱光潜留下的也是一种"无言之美"。

众多名家原本雄心勃勃,齐心协力,准备把春晖中学建成全国模范中学。但是,由于校长经亨颐是个国民党左派老教育家,他的保守、专制,使得渴望教育改革的这批英才大为不满。于是,他们纷纷愤然离开春晖中学,来到上海,重新寻找实现他们"教育报国"理想的场域。他们先是创办了立达中学,接着建立了立达学会,还创立了立达学园。朱光潜专门为立达学园撰写了《旨趣》。之所以都叫"立达",是因为他们要传达"己欲立而立人,己欲达而达人"的"推己及人"的开明理念。他们想在北洋军阀专制教育体制外,另外

---

[1] 朱光潜:《回忆二十年前的香港大学》,《朱光潜全集》第 9 卷,合肥:安徽教育出版社,1993 年版,第 183 页。

开辟一个现代教育园地。与此同时,他们还筹办开明书店(中国青年出版社的前身)和《一般》杂志(后改名《中学生》)。所有这些,都立足于启蒙青年。后来,朱光潜专为青年写了很多文章和书籍,被誉为"青年导师"。朱光潜说:"这是我一生的一个主要转折点和后来一些活动的起点。"①

正是怀抱振兴中国中等教育的理想,在立达学园开园不久,朱光潜就考取了安徽官费留英,从此开始了 8 年的留学生活。1925 年,朱光潜取道莫斯科来到英国,进入爱丁堡大学学习,此期间写了《悲剧的喜感》,成为以后写作博士论文的基础。1926 年,朱光潜在《悼夏孟刚》里正式提出"以出世的精神,做入世的事业"的人生理想,仍保有魏晋士子的人格风范。1929 年,朱光潜从爱丁堡大学毕业,获硕士学位。随后,进入伦敦大学,同时在巴黎大学注册听讲。他十分喜欢巴黎大学文学院院长德拉库瓦讲授的《艺术心理学》课程,于是萌生了写《文艺心理学》的念头。在往返于伦敦与巴黎的一段时间后,朱光潜终于决定离开英国,进入法国斯特拉斯堡大学攻读博士学位。1931 年,完成了博士论文《悲剧心理学》,并取得博士学位。在留学期间,朱光潜把自己的座右铭改为"走抵抗力最大的路"。一方面由于国内朋友的约稿,一方面考虑以稿费来补贴生活花销,朱光潜发奋学习,勤奋写作,完成了他一生中十分重要的几部著作,如《给青年的十二封信》《文艺心理学》及其缩写本《谈美》《变态心理学派别》《变态心理学》《诗论》等,其中,有的成为当时的畅销书,在广大青年中产生了持久的影响。比如,《给青年的十二封信》里的文章,成书前基本上都在《一般》上发表过,1929 年由开明书店正式出版,到新中国成立前该书发行了 20 多万册。又如,1932 年,开明书店出版了《谈美》并在封面上附注了"给青年的第十三封信"字样,该书出版后,仍然广受欢迎。由于畅销,其赝品很快就出现在市面上,企图鱼目混珠,比如,当时有本署名为"朱光潜"的《致青年——给青年的十三封信》等。值得提到的

---

① 朱光潜:《作者自传》,《朱光潜全集》第 1 卷,合肥:安徽教育出版社,1987 年版,第 3 页。

是，朱自清专门为《文艺心理学》和《谈美》作序，认为前者是践行了蔡元培提出的"以美育代宗教"的现代美学理想，后者提出了朱光潜最重要的美学思想即"人生艺术化"。朱光潜看重"古董洋化"，重视"爱"与"美"的教育。他认为不是制度坏，而是人心坏，因此要用美育来怡情养性，这个社会才能进入良性发展轨道。

  1933 年，朱光潜学成回国。这以后，他又把座右铭易为"此身、此时、此地"。归国后的朱光潜，经武昌高师同班好友徐中舒介绍，认识了时任北京大学文学院院长的胡适。一是胡适求贤若渴，一是同乡关系，尤其是当胡适读完朱光潜的《诗论》手稿后，对朱光潜的学问是另眼相看，当即决定聘朱光潜为北京大学西语系教授，讲授西方名著选读和文学批评史。同时，还聘请朱光潜为北大中文系学生讲授一学年的"诗论"，开创了北大教授"跨系"授课的先例。这一时期，朱光潜除了在校内跨系讲课外，还做了不少校外兼职。比如，应时任清华大学中文系主任朱自清之邀请，在清华开讲"文艺心理学"和"诗论"，应中央艺术研究院徐悲鸿之邀请在"中艺"开讲"文艺心理学"，应沈尹默之邀，在北平大学讲"文艺心理学"。《文艺心理学》和《诗论》，朱光潜边教边改，边改边教，反复打磨，不愿意轻易出版。直到 1936 年《文艺心理学》由开明书店出版，1942 年《诗论》由重庆国民图书出版社出版。这是朱光潜新中国成立前最重要的两部著作。《文艺心理学》是现代中国第一部比较成体系的美学著作。它以克罗齐的"直觉说"为基础，提出了"美是形象的直觉"的观点。朱光潜认为自然中没有美可言，美是主观直觉与"移情"的产物，而形象的直觉所创造的美就是艺术。同时，借鉴布洛的"距离说"提出只有与审美对象保持一定距离才能产生美感。到了新中国成立后，朱光潜对这些观点进行了部分修正，提出"美是主客观的统一"的观点。有人把朱光潜的这种学术进路描述为"从迷途到通经"[①]。《诗论》在中西比较的基础上，用西方理论来解决中国诗的问题，反过来，又以中国诗去验证西方理论，是一本

---

① 许道明：《朱光潜：从迷途到通经》，上海：复旦大学出版社，1991 年版。

重要的探究诗美学和新诗理论的中西比较诗学著作,是中国现代诗学的一块丰碑。《诗论》用"文艺心理学"的原理,从诗入手,把诗学与美学结合起来,对诗的起源、境界,诗与散文、音乐、美术的关系以及诗的节奏、韵律等作了学理阐述,其中,最精彩的部分是关于诗的境界说。朱光潜继承发展了王国维的"境界说",有重大的诗歌美学价值。朱光潜认为,"诗的境界是情趣与意象的融合",即"诗的境界是情景的契合"。诗的"意象"(即指景,不同于古今中外文论里的"意象")中寓有情趣,情趣表现于意象;只有两者恰相熨帖,诗"话语都在目前",即王国维讲的"不隔";如果是两者牵强附会,诗就令人"雾里看花",即王国维讲的"隔"。朱光潜认为,诗中境界的"显"与"隐"的关系也必须处理好。"写景诗宜于显,言情诗所托之景虽仍宜于显,而所寓之情则宜于隐"。在此基础上,他指出30年代现代派诗歌"太隐",而中国诗歌会的诗歌有"太显"的毛病。关于诗语节奏,朱光潜认为,诗的节奏包括语言的节奏和音乐的节奏,即意的节奏与形的节奏。他主张诗歌要用字和谐、语气自然。根据汉字特点来剖析,他说,"中文诗大半每'句'成一个单位(西文诗以音数为单位),句末一字在音义两方面都有停顿的必要","全诗音节最着重的地方"是句末一字。在论及新诗建行原则时,朱光潜反对随意的拙劣的分行。当时,有些人模仿西文诗按音数分行,不根据汉语自身的特点,以每句(完整意义)来分行,而把一句话拆得七零八落,大有东施效颦之弊。因此,朱光潜认为,中国新诗的分行应当服从于中国诗歌语句排列的特点和有利于增强诗的音乐美的要求。此后,朱光潜进一步关心新诗发展问题,比如,1956年11月24日《光明日报》发表了朱光潜的《新诗从旧诗能学习得些什么》指出,在技术上,新诗是"不大高明的分行的散文",一览无余;在内容上,新诗脱离现实生活;在形式上,新诗多模仿外国诗歌;在状态上,新诗无"根",有无政府主义倾向,等等。

从1933年至1937年,除了在大学教书,朱光潜还策划、组织、参与了不少文学活动,影响甚广。比如,朱光潜创办了文学沙龙性质的"读诗会"。有人说他这个"读诗会"是20年代闻一多的西京畿道34号"黑屋"读诗会的延续。其实,朱光潜创办这个"读诗会"的动机在于活跃北平诗歌创作氛围,同时,也源自朱光潜在伦敦读书时参加过一家书店举办的读诗会的经历。当然,也可以把它视为重整"京派"的一项举措。当时朱光潜和梁宗岱合住在北京地安门慈慧殿三号。因此,这个读诗会也叫"慈慧殿三号读诗会"。读诗会本着以诗会友的原则,团结北方广大作家,每月举行一两次,前后时间横跨四年,或诵诗,或评诗,或论诗,或商议诗事,乃至育人,尤其是在探讨新诗朗诵艺术和新诗写作艺术方面取得了不少共识,出席人员主要有北大和清华的师生以及新月派的部分成员,如朱自清、朱光潜、俞平伯、梁宗岱、冯至、李健吾、沈从文、卞之琳、萧乾、何其芳、孙大雨、林徽因等,他们都是京派在小说、诗歌、散文、戏剧、评论等方面的代表性作家。此外,还有外籍诗人参加。人们通常认为京派作家只讲"超然"而不问时事,这是一种偏见。"读诗会"里诗人们也常常把自己写的关乎抗战的爱国诗篇拿来朗诵,与同仁一起分享。朱光潜主持的"慈慧殿三号读诗会"对京派文学的发展起到了承上启下的作用。

1937年5月创办商务印书馆《文学杂志》月刊,胡适和杨振声等人推举朱光潜出任主编,出到第4期时,由于抗日形势紧迫,北京待不住了,北方文人纷纷南下避难,《文学杂志》也只得停刊。1946年,朱光潜等人回到了北京。1947年,《文学杂志》复刊,到第二年出了6期后终刊。总体算来,前前后后,断断续续,《文学杂志》一共出了3卷22期。这份杂志在当时很畅销,影响很大,是京派大显身手的最重要的阵地。除了发表沈从文、朱自清、闻一多、冯至、李广田、何其芳、卞之琳、林徽因等京派作家的作品外,也发表部分左翼青年作家如萧乾、周文等人的创作,体现了朱光潜的"公平交易""君子风度"的办刊理念。作为一个"地道的文人派",朱光潜尽量排除门户之见,无论是发表小说、诗歌、戏剧、散文,还是发表文论、书评,都力求其文风清新、认真、中庸、踏实。朱光潜为《文学杂志》撰写的发刊词《我对本刊的希望》可以说是京派的理论宣言。在分析了"为文艺而文艺"的观点和"文以载道"的观点后,朱光潜说:"这两派看法恐怕都是老鼠钻牛角,死路一条。在现时的中国文艺界,我们无论是右是左,似乎都已不期而遇地走上这条死路。……结果是我们看得见的。搬弄名词,呐喊口号,没有产生文学;不搬弄名词,呐喊口号,也没有产生文学。"他还用 8 个字来概括京派对于当时文化思想运动的基本态度,那就是"自由生发,自由讨论"①。朱光潜既反对"为道德而艺术",又反对"为文艺而文艺",因为前者钳制想象,后者空虚纤巧,而倡导劳伦斯所说的"为我自己而艺术"。朱光潜的这种自由主义,不同于激进主义、保守主义,而是张扬个性、自我、多元,与人道主义相关。朱光潜主张写"我"的"情",布"我"的"道",并把它视为"中国文学之未开辟的领土的忠实态度"。此外,1948 年,朱光潜还主编了天津的《民国日报·文艺》副刊。这可视为朱光潜为京派开辟的又一块园地。只不过它的影响远远比不上《文学杂志》。朱光潜主持的这一系列活动,创办的这些刊物,连同他那么多理论批评文章,使他成为京派里最权威的理论家,就像胡风是"七月派"里最负盛名的理论家一样。

正当朱光潜等京派作家雄心勃勃重振京派的时候,抗战全面爆发了,北大、清华的大批学者南下长沙的国立临时大学、昆明西南联大。而受四川大学校长张颐之邀约,朱光潜来到成都,出任四川大学文学院院长兼史学系主任。他首先加入了"文协",与友人一道成立成都"文艺界联谊会",还与何其芳、卞之琳、方敬等一起出资办了《工作》半月刊。当何其芳、卞之琳去了延安后,朱光潜曾经给他们去信表示愿意去延安,但一直没有收到他们的回信。在此期间,国民党想撤换川大校长,朱光潜以维护教育自由为名,组织发起了"易长风潮"。正在风潮浪尖上的朱光潜此时接到了周扬从延安写来的信,诚邀他去延安"参观"。而时任武汉大学文学院院长的陈西滢则邀请朱光潜去乐山武大中文系任教。随后,朱光潜担任了武大中文系主任、教务长。朱光潜常常以当时没有去延安为终身憾事。在武大教书期间,他为国民党的《中央周刊》写了两年的稿子,后来结集出版为《谈文学》和《谈修养》。

---

① 朱光潜:《我对本刊的希望》,《文学杂志》,1937 年 5 月 1 日创刊号。

新中国成立前夕,作为明智的"政治美学家",朱光潜没有选择去台湾,而是留了下来,同时,在思想上不断改造自己。1949年11月27日《人民日报》发表朱光潜的《自我检讨》,对自己过去所受的旧式教育以及欧美式的民主自由主义进行了清算,在思想上、行动上都倾向于马克思主义。1957年5月19日《文艺报》发表朱光潜的《读〈在延安文艺座谈会上的讲话〉的一些感受》。他认真校对已经被翻译成中文的马克思主义经典文本,并把其中误译之处集中记录下来寄给中央有关部门。他参加全国文联和全国政协后,常有机会参观访问全国各地,他的思想发生了巨大变化,在1957年至1962年全国范围的关于美学问题大讨论中,朱光潜边参加讨论,边学习,边改造,进行了"挖祖坟式的检讨",认为"美是社会意识形态性的","美是主客观的统一"。朱光潜的论争文章被编入《美学批判论文集》,1958年由作家出版社出版。朱光潜在《作者自传》中写道:"我在高级党校讲了三个月的美学史,前此北大哲学系已成立了美学组,把我从西语系调到了哲学系,替美学组训练一批美学教师,我讲的也是西方美学史。1962年召开的文科教材会议,决定大专院校文科逐步开设美学课,并指定我编一部《西方美学史》。于是我就在前此讲过的粗略讲义和资料译稿的基础上编出两卷《西方美学史》,1963年由人民文学出版社印行。"①《西方美学史》是朱光潜新中国成立后出版的最重要的一部著作,是我国学者撰写的第一部美学史著作,是中国第一部系统阐述西方美学历史的著作,代表了中国研究西方美学思想的水平,具有开创性的学术价值。迄今为止,它仍然是我国最高水平的"西方美学史"教材,对我国美学教育与研究的长足发展功不可没。

1966年,朱光潜被"四人帮"打成"资产阶级反动学术权威"。在极端恶劣的政治环境下,他以惊人的毅力完成了110万字的黑格尔《美学》三卷的翻译。朱光潜也是我国现代著名的翻译家。他熟练掌握英、法、德、俄语。他既

---

① 朱光潜:《作者自传》,《朱光潜全集》第1卷,合肥:安徽教育出版社,1987年版,第8页。

反对像鲁迅那样的"直译"(死译),又反对像林纾那样的"大胆"的"意译"(误译),主张兼顾"直译"与"意译"。几十年来,朱光潜以信、达、雅为准则,翻译了300多万字的作品。其中,对黑格尔《美学》的翻译,为他赢得了巨大的声誉。此外,他还翻译了爱克曼的《歌德谈话录》、莱辛的《拉奥孔》、克罗齐的《美学原理》、路易哈拉普的《艺术的社会根源》和《柏拉图文艺对话集》等。这些翻译均被誉为"有学术价值的翻译"。粉碎"四人帮"后,朱光潜先后出版了《谈美书简》和《美学拾穗集》。

关于现代文学,尽管朱光潜肯定了诸如沈从文的"边情小说",戴望舒诗歌的"单纯""清新""美",废名诗歌的禅道风味,冯至诗歌融情于理、时有胜境等的新文学成就,以及白话文运动的不亚于民主政体之建立的"突变"意义,但是总体上他并不满意新文学,认为至今还没有出现"划时代的伟大作品",而且,旧形式破坏了,新形式还未建立,新文学潜藏着"危机"。

朱光潜一生走着一条由文学而心理学而哲学而美学的道路,学贯中西,著述甚丰,影响巨大。安徽教育出版社出版了《朱光潜全集》,共20卷,700万字。他还历任全国政协委员、常委,民盟中央委员,中国美学学会会长、名誉会长,中国作协顾问,中国社科院学部委员。

第七编　当代安徽文学

第一章　五彩斑斓的当代安徽文学

安徽的当代文学,是在比较薄弱的基础上起步的。因为五四以来崛起的皖籍作家,几乎没有什么人留在安徽本土,大都在京津沪乃至海外拓展自己的事业,而在解放区或部队入皖干部中,虽有一些人曾经或正在从事文学创作,但一时间难以形成大的气候。1949年12月成立皖北文艺工作者联合会,1950年9月成立皖南文联筹委会。1952年8月,皖北、皖南两行署合并成立安徽省,1954年6月成立了安徽省文艺工作者首次代表大会筹委会,在戴岳的主持下,先后将陈登科、鲁彦周、严阵等一批崭露头角的文学青年聚合起来,同时又创办了文艺期刊《安徽文艺》,1954年12月召开安徽省第一次文代会,正式成立了安徽省文学艺术界联合会。

安徽当代文学在全国打响的第一炮是陈登科的长篇小说《活人塘》。原作发表于1950年由赵树理主编的《说说唱唱》文艺杂志。它一问世便立即引起国内文学界的极大重视。赵树理热情地向读者推荐,周扬高度评价这本书是"生活本身在说话"。此后他又写出了《杜大嫂》《淮河边上的儿女》《破壁记》《三舍本传》等,他的代表作则是"文革"中遭到反复批判的《风雷》。《风雷》是中国当代长篇小说中的精品力作。

与此同时,以短篇小说《云芝和云芝娘》步入文坛的鲁彦周,却以独幕话剧《归来》,获全国首届话剧会演剧本创作一等奖,饮誉全国。此后,他将自己创作的黄梅戏剧本改编成电影剧本《凤凰之歌》,搬上银幕后,引起了很大反响。新时期他的中篇小说《天云山传奇》堪称经典。这部小说在中国文坛上引起很大的震动,他将这部小说改编成电影放映后,影响更大。鲁彦周是一位孜孜不倦的作家,他晚年的《双凤楼》《梨花似雪》仍在努力探索,同时在电影、戏剧领域也多有建树。他的文学实践,证明他是一位人民的作家。在电影文学创作中,吕宕的《林则徐》轰动全国。诗歌领域中第一个冲出安徽走向全国的是方君默,他的民歌体长诗《夯歌》,经由诗人田间推荐在1952年

1月9日的《光明日报·收获文艺周刊》上全文发表。此后不久,严阵在安徽诗坛脱颖而出,他的《老张的手》(发表于《人民文学》)一出手,便以一股刚健、清新、明快、优美的诗风,引起全国诗坛的关注,《长江在我窗前流过》《琴泉》《江南曲》等诗集的出版,使他在全国诗坛引人瞩目,新时期的长诗《山盟》、《含苞的太阳》产生过广泛的影响。严阵的散文也清新明丽。贾梦雷(笔名田上雨)也是在大致相同的时间登上诗坛的。他歌颂合肥新貌的诗《合肥,我的城市》,热情洋溢,节奏鲜明,寄托着诗人对祖国的一片眷恋和敬意。

在中、短篇小说方面,安徽的专业和业余作家,也以多篇优秀佳作显示了他们的才华。吴晨笳的《互助组的故事》是安徽本土小说作家最早发表在《人民文学》上的力作;耿龙祥的《明镜台》更以艺术上的高度凝练和思想上的批判力度,令许多小说名家赞不绝口,它在《人民文学》上作为头条刊出,引起了一阵轰动效应。曹玉模的《两朵红花》《芦鸭飞来》都是很有生活实感又富情趣的短篇佳作。在这一时段内还有王有任的《卖散工》、孙坂的《再嫁》、边子正的《鞋》、孙君健的《老板和老板娘吵架》等一批引起广大读者关注的小说作品。

安徽当代文学的初创期是很有成效的,出了人才,出了作品,在全国当代文坛取得了一定声誉,产生了一定影响,并在实践中自然而然地由初创阶段过渡为成长阶段。

然而,1957年,反"右"运动的扩大化,使正在蓬勃兴起的安徽文坛遭受严重挫折,一些正在成长中的青年作家,被网进了所谓的"戴岳反党集团"之中,被错划为"右"派,送往农场劳教或劳动。

鉴于专业创作骨干元气大伤,有关部门陆续从外地调进一批创作专业人员,基本上以换一套人马的方式,重新开创当代文学的新局面。1960年2月,安徽省召开了全省第二次"文代会",选举赖少其为主席,钱丹辉、陈登科、那沙、余耘为副主席。同时成立了中国作家协会安徽分会,选举钱丹辉为主席,陈登科、那沙为副主席,从而完成了新体制的建设。

1962年春,全国话剧、歌剧、儿童剧创作座谈会在广州召开,周恩来总理和陈毅副总理在会上发表了重要讲话,对文艺领域工作中的某些不当做法提出了批评和匡正,此前又有《关于当前文学艺术工作的意见(草案)》即《文艺八条》下达,省内文艺界部分被错打错划的人得到了平反,人们的精神又有所振作,当代文学创作和理论批评都得到恢复和发展,有些方面甚至呈现出相当活跃之势。江流的中篇小说《还魂草》的问世,引起省内创作界和理论界的高度关注,也引起了激烈的争论。粉碎"四人帮"后,江流陆续发表了报告文学《春到皖东》和小说《龙池》等,深受读者喜爱。

20世纪60年代初,人民文学出版社上海分社的"萌芽丛书",出版了安徽作家孙肖平的《前站》、肖马的《哨音》、沙丙德的《彩色的田野》;海涛在安徽出版了《红高粱》;菌子、李纳发表了一系列短篇小说;老作家于寄愚(笔名杨书云)连续发表了《石头奶奶》《松子》等短篇力作;谢竟成则推出了两部中篇儿童小说《苗儿青青》和《奇怪的舅舅》。

在诗歌方面,那沙继《英雄岩》后又出版了抒情诗集《你早啊,群山》,老诗人玛金出版了《彩壁集》,新崛起的年轻诗人如绥民、刘祖慈、张万舒、姜秀珍等,也都以多彩之笔,为安徽的当代诗歌创作奉献了自己的力量。其中张万舒发表于《诗刊》的《黄山松》,气势磅礴,诗句铿锵且富有张力,成为传诵一时的名作。姜秀珍的《山歌唱到北京城》是一部叙事抒情交织的长诗,形象鲜活,感情强烈,诗句优美,地方风味极浓,读起来朗朗上口,不少场面写得撼人心弦。她在北京曾被周恩来总理誉为安徽的"刘三姐"。另一位民歌手殷光兰也以《一支笔》等优秀诗章,受到读者欢迎。

正当全省的文学在恢复中得到较好发展的时刻,国内政治生活又发生了急剧变化,"北戴河会议"后再一次强化阶级斗争观念,并把"反修"列为政治思想领域的首要任务,文艺界成了防范和批判的主要对象。菌子的短篇小说《父子》,仅仅因为涉及了亲子之情就遭到了批判。那沙的多幕话剧《这里也是战场》(原名《毒手》)参加华东话剧观摩汇演,因为剧中写了一个被资本家用金钱、美女拉下水的中下层党员干部而犯了大忌,柯庆施看了一半戏就拂袖而去,且以这个戏"在暴露敌人的同时暴露了自己"为由,禁止其参演。与此同时,那沙发表在《安徽文学》1964年第1期上的《在省文联二届二次委员(扩大)会议的报告》,因其中有加强党的领导要注意运用"社会方式"之类的话语,便被视为反对党的领导,二罪并罚。这时《还魂草》又被重新提了出来,不是争论,而是批判,一时间形成了安徽文坛上有名的"《毒手》《报告》《还魂草》三大要案"。在经受报刊围剿的同时,文艺界又经历了旷日持久的"文艺整风"(后改称"四清")。"四清"结束后,一些主要作家举家迁往各地安家落户,其他人则下乡去参加"四清",直到"文化大革命"席卷文艺界,各路人马才重新回到原单位来接受"洗礼"。

"文化大革命"十年,许多作家、艺术家被打入"牛棚",强制劳动改造,有的以莫须有的罪名被判刑,有的被迫害致死,他们的作品被诬为毒草而横遭批判。这十年是作家被迫封笔的十年,自然也是安徽当代文学停滞的十年。

陈登科被江青点名为"国民党特务",此时安徽文坛最受全国瞩目的也可以说最轰动全国的事件是揭批陈登科的长篇小说《风雷》。这部本来是反映农村生活的小说,由于它真实地展现了农村各种人物、各种干部的生存状态以及错综复杂的阶级渗透,可读性又强,曾被一些"四清"工作队看中,认为它有助于认识农村形势,所以就一人发了一本让大家看。但江青一伙却硬说《风雷》是"为刘少奇树碑立传"的黑书,是污蔑党、攻击社会主义制度的黑书,也是昭示陈登科特务罪行和特务心理的黑书,于是组织长篇大论在《人民日报》等报刊连篇累牍地开展批判,安徽更是召开全省广播大会批《风雷》,可见其声势之大,发动之广。这是对文学极其严酷的摧残。

"文化大革命"制造了当代文学的空白期,但作家的脑子却不是空白区。他们面对国家民族的灾难进行了思考,重新认识过去,重新认识自我,重新设想未来。从某种意义上说,这正是"反思文学"的源头。

"四人帮"的覆灭,中共十一届三中全会及全国第四次"文代会"的召开,营造了意识形态的良好宽松氛围,迎来了文学艺术的春天,安徽当代文学的发展从此步入黄金时代。

新时期的当代文学是以全新面目走上文坛的。在安徽为这种新文学扫清道路的是文艺思想上的彻底拨乱反正和对若干理论原则的重新思考、重新认识和重新定位。安徽的文艺理论队伍,最早站出来全面系统地对"四人帮"阴谋文艺理论体系进行了"全面揭、逐个批、重点打、破中立"的深入批判,对"四人帮"所树立的阴谋文艺样板、所扶持的帮刊,特别是对法西斯文化专制主义,安徽文艺理论工作者是"打了第一枪"和站在斗争前列的。对于"四人帮"所盗用的"两个批示"和文艺为政治服务的提法问题,安徽的理论界也较早提出重新认识。同时安徽理论界还是粉碎"四人帮"后最早发起内部争鸣的榜样。由于上海某大报发表的《评反革命两面派姚文元》长篇论文中,在立场上、立论上、例证上都存在突出错误,《安徽文学》便发表了署名李文群(苏中)的《一个值得注意的问题》,严肃指出不能用"四人帮"的观点批"四人帮",不能为批姚文元拉上一批优秀作家陪姚挨批,更不能把姚定性为"亦步亦趋追随周扬"的两面派、墙头草,不能在拨乱反正中制造混乱。此文被视为当时的第一个争鸣声音。之后,针对北京某杂志发表的一组抹杀中共十一届三中全会伟大划时代意义的文章,雨东(段儒东)以《一个值得注意的原则问题》为题,在《文艺报》上发表了针锋相对的批评,并在全国引起了广泛讨论。

　　文艺思想上的拨乱反正,大大促进了作家的思想解放,也唤起了他们的创作热情,与时代思潮相适应的所谓"伤痕文学"应运而生。张弦的短篇小说《记忆》和《被爱情遗忘的角落》分别获 1979 年度和 1980 年度全国优秀短篇小说奖。葛广勇的《解英瑶》和祝兴义的《榴火》《抱玉岩》《杨花似雪》便是较早出现的反映"文化大革命"期间人民悲苦命运的较为出色之作。稍后,乔浮沉的《松涛篇》、王余九的《窗口》在叙述那段历史中人物的不幸命运时,则更多着眼于人物形象的丰满性和人物性格的真实性,以形象打动读者而不是以事件说明作品的立意。曹玉模的《笑面女》从一个非常独特的角度,刻画了一个女人身心的伤痕,读来令人心碎。徐瑛的《并非英雄的故事》情节奇异,结局突兀,闹中藏悲。这些作品加强了形象塑造的力度,摆脱了一般性控诉,使作品的思想分量有所增强。

"伤痕文学"之后的"反思文学",具有更高的思想水准和艺术水准,它们为中国当代文学史增添了极其光辉的一页,为当时的读者输送了一大批精美的精神食粮,也为后代留下了一大笔高档的精神文化财富。就安徽而言,鲁彦周的《天云山传奇》等系列中篇小说,在文艺界和读者中产生过广泛影响。刘克的《飞天》、肖马的《钢锉将军》《纸铐》等中篇小说,都是属于当时全国性的名篇力作。稍后,完颜海瑞的历史长篇小说《天子娇客》《魂兮归来》,也引起文坛的关注。

在多元、多样文学日益活跃的大背景下,安徽的青年作家群体,一茬接一茬地走进了当代文坛。其中较早的一批佼佼者有潘军、王英琦、熊尚志、梁小斌等,随后又陆续涌现了陈所巨、季宇、许辉、许春樵、潘小平、梁如云、陈源斌、李平易、钱玉亮、蒋维扬、沈天鸿等新秀。他们不仅壮大了安徽当代文学的队伍,而且以内容深厚、风格迥异、手法新颖、文采斐然的众多作品,为安徽当代文学增添了可贵财富。潘军的睿智和先锋意识,使他的创作充满新意,他的小说《重瞳》《秋声赋》《死刑报告》《纸翼》等,无疑都是小说史上的名篇;许辉慢条斯理的叙述,使他的作品别具特色,他的小说《碑》《焚烧的春天》《夏天的公事》,是那样耐读,那样令人难忘;季宇的主人公内心探秘,使他的作品倍觉厚实,他的小说《猎头》《新安家族》等,都为安徽文坛赢得了良好的荣誉;许春樵的创造力和自信的状态,在他的作品中体现出来的是阳刚之气,他的小说《放下武器》《男人立正》《酒楼》等,在中国当代优秀长篇中,也毫不逊色。熊尚志的山乡情,李平易的徽州味,陈源斌的皖东区域文化风,各有千秋。黄复彩、裴章传、郭明辉、张子雨、钱玉贵、贾鸿彬等人的创作也引起了读者的关注。

文学的多样发展,在安徽的长篇小说领域也有独特的显示。石楠的传记小说系列,刘先平的大自然探险小说系列,都各具特色,各有新意。石楠的《张玉良传》发表后引起的轰动是不多见的,20多家报纸连载,20多家电台连播,数十篇评论文章问世,使其成为当时文坛的一个突出的文化热点。此后,她又继续捧出了《寒柳》等多部新作,从而获得了"才女写才女"的美称。刘先平的大自然文学系列,在儿童文学中别树一帜,引起了文艺界的关注。

显示安徽文学多样特色的,还有严阵的诗体长篇《山盟》,它以12000多行长诗组成一部跨越几十年历史长河的有人物、有故事的小说,在形式上很有独创性。

韩瀚的《同窗》以丰富的文化内涵、众多活生生的儒林人物群像,显示了作家多能、多知的才华,对某些心灵扭曲人物的刻画,更表明作家对其描写对象所知的深与透。

张锲的《改革者》和鲁彦周的《彩虹坪》等则是分别描绘城市和农村改革历程的画卷。

陈登科的《三舍本传》,俨然是《风雷》的姐妹篇。他依然把淮北乡镇民风民俗写得真真切切,依然把那些下层小人物写得鲜活如生,依然是故事跌宕,依然是正气浩然。"左"的思潮对人的异化,人祸天灾对老百姓的折磨,都在作家直面人生的笔触中真实地流淌出来。

新时期的安徽诗歌,同样有重大发展和突破。特别是在80年代前期,它既有蓬勃之风,又有多采之姿,复有多情之笔,更有多才之士,真可谓占尽风情,故被誉为安徽诗人的"井喷期"。1981年全国诗歌评奖,在全部获奖的35人中,安徽占了6人:公刘的《仙人掌》、韩瀚的《重量》、刘祖慈的《为高举的和不举的手臂歌唱》、梁小斌的《雪白的墙》、梁如云的《湘江夜》、张万舒的《八万里风云录》。那时的安徽诗坛,在全国诗界同行的眼中,确实是人才济济、诗才横溢之地,老中青三代诗人,都各领风骚,佳作连篇,共同鸣奏了时代的佳音妙曲。公刘、韩瀚加盟于安徽诗坛以及老一代诗人重新焕发青春,振奋了诗坛也推进了诗歌创作与时代步伐的紧密结合,部分年轻诗人受到西方现代主义的影响,诗歌创作有了新的思维和探求。

诗人公刘入皖后,很快推出《仙人掌》《离离原上草》《尹灵芝》等多部诗集,他的诗凝重浑厚、意境深邃,以大手笔、大气度、大才力书写大时代,对现实,有深爱也有忧思;对生活,有激情也有愤懑;对美的颂扬、对丑的鞭挞和对善的礼赞,时时伴随着他的人生,也时时伴随着他的诗。

刘祖慈在这一期间显示了十分旺盛的创造力。在他的诗集《年轮》《我们是大运河的子孙》《五彩梦》《问云集》中所收录的诗章,都是他在新时期写下的为新时代而歌唱的阳光奏鸣曲,他以热情激励人,也在热情中燃烧自己,让读者从诗中可以窥见诗人的心灵。

海子、徐子芳、贺东久、时红军、沈天鸿、杨键等人的诗歌、歌词,犹如鲜花盛开,给人以清新美好的享受。

旧体诗词在安徽诗坛一向有深厚传统,进入新时期之后省内诗社林立,参与者众多,吟咏唱和不断,《安徽吟坛》《炳烛诗书画》《太白诗刊》等专刊不定期出版,不少市县乃至乡镇亦有不定期的刊物刊登旧体诗词。张恺帆是一位老革命家,也是一位旧体诗词名家,他在多年的革命斗争中,留下许多脍炙人口的诗章。徐味是长于诗、宋亦英是长于词的两位高手,他们旧体诗词功力深厚,格律严谨,诗艺精湛,写出了大量广为流传的诗篇。刘夜烽的诗词深沉凝重,丁宁的诗词精雕细刻,老红军黎光祖的诗词热情奔放,以及宛敏灏、张涤华、吴孟复、祖保泉、冒效鲁等人的旧体诗词,也都给人留下深刻印象。尽管旧体诗词界老人居多,但他们都是人老笔不老,发白诗不白的热血诗人,深信旧体诗坛词苑会越来越热闹。

散文、报告文学、杂文在新时期的发展,也是令人振奋的。散文园地是一块老中青作家都来耕耘并且都有建树的园地。公刘、鲁彦周、江流、韩瀚、刘祖慈、严阵、贾梦雷、白榕等都有大量佳作问世。女作家王英琦出手不凡,她很小就走南闯北,有点风风火火的野劲儿,这使她开阔了视野,丰富了选材领域,也增进了她体验人生的阅历,并为她开垦散文热土打下了良好基础,从《热土》《情到深处》到《我遗失了什么?》,她的文风和立意都有明显变化,思辨色彩日浓。年轻的散文作家赵焰、闫红等人,也以他们的聪明才智,创作了不少为读者所称道的佳作名篇。报告文学是文学的轻骑兵,当凤阳的"大包干"悄然实行尚未得到完全认可的时候,江流等一批作家便先后深入小岗村及皖东许多乡村采访,并写出《春回皖东》(江流)、《重新飞起的凤凰》(刘祖慈)、《笑容》(徐子芳)、《凤凰展翅》(温跃渊)等十余篇报告文学,系列性地向广大读者宣示了"大包干"这一新生事物崛起的必然性、合理性和它的生命力。特别是江流的《春回皖东》在全国引起了很大反响。张锲的《热流》,以全景式的大特写手法,为农村改革发出热情洋溢的强音,对改革的先行者们倾吐了由衷的敬意。活跃于报告文学领域的,还有陈桂棣、高正文及许多业余作者,他们崇实秉笔的求真精神,他们勇于支持正义的批判精神,都为他们在文坛留下美名,当然他们的作品也为我们留下了财富。

杂文在安徽一直很活跃,早在"文化大革命"前就有江流、黎洪、邹人煜(紫千)、李冬生、万绳南、方铭、黎佳等人经常在报刊上发表一些"带刺儿"的文章。新时期以来,杂文更加兴旺起来,并有一大批有志之士加盟这个队伍,公刘、梅桑榆、淇篁、唐先田、方遒、草萌等等都是既有思想锋芒又讲究艺术文采的杂文作家,针砭时弊的匕首式杂文仍然是当前杂文创作的主体,特别是在经受商品大潮的冲击,社会道德出现危机、腐败现象多发的情形下,杂文显得更加为广大读者所欢迎,也更为社会所重视。但与此同时,书卷气的知识杂文、感悟人生的修养性杂文、聊天式的休闲小品,也都有相应的发展,从而扩展了杂文的社会功能及读者涵盖面。

前面曾经提及安徽理论界在新时期初的积极作为,不过他们并没有停步在拨乱反正那一阶段。随着形势的发展,他们很快就转入了对作家作品的关注,对创作及理论面临新问题的关注。当代文学评论和当代文学创作是同步并进的。积极参与这方面活动的评论家有苏中、张禹、沈敏特、梁长森、胡永年、余昌谷、段儒东、唐先田、钱念孙、王宗法、王达敏、赵凯等等。他们一方面敏锐地关注全国文坛重大理论争议并积极参与,另一方面对安徽作家的创作成果进行建设性的研讨和评论,热情地支持安徽创作的健康发展。段儒东、胡永年、唐先田、余昌谷等人都十分关心本省青年作家和他们的创作趋向,一面积极支持,一面又提供建设性的思考,使双方成为共同事业的朋友。

在谈及安徽当代文学的发展时,还应当高度评价文学期刊的作用。从《皖北文艺》到《安徽文学》的发展过程中,各时期的文学期刊,一方面作为当代文学的基本园地推出了各个时期的代表性作品;另一方面又把发现新人、推出新人、扶植新人作为工作重点,向文坛输送了一代又一代文学新军。在新时期,刊物不但坚持了固有的良好传统,且在拨乱反正、突破创作禁区、荡涤文艺领域里的极"左"流毒,在推动学术思想争鸣等方面做了大量工作,在省内外引起较大反响。为适应文学事业发展的需要,安徽又先后创办了《清明》《安徽文学》《诗歌报》《传奇传记文学选刊》《百家》《太阳》《作家天地》《希望》《未来》《大江》《法制文学选刊》等杂志。大型文学期刊《清明》多次推出在全国引起重大反响的精品,《安徽文学》则是省内作家最美好的园地,《诗歌报》广泛团结了新生代诗人,一些地市文学期刊也各具自己的特色。一大批默默耕耘的文学编辑,甘于奉献,热心助人,敬业爱岗,他们与作家、理论家及组织工作者一起,积极开展文学活动(如黄山笔会、淮河笔会、改革文学创作座谈会等全国性的文学活动),努力推动文学创作,为共同繁荣安徽当代文学事业做出了杰出的贡献。

安徽当代文学已走过六十多年历程,跟着时代的步伐,留下了许多作品,也留下了不少经验和教训。党和人民在新时期给了文艺家以极大的支持和鼓励,也赋予了他们极其崇高的光荣使命,未来的安徽当代文学,必然会与人民结合得更好,与时代结合得更好。

第二章　当代安徽文学四杰：
陈登科、公刘、鲁彦周、严阵

第一节　陈登科奇特坎坷的创作道路

陈登科(1919—1998)，江苏涟水人，中共党员。1950 年毕业于中央文学研究所。1940 年参加涟水县抗日游击队，历任《盐阜大众报》、新华通讯社合肥分社记者，安徽省文联副主席，中国作协安徽分会主席，《清明》主编，中国作协第三、四届理事，中国文联第四届委员，中共八大代表，全国第三、五、六、七届人大代表。著有中长篇小说《杜大嫂》《活人塘》《黑姑娘》《雄鹰》《淮河边上的儿女》《移山记》《风雷》《赤龙与丹凤》《破壁记》(合作)、《顾祝同外传》《三舍本传》(第一、二部)，短篇小说集《百岁图》，散文集《坎坷集》、《俯仰集》，电影文学剧本《柳湖新颂》、《卧龙湖》(合作)、《风雪大别山》(合作)、《柳暗花明》、《徐悲鸿》(合作)等。

一、传奇经历

陈登科是中国当代文学史上富于传奇色彩的作家，他从初识几个字到著名作家这一神奇转变的经历被称为"陈登科现象"。而他从文盲到作家的坎坷经历，至今仍被澳大利亚等"陈登科研究会"乐此不疲地进行研究，澳大利亚文学工作者欧文柏以研究陈登科作品的论文而获博士学位。

1919 年陈登科出生在江苏省涟水县上营村的一个贫苦农民家庭。由于食不果腹，他一直到 12 岁才进私塾并开始有了自己的名字。然而少年的陈登科却对读书没有兴趣，在校表现令父母和私塾先生大为失望，加之极度贫困生活的困扰，使得他仅读了两年书之后便离开了学堂。

1940 年，陈登科参加了抗日游击队，一边英勇杀敌，一边在战火中学习文化，练习写墙报稿子，1942 年在《盐阜大众报》记者的鼓励帮助之下，他的

第一篇60多个字的通讯稿《鬼子抓壮丁》在报纸上登出来了,并署了他的名字,他十分激动,这也是他走上文学创作道路的开始。1946年陈登科开始在解放区的报纸(如《新华日报》驻淮阴副刊、《苏北日报》副刊等)上发表散文(如《孩子们》)、报告文学(如《铁骨头》)等作品。陈登科在一篇回忆文章《同志·战友·老师——忆钱毅》中,动情地叙述了《盐阜大众报》地方版编辑钱毅如何手把手地教他写稿的动人情景。1948年他创作了以洪湖地区革命斗争为背景的第一部中篇小说《杜大嫂》。小说以白描的手法、质朴的语言叙述了一个农村妇女(杜大嫂)成长为革命战士的过程,出版后受到了读者的热烈欢迎。同年秋,又以涟水保卫战为背景创作了第二部小说《活人塘》,于1951年发表。在文学研究所学习期间,他又写了第三部小说《淮河边上的儿女》。这三部作品均取材于革命战争年代的生活,再现了血与火的残酷斗争,以其对祖国、人民血肉相连的深厚感情和独具特色的艺术风格,受到广大读者的喜爱,使陈登科在读者中和文艺界受到了重视。

《活人塘》是陈登科的成名作,小说中的活人塘是老百姓给苏北新河集封建地主恶霸孙在涛所住的大楼取的名字。孙家世代统治着新河镇,奴役、害死了很多的穷人。1942年,新四军到来后赶走了孙在涛,并在这里成立了人民政府。1946年秋,当蒋介石发动内战的时候,翻身的农民自主组织起来保卫自己的家园。在新河集阻击战中,新河集人民在艰苦卓绝的斗争环境中保住了解放军刘根生。此后,刘根生带领新河集人民,历尽千辛万苦终于取得了最后的胜利。新河人民也最终走出了活人塘。作者在卷首歌谣中写道:

新河集,两尖芒,

中间有个活人塘。

有钱没钱拖进去,

打个票子到麦黄。

有房有地就典卖,

无田无地拖进塘。

寡妇讹住去改嫁,

姑娘留住当偏房。

无数穷汉年不过，

多少伢子无爹娘。

那日太阳门前过，

死人跳出活人塘。

"那日太阳门前过，死人跳出活人塘"，形象地写出了正是中国共产党让无数受尽封建地主恶霸欺凌的穷苦农民翻身做了主人，摆脱了千百年来被统治阶级强戴的枷锁。《活人塘》作为一部歌颂军民血肉关系的现实主义力作，一出版便轰动了新中国成立之初的中国文坛。《活人塘》的发表归功于著名作家赵树理的独具慧眼，赵树理不但选中这篇小说，而且还写信给田间、康濯等当时的知名作家，大力推荐这部作品并要求他们撰写评论文章向公众介绍这位新起的工农作家。1951年《人民日报》发表康濯的评论文章《陈登科和他的小说》，全面介绍陈登科和他的两部小说《杜大嫂》和《活人塘》。康濯认为："小说朴实、自然地描写了解放战争初期的情况……一切惨烈无比的甚至很难用文字表现的场面，作者都大胆地展开来，色彩浓烈，气势大，使我们完全感受到当时中国人民严重的情况和战争的情景……两部小说应该说就是那个时代的真实的艺术记录，像这样的作品实在还不多见。"不久，周扬又在《文艺报》上以十分热情的语言，肯定了陈登科的创作："写出了劳动人民的强烈的真实情感和力量。在他的作品中，简直不是作者在描写，而是生活本身在说话。生活本身就是那样一场惊心动魄、天旋地转的斗争风景。"[①]陈登科的《活人塘》不仅在国内好评如潮，而且还被译为英、日、法、德、俄等十几种文字在国外出版，从而奠定了他在中国当代文学史上的地位。

《淮河边上的儿女》是陈登科的又一部长篇小说，规模宏大、人物众多、情节复杂。由于作品所描写的内容都是陈登科所亲历过的生活情景，其人物

[①] 转引自鲁彦周、苏中：《生活本身在说话——陈登科的小说世界》，《清明》，2001年第5期。

也都是他十分熟悉的战友和亲人,因此他仍能运用"生活本身在说话"的叙述方法,将故事和人物都写得真真切切而又鲜活生动,比之《活人塘》,它在更广阔、更复杂的背景下,真实而具体地描写了解放战争最激烈时期的一段惊心动魄、可歌可泣的历史斗争。作家怀着强烈的爱憎,朴素地描写了那场斗争的严酷、惨烈和悲壮,以昂扬的崇高感赞誉着无产阶级英雄人物,又以强烈的仇视和蔑视之笔,描写了敌人血淋淋的残暴和叛徒的可耻堕落。从内容、表现手法看,这部小说可以说是《活人塘》的姊妹篇,是同一个地区(淮河岸边)、同一个时间(解放战争)发生的不同战争故事。然而,经过几年刻苦锻炼,从小说的结构、语法修辞看,《淮河边上的儿女》已达到了专业作家的创作水平,不过从《活人塘》到《淮河边上的儿女》,"表明陈登科的'生活本身在说话'仍是处于初级阶段的自在状态,他一方面能够再现生活的本原面貌,另一方面又缺欠艺术上的提炼和再创造,故难免有堆积素材之嫌"①。可以说,正是从那时起,让"生活本身在说话"逐渐成了陈登科文学作品中一个鲜明而又不可或缺的个性,并贯穿了他一生的文学创作。

新中国成立后,陈登科深入生活,刻苦努力,创作了以社会主义革命和建设为题材的多部作品。中篇小说《黑姑娘》歌颂了治淮战士的忘我工作精神。而于1958年出版的《移山记》是陈登科第一部规模宏大的长篇小说,也是新中国第一部宏观描写水利建设中的路线斗争、思想斗争和表现建设者们的艰苦奋斗历程及英雄主义精神的长篇小说。小说无论是对社会生活的概括,对人物形象的塑造,还是作品主题思想的深度和广度,都比过去的作品有明显的发展和提高。更重要的是,作家在小说中已经开始关注人民内部的矛盾这一敏感的主题了,这足以显示出陈登科非凡的勇气和对生活敏锐的洞察力。然而可能由于涉及了一些新的题材和新的生活领域,陈登科在这部小说中的驾驭能力稍显不足,艺术表现也有一点生涩,更主要的是由于当时社会

---

① 鲁彦周、苏中:《生活本身在说话——陈登科的小说世界》,《清明》,2001年第5期。

政治运动的影响,小说不自觉地表现出迎合主流话语需要的倾向,可以说是思想性大于艺术性,在读者中的反响并不是很强烈。不过还是应该承认,陈登科的这种创作理念固然是革命的需要,但也是他心中对党、对人民的那份真挚情感的由衷迸发。

1957年的反"右"派运动,文艺界是重灾区,陈登科在中央文学研究所学习时,丁玲是所长,对他特别关照,经常给他讲解文学创作方面的知识,文艺界都知道他是丁玲的得意门生,丁玲被打成"右"派,陈登科也早就被盯上了,加上他在《江淮文学》上发表短篇小说《爱》和《第一次恋爱》,受到当时省委宣传部几位负责同志的批判,陈登科的"右"派帽子眼看就要被戴上了。在这关键时刻,是周扬出面找了安徽省委的负责人说:"陈登科我了解,是个老实人,工农干部出身,党培养起来不容易,有点错误帮助他改正就是了。"这样才得以幸免。

从1958年开始,陈登科到安徽淮北农村生活和访问,陆续创作了电影文学剧本《柳湖新颂》、《卧龙湖》(合作)以及表现大别山土地革命时期斗争的电影文学剧本《风雪大别山》(合作)和短篇小说集《春水集》等。就这样,他由一个几乎连自己名字都写不完整的青年农民、新四军战士逐渐走上了知名作家的创作道路,成为全国著名的由中国共产党一手培养的工农作家。应该说,陈登科在这一阶段的创作是自身情感的一种由衷宣泄,是对新政权、新国家及其缔造者中国共产党的歌唱,是沿着毛泽东《在延安文艺座谈会上的讲话》以来一直倡导的文学为工农兵服务的方向努力实践的。

二、冷暖《风雷》

长篇小说《风雷》(原名《寻父记》)是陈登科最具影响力的一部作品,其具有鲜明的时代印迹。当历史进入20世纪60年代时,中国国内阶级斗争的浪潮不断高涨,反映农村阶级斗争的小说大量涌现,陈登科的《风雷》便是在这种时代背景下应运而生的,这部小说带给了作家陈登科无限的荣辱,也在他的命运中产生了巨大的变化与磨难。《风雷》的创作是陈登科对当时的社会发展进行深入思考的结晶,他早在 1956 年就开始酝酿,1958 年冬开始结构,1959 年底动笔,1960 年 5 月底完成初稿,1963 年由《人民文学》发表《风雷》1—6 章,从第 7 章起转在《安徽文学》12 月号连载,1964 年 5 月《风雷》第一部分上、中、下由中国青年出版社出版发行,这是继柳青《创业史》后风靡全国的又一部优秀的长篇小说,给当时的文艺界带来了一股新风。

小说集中反映了中国农业合作化时期农村地区错综复杂的斗争。作者通过共产党员、复员军人祝永康领导群众改变黄泥乡落后面貌的故事,展现了 50 年代安徽淮北农村很富有时代气息和地方色彩的生活风貌。故事情节主要由两条矛盾线索组成:一是黄泥乡贫下中农和富农分子黄龙飞及投机倒把分子杜三春、黄三等人的矛盾,这是敌我矛盾,表现为争夺乡、村基层政权的斗争:黄龙飞等人竭力要把基层政权中的优秀分子如任为群那样的人赶下台去,并进一步图谋把新上任的区委第二书记祝永康从黄泥乡赶走,以便利用农村灾荒继续进行他们的粮食投机活动,最后恢复他们那"失去的天堂";而在广大贫下中农一方,则面临着维护和巩固农村政权的考验,他们在党的领导下,与黄龙飞等人进行了针锋相对的斗争,以坚持走社会主义道路的热情、智慧和行动,挫败了敌人的阴谋,在革命风雷的激荡中初步扫清了笼罩于黄泥乡上空的阴霾。第二条矛盾线索是党内正确路线与错误路线的斗争,这一斗争在如何领导黄泥乡群众战胜灾荒的问题上,尖锐地表现出来了。以祝永康为代表的正确路线,主张组织群众、自力更生,通过战胜灾荒发展互助合作;而以朱锡坤为代表的错误路线,则企图以各寻门路、买卖自由等资本主义方式"渡过"灾荒。这条路线,实际上成了黄龙飞等人进行投机倒把活动的屏障,因而两者之间自然而然地形成了同盟。在祝、朱的矛盾中,祝永康得到了县委领导(主要是县委书记方旭东)的支持,而朱锡坤的后台则是区委书记熊彬,这就使祝、朱的矛盾获得了更为普遍的意义,并在区委和乡党总支内部形成了一系列的矛盾冲突。这些矛盾冲突大大深化了小说要表现的主题思想。此外,小说还广泛地表现了各种形式的人民内部矛盾,如家庭矛盾、群众中先进与落后的矛盾、由于思想认识上的差距或误会而造成的同志间的矛盾、上下级矛盾等等。错综复杂的矛盾使得小说情节更显丰满，也使作品所反映的社会生活内容显得更加广阔和深厚。

小说的主人公祝永康是陈登科着力塑造的理想的基层干部形象。在作者笔下，祝永康是有理想、有抱负的英雄人物，但作者又从来不使人物的抱负和理想，离开他出生入死的战斗过的土地和人民，并通过他那平易近人和踏实肯干的工作作风，把他的理想和抱负注入日常生活中去。因此，祝永康的形象自始至终是令人感到朴实、亲切的，是饱满的。除了祝永康之外，任为群、陆素云和何老九的形象则是作家力图塑造的农民形象的代表。任为群是黄龙飞等坏恶分子第一个排挤与陷害的对象，在他被撤掉民兵队长的职务以后，仍以一个共产党员的革命责任感勤奋地为人民工作着，尤其通过他不分日夜地勘测荒湖和制订改造荒湖的计划这一典型情节，生动地表现了一个农村共产党员淳朴而高尚的精神世界。他身处逆境而不动摇这一品质无疑是很感人的。何老九的形象充分表达了老一代农民对党的无限热爱和信赖，通过这个人物，作者希望人们看到社会主义道路的深厚的群众基础。此外，万寿年和万春芳父女的形象也在作品中占有重要地位。前者忠厚、勤恳，是在工作中任劳任怨而素孚众望的乡干部，后者则是一个纯洁、热情的农村姑娘。

而在反面人物中，黄龙飞的形象是较为充实的，作者写出了他的阴险、狡诈和诡计多端，其他如黄美容的骄奢、撒野，杜三春的毒辣、冷酷等等，也是很有个性特点的。在党内生活中，朱锡坤虽然是一个怀着野心的极端个人主义者，但他实际上只是走向蜕化变质边缘的区委书记熊彬的工具。作者对熊彬这个人物的描写，很注意从实际生活出发，努力掌握事物变化的分寸感，写出他在蜕变过程中的复杂性。

《风雷》出版后，引起了巨大轰动，当时正在开展农村社会主义教育运动，许多地方的社教工作队发给队员人手一册，一些省市地区把小说《风雷》作为"四清"工作的参考读物。《文艺报》编辑部先在北京召开座谈会，后又在北京东郊农村召开读者座谈会，并组织评介文章，推荐这部著作。然而在一片赞扬声中也有人认为这部小说是中国的《叶尔绍夫兄弟》（苏联小说），是揭露共产党阴暗面的书。甚至还有人说,《风雷》是写三年困难时期,恶毒攻击三面红旗,攻击"大跃进"、人民公社的。这些人可能没有想到他们一语成谶。随着"文革"飓风席卷全国,《风雷》转眼之间变成了"大毒草",成了复辟资本主义的"黑碑",江青更是随心所欲地诬蔑陈登科是国民党特务,《风雷》是替刘少奇树碑立传。当时被"四人帮"掌控的《人民日报》,大版大版地发表署名"安学江"的文章声称:《风雷》这株反革命反社会主义的大毒草,是在中国赫鲁晓夫亲自授意下炮制出来的,是中国赫鲁晓夫利用小说进行反党活动的一个罪证","我们要感谢陈登科等人的劳作,谢谢这些反面教员,他们使革命人民懂得:阶级敌人是如何利用小说进行反党活动的,反革命分子是怎样耍两面派手法的……"《风雷》一案,霎时间成了全国反革命大案,不仅作者陈登科本人遭受长达十年之久的牢狱之灾的迫害,而且许多人为此遭到了残酷斗争,被无情打击,无限期地关押和审查,以至于家破人亡(如《风雷》的责任编辑江晓天等人)。直到"文革"结束,这部小说连同所有与之有关的人才得到平反。

当然,由于时代的局限,在政治大潮的裹挟下,《风雷》在思想和艺术上也不可避免地会存在某些不足和缺憾,比如过分夸大阶级斗争特别是将敌我矛盾描写得有些过分严重。在情节安排和人物塑造方面显露出为适应观念而编造生活的痕迹,某些人物有些符号化,共性大于个性,对某些人和事的认识,尚有受当时阶级斗争影响的倾向。尽管如此,作品中更多地流露了对贫苦农民在历史大变革中命运改变的深切关注,在一定程度上写出了落后地区农民的艰难处境,以及造成这一结果的天灾人祸,其中隐隐露出的阴冷和沉寂的氛围,在新中国成立以来的农村题材小说中实在非常罕见。概言之,这部与中国广大农民血肉相通的史诗巨著《风雷》,无论从结构的完整性,人物性格的多样化、个性化,蕴含社会生活之广、思想内容的深刻、艺术结晶化程度、审美价值和认识价值,均明显地超越了他20世纪50年代后期的《移山记》,是陈登科文学创作跨入成熟期的标志,更让他在中国当代文学史上留下深深的印迹。

三、老骥伏枥

"文革"对于那个年代的知识分子来说是挥之不去的梦魇,然而,在这场中华民族的大灾难面前,陈登科丝毫没有沉沦,没有屈服于"四人帮"等人的淫威,虽身陷囹圄,但对党、对国家、对人民的忠诚时时激励着他。他先后构思了《赤龙与丹凤》《烽火大地》《破壁记》等几部长篇小说的提纲。1973年在他出狱后不久,就完成了《赤龙与丹凤》的写作。《赤龙与丹凤》又名《不废江河》,它以20世纪20年代帝国主义列强入侵,军阀混战为背景,描写了在中国共产党领导下波澜壮阔的农民斗争。小说笔法更接近中国传统章回体小说,情节曲折生动,能够吸引读者,并且充满着浓厚的泥土气息,具有朴实、浑厚、生动的地方色彩,语言通俗明快而又简练,富有民族特色。可能由于当时政治环境所致,小说远离了现实,而走入了历史的深处。此后,他以"老骥伏枥,志在千里。烈士暮年,壮心不已"的精神相继完成了《破壁记》(与肖马合作)、《顾祝同外传》、《三舍本传》、《暴尸滩》等长篇巨著。

《破壁记》出版于1980年,是陈登科与肖马合作的一部反映现实生活题材的长篇小说,它是"文革"结束后中国第一部用长篇小说的形式,记录"四人帮"所犯的滔天罪行的作品。小说以被"四人帮"禁锢七年之久的某市委书记安东为线索,描写他从1974年春获释复职到1975年秋又重新锒铛入狱的一段经历。这一时间段正是十年浩劫中忠贞不渝的革命者和人民大众同"四人帮"斗争十分尖锐激烈的时期。作者力图运用"实践是检验真理的唯一标准"这个唯物主义的观点,艺术地再现当时的社会生活。从内容到形式来看,《破壁记》更像一组报告文学,它真实地记录了中国人民的一段心酸血泪的历史。

作为在血与火的洗礼中成长起来的党的工农作家,陈登科五十多年的文学创作,都致力于对党、对人民特别是对农民的深情讴歌。他的作品多取材于农村,对农民的生活和命运给予了深切的关注,具有浓郁的乡土气息。他热情歌颂光明,极力鞭挞丑恶与黑暗。在艺术上,他自觉运用现实主义手法描摹生活、反映社会,将文学与社会发展的需要进行了有力的结合,因此其作品无论是思想性还是艺术性都深深地烙上了时代的印迹。他在作品中流露出的对祖国和民族的那份炽热的情感、作家的良知以及对真理的追寻所彰显出的一名共产党员的人性光辉又远远超越了时代,成为后人宝贵的精神财富,具有深远的历史意义。

第二节　公刘的诗歌创作

在中国当代诗歌史上,公刘(1927—2003)是一位有突出贡献、极具影响力的诗人。这个与新中国一起成长起来的诗人,1948年投身革命,1949年参加人民解放军,20世纪40年代即开始诗歌创作,由于历史原因,1957年后被迫中断创作生涯二十二年之久,其发表作品的时间,前后加起来只有十年多一点。

诗人称自己为"灾难的儿子",近二十年"被驱赶于流沙之中"。但他坚信自己"奉人民之命写诗",坚信"流沙终不过是流沙,流沙覆盖着的下层依旧有沃土膏壤",始终以全部生命的大欢喜与大悲痛拥抱生活,反思历史,歌唱生命,留下了诗集《边地短歌》《神圣的岗位》《黎明的城》《在北方》《白花·红花》《仙人掌》《离离原上草》《母亲——长江》《骆驼》《大上海》《梦蝶》《公刘诗选》《公刘诗草》和叙事长诗《望夫云》《尹灵芝》及多部随笔、诗论,公刘的文学活动涉及诗歌、散文、杂文、小说、评论、报告文学、电影剧本等多方面,范围十分广泛。

新中国成立初期,诗人公刘作为一名战士,战斗、生活在西南边陲,边疆各族人民日新月异的新生活和边疆的美丽风光,给了诗人异样的灵感和情思。20世纪50年代前期,诗人用绿色的南方赠与他的"叶笛",带着天真的欣喜与青春的志气,在西南边疆引吭高歌,颂扬人民军队对祖国的忠诚,赞美兄弟民族的翻身解放,诗歌调子明朗、亲切而欢快,像一支牧笛在吹奏着晨曲。作为新生活的热情歌唱者,诗人的歌唱纯净透明、美妙清新,不掺一点杂音,充满了对幸福新生活的憧憬和对祖国美好明天的期盼与祝福。1954年底,公刘调到北京,来到"广袤,雄浑,蕴藏着哲理"的"棕黄色的"北方,诗风有所改变,带有一定的思辨理性,但整体风格上仍以表现革命乐观主义精神为主,诗情高亢激昂又热烈直白。

20世纪70年代末复出文坛之后,公刘不忘历史悲剧,时刻以警觉的目光关注民族命运与国家前途,日夜兼程,奋笔疾书。作为一位性格坦荡、才思敏锐的诗人,他善于从历史的沉痛教训和现实的复杂生活中发现诗意,发现哲理,并寓理于形象,托物于情思,使所言之理具有不可驳倒的慑服力量。公刘诗歌成为新时期的黄钟大吕,在当代诗坛独树一帜。

公刘的创作活动始于20世纪40年代后期,诗人邵燕祥在《诗在你在:公刘纪念文集·序》中满怀深情地回忆:"早在上世纪40年代末,公刘和白桦、彭荆风、公浦、季康等作为'新兵',跟懂得文学又开明平易的'老八路'冯牧、苏策,汇合在云南高原,形成一个朝气蓬勃的文学群落。公刘献出了《边地短歌》《西盟的早晨》《佧佤山》等组诗。我就是在这时得知公刘其名的。公刘不同于文以人传的名家们,他没有什么权力、地位、职衔可以仗恃,而是人以诗传,且这些诗中的许多篇,应是足以传世的。"[①]1954年,诗人出版第一部诗集《边地短歌》,热情歌颂边疆人民的生活和斗争,表现边疆军民的鱼水深情,抒发了真挚深沉的爱国情感,但公刘此时的诗歌,相比较而言,尚未形成鲜明的艺术个性,艺术上也较为粗糙。紧接着,诗集《神圣的岗位》(1955)、《黎明的城》(1956)、《在北方》(1957)和长诗《望夫云》(1957)以及与黄铁等合作整理的长诗《阿诗玛》等相继出版。公刘诗歌逐渐形成他自己艺术风格的是以《黎明的城》和《在北方》为代表,这两部诗集集中体现了"50年代精神"(一种展现人民翻身解放、当家作主,共和国兴旺发达的青春精神),是公刘诗歌成熟的标志。其中,《西盟的早晨》《给撒尼民族》《祝福边疆战士》等成为传诵一时的名篇。《西盟的早晨》在当时获得了评论界的高度

[①] 邵燕祥:《诗在你在:公刘纪念文集·序》,桂林:广西师范大学出版社,2006年9月版。

赞誉。在云南边疆的西南角,有一片莽莽苍苍的高原,这就是阿佤山,西盟是阿佤山的首府。诗人抓住了边地早晨的特征进行摹写,流岚、旭日、云气、白霜、军号、合唱,构成一幅明丽的西盟晨景图,诗人豪气冲天:"早安,边疆!早安,西盟!带枪的人都站立在岗位上,迎接美好生活中的又一个早晨。"抒发了人民战士保家卫国、忠于职守的豪迈情怀,反映阿佤山人民历史性的飞跃和慷慨的情绪。这首诗在《人民文学》发表后,著名诗人艾青大为激赏,他亲笔写了一篇评论文章《公刘的诗》,刊于《文艺报》头条。后来,这首诗选入了1986年上海文化出版社出版的《中国诗人成名作选》。诗人写边疆,巧妙地借助一朵云来掀开西盟早晨的神秘面纱,表现边疆早晨的清新美好,角度非常奇特,手法非常高明。公刘也因此脱颖而出,成为西南边疆青年诗人群中最奇异的一朵云,"带着旭日的光彩",从新中国的诗坛上冉冉升起。

1955年,公刘受到"胡风案"的牵连,在"肃反运动"中被当作特务"审查"了十个月,创作一度跌入低谷。1956年,诗人从厄运中"脱身",开始争分夺秒地写作。这一年,是公刘诗歌创作历史上重要的一年,也是大丰收的一年。诗人写出了《在北方》《上海抒情诗》组诗等50多首诗,同时完成了长诗《望夫云》的改写工作以及《阿诗玛》和《望夫云》(与林予合作)两个电影剧本的创作。这一时期,公刘的诗歌成果主要结集于诗集《在北方》。《在北方》无论在思想还是技巧上,都达到了较高的水平。啜饮过南方泉水的诗人,仍然保留着诗意的梦幻和情思,同时又受到广袤、雄浑的北方的"乳香"的熏染,诗歌题材更加开阔,技艺更加圆熟,诗人的创作进入了一个成熟的阶段。"唢呐"从此代替了"叶笛"。诗人在北京天安门城楼参加五一国际劳动节观礼后,又参加了长安街群众狂欢的盛会,他用笔勾勒下了《五月一日的夜晚》这一难忘的历史画面。诗人首先用了一个新奇的比喻,把节日的焰火比作一千只孔雀开屏,形象地写出了焰火在夜空中光彩夺目、绮丽无比的情景。接着作者的视角由天上转到地上,写节日的人群载歌载舞的狂欢场面,这是真正解放了的中国节日之夜啊。但诗歌没有停留在对绚丽多彩场景的描绘上,"为了享受这一夜/我们战斗了一生",多么精辟的概括,它准确地道出了中国人民"一夜的享受"和"一生的战斗"之间的辩证关系,既让人领略到诗人感受的时代内容,又使人体味到诗人感受的历史深度。

公刘的诗歌是时代的战鼓,是"活的传单",他甚至希望用自己的"鲜血和诗歌",来"营养自己的国家"(《鲜血与诗歌》)。诗人勇敢地踏着时代的鼓点前进,用诗歌发出时代的强音,融入建设社会主义新高潮的大合唱中,抒发出献身社会主义建设,爱祖国、爱人民的炽热感情。

《上海夜歌(一)》以奇特的想象和超拔的构思享誉诗坛,盛久不衰:

上海关。钟楼。时针和分针
像一把巨剪,
一圈,又一圈,
铰碎了白天。

夜色从二十四层高楼上挂下来,
如同一幅垂帘;
上海立刻打开她的百宝箱,
到处珠光闪闪。

灯的峡谷,灯的河流,灯的山,
六百万人民写下了壮丽的诗篇:
纵横的街道是诗行,
灯是标点。

这首诗堪称描写上海大都会的标志性作品,是当代城市诗中的杰出之作,以全景式的鸟瞰,气势雄伟地描写了上海之夜的瑰丽景象。诗人用垂帘、百宝箱、峡谷、河流、山、诗行、标点设喻,构想奇特,神韵十足,表现和歌颂了新时代人民群众的无穷智慧和巨大的创造力。

公刘在这一时期的诗歌,诗风有所改变,从早期的吹出的讴歌对祖国的热爱、对美好生活的眷恋、对和平的向往和对未来的希望的悠扬的叶笛,过渡到粗犷、嘹亮、动人心魄的唢呐。诗人善于从普通生活中发掘诗意,对新生活、新事物不是一味平庸地歌颂,而是在表达诗意的同时,融入了一定的生活的哲理思考。诗人用自己的慧眼去发现,去感知,笔触伸向了更广阔的领域,诗歌更具有思辨的力度。

诗人的创作道路异常坎坷。1957年6月,公刘和黄宗江一起去敦煌采访,打算创作一个新剧本,不久,被单位的三封电报紧急召回,9月底被打成"右派",从此开始了长达二十二年的炼狱生涯,战士诗人不再是人民的战士,相反却成为人民和战士的"敌人"。公刘被贬往山西,这一去就是二十二年,妻子也丢下不满周岁的女儿弃他而去,内心的伤痛可想而知,正如诗人自己所言:"修水库,磨滚珠,打铁,热处理,直到'文革',雁门关下多了一位庄稼汉……"

1979年复出之后,诗人压抑了七千多个日日夜夜的激情如火山一样喷发,以浑厚的嗓音加入新时期文学澎湃激越的合唱,诗集《仙人掌》《离离原上草》《骆驼》《公刘诗选》《公刘短诗精读》先后问世,引起诗坛的广泛关注。以1976年为分界线,诗人的诗风由单纯到复杂,由开朗清新到深广刚健。复出的公刘开始了诗歌创作的新阶段,1978年7月,《沉思》一诗脱稿,刊发于《诗刊》1979年2月号,获"中国作协全国中青年诗人优秀诗歌奖",长诗《尹灵芝》(1979),诗集《白花·红花》(1979)、《离离原上草》(1980)、《仙人掌》(1980)、《母亲——长江》(1983)以及诗论集《诗与诚实》(1983)、《诗路跋涉》(1983)等先后出版。其中《仙人掌》获首届中国新诗(集)奖一等奖。

生活的磨难,"文革"的洗礼,特别是长期身处底层的困顿和挣扎,让诗人公刘饱经忧患和沧桑,思想日益深沉。公刘说:"我思索,所以我充实","只要我还活着,就谁也不能禁止我思索。"[1]反思历史,追悼亡者,是新时期诗歌第一章。公刘力图从历史的高度去反思历史,透过表层深入掘进生活的本质,他笔下任何个人的不幸遭遇都被赋予强烈的思想色彩,他对极"左"思

---

[1] 公刘:《在学习写诗的道路上》,《希望》,1980年第2期。

潮的批判闪耀着智慧的光芒。时代和诗人就这样一起陷入了《沉思》:

> 既然历史在这儿沉思,
>
> 我怎能不沉思这段历史?

诗人这个阶段的诗,一改过去50年代那种叶笛或唢呐式的清远明丽、悠扬嘹亮的情趣和诗风,如冲锋的铜号,奏着高亢的战歌,表现出对敌人的憎恨、对自由的追求、对真理的探索和对黑暗的抗争。正如谢冕在《中国大百科全书·中国文学卷》"公刘"词条中所言,诗人新时期的写作多"取自现实生活提出的课题,以诚实的血泪、尖锐的针砭、希望的呼喊,凝聚着当代人民的爱憎"。诗风老辣、凌厉、深沉、冷峻,充满火山爆发式的激情,充满辩证观点与哲理意味。诗人邵燕祥也指出:"在七八十年代之交,公刘的诗如久久深潜的地火冒出地面,火山爆发的岩浆滚滚奔流,或写民间疾苦,或评是非功过,呼天抢地,椎心泣血,回肠荡气,振聋发聩,以诗人的全生命、全意识追问历史,震撼读者的灵魂。"①其中,《星》《哀诗魂》《为灵魂辩护》《沉思》《刑场》《哎,大森林!》《从刑场归来》《读罗中立油画〈父亲〉》《乾陵秋风歌》等,均是此时期的代表作。

批评家黄子平把公刘的转变概括为从"带着旭日光彩的'云'"到"喷射着至爱大憎的炽烈感情的'火'"。黄子平说:"从云到火。从云——到火!这不是自然现象而是社会现象、文学现象。考察这如火的云和如云的火,我们可以想见那炽热、那白炽,想见大地的饥渴和流沙的猖獗,并欣喜于失而复得的春天、树木和清泉,进一步则深深地思考:从诗的命运到人民的命运。"②

"从云到火"的巨变由何而来?

诗人自己总结说,大致有如下三个方面:

其一,是与自己几十年跌宕而繁杂的生活阅历有关。其二,增加了历史

---

① 邵燕祥:《忆公刘》,《北京青年报》,2003年1月17日。
② 黄子平:《从云到火——公刘新作初探》,《北京大学学报》(哲学社会科学版),1983年第2期,第33页。

沉重感，在追求真、善、美和鞭打假、恶、丑中，能更自觉地运用诗歌这一武器。其三，继承中国诗歌传统"忧国忧民"的忧患意识，因而对社会、对人生，有更深一层的思索与领悟。

凭着诗人的敏感、知识分子的良知，诗人早已感受到一个崭新时代的来临，他敞开歌喉，要"为大有可为的青年一代歌唱"，这就是《星》：

条条大路通向天安门广场，

而广场……怎么通向了"四人帮"牢房？……

是谁夜半陨落？人海溅起泪浪！

铁骨迸化火种，沛然自天而降。

1979年8月12日，对诗人公刘来说，是一个异常沉重的日子。这一天，他去沈阳大洼张志新烈士殉难地凭吊。张志新是被"四人帮"杀害的。诗人激愤于胸，当天便写下了这首《哎，大森林！》。诗歌以大森林象征祖国，以啄木鸟象征战士，反思张志新为捍卫真理竟遭残害的历史教训。这是一首愤世嫉俗、忧国忧民，蕴含着深刻的反思内容和对未来发出警戒的杰出诗作。

《读罗中立的油画〈父亲〉》是一首感人肺腑的题画诗。那是1981年的一天，诗人的心被罗中立的油画《父亲》攫住，被这个饱经风霜的中国普通老农形象深深打动："父亲，我的父亲！"他深情地呼唤着。随即，诗人感到愤怒："是谁把这支圆珠笔，强夹在你的左耳轮?!"画家"违心"地添上的圆珠笔，也许是出于某领导的指示，耿直的公刘对这种现实的作伪反感强烈，忍不住发出"默默地呼喊"："快扔掉它！扔掉那廉价的装饰品。"诗人在诗歌中再现了油画中的父亲形象，揭示出"父亲"是历经生活磨难和岁月煎熬，忍辱负重的中国农民代表，探究了中国农民的苦难命运以及造成悲剧的社会根源，呼唤千千万万的"父亲"走向觉醒，做生活和创造的真正主人。

三十多年来，公刘真正的创作时间大约只有十年多一点，复出之后，诗人还数度生病住院，饱受病魔折磨。可就在这有限的时间里，诗人仿佛一只"不怕吃苦、日夜兼程"的骆驼，即使在病榻上，也没有停止写作，出版了包括诗歌、小说、诗论、散文、报告文学、杂文随笔在内的10多个集子，还发表了许多尚未结集出版的小说、杂文,成就斐然。阅读公刘新时期的诗歌,扑面而来的是时代的气息,痛切中的平静,冷峻中的亲切,时代的大悲大喜被诗人转换成独白式的沉吟,深刻隽永,意味深长。

在当代诗歌史上,公刘的诗有着显著的地位,艾青评价公刘的诗时说,公刘诗歌"通身都是健康的一种新的歌唱",公刘是"中国诗坛的真李逵"。诸多论者在论述公刘诗歌时,都提到了公刘在新时期诗作在艺术上的明显突破,归结起来有如下几个方面:

首先是思辨力量的增强。《铁脚歌》是诗人对时代的宣言;《献给宪法第二十四条的恋歌》写到了诗人对法治社会的由衷颂扬。他笔下开始接触到真理的主题。在《关于真理》一诗中,诗人探索着真理的真面目,把真理比作没有耀眼的红花的无花果、深藏于刺猬似的硬壳中的毛栗子:"尊重无花果吧,它没有那般招蜂惹蝶的甜,理解毛栗子,它告诉采集者:艰难。"诗歌用形象而辩证的语言,告诉人们追求真理的艰难,体现了诗人庄重的责任感和使命感。

其次是内心世界的深刻剖析和展示。说真话,直面现实,袒露胸襟,抒情言志,是公刘新时期诗歌的血肉和灵魂。他说,诗歌"不仅有血肉,也有活的灵魂",诗歌应该"大哭大笑,真爱真愤","愿你我都将灵魂交付于时代的铁砧,尔后再以自己的灵魂去锻炼诗的灵魂"(《为灵魂辩护》)。公刘诗歌重视向社会的深入和向人的内心世界的深入,并开始在诗歌中着意塑造抒情主人公——大写的"人"的形象。《哀诗魂》一诗是公刘为诗人郭小川撰写的碑文,也是对自己灵魂的剖白。《人字瀑》可以视作是"一位饱经忧患的诗人发自内心深处的灵魂独白和夫子自道"[①],展示了独特而丰沛的"力的美"和人格力量,充满了对人、对自然和生命的理解和发现:"狠狠的一撇——血如浆/狠狠的一捺——汗似汤/血汗交迸处 您将自己站成了一堵人墙/风也飘飘,

---

① 陶保玺:《剑胆琴心铸诗魂——试论公刘后期诗作中的人格美》,《淮南师专学报》,2000年第3期,第1页。

雨也飏飏/看那飘飘飏飏三千丈/您老了么？不！我老了么？不！您有不老的珍珠我有不老的图像"（1994.10.20）。

再次，想象的翱翔，创意的独奇，境界的朦胧，使公刘新时期的诗歌呈现出奇诡瑰丽、美不胜收的姿态，仿佛每首诗都是不同色香的花朵。《绳子》用想象和象征拉开了意象之间的距离，增加了诗的容量："不准使用文字/就结绳记事——/升腾过血染的旗帜，/土改时丈地当尺，白天拉开荒的犁，夜晚捆烧柴的枝，/摇篮和坟墓拔河，摇篮刚占优势，突然它脱手飞去，扭头将我们鞭笞，/所有被蛇咬过的，见了都吓得半死，/年复一年的冰风，摆弄着清白的尸……/如今要用笔记下/它曾经变质，以及/该怎样防止。"结绳记事，从我们的先民开始。历史以及对历史的记载，都凸现在绳子上，"绳子"这个意象本身包孕了巨大的象征意义，作者历数绳子的作用，意象出现跳荡，读者的思路被这一根绳子牵引过去，"摇篮和坟墓拔河"，实际上是说生和死之间也只悬着一根绳子，蕴意深刻。

第四，公刘对于各种体裁的运用已达到了优裕自如的程度。自由体、民歌体、格律诗，他都进行过艺术实践，写出了许多脍炙人口的佳作。诗人认真地向古诗、民歌和外国诗歌学习，吸取精华，为己所用。公刘的很多诗歌具有古诗的图画美和音乐美等特点，古典诗歌中的赋、比、兴等手法在诗歌中也有运用。同时，对中国民歌的形式和表现手法也吸取不少，例如民歌的句型句式、顺口押韵和比喻、夸张等融入了诗人的诗篇当中。在这方面，长篇叙事诗《尹灵芝》等表现尤为突出。如《尹灵芝》结尾："春风播下灵芝草，春风灵芝两不老！灵芝如今撒了个遍，春风一吹一万年！"这是很典型的民歌体，节奏明快，朗朗上口，民歌中的比兴手法——春风与灵芝的交互起兴，达到了物象交融的效果，表现了一种革命浪漫主义精神。

公刘在诗歌创作的同时，还写下了大量真诚坦率、见解犀利的专题论文、作品评论、诗苑杂感和序跋、通信、问答等，其中，结集成册的有《诗路跋涉》（1983）、《诗与诚实》（1986）、《乱弹诗弦》（1986）、《谁是二十一世纪的大师？》（1986）、《跨越"代沟"》等多本诗歌美学著作，在今天仍有较高的诗学价值。

诗人晚年写下了不少散文随笔,他的女儿刘粹主编了两大卷《纸上声——公刘随笔》(作家出版社2000年1月出版)。有论者认为,这些随笔把公刘的思想感情流露无遗,充分体现出中国当代知识分子对社会的责任感和对现实与历史关系的把握。公刘站在对知识分子的整体命运的关注上写下的这些作品,真可谓是"杜鹃啼血",声声带泪。

诗歌是公刘的宗教。他说:诗的宗教能使人清洁。诗的宗教能使人宽容。诗的宗教能引导人看重自身的道义位置。诗的宗教能造就一代褒义而非贬义的真正的贵族。[①] 作为中国当代诗坛最有才华、最具声望的诗人之一,公刘产生了广泛而深远的影响。

第三节 鲁彦周的小说、戏剧、电影创作

鲁彦周(1928—2006),安徽巢县(今巢湖市)人,中共党员。历任安徽省文联副主席、名誉主席,省作协副主席,省政协常委,中国作协理事,中国电影文学学会副会长,中共十二大代表。2002年岁末,安徽文艺出版社出版了《鲁彦周文集》,8卷,410多万字,收入了鲁彦周先生所创作的4部长篇小说、15部中篇小说、15部影视文学剧本、4部话剧剧本、1部戏曲剧本、42篇短篇小说和几十篇散文随笔。《鲁彦周文集》出版之后,彦周先生并没有停下他的笔,而是以73岁高龄和虚弱的身体,顽强地继续笔耕,用三年时间,完成了《梨花似雪》的创作,这部75万字的长篇,于2005年12月由人民文学出版社出版。《梨花似雪》出版之后约一年时间即2006年12月26日,彦周先生与世长辞,享年78岁。纵观彦周先生的一生,可谓硕果累累、著作等身,他是一位德艺双馨的人民作家。鲁彦周是安徽文艺界的一面旗帜。

鲁彦周是从巢县北乡鲁集村的一个农家子弟而成为著名作家的。王蒙

---

① 公刘:《诗是宗教》,《公刘诗草》,北京:人民文学出版社,2006年版,第314页。

曾于2000年10月22日在合肥稻香楼鲁彦周主持的迎驾笔会上说,安徽有黄山、九华山,还有一座"天云山",这天云山指的便是鲁彦周。他家世代务农,祖父和父母都没有机会上学,曾祖父鲁文光倒是个读书人,字写得好,也有武功,是地方上的一个绅士,后因坐了李鸿章的班房,从此家道中落。他的曾祖父有一条家训,凡鲁氏子孙须一读一耕,所以鲁彦周的伯祖和伯父都是读过书的,而祖父和父亲只能按家训种田。然而鲁家读书的人都过早地去世了,剩下的都是不识字的人。由于家道艰难,鲁彦周很小的时候便要承担一份辅助性的劳动——放鹅。他放鹅极有耐心,放的鹅是村上最好的鹅群之一,他的母亲也夸奖他的鹅放得好。直到1942年,鲁彦周才有了连续三年的私塾读书机会。鲁彦周说,他的文化基础,基本上是这三年间完成的。他阅读能力很强,再也不满足私塾先生所规定的阅读内容,很快地阅读了《三国演义》《红楼梦》《平山冷燕》《聊斋志异》等书,此后又如饥似渴地阅读了鲁迅翻译的苏联小说《铁流》以及郭沫若、郁达夫、茅盾、张资平等人写的书。离家不远的柘皋镇有个书店,也是鲁彦周读书的地方。他在书店里站着读,一站就是半天,读得快,也非常仔细,绝不把书弄脏,也不影响书店营业。鲁彦周在回忆他这一段读书生活时说:"当然这时并没有什么读书计划,只是为了好奇,为了不满足私塾里规定的那些极为枯燥无味的书,但是它在不知不觉中为我以后爱好文学种下了种子。"

1945年,日本投降,鲁彦周已是一个17岁的热血青年了。他欢欣鼓舞,希望自己有一番作为,但他又明显感到自己的学识准备不足,于是克服各种困难,先在采石刚直中学上了两年高中,又去贵池昭明国专学了一年。那时淮海战役已近尾声,国民党节节败退,家乡的柘皋镇来了游击队,鲁彦周在柘皋参加了工作,迎来了家乡的解放,迎来了祖国新的春天。

参加工作后不久,也就是1949年秋天,鲁彦周的疥疮病复发,他请假回家治病休养。疥疮病渐渐地好了,鲁彦周便一边休息,一边写起小说来。鲁彦周果然出手不凡,他一开始写的便是长篇小说,30多万字,题为《丹凤》,寄给了当时皖北行署文教处的负责同志戴岳。他后来了解到,戴岳看了这部稿子以后，觉得不错，可是当时安徽还没有条件出版发表这部小说，只得投寄给上海的《小说月报》，然而《小说月报》很快便停刊了，这部书稿也下落不明。时隔五十年后，《丹凤》的手稿在上海发现了，那是上海作家协会在翻修一栋美式楼房时在四楼资料室里发现的，原手稿十二本已少了一本，其余的保存得还很完好，毛笔行楷竖书，繁体字很秀气，这其中凝聚着鲁彦周青年时代的多少心血、多少美好的文学之梦啊！

从《丹凤》的《自序》中还知道，《丹凤》也不是鲁彦周的第一部作品，此前他还写过三幕剧《铁蹄下》、四幕剧《新中国的歌声》，中篇小说《玄武湖》、《骚动》和短篇小说《爱》，这些作品当年都是写在练习本上的，都没有发表过，也都散失了。

鲁彦周的创作以小说为主，然而，他的成名作却是独幕话剧《归来》。《归来》完稿于1956年初，参加1956年4月的全国话剧观摩会演，荣获剧本创作一等奖，《人民日报》《光明日报》《文艺报》都热情洋溢地发表长篇文章予以评介推荐。这次全国会演共设3个剧本创作一等奖，另两个是陈其通创作的《万水千山》、曹禺创作的《明朗的天》。鲁彦周一举成名。

《归来》在当时之所以引起轰动，是它以极其犀利的笔触，揭露了社会生活中新的矛盾、新的课题。那时，新中国诞生不久，人们普遍沉浸在庆祝新的美好生活的兴奋之中，《归来》所描写的却是在农村成长起来的一个共产党员干部王彪进城以后，受到享乐思想的腐蚀，想娶一个漂亮年轻的姑娘为妻，绝情地要将在农村共患难十年的妻子童蕙云抛弃的故事。《归来》是最早揭露共产党员蜕化变质的文艺作品，像一剂清醒剂一样，给观众以震动。《归来》在艺术上也非常精巧简练。

在鲁彦周几百万字的作品中，读者观众喜爱的很多，但他的代表作还是要首推中篇小说《天云山传奇》。王蒙说安徽还有一座"天云山"，既是推崇鲁彦周的人品，也是推崇《天云山传奇》这部作品。《天云山传奇》是一部在中国新时期文学史上称得上经典性的作品。这部中篇小说发表于1979年7月的《清明》杂志创刊号，后又由作家自己改编成电影剧本，由谢晋执导搬上银幕,影响更为广泛深刻。小说获得了全国中篇小说奖,影片获得了1981年度"金鸡奖"、"百花奖"和"文汇奖"三项大奖。

据鲁彦周自己回忆,粉碎"四人帮"后,他对中国所出现的新的局势十分兴奋,作为一个作家他有责任用笔积极参与这场转折,迎接新的伟大历史时期的到来,并要告诉人们,过去那些噩梦般的折腾再也不能让它们发生了。这个意念产生以后,便挥之不去,使他不得不调动漫长的生活积累,细细地思索构思。《天云山传奇》是新时期最早抨击反"右"派斗争扩大化的小说之一。小说主要写了宋薇、罗群、冯晴岚、周瑜贞、吴遥5个人物,写了他们之间复杂变幻的关系,写了他们的曲折苦难和悲欢。作品以宋薇的回忆书写人们美好生活的开端,用冯晴岚的书信描述生活的动荡、人物的坎坷,用周瑜贞那些不拘一格的谈话,揭示生活的不平、人物的冤屈。作家以强烈的感情使这些人物的经历和故事带上了深厚的传奇色彩,增强了作品的艺术感染力。《天云山传奇》是一部勇敢而真实地再现1957年至1978年"我们的生活中发生了许多不应该发生的事"的作品,它让读者和观众痛哭。人们看到,罗群和宋薇的宝贵青春、纯洁爱情,就那样人为地被断送了,冯晴岚的生命就在那样的贫病中被无情地夺去了。我们年轻的共和国蹉跎了二十年,这二十年,我们应该迈开怎样的步伐,创造多么巨大的物质财富和精神财富!可是,却作了无谓的争斗和消耗,除了伤害自己的同志之外一无所获,这多么让人痛彻心脾。人们记住天云山,绝不只是记住了那一曲曲哀婉的让人潸然泪下的故事,它让人们记住的是一个时代、一个不能再重复的时代。《天云山传奇》发表后,尤其是改编成电影搬上银幕后,产生了巨大的影响,但也有不少非难和争议,焦点是如何评价1957年的反"右"派斗争,如何评价吴遥这个人物。1982年袁康、晓文在《文艺报》第4期发表题为《一部违反真实的影片》的文章,认为《天云山传奇》"完全歪曲了反'右'派斗争的历史真相",还认为刻画吴遥丑恶的灵魂,"就给广大观众一个印象:党的领导干部大都是吴遥式的品质不好的人","而且影片还引导观众把对吴遥的憎恨转化为对党组织的不满和埋怨","毁坏党的形象"。文章得出结论:"我们觉得《天云山传奇》所存在的这些问题并不是孤立的,它是资产阶级自由化在文艺上的反映。"鉴于问题提得如此尖锐,《文艺报》决定公开讨论,在很短时间内,编辑部收到来稿180多件,大多数来稿支持并盛赞《天云山传奇》在思想内容和艺术创新方面所取得的成就。著名经济学家孙冶方正住院疗养,他在病榻上用8天时间写了5000多字的文章《也评〈天云山传奇〉》参加讨论,他奉劝那些自比吴遥的人不要"对号入座",严正指出:"给《天云山传奇》戴上'毁坏党的形象''资产阶级自由化'等大帽子是不公平的。我们要切记,'反右派''反右倾''文革'等多次运动的教训,乱飞帽子、乱打棍子的做法不能再来了。"原中顾委常委李一氓专门写诗支持《天云山传奇》。李一氓、孙冶方和鲁彦周素不相识,他们出来讲话,完全是为了清除"左"的毒害在各个方面的影响。《天云山传奇》是一部经得起时间考验的优秀作品,也是一部充分体现鲁彦周思想胆识和艺术才华的作品。

在鲁彦周的中篇小说里,《逆火》是一部不可多得的作品。《逆火》完成于1989年,距《天云山传奇》十年。在《逆火》中,鲁彦周非常强烈、非常鲜明且充满无限同情地塑造了韵竹这个年轻妇女的形象,她对封建伦理道德的反抗是彻底的义无反顾的,她试图以她的年轻生命来唤起世人的警醒。柴梦轩一家祖孙三代对韵竹的凌辱,彻底撕去了封建伪道的外衣,为了彻底、坚决地反抗,韵竹没有别的办法,她只有在柴氏祠堂里,在姓柴的祖宗面前将他们极端虚伪而丑恶下流的假面彻底撕裂开来,让他们的祖宗看看他们的后代子孙是一副多么禽兽不如的嘴脸。当韵竹和柴梦轩父子同时赤裸地出现在祠堂里时,真是令人惊心动魄,韵竹手持烛台对柴梦轩父子作出严正的宣判,又是那样义正词严!烈火焚烧起来了,这是正义之火,焚烧的是封建伦理的丑恶、伪善与欺骗,烈火也同时将韵竹的全身裹住了,她视死如归地用她的生命去呼喊去抗争。《逆火》曾被改编成电视剧搬上荧屏,并在德国获得了电视大奖。

距《逆火》十二年之后,2001年鲁彦周发表了《啊,玛阿特》。与他的其他中篇不同,《啊,玛阿特》展现在我们面前的是一幅崭新的图画,是跳荡着奇特色彩的异域风情。鲁彦周在90年代末曾到过埃及和中东一些国家,目睹了中国人在中东国家艰苦创业的事迹,他敏锐地将在国外的所见所闻和国内的改革开放联系起来,充满激情地创作了这部颇具特色的中篇。打开《啊,玛阿特》,在我们面前流动着的是尼罗河清粼的波光,还有卢克索一带的灼热沙漠和沙漠里的众多古迹,以及公元前埃及法老时代的神秘的象形文字、陵墓中的精美壁画与浮雕和卡纳克神庙的声光表演,在这种环境氛围衬托下出现的玛阿特,又是那样的善良、美丽、聪明与多情,她与中国民间商人、私营公司老板肖劲之间那么一段曲折甚至带有传奇色彩的经历,实在是动人心魄、引人入胜。鲁彦周非常自然非常巧妙地描写了一个外国姑娘对中国的认识和理解的变化,这种认识和理解的变化,虽然只是由中国私营商人在埃及承包工程这个角度而诱发出来,但它的确体现了中国改革开放的巨大成绩让世界瞩目这样一个重大的主题,这也是《啊,玛阿特》这部中篇的灵魂之所在。《啊,玛阿特》可与《天云山传奇》《逆火》相比美,是鲁彦周中篇小说创作三个阶段的代表性作品。

鲁彦周的中篇小说,还应提到《乱伦》和《迷沼》。《乱伦》发表于1993年《中国作家》杂志,后为《新华文摘》全文转载。《乱伦》通篇营造了一种相当浓厚温馨的书卷气氛,这种美好的氛围和褚玉与雪荔之间那种真挚、深厚而又遭到痛苦压抑的爱情形成了强烈的反差,也就更加哀婉动人。《迷沼》发表于1994年的《人民文学》,它的独特之处,在于它及早地、清醒地发出了"寻找精神家园"的呼喊。从《迷沼》可以看出鲁彦周对一切为了金钱的拜金主义的忧虑,对社会道德有些滑坡、社会情绪普遍浮躁的忧虑,他所发出的"寻找精神家园"的呼喊,既出于他对社会现实观察的深刻敏锐,也是一个人民作家强烈的时代责任感和使命感的具体体现。

鲁彦周创作的长篇小说共5部:《彩虹坪》《古塔上的风铃》《阴阳关的阴阳梦》《双凤楼》和《梨花似雪》。《彩虹坪》1983年初发表,是反映中国农村改革的一部极其快捷的作品,这虽是一部农村题材的长篇小说,然而令人感兴趣的还是远离农村而又和农村时刻关联的上层活动。它不是描绘农村生活的风俗画,它要告诉人们的是决定未来农村向何去的改革政策的诞生。这种政策的诞生自然而然地成为作品的焦点和灵魂。《彩虹坪》虽然给人有些急就章之感,但仍不失为描写重大题材较为成功的一部好作品。如果说《彩虹坪》的线条还略嫌粗了一些,那么《古塔上的风铃》则深厚得多、深沉得多,这部小说是写城市改革的,可以说是《彩虹坪》的姊妹篇,它不仅写出了中国城市改革急速进行中的那种令人兴奋不安的氛围、那种不可逆转的必然趋势,也写出了改革过程中所出现的种种参差错落的矛盾和隐蔽在人们心灵深处的巨大阻力。作家是站在一个较高的制高点上,通过对民族文化心理的鸟瞰,来理解和描绘现实生活中所发生的这一切的,这无疑是使得《古塔上的风铃》容量宏大而又意蕴隽永的一个主要原因。《阴阳关的阴阳梦》是鲁彦周在艺术上大胆探索的一部长篇小说,这也可以看出他在艺术上的开放态度。在这部小说中,他采用了魔幻梦幻的手法,刻画了以梅荪为代表的众多美人形象,小说故事曲折迷离,引人入胜。但鲁彦周似乎还不太习惯这些手法,在此后的创作中,又回到了他那运用自如的朴实细腻的现实主义创作手法。《双凤楼》是鲁彦周第四部长篇小说。鲁彦周曾说过,在他的长篇中他比较珍爱《古塔上的风铃》,但从读者的角度看,《双凤楼》思想内容更为丰厚扎实,艺术手法更为圆熟老练,是充分体现作家宝刀不老的一部长篇。《双凤楼》所描写的时间跨度很长,"文革"前的 20 世纪 50 年代到改革开放之初将近三十年,作家展现在读者面前的,正是这一历史时期的形形色色的人生画面。这一切又都是以古老的双凤楼为基点,以一个县城为依托,描写了双凤楼内人与人之间的恩恩怨怨,描写了一个县城一个县委"文革"的全过程。但作家的笔墨不是写事件,而是写人,写人的追求,写人的精神世界,剖析人的灵魂,鞭挞丑恶,褒扬美好,读后有时让人惊心动魄,有时让人灵魂震颤。这部长篇和作家近年间发表的其他中篇作品形成一个丰富的系列,在这个丰富的系列中,体现了作家对美好的精神世界的渴望与追求,体现了作家强烈的社会责任感。《梨花似雪》是一部 75 万字的鸿篇巨制,凝结着鲁彦周将近四年的心血,是中国革命战争和直至 80 年代社会主义建设时期的长卷画,也是半个多世纪以来中国革命和建设中生动丰富的人物画廊,有着非常有价值的审美意义和认识意义。《梨花似雪》以巢湖和大别山为背景,充满着浓郁的地方风情。整个作品紧紧围绕着周丽、周凤、周彩这周氏三姐妹曲折艰难和富有传奇色彩的人生经历,描述了从大别山革命斗争到十一届三中全会以后这一历史时期的风云变幻,波澜起伏,惊心动魄,扣人心弦。作品不仅时间跨度长,塑造的人物也很多,除重点描写周丽、周凤、周彩三姐妹之外,还描写了三姐妹的母亲蓝宁瑛、小政委方青、省委书记黄承、国民党少校营长丰勤和冯平香、卫灵、匡星、周南民等,无不各具个性,生动感人。通过对这些人物的刻画和描述,作家浓墨重彩地描绘了不同历史时期的时代风貌,歌颂了英雄的丰功伟绩,也歌颂了刻骨铭心、回肠荡气的爱情。同时,小说还深刻地揭示了早期党内极"左"思想路线对革命的危害,并由此剖析了"文化大革命"这场灾难的历史根源。对于三年困难时期,农村饿死那么多人,小说以正视历史的严肃态度,回答了到底是天灾还是人祸的问题,具有史家的锐利目光和秉笔直书的浩然之气。作品用较多篇幅描写了大别山革命斗争。鲁彦周常说,小说和其他文艺作品是从生活中来,《梨花似雪》中的许多人物,长期活跃在他的脑海里,他说他常听到这些人物甚至在质问他,你不是要写我们吗?为什么还不写?他有种使命感,这种使命感是建立在丰厚的生活基础之上的。作品里的许多人物,都有生活的原型,如小政委方青,就是他采访林维先将军时,林将军详细而真实地向他介绍的一位亲密战友。他说林将军在介绍这位战友时,痛哭流涕,泣不成声,使他一辈子都忘不了,不将这些英雄人物写出来,便寝食难安。还有那个省委书记黄承,也是从生活中来的,鲁彦周说他曾和他面对面地作过交谈,还目睹他如何处理公务。书中的其他人物,也都有所本,其中的一些女性,还有过交往。鲁彦周《梨花似雪》开篇时谦虚地写道:"我没有在形式上想创造什么,因为我早已过了这个年龄段,也没有这种创造的雄心壮志了。"其实,他始终在不断地追求创新,以前的长篇《阴阳关的阴阳梦》曾锐意创新,后来的中篇《逆火》和《啊,玛阿特》也是创新之作。在《梨花似雪》这部长篇中,他采取一书二式的写法,可谓大胆探索大胆创新。所谓"二式",即虚构的小说中穿插着真实的纪事。纪事属散文体,这些真实的纪事和小说的背景、情节、人物有所联系,又有所游离,可以和小说结合起来读,可以挑出来作散文读,也可以跳过去不读。鲁彦周的散文写得非常朴实,纪事都绝对的真实,都是他的亲身经历,交织在一起阅读,别具风味。当然,这种一书二式的写法是否成功,还可进一步探讨。

鲁彦周的小说创作成就,主要在中篇和长篇方面,然而他也写了不少的短篇。他早期的《梅滩边上》《桃花汛前》《宏田大叔》《找红军》等短篇,给读者留下了很深的印象。1989年前后他连续发表了《于笙的浪漫史》《流泉》《叶子》《秋》《月夜》《丁香大院里的春暖》等短篇,真可谓精彩纷呈,集中的一个主题是对人和人性的关怀。他写了人性的张扬、人性的扭曲、人性的泯灭,归结到一点,他是在呼唤人性的尊严,呼唤人性的纯真,这些作品的字里行间都在颂扬人性的尊贵,作家的人本精神和博爱情怀,使他的这些短篇有了一个新的境界。《于笙的浪漫史》是一个非常凝练、精粹而深刻的短篇,它所揭示的是一个较高的社会生活层面,细细地咀嚼这个短篇所包容的内涵,真有让人不寒而栗之感。在年已五十的单身女人于笙眼里,瘦高个儿六十五岁的民主人士郑惠中,真的是"一个窝囊废",似乎只会鞠躬,"对台上鞠躬,对台下鞠躬,走下讲台,那弓着的腰好像还在鞠躬",他大会小会都发言,始终是庄重、严肃地表示他的"拥护""赞成"之情,似乎与生俱来便是一个弓着腰只会唯唯诺诺的人。后来偶然看到他晨练的情景却是:"他舞着这把剑,腾挪跳跃,忽急忽缓,一片白光闪得于笙心头发跳。于笙呆呆站在那里,她忽地大吃一惊,舞剑者的身体转过来,她看见那是郑惠中。"生活中的郑惠中,自然人郑惠中,为什么和正规场合如会议上的郑惠中,反差那么大,判若两人?是谁使郑惠中一到正规的会议上便弓着腰只会鞠躬只会说"拥护"呢?他舞剑时那"腾挪跳跃"的英姿哪里去了?当然,现在谁也不会强令郑惠中弓着腰,把腰弓下来的是郑惠中自己,开始时他可能很不自然很不习惯,但又不得不把腰弓下来,弓的次数多了,也便习惯成自然了。郑惠中这个形象,呼唤的是社会政治生活氛围中的开明、和谐与轻松,呼唤的是社会生活、政治生活中对人性的一种真正尊重,这当然是很敏感的话题,也是对现实的观照。鲁彦周用极平淡的笔调,将如此严肃的主题凝练在篇幅有限的短篇里,不能不称赞他观察生活的准确和短篇创作的功力,更为赞佩的是他的胆略和勇气。《流泉》和《叶子》,似乎是对应起来描写惠芝和叶子这两个女子的短篇,在作家看来,商品经济的躁动和它所带来的负面效应是人性扭曲的一个很重要的原因,人文环境和自然环境的清纯和谐优美,则是保持人性纯真的不可或缺的因素。作家所念念不忘的所苦苦追求的仍然是那种美好的精神境界。描写国外生活的短篇《九重葛》《纽约的冬雨》和《乐极生悲》,作家说的都是他的一些见闻,这些作品里都有中国人的形象,他们在异乡异土各自寻找到了一些快乐,但他们的内心世界也有着各自说不尽的苦衷,作家对他们都寄予深深的同情和关爱,同时也包含着一定的警示,意蕴是深长的。

鲁彦周的小说创作,无论长篇、中篇、短篇,都伴着他一贯的艺术主张,那就是如他自己所说的:"小说总还要有鲜明的人物形象和独特的个性,要有故事,有情节,有意境,有思想,有时代性,要有民族风格,要能够引人入胜,要像古典大师那样为读者所热爱,从现实和当代性考虑,还应当有历史的思考和生活的真实。"(《偶然的独白》,见 2001 年 5 月 21 日《文艺报》)他是沿着这样的道路走过来的,对小说创作有着十分有意义的启发。

影视、戏剧创作,在鲁彦周的文学活动中,占有非常重要的位置,成果也非常丰厚,《中国新文艺大系·电影文学卷》,对每位电影剧作家的作品,只收一部,却破例收了鲁彦周的电影文学剧本两部:《天云山传奇》和《廖仲恺》,可见他在电影文学界的影响。鲁彦周的影视文学剧本共 19 部:《春天来了》《柳湖新颂》《卧龙湖》《三八河边》《凤凰之歌》《风雪大别山》《雏鹰》《大河上下》《巨澜》《杏林曲》《柳暗花明》《天云山传奇》《呼唤》《妻子的信》《廖仲恺》《他在特区》《生死抉择》《结义情》《彭雪枫》(电视剧本),其中《柳湖新颂》《卧龙湖》《风雪大别山》《大河上下》《巨澜》《柳暗花明》6 部,是与别的作家合作完成的。除《雏鹰》《大河上下》《杏林曲》《呼唤》《生死抉择》《结义情》6 部因种种原因未能拍摄外,其余的都搬上银幕与观众见面了。他的第一部电影文学剧本是1954年创作的《春天来了》,在电影界老前辈袁文殊等人的关心支持下搬上了银幕。时隔不久,他又以当时安徽的女劳动模范陈淑贞为原型写了《三八河边》,由张瑞芳主演,这部影片上映后,周恩来总理赞扬说是张瑞芳演得最好的一部戏。1959年的岁末之夜,在北京人民大会堂的迎新舞会上,张瑞芳将鲁彦周介绍给周总理。周总理见鲁彦周那么年轻,很高兴,坐下来和他谈了半个多小时的话,主要谈创作,也问及他个人和家庭的一些情况。第二天是1960年的元旦,周总理宴请北京以外的文艺家们,特意嘱咐加上安徽的鲁彦周。鲁彦周对他早期的电影剧作,有着非常清醒的认识,他坦白地说《春天来了》《柳湖新倾》《三八河边》《卧龙湖》都是响应号召的产物,有当时严重的"左"的烙印,还有吹捧浮夸风,所以都没有编入他的文集。他对自己早期电影文学创作比较满意的是《凤凰之歌》,这个剧本是根据戏曲剧本《王金凤》改写的,曾获1958年文化部电影剧本征文奖。著名黄梅戏表演艺术家严凤英在1956年春天找到鲁彦周,说黄梅戏要创新,不能老演七仙女、公主、丫鬟,要演现代人,诚恳地请鲁彦周为她写剧本。那时严凤英因演《天仙配》《女驸马》等黄梅戏声望很高,鲁彦周深为她的不满足现状所打动,就写了黄梅戏曲剧本《王金凤》。该剧也曾上演过,但影响不大,改编成电影《凤凰之歌》上演后,立即产生强烈反响,突破了当时农村片卖座纪录,其中的插曲很优美,到处传唱。但不久即传来高层的批评,一说是把农村封建思想夸大了,一说是强调个性解放,有小资产阶级情调,《文艺报》也发表文章给予批评,影片也不给上映了。在极"左"思潮之下出现这些情况,当然不足为奇。鲁彦周始终很喜欢他创作的这部电影。

在鲁彦周的电影创作中,根据他自己的小说改编的《天云山传奇》当然最为突出,影响也最强烈。另一部必须提及的则是《廖仲恺》,这个剧本倾注着许多老前辈的心血,鲁彦周对这个剧本也非常珍爱。1979年第四次全国文代会期间,鲁彦周和陈沂、张骏祥、张瑞芳四人相约一起去看望邓颖超同志,谈话之中,自然而然地谈到当前的电影创作,说写共产党领导人的本子多起来了,而写国民党左派的却还没有。这时,邓颖超同志说,我想起了廖仲恺,广州大革命时期,真正的国民党左派是廖仲恺,并说总理生前就想到应把廖仲恺写一写,可一直没人写,现在形势好了,你们能不能把他写一写。写好廖仲恺,是邓颖超同志交代的任务,也是周恩来总理的遗愿,是一个很重大的课题。陈沂当场建议由鲁彦周来写,鲁彦周立即答应下来,并表示要努力完成好这个任务。这件事后来向夏衍作了汇报,夏衍非常支持,鲁彦周在夏衍的带领下去采访了廖仲恺的长子、已是全国人大常委会副委员长的廖承志,谈了许多他父亲廖仲恺和母亲何香凝的情况。《廖仲恺》四易其稿,完成于1982年,剧本发表在《当代》杂志上,很快由上海电影制片厂拍摄完成。《廖仲恺》集中笔力塑造廖仲恺和何香凝的形象,非常有光彩,歌颂了国民党左派人物在孙中山先生的领导下,为国家为民族奋勇斗争、不怕牺牲的大智大勇的精神,廖仲恺不顾个人安危为改组国民党而奔走的场面,何香凝理直气壮面斥陈炯明的场面,都非常鲜明非常深刻地留在观众的心中。这部影片在艺术上最显著的特点是选材十分精当,廖仲恺一生经历如此丰富多彩,影片只是选取几个场面即将廖仲恺的形象生动地呈现在观众眼前。

鲁彦周的戏剧创作共4部,即话剧剧本《归来》《波澜》《大河春秋》,戏曲剧本《王金凤》。《归来》是他的成名作。《王金凤》被改编成了电影剧本《凤凰之歌》。《波澜》发表过,但未搬上舞台。《大河春秋》与另一作家合作完成,是写治淮的,纪念毛泽东主席的题词"一定要把淮河修好",是刚刚粉碎"四人帮"之后的作品,安徽话剧团在合肥连演了两个多月。这部剧本强烈反映了作家迫切打破"四人帮"的文艺禁锢,努力按艺术规律创作的愿望。

鲁彦周的一生,是不断奋斗的一生、不断追求的一生。他说他"一直有一个自我追寻的梦",进入古稀之年后仍没有放弃,这个梦便是他希望自己的作品不断有新的突破、新的提高,同时,他一刻也没有忘记他的社会责任。他说小说"是为读者而写的,不是个人的玩文学,因此它还有对读者负责的义务。我觉得这和文学价值的追求并不矛盾,我不认为文学有了社会性就会降低它的文学价值,相反,历代大师们的创作,都已经证明这一点,大师们总是对他所处的时代负责,对他的人民负责。"

第四节　严阵的诗文创作

严阵(1930—　)，原名阎桂青、阎晓光。当代著名诗人、作家、画家。山东莱阳人。1946年参加革命，在胶东解放区工作，1953年加入中国共产党，50年代南下安徽从事文学编辑与专业创作，历任《胶东日报》编辑、安徽省文艺创作研究室副主任、《清明》副主编、《诗歌报》主编、中国作协第四届理事、安徽省作协主席等职。著有诗集《淮河上的姑娘》《江南曲》《琴泉》《长江在我窗前流过》《花海》《竹矛》《红石》《鸽子与郁金香》《严阵抒情诗选》《瓷月亮》，长诗《山盟》、《含苞的太阳》、《谁能与我同醉》，报告文学集《今天谁最美丽》，散文集《牡丹园记》，长篇小说《荒漠奇踪》《蓝岛丽人》，中篇小说选集《南国的玫瑰》《一见钟情》，长篇纪实文学《告诉你一个真澳洲》等。他的许多作品不仅被中国读者所熟读和热爱，而且被翻译成英、俄、德、日等多国文字，有着较广泛的国际影响。2008年，严阵的10卷本文集出版。

1930年12月严阵出生于山东省一个普通农家，其曾做过多年乡村小学教师的父亲酷爱古典诗词，特别是唐诗，幼时的耳濡目染让他对诗歌产生了浓厚的兴趣。从青年时代起，严阵就有山东才子的美称，作为新中国土生土长的青年诗人(他是当年老诗人臧克家向毛泽东主席推荐的几个最有希望的青年诗人之一，曾跻身于新中国五大开国青年诗人之列)，严阵早期的创作以表现农村生活见长。新中国成立伊始，随着时代发展和人民思想情感的需要，新诗的颂歌题材勃兴，成为当时诗歌发展的主流。在革命和建设的热潮中，大批诗人奔赴祖国的各条战线去体验生活、描摹生活、歌唱生活。严阵也以豪迈的情怀和大无畏的精神融入这滚滚洪流之中。1950年他在安徽参加"土改"期间，第一次以"严阵"的笔名在《皖北文艺》上发表了《张二嫂分田》和《"拖不动"换工》两首诗，1953年，严阵到安徽省文联任《安徽文艺》编辑，不久便到淮北颍上县农村体验生活。他和劳动模范张会庭一家同吃、同住、同劳动，听老张讲一家四口新中国成立前后悲欢离合的故事。1954年1月，严阵的第一首长诗《老张的手》在《人民文学》杂志发表。这首诗以手为透视镜,将中国农民过去在国民党反动统治之下的悲惨命运与他们在新中国的幸福生活进行了对比,具有重大的社会意义。诗歌形象鲜明,语言通俗明快,产生了巨大的冲击力和感染力,获得广泛好评。在这首诗里"作者找到了结合全部语言材料的诗的动力,选择最有意义的人物的动作,集中在一双手的劳动这一焦点上,用富有力量的文字,把千百万农民的代表——老张的半生写出来,歌颂了新人的成长,赞美了劳动的光荣"①。可以说,《老张的手》是严阵从历史发展的角度给已经摆脱了几千年来统治者强加的桎梏、翻身做主人的中国亿万贫苦农民塑像,塑造了热爱和平、热爱劳动、用双手创造幸福生活的新中国农民形象。这首诗也是严阵农村生活题材诗歌的引爆点,此后他便一直把其主要精力放在表现淮河岸边农村生活的变化上,先后出版了《淮河上的姑娘》(1955)、《乡村之歌》(1956)、《春啊,春啊,播种的时候》(1957)等诗集,这些作品大多描写了普通劳动者特别是在治理淮河工程中的劳动者的事迹以及在农业合作化运动中农民的心理变化,诗人带着强烈的自由感和幸福感,以充沛的热情歌颂充满活力、充满希望、日新月异的生活,歌颂社会主义农村的新风貌,唱出新时代人民的心声,抒写出人民群众翻身做主人的喜悦之情:"春啊,春啊/播种的时候/盼你从没有盼得这般焦愁/最好的种子已经选出来啦/我们要把它撒遍地球。"其诗歌主旨更是对新政权和执政党——中国共产党的尽情讴歌,字里行间洋溢着浓厚的爱国主义情怀,正如在《飞吧,鸽群》中唱道:"飞吧,鸽群,按照自己的心意/我的祖国把所有的天空全交给你/能对你说出这句话,我多么自豪/祖国啊,是你给了我这种权利!"鸽子能在祖国的天空自由飞翔,人民也能够在地面上自由行走,归根到底是因为祖国赢得了解放,一种和平、自由、幸福的理念顿生;而"我"能自豪地对鸽子说,又是祖国给了"我"这种权利,一种新中国主人翁的喜悦之情和自豪情怀溢于言表,爱国主义的旋律亦浑然奏响。

50年代末60年代初,随着社会政治运动的发展,主流诗歌日益倾向于对

---

① 刘福春:《中国新诗档案:1954》,《现代中国文学与文化》,2008年第1期。

国内外阶级斗争和政治事件等一些重大主题的关注上,其结果使得政治抒情诗日渐发达,诗歌的政治色彩越来越浓厚,空洞的说理和"精彩"的议论充斥诗坛。而此时严阵的创作也发生了一些新的变化,作为一个有着高度责任感的诗人,他不愿意随波逐流,但也不愿意置身事外,与同时期许多其他诗人一样,在题材上他从现实转向了历史,创作了一批表现故乡胶东和大别山(主要是安徽六安一带的老苏区)土地革命战争时期斗争事迹的诗篇,如《琴泉》《大别山随想》《红石》等,通过对历史的回顾来告诫人们不要忘记过去光荣的革命传统,珍惜今天的幸福生活,缅怀先烈,建设好伟大祖国。在艺术上,从对民歌的模仿,转向对古典诗、词特别是元曲和小令的借鉴,潜心于创造优美的诗歌意境,执着地寻找生活中美的因素,渲染生活中的诗情画意,通过对自然美、社会美、人物精神美的表现,去归结对社会、时代和祖国的歌颂主题,创作了别具风味的《江南曲》(1961)、《长江在我窗前流过》(1963)等诗集。这些作品仍然充满了浓郁的农村生活气息,如"五月江南碧苍苍/蚕老枇杷黄","肩上一片月/两袖稻花香","十里桃花/十里杨柳/十里红旗风里抖/江南春/浓似酒","月三竿/江水似流烟/碎步儿/把月色踏乱"等诗句。凝练、简约,色彩柔和、明亮,富有韵味,手法上以锤字炼意为主。耐人寻味的是,这些作品在当时及以后都引起了很大的争议,赞者认为"这些诗篇,像一幅一幅情真意切的水墨画","它们像朝霞在天,它们像含苞初放,它们像泉水涓涓,它们像月笼平沙,读着这些诗像尝着葡萄酒一般醉人"①。然而也有些人认为,在我国极端困难时期,人民正在遭受极大的痛苦,肥沃的大地嗷嗷待哺,诗人反而高唱'江南春,浓似酒'一类的曲子,极不真实。② 毋庸讳言,在这些诗歌当中确有不少夸大其词、粉饰生活的成分,有对"人民公社"和"大跃进"的歌颂,属于应时之作,与当时的农村实际情况的确有出入,颇有"生活抒情

---

① 臧克家:《严阵的诗——〈琴泉〉小序》,见严阵:《琴泉》,北京:作家出版社,1963年。
② 参见徐迟为张万舒诗集《黄山松》所作的序,上海:上海文艺出版社,1983年。

诗"的味道，但若将其理解为在特殊的政治氛围中抒写广大人民战天斗地、以苦为乐的豪迈情怀以及对未来美好生活充满了无限向往和追求的执着精神又何尝不可呢？设身处地想一想，作为在新中国成长起来的一代诗人，他们把个人的命运同国家和人民的命运紧紧联系在了一起，对新社会、新生活不能不作由衷的赞颂，尽管他们对生活没有进行深入的观察和冷静的思考，没能发现社会生活中酝酿着的矛盾和危险，况且，他们所受到的教育和当时的政治情境也不允许他们表达出更深层次的思索。此外，对诗歌的欣赏本身就反映了人们对现实不同的认识和对作品不同的审视角度，诗歌艺术和思想原本就难以达到完美的结合，尤其在那个特殊的年代。1963年以后，中国社会情势的急骤变化促使严阵的诗歌风格又发生了一次大变，由"颂歌"转向了"战歌"，即由以往对农村轻盈、静谧、馨馥的小曲吟唱变为对社会严峻、剧烈、充满矛盾和斗争的呼唤，对生活现象的感性描绘走向托物言志的理性逻辑的演绎，精致、纤丽的美学境界让位于铺陈、宣泄的激情泛滥，在政治大潮的猛烈裹挟下，个别诗作也不由自主地出现了概念化、程式化的倾向。凡此种种，让严阵成为五六十年代政治抒情诗创作中深受瞩目的一位诗人。

当历史的车轮进入新时期以后，文艺的发展又迎来了久违的春天，而时刻关注祖国命运的严阵再次焕发了诗情，重新拾起在"文革"之中被迫停搁的诗笔，此时，他虽然已过不惑之年，但作为一个有着强烈历史责任感和社会使命感的诗人，严阵以诗歌创作来表达对社会和时代的深切关注，他写了多篇反映改革开放的短诗，并且很快就出版了诗集《花海》，在这部诗集中诗人集中抒发了自己对"春天"（伟大时代的春天）降临祖国大地的喜悦心情，激励人们用辛勤的劳动不断开拓大好春光迎接花的历史、花的时代。诗中饱含了他对革命圣地和名山大川的赞颂、对老一辈无产阶级革命家的深切缅怀。特别是诗人把对生活的辩证思考融入了作品之中，他向人们展示了生活的复杂性，在歌颂现代化建设到来的同时也郑重地告诫人们还会有"突然袭来的寒流"，"在这醉人的时光里/切不可真的沉醉"。因此，这一时期的诗歌已不是单纯反映生活的平面镜，而是多棱镜，既照见生活大潮的奔腾向前，又反射了急流中的暗礁险滩。可以说,这是作为诗人和一个革命者的严阵在向人们提出警醒,是他在多年的革命岁月中总结出的真知灼见。正源于此,他的诗带有了更多的思辨色彩。在《人字瀑》一诗中,黄山上巧夺天工的"人字瀑"与诗人敏感的心灵发生了一次有力的碰撞,构成了诗人内心世界与客观外物的最佳遇合,通过多角度地抒写"人字瀑",表达了诗人对"人"——这个世界的主宰者多层次的沉思:"多少人曾经登临观瀑楼/把人字瀑细细观看/可是,究竟有多少人能够真正认识这个'人'字?""人应该怎样生活在世间?/人应该怎样才能像人那样/保持自己的尊严?""只有目中有人的人/才能真正看到这个'人'字。"从而撰写了一篇"人"的启示录:人无论在什么样的环境中,总要有一往无前的探索精神,它是推动人类进步和发展,创造美好世界永不枯竭的动力。《花海》不仅在思想上作了新的探索和发现,而且在诗歌形式上也作了创新:以短句组合长句,构成行与节,每节四行,每诗六节,创造了新诗发展史上唯一的一部形式上完全统一的"二十四行体"诗集。这是严阵在诗歌的旋律美和色彩美方面所作的有益探索。

叙事长诗《山盟》是严阵在诗歌形式方面探索的又一丰硕成果,全诗用较为严格的现代格律写成。这部史诗性巨著在"文革"前就已完成初稿,但由于"文革"而中断,新时期以来经过诗人反复修改、加工,作为"献给新中国成立四十周年"的献礼诗而面世。它是一部描述新中国成立前武装斗争的史诗性作品,浓缩了在1929—1949年间中国发生的巨大社会变革,诗人称之为"长篇诗体小说"。长诗充分展现了集小说的叙事性和诗歌的抒情性两种文体的优点于一体的特点,体现了严阵"诗体小说"文体探索上的自觉。全诗以苍秀瑰丽的黄山为背景,从"竹山暴动"、江南游击战争、"皖南事变"一直写到渡江战役,它呈现在读者面前的是一条巨浪翻腾的江河,是一幅幅皖南山区的风俗画。这是一首讴歌革命战争的史诗,是一首讴歌不屈不挠的民族精神的史诗。全诗地域色彩浓厚,充溢着别具一格的皖南风情。另外,在艺术手法上,他对中国古典诗歌中常用的比兴这一抒情手法,充分加以吸收利用,使诗作充满了民族色彩。《山盟》所写故事的时间跨度之长,所涉及的重大的历史事件之多,所塑造的各方面的人物形象之众,在新诗史上堪称独步,远非其他同类题材的叙事诗可比。长诗规模之宏大、布局之精巧、内容之广阔、语言之优美、情感之浓烈,使其成为深具史诗风范的优秀之作。

严阵并没有在《山盟》所取得的巨大成就前止步,他依然在诗海中畅游。他认为诗歌永远是属于年轻人的。也就是说,不论岁月如何流走,诗人应当永葆那颗年轻的诗心,唯其如此,诗人才能跟得上时代,与时俱进,才能勇于探索,推陈出新。正是因为有着这样的艺术追求,在跨过了21世纪的门槛之后,已是古稀之年的严阵依然诗思泉涌,以丰沛的激情和惊人的毅力创作了近2万行的长篇抒情诗《含苞的太阳》,表现了国家命运和人民生活的巨大变化在诗人内心激起的巨大波澜,并以它独特的诗歌建构和崭新的意象独具的魅力,震撼了诗坛。在这部长诗里,诗人将对祖国母亲的爱喷涌而出,将其毕生的才华和全部的身心都融化于祖国的大好河山之中,山、川、草、木、江、河、湖、海都寄托了诗人无限的情思,所有的诗歌意象都指向了一个主题:"我爱你/我的中国"。"不要说炎热难当/我们还在脚手架上/即使所有的云彩都结了冰/我们也会把我们的大厦建得天衣无缝/不要说云遮雾罩/霹雳触及肌肤也是一种荣耀/我们所以敢,敢于面对忧患/因为我们永生永世都在对你热恋/我爱你/我的中国"。爱从来就是与恨相连的,诗人对祖国的爱中包含了对世界上少数喜欢插手别国事务、指手画脚的霸权主义者的满腔怒火,更有对背叛自己祖国亲人之流的唾弃。从某种意义上而言,《含苞的太阳》也是颂歌,但是它与五六十年代意义上的颂歌已经有了很大的不同。对于后者,丝毫不怀疑它是出于诗人真挚的情感,但今天看来这些颂歌显然乐观色彩过浓,有把生活过于单纯化、过度理想化的时代局限。而《含苞的太阳》无论内容还是艺术形式都显得更加成熟,更加和现实生活融为一体。"老骥伏枥,志在千里;烈士暮年,壮心不已",2007年,严阵又推出他的抒情诗集《瓷月亮》,这本诗集再次彰显了其一贯坚守的诗歌理念,那就是诗人要有与时俱进的精神,关注社会,而不能故步自封,停滞不前;诗人要与时代有心灵感应,时刻用心去感受时代的脉搏。诗中所描绘出的崭新世界与蕴含的丰富哲理无不给读者带来美的享受和心灵的洗礼。

严阵不仅深情关注祖国的发展,还是一位放眼世界的诗人。他多次随团出访,足迹遍及二十多个国家,创作了很多域外题材的诗篇,让诗歌成为联结中外友谊的纽带。诗集《鸽子与郁金香》就收录了他访问美国时创作的抒情诗,多姿多彩的域外风情在诗人心底留下了浓烈的印象,激起了诗人对和平、对友谊的热烈赞颂,并情不自禁地引发了他"在普拉达旅馆与华盛顿的谈话"。一首《华沙留别》则将他对华沙这座文化名城的依依惜别之情款款流出:"浸沉在微微细雨/和美丽秋色中的/华沙啊/我下次来/将是/什么/时候。"

纵观严阵五十多年的诗歌创作,总体上可以"文革"为界分为前、后两个时间段,新中国成立十七年及"文革"为前期,这一阶段的诗歌基本上是政治抒情诗和生活抒情诗(以革命历史和农村生活为其主要题材),属于地道的红色颂歌之列,虽然其中也不乏蕴含诗人的思索,但表达的多为"大我""我们",也就是阶级和群体的代表,从某种程度而言,诗歌充当了时代的传声筒和发言人,这既是那个特殊年代里诗歌的使命使然,也与严阵一贯的文学主张有关,他始终认为:"文学之所以神圣,那是因为它是千千万万普普通通的人民群众的代言人,那是因为它是社会的良心,它是一个国家甚至全人类的旗帜和号角。"[①]因而这一时期的诗歌意识形态色彩较为浓厚,易为当时的主流话语所接纳。新时期以来的创作为后期,在对国家和人民命运关注的同时更多地融入了个人的情思,诗歌的思辨色彩浓厚,较多地表现了"个我""小我",也就是诗人的独特感受和抒情个性,换言之,诗歌的主体性得到了加强。不过,心系祖国的发展和人民的幸福始终是他一以贯之的诗歌主题,为此,他的一生都在做一名歌唱我们伟大祖国、时代和人民的杰出歌手。

对于诗学的发展,严阵始终认为,高度的社会责任感和强烈的历史使命

[①] 严阵:《我们为什么写作?——致安徽青年作家创作会议》,《清明》,2001年第3期。

感是一个诗人的必备素质,是诗人的"灵魂"。有感而发既是诗歌的自身要求,也是诗人与社会相融合、关注社会的表现。在时代大潮中,诗人不仅不能缺场,而且更要积极地参与其中,一味地独自吟唱或单纯地玩味诗歌技艺都将远离诗歌的主旨。个人情感性当然是诗歌的主要元素,但社会性也不可或缺,它是诗歌的社会使命。电子网络技术日益发达的21世纪,更引起了诗人的深思。诗人要与时代进行有力的拥抱,要为人民而歌、为时代而歌,要创作符合时代需要的、人民群众喜闻乐见的诗歌作品。同时,他认为民族性是诗歌的"灵魂",无论时代如何变化,诗歌如何发展,诗歌都要葆有自己的民族性。也就是说,中国诗歌要有中国元素,中国元素既是中国诗歌的特色,更是中国诗歌未来发展的厚实土壤。中国新诗的发展离不开中国传统文化的滋养,新诗不是对传统诗歌的彻底颠覆,而是扬弃和创新。只有继承古典诗歌艺术的优良传统才能推动新诗的健康发展,而他本人也无数次从曾经给中国诗歌带来无限光环和荣耀的中国古典诗歌中汲取诗歌养料,并取得了极大的成功。他认为对诗歌内容有进行过滤的必要,在他看来,诗歌是美的艺术、心灵的艺术,不是生活中所有的东西都可以入诗的,口语可以入诗,但若认为口语化的语言都可以成为诗歌语言,"人人都是诗人,句句都是诗歌"的荒唐可笑的历史又会重演,那是对诗歌品质的极大歪曲。

除了在诗歌方面所取得的卓越成就之外,严阵在散文、小说、报告文学等方面也是硕果累累。

严阵的散文同他的诗歌一样优美动人,充满了诗情画意,集语言美与绘画美于一体(这与他是一个有着独特风格的画家是密不可分的),他的散文用诗歌般的语言、散文的形式和小说的手法来讲述婉约美丽的动人故事,展现五彩缤纷的大千世界,抒发对人世百态的独特体验,把广大读者带进一个个令人久久难忘的高雅的艺术境界和真切的生活场景中。散文集《牡丹园记》收录了严阵新时期以来散文创作的精品,名篇《牡丹园记》已被选入多种选本和读本,成为新时期散文百花园中的芬芳之作。《小巷》讲述的是住在小巷的几户人家几十年的人世沉浮,他们为了中国革命的胜利和社会主义建设抛头颅、洒热血,却在"文革"中惨遭林彪、"四人帮"之流的迫害,或被剥夺工作,或失去自由,甚至被夺去了生命,但他们并没有动摇自己的信仰,以坚定的信念在党的十一届三中全会以后迎来了春天,被昭雪平反、恢复工作,继续投身于祖国的四化建设中去。可以说,小巷的变迁是新中国成立以来历史变迁的一个缩影,更是作家对中国从此走上了新的历史发展轨道的希冀与展望。严阵的散文既有诗歌的激情浪漫,又有小说的深刻内涵,更有散文的形式美,无论是馨香沁人心脾的《水仙》,描绘大自然风光美不胜收的《黄山烟雨》《日观峰上》,蕴含深刻哲思的《秋水》,意境悠远的《听松》,让人激情荡漾的《当国歌奏响的时候》,还是让人发思古之幽情、凭吊历史的《高昌故城的落日》,给人启示而又令人肃然起敬的《一滴水》,你都会跟随着作者的笔触在时空的隧道中进行一番精神遨游。概言之,严阵的散文在凄清、婉约、舒缓的抒情笔调下流淌着对自然、社会、历史与人生的深刻思索,洋溢着作家鲜明的爱憎和乐观的情怀,既有思想性,又有艺术美,更蕴含深邃的人生哲理。从某种程度上说,其有散文诗的品质。

同散文一样,严阵的小说也充满了诗情画意,其作品文字优美、笔调清新、结构精巧、抒情性强,具有鲜明的特色。其中长篇小说《荒漠奇踪》曾获全国优秀少年儿童读物奖、中国作协首届儿童文学奖。除此之外,其代表作还有长篇小说《蓝岛丽人》《乱世美人》及中篇小说集《南国的玫瑰》《一见钟情》等。严阵的小说尤其是中短篇小说不论是走入历史深处还是取材于现实生活,其焦点常常定格在对人性、人生的透视上,他以极其敏锐的洞察力反观世间百态,在对人与社会、人与物质、人与自我关系的不断审视和思索中彰显出作家深重的社会责任感。

说到作家肩负的社会责任感与历史使命感,就不得不提及严阵的报告文学创作。1989年,花甲之年的严阵在安徽淮南煤矿亲身体验了矿工们的艰苦劳作,心中受到了极大的震撼,创作发表了长篇报告文学《今天,谁是最美丽的人》,深情地讴歌了广大煤矿工人为了祖国的建设和人民的幸福生活而默默无闻的奉献精神。从此,为煤矿工人而歌就成为他文学创作不可或缺的一部分,他怀着满腔热情与敬意几乎跑遍了全国的主要煤矿。1992年严阵出版了描写矿工生活、讴歌矿工精神的报告文学集《今天谁最美丽》,他本人被授予"荣誉矿工作家"称号。对此,他曾坦言,此类作品虽然不是他最重要的作品,却是他最骄傲的作品,因为他履行了一个作家的神圣使命。

第三章　当代安徽作家的小说创作

第一节　江流的文学创作

江流(1923—2001),中共党员,江苏射阳人。1940年参军,历任八路军五纵队阜宁大队团部文书,中共射阳县委宣传部通讯员,《华中日报》《皖北日报》及《安徽日报》编辑、记者,《安徽文学》主编,安徽省文联编审等职。1963年加入中国作家协会。著有诗集《淮水谣》《大别山区红色歌谣选集》,小说集《龙池》《雪夜》《熟视无睹》《外部问题》,散文集《邂逅集》等。

与同时代许多其他作家一样,江流的文学创作主要集中在新中国成立后"十七年"和新时期两个阶段。其中对新生活、新社会、新政权及其代表中国共产党的热情讴歌成为他前期文学作品的主题。作为一名从抗日战争和解放战争的烽火中走出的作家,江流对生活更具有丰富、深刻和独特的感知。在诗集《淮水谣》中,江流通过对古老淮河的咏唱,形象生动地展现了淮河两岸人民的历史变迁,既有对昔日苦难生活的回顾,又有对当今人民生活崭新面貌的描绘,更有对未来幸福生活的展望,字里行间流露出了对让亿万贫苦农民摆脱几千年来封建统治者的残酷统治与压迫、翻身做主人的领导者中国共产党的无限敬仰之情。而《大别山区红色歌谣选集》则属于典型的红歌,江流在诗中走进了风云激荡的革命岁月,他在回顾光辉岁月、缅怀革命先烈的同时,也在郑重地告诫世人,毋忘过去,牢记历史,珍惜无数先烈用鲜血和生命换来的今天的美好生活。

相对于诗歌而言,江流的小说更代表了他在这一时期的成就,这就不得不说到那篇赫赫有名,引起了巨大争议,给他带来无限荣辱的《还魂草》了。中篇小说《还魂草》最初发表于《安徽文学》1962年第5期,后收入作者的第一部小说集《龙池》(1983年出版)中,全文8万多字。小说以血吸虫病(旧社会俗称"大肚子病")的肆虐与被根治为背景,叙述了杨丽鹃及其家人的悲欢离合,反映了新中国成立前后农村的生活变迁。小说开始的时间是1931年元宵节,江南(皖南)翠村高氏家族开祠堂议事,族长鉴于三十年来村里男丁纷纷得"大肚子病"死亡的事实,不得已更改长久以来族人奉为圣旨的"杂姓之人不准进庄"的族规,允许收养伢子改为高姓以延续宗族繁衍。于是,时年35岁的女主人公杨丽鹃在守寡二十年后领养了北方逃难来的一对双胞胎小兄妹,并给他们更名"高子君""高翠花",同时又留下了他们的父亲并与之结为夫妻,丈夫改高姓更名为"高韵德"。两年后,就在这个重新组合的家庭以及新纳人丁的翠村人幸福平安地生活着的时候,"大肚子病"再次降临这个村庄,常下水田的男人们接连身亡。高韵德虽然没得病,却在为根除怪病而"扒碣除怪"的村庄械斗中丧命。再次守寡的杨丽鹃小心翼翼地守护着两个孩子的成长,直到儿子成家支撑门户,女儿长大乖巧美丽,而这已是又二十年过去了。随着"大肚子病"的不断蔓延,巨大的灾难再次降临到杨丽鹃身上,儿子、儿媳、女儿全部染病,而这时,一个老奸商趁火打劫要重聘高翠花为续弦。在"难于避免的死的威胁"和"无法洗雪的生的耻辱"中,心如死灰的杨丽鹃终于迎来了新时代的来临——中华人民共和国成立了,"现在是民主政府了",政府派来的医疗组向村民解释"大肚子病"的来源,告诉他们这叫"血吸虫病",并且医治好了高翠花以及高子君夫妻。小说的结尾是,当高家的新一代在两年之后的一个春天的黎明降生的时候,历尽劫难的杨丽鹃冲到祠堂门口,在想象中,她敲响了那口象征权威的古钟。而她骄傲地扯起的绳头上面那"高高升着"的,其实是一面"鲜艳的红旗"。

显然,小说的创作背景让我们想起了20世纪50年代在中国共产党领导下开展的大规模的消灭血吸虫运动。毛泽东主席在1958年7月1日,得知江西省余江县消灭了血吸虫病后,"浮想联翩","夜不能寐",创作了《七律二首·送瘟神》(其二):"春风杨柳万千条,六亿神州尽舜尧。红雨随心翻作浪,青山着意化为桥。天连五岭银锄落,地动三河铁臂摇。借问瘟君欲何往,纸船明烛照天烧。"诗中表达了对于消灭血吸虫病的欣喜之情,洋溢着革命乐观主义情怀。显而易见,小说的主题是要通过叙述血吸虫流行区病患群众在新中国成立前后两种不同的遭遇,揭示了新、旧社会的两种不同本质,热情歌颂了新社会、歌颂了中国共产党的领导。换言之,那就是"旧社会把人变成鬼,而新社会把鬼变成了人"。

在艺术上,《还魂草》又显示了其独到的一面。一般此类题材的作品,大多是从阶级斗争的朝代变迁的视角,来开掘主题和刻画人物的。可是江流不走这个老套,他不但紧扣了时代变迁给人物命运带来的重大影响,还从开掘人生、人情、人的心灵的角度,关注人物的生命意识,不仅真实而细腻地描绘了女主人公杨丽鹃的情感世界,特别是刻画了杨丽鹃的孀居心理和她对幸福生活的渴求,而且还触及她的性心理的冲动与搏击,在那个时代,这需要何等的勇气。小说情节生动曲折,人物形象美丽动人,既有执着追求情爱的柔性美,又有敢于抗争封建宗族势力的刚性美,这在当时的文学创作中,是一个相当大的突破。人性问题,是那时创作和理论研讨的主要禁区。然而《还魂草》正因为人性这个闪光点,当时即引起了热烈争议,时隔不久则遭到了严厉的批判。著名老作家苏中在《风雨路 光明行》中回忆说,《安徽文学》连续用三期版面,客观地刊载了支持者与批评者两种观点不同的文章,同时还组织了由创作界、批评界和读者共同参与的讨论会,把从书面到口头又从口头到书面的讨论引到了比较深入的热潮。持肯定态度的人认为,小说高度真实地反映了血吸虫病患区域受灾群众在新旧社会的不同命运,热情讴歌了社会主义新时代,深刻批判了旧时代的封建宗法势力及其伦理道德观念,成功地塑造了有血有肉、有情有义、有爱有恨的女主人公杨丽鹃,在思想和学术上深深打动了读者。而持批评态度者认为,小说在表现人与自然关系的斗争过程中,以资产阶级人性论的观点,取代了阶级分析的立场,抹杀了阶级矛盾和阶级斗争,歪曲了社会生活本质,宣扬了活命哲学等。这次讨论持续的时间很长,参与的人员也相当多。尽管争论的双方观点截然对立,但基本上还都坚持学术争鸣、思想交锋的态度,总体上仍是属于文艺批评的正常现象。然而,政治风云的变幻让人始料未及,很快《还魂草》被打成"大毒草",与那沙的《毒手》《报告》一起成了当时安徽省文联的"三大事件",受到了迫害性的围攻,并且从"千万不要忘记阶级斗争"到"横扫一切牛鬼蛇神"这长达十几年的疯狂岁月里,对《还魂草》的批判与讨伐几未间断,批判与讨伐的文字甚至超过小说本身文字的几十倍之多。他们认为,"作品缺乏鲜明的阶级观点,在很多地方掩盖了社会的阶级矛盾,模糊了人物的阶级性。这些缺陷,实际上已淹没了作品的可取之处,使之黯然失色",而且小说"片面突出了人与血吸虫病的矛盾,掩盖和模糊了人与人之间的阶级矛盾;片面突出了血吸虫病所造成的两性生活问题,忽略和抹杀了由此必然产生的吃饭问题"[①]。《还魂草》还被视为"人性论"的样板而加以批判。因为一谈到人性,那肯定就不属于无产阶级了。更可笑的是,有人竟把小说当纪实,组织专人去所谓的小说写作背景地进行调查,对号入座,认定小说中的一个人物并非贫农而实系地主分子,是作者颠倒黑白别有用心,并且冠冕堂皇地声称:"为了正确地判断《还魂草》的思想倾向是好是坏以及对它的各种评价孰是孰非,我们遵循着毛泽东同志的教导,特地到江流同志曾经采访过并以之作为《还魂草》创作背景的歙县桂林和绩溪高村等原血吸虫病区进行了一次实地调查。文艺作品如果以某一地区为背景,并不就是这一地区现实生活的翻版,但却必须是这一地区现实生活的真实反映。"[②]于是"文学的批判已经完全演变为阶级的批判、政治的批判、语言暴力的批判,而时代的大波澜已是蓄势待发、呼之欲出了"[③]。

然而,"好在历史是人民写的",当"一切以阶级斗争为纲"的时代过去后,《还魂草》又重新得到了肯定。今天当我们重读《还魂草》时,仍然会钦服于江流娴熟的艺术手法,他善于在浓厚的环境氛围中去刻画人物,大量的心理描写、真挚细腻的情感抒发、清新优美的笔调、背景色调的明暗与人物内心

[①] 余惠敏:《文艺创作不能没有阶级观点——评江流同志的〈还魂草〉》,《江淮论坛》,1964年第4期。
[②] 胡叔和、张德美:《关于〈还魂草〉创作背景的调查》,《江淮论坛》,1964年第5期。
[③] 韦丽华:《夹缝岁月中的文学写作——重提〈还魂草〉》,《江苏教育学院学报(社会科学)》,2011年第4期。

的悲喜变化和谐地融为一体,使人物从外貌特征到精神气质都得到充分而真实的展现。更可贵的是,他在小说中寄寓的强烈的人文关怀更是今天的文学创作应该积极传承的高贵品质,彰显了一位革命作家对社会、对民生的高度责任感。当然,不必讳言的是,在那个特殊的年代里,江流的小说创作也不可避免地受到了时代大潮的裹挟,思想性大于艺术性的时代通病也或多或少地存在于他的《还魂草》和同时期其他作品之中。

《还魂草》的被批判导致了江流在长达十几年的时间里被迫停止文学创作。当新时期文艺界的春风再次吹来的时候,江流已近花甲之年。然而,出于对文学的挚爱和对国家、民族命运的关注,他又拿起了笔,开始书写精彩的篇章。报告文学《春回皖东》是篇热情讴歌党的十一届三中全会和农村改革的佳作,展现了安徽凤阳县小岗村十八户农民敢为天下先的大无畏精神。文章在《安徽文学》上发表后,很快被《新华文摘》全文转载,在全国产生了广泛影响,与刘祖慈的《重新飞起的凤凰》、徐子芳的《凤鸣中都》、温跃渊的《凤凰展翅》、鲁彦周的《春暖花开》、曹玉模的《鼓乡春晓》等作品一起成了吹响安徽改革开放的有力号角。

除了报告文学之外,小说仍是江流新时期文学作品的主角。他这一时期的小说以短篇为主,在他的第一部小说集《龙池》中,除《还魂草》之外,其余十篇都是新时期以来的作品,大多写的是农村题材。江流"满腔热情地描绘了一幅十一届三中全会以后农村生活的动人画图,塑造了一组新的农民群像,与此同时,对于长期以来极'左'路线的遗毒和它所孳生的畸形儿,也毫不放松地予以有力鞭挞和嘲讽"[1]。《龙池》讲述了一个令人痛心而又值得深思和警醒的故事。老龙头是赫赫有名的革命英雄,在战争年代,他开辟和坚守石井坞这块深处大山之中的革命根据地,现在身居高位。而他的战友老凤曾经跟着他出生入死,后来又冒着生命危险掩藏并抚养老龙头的女儿,但现在仍是石井坞的农民。一次偶然的机会,老龙头父女去六岳温泉疗养时正好

---

[1] 段儒东、邵江天:《评江流小说集〈龙池〉》,《清明》,1985 年第 3 期。

要路过石井坞,不仅老龙头没有想到去看望老战友老凤和那里的乡亲们,而且老凤主动去见他时却由于种种阻挠不能如愿。更让人难以置信的是老龙头的女儿——那位曾经在石井坞足足度过十个年头的"龙姑娘",她对于负载养育之恩的老人不再相认尚且不说,更有甚者,她竟然不再承认三十年前的自己,另一方面,她却在安享着下级官员露骨的吹捧。由此小说给人留下了深刻的思索:是什么原因导致了在革命战争年代老区人民用鲜血与生命哺育的中国共产党的优秀儿女如今高高在上,同人民群众的距离越来越远?又是什么原因让党与人民之间曾经密不可分的情感变得越来越淡薄?在革命早已胜利的今天,我们共产党人怎样才能保持为人民服务的本色不变呢?小说的结尾是耐人寻味的:"等老龙头有空进山,我们老兄弟俩要好好谈谈心。"老凤的心里话既是人民群众对当年亲密无间的军民鱼水关系重新回归的期待,也表现了一位革命者对在极"左"路线影响下党内一些不正常现象的忧虑。

除了《龙池》之外,江流的其他小说也多以农村题材为主。对农村生活的熟稔让他的作品充满了浓郁的乡土气息,呈现出一幅幅各具特色的风俗画卷。由于江流在创作中始终与时代生活保持了紧密的联系,因此他的小说具有很强的现实针对性。换言之,思想性一直是江流小说最显著的特色,这是时代要求与作家创作个性合力的必然结果。

从八路军的一个通讯员到声名显赫的作家,江流的文学创作历程穿越了半个多世纪。虽然从严格意义上来说他并不属于专业作家,可是他对文学的热爱、对党和人民所怀有的真挚情怀以及深厚的文学素养使得他的作品极具感染力,特别是《还魂草》可以称得上是安徽文学里程碑式的作品。与同时期的作家如陈登科等人一样,文学既让江流在中国当代文学史上留下了鲜明的足迹,也让他遭受了历史的无情捉弄,带来了许多人生之路的坎坷。但他无怨无悔,因为这是一个一身正气、为人民敢于诤言的革命作家所做出的历史选择。

第二节 张弦的短篇小说创作

张弦(1934—1997),原名张新华,祖籍浙江杭州,出生于上海。张弦的父亲是民国时期南京一家银行的一个职员,家境虽不怎么富裕,但一家人也衣食无忧,日子还算过得去。日寇入侵后,南京沦陷,日本强盗在南京的大屠杀,使这个六朝古都血流成河,惨不忍睹。张弦的父亲在战火中惊恐难安,在半失业的状态中痛苦地挣扎,在张弦九岁时就过早地忧愤离世了。此后,张弦在母亲和姐姐的抚养之下,艰难地逃生求学。他的初中是在上海和江西上饶上完的。上初中时,张弦常常面临失学的威胁,但他一颗酷爱读书的少年之心始终不曾懈怠,做好功课后的课余时间,唯一的爱好,就是用省下来的少量零花钱,到书摊上去租书来读。张弦的阅读范围很广,历史、科技、人物传记方面的书籍他读了很不少,但兴趣更浓厚的是阅读文学方面的书,古典小说,鲁迅、茅盾、巴金的著作,翻译过来的外国小说,他都狂热地阅读。张弦初中毕业后,迎来了新中国的成立,他满腔热血,积极要求参军,但因年龄太小,未能如愿。在南京上高中时,受到语文老师的影响,张弦对文学更为热爱,他担任了全校墙报的负责人,并开始在南京市的文艺刊物上发表作品,这促使他更广泛地阅读各种能找得到的新的文艺读物,苏联文学更是使他入迷。1951年高中毕业后,张弦考入了在北京的华北大学工学院,第二年在院系调整时该院被并入了清华大学冶金机械专修科。在大学就学期间,张弦积极热情,朝气蓬勃,加入了新民主主义青年团。1953年张弦大学毕业,被分配到鞍钢设计院当技术员。鞍钢是新中国新型的钢铁建设基地,大规模、轰轰烈烈的社会主义建设新运动,使年轻的张弦感染至深。技术工作紧张繁忙,但张弦并没有忘记文学,他利用一切空余时间,开始了文学创作,渴望将新的生活、新的感受用文学的方式表达出来。1955年他写出了第一部电影文学剧本《锦绣年华》,并很快发表在刚创刊的《中国电影》1956年第2期上。剧本描写了一群大学毕业生走上不同岗位后,努力奋斗,以青春和热血,为祖国的各项建设做出不同贡献的故事,这些都是张弦的切身感受。《锦绣年华》是张弦初次尝试电影剧本写作,思想意境开掘不是很深,人物形像塑造得也不尽如人意,但整体格调却健康向上、清新质朴,著名电影评论家钟惦棐还写了专文予以鼓励评介。

张弦的第一篇短篇小说《甲方代表》发表于《人民文学》1956年第11期,起步较高。那时他已调回北京黑色冶金设计总院工作,刚满22周岁。这篇小说后来由他自己改编成电影文学剧本《上海姑娘》,由北京电影制片厂1959年拍成故事片,导演成荫。这篇小说虽还稚嫩,但也反映了张弦忠于生活、格调昂扬向上的创作倾向。小说中的白玫的身上那种一丝不苟的工作精神和对人坦诚而理解的态度,表现了新中国年轻一代美好的精神风貌。1957年,张弦因一篇未发表的小说,被错划为"右派分子"。这篇小说到底写的是什么,张弦一直未说过,至今是个谜。虽然三年后张弦被摘掉了右派帽子,但"文革"一开始,他又立即成了"重点批斗对象",还被"重新戴上右派帽子",遣送农村监督劳动,后被安排在安徽马鞍山市一家电影院当清洁工。

"四人帮"被粉碎之后,张弦的创作热情极为高涨,当他还在电影院当清洁工,还没有获得"解放"时,便激动地拿起笔来。每天最后一场电影观众散去,他忙完影院的清洁工作之后,便不顾一天的劳累疲乏,于深夜昏暗的灯光之下潜心写作,很快写出了电影文学剧本《心在跳动》,由长春电影制片厂1979年改名为《苦难的心》拍摄完成。这是一部揭露"四人帮"迫害知识分子的影片,影片中的老医生罗秉真,由于正派善良,坚决抵制"四人帮"的丑恶行径而被打成"现行反革命分子"遭到迫害,但他不顾高压,一颗炽热的心始终同人民群众在一起。这是张弦搁笔多年后的第一部新作,人物形象较为丰满,感情也充沛真挚,放映后受到舆论界和观众的好评。

张弦的冤假错案被平反之后,即调到马鞍山市文化局从事专业创作。他青年时代起即侧重于写短篇,1978年以后,他的短篇写得更为精彩。《记忆》《舞台》《被爱情遗忘的角落》《一只苍蝇》《未亡人》《挣不断的红丝线》《污点》《银杏树》《回黄转绿》《春天的雾》等于20世纪70年代末80年代初相继问世,这些短篇像一颗颗珍珠一样照亮了文坛,给读者一个又一个惊喜。《记忆》和《被爱情遗忘的角落》分别获得1979年度和1980年度全国优秀短篇小说奖,代表了当时中国短篇小说的最高水平。《被爱情遗忘的角落》由张弦自己改编成同名电影文学剧本后,较小说又有了一些丰富和提高,由峨眉电影制片厂1981年摄制放映后,获文化部1981年优秀影片奖,张弦获"金鸡奖"最佳编剧奖。上述短篇和改编为电影文学剧本的《被爱情遗忘的角落》,都是在马鞍山市完成的,其时,他担任马鞍山市文联副主席。这一时段是张弦文学创作的黄金时段。20世纪80年代中期,张弦即从马鞍山市调往南京。

张弦所创作的短篇小说,数量不是很多,他自己说:"从我的第一篇小说发表到现在,已经二十五年有余了。而呈献读者之前的,只有这样薄薄的一个集子。真不能不使我深深感到惶愧。"(小说集《挣不断的红丝线·后记》,人民文学出版社1983年版)但张弦的小说给人的印象却是那么深刻,过了一段时间还想读,再读一遍仍然感到新鲜,好像是一泓清泉,虽然不见大的波澜,却能沁人心脾、清冽甜润。张弦的艺术匠心渗透于他的每一个短篇之中,张弦是有他的艺术世界的。

张弦小说的风格是独特而平实的——追求写平凡的事,写平凡的人。他的这种追求,是他从生活经验中受到启发而付之创作实践的。他的作品,没有大起大落、大锣大鼓的刺激,更不炫弄惊奇,凡人小事使你感到如同发生在你的身边,非常生活化,但又不是原封不动地把生活搬过来,而是经过了提炼的,只不过这种提炼,不露一点斧凿的痕迹,读起来感到非常真实,回肠婉转,津津有味,使人在不知不觉中受到感染,引起沉思,乃至心灵的颤栗。《未亡人》《挣不断的红丝线》《银杏树》这三篇,可以看作是张弦追求平实的代表作,多么平淡的事,多么普通的人。周良蕙,一个已故市委书记的妻子,悄悄地爱上了比她小五岁的邮递员,他们的爱情遇到了来自各方面的阻力,她只得展纸执笔,给她的冥冥中的丈夫写信,一诉心曲。傅玉洁,最初没有嫁给齐副师长,她的丈夫苏骏被打成了右派,她受不了她丈夫人格的扭曲、低下,毅然离了婚,人过中年却又和齐副师长成了一对。孟莲莲,一个农村民小教师,被和她海誓山盟并得到她大力支援的大学生姚敏生抛弃后,由于记者常雁和县委书记郑霆的干涉，他们终于结了婚……毫无出奇之处，生活中到处都能碰到这些事，但进入张弦的小说之后，故事却委婉曲折、亲切动人，读过之后，迫使你不得不掩卷深思，心灵的琴弦也和张弦的笔墨一起震动。究其原因，是因为张弦从这些凡人小事之中，触及了人人所关心的问题，容易引起共鸣。张弦说，他的小说虽然是以爱情为始发，但实际上他所写的都是"非爱情"，他是不同意把他的小说称为"爱情小说"的，他所触及的都是社会问题。《未亡人》和《挣不断的红丝线》，是互相关联的姊妹篇，傅玉洁实际上是《未亡人》里那个仅露一面的杨丽丽的展开，张弦在谈到这两篇小说构思时，曾提到这一点。周良蕙和傅玉洁，是从各自生活道路转入各自不同追求的相辅相成的两个人物，是从生活中提炼的两个典型。周良蕙 19 岁嫁给市委书记，由一个普通护士变为拥有优越的物质条件和政治地位的官太太，但她却缺少一样宝贵的东西，那便是真正的爱情。因此，当她的丈夫死去之后，她丝毫也不考虑市委书记夫人的尊严，毅然去追求她的爱情，她是精神生活的向往者。而傅玉洁却恰恰相反，她半辈子追求的是真正的爱情，也曾得到过，但在这精神生活的世界里浮沉，她似乎筋疲力尽了。她的物质生活如此可怜，于是她向往物质生活，羡慕出门有轿车，羡慕舒适而阔绰的家庭陈设，这一切，她嫁给齐副师长后，便很快得到了。这两个人物前后的不同追求，由于作家对社会生活细致而深刻的观察，作为姊妹篇的这两篇小说，所描写的这两个平凡的人物，也就特别引起人们的关注。凡人小事，却和社会生活丝丝入扣，这便是平实的高明之处。

平实而优秀的短篇，同样需要讲究文学技巧，张弦的文学技巧是灵活地运用我国古代文艺理论中的"僻实熟虚"。"僻实"，就是对读者比较生疏的细节，要描述得实在，"熟虚"，就是对读者比较熟悉、明白的事物一笔带过。该实则实，该虚则虚。张弦不炒剩饭，更不重复别人，他的细节描写总具有新鲜感，有趣味，有知识，很贴切。《未亡人》叙述了寡妇为了苦熬日月，每晚只得在灭灯之后去摸一百个铜钱的故事，多么令人凄楚心酸，和周良蕙的身世又融为一体。还有那《回黄转绿》中反复出现的扫帚，《记忆》中方丽茹在银幕上倒置了领袖像和秦慕平将印有领袖像的报纸包鞋,都是作者的奇巧之处,但又是寓奇巧于平实之中的艺术创造。

含蓄,也是平实的一种功夫,缺乏含蓄的作品,大约只能见出其平,而不能见出其实。张弦是讲究含蓄的。《被爱情遗忘的角落》《银杏树》,是饱含着生活底蕴的两篇。靠山庄的青年男女们,虽然都处在青春妙龄,却因为物质生活的贫困,而造成精神生活的苍白、枯萎,他们不敢相爱,不知道怎样相爱,即使付出了青春、生命,人格被污辱和坐班房的昂贵代价,也难以唤醒人们的觉醒。靠山庄依旧处于一种封闭的状态,只是在党的政策的春风吹到了这个被遗忘的角落之后,人们的物质生活将要发生新的变化,青年们的心灵才开始复苏。这难道是爱情的悲喜剧吗?是,但又远不是。深深隐藏于作家笔端的是,物质生活对精神生活具有多么强烈的意义,它正是以一幅深邃的生活图画,描述了物质文明和精神文明的同等重要。读过这篇作品,我们深感其容量的巨大,"这是怎么回事?日子怎么又过回头了……"菱花的这个平常而又深沉的内心独白,有多么沉重而复杂的内涵:物质生活的贫困、精神生活中愚昧落后的封建残余思想的抬头和泛滥,都是通过存妮、荒妹、菱花、小豹子这些极平凡的人物形象,用巨大的代价传递给读者的。《银杏树》是另一种意义上的含蓄,对人生追求的理解的含蓄。孟莲莲和姚敏生虽然成了夫妻,但对孟莲莲这个纯朴善良的姑娘来说,是追求到了幸福呢,还是她的不幸呢?她得到了爱情了吗?这一切作者都没有写出来,只是写了孟莲莲似乎很快乐、很满足。但读者不禁要深思,她到底是追求一个丈夫还是真正的爱情?姚敏生将会对她怎么样?孟莲莲为什么要作这样的选择?众多的平凡人物的命运和追求,引起读者多么深刻的同情,而读者也会想到,要追求真正的人生,光有一副菩萨心肠还远远不够,还必须摆脱精神上的贫困与知识上的愚昧,还必须培养高尚的情操。

张弦小说的故事性是不强的,他似乎时时在避免以有趣的故事去分散读者的注意力,他认为向读者讲一些有吸引力的故事,不是小说创作的主旨,主旨是要写人,要写人的内心世界。张弦的短篇正是以描述中年女性内心世界而见长的。不能把作者周密地描述人物内心世界的细微变化,看作是在讲故事。高明的作家,总是通过对人物的情感、趣味、素养等等的刻划,来达到艺术形象的丰满,揭示人生的各种关系,深刻地反映社会生活,这也正是张弦在他的短篇小说创作中所不断追求的。请看《未亡人》里的周良蕙吧,通篇都是她的内心独白,作者在万言左右的篇章中,几乎没有用什么笔墨去讲故事,他煞费苦心地选用的书信体,对于细致入微地描述周良蕙这个人物,是再合适不过了,孀居12年的周良蕙在她爱情重新萌动的时候,能向谁诉说呢?只有向她冥冥中的丈夫去诉说,这种诉说可以没有一点隐讳、没有一点戒备,通过周良蕙所看到的邮递员的"安慰似的微笑",那羞怯的表情,那"讨人喜欢的虎牙"的描述和她感觉到的米兰的幽香,以及那"保持晚节"之类的领导"闲谈"、妇联办公室里的笑骂、未来婆母的"周主任"的尊称、儿子望望的叫嚷和女儿兰兰披头散发奔到床头的哭诉,感情多么委婉细腻,多么动人心弦。从节奏来看,确实没有什么快速的跳动,但这真挚的中年女性的心曲,由于作者的巧妙安排,不是淋漓尽致地剖白于读者面前吗?周良蕙的身世、苦衷和追求,使我们对生活的一个断面看得多么清楚,这种舒缓的节奏,同样使我们受到强烈的艺术感染,同样能使人获得一种美好的艺术享受。

张弦作品几乎没有乡谚俚语出现,他所采用的是纯洁规范的书面语言,所以当他的作品被译成外文时,翻译家们相当顺手。可以看得出,他很重视向中国古典的文艺作品学习,向中外的语言大师们学习,从莎士比亚、巴尔扎克、茅盾、巴金等名家的作品里汲取了有益的营养。他的语言机警、幽默、细腻、朴实,能用简练的文字表达人物的个性和内心世界的变化。他的作品似乎难以找出一整节描写风景、环境的文字,对自然景物的描写他往往一笔带过,这也显示出他语言的另一个特色,即他是把整个语言的力量都用于刻划人物了。然而,他的语言也很美,音律和谐、节奏分明、张弛自如,他有时虽然喜欢用一些较长的句式,但并不给人以拗口的滞涩之感。

赋予人物个性化,应当是小说语言所努力追求的,张弦在这方面极用功夫。对傅玉洁几个片断的描写是相当精彩的:

……一向注重衣着、仪态和教师风度的傅玉洁,毫不费力地取得了成功。"您的发音准确极了!""悠扬动听,简直是音乐!"下了课,青年教师们围着她赞叹不已。傅玉洁讲了几句得体的表示谦虚的话,心中不免暗自高兴。她已经不是当年那个羞涩的、易于激动的姑娘了,但对于自己的才华和劳动所赢得的尊重,比起当年来,却更值得她珍视。

偏偏就在他们穿过校园向办公室走去的时候,苏骏拉着一板车煤球,汗流浃背地过来,厨房那边一个炊事员还在朝他骂娘。认识苏骏的教师忍不住低低地说了一句,立刻一片窃窃的惊诧声、追问声、叹息声,苍蝇似的嗡嗡个不停。傅玉洁犹如被人当众打了一记耳光,脸色苍白,快步逃开了。

人生对于傅玉洁是艰难、苦涩的,这时出现的苏骏,使这个仪表堂堂、深孚众望的傅玉洁遭到了摧毁性的打击,她的苦恼、烦躁、虚荣等等,全在这"脸色苍白,快步逃开"之中表达了出来。

水温使她的心渐渐柔软和敏感了。哦,这浴室,这客厅,这幽静的小楼和她不知道怎么开门的轿车……所有这一切,不都原可以同样属于她的吗?只要当年点个头,哪怕像汪婉芬那样勉强地、含泪地点个头!然而她没有,她拒绝了。多么幼稚,多么可笑,多么傻!她选择了一条以自己的想象所铺设的鲜花遍地、坦荡无垠的大道,追求、期待、振作、挣扎……一步一步,她发现她的脚下走过的是平凡又平凡、没有丝毫罗曼谛克的坎坷小径而已。除了深深的疲惫,她什么也没有得到。……

这段傅玉洁的内心独白,把这个从追求高尚精神生活向追求豪华物质享受的女性的性格的转变,多么明朗而又简炼地刻画出来了。

《挣不断的红丝线》里的马秀花,是又一个"马列主义老太太"式的人物,作者对她的刻画可说是惟妙惟肖。二十六七年前,她为齐副师长向傅玉洁提亲,是那么直截了当,现身说法,那种连哄带压的高调,同时也表现出了她性格中无知简单的一面。二十六七年后,她虽仍是致力于促成齐、傅结合,表现方式却全不一样了,而是以拉家常、道别后的方式出现的,在这拉家常、道别后之中,又把马秀花这个人物养尊处优、粗俗自得的性格表现得真实可信。"老吴调到这儿来了,年初正式任命的。你不知道?你还和当年一样,不关心报纸……"为丈夫的升迁得意,在傅玉洁面前摆的还是老领导的架势。"'你不见老,一点儿也不见老!主要是没发胖。女人到了咱们这年岁,最糟的、最坏的、最要命的是发胖。你瞧,'她摆动一下自己的腰,'像水桶啦!系带儿的鞋早不爱穿啦,只能穿这种一脚蹬。'"虽是埋怨自己胖了,却是在炫耀自己生活的优裕;好像是与战友无所顾忌地交谈,言谈之中透出来的却是粗俗的气质。"你们学校那接电话的是什么人?口气那么横,土霸王似的,气得我放开嗓门:'我是省军区政治部!找傅玉洁有重要的事!什么事你管不着!'哼,他马上就客气起来啦!这人是干啥的?"对自己的权力津津乐道,喜欢拿身份、头衔来压人。

张弦的语言也常常表现出另一种风格,那就是机警、锋利、尖锐,而又饱含着哲理,这便使得他的小说常常带有杂文的意味。如描写傅玉洁在马秀花第一次提亲之后:"用几个月来所接受的全部革命道理,同自己作痛苦的斗争",描写苏骏被摘掉右派帽子后的心情:"倒不如戴着帽子的时候呢!那时,总还有个希望。如今,这顶'摘帽右派'的帽子,永远摘不掉啦!"菱花(《被爱情遗忘的角落》)受到荒妹激动的抗争后,连说:"报应,报应!这就叫报应呀!"如此等等。但张弦深深懂得这种带有哲理性的尖锐语言的分量,在作品中决不轻易滥用,一旦使用,则恰到好处,就能取得比较强烈的艺术效果。

王蒙在评论张弦的小说时写道:"他的作品是那些比较严肃、格调不低的作品中最好读的,又是那些比较好读的作品中最严肃最有容量的。他的小说结构完整、人物清楚、叙述干净、语言纯朴","获得了相当大的成功"(见王蒙为小说集《挣不断的红丝线》写的序言《善良者的命运》)。

第三节　刘克的创作道路

刘克(1928—1999),安徽合肥人,曾任合肥市文联副主席、作家协会主席,安徽省作家协会常务理事,合肥市文联名誉主席,中国作家协会会员,一级编剧。

刘克少时生活在安徽省长丰县三十头乡,曾有半年农村小学教师经历。1949 年 2 月加入中国人民解放军,从戎二十三载,曾参加成都战役,多次参加剿匪战斗。1951 年至 1952 年被保送到重庆西南人民艺术学院戏剧系、文学系学习。1954 至 1971 年,刘克驻藏十七年,1971 年转业回合肥。

1955 年在《西南文艺》上发表的中篇小说《新苗》是刘克的处女作,荣获西藏军区政治部小说一等奖。1956 年在《人民文学》上发表了《1904 年的枪声》。1962 年解放军文艺出版社出版的短篇小说集《央金》是刘克的成名作,影响比较大,《人民日报》《解放军报》等报纸给予了非同寻常的关注和评论,部分小说被译成英、法、日等语言在国外发表。1964 年,三幕六场话剧《曲哥人》参加全军文艺会演。1977 年,合肥市文工团上演刘克六场话剧《无产者》,著名评论家冯牧给予了很高的评价。1979 年,中篇小说《飞天》发表于《十月》,引起强烈反响,全国各大报刊载文对作品展开争论。同年,电影剧本《丫丫》由长春电影制片厂拍摄完成并在全国公映。1980 年,电影文学剧本《达赖六世的传说》发表于《电影创作》,这是一部时空跨度大、故事情节曲折、人物众多且各具个性、社会关系复杂的力作,也是作者最满意的一部作品,因揭示民族、宗教、国家、人性方面的深刻主题,引起社会各界和中央有关部门的关注。反思文学系列《康巴阿公》(《十月》1983 年第 4 期)、《古碉堡》(《十月》1983 年第 4 期)、《暮巴拉·雾山》(《清明》1986 年第 6 期)、《采桑子(西藏非真实纪事)》(《清明》1987 年第 4 期)等是刘克的代表作,发表之后被《新华文摘》和《中篇小说选刊》等转载,达到了思想和艺术的新的高度,具有重要的文学价值。

刘克在四十四年的创作生涯中,共发表小说、话剧、电影剧本近百万字,几乎所有作品都来自他在西藏军旅生涯的积累,取材于他曾经战斗、劳动过的"第二故乡"——西藏雪域高原。

在当代文学的历史进程中,刘克无疑是独特而深刻的。他一生的创作可分为两个时期:新中国成立后的五六十年代与新时期的初期。他的创作也鲜明地呈现出阶段性特征:五六十年代的西藏题材小说,带有单纯、质朴的特征,反映的是西藏真实的历史景象;新时期初期,由于受到思想解放大潮的激励,刘克的思维异常敏捷,迎来了创作的高峰期,虽然作品的数量不多,却达到了时代应有的思想高度和反思深度。虽然作品仍绝大多数以西藏为题材,但他是站在新的视点和认知上重新审视西藏的历史,体现出鲜明的历史意义和审美价值。

《央金》是解放军文艺出版社1962年出版的反映西藏农奴生活和民主改革的短篇小说集。这些小说主要描绘从1959年开始,西藏历史进程中波澜壮阔的民主改革。《央金》镜像式地映射了西藏农奴的悲惨生活图景。差巴、堆穷、朗巴们只是会"说话的牲畜",没有土地,没有生活资料,没有尊严和自由,不知道怎样才能像真正的人一样生活。《央金》《曲嘎波人》《古茜和德茜》《巴莎》《古堡上的烽烟》等描述了农奴们无止境的劳苦、卑劣的生存,皮鞭、镣铐、残杀,以及被占有。《央金》中的10篇小说发表于20世纪五六十年代,如此真实、如此早地用文学的形式揭示西藏农奴的生活情状,全方位地展示西藏变迁的历程,这在中国当代文学史上是难能可贵的。《央金》成功地塑造了一系列栩栩如生的藏族妇女形象。这些朴实、勇敢、善良、美丽的藏族妇女形象一方面承载了丰富的藏族地域文化意蕴,昭示了根深蒂固的农奴制的存在;另一方面丰富了中国当代文学中的女性形象,她们的意义是多重的。央金、巴莎、苍姆决、丫丫、德茜、古茜、齐美等诸多女性形象,给人以深刻的艺术感染力。她们在农奴制暗无天日的生存境况中,所遭受的苦难和屈辱远甚于男性。她们不仅承受森严的等级制度、人身奴役、残酷的政治压迫和刑罚,以及沉重的赋税和压榨,还承受被老爷肆意地蹂躏和践踏——"支差",这在农奴制下是屈辱而又普遍的现象。在新思潮的引领之下,她们的反抗意识开始觉醒,农奴制开始在社会最底层动摇。她们的一生既是西藏人民的受难史,也是西藏人民的觉醒史。她们身上负载了社会变革年代特有的时代内涵,透过她们,可以感同身受地走进西藏历史的变迁,感受世道人心的深刻转折。

《央金》里的大多数作品都是由一个个"翻身"农奴的经历构成的,故事跌宕起伏,情节千回百折,命运沉浮不定,冲突紧张集中,人生颇富传奇性和戏剧性。小说描绘的时代恰好是西藏和平解放到平息叛乱再到进行民主改革这一时代风云变幻期,社会生活本身就富有大起大落的戏剧性变化,人物命运的传奇性自然就在情理之中。所以,我们能欣喜地看到,小说的艺术逻辑、审美需求和社会生活的实际情状完全吻合,故事的戏剧性和命运的传奇性既是小说的审美需求,也是西藏社会剧烈变迁的现实必然。

简括起来,《央金》具有多方面的意义以及相应的文学史价值。其一,在50年代末60年代初,刘克用文学形式揭开西藏独特而又神秘的面纱,这在当时的文学领域实属难得,他的创作几乎和时代同步,及时而又准确地反映了时代,见证了历史。其二,《央金》不仅真实还原了活生生的农奴生活的历史现场,也真实地揭示了西藏从专制、愚昧、黑暗走向民主、解放、光明的伟大历史进程和历史必然性。其三,小说中所涉及的西藏的独特地域风貌、民族风情、宗教信仰、文化礼仪、日常生活,不仅具有文学审美价值,也具有文化地缘意义和民俗学的价值。小说散发着浓郁的藏文化的魅力,通过神秘悠久的文化,我们能触摸到西藏遥远的昨天和现实传承的今天。其四,小说深刻揭露了西藏农奴制社会统治阶级的罪恶,展现了农奴制下底层农奴真实的生活情状以及历史的可能性现实,尤其是刻画了一系列藏族女性对罪恶及其命运的承担和反抗。其五,《央金》没有多少图解政治的痼疾,没有用当时流行的阶级论简单地设置社会生活和人物关系,而是将小说置于坚实的社会生活之中,体现了艺术和生活的高度统一。其六,小说的语言也为人所称道,简约、纯净、质朴,富有表现力和艺术感染力。

1979年写作的《达赖六世的传说》是刘克的重要作品,既呈现出历史的真实性,同时又跨越历史的真实领地,将历史传说作为小说叙事的主体,且将传说置于厚重真实的历史背景之上,追求艺术的真实、生活可能的真实,将历史真实和艺术的想象高度统一起来,在历史的真实氛围中演绎传说,通过传说的历史故事及经历来展现历史的深邃意蕴,二者水乳交融,取得了历史叙事艺术的成功。

《达赖六世的传说》基于历史故事或民间传说,展开大胆的艺术想象。小说取材于历史掌故,植根于历史传说,但又不拘泥于此。小说中的门门原为一介贫民,因为历史的蹊跷和政治斗争的需要,门门从贫民一夜之间变成了达赖六世仓央嘉措。故事以门门和卖酒女索朗姆的爱情悲剧为线索,以门门的命运浮沉为主轴,展示了西藏旧制度下黑暗的社会面貌,串接起西藏社会各个阶级阶层的命运起伏,尤其是批判了整个农奴制残酷而又虚伪的宗教统治对美好人性的戕害。文本以相当大的历史跨度,相当广阔的生活内容,层叠有序的组织架构,众多个性鲜明的历史人物,错综复杂的政治、宗教、人性、爱情的纠缠,凄楚感伤的命运沉浮,向读者展示了历史的丰富底蕴。刘克有意识地选择历史题材作为其现实思想、时代意识的承载。他希望通过达赖喇嘛六世的传说,解读西藏昨日的历史,批判西藏旧的社会制度和宗教统治,以及通过对门门与索朗姆的同情构成对人性价值的诉求和人道主义的伸张。作品的成功之处在于:一方面,文本将个人的命运、爱情悲剧融入时代的政治风云与宗教统治。由贫民变成活佛的门门、善良的卖酒女索朗姆、内侍长官春丕、富商孙明倭、布达拉宫卫队长葛登巴尔、拉藏王、蒙古汗……都是"历史"的"个人",但这些"个人"的经历便组成了沧桑的"历史"。从"个人"的故事中我们能够清晰地看出农奴制的残暴及政教合一的宗法制社会必然没落的历史趋势,而历史的必然中又拥有历史的偶然。文本成功地将历史人物的命运与历史、时代、社会有条不紊地融合在一起。另一方面,对达赖六世仓央嘉措的形象进行了新的艺术创造。作家选择富有传奇色彩、争议极大的达赖六世作为历史传说的主人公,可谓匠心独运。文本不是简单地将仓央嘉措的民间形象搬进作品,而是在传说或历史的基础上进行了艺术的再创造——

仓央嘉措是由贫民门门在历史的机遇中嬗变而成的,而先前的门门恰恰是到圣地拉萨来寻求活佛的,寻求的结果是自己变成了活佛。始而寻佛,继而成佛,进而厌佛,终而反佛,这就是门门的进佛之路。成了活佛的门门并没有了遂心愿,反而更加迷恋卖酒女索朗姆,在活佛与卖酒女的素朴爱情中绽放出禁锢中的人性之光。六世达赖的这种形象和传说中的形象既相近又相远。相近的是他们都不愿受到藏传佛教清规戒律的禁锢,追求"生命的本在",以生命中与生俱来的原欲抗击教义对生命本真的扼杀。不同的是,历史上的仓央嘉措纵情声色,迷恋风尘,以自身的堕落、沉沦、纵欲的姿态构成对生命原欲压抑的反抗,所以他后来成了"情歌王子"。但他的这种纵情恣欲将无可避免地陷入灵魂的空虚、情感的飘浮、精神的无家可归,最终掉入另一种意义上的精神深渊。刘克的文本清醒地看到了这一点,因此在塑造仓央嘉措的形象时,有意识地将他的形象进行情欲方面的纯化处理。既保留了他对人性、爱情正常的吁求,又规避了达赖六世情欲无可遏制的释放——这样的活佛才是真正人性意义上的生命真在,才能真正构成对人性的深刻救赎。

电影文学剧本《达赖六世的传说》,出现在 1979 年这个历史节点上,而这个节点,正是新时期新启蒙主义思想以人性论和人道主义为思想武器,来控诉"文革"的反人道反人性。因此,文本尽管采用的是历史题材,然而对于当时而言,仍然具有相当重要的历史启蒙意义。并且,文本相对于《央金》时期的创作,其思想蕴含和艺术素养也有了相当程度的提升。

真正奠定刘克在当代文学史地位的,应当是他在新时期初所创作的一系列反思文学作品。这些作品几乎每篇都是上乘之作,也是反思文学的代表性文本,具有非常深刻的思想和丰富的艺术蕴含。它们是:《飞天》《康巴阿公》《古碉堡》《暮巴拉·雾山》《采桑子(西藏非真实纪事)》。作品虽不多,并且都是中篇,但它们所达到的思想艺术水准,充分体现了刘克的创作个性、创作风范,均具有强烈的思想震撼力和历史冲击性。

《飞天》加入了批判性反思的行列,小说的发表引发了极大的争议。小说的主人公飞天姑娘 20 世纪 60 年代生在红旗下长在红旗下,并和黄来寺的文物管理员海离子在长期相濡以沫的生活中建立了忠贞的爱情。然而,前来参观的军区贺政委彻底改变了飞天的命运,他利用自己手中的特权占有了飞天,使其陷入万劫不复的精神深渊,最终导致了飞天的毁灭。由于封建思想的残留,飞天的命运悲剧在社会主义初期阶段具有一定程度的普遍性、典型性。争议的焦点不在于《飞天》表征的新启蒙现代性的文学话语、思想话语所选择的社会政治视角,而在于这种视角所触及的社会政治和社会问题具有极强的意识形态敏感性。争议正是《飞天》的价值所在,它同时也说明了在"文革"刚刚过去不久的历史情境中,思想解放所遭遇的艰难和困扰,中间充满了反复与曲折。尽管小说有理念化的倾向,存在着叙事有些拖沓、主题过于外在、人物形象还不够丰满等艺术上的不足,但小说发表之后所引起的震撼以及它牵涉的思想问题、意识形态问题的敏感性以及对这些敏感性问题的呈现方式,都超越了单纯的道德抒情、道德义愤,体现了创作主体的精神、识见和勇气,具有显而易见的文学意义。

《康巴阿公》是反思文学中的经典之作,其反思的深度和力度震撼了当时的文坛。小说以康巴阿公的个体命运的悲剧构成对极"左"政治、形式主义、教条主义及其历史进程的深度批判。康巴阿公原是红四方面军一个特务连连长,1935年因长征途中受伤滞留川西康区,后成为头人的奴隶。一个屡遭坎坷的革命战士以其顽强的生命力、坚强的毅力与对革命的信仰躲过了伤病、饥饿、误解、国民党特务的追杀,最后躲到被称为"鬼地"和"罪犯之乡"的藏区果麻和刀耕火种、处于原始状态的噔巴人地区。在极端苦难的岁月里,康巴阿公仍以红军战士的思想标准要求自己,没有悲观沉沦,以自己的才干和品行赢得了当地藏民的信赖。但作为一个有着崇高精神信仰的战士,他是不会满足于民间的"日常生活"的,他的身体虽在果麻或噔巴,但他的心灵仍在"别处"——他一直苦苦地追求组织上对自己红军真实身份的确认。组织上的调查确定了他的红军身份,但就是不能被确认,这是政治意识形态的需要。就连他的儿子都不认他,因为死了的父亲是一名红军连长,而活着回来的父亲,组织上是不认定他的红军身份的。小说真实地以个体的毁灭揭示出了意识形态的吊诡与形式主义、教条主义等"左"倾政治思想给生命带来的巨大伤害。文本没有将历史的反思聚焦于人们普遍加以控诉、批判的"文革"时期,而是放在"文革"前的历史段落甚至是新中国成立后不久,这就大大地拓展了历史反思的空间。

《古碉堡》也是将历史反思的触角延伸到 20 世纪五六十年代,小说反思了非常重要的问题:革命性、阶级性、政治性是否就是和人性、人道主义、个人"身份"等难以兼容相互对立?在特定的历史时期,讲政治必须牺牲人性情怀和人道主义精神吗?这些问题在人物形象及其思想意识上有着殊异的体现。人物之一:悲剧主人公,活佛的小老婆曲珍。她的活佛小老婆的"身份"让她彻底远离了革命者眼中的贫困出身受尽劫难的白毛女形象。如此,曲珍非但不是受同情受悲悯受拯救的对象,反而成了被防范被教育被改造的对象。这显然有悖于她受苦受难的悲剧性命运,无疑有悖于革命人道主义的精神实质。曲珍从古堡中的走出不是获得了新生反而最终导致了她的人生毁灭。小说由此凸显出强烈的历史反思意味。人物之二:由农奴翻身做"主人"的洛布顿珠。洛布顿珠从农奴成为平叛生产委员会主任,身份地位的改变并不能随之完成思想意识的嬗变。当洛布顿珠给解放军长官提供"女差",当他用所谓的阶级情感鞭笞辱骂曲珍的时候,我们发现洛布顿珠还是农奴洛布顿珠,根本没有完成精神上的蜕变,他的身体虽然跨入了社会主义改造阶段,可他的意识还滞留在农奴制的精神框架中。洛布顿珠的形象是典型而普遍的,这说明社会主义"新"人、"立"人的工作仍任重而道远。

《暮巴拉·雾山》的反思已不止于社会政治层面,而是向着更深处的历史文化延伸。小说既有现实的所指,也有历史的象征意味。文本围绕着寻找失事飞机遗骸的"王海龙小分队"所发生的一系列悲剧事件展开,并伴随着战士颜三畏悲剧命运的始末。连长王海龙尽管英勇善战,但其性格简单粗暴、刚愎自用、唯我独尊,身上有着浓郁的绿林气和封建意识残留。书生气息十分浓厚的新兵颜三畏秉承的是科学、文化、知识和自尊,而这一切定然要和说一不二的连长发生正面的冲突,这预示着颜三畏的悲剧性命运难以避免。

小说的批判反思维度是双重的,既有对连长王海龙独断专行的封建意识的批判,也有对造成颜三畏悲剧命运的幕后黑手历史文化的批判。

《采桑子》或隐或显地描绘了以采桑子为中心的三代女性的爱情及命运:采桑子的母亲索南曲错与国民党谍报官沈呼筝的爱情纠葛,采桑子和解放军战士——"和尚"南无极的爱与欲,以及他们的女儿菩萨的新生活。作者的艺术抱负远不止如此,小说反思角度更为深入,反思的视野更为广博,涉及历史、人生图景中的政治、道德、文化、社会、宗教、人性等多方面的丰富内涵。历史不再是历史达尔文主义者眼中简单明晰乐观的进程,而是充满了暧昧、奇诡与悖谬。文本着意展现历史的"整体过程",着意写出历史本身的复杂与纠葛,历史各要素之间的冲撞与制约。文本不仅展现了历史中各种历史因素如何形成合力,如何影响人物的命运,如何左右历史的进程,如何建构历史的复杂性本身,同时还指向历史的荒谬性真实。历史中大量的偶然性与或然性的因素的累积重叠自然会形成历史的荒谬性存在。如果说《达赖六世的传说》追求一种历史的逼真感,那么,《采桑子》追求的就是一种历史的荒谬感。这里历史的荒谬不仅是叙述的形式追求,更是深层次的主题传达。《采桑子》完成的是对历史、政治、文化等的多重观照和深层次的批判。

通过刘克的反思小说,我们可以看出,刘克既是反思的思想家,又是反思的艺术家,他的作品是不会被人们遗忘的。

第四节　周而复的小说创作

周而复(1914—2004),原名周祖式,笔名吴疑、荀寰等,安徽旌德人,生于江苏南京。他自幼受庭训,入私塾,打下了坚实的文学基础。1933 年考入上海光华大学英文系后,开始从事诗和小说创作,合编《文学丛报》与《小说家》月刊。1938 年大学毕业后在延安、重庆等地从事文艺和编辑工作。1944 年和 1946 年先后去香港和重庆等地开展党的文化工作,其间主编《北方文丛》,编辑《小说》月刊。中华人民共和国成立后任上海市委统战部副部长、国家文化部副部长等职。

周而复是一位多产、高产的作家,其作品紧扣时代脉搏,弘扬主旋律,反映典型环境中的典型人物。在其毕生的创作生涯中发表、出版小说、散文、诗歌、戏剧、报告文学、杂文和文艺评论等共计1200万字。其创作成就主要是在小说方面,反映了中国不同时期的现实生活。长篇小说《白求恩大夫》以充沛的激情刻画了白求恩大夫崇高的形象,生动感人。代表作《上海的早晨》(4部)以改造民族工商业者为题材,塑造了各具个性的资本家形象,规模宏大,构思严谨,在国内外有较大影响。他还著有小说集《春荒》《高原短曲》《山沟里的春天》,中篇小说《西流水的孩子们》,长篇小说《燕宿崖》,以抗日为题材的6部系列长篇《长城万里图》,获中宣部"五个一工程"图书奖。还著有散文报告《诺尔曼·白求恩片段》《晋察冀行》,诗歌集《夜行集》,散文集《歼灭》《北望楼杂文》《怀念集》,评论集《新的起点》《文学的探索》等。

周而复书法艺术造诣颇深,郭沫若称其书法逼近"二王"。赵朴初诗赞《周而复书琵琶行》:"欧书端严可南面,气清骨重胎羲献。白公长歌千载传,琵琶实胜长生殿。"启功诗云:"神清骨秀柳当风,实大声洪雷绕殿。初疑笔阵出明贤,吴下华亭非所见。"

《上海的早晨》是周而复最重要的代表作,也是"十七年"文学中一部重要的小说作品,共4部,第1、2部由作家出版社分别于1958年、1962年出版,第3、4部由人民文学出版社于1980年出版。小说自发表以来,就引起了极大的关注和争论,小说及其作者都遭遇了跌宕起伏的命运,之后又被拍成同名电视连续剧。

作者以史诗的篇幅、现实主义的笔触描写了"十七年"中上海工商业各阶级的生活状态,为我们了解那个时候上海政治、经济、社会与日常生活的变迁提供了重要的线索。以解放初期资本家的违法活动和人民政府开展"三反""五反"运动为中心事件,描写了以徐义德、朱延年为代表的工商业资本家同广大工人群众之间的矛盾,在工厂实行民主改革和公私合营之后,资产阶级中的大部分人也得到改造,劳资关系有了明显改善,生产得到较大发展。小说揭示出社会主义历史条件下对民族资产阶级和平改造的必要性和可能性,对了解新中国成立初期的政治历史有重要价值,也成为继茅盾《子夜》之后的又一部宏大的网络性艺术结构的史诗性作品,具有独特的艺术风貌。

在20世纪中国文学中,上海是一个被一再书写的城市。"所谓上海书写,是指以上海为表现背景,展示20世纪中国人在上海这样一个现代化大都市中的生活习俗、情感方式、价值判断和生存形态,以及书写者本身在这种书写过程中所体现出的对上海的认识、期待、回忆和想象。"[1]从总体上看,上海书写有两种范式,即分别以茅盾和张爱玲为代表的突出社会问题和日常生活的范式。作为革命意识形态下的上海书写,周而复的《上海的早晨》位于百年上海书写的中间环节,在城市文学中具有无可替代的地位。这两种范式中,突出社会问题的一翼基本上被置于左翼意识形态的观照之下。在20世纪30年代,上述左翼上海书写的代表作品都具有革命的维度。作为其中的重镇,茅盾的《子夜》自然也不免带有强烈的意识形态指向性。按照茅盾自己的说法,《子夜》的创作意图是回答关于中国社会性质的问题:"即是回答托派:中国并没有走向资本主义发展的道路,中国在帝国主义的压迫下,是更加殖民地化了。"通过揭示民族资本家吴荪甫的失败命运以及对上海政治、经济的描绘,茅盾基本上实现了这一初衷。然而,从深层来看,"茅盾对上海进行了潜在结构中的想象,即上海非常资本主义化"[2]。他是把上海当作典型的资本主义都市来批判的。《子夜》中的上海其中国城市的乡土性被忽略,吴老太爷与吴荪甫这一对父子之间几乎没有任何文化血脉上的传承关系。虽然茅盾特意描写了双桥镇农民暴动、工人罢工斗争以及共产党内两条路线的斗争,并把双桥镇作为民族资本家吴荪甫的一个经济后盾,但是,这方面的描写连茅盾本人都认为"差多了"。而《子夜》中着重展开的上海资本家的生活场景和情色表现却相当生动。这种突出社会问题的上海书写范式在20世

---

[1] 郭传梅:《革命意识形态下的上海书写——重读〈上海的早晨〉》,杭州:浙江大学出版社,2011年版,第10页。

[2] 郭传梅:《革命意识形态下的上海书写——重读〈上海的早晨〉》,杭州:浙江大学出版社,2011年版,第10页。

纪后半叶周而复的《上海的早晨》中得到了接续。周而复《上海的早晨》的写作,从1952年构思执笔到1979年完稿,前后经历了二十七个春秋。由于作者希望通过这部皇皇四部头、长达一百七十余万字的长篇小说,来达到反映和描绘所有制根本性质的变化历程这一意识形态目的,因此,在塑造人物、设计情节时,就将资产阶级和工人阶级分置为两个截然对立的阶级。"如果说,《子夜》主要是通过否证中国存在着发展资本主义的可能性来强调创建新制度的必要性的话,那么,《早晨》就是采用确证的方式来颂扬新制度开始创建并具体实施的历史过程。"①从这个意义上说,周而复和茅盾都是具有左翼意识形态的作家。他们都具有明确突出矛盾的强烈问题意识。

对于上海书写的另一范式便是对日常生活的体验与怀旧。经历了以茅盾为代表的突出问题的上海书写之后,在20世纪40年代,张爱玲则开始将笔触伸向全体市民。"都市生活不仅仅是舞厅酒吧夜生活的浮光掠影,它是每日每时发生在琐细平凡、有质有感的家庭这个都市细胞的内面,是日常人生,是浮世的悲欢。"②张爱玲的上海书写突出的便是这种日常生活,这成为上海书写的又一范式。同时期的女作家苏青,也以一种世俗的态度,书写着庸常琐事和乱世悲欢。以张爱玲为代表的突出日常生活的上海书写范式,在20世纪90年代又被王安忆最细心地延续下去。在王安忆细腻的笔触下,小说主人公王琦瑶及其周边人群的生活并没有太多地被如火如荼的政治运动所打断。不管外面如何腥风血雨,他们仍旧在狭小的私人空间中日复一日地打着麻将、围炉消夜和打情骂俏。

在上海书写中,突出社会问题与日常生活的两种范式的特征,在某些作家作品中互有交叉,当然,这有一个前提,即这些作家作品在整体上各有其主要特征。周而复的《上海的早晨》主要继承了茅盾的《子夜》突出社会问题的

---

① 胡协和:《都市的轨迹与作家的预期——从经济的角度看三部上海都市长篇小说》,《上海文论》,1990年第4期。

② 孙丽玲:《20世纪40年代的都市女性写作——张爱玲苏青创作论》,《曲靖师范学院学报》,2006年第3期。

书写范式,同时,它又与百年上海书写中另一翼突出日常生活的书写范式潜在地对接。此后,王安忆的《长恨歌》与周而复的《上海的早晨》在一定程度上又形成了对接关系。《上海的早晨》中存在着大量对资产阶级日常生活的描写,我们不妨从小说中资产阶级代表徐义德一家工作之外的生活开始说起。这位住在老洋房中的显贵人物的家庭生活仍由几位身穿"白咔叽布制服"的管家主持。其一天的生活具有典型的资产阶级生活的仪式性和繁复性:办公回家后用人老王通常会为他献上一份"上等狮峰龙井茶",用白毛巾洁面,稍息片刻后开始晚餐。他抽的一般都是"三五牌"香烟,这种香烟的继续存在证明了当时中国和外国的进出口贸易并没有完全中断。同样可以证明,上海文化与国际的联系性即使在新中国成立之后也没有完全被中断,并且还成为徐义德妻子和儿子日常生活的组成部分。徐义德的三太太林宛芝是上海滩著名的美人儿,她喜欢用从美国进口的"密丝佛陀唇膏"。和徐义德的儿子徐守仁一样,他们都是进口电影的忠实影迷。这些都是作者对上海日常生活尤其是对资产阶级日常生活书写的有力佐证。而对工人阶级的日常书写虽也有表现,但远不及对资产阶级日常生活的描述多,造成这种原因不仅仅是周而复对资产阶级生活的熟悉和对工人阶级生活的陌生,也暗示了"十七年"中资产阶级的日常生活并没有像我们所想象的那样受到巨大的破坏,而其实呈现出很强烈的历史连续性与腐败性。《上海的早晨》一方面突出了尖锐的社会问题,另一方面在表现这种尖锐的革命性的同时又显示出了对上海这个都市生活的沉迷。从这个意义上可以说,在百年上海书写的历史进程中,周而复的《上海的早晨》位于一个中间点,起着承前启后的过渡作用。倘若失去了这一环节,整个上海书写的历史链条也就要从中间断裂。

上海是中国民族资本主义工商业最集中的城市,也是无产阶级力量最强大的地方,所以《上海的早晨》中另一成功之处便是作家塑造了多种类型的人物形象。以徐义德为代表的资产阶级大多数是全书的中心人物类型;以无产阶级的苦难者汤阿英为代表的女性形象的复杂塑造显示了旧社会的灾难性和新社会的变革性;"中间人物"①在小说中被作家细腻书写并形成特有类型。

由于当时的特殊政策以及周而复自身对资产阶级的熟悉,在资产阶级人物形象塑造时,周而复细腻地塑造了左、中、右三派,可谓用尽心思。全书的中心人物徐义德是资本家中大多数的中间代表。他是沪江纱厂的总经理,也是沪上有名的"铁算盘",他在上海解放前夕设立了三道防线,解放后,他留在上海,并非出于对共产党的拥护,而是由于放不下在沪的家产。他处心积虑地通过各种卑劣的手段赚钱:一方面,他让心腹——沪江纱厂的副厂长梅佐贤,收买了国民党潜伏特务陶阿毛,打进工会,为他通风报信,应付工人和共产党;另一方面,又通过梅佐贤贿赂税局驻厂税务员,窃取国家经济情报,大发不法之财。在生产上,偷工减料、以次充好、牟取暴利。在"五反"运动中,他使尽伎俩,企图蒙混过关,主要是怕退赔四十亿的非法所得。支配他行动的中心是一个"钱"字和一个"利"字。与《子夜》中的赵伯韬不同,徐义德不是见女色而颠倒的人,倒更像在事业上有巨大野心的吴荪甫,一方面有自己独特的领导与经济头脑,另一方面又绞尽脑汁想尽各种办法去压榨无产阶级的劳动成果而激化了工农之间的矛盾。当矛盾显现出来,这位资本家又狡猾地以权宜之计来消减矛盾并得到更大的利益。福佑药房经理朱延年是资产阶级的反面典型,他猖狂狠毒、虚伪无耻、投机钻营。朱延年与徐义德相似的地方在于:物欲大于情欲。在对物质的占有欲上,朱延年较徐义德有过之而无不及。他图钱财和发妻结婚,后耍流氓手段离婚。他投机倒把,买空卖空,不但把福佑药房变成"金钱加美女"的"干部思想改造所",而且熟练地掌握新社会的话语体系,以此来贿赂诱骗从苏北来购药的张科长,并以假药应付在朝鲜前线的志愿军。对于这样的人物,作家的态度显然是将其打入死牢,最终其被依法判处死刑。与农村题材小说中没有"好地主"不同,周而复

---

① 余岱宗:《"中间人物"论的美学背景及其人物类型》,《福建师范大学学报》,2004年第1期。

塑造了"红色小开"马慕韩这一进步资本家形象。虽然他年纪轻轻地就继承了父亲的财产，成为一个大纱厂的拥有者，但是他的主要兴趣不在办厂上面，而是"满脑筋里尽是些远大计划和个人的抱负"，"希望跨上政治舞台，担任一名角色"①，以便"荣宗耀祖，乡里知名"。在对公私合营的态度上，他是积极的，但在冯永祥等人的劝阻和压力下，也对政府采取了拖的政策，最终，还是因为怕失去表现进步的机会，影响个人前途，他率先在棉纺业中走上了公私合营之路。小说中除塑造这中、右、左三派之外，将其他资本家形象也写得个性鲜明且具代表性。

也许是因为《上海的早晨》所描写的主要是一个纱厂，故其所涉及的人物大多数为女性。小说中自然也不乏男性人物，但他们中的大多数如果不是徐义德这样的资产阶级人物，就是杨健这样的领导者。虽然我们能从其中看到男性在这个社会中相对优越的地位，但周而复对女性的描写却比男性精彩得多，也复杂得多。在第三世界国家，女性总是被寓言化、象征化，从而于叙事中和第三世界国家的命运联系在一起。周而复之所以选择汤阿英这个女性作为小说的主角，一方面，她是一个来自农村的纱厂工，是工人阶级贫困者代表；另一方面，通过女性的一生遭际，才能在最大程度上显示旧社会的灾难性和新社会的变革性。而汤阿英只是小说中众多女性的一位，她虽具有象征意义，却无法替代其他阶层、其他社会和组织地位的女性。总而言之，《上海的早晨》对于研究"十七年"的中国工人女性来说，无疑是一个宝贵的文本，我们在那里可以看到女性与男性、女性与家庭、女性与国家、女性与时尚等诸多方面的张力、矛盾和合作。

和《上海的早晨》中的女性一样，"中间人物"也是一种颇为尴尬的人物类型；和女性不同的是，女性的尴尬来源于她虽然身处政策话语之中，却以本身的复杂性溢出了话语的规限，而中间人物却是一个处于政策缝隙之中的人物类型，对于那个时候工人阶级与资产阶级两极斗争的话语来说，这些人物

---

① 周而复:《上海的早晨》，北京:人民文学出版社。

则是两边都不靠的尴尬角色。他们强调自己身处在工人阶级与资产阶级之间,无法享受到工人阶级的优越地位,也无法确定自身在政策与国家之中的安排,他们惶惶度日,不知道何时灾难会降临在他们头上。

小说中对中间人物的描写主要集中在沪江纱厂工程师韩云程身上。他如此评价自己道:"我们学技术的,凭技术吃饭,不偏袒任何一方面,也不参与任何一方面。"他认为自己所代表的就是科学真理,所以客观而没有阶级意识形态。但在那个特殊的年代,"划清界限"与"靠边站"早已是超越知识与科学的大叙事了。杨建所代表的权力话语早已给他定了性:"又要站稳工人阶级的立场,又要依靠资产阶级,动摇在两个阶级之间。"他并非超然于阶级,而是一个动摇者,因此,在"五反"运动中,使韩云程"归队"成了运动的突破口。虽然在杨建和余静的引导下,韩云程顺利"回到工人阶级的队伍",但在小说的第三部中,他毅然向徐义德与余静提出辞职,终究,他仍然不是属于工人阶级的人。小说中另外一个比较成功的中间人物当属江菊霞。这个人物的特殊性在于她既是一位有地位、有知识却没有实际财产的中间人物,又是一位女性。她是"上海棉纺公会的执行委员,大新印染厂的副经理,史步云先生的表妹,上海工商界的有名人物。她是沪江大学商学院的高材生"。她的得志源于她的出身,也源于她是一个拥有知识而又伶牙俐齿的女性。她游走于上海名流资产阶级之中,在星期二餐会中如鱼得水。但她却不是一个交际花般的附庸角色,她可以利用自己的身体和口舌来化解或者激化资产阶级之间的矛盾。而她对知识和政治渠道的优先占有使她的活动能力超出了资产阶级社会阶层,而达到更为广泛的社会公共领域。她经常在《新闻日报》发表关于劳资关系的专论,而之后又被选举为上海工商界代表。值得注意的是,当几乎所有的男性资产阶级在"三反""五反"的政治浪潮中愁眉苦脸时,这位女性却从来没有对此犯过愁。而这正是因为这个人物处于政策的缝隙之中:她并非工厂主,不是财产的直接拥有者,因此避免了被审核的危险。就人物谱系来说,她和小说中的活动家冯永祥属于同一个谱系,他们是国家与资产阶级之间的联系人和调停人,国家的政策从他们口中传达到资产阶级耳中,资产阶级的意见和活动也从他们口中传达到国家。但与冯永祥不同的是,这是一个女性角色。而和她那些在工厂中工作的姐妹不同的是,她无须压抑自己的欲望,相反,她需要利用自己的身体去调节资本的流动,从而也为自己赢得更高的地位。

这部巨著花费了周先生二十七年的心血,带给他的也几乎是喜忧参半的感受。除了文学巨匠茅盾先生曾在《子夜》中描写过中国资产阶级的命运外,当代作家中几乎还没有人像周而复先生这样淋漓地描写中国民族资产阶级在历史转折时期的经历。小说构思宏伟,20世纪50年代初上海几乎所有阶层的人物都在小说中粉墨登场,即使是资本家,也没有受当时流行的方式影响,作者没有将他们概念化、方式化,而是采取一种现实主义的态度,这在那时是一种创新。这部小说的命运是坎坷的,在十年浩劫中,这部小说作为周而复的主要罪状被反复批判,当时这部作品被定为"为刘少奇复辟资本主义开道的大毒草",周而复也因此失去自由长达七年。

长篇小说《长城万里图》获中宣部"五个一工程"文学奖,在国外出版,还被拍摄成影视剧。这部小说旨在反映抗日战争全过程,共6部:《南京的陷落》、《长江还在奔腾》《逆流与暗流》《太平洋的拂晓》《黎明前的夜色》和《雾重庆》。这是一部鸿篇巨著,小说视野广阔,史料丰富,既揭露日本帝国主义的侵略行为,又歌颂了中国人民艰苦的抗日斗争;既再现了当时中国社会纷纭复杂的矛盾,又描绘国际间变幻莫测的风云。作品三百多万字,每部都独立成篇。作品描写的场面恢宏,自七七事变始,至日本无条件投降为止。它揭露了日本侵华罪行,歌颂了中国人民艰苦卓绝的抗日斗争,成功地塑造了一系列当时中国政坛上的风云人物:毛泽东、周恩来、蒋介石、汪精卫以及东条英机、近卫文麿、冈村宁次和罗斯福、斯大林等。作品中还披露了不少鲜为人知的史实,表达了作者对历史独到的见解。

在结构艺术上,《长城万里图》是以战争发展的自然进程为小说的纵向框架,以人物的矛盾斗争为小说结构的横向框架,两者纵横交错相互交织,从而推动小说情节向前发展。其实作为多卷本的长篇小说,各卷部之间既有密切联系,又有相对的独立性。《长城万里图》6部各有书名,这些书名可以说是这部小说内容高度浓缩的形象概括,如第3部《逆流与暗流》,主要描写了以汪精卫为首的国民党内低调俱乐部成员的投降行动和以蒋介石为首的动摇派与日寇的暗中和谈,他们是抗战中的逆流与暗流。

  这部小说有其独特的艺术特色,主要表现在以下几个方面:一、全景式宏大规模的描述。它对中国人民伟大的八年抗日战争的描绘与过去反映抗战的作品有所不同,它不是只写一个或几个人物、一个或几个事件、一场战斗、一个战役、一个家庭或某个乡村、某个都市,而是多方位、多层次的全景式的画卷。比如作者以宏阔的历史眼光,把抗日战争放到二战的大背景下,人物涉及方方面面,如中日、国共还写到日本及美、英、苏各国首脑,另外所写事件也较全面,抗战中重大历史事件和重要战争场面在小说中都有所展示。各阶级矛盾也刻画得淋漓尽致。二、纪实性写作。周而复曾亲赴抗日救亡现场,和一些大人物有过结交,进行了充分的准备写成的这部小说自然具有现实性。白烨认为,他"成功地运用'史诗'手法",小说成为"八年抗战历史的全史和信史"。这表现了这部小说是写真人真事的历史小说。从内容上看,小说中涉及的人物都是真实的人,比如蒋介石、汪精卫等,事件也是历史上发生过的。他没有集中描写一个或两个重要的人,却写了几百号人,这也体现了其作品的写实性。三、人物刻画栩栩如生。这部小说上上下下生动地刻画数百人,这些人都是历史上真实的人物,并不是随意虚构,让众多历史人物在作品中"复活",这是要花费一番功力的。作品中蒋介石为贯穿6篇小说的中心人物,作者基本还原了历史人物蒋介石的真实面貌,形象塑造具有立体感,作者没有对他进行简单的否定或肯定,而是写出了此人的复杂性,显得更真实、形象。另外,汪精卫的复杂性格也被刻画得栩栩如生。

  周而复是个革命作家,他所创作的作品一直属于革命文学的范畴。为了加强作品中的冲突,戏剧化是他一向的追求。他不仅创作了《子弟兵》《牛永贵受伤》这样的话剧、秧歌剧作品,在小说中,他也经常运用戏剧化的表现手段。他的一些小说,如《白求恩大夫》《上海的早晨》后来被改编成电影、电视剧,都与原著的戏剧化诉求不无关系。周而复在小说中的戏剧化追求主要表现在:矛盾冲突集中,情节线索单一,注重人物语言和动作描写,擅长描写场景、片段,例如《第十三粒子弹》《春荒》《麦收的季节》《开荒篇》《播种篇》《秋收篇》《白求恩大夫》《燕宿崖》《西流水的孩子们》,等等。这些小说的戏剧化效果都非常明显,以致小说如同一个个独幕或多幕剧。但是,到了小说《上海的早晨》中,周而复的戏剧化追求却被多元的叙事元素所消解。无疑,《上海的早晨》的主要成就也正是在这里。小说关于资本家的叙事表现出了戏剧的对话化和场景化的特点。

周而复是一个长于描写政坛、经济界的风云变幻,善于抓住矛盾焦点对人物进行性格刻画和心理透视的作家,这在其作品《上海的早晨》《长城万里图》中都能看出来。

周而复终生热爱文学,他一生的坎坷,也与文学联系在一起。两部长篇作品都使他付出了极大的代价。周而复的坚持,终于结出了丰硕的果实。周而复的生活习惯也是促成其成就的一个方面,他是一个领导干部,自20世纪50年代以来,不管工作怎么忙,他都始终坚持写作,这非凡的毅力是难能可贵的。他在晚年还继续写书、写小说、写评论,还写他的《往事回忆录》等。周而复的创作生涯始终是朝霞灿烂的早晨。

第五节　肖马的小说创作

肖马(1930—2011),原名严敦勋,上海人。1949年毕业于华中党校、华东大学。曾任《安徽画报》编辑、安徽省文联业务秘书、省文联专业作家。1957年开始发表作品,著有散文集《淮河两岸鲜花开》,短篇小说集《哨音》,电影文学剧本《巨澜》(合著)、《初夏的风》、《铁梨花》、《水玉堂传奇》、《淝水之战》、《大汉王朝》等,长篇小说《破壁记》(与陈登科合作)、《纸铐》(后由中篇改为长篇),中篇小说《钢锉将军》《晚宴》。

《钢锉将军》是一部赢得了广泛赞誉的中篇佳作。它的题材并不新鲜,但作家的审美透视力给作品灌注了一种强烈的新鲜气息,使之成为一部融合当代性与历史感的意蕴深厚的优秀小说。这种历史性与当代性的意蕴正是通过作家所倾心塑造的丰富的人物形象体现出来。

据作家自述，这部小说"写了一出家庭悲剧，写了'大将风度'和'妇人之见'的矛盾纠葛"，"这样一个家庭悲剧是有社会性的"①。从这段夫子自道里，可以明显看出作家既定的创作意图和自觉的明晰的美学追求。小说的确写了一出家庭悲剧、一出奇特的家庭悲剧。说它奇特，是因为悲剧的男女主人公共同生活了二十多年，仍然相爱却终归分手。其实，在这部作品里，所谓家庭悲剧只是一层薄如蝉翼的雾纱。撩开这层雾纱，便可窥见其深厚的强烈的社会内容。从表面上看，造成这场悲剧的是男女主人公的性格差异，即李力的"大将风度"与小林的"女人之见"的矛盾冲突，但值得注意的是，与男主人公的"大将风度"格格不入的女主人公"卑微可怜"的性格并不是原来就有的。她本是一个受过高等教育的大学生，一个温柔单纯的姑娘。她和李力结婚后，头几年的生活甜甜蜜蜜、和谐美满，没有发生什么性格冲突。据此，有理由推论，倘若不发生后来的一切，虽然他们性格迥异，但仍然能保持"相生相克的平衡"，可以"白头到老"。那么是什么使女主人公本来就很懦弱的性格向着卑微可怜的方向恶性发展，直到和她的丈夫格格不入，终于不情愿而又无可奈何地与其离异分手呢？作品以其真实的艺术描写告诉我们，是生活，是变幻莫测而又不正常的政治生活。接二连三的政治运动，给她的丈夫带来了大起大落的宦海浮沉，带来了忽升忽降的命运遭际，同时也带走了她"寻求一个支点"的玫瑰色的梦，打破了她眷恋自得的"安全感"。于是，她渐渐地变了，变成了一个讲"实际"的"小肚鸡肠"的家庭妇女，变成了一个冷漠自私的女人。为了求得丈夫的平安、家庭的宁静，她搬出了"从祖宗积累到现代的几乎全部的中庸之道"，反对李力"以天下为己任"。她甚至干预起丈夫的思想和工作，阻拦起丈夫的正直和正义之举。如反对李力为方佑翰牧师提供帮助，挑拨李力和原国民党少将工程师陈天寿的关系等。正是从她的这

---

① 肖马：《读书有感——并非创作谈》，《中篇小说选刊》，1983 年第 5 期。

些变化中我们看到了一个被扭曲、被污染的令人痛惜的灵魂的变化全过程。在那个特殊时代的特殊条件下,有多少人由高尚变得卑下,由正直变得圆滑,由真诚变得虚伪,由生气勃勃变得消沉委顿,何况小林这个原本就不太坚强的弱女子。作家严格遵循生活的逻辑和人物性格的逻辑,以冷峻而有分寸的现实主义笔法,艺术地描绘了女主人公性格的渐变过程,从而不露声色地昭示了造成她的家庭悲剧的社会根源,是令人信服的,这也是《钢锉将军》获得成功的重要原因。

悲剧的男主人公李力将军,显然是作家满怀着挚爱之情精心塑造的一个丰满而有光彩的艺术形象。在李力这个形象身上,我们可以感受到作家倾注的由衷的赞美之情和掩饰不住的挚爱之心。他是"一个刚强得像锉刀一样的男人",并且富有传奇色彩的经历。他是F大学的老校友,抗日战争一爆发就到了延安,在抗日军政大学当过教员,他还参加过和国民党及马歇尔代表的三方会谈。在谈判中,"他始终谈笑风生、镇定自若","处处占着上风",他"把山姆大叔这头公牛逗得口吐白沫而一无所得",自己却"悠悠闲闲地吸着美国骆驼牌香烟",以至于外国报刊把他称为"共产党斗牛士"。李力一生崇尚廉洁公正,有许多实事求是、魄力惊人之举,甚至敢于放手起用原国民党少将工程师陈天寿,这在那个年代可谓是颇令明哲保身者张口结舌的一大罕见行为。但肖马是清醒的,他显示了一种可贵的感情控制力,对李力爱之弥深,但并不偏袒他的缺点和错误、弱点和局限,以及他的锉刀性格的另一面。比如,他不善于把远见卓识化为对群众的认识,他锋芒毕露却又透露出一点儿哗众取宠,他豪放洒脱但也有些任性。尽管他勇敢顽强且自信心十足,然而这其中透露的刚愎自用的弱点终于弄得他众叛亲离……因此,"你可以说他最正直,也可以说他最偏激;可以说他胸怀最广阔,也可以说他胸怀极为狭小;可以说他最有人情味,也可以说他冷酷无情;可以说他最刚强,也可以说他最虚弱"[1]。

以往的小说满足于人物内心世界的单纯性,致使我们通常只看到两种类型的人物形象:优秀人物自始至终被褒扬,落后人物便只有一成不变的落后。这种"性格"的顶峰则是"样板戏"中高、大、全的形象以及两个恰如其分的概念:"正面形象""反面形象"。显然,肖马在《钢锉将军》里对李力形象的刻画是打破了这种单一性性格的模板,而是在典型环境中去塑造他矛盾性的典型性格。李力不是完人,他曾经犯过错误。正是在对自己错误的真诚自责中,正是在勇于改正错误的行动中,李力的锉刀性格和大将风度得到了丰富和扩展,折放射出更加动人的光彩。正如评论家胡永年所类比的那句"完美的苍蝇终究是苍蝇,有缺点的战士毕竟是战士"[2]李力最终给后人留下的是战士的勇敢形象。在这个矛盾性人物身上,倾注了作家燃烧的激情、鲜明的爱憎,融入了作家对社会、对人生的独到思考,也渗透着作家对历史教训的深刻剖析和对现实问题的新鲜见解。因此,这个形象既具深沉的历史感,又具有强烈的当代性。这是《钢锉将军》的另一成就。

《纸铐》在题材上也无优势可言。按照一种流行的题材划分法,可以把它称为"冤案小说"或"平反小说"。但这类创作的大量平庸和雷同,已经败坏了读者的胃口,使读者的欣赏神经变得麻木和倦怠了。这种麻木和倦怠是很可怕的,它会使读者对以后发表的同类题材作品产生一种先入为主的冷淡和厌弃。从这个意义上说,《纸铐》一问世便笼罩着一片可能被忽略的阴影。但是,《纸铐》是不该被忽略的。《纸铐》渗透着象征意味,是既有表层意象,又有里层意象的艺术复合体。在"纸铐"这个具象的背后让人联想到与之相近的一句典故"画地为牢"。如果说,"画地为牢"尚不失为一种古代文明,那么,《纸铐》便象征着灭绝人性的法西斯专制,象征着阴森可怖的极"左"路

---

[1] 李洁非、张陵:《李力的矛盾性——论〈钢锉将军〉的美学思考》,《当代文坛》,1984年第4期。
[2] 胡永年:《当代性与历史性的统一——评肖马的〈钢锉将军〉》,《当代作家评论》,1984年第5期。

线! 尽管《纸铐》的意蕴深沉,但情节并不复杂。作品有两条交叉性的情节线:一条是副市长丁南北调查,了解和处理许屏冤案的过程;另一条是许屏二十多年来的悲剧命运。这两条情节线一明(前者)一暗(后者)、一详(前者)一略(后者),自然交织,循序渐进。在情节的推进中,逐步展现出一幅幅严峻可感的生活画面。

2010年4月,肖马的电影文学剧本《铁梨花》被改编成一部史诗同名传奇大戏并被搬上荧屏,郭靖宇导演携陈数、巍子等实力演员倾情演绎,引发收视热潮。这部佳作也被舆论广泛认为是肖马先生与爱女严歌苓倾力打造的一部女性传奇巨著。该剧讲述的是一个出生在晋陕交界盗墓贼家的女儿,在横跨军阀混战直至抗日战争这段动荡岁月里,与身边的亲人、爱人、朋友甚至仇敌共同演绎的一段传奇岁月。作品描述了女主人公先后与几个男人的爱恨纠葛,以及她从一个普通人家女儿,到军阀家的姨太太,再到坚定抗日的民族志士的心路历程。这段父女合力以文字铸造的岁月,表面上围绕铁梨花产生的爱恨纠葛,暗地里却是情感与物质之间无奈的拔河。这场儿女情与鸳鸯枕的纠葛,最终胜出的,唯有铁梨花,然而她却又不得不为这一场旷日持久的争夺埋单——亲手杀死自己的儿子。剧中出场的人物并不多,他们与铁梨花之间都有着千丝万缕的联系,而这些联系都或多或少地潜伏着对金钱的贪婪与渴望。赵元庚与铁梨花,与其说他是艳羡其美貌,不如说是窥视其天生的盗墓鬼气,一只鸳鸯枕,多少仇与恨,赵旅长此后对铁梨花旷日持久的追踪都源于此,甚至是自己的亲生儿子对无后的他都没有这么大的吸引力。张吉安与铁梨花,他对她不是怦然心动一见钟情,而是蓄谋已久垂涎欲滴。只可惜,他垂涎的依然是铁梨花特异的盗墓本领,他可以不和她做鸳鸯,却一直渴望她帮他盗出鸳鸯枕。就算是初相见的眉目传情,就算是逃离时的鼎力相助,就算是追捕时的暗度陈仓,就算是多年后的邂逅偶遇,都不过是一场掩人耳目的游戏而已。柳天赐与铁梨花,这是真感情,可惜却因为鸳鸯枕棒打鸳鸯,天赐与梨花的爱情最终在时间的消磨和惨烈的现实面前,化为执子之手的亲情,他们的缘分,为这贪婪的时代而散佚江湖两茫茫。牛旦与铁梨花,母与子,爱与恨。这个最初就不该出生的孩子没有断送在梨花的堕胎药里,没有断送在梨花骑的马上,没有断送在梨花颠沛流离的逃亡之路上,没有断送在梨花床头的尿桶里,却最终断送在了自己贪婪的本性里。他杀兄弟、盗祖坟,为天理所不容,为世人所唾弃。梨花将他杀死在祖坟之中,也算是他唯一可能的归宿了。最后,梨花砸碎了那众人垂涎的鸳鸯枕,仗剑天涯而去。她亲手泯灭了亲情,埋葬了爱情,将这一生不如意的凄苦与无奈,留给世人评说。这一了百了的结局,也许正是梨花铁铮铮的性子。

安徽省文联文艺理论研究室曾召开"肖马中篇小说讨论会",一致认为最能代表他的创作成就的,是其3部中篇小说:《钢锉将军》(载《当代》1983年第3期)、《纸铐》(载《当代》1985年第5期)、《晚宴》(载《开拓》1985年第3期),这个判断是文学也是历史的。时隔二十多年,我们不得不惊叹作家艺术眼光的敏锐和深邃,他从生活的海洋里发现一个个亮点,又透过这些亮点把广阔的生活再现出来。肖马的这3个中篇是他以独特的艺术思考凝结而成的新篇章;它们以深沉的历史意识带给人们对"本色人生"的回味与思考;以纯正的理想主义者信念的丧失来呼唤人们对人的价值和人的尊严的回归;以类型化塑造人物的特点告诉人们什么才是时代需要的真正英雄。

一、深邃的历史意识

《钢锉将军》是一篇"把历史的内容还给历史"[①]的小说,作者站在当代意识的高度,理性地审视着昨天,然后从历史的深处领出一个人物来,一直让他与冥冥之中主宰着自己命运的"左"的"空气"搏斗,并让他带着清醒的认识走向失败或灭亡。作者把历史的思考与人的命运交织结合在一起。小说着力歌颂和描写的李力,是一位"刚强得像锉刀一样的男人",他曾有过光荣的革命历史,然而,当历史进入和平建设时代,他在生活和事业的评分牌上,却

---

① 余昌谷:《以独特的艺术思考凝结新的篇章——读肖马的三个中篇近作》,《江淮论坛》,1986年第3期。

往往是"负分"。直到临终,他彻底醒悟到:我国政治天平的支点已经向"左"偏了二十多年,而且人们的心理上都已经形成了习惯。他那留给后人的遗嘱,与其说是他人生经验的总结,不如说是对新中国成立以后二十多年历史的沉痛剖析。从这个意义上说,《钢锉将军》与当年的许多小说一样,带有反思历史的性质。

在《纸铐》中,肖马以一副"纸铐"的荒唐故事,由对历史的反思转入到对当代文化积弊的反思,从一个更高层次上获得一种深沉的民族感和历史感,让人们强烈地感受到体制的变革、观念和习惯的变革将是更为艰巨、更为漫长的一个历史过程。《晚宴》是作家以新的更为严肃的思考,向行进中的变革时代献上的一首凝重和深沉的歌。这篇小说的成功之处就在于,他把改革置于错综复杂的社会背景下,在历史和现实的交叉点上进行反思,这种反思是痛苦的,给作品带来了沉重感、压抑感。

肖马这3个中篇创作表明:他是敏于思考历史的,并在对历史的思考中对生活做出了自己的判断。肖马正是以独特的思维方式使作品闪现着深沉而清明的历史意识和理性色彩。他以一出家庭悲剧,接通了历史的昨天、今天和明天,接通了个人的和民族的命运;以一副纸铐,在极为荒唐的故事中写出了特定时期的世态人生相和社会心理流;以一次家宴,机智地嘲讽了那些或是憧憬未来的梦,或是拾起过去的梦的人物,在现实中所碰到的"令人哭笑不得的尴尬局面"。这些都足以见出作者把人物和时间放在总的历史趋势和生活流向上加以考察和把握的能力。

肖马以深沉的历史意识和独特的艺术思考启示人们对生活进行无穷的回味和思索。他在对极"左"思潮进行批判的同时也给中国文学带来了长远存在的价值思考,那就是在对历史的反思中把注意力转向了对落后国民性的探索。这是肖马小说的独到之处,也是继鲁迅、老舍、冯骥才等之后对国民性问题的再度思考。在他的小说中,特别是在《钢锉将军》中,我们既可以看到渗进生活中的极"左"思潮,如何与"絮絮叨叨"的"女人之见"结合在一起,造成李力夫妇之间在思想感情上的差距,以至于最终离异。他的妻子明知道母亲一辈人身上的妇人之见是可憎可恶的,却又身不由己地把上一辈的包袱因袭在自己身上。为了丈夫的平安和家庭的宁静,她搬出了"从祖宗积累到现代的几乎全部的中庸之道",来反抗李力"以天下为己任";同时也可以看到,那种从孔家店的"柜台"里散发的"大雾",还深深地残留在人们的脑子里,害得你看不清方向,一脚高一脚低地陷在泥塘里跋涉。这种对历史的更高层次的反思和认识,显然需要更大的思辨力和穿透力。

二、对人的价值和尊严的呼唤

肖马对生活的思考,又是与对人的价值的探索联系在一起的,或者说关注人的价值、地位、尊严是他的艺术思考中最光辉的部分,是轴心和支点。"人的价值",作为一种现代文化意识,进入关注当代变革生活和社会意识演进的文学创作中,不过十几年时间。同近几年一些当代文学作品一样,这种现代文化意识在肖马的作品中表现得非常突出。《钢铧将军》和《纸铐》都说明,"要使人成为一个真正的人,需要一个合乎人性的环境"(马克思语),当这种环境不具备或不完全具备时,人的价值和人的尊严是不可能真正实现的。即使李力将军以一个真正共产党人的识见和胸怀,"不拘一格"地起用人才,但也摆脱不了由此而给自己带来的"大阴影"。一条"用人不当"的罪状,一张《请看李力的阶级路线》的大字报,足以使我们找到问题的全部症结,这就是对人的价值的认识有分歧。被李力大胆使用的陈天寿、周芹这样一些虽有某些历史问题或在某些人看来有这样那样的缺点的人,却是能够为社会主义建设事业做出杰出贡献的人才。陈天寿、周芹的悲剧就是人的价值在极"左"思潮的影响下被严重扭曲的悲剧。他们的悲剧命运,正是那个价值观念步入歧途的时代的真实缩影。

《纸铐》中的许屏,这个酷爱艺术,笃信"力就是爱,就是仁慈"的雕塑家,也没有逃脱悲剧的厄运。当石母峰的开发计划进入实施阶段,这个用整个心灵抱着石母峰的艺术家有可能施展自己的抱负和才华时,却在劳改中结束了自己的生命。在许屏身上,我们确实看到了一个知识分子个性被摧残的悲剧命运。他有理想,却只能封闭在内心;他要献身,却只能在镣铐中。虽然,他的价值终究被人们认识了,但我们却不能不遗憾,为他带来避免这场悲剧的条件未免姗姗来迟了。

肖马思考着人的价值和人的尊严,在他的心目中,人始终是大写着的;并且通过笔下一系列有着崇高理想,却最终在历史洪波中被掩盖或吞没的人物的精神历程和心路历程来回归纯正的理想主义信念,回归人的价值和尊严的执着与操守,回归那份无法剥夺也不可玷污的心灵的傲岸。李力是政治理想主义者,遵循"不拘一格降人才"的信念;许屏是艺术理想主义者,信奉"力与美"的准则;朱竟芳是爱情理想主义者,遵循为爱付出全身心的宣言;周芹是友情理想主义者,信奉"士为知己者死"的原则;而史韵虽无宏图大志,却也坚持自己平凡而清高的处世原则,即使在微笑的家宴上也决不苟同世俗。在挚爱这些理想主义者的同时,肖马也对他们因为人的价值和尊严的曲解和丧失而饱含同情。在历史的摇篮里,他们把握不了自己的命运,即使作为历史中最微小的"元素"也受历史受时代的变迁而被一次次折磨,最终在历史打盹的一瞬间断送消亡。李力最终在冷清清的病房离世,带着"平生我未知"的质疑;许屏在劳改工地上生死未卜;史韵要继续和奴颜媚骨的丈夫生活下去……

肖马含着泪写下了一个又一个高贵的有理想的人如何被断送的故事,旨在展现他对我国当代部分昂扬而孱弱的知识分子命运的反思以及对于知识分子如何在历史中保存自己的价值和尊严的深深隐忧。

三、知识分子何去何从

肖马小说中,作家力图以"识时务者"与"不识时务者"的不同人生理想和命运结局,来启示人们那些有着纯正伟大理想的知识分子在理性丧失、人性被扭曲的时代该何去何从,该如何安全平稳地实现自己的理想抱负,成功翻阅历史新的一页。

李力和许屏,一个是干练果断的领导者,一个是才华出众的艺术家,他们都是作者有意塑造并偏爱、称颂的知识分子。然而确切地说,他们只是两个代表作家纯正理想的"不识时务者"。李力一系列正确的主张和行动,却屡遭周围"空气"的反对,且总以自己失败而告终。许屏梦寐以求在石母峰上用雕塑的形式将自己美好的愿望表现出来,却遭现实的否定和打击。因此,当我们由衷地赞叹李力和许屏的人格力量和伟大精神时,心里不免嘀咕:他们有时也太"不识时务"了吧。

与钢锉将军李力和艺术圣教徒许屏相比,张仲轩这个滑得像泥鳅一样的家伙可算是"识时务者"了。新中国成立前两个月,他就放下了资本家小老板的派头,做了一套咔叽布的人民装;以后他又主动把定息的一半买了公债,等别人看出门道来也这样做的时候,爱国的奖状已被他抢到手了……

如果说,写李力和许屏这样"不识时务者"的命运悲剧,是作者在张扬崇高理想,试探知识分子在民族困境中寻求改革出路的同时,又愤懑时代对英雄的扼杀;那么,在勾勒张仲轩这类"识时务者"的肖像时,作者揭露了钻营之徒的可恶,又无可奈何地感叹他们竟常常得势。

究竟如何审视在历史混乱中的这场是非之战?究竟在激战中选择何种出路?作者在探索人在历史、时代的悲剧中如何把握自己命运时,不免因英雄被扼杀、钻营无耻之徒却得势的荒唐结局而困惑、矛盾,甚至流露出一点消极戏谑态度。作者无奈中隐隐说出了这样的处世"精英":只有像《纸铐》里的丁南北一样,处处小心适应它才易安稳生存;否则,只要冲撞、得罪了这"主流空气",如丁南北后来过问了许屏的案子,当面恐吓、背后污蔑、上面告状、下面拆台,各种打击就会蜂拥而来。但丁南北那样"难得糊涂"的应世生存真的就是作者所期待的?并非如此。为保全自己安稳立身的丁南北们只是作者在探索了李力那样做个忠诚义胆的领导者的失败和许屏为追求艺术而无声无息的离去后无可奈何的选择罢了。

在丁南北们的处世经历和人生经历中,我们分明看到丁南北们思想深处的"我是君子"这种中国知识分子特有的"礼"的制约仍十分有力,致使他们不能以恶报恶,以阴谋去制伏阴谋,以铁腕去摧毁邪恶。丁南北在自己的市长办公室的窗帘下发现了明目张胆的窃听器时,至少可以拍案而起吧?但他却温文尔雅地让人窃听完毕。这多么令人遗憾,也让作者感叹对改革时弊有着清醒认识的知识分子在理性混乱、人性扭曲的时代该何去何从中的无奈应付之举。

肖马以这三个中篇在 20 世纪七八十年代之交短暂而蔚为壮观的"伤痕文学"中喊出了自己独特的历史控诉和对人道主义的呼唤,并在"政治反思"中隐晦地启示知识分子在羼弱的历史时期究竟该何去何从。但也许是深沉而严肃的思考常常遏制了他泉涌般的创作激情,使他不能多产、高产。然而,这又何妨呢?一个把创作同人民事业联系在一起的作家,他首先总要考虑到自己的作品对人们生活该有所启示,对人们的精神该有所振奋,否则,写的再多,也无异于一堆废纸。从这个意义上说,我们完全可以肯定,肖马的小说自有其存在的长远价值。

第六节　祝兴义的小说创作

祝兴义(1938—1993),安徽怀远人。1958 年起,祝兴义开始陆续在地、县级报刊上发表诗歌、小说、剧本等文学作品。同年 11 月,他高中毕业后考入怀远县文工团,任歌舞剧《水稻姑娘到淮北》的编剧(该剧参加了全省会演)。1959 年考取合肥师范学院中文系,1963 年毕业后回母校怀远县第一中学任教,先后发表《一篮红土》《卖猪》等短剧本。1974 年调入怀远县文教局从事文艺创作。

粉碎"四人帮"后,祝兴义创作激情高涨,1977 年发表短篇小说《榴火》(《安徽文艺》第 11 期),在省内外产生较大影响。1978 年短篇小说《抱玉岩》在《安徽文艺》发表,随后被《小说选刊》转载,引起很大反响,荣获当年"首届全国优秀短篇小说奖"。1979 年祝兴义成为中国作家协会会员,同年,他担任编剧的话剧《差别》在全省戏剧会演中荣获剧本二等奖。1980 年,祝兴义创作的《杨花似雪》在《安徽文学》第 9 期发表,后被《小说选刊》转载,荣获"安徽省优秀短篇小说"一等奖,并被翻译成法文介绍到国外。1981 年,他的短篇小说《母亲》在《北京文艺》第 5 期发表,获多方好评。他还在大型文学季刊《春风》上陆续发表《儿子长大以后》(1981 年第 1 期)、《蒹葭苍苍》(1981 年第 4 期)、《文笔峰》(1982 年第 3 期)等中篇小说。其中,《儿子长大以后》入选人民文学出版社编辑出版的《1981 年中篇小说选》,1983 年被改编为电影剧本在《银幕剧作》发表,1984 年获"春风优秀小说"一等奖,1989 年又被改编成八场现代沪剧在《上海艺术家》第 4 期发表;《蒹葭苍苍》分别入选 1989 年出版的《中篇小说选刊》和《东方女性》(文化艺术出版社);《文笔峰》被改编拍摄成电视剧,1986 年作为献给教师节的礼物,在中央电视台播出。1984 年,祝兴义因患肝病住院治疗,同年调入安徽文联,先后在《清明》《安徽文学》杂志社从事编辑工作。在与病魔斗争的数年间,祝兴义仍然笔耕不辍,相继发表了《名医子孙》《西乡妹子》《芳菲世界》《刘青其人其事》等中短篇小说。

祝兴义是一个创作起点高、出手不凡的作家,他在省级文学刊物上发表《榴火》仅仅一年,短篇小说《抱玉岩》就荣获 1978 年"首届全国优秀短篇小说奖",先后被收入《1979 年全国优秀短篇小说优秀作品集》(人民文学出版社)、《中国新文学大系 1976—1982 年短篇小说集》(中国文联出版公司)、《绝唱》(中国文学出版社)等重要文集。《抱玉岩》以倒叙的手法,讲述了高中毕业生沈岩,在回乡务农四年以后,回到母校担任代课教师。他博览群书、勤奋写作、教学出色、乐于助人,赢得了广泛赞誉,也赢得了学生彭稚凤的爱情。可是,由于不愿与在"文革"中被打成"反动学术权威"后"畏罪自杀"的父亲划清界限,他失去了一次上大学的机会,也同时结束了自己的一段初恋。粉碎"四人帮"以后,高考恢复,沈岩考上了大学,而曾经的学生与恋人彭稚凤却成了他的老师……《抱玉岩》虽然是祝兴义的成名之作、荣誉之作,但在小说中,作者对男主角沈岩的才情、才干、人品、人格充满敬意,全力歌颂,多少让人感到还有一些"文革"文学所竭力推崇的"高大全"式人物的影子。小说《抱玉岩》应当是政治色彩未曾淡去的时代产物,虽然有这样那样的不足,但它能够"把政治背景融于人物命运之中,真实地刻画这些人物的生活遭遇、精神风貌","揭示生活发展中新的必然性的因果关系";再加上曲折的情节,精心的构思,交叉的结构,清丽的语言,展现人情、人性、爱情、亲情的美丽与复杂,更使它超越了时代的局限。《抱玉岩》荣获 1978 年"首届全国优秀短篇小说奖",对当时安徽文坛所起到的震撼、激励、标杆、示范作用是不言而喻的,它是安徽文学在新时期再度呈现发展繁荣局面的一颗启明星。

与或多或少有着政治观念、形象化色彩的《抱玉岩》不同,祝兴义更多的中短篇小说即便是描写处在政治旋涡、政治事件之中的人物,即便是使用了若干政治语言、政治术语的作品,也较少让人看到"主题先行"与"图解政治"的痕迹,他笔下的人物通常不是简单的政治符号和概念化的。《杨花似雪》《儿子长大以后》《眷眷故园情》中都有对政治事件、政治倾向的自然介入和真实反映。无论是《啊,我的父母之邦》《续弦》《明月明年》这类歌颂农村土地承包责任制政策的作品,还是如《清明雨》《早春的露》《大篷车生涯》《从闹市消失了的》《荷花飘香的季节》《落霞》等一些暴露新政策出台后出现新矛盾、新问题的小说,都较少有政治观念与图解政策"先入为主"式的生硬嫁接。作者特别擅长描写生活在乡村、城市中平凡普通的小人物,讲述他们或离奇、或平淡、或哀婉、或无奈的故事,在对小人物的小悲欢小离合的细细描摹中,在对亲情、爱情、乡情娓娓道来的叙述间,漫射出历史与时代大潮的波光微澜,显现人性之美、之复杂、之弱点。要做到这一点,即便在当下的中国文学界也是颇为难得,具有积极意义的。《杨花似雪》正是此类作品的代表。

《杨花似雪》人物的政治色彩并不浓重。虽然也描写出人物命运与时代变迁的契合,但其主要人物"我"、杨思萍等都相对疏离于意识形态的洪流。但随着时间的推移,人们越来越认识到,反映社会变迁对普通民众命运的裹挟和影响,应该是文学更为深远、更为广大的主题。当年,著名导演谢晋十分赞赏《杨花似雪》,并有意将其搬上银幕,也许正是因为他透过普通民众多舛的命运看到了作者幽深广远的大众情怀。《杨花似雪》是 1981 年"全国优秀短篇小说奖"的入围作品,它的最终落选在当年也许是一种必然,应该与其社会典型意义不足、政治亮色渲染不够等有关。可以说,是那个时代普遍拥有的政治因素与政治情结,给祝兴义的《抱玉岩》获得"全国优秀短篇小说奖"增添了砝码;又是同样的因素和情结,使得作品艺术价值与人物形象塑造及社会影响力等远胜于《抱玉岩》的《杨花似雪》痛失国奖。我们在为作者感到遗憾的同时,又不能不为他勇于在作品中呈现有别于主流的价值判断,努力保持作家的独立品格表示敬意。

在祝兴义的小说创作中,对平凡普通小人物的描写,对人性复杂的多重诠释,应当是他领先时代脚步的精彩所在。在《抱玉岩》中,女主人公彭稚凤及其父母亲等,都是在生活中相当普通的人,都有着这样那样的善意与不足。《文笔峰》中的乔永福对乔涓的情感、《明月明年》中的二表叔与三表婶春秀之间的爱情,都表现出自然的人性与被压抑、被世俗扭曲了的人性之间的强烈抗争。中篇小说《儿子长大以后》中的很多人物都有着人性不同侧面的争斗,都在利己与利他之间进行权衡选择,云珍、仲慈、慰如等莫不如此。

祝兴义生在农村、长在农村,对农民的生活习性了如指掌。进城读书、工作以后还时常回到农村生活一段时间,始终保持对农村、农民的关注。他不仅写农民的勤劳、善良、智慧、朴实,也写农民的狡黠、狭隘、愚昧、自私。《眷眷故园情》中的白娘,心眼多会算计,善于掩饰,仗势欺人。《续弦》中的王大化好面子、讲大话,饥饿难耐之时竟然会同恩爱的妻子、年幼的儿子争食。通过对《代鸣鸟》中的四十、毛力、曹三婶等人物的塑造,描画了重财物轻道义、法律意识集体淡漠的众生相。《荷花飘香的季节》《无花的辙迹》《落霞》等短篇小说都写到了人性、人情的势利与阴暗,写出了人性的多侧面。

由于作者本人的特殊身世,祝兴义对亲情的感受也十分复杂。在他的作品里,有孀居母亲的不辞而别(《杨花似雪》《母亲》),有离开家人音讯全无的父亲(《眷眷故园情》),有在亲戚家中艰难成长的孤儿(《杨花似雪》《母亲》《芦深湾道远》),有身份与名分错置的尴尬亲情(《只因河那边一段风流》《明月明年》)。作品渗透出的浓浓亲情五味杂陈,有思念,有眷恋,有隐忍,有哀怨,有为己,有利他,有扭曲,有抗争……

祝兴义小说作品中的女性形象或多或少都带有一些悲情色彩,从被宗族礼教、贞节名分伤害的母亲(《母亲》),到坚持"离婚不离家"的嫂嫂(《啊,我的父母之邦》)、田大婶(《大篷车生涯》),从难以走出童养媳生活阴影的乔涓,到承受生活与情感双重压力的思萍,从不满无爱婚姻与彩礼陋习的郝玉果(《自由是吝啬的》)、艾玲,到险些被丈夫抛弃的姚翠英(《芦深湾道远》)、被丈夫用钱买来却因身体不好不能生育又再次被卖的无名女人(《代鸣鸟》)……祝兴义为我们塑造了一系列不同历史时期、不同生活背景、受屈受损的女性形象。

读祝新义的小说,可以清晰地看到妇女地位的提高确实是一个艰难复杂的社会与历史问题。妇女,尤其是农村妇女,在学习、生活、恋爱、婚姻、生育等各个环节都要面临太多的艰难、迷茫、无奈、不幸、牺牲,妇女解放、性别平等任重而道远。正如作者在《母亲》的结尾所言:"我要永远记住她,因为,从她的身上,我时刻会想起我肩上的重任……"

祝兴义在描写女性形象时,无论是欣赏爱怜还是理解同情,都透露出很强的男性性别优势,他笔下的女性所面临的问题,从来都不是女性自己可以解决的,她们必须依靠男人、仰仗男人,否则定将一败涂地,女人的命运得靠男人来拯救。艾玲妈、曹三婶、母亲、杨思萍等莫不如此。从农村童养媳成长为大学副教授的乔涓,则更是一个直接被男性拯救的女性形象。

比较《杨花似雪》和《文笔峰》两篇小说,我们可以感受到作者在性别态度上的差异。同样是为异性做出牺牲,女性(思萍、国英)为男性(传立、君山)做出牺牲,目的是通过成就男人来映射抑或照亮自己的人生;而男人(李君山)为女人(乔涓)做出牺牲目的,却是为了保全"他心目中的明珠,未来的'文章泰斗'",是为了他一心要创"不朽之作"的崇高事业。鲁云珍、宋芸(《蒹葭苍苍》)、姚翠英、郝玉果、艾玲……她们的委曲求全、牺牲忍让,无不是为了家庭的和睦安稳,祝兴义笔下的女性似乎再也没有比成全家庭更远大的目标了。即便是为了自由、自我而艰难奋斗的女性,她们的结局也多不容乐观。

由此可见,祝兴义的中短篇小说创作,写出了人情的温暖、人性的复杂,表现出作者对普通小人物的深切关注,特别是对女性命运的关注和同情,但这种关注和同情终究是建立在男性强势、男性主体的话语立场之上的。

祝兴义是一位从乡村走进城市的作家,其小说创作虽然也涉及都市题材,但"大都是写农村人物或农村出身的知识分子"(江流语)。深受农村政策多变之苦的杨思萍、兆子老汉、王大化、二表叔、英树与陆妹子(《清明雨》),担心政策不稳定的湘芹、刘青(《刘青其人其事》),渴望改变自身生活命运的母亲、郝玉果、艾玲,不生儿子誓不罢休的赵大嫂,因丈夫进城而被抛弃了的"我"嫂嫂(《啊,我的父母之邦》)、田大婶(《大篷车生涯》),险些遭遇离婚厄运的姚翠英、长锁(《蒹葭苍苍》)等,都是地地道道的农村人;而《杨花似雪》《清明雨》《啊,我的父母之邦》《代鸣鸟》《眷眷故园情》等作品中的"我",以及沈岩、乔涓、柏继文(《从闹市消失了的》)等,则都是出身农村或有着农村生活背景的知识分子。这些人物的个人命运昭示了中国农民的时代命运,他们的生存见证了中国农耕文明向城市文明过渡时期的诸多矛盾。在"中国乡土小说丛书"之一《只因河那边一段风流》的后记中作家这样写道:"起点低也自有低的好处,比如胎衣里的羊水,对别人说来可能是污秽不堪的,但对于其胎儿却可提供应有尽有的养分,万万缺少不得。我的作品都是我生活的羊水供以养分而孕育出来的。倘若我也讨厌它的污秽,也便没有我的作品,我的书了。"他又说:"有作家说,农村是人类生活的童年。我很喜欢这个比喻。童年自然多了些幼稚,多了些愚钝,但也多了些率真和纯情。那时候的梦正浓,幻正多,因此也多了些缥缈的灵秀之气。"因而他笔下的农民形象都有些幼稚、愚钝、率真、纯情。而他对一些人物命运的处理,有时也会显得比较率真、纯情甚至有些幼稚:他一面在小说中十分生动地讲述落后耕种模式给农民带来的辛劳、贫穷,生产关系、政策局限导致的农业发展挫折,城乡差别巨大对农村人的生活、心理造成的负面影响;一面又在《蒹葭苍苍》《啊,我的父母之邦》《明月明年》等多部作品中,屡屡深情地提及"七十二行,庄稼上行"的民谚,还经常会给一些处于弱势的农村人安排一个充满小说感的不错的结局,譬如杨思萍(《杨花续篇》)、长锁,以及《清明雨》《啊,我的父母之邦》《芦深湾道远》《早春的露》《续弦》《母亲》《眷眷故园情》等作品中的主要人物；他甚至认为，如今的政策好了，农民的生产积极性提高了，城乡差别很快就会逐渐缩小乃至消除了，宋芸、新书（《啊，我的父母之邦》）等人物最后也从城市回到日渐富裕的农村，并对日后的生活充满信心。乡村，这个有些沉重、有些苦涩的心灵圣地，永远都是作家难以割舍的创作源泉与精神家园。

作者对于城市作家也是十分向往的，祝兴义本人正是通过个人不懈的努力与奋斗，一步步从农村走到县城，又从县城迈向省城，他徘徊在都市情结与乡村灵魂的焦虑地带，游移在理智与情感的矛盾漩涡，或是以农村人的眼光打量城里人，或是用农村出身的知识分子的视角审视农村。尽管他也写了不少城市题材的小说，但细读文本之后我们不难发现，作者对农村题材的驾驭、对乡村灵魂的描摹远胜于他对城市题材、都市人物的把握，他笔下的农民形象以及从农村走出来的知识分子形象，总要比其他各类人物形象更加生动、更加丰满、更加逼真感人。

乡土乡情的灵魂根基，知识分子的精神气质，骨子里他对传统的农耕文明依依不舍，欲望上又对先进的城市文明追寻向往，理想与现实矛盾引发的焦虑不安、感性哲思，促使祝兴义在那个年代成为较早揭示人性的复杂、情变的微妙以及生活观、价值观、爱情观多元存在的作家。作为中国新时期文学初露的曙光，祝兴义的小说时空交错，结构多样，情节曲折，故事性强，敢于揭示不同政治背景下出现的不同矛盾与问题，善于在对亲情、爱情、乡情娓娓道来的叙述间，反映一个时代的真实存在，塑造了一个个栩栩如生、平凡普通的小人物形象，尤其是令人难忘的女性形象，在时代的贡献与时代的局限之间，给安徽文学史留下了具有特殊意义的重要一笔。

第七节　石楠的传记小说创作

石楠（1938—　），安徽太湖人，现居安徽省安庆市，国家一级作家，曾任安徽省作协副主席。小时由于家贫，13岁才插班进入小学五年级。初中毕业后，没钱继续上学，辍学去集体小厂上班当工人，后又当图书馆管理员。在当图书馆管理员期间,萌发了创作的愿望,开始利用业余时间创作。从1982年发表传记小说《画魂》开始,迄今已出版了13部长篇传记小说、2部长篇小说及一些中短篇小说、散文、报告文学等。代表性的作品有:《画魂》(初名《张玉良传》)、《寒柳·柳如是传》、《从尼姑庵走上红地毯》等。苏中先生在为"安徽文学五十年"丛书作评的《包容与个性》中评说道:"以《画魂》为代表的传记小说系列,是作家借鉴古人经验,独自探索出的新型小说体例。"①并称其为"石楠体的传记小说"。2005年,在全国传记文学作家评选中,石楠被评为"当代优秀传记文学作家"。2006年12月,中国戏剧出版社出版了14卷《石楠文集》。

一、三种不同类型的传主

在她的第一部传记小说《画魂》的后记中,石楠就明确表示她为历史长河的漫漫泥沙和世俗偏见淹没了光辉的女性感到遗憾和不平,她说:"我决意去寻找女性中即将被历史埋没了的星星,我想努力去工作,用自己微薄的力量去擦拭裹挟她们的泥沙,让她们重放光彩。"②这表明了作者明确的创作目的和明显的女性意识:为女性立传,替红颜正名。在2006年12月出版的14卷《石楠文集》中,石楠将《我为苦难者立传》这篇文章作为文集的总序,并全面介绍了自己的创作情况,这又开宗明义地表明了作者的态度:为苦难者立传。在文章结尾,她说:"苦难造就不朽,苦难造就辉煌,苦难增添人生的光辉,如果老天假我以年,如果老天赐我健康,我会继续用我的传记小说艺术歌唱苦难,继续为苦难者立传。"③综观石楠的传记小说,可以看出她不仅为女性立传,彰显女性意识,也为男性立传,替备受争议者鸣不平;不仅为苦难者

---

① 苏中:《包容与个性》,《文艺报》,2002年2月1日。
② 石楠:《画魂后记》,《石楠文集》(第1卷),北京:中国戏剧出版社,2006年版。
③ 石楠:《我为苦难者立传》,《石楠文集》(第1卷),北京:中国戏剧出版社,2006年版,第17页。

立传,更为勇于与苦难搏斗、与不公平的命运不屈抗争的勇者立传,表明强者风范。总体来说,她笔下的传主全都是艺术家,有画家、表演艺术家、作家、学者,而且他们都是难者、勇者、才者、叛者、强者,为了事业,他们不顾一切,执着追求,在生活中,历经磨难,但他们拥有超出常人的战胜苦难的毅力和勇气,甚至视战胜苦难为游戏,把苦难酿成美酒,把痛苦化作欢乐。石楠的传记,从传主的性别和生活的年代来看,可分为三类,每一类在主题上都有自己的侧重。

第一类是为古代名不见经传的巾帼才媛立传。这是作者结合自己的性别体验,自觉地为被历史的尘垢和封建男权思想掩盖的巾帼才媛立传,洗刷历史尘封在她们身上的尘垢,再现巾帼才媛的光辉形象。这一类作品最明显地体现了作者的女性意识。代表作是《寒柳·柳如是传》和《陈圆圆·红颜恨》。

整部《寒柳·柳如是传》三十几万字,再现了明末清初动荡复杂的历史面貌,重塑了柳如是这一巾帼才媛的光辉形象,整部作品如同一首令人荡气回肠的悲壮之歌。尤其是主人公柳如是这一形象,作者着力刻画了她的经历、性格中最重要的方面:追求独立平等的爱情,深广悲壮、舍生取义的爱国行为。小说的前半部分主要写柳如是强烈地追求人格平等和精神独立的爱情而经历的三次情感波折。在封建社会,嫁人是女性改变自己命运的唯一方式,而她的歌妓出身使她连被明媒正娶的目的都很难达到。为了争取独立平等的爱情,柳如是如同一棵被压在巨石下的小草,顽强地与命运抗争着。当宋徵舆迫于家庭压力,不敢明媒正娶她时,她痛断琴弦;她与陈子龙尽管深爱着,但陈囿于世俗偏见,不敢冲破封建礼教,她又将刻骨铭心的相思沉埋在心底。最后,她选择了大她36岁的钱谦益。此时的她,冷静、成熟,即便知道钱谦益深爱着她,但仍然要求他大张旗鼓地按"正室"的名分迎娶她。透过这虚假的名分本身,柳如是追求的是独立的精神、自由的身份、平等的人格,这是在封建礼教重压下女子唯一能争取到的社会权力。由此可见,柳如是的智慧和向封建伦理制度挑战的勇气。她不仅在爱情方面争取个人独立的人格,在才识和思想上,更勇敢地向封建男权社会挑战。在"群子荟萃绛云楼"中,柳如是的一番言论就是对封建男权意识的直接挑战,"闺阁无才,并非天成,乃时势所使然,此应归罪于男子,是他们剥夺了女子学习和发挥才干的机运。""男人为了怕女人超过自己,便想出一个'女子无才便是德'的紧箍咒,强加在女人身上!""无才便是德之论,是专门用以禁锢妇人才华之咒语。""在学问面前,应该男女平等!"这是何等的独立平等和智慧!石楠用艺术的虚构和丰富的想象笔法刻画这位追求独立自由的名媛形象,反映了明末清初女性的个性解放意识和作者自身明显的女性意识。

在小说的后半部分,作者主要着力刻画柳如是报国忧民的巾帼英雄形象。作者在动荡混乱的反清复明这一时代背景中,通过拜谒梁红玉墓、携夫投湖、火烧绛云楼、犒劳前线军士、血溅荣木楼等一系列大起大伏、惊心动魄的情节,充分展示柳如是的民族气节和爱国精神。"天下兴亡,匹夫有责,匹妇亦有责。"柳如是用生命实践了这一誓言。这一青楼女子,不仅追求个性的解放、人格的独立,而且自觉地将自身的命运和国家的前途紧密联系在一起,升华为一种民族精神和深厚的社会历史内涵,可歌可泣,可敬可叹。在柳如是这一人物身上,集中地反映了石楠强烈的女性意识。

在《陈圆圆·红颜恨》中,石楠借助梦幻的方式对封建社会中女性无法反抗,不得不依附于男性的悲剧命运表示深深的同情,对男性是真正爱一个女人还是爱自己爱功名的心理进行探寻,对陈圆圆的悲剧根源进行思索。陈圆圆的幸福正是她的不幸所在,作为一个女人,她得到了暂时的幸福,作为一个民族国家的人,她又不得不冤屈地背上红颜祸水的骂名。对于一个被别人当成礼物送人的弱女子来说,背上这一千古骂名,公平吗?在作者对吴三桂一系列穷奢极欲的行为和反清活动的描写中,答案早已不言自明。石楠是在为红颜正名,感叹女人的不幸。

为与苦难搏斗、与命运抗争的女性艺术家立传是石楠传记的第二类。作品有《画魂》《从尼姑庵走上红地毯》《美神·刘苇传》《一代名优舒绣文》《海魄·杨光素传》《不想说的故事》《另类才女苏雪林》。在这些作品中,同时体现了人物两方面的特征：一是对艺术的执着追求，一是拥有超出常人的与命运和苦难不屈抗争的精神和勇气。对事业的执着追求使她们置苦难于不顾，置苦难于不顾更使她们走上事业的巅峰。她们把苦难酿成美酒，化痛苦为欢乐，既有对事业的执着追求精神，也不乏传统女性的优秀品质，是女人中的佼佼者。

《画魂》是石楠传记小说的开山之作，"在这部作品里，作者为我们塑造了一个闪烁着智慧与力量、强烈民族感与晶莹纯洁心灵的艺术家——张玉良的形象"[①]。张玉良出身于贫穷的小手工业家庭，家庭的变故，父母的早亡使8岁的她成了孤儿，抽大烟的舅舅将她卖给青楼，后被具有民主思想的潘赞化赎出。由于天资聪颖，潘赞化供她读书，但她仍没能逃脱做小妾的命运。后来，她的绘画才能为洪野所识，被收为徒，勤奋和天资使她脱颖而出，极具叛逆思想的刘海粟破例让她进入上海美专，毕业后去法国学习绘画。她的勤奋和对艺术的执着追求使她成为画界名人、大学教授，但她的青楼出身和小妾身份又使她受到无尽的耻辱，即使身为大学教授也不得不在潘赞化原配夫人面前下跪。耻辱使她无法生活下去，不得不远渡重洋，再赴法国，并且决定永不再回。在异国他乡，她埋头艺术，使自己的作品进入国际第一流的收藏机构——巴黎现代美术馆，成为世界知名画家。张玉良尽管身在异国他乡，仍然关心祖国的前途和命运。在日军侵占华北的时候，她连夜雕塑李清照头像，用"生当为人杰，死亦为鬼雄"的壮烈诗句作为自己的心灵写照，并拒绝加入法国国籍。在展览会上，她不厌其烦地在所有的作品上都写上"中国潘玉良作"的字样，表明自己强烈的爱国心。

《从尼姑庵走上红地毯》中的梁谷音同样是这样，她热爱戏曲艺术，被称为"身上有戏癌"，但她的家庭出身和时代环境偏偏与她作对。新中国成立初期，曾任国民党军官的父亲被镇压，母亲无法养活五个子女，只好把几个妹

---

① 唐先田：《催人泪下的奋斗之歌——评长篇传记小说〈张玉良传〉》，《光明日报》，1983年4月7日。

妹统统送人,带上一个遗腹子,远走他乡谋生。9岁的梁谷音被浙东一个尼姑庵收养,她那一双会说话的眼睛给了她走向艺术殿堂的机缘。但在强调阶级成分和阶级斗争的大环境下,她父亲的问题就像自己的身影那样永远地跟随着她。不管她如何刻苦,不管她戏演得如何出类拔萃,她都得不到平等的机遇,平等于她也就更具有价值,她也就越发奋争。"文革"后,机会来了,但由于多年未唱戏,功夫已大大不如别人。梁谷音没有屈服,坚决与命运抗争,每天三点就起床练功,身上练得红一块、紫一块,腰练痛了,踝骨练扭了,脚练肿了,穿不上练功鞋,但她仍继续练。她千里拜师,广采众长,经历种种磨难。正是这种不屈的抗争精神终于使她"宝剑锋从磨砺出,梅花香自苦寒来",最终成为著名的昆曲表演艺术家。

杨光素、刘苇、舒绣文、苏雪林同样是这样,视艺术为自己的生命,尽管客观环境为她们设置了重重障碍,但她们不畏艰难险阻,努力磨砺,从来都不在困难面前退缩半步。杨光素在52岁时,辞去大学教授的公职,只身一人去法国留学,历经磨难,最后成为为总统画像的人。刘苇在离婚被夺爱子后,只身一人,在腥风血雨中接受革命的洗礼。舒绣文更是把角色带到日常生活中,时时刻刻地体验角色的外表和内心。这些女性人物身上,那种对艺术执着追求的精神让人敬服,那种战胜苦难的勇气和精神又激励鼓舞着读者,催人奋进。

替在世时备受争议的男性苦难艺术家立传是石楠传记的第三类。这一类的代表作品有《刘海粟传》《张恨水传》《亚明的艺术之旅》。在这类传记中,由于传主生活的年代距今天很近,史料比较充分,作家更多地发挥了自己学者型、研究型传记作家的特长,大量收集研读资料,再现传主生活的全部经历和时代风貌,真实地描写人物的性格、经历,洗刷时代局限带给他们的不公正评价。在《刘海粟传》中,作者用史实和细节的想象来丰富刘海粟的心理,塑造艺术叛徒的丰满形象,写他的叛逆性格,写他冲破封建道统的艺术行为,写他视苦难为动力的不屈心理。作者多次提到刘海粟的一段话:"何谓丈夫?丈夫就是在别人活不下去的环境中活着,又不丧失人生信念和高尚气节,能忍人所不能忍,方能为人所不能为。"在《张恨水传》中,作者用大量的史实和合理的细节想象,描写张恨水的勤奋多产,描写他在抗战中为国写作、为国办报的爱国举动,并且客观地再现了他在三次不同境遇中的婚姻和爱情,读起来真实可信,客观公允。在作品中,石楠既用史实和合理的想象重现了一代大师的形象,又融入了自己的思想和情感。

三类传主,尽管都是苦难者,但又不尽相同,各有特色。总体来说,他们都是难者、勇者、才者、叛者、强者,他们对事业执着追求,对苦难从不屈服,对艺术倾心相爱。作者在写作过程中,借鉴古人经验,探索新型小说体例;发挥女性情感特长,以情取胜;寻找传主与自身的契合点,逼近描写对象;大量研读资料,尊重史实;揣摩人物心理,丰富细节;抓住传主人生经历,编织跌宕起伏的故事情节。这些形成了石楠传记小说艺术上的特征。有的作品虽也存在文化和思想深度不够,部分情节有些冗赘的不足,但瑕不掩瑜,石楠的作品总体有着相当高的艺术水准。

二、石楠传记小说的特征

石楠的传记小说不同于我们常说的传记,她的作品带有很明显的小说特征。她说:"我的绝大部分作品都是人物传记,我把它们称作传记小说,顾名思义,这种文体是以真人真事为依据的小说,这是传记,又是小说。既是小说,就允许合并、虚构人物、腾挪细节、合理想象和艺术加工。我不求一言一行的形似,而要求的是神似。"[1]就传记本身来说,真实是最重要的特征,但细节的虚构又是不可缺少的因素,赵白生在他的《传记文学理论》中说:"传记的虚构本质上是一种'死象之骨'式还原。从事实的真实出发,传记作家没有权利增减象骨,更没权利替换象骨。他不能'因文生事',但叙述的真实却

---

[1] 石楠:《我为苦难者立传》,《石楠文集》(第 1 卷),北京:中国戏剧出版社,2006 年版,第 17 页。

要求他'以文运事'。"①由此看来,石楠的传记小说与一般意义上的传记有很大不同,正如有些评论家所说,石楠体的传记小说尊重史实,小说人物的主要活动和经历,都有史可依,但在细节和人物心理的刻画上,有很多虚构,具有她自己的艺术特征。

石楠的传记小说在艺术上以情感取胜,寻找自身与传主的契合点,突出战胜苦难的精神。她的第一部传记小说《画魂》出版后,冰心为她题词:"真实的情感是一切创作的力量和灵魂。"这是《画魂》的特征,也是她一切作品的特征。石楠在作品中融入自己的真情实感,努力寻找传主与自身的契合点,逼近描写对象。在她的传记小说中,最让人感动的是人物对艺术的执着追求精神以及反抗命运、战胜苦难的决心和勇气。石楠常说:"苦难是我的财富和老师。""事实上,苦难也是石楠逼近创作对象的途径——无论是选择传主、取舍素材、落于笔端的情感倾斜;还是充满生活气息的细节铺排,凡与石楠的苦难情结相契合相沟通之时,便是创作主体与对象最贴近之处。"②石楠在多本传记的后记中倾诉了她的社会理想、人生观念:"世界上没有征服不了的苦难,人类的命运可以通过抗争来改变!……只要有个崇高的目标,坚定的意志,执着追求,刻苦进取,就能得到自己想要的东西,这东西就是人生存在的价值!""谁不希望有顺遂的人生?谁个又希望多灾多难?但如果生活硬是要把它赐予我们,我们也不用悲伤,只要有勇气同它较量,就能把它化作财富!一个生活的强者,是不应该畏惧磨难的!"③这些言辞,是传主的,更是石楠自己的。

石楠的传记小说突出体现了独立自主、自立自强、抗争命运、勇战苦难的女性意识,体现了作家强者和勇者的风范。《寒柳·柳如是传》的主人公柳

---

① 赵白生:《传记文学理论》,北京大学出版社,2003年版,第62页。
② 王海燕:《血相融、情相通、博相同——石楠传记小说创作主体逼近描写对象的途径》,《石楠文集》(第14卷),北京:中国戏剧出版社,2006年版,第28页。
③ 石楠:《磨难可以增添人生的光辉——后记》,《石楠文集》(第3卷),北京:中国戏剧出版社,2006年版。

如是生活于明末清初复社兴起的动荡时代，人物本身很复杂，牵涉到当时的复社、朝廷争斗、反清复明等等许多活动。作者主要从追求爱情和报国忧民这两个方面来塑造柳如是。作品前半部分主要描写主人公为了追求平等基础上的爱情，追求人格的独立和平等而经历的三次情感历程。后半部分主要描写柳如是报国忧民、投湖自杀、支持义军、犒劳军士、火烧绛云楼、血溅荣木楼等活动和行为，体现了柳如是的民族气节和爱国精神。作品充满悲壮色彩，如同一首令人荡气回肠的长篇悲歌。主人公柳如是，她"时而是深闺中人面桃花、长裙曳地的丽质佳人，时而是高朋满座中把酒论诗、谈笑说文的江南才子，时而是儒服方巾、风流倜傥的美少年，时而是浪迹天涯、放歌大江的女艺人，时而是剑啸长空、气冲斗牛的侠女，时而是温柔可人、愁肠百结的怨妇，时而又是怒斩奸贼、血荐英烈、以身殉国的壮士"……作者将柳如是的不同侧面集结起来，为我们塑造了一位光彩照人的巾帼才女形象，而且是一位兼具男性英武阳刚与女性美丽温柔等综合气质的巾帼才女形象。波伏娃认为，男女之间的差异或不同在合理的情况之下只应是生理方面的，一切由于法律、风俗等等社会因素所造成的不平等和差异都应消亡。鉴于此，有些女性主义学者提出"双性同体"的概念，提倡建立既体现男性经历的需要、深度，又体现女性经历的需要、深度的文化，即"双性文化特征"。而石楠塑造的柳如是就是"双性同体"的形象，她的身上体现了"双性文化特征"。她前半生在追求爱情时，极力地要求名分，实质是在封建社会中女性对自身社会地位、对人格平等和独立的最高追求。她后半生投湖自杀、舍生取义、支援义军、血溅荣木楼的壮举实质是热血男儿的爱国行为。因为在封建社会中，贤妻良母的最高社会行为也只是夫君缺席时，替夫履行某种义务。而此时的柳如是已完全走在了丈夫的前面，社会的前台，而且，她的爱国行动也减轻了钱谦益的叛国罪名。石楠将这二者结合，为我们塑造了封建社会中体现现代"双性文化特征"的巾帼才媛形象，凸显了作者自立自强、男女平等、人格独立的女性意识。前面提到的"群子荟萃绛云楼"，柳如是的一番言论更是对封建男权意识的直接挑战，作者借人物的口道出了自己的女性意识：在知识和事业面前，男女应是完全平等的,都应拥有独立自主、自立自强的人格。在《陈圆圆·红颜恨》中,石楠借助梦幻的方式对封建社会中女性无法反抗,不得不依附于男性的悲剧性命运表示深深的同情,对男性是真正爱一个女人还是爱自己爱功名的心理进行探寻,为背负历史冤屈的弱女子陈圆圆洗刷尘封的污垢,还原历史的本来面目,替红颜正名。这些,都反映了石楠对封建男权社会的本质和男权文化的思考和反抗。同样是在80年代前期,诗人舒婷最早在诗歌中表达了女性追求独立和与男性人格平等的意识,张洁、张辛欣等在小说中表现现代知识女性自立自强,追求事业的一面,同时也表达了知识女性在追求爱情和事业时与男性中心意识的强烈冲突,而石楠通过塑造古代才女名媛追求爱情人格独立、积极参与社会活动的形象,自觉地汇入了女性文学创作的浪潮。

《生为女人》是石楠的长篇小说力作,也集中地体现了石楠的女性意识。主人公刘金桂是一位普通的山村女性,她美丽、善良,生长于山野之间,饱受自然甘露的灌溉,但却拥有不平凡的情感经历和饱受磨难的人生。她一生拥有过三个男人,三个男人给了她三种不同的人生体验,蕴含了三种不同的男权文化给女性带来的苦难。第一任丈夫朱小毛带有明显的兽性心理,他把妻子金桂完全当作发泄性欲的机器,想什么时候享用她,就什么时候享用她。婚后,由于两地分居,不能随时满足他的性欲,他就用假离婚的方式抛弃了金桂和几个月大的女儿,另寻新欢去了。后来,金桂又被狠心的婆婆撵出了家门,无路可走的金桂不得不带着女儿回了娘家。尽管爹娘接受了她,但她又不得不在乡邻的闲言碎语中生活。善良而勤劳的金桂没有反抗,默默地忍受,靠辛苦的劳作来缓解内心的压力和痛苦。在女友采萍的介绍下,她嫁给了第二任丈夫徐大宝,一进门就主动承担起侍奉瘫痪在床的婆婆的重任,料理全部家务,并干农活。她干的最多,吃的最坏,还要忍受婆婆的恶言恶语,但她没有反抗,尽心尽力地做着。此时,金桂承担的是传统女性"家庭女奴"的使命。金桂唯一的安慰是大宝和公公待她好。但好景不长,儿子虎伢刚出生时,公公因为兴奋过度,从坝上摔下来,当场死亡。瘫痪在床的婆婆不想给儿子添负担,也绝食而死。几年后,丈夫大宝也因肝癌晚期,不治而亡,留给金桂的是三个嗷嗷待哺的孩子和一个贫困的家。受尽磨难的金桂没有怨天尤命,而是决定不再嫁人,把抚养子女作为自己生命的全部,用柔弱的双肩承受巨大的苦难。就在她默默承受,与苦难搏斗时,好友采萍的丈夫朱安平旧情复生,在为金桂分忧解难中成了金桂的情人,并且想让金桂给自己生一个孩子,以成全自己膝下无子又渴盼子嗣的心愿。此时,身为寡妇的金桂又一次在善恶并举的情深义重中成了传宗接代的工具。可怜的金桂挣扎在道德和礼教的罗网中,夜不能寐,坚决要求打掉孩子。正在此节骨眼上,安平却因触电不幸身亡。善良的金桂震惊了,她决定冲破礼教的罗网,完成良心的重任,为安平生下他留在世上的唯一血脉,并与好友采萍结成姐妹家庭,共同抚养四个子女,最后使他们全都成了国家的栋梁之才。作者对金桂饱含同情,极力讴歌,对封建文化和思想进行谴责,使作品充盈着厚重的道德批判。这种道德批判使作品产生了一种撼人心灵的人性美和催人泪下的艺术魅力,同时,也使主人公金桂始终挣扎在道德和礼教的罗网中,体现了作者女性意识的复杂性。

第八节　彭拜的历史小说创作

彭拜(1924—),合肥人,出生于湖北。他的父亲浪迹江湖,做过幕僚,当过官吏,经过商,赚过钱,据说是担心子孙靠祖产吃饭会无所作为,因而终身不治产业。1936年父亲中风暴卒于闽南,母亲求亲乞友,筹措盘缠,带着12岁的彭拜,扶柩同返合肥故里。

彭拜自幼嗜好读书,小学时,偷偷地省下每天两个铜板的早点费,从后大街中华书局、世界书店、大智书店里买"闲书"看,如《三剑客》《巴黎茶花女遗事》《撒克逊劫后英雄略》以及《水浒传》《三国演义》《红楼梦》等。稍长,他又偷偷读过"禁书",如《大众哲学》《新民主主义论》《共产党宣言》《联共布党史》等。书籍把他引上了革命道路。他参加地下民盟,积极传播新思想,后来响应地下党号召,曾组织一百多名知识青年去解放区。

解放初期,彭拜参加剧改,研究庐剧,还参加业余剧团。此后,随同戴岳创办皖北文联,编辑《皖北文艺》。1952 年,安徽文联正式成立,他继续担任编辑工作,业余从事文艺创作。

1949 年以前,他发表了文艺作品约 20 万字,据《中国现代文学作者笔名录》不完全记载,他所用笔名有高炬、卢辛、边小鸾、铁孩及郁红棉等十多个。作品中有揭露国民党抓壮丁内幕的中篇小说《魔障》,有揭示资产阶级家庭生活悲剧的中篇小说《谁跳进海里》,有反映旧社会人力车夫悲惨生活的短篇小说《老夏》,有讽刺抗战胜利后国民党接收大员劫收丑态的故事新编《范蠡》等。

1949 年至 1955 年,彭拜共发表作品约 60 万字,其中有《庐剧研究》,短篇小说集《骄傲》、中篇小说单行本《搬家》、小剧本《大家幸福》等。还有诗歌若干,其中长诗《今日淮河喜事多》,由中央人民广播电台于 1951 年七一播出。

正当他春风得意、踌躇满志之际,平地一声雷,大祸从天而降。

1955 年,上海一位署名"满涛"的俄文译者,被报纸点名为"胡风反革命集团"成员。此前为"满涛"的一篇译文,彭拜曾写信与其商榷,彼此有过文字交往。据此,彭拜被列入怀疑对象。

省委批判胡风,苦于没有胡风的书。彭拜说他有,还搬出来一大堆,用三轮车装上送去。这更惹起疑问:他怎么会有这么多胡风的书? 莫非是胡风分子?

后来彭拜还有为胡风辩护的言论,说胡风"反革命上书"所谓"五把刀子"之中,有三把不能算是刀子……

于是,彭拜被关进了看守所,接受审查。先查现行,再查历史。折腾了将近一年,现行与历史没查出什么问题,单位终于把他接回去了,然后派往白湖农场参加建造"穿湖大堤"。

1957 年"反右"斗争开始,彭拜又被卷入一个意外的浪涛,从劳教"上升"为 6 年有期徒刑,被押送至一家工厂接受劳动改造。直至 1962 年单位把他从劳改厂领回"甄别"。中途因故,"甄别"搁了浅。从此,彭拜便开始了靠拉大板车四处打工借以养家糊口的艰难生涯。即便如此,也不得安生,1969年他又以"无业游民"的身份被疏散到农村落户,离妻别子,孤苦伶仃地当了几年农民。

1979年,是彭拜生命的又一个转折点。经过全面复查,结论是纯属错案,他终于获得彻底平反,恢复了工作。然而,1955年—1979年,彭拜在苦水里整整浸泡了二十四个年头!

二十四年来,始终支撑彭拜的是一个坚定的信念:真、善、美终将战胜假、恶、丑。他在《读陆游〈示儿〉诗后》曾经写道:"忠贞织茧苦缠绵,做了书生便可怜;国不爱翁翁爱国,临棺兀自念中原。"他坚定地相信,我们的国家民族会有灿烂的未来,自己一定要努力为人民做出一份贡献。

读书、写作,始终伴随着彭拜,即使在看守所严密监控的情况下,他也想方设法写了20万字的作品,其中有小说、剧本、诗歌,有理论探讨、作品分析等。这以后,无论是劳动改造,还是拉车打工,他都从未中断过写作,直至"文革"。

此间,创作有历史剧7种、电影文学剧本20种(其中历史题材4种,儿童题材2种),还有童话剧集、旧体诗集、历史题材长诗以及风俗杂谈等,凡20余种,约200多万字。可惜的是,"文化大革命"恶浪袭来之时,他担惊受怕的妻子再也无法承受因文惹祸的凶险,毅然把他的这些作品统统付之一炬。

粉碎"四人帮"之后,劫后余生的彭拜,顾不上舔舐伤痕,就开始乘风破浪了。彻底平反的当年,他就发表了中篇历史小说《李马渡康王》。这部小说先后被改编为电影剧本、戏剧剧本以及连环画共四十余种。直到1987年,广西桂剧团犹以《泥马泪》一剧赴京演出,"中外观众反响强烈",首都戏剧界还为此举行了座谈会。此后十余年间,他先后创作出版有长篇小说《汉苑血碑》《红颜幽梦绕香山》和《铜雀台上》,还有中短篇小说集《潮州梦》及《清泪沉江》等。他的历史小说,大多以知识分子为表现对象,活跃其间的有司马迁、苏武、李陵、韩愈、苏轼、李膺、范滂、张俭、陈实、白居易、刘禹锡、柳宗元、史可法、金圣叹等等。这些古代文人士子,或驰骋文坛,或报效沙场,或辗转仕途,无不忠心耿耿,才华横溢,重气节,恨邪恶,志在为国,事不避难,一个个堪称时代的精英,民族的脊梁,然却毫无例外地蒙冤受屈,无一逃脱悲剧性的历史命运。

东汉末年,皇帝昏庸腐败,宦官僭窃大权。他们上下相互勾结,卖官鬻爵,贪赃枉法,虐遍天下。耿直的官僚、名士、太学士对于他们如此作威作福极为不满,油然通声气,相呼应,形成一个全国范围的士人集团,不断抨击朝政,揭露宦官劣迹。正如范晔概括的:"桓、灵之间,主荒政谬;国命委于阉寺,士子羞与为伍。故匹夫抗愤,处士横议。遂乃激扬名声,互相题拂,品劾公卿,裁量执政,女幸直之风,于斯行矣。"(《后汉书·党锢传序》)而宦官在中央有党羽,在地方有爪牙。且党羽爪牙,多为达官显吏,握有军政实权,对名士书生辈的言论制裁镇压,不费吹灰之力。先是汉桓帝指斥名士李膺、范滂二百余人为党人,下狱治罪。桓帝死后,灵帝继位,又大兴冤案,丧心病狂地杀李膺、范滂等一百余人,禁锢六七百人,太学生被捕一千余人。党人五服内亲属以及门生故吏凡有官职的人,全部免官被管。这就是东汉的两次党锢之祸。其结果,"小人道长,君子道消"。真正拥护统治、希望政治修明的人,清除尽净;而自掘坟墓,使政治日趋腐化的保守势力反得抬头。这样一来,东汉王朝日渐削弱,到最后,便是农民暴动及群雄割据,以结束其一代统治。

据此史实,彭拜展开艺术想象的翅膀,创作了他的第一部长篇历史小说《汉苑血碑》。作品从贪官羊元群搬家遭遇河南尹李膺着笔,逐步引出以张让、侯览、羊元群、张成等宦官集团为一方,以李膺、张俭、范滂、陈实等士人集团为另一方的对垒阵势,一环套一环地展开两者之间的矛盾冲突。

彭拜撰写《汉苑血碑》,旨趣并非在于敷衍一场历史故事。从作品中不难看出,作家刻意塑造中国古代知识分子的形象,着重表现他们的气节、风骨,并力图从他们的悲惨遭遇中引出某些教训,作为后人的借鉴。作家的追求是成功的,例如,作品对正直官僚、名士、太学生慨然赴难的描写及其思想境界的揭示,就相当出色,相当感人。

彭拜在他的中短篇历史小说中,同样塑造了一系列知识分子形象。例如,《潮州梦》中的韩愈,因为呈《论佛骨表》,得罪皇帝,"一封朝奏九重天,夕贬潮阳路八千",弄得极为凄苦苍凉。《也无风雨也无情》中的苏轼,由于笔锐口快,被冠以"以诗文訾议、嘲讽新政"的罪名,蹲了一百多天监狱。在此类作品中,写得最为成功、最有锋芒、最富代表性的,要数《三人行》。作品中的苏武、李陵、司马迁,是三个富有典型意义的艺术形象。苏武衔命出使,力秉忠贞,志在立德;司马迁据史著书,紧修信史,志在立言;李陵奉敕远征,英勇奋战,志在立功。结果,三位知识分子都落得同样悲剧性结局。原因在哪?作品借苏元之口,道出了个中真谛:"皇帝老爷至尊、至圣、至威、至武,只许驯顺,不容拂逆。"否则便以各种因由,用各种方法"颠倒之,祸祟之,践踏之,格杀之。'顺者昌,逆者亡','从叨光,违招殃'。你们三位老辈的遭遇,证明当今之世,愿立德、立言、立功而不明顺逆从违之道的人,所得到的,只能是不幸的命运,可悲的下场!"何等振聋发聩的警句啊!"文革"之后,痛定思痛,全国上下都在反思这场浩劫的根源。彭拜历史小说的适时问世,其启迪意义应该是不言自喻的。

彭拜是一个"在盐水里煮过三次的人",他自身的遭际就是一部令人心酸的小说。可贵的是,他并没有沉溺于哀叹个人的悲苦和辛酸,借古人之酒杯,浇自己之块垒,把小说创作当成泄诉自我怨愤的工具,而是力求站在时代的高度,根据自己的历史评判和现实感受,寻找其内在的某些规律,以史为镜,启迪今后。

他在谈到《李马渡康王》创作经过时,写道:

在久久的日子里,我看到我国由于二千余年悠久、沉重的封建统治,加上动乱十年的逆流、倒车,那封建主义的幽灵,依然鼓着它那死神罩衫般的黑翅膀在暗空里盘旋着;那本应被革命扫帚一扫而尽的个人偶像崇拜,不仅从垃圾堆里爬出来,而且升腾到了一个新的狂悖高点,我为此而惊悚,而困惑,而忧虑,而痛苦,而日久辗转难安。

突然有一天,我发现民间有个传说:康王得以一夜渡过八百里淤泥河,驮他的不是崔府君庙前的神马,而是农家孩子李马。根据这一传说,参照南宋历史加上艺术想象,三者熔于一炉,锻之炼之,使其成为一篇历史小说。有人物,有故事,有背景,有细节,有虚,有实;更重要的是有我的立意、我的构思,在我们今天的现实中,有它应有的用处。(《烦扰、探索、愉悦》,载《文学》1984年第10期)

他创作的使命感非常鲜明,注重作品的现实意义。他认为,历史小说"应该为鉴,可以讽今","历史小说写了出来,如仅仅只告诉人们一些等闲的历史人物、平庸的历史故事,不能以之为鉴,无所讽,无所指、射,不能给读者提供先进的,美好的思想、感情、信念、观点和艺术享受,那就不必浪掷楮墨"。

从广泛阅读史书中,他感到,古代子民把享乐太平盛世的希望,寄托在朝廷出现圣君明帝身上,是有道理的。历史上有名的文景之治、贞观之治等,都是基源于此。

不过,他又看到,悠悠历史长河,治世实在太少,乱世颓世则层出不穷。而一些时代之所以乱,之所以颓,固然各有其具体原因,几乎毫无例外的是,对待知识以及知识分子的政策不正确。每值那个时候,又总是知识分子倒霉,受挑剔、受压抑、受迫害、受践踏。于是,知识分子在封建王朝的悲剧性命运,很自然地成为他的历史小说中最突出、最常见、最重要的主题。

写历史小说,如何恰如其分地把"历史"和"小说"这两个含义存在着相斥性的词汇,交融到一起,达到谋取一个新的文学样式的严格要求,一直是颇费心力的课题。他认为,历史小说"既不等于历史,也不能是肥皂泡儿",既不能事事皆实,字字有据,也不能任意编造,恣意膨胀。他为文十分严谨,为创作《汉苑血碑》,又重读了《史记》《汉书》《后汉书》《资治通鉴》《廿二史札记》和邓之诚的《中华二千年史》、郑天挺主编的《中国通史参考资料》、蔡东藩的《全史演义》的有关部分,以及范文澜、周谷城、翦伯赞、侯外庐等的一些史著、史论。同时,也不放过任何可用的稗史、传说、故事。动笔前,又专程去了西安、洛阳,在那里实地考察一个月。除了一般必去之处,他还跑了两地所有的图书馆、博物馆、文史馆、书店,走访了许多治史的先生,索取、拍摄、记录、借买了几十斤重的资料。乃至步行至远郊,找到了未央宫遗址和东汉古城故地,寻觅难以言传的历史感、时代感。

正是他"以古鉴今"的创作宗旨,正是他严谨缜密的治学态度,正是他历尽磨难的深刻体验,加上一颗热爱生活的赤子之心,以及造诣极深的文字功力,构成了他的作品独特的风格和特殊的分量。

第九节 戴厚英的小说创作

戴厚英是一位曾经在文坛上引起强烈争议,又因在家中被歹徒杀害而引起文坛广泛关注的作家。她40岁才开始文学创作,直到去世前,共出版了12本书。其中,7部长篇:《人啊,人!》《诗人之死》《空中的足音》《往事难忘》《风水轮流》《悬空的十字路口》和《脑裂》;2部中短篇小说集:《锁链,是柔软的》和《落》;2本散文集:《戴厚英随笔》《结庐在人境》,以及自传《性格——命运——我的故事》。1998年,安徽文艺出版社出版了8卷本《戴厚英文集》,收录了戴厚英所有的作品及与女儿戴醒的部分通信。

戴厚英(1938—1996),安徽颍上人,出生于一个普通的小商人家庭。少时,在家乡读完小学和中学,1956年,考入上海华东师范大学中文系。在华师大,戴厚英系统学习了文学知识,也开始接受阶级斗争风雨的锻炼。在1960年的一场批判运动中,因为突出的口才和敏捷的思维,戴厚英被选作重点发言人,安排在大会上批判她的老师钱谷融先生。在1957年"鸣放"期间,钱谷融先生曾发表过一篇影响很大的论文《论"文学是人学"》,宣扬人道主义思想。在批判运动中,戴厚英的发言很受领导赏识,被作为三名"文艺理论的新生力量"之一,写入大会纪要。由此,她的"小钢炮"的名声也更响了。1960年3月,戴厚英提前毕业,进入上海作协文学研究所工作,阅读当前的文艺书刊,编写文艺动态,在此基础上再写一点文艺评论。实际上,此时的戴厚英做的是上海市委宣传部文艺哨兵的工作。"文革"初,戴厚英当上了"造反兵",后又被打成"保皇派",在一系列扭曲人性和人际关系的沉浮中,扭曲了自己。"文革"后期,戴厚英主动远离政治纷争。1971年,离婚后的戴厚英因与诗人闻捷恋爱受阻,闻捷自杀身亡,戴厚英又经受了感情上的历练。"文革"结束时,随着对"四人帮"揭发清算和全国出现的一股"反思"思潮,戴厚英也对自己的思想和精神以及几十年的政治风云进行了深刻的反思。她深深地感到原有的"精神上的支柱在倒塌","心中的神圣在摇晃"。经过反复的认知,她的思想产生了巨大的变化,尤其是对"人道主义"是"资产阶级"这一观点进行了全面的反思。这些经历和反思奠定了戴厚英创作的基础。1978 年,她的一位朋友高云出于研究的需要,要求她写一点关于闻捷的资料,戴厚英用四本练习本写了一封长长的信,回忆了她与闻捷交往、恋爱的全过程。这封信就是后来戴厚英遇害后,由复旦大学出版社出版的《心中的坟》。信写完后,戴厚英心中仍如狂风巨浪,难以平静,于是继续写了几十万字,几经修改,成了《诗人之死》。但这部书稿的发表受到重重阻碍,在此期间,戴厚英接受了广州花城出版社编辑的邀请,创作了第二部长篇《人啊,人!》,且先于《诗人之死》发表。这两部作品发表后,引起了文坛关于人道主义问题的广泛争议和批评,但也是这两部作品,奠定了戴厚英在文坛上的地位。

纵观戴厚英的全部创作,大致可分为小说、散文和自传三类。从散文和自传中可以全面地了解戴厚英的为人和经历,而小说更能体现戴厚英作为一个作家的成就。她的小说从题材上可分为知识分子题材和乡土题材,其中突出的作品是《诗人之死》《人啊,人!》《脑裂》及《流泪的淮河》。

一、真诚的反省及人性的思索

《诗人之死》是戴厚英的第一部小说,创作于 1978 年,作品以闻捷为原型,讲述了诗人余子期在"文革"中的悲惨遭遇。作品带有较强的自传色彩,情感真挚,但叙述有些冗长。在"文革"初期,诗人余子期被打成反动作家,关进牛棚接受审查,他的妻子被造反派逼迫交出诗人的手稿,她不愿交出,怀抱诗人的手稿跳楼自杀了。年轻的向南被任命为余子期专案组组长,负责审查余子期的罪行。在审查中,向南发现,余子期并不像原先别人所讲的那样十恶不赦,相反,通过接触并阅读诗人的全部作品,她认为诗人真诚、坦率,对诗人充满尊敬和同情。由于向南态度不坚决,也被打倒,关进牛棚,与诗人余子期和其他知识分子一起接受劳动改造。在干校劳动期间,余子期和向南都被"解放"了,有了一些人身自由。在劳动过程中,二人逐渐产生了爱情,余子期向上级打报告要求批准两人结婚。但在那个年代,这种最起码的人性要求不仅被拒绝了,而且遭到了强烈批判,说他们的爱情是"反革命对革命者的腐蚀",是"阶级斗争的新动向"。余子期爱情无望,在批判他的大会召开的前一天晚上,打开煤气自杀了。向南昏睡了七天七夜后,艰难地挺了过来。作品通过描绘诗人的悲惨遭遇,对"文革"中极"左"路线对人性的压抑进行反思和批判,体现了作家对人性的思考,也体现了戴厚英直觉的敏感。贾植芳先生说:"她(向南)由对诗人的憎恶发展到关心、尊敬,由同情、理解而萌生爱情……其实是一种人性的复苏。"[1]这种对人性、人道主义的追求恰是"文革"后人们反思"文革"的共同心理需求。据上海文艺出版社的老编辑左泥说:"在全国,《诗人之死》是持否定'文革'观点创作较早的三部长篇小说之一(另两部是获得第一届茅盾文学奖的《将军吟》和《春天里的冬天》)。"[2]只可惜,作品的出版受到了重重阻碍,直到1982年才由福建人民出版社出版。今天,再来阅读这部作品,尽管仍感叹其描写的真实和情感的真挚,但它的社会学和史学价值已超过其文学价值。

如果说在《诗人之死》中,戴厚英还处于一种自我倾诉的状态,那么,到了《人啊,人!》中,作家就有意识地思索人性,大胆而热烈地呼唤人性、人情和人道主义的归来。作家自觉地进入每个人物的内心,用第一人称的口吻让每个人物都剖白和分析自己的内心,穿插运用梦境、意识流等现代手法来揭示人物的内心世界,探讨人性,表现1957年至80年代初二十多年的极"左"思潮及其流毒对人性的扭曲和对知识分子命运的影响,呼唤人道主义的归

---

[1] 贾植芳:《她是一个真实的人》,《戴厚英啊戴厚英》,海口:海南国际新闻出版中心,1997年版,第10页。
[2] 左泥:《我所认识的戴厚英》,《书城》,1996年第6期。

来。作品的艺术手法与思想内容相得益彰,既体现了较强的哲理思辨色彩,又体现了作家真诚地解剖自我,反省自我,反思极"左"思潮的胆识和深度。无疑,《人啊,人!》是戴厚英的代表作。在作品中,作者借何荆夫的口表达自己人道主义的观点,反思 1957 年反"右"运动中的阶级斗争。在"后记"中,更是严厉地解剖自己,反省自己,直接呼唤人性、人情和人道主义的归来。"终于,我认识到,我一直在以喜剧的形式扮演一个悲剧的角色:一个已经剥夺了思想自由却又自以为是最自由的人;一个把精神的枷锁当作美丽的项圈去炫耀的人;一个活了大半辈子还没有认识自己,找到自己的人。""我写人的血迹和泪痕,写被扭曲了的灵魂的痛苦的呻吟,写在黑暗中爆出的心灵的火花。我大声疾呼'魂兮归来',无限欣喜地记录人性的复苏。"

戴厚英是真诚的、勇敢的,她痛苦地反省自己,严厉地解剖自我,正如萧乾所说:"她对旁人认真,对自己也丁是丁,卯是卯,绝不马虎。"[1]她忏悔自己曾经的盲从,批判过钱谷融老师"文学是人学"的观点,如今来了个一百八十度大转弯,宣扬人道主义的观点。不论是她的批判还是反省都是出于真诚的,绝不矫情。"伤痕文学"和"反思文学",不论是老作家,还是年轻作家,大都是描写知识分子在"文革"中所受到的迫害和不公正待遇,像巴金老人那样在作品中对自己身为知识分子却没能独立思考的头脑和灵魂进行严厉地审视、解剖并忏悔的,实在为数极少。而在"文革"中当过造反派,"文革"后开始独立思考,并且在作品中真诚而严厉地反省自己、忏悔自己的作家更是稀少。戴厚英应当是其中勇敢而坦率的一位。戴厚英曾说她通过写作"直面人生,直面现实,直面自己的灵魂"[2],她把写作作为自己"拷打人性",思考社会,审视灵魂的一种方式。醒悟后的戴厚英称自己是盲从,是"政治媚俗",长在脖子上的不是独立思考的脑袋,而是肉瘤。从孙悦身上,我们能看到戴

---

[1] 萧乾:《戴厚英——一位诚实的作家 一个真正的人》,《戴厚英文集》,合肥:安徽文艺出版社,1998 年版。

[2] 转见张英:《真诚两个字好辛苦》,《神州学人》,1997 年第 1 期。

厚英从盲从到醒悟的过程;从何荆夫身上,我们能看到作家对理想人性的追求;从游若水身上,我们能看到作家对"工具文人"的憎恨;从奚望身上,我们能看到作家的希望和理想。

《诗人之死》和《人啊,人!》贯穿始终的主题是对人性的思索和追求。从这两部作品中,读者不仅能深刻地理解新中国成立后一段特殊的历史,更能看到一位真诚、刚强、坦率、敏于思索,甚至得理不饶人的知识女性形象。《诗人之死》和《人啊,人!》是作家真诚地反省及思索人性的结果。

二、对知识分子精神病症的象征和调侃

1994年出版的《脑裂》是戴厚英又一部长篇小说,作品仍以知识分子为描写对象,表现了一群五六十年代走上社会的知识分子面对90年代初商品经济大潮冲击时生存的选择、精神的分裂和灵魂的挣扎。从题材上看,这部作品是《人啊,人!》的继续,但与《人啊,人!》呈现的哲理思索和自我心灵探究不同的是,《脑裂》通篇用象征的手法,调侃知识分子,语言幽默,有明显的喜剧色彩。

"脑裂"这一意象具有象征色彩,而且是整体象征,象征着知识分子群体在商品经济大潮的冲击下灵魂的挣扎和人格的分裂。作品描绘了几种不同类型的知识分子形象,有挣扎在物质和精神缝隙中的诗人公羊,有弃医从文、潜心研究物欲时代人的心灵的大耳,有逃避社会、脱俗清高却又不甘寂寞的华丽,有被高位异化的公同同,有追求实实在在生活的A教授等。作品通过塑造不同类型的知识分子形象,揭示了90年代初知识分子的整体精神状态,表现了作家对社会精神症状的担忧和思考。

诗人公羊是作品的主人公,也是塑造得最成功的形象,作者用幽默和调侃的笔调描绘这一人物。公羊天真、直率、浪漫、坦荡,不愿阿谀奉承,追求顺从内心的生活。他原本自我感觉良好,虽对自己的现实处境甚为不平,但尚能在自我调侃中获得心理平衡。进入90年代后,物化的社会现实将这位诗人置于十分尴尬的境地。他的心乱了,很想找一条新路走走,却又囿于自身

的能力和恃才傲物的性格无路可寻。而恰逢此时,当精神病医生的妻子却神奇地发现他的脑袋裂成了两半,原本就性冷淡的她更加惧怕与他同床。于是,苦闷的公羊转而追求年轻漂亮的红裙子,在多次纵情交欢后,竟然发现红裙子是妓女。公羊失落、迷惘,但仍迷恋红裙子曾给予自己的真实的快感体验。尤其可笑的是,当公羊被人排挤、捉弄,评职称独独要他考外语,并且与自己的学生一起考试时,公羊在考场上以一串屁和一首打油诗来发泄自己的怨气和不满。红裙子出国了,他再次追求老同学华丽,并且要与妻子小母羊离婚,而此时他真的患上了恶性脑肿瘤。但他不想做作,遵从自己的内心,即使患上绝症,也要与小母羊离婚,住到华丽家。此时,他的内心并不怨恨小母羊,在作品的结尾,作家还替公羊幽默了一把。在热闹而浮夸的追悼会上,接受众人凭吊的不是公羊的遗体,而是别人的,尸体被殡仪馆的工作人员弄错了。戴厚英用幽默而调侃的笔调从多个方面塑造了公羊这一知识分子形象。作为诗人,他诗源枯竭,灵无所系,魂无所依,一辈子没出过一本诗集。作为文人,他天真烂漫,恃才傲物,看不起被高位异化的公同同,但又不甘寂寞,要办一个高雅的文化俱乐部,实则是"下海"。公羊是一个不满世俗,但又不能免俗,终为世俗所染,却又不能真正入俗的知识分子形象。

与公羊相反,大耳是真正能超凡脱俗的知识分子形象。他本是一位有名的脑科专家,在世俗的潮流中,他完全可以凭着自己的能力赚取钱财。但他反其道而行之,弃医从文,改行研究物化世界中人的心灵。尤其是在遵循乡礼安葬了在美国遭遇车祸的儿子后,更是决定远离尘嚣,迁居乡下,过着安静的著作生涯。大耳的身上,具有中国传统知识分子的特征,也是作家心目中理想的知识分子形象。"他的返乡行为在作品中显然是一个象征,表现了作家对古朴自然的人文精神和坚贞不移的人格态度的向往。"[①]

处于公羊和大耳之间的女作家华丽,既不像公羊那样难以免俗,也不像

[①] 刘春:《困顿中的挣扎和思考——关于戴厚英的长篇新作〈脑裂〉》,《小说评论》,1994年第3期。

大耳那样真正超凡脱俗。从表面上看,她辞去教职,在寓所挂起招牌替人治疗心理疾病,实际上她连"洗清自己伤口和污秽都找不到一点清水"。她身处繁杂的尘世,写怕了,不想再参与社会,但她内心却有着强烈的生活渴望和躁动不安的灵魂。所以,当公羊去求公同同时,她非常鄙夷,但一旦公司真的要创办,她又想参与其中。在爱情上,她多次拒绝公羊的追求,但当公羊稍微做出爱的承诺时,她又无所顾忌地接受了公羊。她在公羊和他人面前对于世风、对于文坛、对于男性的夹击,表现了她对现实深切的关怀和渴望参与的心理。在公羊临终时,她和公羊一起唱的"不要躲避自己"的歌正是她内心的歌。她曾经躲避神、躲避鬼、躲避社会、躲避种种以求得内心的安宁。当种种躲避仍不能换得内心的安宁时,她终于不想躲避了,因为她知道唯独不能躲避的是自己。这是一个身处尘嚣之外,冷观世态,外表平静,内心躁动的矛盾的知识分子形象。这种矛盾既是华丽的矛盾,也是历代中国很多知识分子的矛盾。

在《脑裂》中,戴厚英用幽默的笔调调侃了种种不同类型的知识分子形象。幽默的根源在于幽默主体对于对象的距离和优越感。此时的戴厚英独居一处,静观事态,有一种"闲看庭前花开花落""漫随天外云卷云舒"的境界,但作家还是没能真正超脱。在文中,作者对公羊、大耳、A 教授都有调侃之意,唯独对华丽没有。或许,华丽的身上带有作者自己的影子。但正因为没能真正地超脱出来,又没能全身心地沉浸进去,使作品在幽默调侃的同时也缺少了一些打动人心的真情感悟和悲剧情愫。

三、皖北风情的描绘和淮河女儿的乡情

萧乾称戴厚英是一位"深深扎根于乡土的作家",确实,戴厚英有着浓厚的恋乡情结,《流泪的淮河》就寄寓着淮河女儿戴厚英浓浓的家乡情怀。

《流泪的淮河》戴厚英原计划写三部,但由于不幸遇害,只完成了前两部《往事难忘》和《风水轮流》。与知识分子题材的作品相比,这部作品显得有一种乡土般的朴实。作者采用现实主义的白描手法,描绘了淮河边上的小镇

宝塔集在四五十年代和"文革"时期的小镇风情和派系斗争,揭示了极"左"路线给底层百姓造成的磨难,表现了作家对极"左"路线的强烈憎恨和厌恶。其中众多的儿歌和民谣体现了浓厚的皖北风情,对50年代末60年代初皖北大饥荒的描写更是令人触目惊心。阅读这部作品,对于今天的读者重新认识三年困难时期产生的原因、过程,及极"左"路线给底层百姓带来的严重戕害,无疑有着深远的作用。戴厚英用具体数据和耸人听闻的故事再现了被历史有意遮掩的一幕。字里行间,不仅能看出戴厚英对家乡、对亲人无限的同情和关怀,更体现了一个作家的社会责任感和良知。正如戴厚英自己所说的:"我手写我心。"她用自己的笔,描绘出她所看到的、认识到的社会生活,用文学的笔触记录下了不该被遗忘的历史。所以,从这个角度来说,戴厚英的作品还具有社会学和史学的价值。

鲁彦周说:"戴厚英的乡情,不只是一个简单的乡土观念,事实上也是一种传统,一种中国式的文人的对于土地的深深热爱。"[①]戴厚英有着深厚的乡土观念,不仅仅是因为她热爱家乡、眷念故土,更重要的是她深藏于骨子里的中国文人关心民生疾苦、关注现实的精神。她曾经借用陶渊明的一句诗刻了一枚章,选取了"结庐在人境",剔除了"心远地自偏",另外又刻了一枚"我手写我心"。这些都说明戴厚英有着强烈的社会责任感和使命感。她用文学来表现自我,思索社会,她用小人物的遭遇来映现整个社会现实,用一己的真实感悟来表现底层百姓的生存状态。戴厚英是一位有着浓厚的乡土观念的作家,更是一位真诚的、有强烈社会责任感和使命感的作家。

四、知识女性的性别体验及思考

戴厚英曾在自己的散文中说"我不是女权主义者","很少想到自己是女人"。这些话表面看来是戴厚英对自己女性身份不敏感,实际上是因为她首

[①] 鲁彦周:《戴厚英——淮河的女儿》,《戴厚英啊戴厚英》,海口:海南国际新闻出版中心,1997年版,第226页。

先以"人"的标准来要求自己,其次才是"女人"。天性中的大胆泼辣和幼时家庭把她当男孩养的经历造就了她刚强、勇敢的性格,自觉地以"人"的标准来要求自己。在一些中短篇小说,如《高的是秋秋,矮的是芝麻》《雕像》等作品中,作家用男性口吻叙事,这表明作家在潜意识中有点趋向男性身份。但作为知识女性,历经坎坷的戴厚英对自己的女性身份还是有着深刻的思考的。

在《脑裂》中,戴厚英借小母羊的口猛烈抨击男性对女性性角色的要求。"你们除了把女人当作性,还当作什么?你们毫不怜惜地一个个换着女人,好像一件衣服一顶帽子一双鞋!你们嬉皮笑脸地谈论女人,好像不这样就失掉了男人的身份!你们编的杂志上天天登着女人的照片,让她们袒胸露背,搔首作态,像摆弄猫狗之类的玩具!我一想到这些就恶心,害怕,不愿意做女人了。"[①]戴厚英厌恶男性只把女性作为性对象,这既说明戴厚英对传统的"女性性工具论"的坚决反抗,又没有把性放在一种人类生存自然需要的地位,而是受传统观念的影响,对性欲望多少有些压抑和排斥。就人的性别来说,可分为自然性别和社会性别。自然性别是先天形成的,20世纪90年代的陈染、林白等人更多地采用从自身自然性别出发的不同于男性话语的女性叙事,从而使女性文学的发展取得了突破性的进展。女性的社会性别正如波伏瓦所说的"女人不是天生的,而是造成的"。与陈染、林白的"躯体写作"相比,戴厚英与她同时代的作家张洁、谌容等人一样,更多关注的是女性的社会性别,而忽视了自然性别,对男性只把女性作为性工具的观点和行为深恶痛绝。在《脑裂》中,作家塑造了小母羊母女两代的悲剧,母亲因为纯粹被当作性工具而引起心理变态,幼时的小母羊因为父母的床笫之事形成她"性不洁"的观念,导致自己婚姻生活的失败。这些情节的设置都与作者的性观念有关。

戴厚英在性观念上受到传统观念的影响,在爱情观念上也带有那个时代

---

① 戴厚英:《脑裂》,《戴厚英文集》,合肥:安徽文艺出版社,1998年版,第369页。

的特征。她追求灵肉结合的爱情,尤其注重精神的契合,带有理想主义的色彩。在《悬空的十字路口》中,女主人公彭玉泽在屡遭挫折时,精神迷惘渴盼着陆,她游走在几个男性之间,苦苦追寻的正是性情相投、心灵相通的精神伴侣和爱情,但她自始至终都没有找到,灵魂始终处于悬空的十字路口。

作为知识女性,戴厚英对自己的女性身份深有感悟,对现实社会中知识女性的尴尬处境深感悲怆和无奈。在《脑裂》中,作者借人物华丽的口表达了自己的性别体验,她说:"对女人来说,魅力和智慧是不能并存的,魅力会给聪明的女人带来许多无聊的故事,聪明又使有魅力的女人陷入无穷无尽的烦恼,这也是一部分女人走不出来的怪圈。所以,智慧和魅力并存,对男人是如虎添翼,对女人却是鱼和熊掌不可兼得。"[1]这是知识女性对自身性别的悲剧性体验和思考,同时也说明她在思想上仍受传统的"男主外女主内"思想的影响。她并没有因为自己知识女性的身份而骄傲,而是在评价知识女性时,从人的社会性别和自然性别出发,分别采用了不同的标准。在评价社会性别的人时,不论男人还是女人都首先是"人",以"人"的标准来衡量自己。但当作为自然性别的人出现时,男人和女人就不同了,女人可以做男人的附属物,以"小女人"的标准来衡量女性。从这个角度出发,优秀的知识女性自然就难以得到家庭和社会的双重幸福。戴厚英从社会和家庭两方面对知识女性采取的双重标准,自然会感到无奈和悲哀。关于这一点,从她的散文《我不是女权主义者》中,更能清楚地看到戴厚英女性思想中保守和矛盾的一面。"我没有想与男人平起平坐,相反,我非常想做个'小女子'。无奈,能使我安做'小女子'的'大丈夫'还没有找到。""我相信女人本性对政治非常厌恶,几千年来不是一直由男人统治着国家吗?男人们把我们的国家治理得如何有目共睹。难道女人还没有表示失望和怀疑的权利?"[2]这是一段矛盾的话语,

---

[1] 戴厚英:《脑裂》,《戴厚英文集》,合肥:安徽文艺出版社,1998年版,第364页。

[2] 戴厚英:《风雨情怀》,《戴厚英文集》,合肥:安徽文艺出版社,1998年版,第101页。

作为知识女性都安做"小女子",退出社会舞台,只在一旁冷嘲热讽男性的无能,那还叫什么知识女性？更何况,社会是由男女两性共同构成的。而且,这段话与她作品中体现的强烈的思考人性、关注社会、参与社会的意识也是自相矛盾的。在中篇小说《锁链,是柔软的》中,戴厚英描写了寡妇文瑞霞为了替夫家抚养男根,饱受磨难、空虚寂寞的一生,表现了传统的伦理价值观念对女性的身心束缚,字里行间弥漫着唏嘘和感叹。这种唏嘘和感叹与她对泯灭人性的极"左"思潮的坚决反抗形成鲜明的对比,也体现了她思想中传统的女性价值观念犹存。

与同时代的作家张洁相比,戴厚英不是坚决地反抗男权中心主义者,相反,她的女性观念中有着较多的传统因素;与王安忆、铁凝等下一代作家相比,戴厚英更多关注的是"人性",而不是"女人性"。戴厚英是一个社会责任感强烈的作家,而不是女性体验敏感的作家。

总的来说,戴厚英是非分明、言辞激烈、正直坦率的性格造成了她坎坷的一生,她坦率真诚、拷打人性、富于思索的文风令人称赞,她对人性及知识分子精神病症的思考体现了学者作家的理性,她对家乡的热爱体现了中国文人浓浓的乡土情怀,她的性别体验体现了她女性观念的保守和矛盾。戴厚英是一位真诚的、有着强烈社会责任感的作家。

第十节 曹玉模的小说创作

曹玉模(1929—2000),安徽来安人,1948年毕业于江南刚直中学(高中),1949年南京解放后考入新华社和新华日报社联合举办的新闻培训班。培训班为期三个月,培训结束后,因为是皖籍,曹玉模被分配到《皖南日报》社当资料员。《皖南日报》社址在芜湖,办公用房是国民党的一家旧报馆。曹玉模的工作就是翻检旧报纸,装订旧书,分类归档。报纸、图书堆在报社地下室里,在昏暗的灯光下,他边检边看,鲁迅的《祝福》、罗曼·罗兰的《约翰克利斯朵夫》、福楼拜的《包法利夫人》等等文学作品,启迪着一个年轻人新鲜、热烈的文学憧憬。曹玉模在晚年曾经笑着说,他是从地下室开始迈出走向文学道路的步伐的。1950年10月,他被调到皖南文联工作。1952年皖南同皖北合并成立安徽省,他调入筹备中的安徽省文联,在《安徽文艺》杂志社当编辑。

新中国成立初,安徽文艺事业刚刚起步,文联领导十分爱惜、培养这批刚刚参加文艺队伍的年轻人,要求他们既当编辑也搞创作,鼓励他们多学理论,多读中外文学名著;要求他们制订创作计划,安排他们轮流下厂下乡,在基层挂职,切实与基层干部、群众摸爬滚打在一起,真正深入生活,从生活中吸取营养。那时候,文联机关每年都要召开两三次作品讨论会,组织机关的、业余的作者互相切磋。1952年,《中国青年报》文艺部为培养年轻人,办了一个小型年轻作者培训班,曹玉模被选派参加培训。三个月时间,培训班请了周立波、康濯、马烽、严文井、刘白羽等著名作家为他们讲课。应该说,新中国成立之初热情净朗、积极向上的社会气氛,为包括曹玉模在内的一代作家的成长,提供了良好的环境。

受到爱护培养、满怀文学豪情的曹玉模,刻苦地学习,努力地实践。面对一次次退稿,他也毫不退缩,坚持向老作家学习,坚持每天不间断地写作,毅力顽强。当编辑时间紧,创作只能在业余时间,他不跳舞,不下棋,把所有的业余时间都用来"爬格子",了解生活,增进友谊。从那时候开始养成的创作习惯,他保持了一辈子。为了有完整的时间思考、创作,他每天早晨三点起床,在灯罩上蒙块黑布,让光线只射在桌子上,为的是不影响妻子睡眠。暑天蚊虫多、天气热,在家用电器仅有一盏电灯的20世纪50年代,他一手拿着芭蕉扇,一手握着笔,热得实在不行,就打桶冷水放在桌下,把脚放到冷水里降降温。冬天则是身边放个煤炉,坚持写。

1953年,曹玉模的处女作《两朵红花》在上海《文艺月报》上发表,获全国青年创作奖,后被中国青年出版社编入全国青年优秀短篇小说集。1954年,北京《剧本》杂志发表他的话剧《收割的时候》。这是新中国成立后安徽省在全国性刊物上发表的第一个剧本。

1954年12月,安徽文联正式成立,他从编辑部调到创研部。1956年3

月,曹玉模出席首届全国青年文学创作者会议。1957 年,短篇小说集《七月的长江》由作家出版社出版,收入《两朵红花》《七月的长江》《红旗插上三号拱》等 10 篇短篇小说。这些作品的基调"同解放区的天一样,清丽明朗,质朴单纯"。这也是新中国成立后安徽作家出版的第一部短篇小说集。在这一年里,曹玉模另外还出版了短篇小说集《芦鸭飞来》(安徽人民出版社)。

正当曹玉模的文学创作势头正旺的时候,1957 年 9 月,他被打成"右"派;第二年 5 月,他被遣送宣城周王农场改造;1963 年 10 月,他被宣布摘掉"右"派分子帽子,重新回《安徽文学》编辑部临时帮着看看稿子;1964 年,被调入马鞍山市文联。"文化大革命"爆发后,他先是被关进"牛棚",从"牛棚"里出来后,全家被下放到全椒县古河。

1979 年,曹玉模的冤案得到平反,1980 年,他调回省文联,任《清明》编辑。

带着二十余年基层生活的积累,带着对于历史和现实的反思,曹玉模进入了新时期的创作爆发期。发表于 1980 年第 1 期《上海文学》上的《唉……》,是他在党的十一届三中全会召开之后创作的第一篇短篇小说作品,小说围绕剧团调整和招考演员的事件,描述了三个干部在粉碎"四人帮"之后那一特定历史时期里的思想面貌和精神状态。一是市委组织部张副部长,他为了把并不适合当演员的女儿从招待所转到剧团,利用特权拉关系开后门;一个是市文化局长卫锦,他得了"精神萎缩症",热衷于研究"环境保护学",时时躲避矛盾,处处息事宁人,这两个都是在十年浩劫中遭受迫害的老干部。另一个是作品的主人公罗浩东,一个被错划为"右"派而后复职的干部。在小说的一开头,他住在招待所里如饥似渴地看书学习,决心重返文化系统再狠干十几年。然而,罗浩东上任不久,就发现基层文艺团体的混乱状况大大出乎他的意料,因而感到震惊和痛心;继而看到某些人的特权思想和不正之风的严重,为此而忧郁和苦闷,他坚持原则,但在严酷的斗争面前仍不免愤激地握紧拳头向桌子砸去,发出一声"唉……"的长叹。作品的不足之处在于,作者描写罗浩东同"四人帮"流毒作斗争时,人物形象立体感不强、有概念化的痕迹。小说发表后,曾引起较大争议。当时有人说,粉碎"四人帮"之后,到处生机盎然、欣欣向荣,你"为何唱'唉'调?"①有的人则说,这一声"唉",是向"四化"进军,扫除障碍的号角。他自己则说,要用这个作品,作为人民大众发现细菌的显微镜,揭露黑暗的探照灯。②

短篇小说《笑面女》无疑是作者较重要的一篇作品。小说描述了人格被政治生态扭曲的妇女尹羡萍:心灵痛苦时,她呈现在脸上的是笑容;她干的是她憎恶的,她反对的是她应该追求的;她走上她良知的反面,成了一个没有灵魂的政治躯壳。作者着力于控诉"左"倾路线对人性的扭曲、摧残,而对于人性本身的复杂和幽深,则似仍有欠把握。中篇小说《桂花庵来信》以给妻子写的十三封信的形式,娓娓叙述了农场劳改生活的日日夜夜,生动地描述了主人公的亲历亲闻。作品素材来源于曹玉模当年在农场劳改时写的生活笔记,读来给人强烈的纪实性和真实感。作品描述了一群被错划为"右"派的人的劳教生活,塑造了原农林厅厅长田迎春、剧团导演谢剑锋、考古学教授朱鹏,以及政治暴发户、分场场长常寄尘等性格鲜明、思想丰富复杂的人物形象。原农林厅厅长田迎春、剧团导演谢剑锋、考古学教授朱鹏和"我",经历不同,性格迥异,都是因为说了真话,而被打成"右"派。如今身处逆境,饱受凌辱,然而忧国忧民之心不泯,尤其是原农林厅厅长田迎春,身处逆境却始终满怀着对党的事业的无限忠诚,处处自觉地维护人民的根本利益。作品令人信服地描述了"忠而见疑,正而罹难"那一特定历史时期对人性、人的尊严的摧残,悲剧气氛也就显得格外强烈。桂花庵分场场长常寄尘作为"左"的代表人物,作者冷眼记叙了他由于政治暴发而滥施淫威的种种不堪,显示了当时政治的混沌不清。和同一时期文坛上的反思作品相比,《桂花庵来信》以其思想承载的厚重、挖掘生活的深度,显得别具一格。作品生活气息浓厚,细节生动感人,文笔优美流畅,感情真挚,非常具有可读性。

---

① 旭东:《为何唱"唉"调?》,《文汇报》,1980 年 4 月 8 日。
② 曹玉模:《关于〈唉……〉的回答》,《安徽文学》,1980 年第 7 期。

中篇小说《归客》以1970年老河镇上所进行的"一打三反"运动为背景，描写了罗晓丹、黄三姑和童波这三个身份不同、性格各异的人在当时的命运纠葛。作品的前四章作了铺垫，以罗晓丹在抗战时期协助地下党营救新四军干部童波，以及为了遮掩敌人耳目而将女佣（即黄三姑）冒充童波娶为二房的故事作为情节线索。作家借此交代出场人物的各自生活情况，然后分别从各个人物独自的观察视角出发，展示出他们的思想情绪和内心世界的活动，从而展现了小镇的风风雨雨、沧桑变迁。小说将小镇的过去和现在体现在一系列丰富多彩明丽动人的日常生活场景之中：干干净净的青石板街道，深邃幽暗的小巷，熙熙攘攘、每隔三天一场的露水市，黄三姑手中的青砂石小磨，王三猫肩上的套狗棍，吴驮子背后的渔网、鱼篓，蓝田白玉一般透明而又洁白的水豆腐，上面粘着芝麻、里面夹着葱花油盐的"落地脆""蛤蟆脆"烧饼；太平天国时期英王陈玉成与清军鏖战留下的断瓦残砖，抗战时期国民党逃亡军政机构给小镇曾经带来的畸形繁荣的遗迹，如今广播站每天发出的凄厉尖啸的"放炸弹"似的广播声；拖板车的小毛驴伸长脖子用嘴撕下令人眼花缭乱的标语，咬嚼上面的糨糊等等这些景象，既是印象派式的斑斑点点，又字字入骨、传神抉髓，描绘出小镇特有的闭塞、迟滞，被"文革"卷起而飘摇的典型面貌，让人读来，既感到熟悉而引起回忆，又感到可悲可笑。作品充分地显示了作家从他早期作品就已经展露出来的传神地描绘风俗画的才能，把人物和故事沉浸在乡情俚俗的浓郁氛围中，即使在作品的后半部分，写到宣传队和民兵包围露水市，童波和童三姑战友重逢，以及宣传队深夜大清查等场景，作家依然不去追求情节的紧张和奇特，而是通过对人物在特定生活场景中的神态、行动和心理的生动描绘，来塑造人物形象。

《远去的鼓声》是以凤阳县小岗村民为摆脱贫困而实行责任田为背景写的中篇小说。作品形象地反映了大包干从孕育到诞生的全过程，展现了这一变化背后的错综复杂的原因，生动地再现了实事求是的思想路线与"左"的习惯势力在新的历史时期的尖锐冲突。1982年，《远去的鼓声》由上海电影制片厂摄制成电影，改名《鼓乡春晓》。

《黑锅》是一篇反映改革开放大潮中各种人物的心态和社会变迁的中篇小说,作品以其意蕴的丰富性、内容的时代性、情节设置的象征性,显示了较高的艺术水准。《黑锅》获第三届安徽文学奖。

曹玉模这一时期的作品,集中反映了从 20 世纪 50 年代末到"文化大革命"结束这一特定历史时期里,反"右"扩大化给知识分子、爱国人士和国家干部带来的悲剧;大跃进、大办钢铁时期的高指标;瞎指挥、浮夸风、共产风的肆虐;三年困难时期人民群众在饥饿线上的呻吟;农业学大寨、割资本主义尾巴对农村经济的摧残;以及十年"文革"给全民族造成的灾难和巨大创伤。作品在强烈的纪实性之外,仍然把重点放在一些党的优秀干部和淳朴的劳动人民同"凶神恶煞"进行艰难曲折的斗争上,试图展现的,仍然是"新时期的曙光"。有的评论说他的作品记录了极"左"路线的横行霸道和累累罪行,认为他是"一个写'左'传的人"①。

20 世纪 90 年代之后,曹玉模更多留意于勾勒他所熟悉的芸芸众生和正在经历的社会变迁,数年后出版了长篇小说《情爱大书院》。所谓"大书院",即省文联大院,一群文艺工作者的工作和生活所在地。20 世纪 70 年代末,被错划为"右"派分子的一些文艺工作者又回到大书院,他们大都已过不惑之年,有的未婚,有的虽已成婚又发生婚变。他们的子女,有的已成人但没有固定工作,有的虽有固定工作,但单位不景气又面临下岗。小说以曾被错划为"右"派并下放劳改的苏平之子苏秋书等人筹资开办歌舞厅和经营房地产为故事主线,描述了苏秋书和杨丽露、李恺明和杨丽玲、江涛和二荒妹、谢大荒和边子芳等人之间的婚恋情感,表现了大书院中人和人之间互相爱护的风情和自强自立的精神,反映了两辈人在不同年代创业的不同结局,也反映了改革开放后价值日益多元化的时代风貌。

曹玉模此前还写过三部长篇小说:《寄情长江泪》《追踪的爱神》和《春天并不遥远》。这些作品虽不是他最好的作品,但是一个特定历史时期的真实

---

① 段儒东:《写"左"传的人——记作家曹玉模》。

记录,是他倾注了大量心血的十分重要的作品。

散文集《故乡的酒河》是他新时期"归来"之后的散文随笔作品结集。和他的这一时期小说作品凝重的主题不同,这些散文显得平和亲切、质朴深沉,流露了作家热爱生活、热爱自然的灵魂。家乡的树、家乡的鸟、家乡的藕、水口乡下一块淹不没的螃蟹池,还有那诱人的板鸭,以及故乡的风土人情,改革开放后家乡天翻地覆的变化,乡亲们的喜乐哀愁,都呈现在他的散文中。

曹玉模的剧本创作也取得很大成绩。在20世纪50年代,他就写下了包括《收割的时候》《借牛》《扩社的日子》在内好几个剧本,和他同一时期的小说作品一样,这些剧本紧紧围绕当时农村合作化运动这一主题,是那个时代农村的记录。1976年粉碎"四人帮"之后,他创作的话剧《春风从北京吹来》在合肥公演,几乎场场爆满。

第十一节 完颜海瑞的小说创作

完颜海瑞(1943—),满族,生于安徽肥东。1960年高二肄业。做过搬运工、担水工、洗碗工。1960年10月到合肥市文化馆工作。"文革"期间,因反"文革"言论被隔离批斗,1978年彻底平反昭雪。1980年调入合肥市曲艺团任编剧,1983年到文化局戏剧创作研究室任专业编剧。2000年任合肥市文联主席,并一直专业从事文学创作。

完颜海瑞的主要作品有:长篇历史小说《归去来兮》、《天子娇客》(人民文学出版社出版,分别获安徽省政府颁发安徽文学一等奖、二等奖),长篇历史小说《神鹰》(获全国长篇历史文学作品二等奖)等五部;诗集《抱冰斋诗词曲》、散文集《江山空锁》、传记文学《丁玉兰》等。同时创作电视连续剧文学剧本《天子娇客》《梅姐》;戏曲、曲艺剧本《常金花斩夫》《女儿志》《李闯王》等十多部。2009年出版8卷本《完颜海瑞文集》,共300多万字。完颜海瑞还先后主编《合肥文学五十年》(6卷)、《人文合肥丛书》(9卷)。

完牌坊村是肥东县一个女真族聚居的村子,完颜海瑞就出生在这个村子里,他的身上流淌着女真族性格彪悍的民族血液。这个小村庄世世代代形成的"文采儒雅,世代书香"的传统,对完颜海瑞有着一定的影响,但他的成长,特别得益于他的母亲对他的教育与熏陶。从第一个方块字的认知,到《三字经》《百家姓》《龙文鞭影》的解读,《千家诗》、唐诗和父亲的两部诗集的吟诵,再到从小就接触到了经典名著《红楼梦》《三国演义》等以及中国戏曲,都来自于母亲的教育。和所有的孩子一样,更因为有着少数民族的彪悍血液,完颜海瑞从小顽皮到了"过于顽皮"的程度,又是母亲以家庭的书香传统给予约束和教诲。

性格耿直与倔强,始终是完颜海瑞最鲜明的特点,还在他上初中的时候,先是对他所敬重的、人品学养很高的初中老师被打成右派而大惑不解;继而面对"大唱辉煌、大论跃进"的狂热后出现的凄凉、贫穷、饥饿,口无遮拦地说穿了"皇帝的新装":"稻子怎么可能一亩地产十万斤?""唉,我家乡饿死人了,真惨哪!"于是,小小的年纪就成了"大批判"的对象,在"转学证"上记下了他洗刷不掉的"政治劣迹":一是"攻击社会主义新农村",二是"污蔑大跃进"。就这样,他再也没有了踏进学校的机会。也由于贫穷,他说:"我成了贫穷的乞丐,一个四顾茫然的流浪儿。"然而,生活的坎坷并没有使完颜海瑞屈服,凭着家学底子和简单的学历,他孜孜不倦,刻苦自学,又凭着他的聪颖和才华,开始了文学创作,成了自学成才的典型。1960 年,也是完颜海瑞极为困顿的时候,他把最初发表的几篇曲艺作品和小剧本,连同附上的一封求职自荐信寄给了合肥市文化局的领导。一个"太阳竟从西面升起"的奇迹出现了,他遇上了一位慧眼独具、善心特有的女局长,得到了破格录用的通知;而更出奇的是,这位女局长压根不做"查三代"的政审,使完颜海瑞的"政治劣迹"没有成为他走进文化馆的障碍。这使完颜海瑞进入了一个快马加鞭充实自己、壮大自己的时期。

"文革"爆发的时候,完颜海瑞不过 20 来岁,但他没有像大量年轻人那样,陷入"创造红彤彤新世界"的狂热之中,更没有投入"横扫一切牛鬼蛇神"的红色恐怖中,而是在文化惨遭破坏的痛心中,生出一个又一个对"文化大革命"的质疑和追问。"文化大革命为什么要摧毁文化?""江青为什么如此倒行逆施?""为什么国家主席不通过《宪法》说废就废?""《国际歌》明明说从来就没有救世主,而我们为什么天天要唱大救星呢?""为什么人与人之间变得那么冷漠、虚伪、残酷呢?""中国百分之九十五的知识分子被打倒了!"用他自己的话来说:"我陷入迷惘、疑虑、惊心、怨恨之中,蕴藏着反叛的思想悖逆,在密室中与朋友交头接耳、慷慨陈词。"这一切使并不善于隐瞒自己的完颜海瑞,经历了一次人生的大坎。1970 年春,一个与他密谈而后在压力下没能坚守自我的"朋友",把密谈当作罪证而告发了他。完颜海瑞被抄家毁室,遭到了非法拘禁——当时称为进"牛棚",精神与肉体都受到残酷的折磨。每天只准吃 5 分钱的青菜,而囚室炎热多蚊,连个帐子都不给,只能睡在水泥地上取凉,于是他出现了严重营养不良引起的全身水肿,还落下了气管炎、关节炎的顽症。

"文革"结束,带来了完颜海瑞事业的春天。在粉碎"四人帮"之后的一段时间里,完颜海瑞撰写了许多历史散文,如《岳阳楼外是君山》《风雨苍黄无字碑》《长恨歌中是与非》《我在岳坟前》《双面李白》《江山空锁》《屈辱司马迁》《海瑞墓》《要留清白》等。这些历史散文涉及皇帝、官员、文人的命运。为什么这些人物成了他的关注点?因为皇权专制主义与制度,在中国源远流长,至今还影响着我们的历史进程。这些人物的升沉起浮、功过是非,是社会现实和社会制度的折射。看懂了他们的人生,挖掘了他们的经验和教训,对现代中国人,特别是中国的知识分子,如何抵挡压力,冲破障碍,谨防诱惑,把握欲求,重塑一个现代的自我,具有直接的镜鉴的意义。

完颜海瑞最具代表性的作品,是长篇小说《天子娇客》和《归去来兮》。《天子娇客》是一部反映明王朝反腐败斗争的作品,《归去来兮》是一部反映清王朝统一台湾的作品。

《天子娇客》的中心情节是冲破种种阻力,朱元璋惩治顶风作案、贩卖私茶的驸马欧阳伦。但小说的开场却耐人寻味地先写朱元璋反不了的腐败。这个构思就有完颜海瑞的思想深度。这个开场是武定侯、国舅爷郭英将军 60 岁寿诞,满朝文武前去贺寿。作家在渲染这热热闹闹的气氛时,却忙中偷闲地插了重要的一笔:侯府门口挤满了车马轿子,场地显得狭小拥挤。作家告诉我们,原因是朱元璋有一项反腐措施,他曾铸铁券严敕王公大臣宅第规模,不准多占土地,显出他防腐的良苦用心。而恰是在这个开场中,寿诞实为一次腐败透顶的演示。且不说耗费巨资的排场,在官俸不高的明代已足以说明钱财的"来路不明";而朝中大臣们送来的贺礼,其厚重已远远超出祝寿之意,是明明白白的变相的贿赂;按大明刑律,受贿60两银子以上者枭首示众并处以剥皮实草之刑。更令人发指的是打碎了一把茶壶的婢女被定罪为"秽气"而遭杀戮。郭英明明白白地触犯了不准私设公堂的大明刑律。但是,不管耿直的御史怎样上告,朱元璋却颇费踌躇,而最终把郭英保了下来。原因何在? 深层利益使然。所谓"王子犯法,与民同罪",是绝对虚伪的宣传。郭英一身而二兼,一是依法应予惩处的罪犯,一是要为两代皇帝保江山的元勋宿将。而"保朱氏江山"是第一位的。尽管经过一系列繁琐的程序,如要经过宗亲会议的核查等等,但中心内容是设置一个赦免的理由。全书的"反腐情节",就按这样一个基本思路展开。它让读者看到了大明王朝不可克服的一个矛盾:一、朱元璋懂得民可载舟也可覆舟的道理,不反腐不足以平民愤;二、这"舟"的构架有几根关键性的梁柱虽已朽败,却还在支撑着这"舟"的不沉。而归根到底,朱家王朝是"舟"而不是载舟之"水";这就决定了朱元璋反腐的巨大的局限性。在不影响"舟"整体构架的前提下,可以拆除或更换几块木板,就像欧阳伦,虽是驸马,但杀无妨,可以作为对"水"的安抚;而有的梁木即使已腐却是万万动不得的。但以朽木支撑的"舟",终究是要下沉的,所以,以惩治腐败酷烈闻名的朱元璋,创造的还是一个必因腐败而崩溃的王朝。皇权专制的基因,只能铸成挡不住的腐败。这就是完颜海瑞艺术构思中蕴含的思想。它对读者的思想营养,不言而明;它的现实意义,不言而明。一切对反腐的重视、决心、自律、加大力度的种种说法,若无根本制度的基因,最终都是无效的,只有先进的制度才具备有效的反腐的动力。

被评论界称为"更上一层楼"的《归去来兮》,是一部描写清康熙年间台湾回归、实现中华统一的历史小说。这部小说所面对的历史问题较之于《天子娇客》更为复杂。第一,统一的主导方,是满族为核心的清王朝,这与几千年来以汉为中心的大汉族主义显然格格不入。第二,在满族入主中原的起始有过"扬州十日""嘉定三屠"的血腥的历史记录,属于难忘的汉满之仇。第三,台湾当政的郑氏家族有着郑成功抗击、驱逐荷兰殖民主义者的爱国主义的光荣历史。这就有一个谁来统一中华的问题。完颜海瑞如果没有以超越这些坚固难破的传统观念,建立一个现代的、科学的文化视角的能力,面对这样的问题,必是困难而尴尬的。他不是政治学家,不是法律学家,但他在文学创作的领域,显示了思想家的风范,他从反复思考达到了从容不迫、化解难题的境界。因为,在人类社会,有高于政治、高于法律的文化层面。这个文化层面具有使传统的政治、法律观念得以更新的动力。中华民族是多民族的集合体,虽然有上千年的以汉族为中心的历史传统,也确实存在着汉族文化具有相对优势的事实,但按照现代法理,各民族的关系的基本准则是平等;没有少数民族不能当政的法理。更何况,在那个历史阶段,民主主义还是个遥远的将来,对大多数人来说,甚至还没有进入"理想"的领域。"家天下"的皇权专制主义是基本的政治格局。在这个政治格局中,即使在汉族中也没有一个永恒的当政者,而是在不断争抢的血腥的厮杀中频繁地更迭,或刘氏,或赵氏,或朱氏……正如鲁迅所言,中国史不过是一部争夺一把"椅子"的历史。因此,爱新觉罗氏为什么就不能坐一坐这把椅子呢!至于血腥的杀戮,在封建社会中,哪个改朝换代的政权不是以战争起家的?所不同的是一个是汉人杀汉人,一个是满人杀汉人,难道前者就合情合理吗!作为一个科学的历史主义者,只能从一个具体的历史阶段的基本事实出发,去判别它的历史合理性。更具体而言,当一个历史任务突现出来的时候,谁具备解决这个任务的地位和能量,谁就是担当这个任务的主体。很有意思的是,爱新觉罗氏入主中原后,十分重视汉族文化,不仅有意识地把汉族的人才引入统治集团,并且让皇族加倍地学习汉学。于是出现了一个不可思议的现象,清朝皇帝的国学(主要是汉学)功底超过了历代的皇帝。由于文化的吸取、政治的调适、经济的养育、军事的整合,到了康熙年间,大清帝国进入了盛世。当时虽有郑成功的爱国主义的光荣历史,但以后继者刘国轩为代表的台湾政权已处于孤悬海外、风雨飘摇的境地。就这样,促使台湾回归中华,实现统一大业的历史任务,其当时的担当者只能是清王朝。施琅具体承担这个任务,成为当时的爱国主义的载体,理所当然,毋庸置疑。怎样在作品中体现这个理念?完颜海瑞的处理方法非常得当,那就是对一切可能产生困惑和尴尬的问题,给予十分从容不迫、近乎不予理睬的淡化;给施琅的义无反顾的统一中国的作为,创造一个无须思量、理直气壮的氛围,从而使这种科学的历史主义理念自然而然地融入全书的艺术构思,获得"不着一字,尽得风流"的效果。在从容解决了这个大前提之后,《归去来兮》的构思进入了一个更加深入的攻坚阶段。因为统一的主体地位的确立,还需要在怎样统一的具体理念中得到支撑,并贯彻到统一的具体过程中去。

《归去来兮》将怎样实现台湾回归、中华统一的过程,作为一个人性展示的过程来书写。在小说里,人性的丧失与人性的回归处于交错、挣扎、离合、重生的状态,并渗透在一个个活生生的人物的悲欢离合、升沉起浮的命运之中。如康熙作为拥有巨大军事力量的君主,并不把军事进攻作为收复台湾的唯一手段,他接受福建总督姚启圣的奏折,拆除"界墙",让沿海移民少受战争之累,能够重返故土,安居乐业;甚至摒弃株连之恶,要求善待刘国轩在大陆的亲属;力图创造一个台湾和平回归的政治气氛。施琅作为收复台湾的军事统帅,更有一个非常复杂曲折的人性回归、人道精神逐渐苏醒的过程。对于他来说,台湾回归,有公私两面:公,爱国之举;私,深仇大恨。当年他叛郑降清,实属无奈;执掌台湾军政大权的刘国轩先后杀戮施琅亲属二十余人和七十余人,其仇之深,恨之大,其复仇之强烈,雪恨之迫切,不言而喻。他已然实施了一个报仇雪恨的密计:刘国轩的亲生儿子刘思明在幼小时被施琅收养,改名世雅;施琅恶意隐瞒了他和刘国轩的父子关系,向他灌输父母为刘国轩所杀的假信,把他培养成刘国轩的仇人,但求有朝一日,假他之手演出一场亲子杀亲父的惨剧。施琅手握重兵,拥有三万将士、三百余艘舰船,又身负收复台湾的重任,是他建功立业,报仇雪恨的最佳时机。但在首役澎湖海战之后,他的思想发生了深刻的变化。他眼见鲜血染红了海水,浮尸飘满了海面,生命至上的悲悯之情油然而生。经过深久而痛苦的思考,施琅为免百姓再受刀兵之灾,决定试用招抚之策。他冒险身赴台湾,与仇人刘国轩见面,共商台湾和平回归的愿景。十分精彩的仇人相见的场面,是全书情节的高潮,也是人性升华的顶峰。这部小说中的其他人物,如三次推荐施琅的福建总督姚启圣,以天下苍生为重的方仁影,临死前还对刘国轩进忠言的刘诚信,修书劝降儿子刘国轩的母亲,卧底施琅身边而终于良知回归、遁入空门的吴福,都从不同的角度融入完颜海瑞的一个深层的构思:台湾回归、统一中华的过程,是展示人性、张扬人道精神的载体,而不是一场政治活动和战争过程的记录。文学是人学,这才是文学的真谛和本质。

完颜海瑞最早发表的作品是曲艺和剧本,当时具体的职务是编剧。以后才由与完艺舟老前辈合作历史小说《神鹰》开始,进入了小说创作的领域。作为编剧,敷衍故事,构想情节,是重要的功底。这个功底对于完颜海瑞日后创作小说,得益匪浅。小说不能没有故事与情节。朱元璋杀驸马只有二百来字史料直接涉及,却被他铺展成数十万言的《天子娇客》,若没有这个功底,是不可能的。但仅有这个功底,还是不够的,小说的基本媒介就是语言,《天子娇客》和《归去来兮》的语言是有魅力的。这是两部当代的历史小说,它使用的不是原原本本的古文,那会让现代读者因隔膜与艰涩而无法接受;但又不是原原本本的现代口语,那会给人带来可笑的、虚假的环境感。由于完颜海瑞从小就接触了传统文艺,特别是古诗词曲、古典小说,掌握了古汉语的精髓,对古代语言反复研究,融通入心,并与现代语言巧妙糅合,形成一种既能让当代人没有隔阂之感,又能传达历史环境的气息、展示历史人物风貌的独特的语言风格。这是完颜海瑞成功的重要原因。

第十二节 刘先平的大自然文学

刘先平(1938—),安徽肥东人,曾任《传奇·传记》主编,安徽省政协常委,安徽省作协副主席,全国作协委员,现任安徽省政府参事。2008年底,安徽少年儿童出版社出版了刘先平先生的"大自然在召唤"系列丛书(9册),有长篇小说系列《云海探奇》《呦呦鹿鸣》《千鸟谷追踪》与《大熊猫传奇》;有散文系列《山野寻趣》《麋鹿找家》《寻找大树杜鹃王》以及《和黑叶猴对话》,长篇探险纪实文学《走进帕米尔高原——穿越柴达木盆地》。2012年长篇纪实文学《美丽的西沙群岛》出版。

刘先平的作品曾获得国家奖8项(次),包括全国"五个一工程"奖、全国优秀少儿读物奖、全国优秀少儿图书一等奖、两届全国优秀儿童文学奖、宋庆龄儿童文学奖和两届国家图书奖。2007年受中央电视台的邀请,刘先平走进"东方之子"栏目,讲述了自己在大自然探险中的欢乐与忧虑,也讲述了大自然文学的宗旨。在谈到自己多年文学创作中的追求与体会时,刘先平说过这样一段话:"我在大自然中跋涉了三十多年,写了几十部作品,其实只是在做一件事:呼唤生态道德——在面临生态危机的世界,展现大自然和生命的壮美;因为只有生态道德才是维系人与自然血脉相连的纽带。我坚信,只有人们以生态道德修身济国,人与自然的和谐之花才会遍地开放。"2009年2月由中国作家协会等单位召开的"刘先平大自然文学创作三十年暨'大自然在召唤'作品研讨会"纪要的编者按中,有这样几句话:

> 他是我国现代意义大自然文学的开拓者。
>
> 三十多年来他的足迹遍及我国生态关键区,曾五上青藏高原,多次穿行于横断山脉……
>
> 他的大自然文学构建了一个颇具规模的异彩纷呈的人与大自然的世界,谱写出人与自然的颂歌。

他的大自然文学是中国的也是世界的。①

应当承认,在文学界与读者心目中对刘先平最初的印象,他是一位优秀的儿童文学家。他的大自然文学创作首先是奉献给孩子们的。热爱儿童,这是儿童文学家理解、把握继而反映自己创作对象的基础。刘先平在谈到自己早年创作时说:"我从事过多年的中学教学工作,担任过班主任,我非常喜欢那些和我朝夕相处的孩子们,年月久了,虽不能一一记住他们的名字,但孩子们那些幼稚的神情、淘气的模样却常常浮现在我的脑海。当我萌发起创作欲望的时候,我不由自主地把笔端指向那些可爱的孩子们,用文学的眼光去探寻孩子心灵的奥秘。"刘先平儿童文学创作伊始,也正是新时期文学刚刚起步的时候,怎样去表现孩子们的生活?对此,作者是颇感踌躇的。当情感与形象凝聚于笔端时,作家终于为孩子们开辟了一个崭新的天地,那就是要引导孩子们热爱科学、热爱祖国,最好让他们从热爱大自然的一片绿叶、一条小溪与一座山峰开始。从此,刘先平的文学创作掀开了新的关键性的一页。他把自己早年就喜爱的令人心驰神往的大自然探险经历,作为自己文学创作的世界,把自己所喜爱的人物都安排在那里活动,让他们在大自然的怀抱里成长。在一如既往的大自然探险生活与孜孜不倦的大自然题材的文学创作中,作家的大自然文学的艺术理念与艺术风格,也在逐渐走向自觉与成熟。也正是对大自然世界坚实的生命体验与真切的情感触摸,才使作家的创造性的想象力与联想力升腾。作家在《我的30年》中有这样一段真实而美妙的记载:

> 黎明,我在鸟的叫声中醒来,走到山岭,山野清香扑面。我深深地吸了几口,似乎已将一夜的污浊涤荡干净。晨曦正将天宇展现,欢快的鸟鸣声中,山谷里逸出了淡淡的、丝丝缕缕的云丝,山岚飘忽着,在绿色的森林上空汇聚,宛如怒放的望春花。清风裹着花的芬芳,柔柔地拂动,露珠"滴滴答答"地响着……啊!山谷里升起一朵白云,冉冉飘浮,云花灿

---

① 引自《文艺报》2009年3月19日第6版,《呼唤生态道德 高扬大自然文学旗帜——"刘先平大自然文学创作三十年暨'大自然在召唤'作品研讨会"纪要》。

烂,在绿海中,在山的怀抱中,变幻无穷;山在动,树在摇,鸟在唱……充满生命的欢乐,大自然展示出无比壮丽、宏伟、惊人的和谐之美。太阳出来了,一道电光石火突然耀起——创作的冲动,使我激动得透不过气来,我听到了大自然的呼唤,心灵已追着森林、白云、红日……这么多年来,在大自然探险的种种生活,都变成了生动的画卷展开。是的,就在那个早晨,就在那座山岭,就在山谷里升起了一朵白云时,以后几部长篇小说中的无数场景、人物都鲜活地在脑海中展现。……

大自然孕育和激发了作家美妙而神奇的文学灵感,大自然赋予了作家广阔而丰厚的探索与创造的领地,大自然博大的胸怀与恒久的质感,也培养了作家的智慧、勇气、才情与修养。一个深情热爱大自然的作家,一个深刻领悟大自然的作家,一个将自己的创造力与想象力与大自然完全融为一体的作家,他笔下的大自然世界,必然能达到知性与诗意的完美统一,达到生命体验与审美超越的艺术境界。

刘先平的创作经历是漫长的,至今已有半个世纪。他1957年开始发表文学作品,由于众所周知的原因,1963年停笔,1978年恢复写作,从此便一发不可收。这样我们可以把刘先平的文学创作发展分为三个阶段:

1957—1963年是第一个时期,先是写诗歌、散文,后又涉足文学评论。这是作家创作的尝试阶段,一个刚刚认识社会的血气方刚的青年大学生,凭着对文学缪斯的一腔真诚,挥洒文字指点江山,结果被阶级斗争的大棒打得晕头转向,文学梦想也就此搁浅。

1978—1987年是第二个时期,对于作家来说,这一时期虽然是文学回归的开始,但也是作家文学生涯中的黄金阶段。"1978年对我来说,也是人生新的一页。这年7月,我带着一包稿纸,捡起已搁置了十五年的笔,悄悄地来到大别山的佛子岭水库,开始了艰难的文学之路和大自然探险之路,三十年来一直在天地之间跋涉。"就在这一时期,刘先平先后创作出版了《云海探奇》(1980年)、《呦呦鹿鸣》(1981年)、《千鸟谷追踪》(1985年)和《大熊猫传奇》(1987年)4部以大自然探险经历为题材的长篇小说。这些作品以崭新的面貌开辟了中国当代文学(特别是长篇小说)创作的新的领域,在审美理念与艺术风格的追求上独树一帜,因此被称为是当代中国最早投入大自然文学的拓荒者。

1987年至今是作家创作的第三个时期,也是作家的大自然文学理念与实践更加自觉与更加成熟的阶段。这一时期作家先后创作出版了《山野寻趣》(1987年)、《红树林飞韵》(1997年)、《走进帕米尔高原——穿越柴达木盆地》(2008年)以及《美丽的西沙群岛》(2012年)等多部大自然探险的作品。值得关注的是,作家这一时期的创作,虽然延续着大自然探险的题材范式与叙事精神,却一改过去长篇小说的文学构架与叙事风格,而换以纪实文学的形式与手法。对于这样一种文学转向,作者是这样解释的:"在写完《大熊猫传奇》初稿之后,我想对这一阶段的创作进行思考,希望有新的尝试,希望我国的大自然文学更加多样化。1987年,记叙大自然探险中奇遇的《山野寻趣》结集出版了,这种新的尝试,受到了读者的欢迎和评论家的关注,它也影响着我以后的创作。"这段话是中肯的,它表现出一位优秀作家的理性与智慧。作为大自然文学的拓荒者,不断开拓与丰富这一文学流派的表现手法与艺术境界,从而激活与提升大自然文学的艺术空间与审美张力,是一种创新,也是一种责任。这些以纪实文学样式出现的作品,记叙了一篇篇真实感人的探险故事,因为作品是第一人称的叙事视角,所以故事情节更加逼真生动,人物面貌更加细致入微,使读者仿佛身临其境,倾听着人与自然的对话,与作家共同经历着大自然探险的种种神奇与奥妙。与小说创作相比较,这种纪实风格的文学叙事,使作家的生命体验、情感诉求、性格冲突与人生焦虑袒露无遗,更增添一种特殊的文学阅读的魅力。

刘先平说过:"我热爱大自然犹如我的生命。""我要写的是原旨大自然文学,因而把考察大自然看作第一重要,然后才是把考察、探险中的所得写成大自然探险文学。"作家的这段内心独白,最真实也最准确地道出了自己的文学理想与追求,大自然文学首先是探险的文学,没有探险的经历,就没有大自然文学的文本。著名儿童文学作家张云路甚至评价刘先平是"冒着生命危险写作的作家"。此言不虚。三十多年来，他从未停止过野外探险与野生考察，足迹遍及天南海北，下面我们展示的是作家近十年来探险经历的真实记录：

1999年、2000年、2002年与2005年五上青藏高原，曾到达三江源头、珠穆朗玛峰5200米处、雅鲁藏布江大峡谷……2000年，他先是探索三江源，再追随澜沧江大峡谷由青海转入西藏，再沿金沙江大峡谷转入云南，历时两个月。

多年来穿行于横断山脉，时而带着帐篷、马帮露宿在无人区，寻觅着大树杜鹃王、戴帽叶猴、滇金丝猴……仅为进入独龙江（中国西藏、云南与缅甸交界处）就经历了2002年、2004年、2006年四次怒江大峡谷探险。

1999年在贵州梵净山、麻阳河探访黔金丝猴、黑叶猴和神奇的喀斯特地貌。梵净山号称八千级，攀登这座相当于400层楼房的高山，其艰难可想而知。因流汗过多脱水，他只好将盐放进矿泉水饮用方摆脱困境。

2001年赴广西考察白头叶猴、黑叶猴、银杉王和热带雨林。途中突发高烧，因误用药物差点送命。

2004年、2005年连续两年横穿中国（三次穿越柴达木盆地，两次穿越塔克拉玛干大沙漠），从南北两条线直达帕米尔高原（直到红其拉甫），朝拜万山之祖。骑马在海拔5000米的高山寻觅大角羊的身影，并仰视冰山之父慕士塔格峰的雄伟。

2007年在莱州湾考察候鸟迁徙路线，在川西北考察若尔盖湿地、贡嘎山、西姑娘山等。

2008年在东北三省考察火山群及朝阳化石群。

2011年两次赴西沙群岛体验生活。

……

对刘先平全部作品的文学解读是困难的，因为他至今已经创作出版了30多部作品，只能择要介绍，先从他的4部长篇小说入手，因为这些作品确立了刘先平作为儿童文学家或作为大自然文学家的基本品位。

《云海探奇》被称为"中国第一部描写在猿猴世界探险的长篇小说"。小说描述的是这样一个故事:生物科学工作者王陵阳带领考察组来到紫云山区,开展对新型短尾猴等珍贵动物的考察工作,护林员罗大爷的孙子望春和黑河,参加了考察组的活动。在密林险谷间,孩子们饱览了大自然的奇妙风光,经历了种种意想不到的艰难险阻,在科学家叔叔的影响下,他们开阔了眼界,更加亲近了大自然。在作家的笔下,动物世界激烈的生存竞争、大森林中各种珍禽异兽和奇特的自然风光让人尽收眼底,读者仿佛倾听到娓娓动听的人与自然的对话。

《呦呦鹿鸣》被称为"中国第一部描写在梅花鹿世界探险的长篇小说"。这部小说描写的当然是保护梅花鹿的故事:九花山区的金竹潭中学成立了自然保护小组,在老师和科学家的带领下,孩子们活动在深山密林之中,遇到了许许多多奇特而有趣的事情,终于机智地从打猎队的枪口下,救出了梅花鹿。小说展示了梅花鹿世界的种种趣事以及神奇的畲族传说。

《千鸟谷追踪》被称为"中国第一部描写在鸟类世界探险的长篇小说"。小说展现的不是走兽的世界,而是飞禽的天地。中学生李龙龙、刘早早和林凤鹃,出于对鸟儿的特殊喜爱,几次远征千鸟谷探险,在校外辅导员赵青河的指导下,他们终于找到了千鸟谷的神奇秘密,追寻到名贵的相思鸟的踪迹。

《大熊猫传奇》被称为"中国第一部在大熊猫世界探险的长篇小说"。小说描写了这样一个故事:大熊猫所赖以生存的主食竹子大面积开花、结籽、枯死,大熊猫因此而濒于饥饿与死亡的边缘。果杉小兄妹跟踪并救护被豹子追击的一对饥饿的大熊猫,偷猎者却又想乱中牟取利益,一场错综复杂的捕杀与救护,在冰山、雪原和森林中惊心动魄地进行着。大熊猫神秘的生活习性,川西高原充满野性的自然风光以及神话般的少数民族生活风俗,在作者的笔下袒露无遗,令人心驰神往。

刘先平这一时期的创作,主要是奉献给孩子们的,因此,这4部长篇小说的主要内容,是孩子们与大自然的交往、对话与融合。尽情展现大自然的神奇与奥秘,让孩子们在大自然中自由地抒发美好的天性,从而诱发和丰富他们的生活情趣,陶冶他们的心灵和情操,发挥他们无比的想象力和无穷的创造性,这是刘先平的4部长篇小说的基本特色。

少年儿童有极其旺盛的求知欲,善于幻想,喜欢冒险。随着科学技术和物质文明的不断发展,当代我国少年儿童的生活环境也发生了变化,他们的心理欲望和趣味已大大不同于过去年代的少年儿童了。因此,就需要作家根据新时代少年儿童生活的特点,创造出富有时代精神的文学作品,并以此来影响与引导孩子们成长。《云海探奇》《呦呦鹿鸣》《千鸟谷追踪》和《大熊猫传奇》正是在这个意义上,拓宽了新时期儿童文学的创作领域,并以独特而深厚的文本实践,为当代意义的大自然文学的形成奠定了基础。

在刘先平的小说世界中,不仅有丰富多彩的人物形象,还有生动诱人的动物群体,作家也由此创造了生趣盎然、新奇别致的动物世界的艺术画面。我们看到,作家以考察短尾猴、梅花鹿、相思鸟和大熊猫为线索,为读者展示了种种珍禽异兽:莺、鹛等在幽林间婉转鸣叫;珍贵的白鹇拖着美丽的长尾;罕见的鹰头杜鹃、鹰身猴面鸟;凶悍敏捷的云豹;稀有的黑麂;爱美的"四不像";会飞行的青蛇;能在水中捕鱼的兔唇蝠;像蜂鸟那样把头插进花朵吸蜜的蝙蝠;趁其他哺乳动物和鸟类酣睡时,轻轻刮破它们的皮肤吮吸鲜血的蝙蝠;八哥、喜鹊为什么常常歇在牛背上?穿山甲怎么变成了大松球?黄鼬如何捉老鼠饲养?一窝鸟为什么三黄一黑?群居中的相思鸟怎样沐浴?为什么竹子大面积开花结籽会给大熊猫的生存带来威胁?……一个个精彩罕见的动物特写镜头,一串串迷人而有趣的疑问,都为读者提供了想象和联想的广阔空间。

当然,作家如果只是单个地、孤立地去描写动物的形状和习性,哪怕语言再优美,描写再细腻,充其量只是比一般生物课本多些文采,而刘先平笔下的动物世界是作家审美再造的结果。因此我们可以看到,在这个世界里,各种动物在激烈的竞争中,以自己独特的方式,显示出它们的生存本质。作家笔下的众多动物,并非动物标本的展览,而是经过渲染、加工,富有鲜明的性格特征,从而成为充满生命活力的艺术形象了。你看,在那密林深处,野猪和四只斑狗的一场角斗,令人心惊动魄。野猪背靠石壁,抵挡着斑狗的轮番进攻,最后因失去地形的优势而丧生。短尾猴群简直是一个小小的"部落社会",猴群中等级森严,有猴王,有"大臣",母猴和仔猴受到整个猴群的保护,不同的"部落"为捍卫自己的生存条件发生了战斗,老而昏庸的猴王被众猴推翻、驱逐,对猴群生存发展有贡献的新猴王应运而生了。黄鼬为了储粮备荒,在洞里藏着干鱼、泥鳅,而且会用稻穗、苞米饲养着六七只被咬断了腿的活老鼠。肥胖的黑熊和浑身长刺的箭猪僵持着,箭猪狠命地抖动身上的长刺,掉转身子,背对着黑熊,迅猛地向后倒退,黑熊只能笨拙地后退,几次提起有力的厚掌想打,但还是犹犹豫豫地放下去。珍贵的红嘴相思鸟在集群漂泊时,仿佛一个母系社会,由老雌鸟呼喊带头,沿着那条神秘的迁移路线像吉卜赛人一样开始了流浪生活。而被饥饿摧残得奄奄一息的大熊猫母子,就是在风雪弥漫中,被红狼和独眼豹逼上了绝路。大熊猫先是用有力的巨掌数次击退了红狼的围攻,但也受了重伤。就在这时,埋伏在一旁的阴险恶魔独眼豹发动了偷袭,鲜血淋漓的大熊猫至死都紧紧咬住独眼豹的后腿,以血肉之躯作为屏障,保护了儿子……

刘先平的小说之所以赢得读者,除了鲜活的人物形象与有趣的动物世界外,作家笔下的自然景观及植物世界同样精彩。同样是崇山峻岭,《云海探奇》中是云遮雾绕、奇松怪石的原始森林,《呦呦鹿鸣》中是草深埋人的绵绵不绝的三十六岗,《千鸟谷追踪》中是幽谷深峡,《大熊猫传奇》中是雪山冰川……奇峰幽谷、茫茫云海、高山溪流、地底温泉让人尽收眼底;名花异草、刺棵棘藤、松林草甸、红枫青竹等让人目不暇接。

刘先平的小说还时时插入美妙动人的神话传说,使作品涂上神秘奇特的色彩。《云海探奇》里那位心地纯洁、勇敢朴实的年轻猎手,骑着神马飞过天堑深渊,救出了美丽的采药姑娘;《呦呦鹿鸣》中的梅花鹿偷偷下凡安家落户;《千鸟谷追踪》里,凤尾岩上金色的凤凰招来了千种雀子万种鸟,在千鸟谷建成了鸟的王国;《大熊猫传奇》中关于"姑娘山"的凄楚而动人的传说……这些美妙的传说,点缀了作品的内容,深化了作品的情趣,推动和丰富了读者的想象力。

1987年后,刘先平创作并出版了大自然探险纪实散文集《山野寻趣》《红树林飞韵》等作品,这些作品的出现,可以说标志着刘先平的文学创作进入了一个新的阶段,从文体变化上来说,作家放弃了长篇小说创作,而转向纪实性的散文创作;从文学理念上来说,作家更为自觉与鲜明地倡导并践行大自然文学,呼唤文学的生态道德意识;从作品的取材对象与范围上来说,区域更加广泛,视野更加开阔,因此叙事手法也更为丰富。

《山野寻趣》被认为是一部承前启后的作品,甚至被认为是打开刘先平4部长篇小说的钥匙,究其原因,是因为这部作品充分发挥了纪实文学创作主体能动性创造的叙事优势;体现了真实自然而细致入微的文体特性。"我们只知道大熊猫的憨态可掬,谁能了解它竟是食肉动物的后代,一旦惹火了它,也有一副凶猛异常的姿态。我们只知道燕窝是名贵的营养滋补品,谁能区别金丝燕和白腰雨燕的不同燕窝价值?谁又能明白燕窝并非遮风避雨的居家,而是哺育乳燕的生命摇篮?我们只知道可可豆是制造巧克力的原料,谁能分辨它的味道是甜?是酸?还是苦?再有,它的果实究竟是结在细枝上?还是长在树干上?这些为作者亲眼所见、亲耳所闻的发现或是扩展了自然美的领域,或是丰富了自然美的内涵,引导着读者在美妙又神奇的自然环境中兴趣盎然地姗姗而行。"[①] 同样在《红树林飞韵》中,作家通过自己的实地考察,来探索与解答大自然世界神秘而发人沉思的现象,为什么绿如翡翠的海上森林被称作是红树林?……同时,作家还自觉地从生态整体主义思维出发,去努力改变传统而片面的生态学逻辑,为大自然世界中生物竞争的法则作出新的争辩,即用"大自然的眼光"来代替"人类的眼睛"。因此,材质低劣的高山榕依然也应该有生存的权利,它不去争夺一块宝贵的热带土地,又何处立身?作家赞叹秋茄种子顽强而神奇的生命力,"生命的形态,生命的繁衍,多么奇妙,多么丰富多彩!为了适应严酷的环境,生命的本能,作出了令人感叹的、

[①] 唐跃:《把大自然奉献给孩子们——〈山野寻趣〉读后》,《人与自然的颂歌》,合肥:安徽少年儿童出版社,1999年版,第163页。

巨大的、坚韧不拔的努力！最伟大的思想家，在他们面前也得俯首沉思！"

2008年出版的《走进帕米尔高原——穿越柴达木盆地》，可以说是刘先平自觉践行大自然文学理念的成功之作。走进帕米尔高原，是为了探寻生命的奥妙。

作家的笔下，的确是一首首探索、敬畏与歌颂生命的赞歌。生活在悬崖峭壁上的盘羊们，宣扬着生活的险峻与壮丽；可鲁克湖的黑颈鹤，优雅美丽的造型犹如一首诗，但苦寒高原的生存环境，也使它们难以逃避以同胞自残的残酷方式来维持种群的生存；蓝色的绒蒿花与一些黄色的无名的花朵，在乱石丛中绽放着生活的灿烂；沙漠中的胡杨，在应对干旱和风沙时，常常是选择自行倒下枯死，以滋养新枝条的生命延续。选择放弃是为了新生。所谓"胡杨三千岁"，就是说它能活一千岁，死后一千年不倒，倒后一千年不朽，还有雄麝毁香跳崖、藏羚羊生育大迁徙等对人类的生存观念极具震撼力与冲击力的大自然世界中的生命的奇迹。

《美丽的西沙群岛》是作者第一次将文学的笔触伸向祖国美丽的海洋，神秘而多彩的海洋世界与忠诚而热情的驻岛军民，都成为作家热衷表现的对象。和以前作家诸多的大自然文学作品不同的是，这部作品聚焦在与大自然息息相关、和谐共存的人身上。作品中有这样一段记叙："中建岛官兵笔记本的扉页上，都写着这样的话：'守着清贫谈富有，远离欢乐不言愁，抛洒青春不吝啬，豪饮孤独当美酒。'"大自然文学以当代人的观念与境界来观照人与自然关系的文学，作家的审美观念由此越发自觉与成熟。

在刘先平这些纪实性的文学作品中，人物形象的描写，并没有受到真人真事的局限，同样显得生动活泼、跃然纸上。作为文本叙事主体——第一人称的"我"，探险家与文学家兼于一身，坚毅而风趣；那位中学教师出身的野外摄影师李珍英，热情而好奇，显然童心未泯；胖子君早是位文学编辑，憨态可掬的他惯用文学的眼光去看自然界与社会现实，因而常常笑话迭出，自己也百思不得其解。还有那些常年工作和生活在野外的自然科学家们，以及那些已真正与大自然世界融为一体的自然保护区的工作人员……刘先平几乎所有的作品,都是其亲身体验的艺术写照,从而使读者倾听到大自然世界生命的心跳与脉动,从而领略到大自然文学独特的魅力。

第十三节　黄复彩、耿龙祥、孙肖平、徐瑛、海涛、沙丙德的小说创作

黄复彩(1949—)　铜陵大通人。中国作家协会会员,资深媒体人,佛教文化学者,九华山佛学院教授,《安徽佛教》执行主编。1978年考入池州师范专科学校中文系,1981年发表处女作短篇小说《银河里有一颗小小的星星》(《安徽文学》第10期),此后相继发表《墨荷》《月缺月圆》《河西河东》《雾漫双溪》等中短篇小说,出版《红兜肚》《梁武帝》《墙》等长篇小说5部,中短篇小说集《魂离》《菩提烟魂》、散文集《心如明镜台》《乌篷船》《和悦洲,小上海》《一花一世界》、长篇传记文学《仁德法师》《佛教故事》、学术专著《安徽佛教史》等近20部,约600余万字。其中,《红兜肚》为中国作协2007年重点扶持作品,被评为2007—2008年度安徽省社会科学文学艺术出版奖文学类一等奖,《墙》为安徽省作协第三届长篇小说精品扶持作品。

作为一个"佛门里的作家,作家中的佛门中人",黄复彩具有一种"转眼看世间"的独特能力,这使得他既能够以佛教的眼光审视俗世人生,也能够以世俗的角度旁观佛门中的人事,在佛门与尘世之间发现并表现出人性的丰富与复杂,从而呈现出与众不同的创作个性、创作风格和艺术魅力,这在当代安徽文坛乃至中国文坛都殊为难得。比如其早期颇有影响的中篇小说《墨荷》(《安徽文学》1982年第3期),写崇乐和尚在晚年对年轻时的一段爱情生活的回忆,他虽然是一位受人膜拜的得道高僧,但其内心世界一直埋藏着一团不肯熄灭的火光。尽管不难看出这篇小说受到汪曾祺《受戒》的影响,但这种对人性之光的书写既充盈着宗教的悲悯情怀,也流淌着世俗的人间情怀,因而显得格外真切。此后的《红鲤鱼》《荷叶洲》《火警》等中短篇小说大抵如此,聚焦于底层小人物的日常生活和悲欢离合,却不像新世纪初"底层叙事"那样热衷于渲染底层的深重"苦难",而是着重表现底层民众对自由、爱情、美好的追求,整体格调十分清纯、真诚。这一特点后来在其散文创作中也得

到进一步延续和发展。

早期的写作不仅使黄复彩能够自由地驾驭不同题材,而且能够根据不同题材选择与之相应的语言,由此形成了多样性的风格。更重要的是,他逐渐对历史题材产生了浓厚兴趣,此后除了《雾漫双溪》等极少数写当代题材的作品外,其他几乎都是历史题材的作品,并多多少少都与佛教有所关联。比如 2011 年出版的长篇历史小说《梁武帝》,把触角伸向南北朝那样一个非常特别的大动乱年代,聚焦于梁武帝这样一个颇受争议的帝王,生动再现了"一段王朝的兴衰历程,一个和尚皇帝的传奇人生"。

具有史诗意味的《红兜肚》是黄复彩"十年磨一剑"的代表作。而在这之前,中篇小说《河西河东》就对民国时期秋浦河畔的地主与农民之间的关系进行了书写,试图对历史做合乎逻辑的思考和评判,可算是预备之作。《红兜肚》是一部反映地主真实形象的优秀文艺作品,着重讲述了地主士绅朱子尚野心勃勃却又最终失败的一生,并以此为中心精心描绘出一幅 20 世纪三四十年代中国皖南乡村的社会历史图景和人情风俗画卷,是一部具有高度现实主义精神和人文主义情怀的优秀长篇小说,显示出深厚的历史内涵和文化底蕴。小说的最大成功,在于塑造了朱子尚这个地主形象。既不同于此前的地主形象(如黄世仁、南霸天、周扒皮等),也不同于陈忠实《白鹿原》中被"大写"的地主白嘉轩或余华《一个地主的死》中变身"抗日英雄"的地主王香火,地主朱子尚是一个令人同情的彻底的失败者:他竭尽所能却未能保住家族的祖业田地;他呵护妻儿却培养了一个又一个"不肖之子",几任妻子不是背后与人通奸就是中途暴死或成为废人;他同情贫苦佃户,收租时"小斗进大斗出"。三年困难时期,他开仓放粮,义赈灾民。为修水库,造福乡里,他毅然捐出二百亩丰饶的祖田。红军部队经过时,他两次慷慨资助。然而,他最终却落了个财产尽失、众叛亲离的下场,在土改中被革掉了性命。这么一个失败的悲剧人物,却具有亲切可感、真实动人的艺术魅力,关键就在于作者坚持从人性出发来塑造人物,而不是用阶级标签来界定人物,即以一种非政治化的视角和道德的立场来表现人物的原欲,真正把"人"还原为人。很显然,朱子尚的悲剧不是性格的悲剧,而是命运的悲剧、时代的悲剧,换句话说,朱子尚所代表的是那个没落时代的地主阶级,当地主阶级处于行将灭亡的时代,没有人能够挽救这个时代。从这个意义上来说,朱子尚的死是必然的,他从精神到肉体的毁灭,意味着一个旧时代的必然终结,奏响了一曲旧时代的挽歌。正如作者在朱子尚死后所写的"太阳落山了,漫长的一天终于结束了",这既是对一个衰弱的旧时代无可挽回的慨叹,也是对一个即将到来的新时代的欢呼。而这样的新旧更迭,不正是历史的常态、人类的常态?此外,作者努力追求小说的故事性和可读性,有意运用克制节俭的语言、灵动随和的非主观化叙述,使得整部小说好看、耐看。同时,凭借对佛教的长期研究,作者在小说中也潜在地表达了对宗教救世的态度和思考:人究竟为什么而活着?表现出作者对人生世相的深切悲悯,对存在意义的终极追问。

十年后出版的长篇小说《墙》似乎可视为《红兜肚》的"姊妹篇"。作者以故乡和悦洲的现实人物"九姑"为原型,创造了这部小说的主人公——韩七枝,讲述了一个有关坚守与失落、忠贞与背叛的爱情故事,并通过她苦难的一生折射出一代人的命运,打捞起那段跨越半个多世纪的已被逐渐忘却的历史。韩七枝是不幸的也是伟大的,其不幸在于年轻时冲破世俗的桎梏与大她十余岁的江义芳走到一起,然而一次分别却成为永别,她在颠沛流离中苦苦等了他半辈子,然而等来的却是来自美国的他与另一个女子和一群子女的全家福,晚年的她最终选择了失忆;其伟大在于不管生活是多么不堪,她始终保持着骨子里的高贵,活得有尊严,活得有爱,并用这爱滋润和温暖了她生命里出现的每一个人。这种不幸和伟大正是韩七枝无法规避的命运,或者说是韩七枝所代表的一代人(尤其是底层女性)的命运,一如"墙"这个小说之名所表达的寓意,"命运是一道难以逾越的墙。在冰冷的现实中,谁都无法用自己柔弱的脑袋去撞塌这座坚硬的人世之墙,并企图从墙的那一面看到希望与阳光。但是,人可以在苦难和不测中让人性中原本的善良和美好绽放出绝美的烟霞。对于韩七枝来说,她的坚守与失落,其实正是上帝赐给我们每一个人的神秘魔咒:没有人能够活得圆满!但是,人却可以活得尊严,活出爱来,并让这种爱来温暖、滋润一个冰冷的世界"。事实上,"希望和阳光"有时并不在"墙的那一面",而在"墙的这一面",比如那些爱慕韩七枝的身体或灵魂的男性,同样在不同的历史时期、不同的生命历程中回馈韩七枝以爱和温暖。沈仲景对她一辈子的痴情,邢男给予她的身体与心理的慰藉,金顺生在特殊年代对她及其子女的关爱,等等,同样是在"用爱与阳光温暖一个冰冷的世界"。而正是这些普通人的爱和阳光汇流成河,让动荡不安的灵魂有了着落,让动荡不安的历史有了人情味,让这个有缺陷的世界闪耀着人性之光,让坚硬的命运之墙上也爬满了绿色的藤蔓,开出了柔美的鲜花。此外,小说对皖南风物民俗的悉心描画,对此起彼伏的历次战乱和政治运动的历史还原,以及对担当和尚、游方僧等佛门中人的描写和将唱词的有机融入,使得整部小说张弛有度,蕴含丰富。总体来看,相较于《红兜肚》,《墙》的叙述更加圆熟,语言更加精到,对人物内心世界的开掘更加真切,对人性的理解和对历史的洞察更加深刻,当然小说也还存在着故事淹没人物、局部取代整体等叙事和结构问题。

耿龙祥(1930—2007) 江苏沭阳人,他于 1945 年 5 月参加革命工作,1945 年 5 月至 1953 年历任《淮海报》排字员、译电员,《淮海日报》社译电组组长,《皖北日报》记者,《安庆报》主编;1954 年至 1955 年任怀宁县圣埠区区委书记、怀宁县委宣传部长;1956 年至 1964 年为安徽文联专业作家;1964 年至 1965 年任农村社教工作队队长;1965 年 9 月至 1978 年 5 月任安庆市文联副主席、市肉联厂党委副书记、革委会副主任;1978 年任安庆市委宣传部副部长、市文联主席、党组书记、市文教领导小组副组长;1987 年 11 月任《法制文学选刊》主编;1991 年任安庆市文联名誉主席。1996 年 6 月离休。

作为中国作家协会会员的耿龙祥,一生的主要经历虽然是围绕文学而开展的,但由于时代背景以及其他多方面的原因,他的一生创作并不丰厚,他女儿在回忆父亲的文章中提出:"我一直认为我爸不像官,他只是个作家,而且因为当官,大大地耽误了他的写作。但尽管他留下的作品不多,却都还较有影响。他常说,'糊稿费的事,我不干!我要写就想写有一定反响的、弘扬真善美的作品'"。耿龙祥一生只留下 6 篇作品：中篇小说《秋青湖边》、短篇小说《入党》《明镜台》《杨柳依依》、中篇小说《月华皎皎》、报告文学《反腐败纪实》。其短篇小说《明镜台》是一篇在特定时期有一定影响意义的佳作，被载入中国当代文学史。

《秋青湖边》是耿龙祥的处女作。1956 年初冬，《人民文学》常务副主编秦兆阳从安徽省一家刊物读到一个中篇小说新作《秋清湖边》，作者的名字是陌生的，叫耿龙祥。小说描写农村人物很鲜活，文笔清丽可喜，可以看出作者熟悉农村生活。秦兆阳决定把他请来编辑部改稿。耿龙祥很小就参加游击战争，当时是安徽农村的一位区委书记，写作只是他的业余爱好，《秋清湖边》是忙里偷闲写下的。耿龙祥住在编辑部院中一间小平房里修改稿件一个多月，结果是作者和编者都不甚满意。耿龙祥不愿离开岗位太久，打算收拾行装返回去。秦兆阳却认为他生活阅历那样丰富，不写点什么实在可惜，真情要求耿龙祥留下个短篇再走。看到秦兆阳如此信任他，耿龙祥当即把自己关在屋内冥思苦想，终于在一个夜晚走进秦兆阳房里递给他一篇稿子说："刚才灵感来了，随便草写了一篇小东西，我也拿不准，请你看看吧。"随即转身离去。第二天早晨，秦兆阳兴冲冲地到编辑部说："耿龙祥写了篇好小说，明年 1 月号的短篇小说特辑有指望了。小说写得很精短，你们再看看。"这就是 1957 年 1 月号《人民文学》以显著版面发表，之后引起热烈反响，可谓是"一鸣惊人"的耿龙祥的《明镜台》。小说全文不过两千来字，作者以一位参加过战争的革命干部家中发生的极为稀松平常的家庭琐事为切入点，通过干部家属对待代表劳动人民的小保姆的不仁道态度，向社会提出了一个极为严肃、深刻的问题，即劳动人民在战争中以血汗、生命支持了我们的革命事业，现在革命事业取得了胜利，却出现革命干部漠视人民利益、一切以自我为中心的现象。革命干部对劳动人民的冷漠态度以及这种阴暗的自私心理，不能不引起当时社会人们的深思和触动。"文革"结束后，作家王蒙曾出访美国。时有美国作家问其新中国有哪些优秀文学作品，王蒙当即推荐了《明镜台》。自 1957 年《明镜台》公开发表，时隔二十余年之后，《人民文学》又把《明镜台》作为短篇小说的典范于1983年9月重发了一次。同时,还增加了编者按和评论文章。老作家李清泉题为《汤勺乎?水瓢乎?》的评论文中说:"小说写得朴实无华,自然而无藻饰,素而不俗,平易而隽,是美的境界之一。"同年10月17日,《人民日报》又发表评论,向全国推荐《明镜台》,并给予很高的评价。之后,小说被选入全国电视大学语文教材和《中国新文学大系》第七卷。《中国当代文学讲稿》《中国当代文学作品精选》均将《明镜台》列为20世纪五六十年代短篇小说的代表。

然而,1957年耿龙祥却因这篇短短两千多字的小说而被划为右派。刚刚展露文坛并以揭露社会弊端而扬名的耿龙祥,突然成为被批判的对象。

在被打成右派之前的1957年6月,耿龙祥还写了短篇小说《入党》并发表在《江淮文学》。不可避免地,这篇颇具讽刺意味的佳作亦被"四人帮"打成毒草。"四人帮"垮台以后,这篇曾经被列为"毒草"的小说被收入《重放的鲜花》集子中。

"四人帮"被打倒之后,耿龙祥再次焕发了青春,写作欲望油然而生。尽管那时工作很忙,但他还是利用业余时间写出了一个短篇小说《杨柳依依》,于1980年发表在《江淮文学》第1期上,并获得当年安徽省短篇小说一等奖。之后又被安徽大学出版社出版的短篇小说佳作选《窗口》一书收录。但是二十年的沧桑坎坷,二十年的生活积淀,岂是一个短篇能表达得了的。于是,又有了《月华皎皎》这个中篇小说。起初发表在《清明》1981年第1期上,后来又被几家报刊转载,然而,好景不长,又有人指责小说犯了"政治性错误",因此闹了一场不大不小的风波。从此,耿龙祥就再没写过小说。

1989年,时任安庆市委宣传部副部长的耿龙祥深入工厂,采写了一篇一万多字的报告文学作品《反腐败纪实》,发表在《传记文学》上,并被评为全国首届报告文学优秀作品二等奖。遗憾的是,这篇颇有分量的佳作似乎没有受到评论界应有的重视。

孙肖平(1930—) 河北省巨鹿县人,安徽作协、安徽省艺术研究所专业作家,一级编剧。1946年开始发表作品,1955年毕业于中国作家协会文学讲习所，1962年加入中国作家协会。著有小说集《水落石出》，散文集《漫游美利坚》《红缎带》，中篇小说《我们一家人》，小说散文集《水的声音》《黄河之春》《前站》《琴台集》，报告文学集《绿色冲击》，剧本《应战》（合作），文集《孙肖平文集》（4卷）等。

孙肖平是与共和国一同前进成长的老作家。他解放战争时期参加了著名的革命少年文艺团体"新安旅行团"，简称"新旅"。新旅大体上可以分为三个时期：1935年新安小学的14名小学生组成的新旅在校长汪达之先生带领下，走了大半个中国。这是新旅的第一个发展时期。"皖南事变"后，在周恩来同志亲自安排下回到盐阜区，正式划归新四军建制，在中原局书记刘少奇、新四军代军长陈毅直接关怀下，担负组织十万儿童的任务，建立儿童团组织，培训干部，办报纸、刊物，组织各种演出、展览活动。盐阜区群众流行一句顺口溜是"新四军三个旅，七旅八旅新安旅"。七旅八旅是指新四军活动在盐阜区的两支主力部队，新安旅即新旅，可见新旅影响之大。新旅见过大世面，文化水平、艺术水平都比较高。盐阜区的秧歌舞运动就是他们传授推广的。这是新旅的第二个时期，也是历史上最光辉的时期。解放战争时期的新旅进入第三个时期。孙肖平在新旅优良传统的培育与熏陶下，读书学艺，终于走向文学创作之路。他在16岁时就发表了处女作散文《福臣嫂拾麦》；1950年，他的成名作短篇小说《水落石出》，由上海劳动出版社出版了单行本；1964年出版了短篇小说集《前站》，作品集中反映了马鞍山钢铁厂的基础建设及水利建设战线的火热生活。

孙肖平毕生从事创作，成绩卓然。2009年6月由时代作家出版社出版的《孙肖平文集》面世。《孙肖平文集》分4卷，收录了新中国成立以来孙肖平出版、发表的小说、散文、报告文学、纪实文学等作品约200余万字。在文集出版之际，文艺评论家顾骧先生以《反思自己的文学路》为题倾情作序，高度评价了孙肖平在文学创作上的反思精神。而他自己在4卷本文集的自序《坎坎坷坷文学路》一文中，也对他大半生文学生涯作了总结、回顾，充分体现出作为一名作家身上所具有的难能可贵的反思意识与责任感。

对于文学艺术工作者来说,"十七年"时期实行的文艺政策是对文学以及作家的一种伤害。但怎样调整好自己的创作姿态,能继续发出自己的声音?对此,孙肖平在他自序中引用了一则寓言:夜鹰对猫头鹰说,在恐惧和失去自由的环境下,怎么能发出优美的声音呢?在那个时代,孙肖平与同时代的其他作家一样,只能以各种"讲话"作为理论参照,以单一的创作方法作为原则依据,以一种再现审美的方式来掌握世界。于是在那个年代,作家们大多思维狭窄单一,对生活的观察力、认识力、思考力贫弱,想象力也迟钝,作品的艺术表现力极其苍白。孙肖平沉重地回顾他的创作生涯说:"我特别是缺少独立思考的能力。观察人物,只见共性,少有个性;只注重阶级性,而轻视人性。在作品中有时所描绘的看似轰轰烈烈,欣欣向荣的表象,实则是一场灾难。"孙肖平的这种自审精神对于一个作家而言是难能可贵的,也是其对文学、对生命认识的升华。

反思意识与怀疑意识、批判意识、忧患意识等一起构成了现代文明的理性精神。人类是在不断反思中不断前进的。孙肖平就是在日常生活中不断践行着这种反思的理性思考精神,他深入工厂、农村、工地、朝鲜前线等生活深处,以小说、散文、报告文学等文学样式记录着时代,抒发自己的真情实感。其作品曾得到老作家张天翼、陈伯吹的关注,受到文学前辈冰心、丁玲的赞赏。

徐瑛(1939—) 原名徐存英,安徽太和人,曾任安徽省作协副主席,安徽省儿童文学创作委员会副主任,阜阳市文联主席、作协主席。

徐瑛出生在一个半农半医的家庭,祖父不仅医术高明,而且医德高尚。他的父亲年轻时性格刚烈,不畏权势,疾恶如仇。当抗日烽火燃遍中华大地时,其父便怀着一腔爱国热血,参加了抗日自卫队。由于家庭的影响与父亲的教诲,徐瑛从小就立志长大后当个医生,但他对写作又极有兴趣。1960年7月,高中毕业即将参加高考时,学校突然接到县委组织部通知,调徐瑛去《亳县日报》任编辑。当时的徐瑛非常不愿意,但也只得服从。《亳县日报》是"大跃进"的产物,1960年底,被迫停刊。没有工作,没有岗位,徐瑛感到前途渺茫。但他很快清醒地意识到,任何人都帮不了你,只有靠自己。于是,他立刻又振奋起精神,刻苦读书,刻苦创作,连续在《阜阳日报》发表了两篇小说。特别是第二篇小说《涡河沉舟》,因为取材于当地解放战争时期的生活素材,故事性强,篇幅又整整占了报纸一个版面,发表之后,在当地读者中产生了积极影响。年轻的徐瑛,受到了鼓舞,浑身充满了力量。

因为这两篇小说,徐瑛从乡下调回县文化馆工作。有了充足的读书、写作时间,徐瑛已经不满足在地市级报刊上发表作品,开始向省级以上报刊投稿。当年即在《安徽日报》上发表了一篇散文《小南庄见闻》。不久,又创作了短篇小说《小道三站》,在安徽广播电台播出的同时,又在1964年第4期《安徽文学》上发表。次年11月29日,《人民日报》副刊发表了他的短篇小说《边村佳话》。作为文学新人,徐瑛引起了《中国青年》《健康报》《安徽日报》《萌芽》等报刊的关注,徐瑛决心沿着文学创作的路子走下去。

从1960年8月至1965年夏,在不满五年时间里,徐瑛经历了四次工作调动和漫长而又残酷的政治运动。但这些工作调动与政治运动在给他的生活带来不便与痛苦的同时,也加深了他对生活的理解与感悟。在这种背景下,一篇颇能代表徐瑛小说成就的《向阳院的故事》应运而生。

徐瑛的两个儿子从小就生活在大杂院里。眼看他们一天天长大,学校不能正常地上课,社会不能为他们营造健康成长的环境。作为父亲的徐瑛很为他们将来的前途担忧。这时,有一条正在修建的公路要从亳州经过。淮北平原没山,修公路就以砂礓代替石子。政府要求机关、工厂、学校等社会各界都要挖砂礓支援公路建设。大杂院里家家户户都忙着去挖砂礓,邻里一时竟听不到吵架的声音,孩子们早已把打架磨牙的事忘记了,竟然比赛谁家挖的砂礓多。这种变化引起了徐瑛的许多思考。后来,徐瑛的母校亳县一中发生了一件因挖砂礓砸死学生的事件,这些事使徐瑛产生了强烈的创作欲望,想写一部小说来表现孩子们的成长,表现家长们不同的教育观念,表现大杂院的邻里百态,表现城乡孩子之间的友谊,呼吁全社会都来关心孩子们的健康成长。经过长时间的酝酿与思考,1972年徐瑛在不到两个月的时间里完成了十一万五千字的小说初稿。小说以亳州城向阳院里的孩子们及洪池村的孩子们为原型,以孩子们在暑假期间开展学雷锋、支援公路建设为线索,描写他们所经历的风风雨雨、喜怒哀乐,以及向阳院里的家长们因孩子而产生的矛盾、冲突、友情。伴随着情节发展,还穿插介绍了一些民间传说、历史遗迹,譬如"凤凰谷堆""隐兵道"等,一幅幅民俗风景画在书中一一展现出来。随后,他便将书稿投寄给人民文学出版社。1973 年 5 月底,《向阳院的故事》由人民文学出版社正式出版,首印 30 万册。从投稿到新书面世,前后只有半年时间。小说出版后产生了巨大反响,这是作者始料不及的。书刚一问世,便被销售一空。接着又重印数次,累计印数百万册。中央人民广播电台连播了全书,接着部分省市广播电台也进行了连播。北京电视台还制作了录像播讲节目。《人民日报》《光明日报》《安徽日报》《安徽文艺》等报刊发表多篇评论予以推荐。长春电影制片厂改编、摄制了同名电影。小说并被改编绘制成了五种版本的连环画。1977 年,外文出版社出版了英、日文译本,向海外多个国家发行。日本东京亚非语学院将《向阳院的故事》选为中文系二年级教科书。1977 年 8 月,日本东京太平出版社出版了精装本。1991 年,《向阳院的故事》入选由河北少年儿童出版社编撰出版的《中国当代儿童文学史》。

因《向阳院的故事》扬名文坛的徐瑛于 1980 年 8 月调到阜阳地区文联工作,迁居阜阳后的徐瑛很快进入了创作状态,《知县街上》《童尿》《天鹅恋》《野鸭河》《县长妇人》等一批中短篇小说陆续在省内外文学期刊、出版社发表出版。中篇小说《野鸭河》更名《野鸭洲历险记》再版后,同年暑假期间,被安徽人民广播电台全文连播,并多次再版、获奖。《童尿》发表后被四川电视台改编成电视剧播映。

此后,徐瑛又创作了长篇小说《都市里的乡下少年》《我不平常》,散文随笔写作也进入了一个比较活跃的时期。

《呼唤》是徐瑛创作的一部长篇反腐题材小说,小说刻画了一个叫汤焕东的孤儿自初中毕业后,从农村记工员一步步干起,最后当上了副省长,又从副省长堕落成了大贪污犯,最终命归黄泉的令人惋惜的经历。在描写贪污犯成长历程以及蜕变过程中,作者采用了现实主义手法,将其塑造成于连式的追求上进的人物形象,同时,其性格又是独特、复杂的。他自小不愿停留在社会的底层,一心想弄出点动静来,引起上层人物的重视。最终,终于因为在队里搞了个青年科技试验田,被一篇通讯宣传了出去,引起关注,参加了"四清"工作队,回来后当上了大队书记,由此步入官场之后,继续采用迎合形势、制造典型,引起上级注意这个不二法宝,一路仕途高升,直至当上副省长。汤焕东的悲剧,当然是他个人的悲剧,但从他的人生轨迹看,在很大程度上,其实也是时代的悲剧。

继《呼唤》之后,步入人生古稀之年的徐瑛依然笔耕不辍。2010 年,五卷本《徐瑛文集》由安徽文艺出版社出版。

海涛(1939—) 原名耿春海,安徽萧县人,中共党员。主要创作小说、戏剧,发表作品约 300 万字。中国作家协会会员,国家二级编剧。历任宿县地区文联副主席、作家协会主席,安徽省作家协会主席团成员、安徽省报告文学学会副会长、安徽省儿童文学创作委员会常务理事、安徽省民间文艺家协会常务理事、安徽省剧作家协会会员。1979 年出席全国第四届文代会,2006 年出席全国第七次作家协会代表大会。曾任中共宿县县委委员、原宿县和宿州市(县级)人大常委会委员。

海涛自幼酷爱文学。创作活动始于 20 世纪 50 年代后期,1958 年开始发表作品。在宿县地区农校学习期间,创作的小说《饲养员徐老景》就在地委机关报《拂晓报》连载。又在《江淮文学》上发表描写劳动竞赛的小说《凤追虎》,语言优美,生活气息浓厚。1960 年因陈登科的关心,海涛调入宿县文联,生活视野逐渐开阔,创作了大量小说。仅 1962 年一年,在《安徽日报》的《红雨》副刊上,就发表了他的八个短篇,因为创作上的大丰收,海涛被评为"安徽省劳动模范"(时称"社会主义建设先进工作者")。《芦花湖上》《腊梅》《立冬时节》《驯牛记》《江洛汉》《不称心的媳妇》《柿园过路人》《春虎和葛花》《六月雨》《高粱晒红米》《二月二》《哥俩好》《桂花岭下》《丹柿红如火》《园月酒》等,先后发表在《人民文学》《上海文学》《萌芽》《安徽文学》《安徽日报》等省内外报刊上。这一时期的作品,多以淮北农村生活为题材,采撷生活中的浪花,反映普通劳动人民所固有的勤劳勇敢、踏实简朴的优良品质以及在新生活中所表现出的新精神、新关系、新风尚、新特征。1964 年,安徽人民出版社为海涛出版了个人短篇小说集《红高粱》。这些作品是那一段特殊的岁月里淮北人民农村生活的印记。海涛作为一位农民的儿子,血管里流淌着的是农民的血液,笔下流露着的是对农民的一往情深,作品中的生活气息和泥土气息比较浓郁。与其说这是刻意的追求,不如说是一种自然的散发。尽管由于当时特殊的历史环境,在文学艺术创作中不准写先进人物的缺点,因之,无法展开矛盾冲突,揭示人物深层的内心世界,以今天的艺术眼光看,作品缺少了应有的思想深度,但是也要看到,海涛的这些作品并没有按当时的要求,将生活中的矛盾提升到两条道路、两个阶级斗争的高度,这是难能可贵的。

　　十年动乱期间,海涛和广大的文学艺术工作者一样,心灵虽然受到极大的摧残,然而信念却并未泯灭。其间,他艰难地开始构思一部以伟大的淮海战役为时代背景的长篇小说——《硝烟》。由于淮海战役总前委的书记为邓小平同志,这是一个绕不过去的历史事实,在写作过程中,自然受到了极大的困扰,写写停停,停停写写,直到"文化大革命"结束,才写出两万多字。粉碎"四人帮"之后,这部近 40 万字的长篇小说终于顺利脱稿,1978 年 4 月由安徽人民出版社出版。小说写的是淮海战役结束后,我方军民及孩子们与残敌进行斗争的故事。作品通过对战场的生动描写,形象地再现了淮海战役第三阶段,人民解放军将国民党的几十万军队一举围歼,取得了全面胜利,反映了我军英勇作战的精神和广大群众奋勇直前的情景。重点反映了战役结束后,蟠桃寨军民围绕追捕敌师长瘸腿狼这个战争逃犯,展开的一场又一场紧张的斗争,着力塑造了儿童团长小亮和我军司号班长靳军的英雄形象。作品背景宏大,笔力集中,情节曲折,人物形象较为鲜明,主题思想明确,有一定的艺术感染力。在书的扉页上,作者有这样的题记:"献给没经受过硝烟熏陶的孩子们。"意在使读者,特别是青少年不忘过去、继承传统。这部作品,是十年动乱结束后安徽省出版的第一部长篇小说,有其特殊的时代意义。同时,因为它出版在党的十一届三中全会召开之前,作品不可避免地带有阶级斗争的痕迹。这一点,与其说是时代留给它的"硬伤",不如说是留给它的烙印。

十年动乱中,小说难以创作,海涛创作和发表了一些散文和一批剧本。散文《大江东去》被收入安徽省1973年版初中语文教材。剧本由专业剧团演出的有《三枝莲》《彩云滩》《出差记》《三只小蜜蜂》(合作)等。之后,他虽然恢复了小说、散文和报告文学的写作,但是,仍难以忘怀戏剧,把大部分精力花在了戏剧文学创作上。舞台演出、交流的剧本有《送军马》《榴花照眼明》《俺从灾区来》《爷爷奶奶和孙子》《我和奶奶是战友》《八月桂》《山外青山》《卷席筒》《武松打店新编》《警营喜临门》《架线工的婚礼》《村长见村长》《鸳鸯琴》《这盏风灯留给你》《纪念塔下》《一碗阳春面》《风雨战旗红》《园月酒》《六月雨》(合作)等。

20世纪80年代以来,海涛创作和发表了一些小说、散文和报告文学,1999年10月安徽教育出版社出版了其个人散文集《汴水东流》(《锦绣安徽·宿州卷》)。近些年来,则以历史大散文的形式写出了一批有关宿州地域文化的作品,分别收录在2006年安徽人民出版社出版的《话说宿州》、2008年文物出版社出版的《宿州文物》和2011年安徽人民出版社出版的《文化春秋》等书籍中。

海涛的创作受到社会各方的高度评价,其作品屡屡获奖。戏剧方面《俺从灾区来》获安徽省小品大赛一等奖、华东地区小品大赛一等奖;《爷爷奶奶和孙子》获文化部全国电视录像大赛群星奖金奖和晋京演出一等奖,并被文化部选拔进入中南海为党和国家领导人演出;《山外青山》和《我和奶奶是战友》在全国儿童剧会演中分获金奖和银奖;《八月桂》获安徽省第五届文化艺术节一等奖;《卷席筒》获安徽省职工会演一等奖;短篇小说《装甲兵司令奇遇记》获安徽省优秀文学创作奖。个人则由于在民间文学集成编纂工作中的突出成绩,曾被评为全国编纂工作先进工作者。

作为地方文化领导者的海涛,除自己坚持创作外,还努力奖掖后进,乐于发现、勤于培养、热情扶植文艺人才。在宿县地区文联工作期间,他培养、建立了一支文学创作队伍,其中除全国作协会员外,省作协会员达70余名,对繁荣宿县地区的文学事业做出了贡献。

沙丙德(1943—) 安徽宿州人。1964年出版短篇小说集《彩色的田野》而蜚声文坛,全集共收入短篇小说11篇。作品表现了集体化后的农民和基层干部对新生活的渴望和建设新生活所付出的努力。其中《老姐妹俩》等篇曾被选入多种选本。在沙丙德诸多作品中,以短篇小说《彩色的田野》影响最大。《彩色的田野》曾由外文出版社以《城里来的姑娘》为书名出版了英文单行本。

20世纪60年代,随着"到广阔的天地里去"口号的提出,城市知青文学应运而生。以农村回乡知青为主要对象的知青文学,长期以来主题都集中在"生产斗争、阶级斗争和科学实验"三大运动上。当城市知青开始成为主要描写对象,在"共产主义道德文学"的影响下,表达主题开始向人生价值观的建构方面转移。知青文学的主题侧重表现世界观的改造,突出反修防修、接革命班的思想,这使知青文学呈现出新鲜面貌,并在新一代青年中产生巨大反响。一些作品开始从知青心灵内在变化的角度进行描述,将阶级斗争的、社会性的革命叙述,转换成个人心灵革命的叙述。它将思想革命与传统心学联系起来,把"上山下乡运动"变成一场个人灵魂深处的战争。虽然在命题上仍然受到先验理论的支配,但是在叙事结构上却已经带有心理的、情感的性质。《彩色的田野》为当时描写知青新人的代表文学作品之一。

《彩色的田野》描绘了县委负责人的女儿、高中毕业生毛莲主动到农村务农,她向贫下中农学习如何锄地、犁田,并接受阶级斗争教育,迅速成长为共产主义新人的过程。小说运用大量篇幅描写知青如何向农民学习,改造小资产阶级的思想情感。毛莲对一同务农的高小生毛丫说:"光学会锄、耕、耙、割,还不能算是一个好农民,更重要的是要学习他们的立场、观点、感情!毛丫,你还记得咱们学摇耧那天的事儿吗?同样是抛洒了种子,折断了工具,咱们不当一回事,正刚叔(生产队长)却心疼得不得了,把咱们狠狠骂了一顿。

其实,他不是非常关心咱们,喜欢咱们的吗?还有,就在咱们闯祸的前四天,咱们下田去锄地,大路上有两盘鲜牛粪,咱们都看看过去了,而走在后面的老闯大爷(村支书)却费了老大功夫,用锄头把它挑到了旁边的庄稼地里。我想,一个真正的农民,好的农民,他一定不会为了个人的名誉或别的什么,而把活做差些。"

小说还描写了知青在农村接受阶级教育和传统教育,毛莲听支部书记闯大爷讲阶级压迫的故事之后说:"咱们的老辈人,受阶级压迫千般苦,后来又洒鲜血,抛头颅,夺来这人民的江山;如今,轮着咱们这新一代,更好地建设它了。你说,咱们能在艰苦面前呻吟,能在这困难面前弯腰?"在小说中,城市知青的政治身份和地位明显得到提高。下乡知青毛莲的父亲是县委负责人,隐喻知青与党的血缘关系;高中生毛莲成为高小生毛丫的良师益友,第二批回乡的初、高中毕业生们,还请毛莲担任他们的队长。城镇知青与农村知青的教育与被教育的关系发生倒置。这种改变是由于城镇知青被命名为共产主义新人,他们在文学中的社会身份、政治地位相应得到了提高。从这些小说中可以看出,创作主体并不是知青本身,而是一些代言人——政府文化、宣传部门的专业作家,他们站在国家的政策立场上,代表回乡和支边青年发言,我们听到的只是国家、政府的声音。在"文革"前夕形成的组织化的农村知青业余创作,也并没有产生真正的知青创作主体,其主体实际上是权威集团,它已经预示着文化专制时代的来临。这一时期的知青,既没有话语权利,文化主体意识又淡薄,喧嚣的谎言掩盖了他们真实的生命呼喊。

进入新时期之后,沙丙德鲜有作品问世。

第十四节 熊尚志、陈源斌、李平易、裴章传、杨小凡的小说创作

熊尚志(1954—) 安徽宿松人。1980年开始发表作品,著有长篇小说《处女坟》《野山风流镇》《骚乱》《乞丐世界》《神秘的妻子》《人与佛》《祸水》《烟火人间》等11部、中篇小说《两面佛》《古老的紫铜锣》等20余部,及散文,共800余万字。

在发表了中篇处女作《藕合花的故事》以后,他就一头扎进了他的山窝窝里去了。他生长在大别山腹地的农村,那里山味浓浓、乡情盈盈,有着光荣的革命传统,但那里又是与外界很少往来的、弥漫着某些封建落后的甚至是原始的观念和习俗的封闭社会;那里存在着贫穷、愚昧和野性,那里也存在着古朴、赤诚和善良;那里有些人安命知足,那里也有人渴望现代文明和过上富裕的生活。熊尚志对这里的山山水水、草草木木、老老少少、家家户户都了如指掌;对山里人的过去和今天、外表和内心、痛苦和欢乐、苦难和幸福、寻求和向往也都体察入微;同时对他们所面临的艰难,又有着很深的切肤之痛。

由于有这样的生活经历,使他的作品一方面抒写了对自己有养育之恩的大别山乡和大别山民的挚爱之情,热情描绘那里的自然风光,讴歌山民的淳朴美德;另一方面又以大量的笔墨,解释了贫穷愚昧和封建余毒对山民们的戕害,展现了封闭山乡的落后蒙昧状态。他把表现文明与愚昧的搏斗作为主旨,贯穿在一系列作品之中,显示了鲜明的艺术主题。

在《祠堂》里,我们看到了刀耕火种的原始生产方式和那里农民麻木的精神状态,看到了封建宗法的大施淫威和给善良的玉儿造成的终身痛苦。在《丁家寨的文明与愚昧》中,我们看到了极"左"路线怎样残酷地吞噬了旺保父母的生命,怎样造成了大荣的令人战栗的婚姻悲剧。《雾霭里的明珠》《斑竹园》《古老的紫铜锣》等几部作品,尽管角度不同,但字里行间都融进了文明战胜愚昧的渴望。熊尚志目睹并亲身体验品尝了愚昧给人们带来的灾难,他感到有责任有义务"埋葬愚昧",因此在自己一系列作品中反复发出这个出自内心的强烈呼喊。在上述几篇作品里,作者借助于真实的生活画面,借助于人物命运的纠葛,显示出贫穷是愚昧的根底,愚昧又是贫穷的土壤,它们互为因果,互为消长。作者期望把现代文明之风尽快吹到山乡去,让那"左"声"左"调的"紫铜锣"之声永远消逝,让代表光明幸福的"明珠"照遍山乡。

熊尚志的"大别山世界"并非沈从文田园牧歌式的"湘西世界"。沈从文在其作品中一心以田园牧歌营造自己的"理想国",营造诗意的、人性的而又带着神性的"希腊小庙"。如果说熊尚志的"大别山世界"也是一曲牧歌,那也是严峻而沉郁的山乡牧歌,并时时笼罩着巨大阴影——贫穷、愚昧。这种阴影的笼罩常令人心情沉重,郁郁不快。但是,他毕竟是真实的。熊尚志敢于反映出这种令人不快而又必须正视的现实,不仅表现了一个作家所应有的的艺术良心和他对淳朴山民的深切同情,也内在地揭示了现实变革的历史必然性和迫切性。熊尚志虽然以大量笔墨描绘了严峻的生活真实,但他对生活并不悲观,实际上,他已把自己的艺术触角伸向了现实的农村变革,表现了这种变革给"天高皇帝远"的偏僻山乡所带来的虽然微弱但能给人以希望的变化。如果说《斑竹园》描述的是农村经济政策刚落实时的艰苦斗争,那么《雾霭里的明珠》则进而反映了"斑竹园"这块土地在新的形势下所出现的新事物给"明珠寨"青年们带来的新的要求新的希望。

鲜明的地方风情和山味乡情显示了熊尚志的艺术特色。他对山乡野寨的风物,山山水水的灵秀,山民的古朴醇厚和可悲而又可怜的诚愚,山里妹子诱人的青春活力,以及山寨里的恼人、恨人的野风陋俗等等,信笔写出,皆能历历在目,表明作者与描写对象情意甚笃。如果把他的作品依次读完,呈现在我们面前的,便是一幅色彩斑驳、真实生动的大别山乡的风俗画和风情画。

熊尚志在语言上大量采用地方语言并稍加提炼,他注重语言的生活化、性格化和舒畅性,对话因人而异,有情有味,叙述时也有些小情趣和幽默感,这使得他的作品读起来柔畅通顺。语言是文学特色的显著标志,熊尚志小说的山味乡情,倘离开他那柔脆兼备、文野相间而又浑然一体的语言,那是不可思议的。因为在他的小说里,语言并不只是为渲染或烘托某种地方风味服务,那些从人物口里迸出来的一串串妙语本身,就是山味的重要组成部分。

熊尚志走的基本是传统的民族化的路子,因此他的作品讲究故事有头有尾,情节生动曲折,有的还带有传奇色彩,引人入胜。如《黄叶转青的时候》通篇都是讲故事,用"我"的所见所闻把主人公的人生片段连缀起来,织成一个统一的整体;《雾霭里的明珠》则将关于夜明珠的民间传说糅进作品,给作品平添了带有诱惑力的传奇色彩。

熊尚志是一位在文学创作的道路上不断追求超越的作家,《南唐后主》是他积累多年不断创新的又一最新成果。这部由安徽文艺出版社出版的100多万字的历史长篇小说,集中描写了李煜从登上皇位到被俘汴梁、凄惨死去的一段故事,刻画了南唐后主这个复杂的历史人物,以南唐为中心展示了那段动荡历史时期的社会风貌。熊尚志说:"李煜是一个极具个性的封建帝王,是一个性格矛盾复杂的文人,是一个有血有肉、爱过恨过、快乐过悲伤过悔恨过的极其普通的凡夫俗子。他的政治表演是笨拙、幼稚、荒唐的。然而作为文人,李煜是不朽的。"的确,历史的错误,造成了李煜悲剧的命运;文学的青睐,成就了李煜不朽的盛名;平凡的性格,给了李煜真实而纯粹的表演。《南唐后主》风格简洁雅致,既充满浓郁的故事情趣,又精练通俗,平易感人。它以沧桑的历史感慨、浓郁的诗情画意、凄怆的悲剧意味、宏大的鸿篇巨制,向我们展示了南唐后主李煜的一生。与熊尚志早期的长篇小说相比,《南唐后主》的文笔越发浑厚老辣。

陈源斌(1955—) 安徽天长人。毕业于北京大学。当过知青、邮局职员,曾任天长市委副书记、安徽文学院院长、浙江省作协创联部主任等职。1980年开始发表作品,著有小说集《万家诉讼》《刑警故事》《杀人有罪》等26部。

1984年以前他的创作多为乡土气息浓郁的短篇,如《巴根草》《木耳》《枸杞》《苦楝》《旧宅基》等,也有反映邮电职工生活的作品,如《饥饿者》等。1984年以后他的中短篇创作,则多为邮电职工以及农村基层干部生活等方面题材,先后问世的有中篇《头上三盆水》《一步之遥》《疾风》《沉浮山》和《天惊维扬》;短篇《阳光照进西窗口》、"安乐"系列小说和《仇杀?杀仇》等。也有少数反映乡土社会、学校生活的,如中篇《奇女》《红菱角》《一室十三人》等。

陈源斌的初期小说,标题往往是具体的意象,一定程度上象征着人物的某种品性,暗示着生活的某种理哲,从而具有隐喻题旨的作用。《巴根草》在对巴氏父子的对照描写中,寄寓着作家对农村世态人情的理想化设计。《嗜洁者》是陈源斌的早期作品,写的是邮电职工袁恒殊打扫卫生持之以恒,按理说他的行为应受到肯定,然而恰恰相反,他的嗜洁和办事认真使得同事们对他敬而远之,甚至怨他恨他,以致在他生病住院期间都无人探望。小说通过对这种国民劣根性的揭示,让人们在审美观照中,看到历史痛疾在现实凡事中的显现和延续。

关于小说创作,陈源斌曾说过这样的话:"我认为史家限于篇幅,只能对历史大致描摹出主要枝干;作家因笔底宽阔,则能对历史巨人精心刻画局部躯体细节甚至能保留一种纤毫毕现的原生状态。史家总括但未免粗疏,作家细腻而略欠完整。在作家与史家的互补中,后人才能真正领略业已逝去的一段鲜活的社会历史生活。"这番体验和他大部分的创作实践,证明了这位作家对社会现实观察是十分细致的,他的创作立足于现实生活,具有强烈的现实感。从第一部中篇《头上三盆水》始,他便把创作主旨转移到揭示新中国成立以后封建沉渣、极"左"路线错误在现实生活中抑或人们心灵中所造成的灾难上来了。《头上三盆水》在表现三个邮电职工一丝不苟直至献出年轻生命的同时,将笔触突入三座水库崩溃、三个青年生命毁灭的背后,揭示水库初建时的"左"倾冒进错误。

从当代现实生活中观察到历史的某种延续,考察病态的文化因素如何在新的社会历史条件下左右人生沉浮,即考察和审视人们的生存状态,并充满自审意识,这是陈源斌小说的一个基本主题。《沉浮山》中的主人公宋安立就是一个不停自审的人。他本是大学西语系高材生,昔日天之骄子而今沦落街头的宋安立精打细算吃食摊,与过去以考试作弊为能事如今官运亨通的叶长森舒坦地享受美味佳肴形成鲜明的反差对比。作家的意图绝不仅仅是再现这种生存表象本身,而是想由此揭示其中形而上的哲学意蕴,仰慕"安身立命"的人生境界,在中国这个封建意识浓重的文化氛围中,人人都有点无可奈何地生活着,"安身立命"只是人生难以实现的理想境界。宋安立期望能"安"能"立",其实则命运多艰。宋安立尽管命运多艰,但他一直清醒地意识到自己的人格,并最终找到献身翻译服务社会的契机。在他身上,明显地体现了作家的情感态度和审美理想。作家关注的正是这种沉浮漂泊的人生命运及其社会历史文化背景，以期引起人们思考人生命运之余，作出自我人生道路的抉择。由此，《沉浮山》超越了对单纯现实生活表象的展示，开始走向深层的历史哲学层次。中篇小说《万家诉讼》是陈源斌的代表作，改编成电影剧本《秋菊打官司》搬上银幕之后，影响更为广泛。这部小说把作者一直以来对人生哲理的探究、对人生存在的体验推上了一个新的境界，融入了作者对生活新的理解。小说通过主人公"六进六出"的情节写活了众多的人物，坚韧的农妇何碧秋与蛮横的村长王长柱，是其中最主要的两个。作品的深度不仅在于写出了民告官的艰难并最终取胜，更在于作者发现并写出了何碧秋胜诉后的"未喜先忧"。何碧秋面对打伤自己丈夫的村长王长柱，她要他给个"说法"，否则便"请政府讲理"。当上诉历经周折时，她坚韧、沉着地逐级上告，要"扳平这个理"。最终的胜诉是由法律的公正裁决而作出。但令人回味的是，当听说"村长铐走了"的消息，何碧秋非但没有因胜诉而喜悦，反而先是惊讶，后是不安："我上告他，不过想扳平个理，并没要送他去坐牢呀。"她既没料到也不希望有这个结果出现，以至忧虑重重。这正是对现实人际关系和传统文化观念体味、理解的深化。这既是作者思想境界的开拓，更是对生活本身理解的深入。新时期以来人们常以"找到了自己"来评说那些有独特艺术风格的作家。"找到了自己"就是创作能逼近和舒展自己的艺术个性，具体表现为找到了"自己的人物""自己的角度"和"自己的语言"。《万家诉讼》证实了陈源斌叙述风格的日臻成熟，他是一位"找到了自己"的作家。

　　陈源斌的大多数作品，叙事视角具有多维的复杂性。《天河》中就有两个叙事视角，一个是作为作品中人物表哥"我"的叙事视角，通过我介绍世事沧桑，舅舅的命运和表妹的婚姻悲剧。另一方面作者又以全知全能的"上帝"视角出现，从全知的叙述角度介绍了"我"所不知的故事，这样作者和"我"时而交叉，时而分离，对人物命运的认识、悲剧的把握更加全面，也使作品中人物的感情跃然纸上。他的另一部中篇小说《出手》的艺术特点则十分强调对话,常常是一句话颠来倒去重复多次,然而正是在这种重复之中,加深了读者对作品中人物的理解。陈源斌的小说,运用白描的手法,语言简洁明了,仿佛在欣赏一幅清新淡雅的素描绘画,具有厚实的审美内涵,简约中显精纯。

李平易(1956—) 安徽黄山人。1974 年在当地插队,1977 年后任小学、中学教员。1980 年毕业于徽州师专中文系,后任黄山市委宣传部干事、黄山市文联秘书长。现为《黄山日报》记者兼市作协主席,1979 年开始发表作品。著有中短篇小说集《巨砚》《留梦的银尘》、散文集《故乡与异乡》,共 200 多万字。短篇小说《巨砚》获第二届上海文学奖,并改编为电影《砚床》。

李平易的小说善于讲故事,《GB 一号衍生的故事》《图书湘灵》《二柄奶奶的手》《人人讨厌的老太婆》《栀子》《来富》都是故事性极强的。讲故事成为一种"平易风格"。更难能可贵的是故事之中还蕴藏着让人思索的许多内容,故事成为李平易小说的一个"取景框"。透过这个小小的窗口,可以看到比故事本身更精彩更深刻的世态人生。

李平易的成名作《巨砚》是写一个古董商人与巨砚的女主人之间讨价还价的故事,此后,《断墨》是写一段关于断墨的悲凉故事。这些是李平易关于徽州与文房四宝的讲述,徽州奇异的文化渊源与瑰丽的风景成就了李平易。《巨砚》所展示的是一个地地道道的徽州文化现象,但不是一般的文化小说,而是一些生命的悲剧故事。表面看来这是一个买主与卖主讨价还价的故事,实质上小说所揭示的是巨砚的女主人瘫痪在床几十年的精神变态及其命运悲剧。巨砚见证了她一生悲欢离合的故事,她整个人生的命运都系在这一方砚台之上,她与它形成了一种畸形的依恋关系。砚台成为她生命里唯一的支柱,是她的青春、爱情的唯一知情者,是她逝去的梦想与往昔岁月的一个纽带。她的活的生命早已毁灭,存在着的不过是由砚台联想和追忆起来的故去的梦想与渴望。讨价还价的掩护之下,巨砚的女主人在内心深处回忆起往昔的枯荣岁月。只有通过与买主的较量,她才能"活"着,活在自己虚幻的记忆当中,所以她不可能将这方砚台卖出去。她瘫痪的不只是身体,心灵同样是扶不起来的,只能永远倒在没有阳光的所在。巨砚是古董,巨砚的女主人也是一个古董,她的爱情与人生故事,她所经历的世态和她的心态所交织的巨大世界都深藏在那方小小的巨砚中。巨砚自有其观赏价值,女主人的"文化价值"更是需要细细思索的。

徽州是一个古老封闭的地方,自然少不了古董。徽州的古董真假难辨,《断墨》说的就是一个假古董的故事。男主人公杨三相为了半截断墨,而且还是假古董的断墨,颠倒了一生,生命毫无意义地销蚀在关于半截断墨以及由之引起的一场虚妄的爱情悲剧的回忆之中。杨三相的价值古董师是明晓的,他想,假如人可以和古董一样估价,杨三相是可以和巨砚比价的。以至于古董师不无恶意地认为,这个杨三相本身就是一个活古董。李平易的小说是实实在在的文化小说,不是说他卖弄文物古董知识,而是他实实在在写出了一种地域的文化风貌。

早在李平易成名之前,他的小说就已经透出文化思考的味道。《二柄奶奶的手》是一篇浸润着文化韵味的成功之作。二柄奶奶其实是二柄的奶奶,二柄奶奶的手有着神奇的功力,不仅会"捏手""捏脚",连"推拿""按摩"也会。当地流传着一段顺口溜:"看手看脚,医生不用找,找到二柄家,求奶奶行个好。"二柄奶奶默默无闻行了一辈子的好,"捏"好了无数人的手和脚,唯独做错了一件事,捏好了一个化装成讨饭人的逃犯的脚。起初大家谁也不知道他是一个逃犯,都热情地帮忙,等到上面来了追捕逃犯的人,二柄奶奶的善举成为恶行。老人终于经不住内心的惶惑,惊吓而死。这本是一个令人深思的故事,而故事背后的故事更值得玩味。二柄奶奶的一生都浓缩在她的一双手上。她从一生下来家里人就给她算命,算出一个少见的硬命,将来会克死夫家,断子绝孙。因而她父亲想起可以做好事来"抵"灾难,交给她一套祖传的本领。她一生总行善事,果然没有断子绝孙,而且子孙满堂,另外算命的陈瞎娘说她能活到九十九岁却最终没有活到这个寿数。故事的深意在于将人生的一切都说成是命运的迷幻心态和那个把一切都弄成"你死我活"的世态的矛盾同一性。这种矛盾同一性构成了一种文化网络,网住了二柄奶奶的一生。

　　作为一个不断思索着前进的作家,李平易总是不断探索新的创作方向。徽州古老沧桑的故事讲述起来总是阴郁的,难以清新起来。20世纪80年代中后期,李平易向着更加广阔的方向迈进。系列小说《南乡人》是他的一大转折,其中《来富》是重要的一篇。这还是一个徽州故事,但却是一个新的变化着的故事。来富是一个徽州歙县南乡人。南乡人自古就穷,因而总是被人歧视。人们呼喊来富的时候,就仿佛是唤狗。但来富并不是没有上进心的,他先些年做篾匠手艺,不想碰上"文革",被视为破坏分子,压得抬不起头来。改革到来,他改行做起了贩卖乌龟老鳖的生意,不料被他老婆以不务正业为由赶出了家门。赶走来富的是他的老婆和梅坞人,更是那种古老的价值观念。这是来富的不幸,是命运的不幸,而更不幸的是来富内心里的那种狡猾、卑微、怯懦和愚昧。他做生意却不知道公司是什么含义,没有身份证和介绍信,就遇着什么人讲什么价。他的麻袋里的钱被小偷偷走人赃俱获的时候,他偏偏还要塞一沓钱给小偷,并对同伴说出这样一段话,"我不怕花点冤枉钱,花在明处,好了那个贼。他或许是急难犯偷,我倒做了一件好事。要是一伙人干的,争执起来,他一百个不承认,我有什么妙计?弄迟了,被公安局、税务所、派出所的人发现,各打五十大板,不是罚款,就是没收,要么是拘留,人和货来路不明,一折腾,花费更多。别看几只活物,赔上血本呀。"他的一个同行者"既佩服他的遇事不慌的狡黠,也觉着过分的胆小可笑,更杞忧着他的未来"。这篇小说是一个充满着现代悲剧的文化故事。来富的谋生方式固然是变了,但来富的心态并没有跟上时代的步伐。作者曾说:"这样把来富和社会联系起来,或许只是中国人那种特别发达于某个方面的联系力在我头脑中的体现。这在我其实是出于一种贫穷的愤懑。"与来富真正脱不了关系的是他的落后、愚昧、贫穷的文化背景。这是喜剧,更是悲剧。他离开了南乡,却永远是一个地地道道的南乡人。他离开了梅坞,却永远做着南乡梦。此后,《八八年乡村纪事》是李平易较为明朗的一部中篇,讲述了一个久旱无雨的乡村在所有矛盾达到白热化时候来了一场"及时雨"的故事。这个故事的背后是现代人依然无法摆脱"靠天收"命运的悲剧,以及看似化解了的实则异常荒唐的各种关系。如同这场及时雨,解决了一时的困惑,而终无力完结所有的问题。

李平易有着不同寻常的少年青春故事,《荒亭》中的亭生、《爱之涩》中的晓野都是他自己的影子。父母被贬,少年失学,跟着兄长流浪乡村,小小年纪饱受世态炎凉之苦,偏又敏感、聪颖、内向……年少时的记忆总会直接间接地影响人的一生,他自己的故事苦涩得难以言说,便将其中的隐痛写下来赋于自己的人物。这样,别人的故事成为自己心灵的折射,他或许没有完全经历过他写的人物的故事,然而他能感悟到甚至他的剧中人也无法体会到的辛酸与宿命感。也许正是少年时的孤独感培育了他丰富的想象力,不过,随着年龄渐长,他心中关于存在与虚空、梦魇与激情的搏击越发理不清了。也许,李平易的小说正是这种搏斗特殊的表现方式。

裴章传(1953—) 笔名文远,安徽省长丰县人,2001年6月加入中国作家协会,一级作家。任安徽省省政府文史馆馆员、合肥市文学艺术创作研究所所长、安徽省作家协会副主席、安徽省文学学会副会长、安徽省散文家协会副主席。

裴章传以长篇历史小说创作为主。他的第一部长篇历史小说《叶卡捷琳娜女皇》(全二册),共60万字,1996年6月由中国人事出版社出版。该书描写了17世纪一个德国姑娘索菲亚·奥古斯特·腓特烈西亚远嫁俄国,完成普鲁士与俄罗斯政治联姻的传奇故事,她的童年并不幸福,但从小就博览群书,勤奋好学,工于心计,很讨人喜欢。在这本书中,裴章传成功塑造了一个美貌、智慧、力排万难的异国女子形象,她最终成功登上俄国女皇的宝座,而且江山越坐越稳。

100万字的长篇小说《洪秀全》(全三册)是裴章传从事晚清历史系列小说创作的开始。作者从全新的审视角度,全面描写了洪秀全三试落第转而出游两广,在金田起义,横扫湘楚,建立金陵小天堂的故事。裴章传笔下的洪秀全是一个活生生的人,却满口天话,让人不知所云;他是个"神",却放纵七情六欲,享受世间所极;他是个"国王",却不知国家有多大;他是个教主,却拥有三宫六院、妻妾成群。他是中国历史上政教合一的最大受益者,也是受害者。国内外专家普遍认为裴章传写出了历史的真实。该书1997年5月由中国人事出版社出版发行,被认为是对洪秀全人物形象的崭新定位。

裴章传的第三部长篇小说《刘铭传》(全二册),共75万字,由北京图书馆出版社出版,在全国各大书店、飞机场、码头,随处可见。作品以流畅、翔实的文字,立体刻画了台湾首任巡抚刘铭传杀土豪,劫富户,撼"法网",被逼闯荡乡里,后来兴办团练,加盟淮军,在东征西讨中屡建奇功的故事。作者还浓墨重彩地叙述了刘铭传奉旨赴台、领导台湾军民保卫台湾、建设台湾的全过程,在台湾设防、练兵、抚番、清赋,兴办洋务,实行产业开发,推行新政,成为台湾近代化的奠基人。该书从根本上解读了台湾是中国领土不可分割一部分的历史过程,被台湾许多大学及研究机构收藏,也是"安徽人写安徽人"的成功实践。

110万字的《李鸿章》(全二册)是裴章传创作成果中具有代表意义的著作。在裴章传的笔下,李鸿章是一位"执巨烛以炫耀者"、肩扛大清半壁江山四十年的重臣。他少年科举,壮年从戎,中年封疆,晚年洋务,创造出了中国历史上许许多多个"第一"。在爱国、报国、误国、卖国的多侧面思辨中,作者艺术地再现了那段历史、那个人物。裴章传"第一次以小说形式成功塑造了一个真实可信的晚清重臣形象"。有媒体认为,正是由于《李鸿章》的问世,引发了全国史学界、理论界、文学界对李鸿章的重新审视与思考。各大媒体积极报道、评价这本小说,在全国产生了影响。该书2004年4月由中国戏剧出版社出版,数次再版,获"安徽文学奖"。2008年11月,作者改写成评书《大清重臣李鸿章》(全二册)共120万字,由安徽文艺出版社推出,一年内三次再版,被推为"全国农家书屋"配送图书和多家单位的礼品书。同年被列入"全国50部评书工程",由单田芳团队著名评书艺术家焦宝茹播出,并发行光碟,在中央人民广播电台及安徽、河北、山西等25家广播电台连播,共285集,再一次扩大了文学作品的影响力。

2007 年 8 月在印尼雅加达出版的《坚守与超越》一书,是裴章传在国外创作的长篇传记文学。作者遍访 33 位华侨,通过著名华侨洪仁贵的事业发展和爱国情结,描写了老一代华侨的辛酸史、奋斗史。这本书设计精美,受到华侨界的一致好评。

2010 年开始创作的长篇小说《暗枪》是裴章传"安徽人写安徽人"的又一部力作。全书 65 万字,由安徽教育出版社出版。该书以合肥东乡人王亚樵为主人公,再现了民国初年宏大的历史背景和几百个历史人物,塑造了王亚樵少年神枪,追随革命,亡命上海,反蒋抗日,五次刺杀蒋介石的民族英雄形象。为了创作这本书,裴章传做了大量调研与考察,研究了安徽、上海、广东、香港、广西以及江苏等地方史,摸清了主人公复杂的人生经历,把主人公放在历史背景下去考量,人物定位十分准确。该书传奇色彩浓厚,受到评论界和媒体的广泛关注。

此外,裴章传还与军旅作家胡正言共同创作了 38 集电视连续剧《坝上街》,与人合作创作了反映合肥大拆违、大建设的 38 万字的长篇报告文学《七月狂飙》。

杨小凡(1967—) 安徽亳州人,中国作协会员、安徽省报告文学学会副会长、亳州市文联副主席、安徽古井集团公司副总裁。

1986 年在《散文》月刊发表处女作,其后分别在《当代》《人民文学》《十月》《中国作家》《钟山》《小说月报原创版》《清明》《小说界》《芙蓉》《北京文学》《上海文学》等 50 多家刊物发表长、中、短篇小说 350 多万字;小说被《长篇小说选刊》《中篇小说选刊》《小说月报》《小说选刊》《中华文学选刊》《北京文学选刊》等多家刊物转载 40 多篇次;作品入选 20 多种年选本和 60 多本书中。出版长篇小说《酒殇》、《天命》、《窄门》、《海灯传人》(与人合作)、《楼市》五部,中篇小说集《欢乐》《玩笑》,短篇小说集《独臂先生》《药都笔记》《虞美人》《龙湾笔记》《流逝的面孔》5 部,报告文学《调查古井贡》《思想者》,纪实文学《古井史话》。

1999 年,杨小凡通过三个月的认真采访,在积累 60 万字采访笔记的基础上创作了30万字的长篇报告文学《调查古井贡》。《调查古井贡》发表在当时还是双月刊的《中国作家》杂志1999年第6期。该杂志在刊首语中以《永葆探索精神》为题进行了高度评价:"在双月刊的最后一期上,我们向读者奉上一部长篇报告文学《调查古井贡》,这是我们的一种探索。十五年来,《中国作家》杂志从未用整本篇幅推出一部表现当今中国经济领域活动的报告文学作品,但在2000年到来之际我们终于这样做了。我们的目的是推动报告文学的繁荣昌盛。"该部作品发表之后立即引起国内报告文学界的广泛关注。1999年8月,中国作家协会、《中国作家》杂志社联合举行"长篇报告文学《调查古井贡》研讨会",何建明、张锲、高洪波、陈昌本等二十多位专家给予了较高的评价,称其为"中国报告文学界写企业的作品,二十年来最为优秀的几部之一"。《调查古井贡》获1999—2000中国报告文学奖、"大红鹰杯"全国纪实文学优秀作品奖。

1997年至2000年,杨小凡着力于以药都文化为中心的"药都人物系列"笔记体小说创作。1997年首次在《作家天地》发表一组9篇"药都人物"作品。随后,100多篇笔记体"药都人物"接连在《小说界》《中国作家》《飞天》《山西文学》《安徽文学》《百花园》《春风》《十月》等全国30多家文学刊物发表,在笔记体小说创作上,杨小凡形成了自己独特的风格,被誉为"当代笔记体小说大家"等,成为笔记体小说创作标志性作家之一。2001年6月,《小小说选刊》杂志社、《百花园》杂志社,举行了"杨小凡作品研讨会",与会专家称其"药都人物系列小说"的价值在于,"以众多的人物形象完成了对一个地方文化的塑造和对民间精神的解读",以其"艺术上的独特张力、古典文学的神韵、深厚的文化含量、独为一体的地域性"等特点受到关注与好评。这组"药都人物系列"笔记小说,十多年来被多次选载和收入近百本小说集中,先后获得1982—2002全国小小说星座奖、首届中国小小说金麻雀奖、1997—1998全国小小说奖、2009—2010全国小小说奖、《中国作家》优秀作品奖等奖项。2004中国文联出版社以《药都笔记》首次将其结集出版,此后河南文艺出版社、东方出版社又以《独臂先生》《流逝的面孔》出版发行,《流逝的面孔》获冰心图书奖,《药都笔记》获中国小小说学会优秀作品集奖。

杨小凡的短、中、长篇小说创作成果丰硕,短篇小说有《王家湾的正月》《锣月》《班花》《龙湾乡亲》《故乡人》《钱楼纪事》《绿杆钢笔》《合葬》《与爱情和我有关的女子》《刑警李卫兵》《步行到龙门》《酸酸的童年》《永远的梅香》《梅花引》等,先后以《虞美人》《龙湾笔记》结集出版发行。中篇小说创作从2009年到2012年四年内,呈现出集束式状态。先后有《节外生枝》《工头儿》《模拟爱情》《望花台》《女人的战争》《开盘》《牡丹花开》《欢乐》《家燕》《大米的耳朵》《慈母记》《喜洋洋》《春风度》《夏风烈》《秋风紧》《幸福里》《ENBA江湖》《老亲戚》《小米的大学》等20多部,这些小说以"现实主义、贴地面写作、批判精神、人文关怀"等特点,分别在国内重要刊物《当代》《十月》《中国作家》《钟山》《小说月报原创版》《芙蓉》《山花》《滇池》连续发表,《小说选刊》《小说月报》《中篇小说选刊》《北京文学选刊》《中华文学选刊》和报纸转载40多篇次,有一半作品被两家以上选刊同时转载,先后被收入2009、2010、2011、2012《中国中篇小说年选》和《小说月报》等各种年选本,被文学界誉为"杨小凡现象"。《工头儿》获"2009—2010安徽省政府文学奖"、《牡丹花开》获第八届滇池文学奖、《欢乐》获鲁彦周文学奖;《工头儿》和《欢乐》被央视六套改编成电影。

杨小凡的长篇小说创作从1997年开始,先后发表和出版长篇小说《海灯传人》《酒殇》《窄门》《天命》《楼市》五部。《酒殇》被誉为"国内近几年工业题材和国企改革、充满理想主义光辉"的重点之作,获2007—2008安徽省文学奖。《窄门》是写单纯的农村少女在纷繁复杂的城市中彷徨、迷失直至毁灭的一部小说,该小说折射了当下城乡二元及经济大潮中人性的迷失与挣扎;呈现了社会转型期,乡村女性精神在欲望与伦理挤压下的背离与游荡、灵魂的漂泊与躁动。《天命》是一部反映国企改革题材的小说,解剖了国企改革的艰难历程与人性迷局,描绘了另一种国企改革的生动图景,书写了国企人内心的困境与挣扎、绝望和希望,以及任何力量也难以压垮和毁灭的变革意志与向上的激情。《楼市》是作者以自己五年的房地产集团公司总经理的切身体验,以现实主义笔调对中国楼市这些年风云变化及内在规律进行的书写。该书从一个三线城市新城建设及普通房奴的经历,描绘了近十年来中国地产界和城市建设的广阔图景。

第四章 新时期崛起的安徽中青年作家

第一节 季宇的小说创作

季宇(1952—),祖籍江苏泰兴,出生于安徽芜湖,自幼在安徽合肥长大。在山东长岛某部当过战士江苏丹阳民政局当过职员,安徽中医学院图书馆古籍部当过副主任。1979 年步入文坛,发表处女作《送行》(原载《希望》),此后佳作频频面世,著有长篇小说、电视剧剧本《徽商》《新安家族》,中短篇小说集《爱的变奏》《当铺》《王朝爱情》《猎头》,长篇传记文学《段祺瑞传》《权利的十字架》《燃烧的铁血旗》《铁血雄风》,长篇报告文学《生命启示录》等。历任《清明》《安徽文学》副主编、主编,安徽省文联主席,作家协会主席。

季宇的艺术风格朴实庄重、平和温厚,少有欲望之色、喧嚣之声、浮躁之气。其创作道路十分宽阔,笔触伸向文学创作的多种领域,诸如小说、散文、杂文、文艺随笔、报告文学、历史人物传记、影视文学剧本等等均有涉足,并且都颇有成就。不过就创作总量来看,他写得最多、最有成就的文体还是小说。季宇是以中短篇小说起家的,他的小说集《爱的变奏》(安徽文艺出版社 1990 年)、《当铺》(作家出版社 1995 年)、《王朝爱情》(安徽文艺出版社 2005 年)、《猎头》(安徽文艺出版社 2010 年)收录了其不同时期的数十篇优秀中短篇小说,反映了他在中短篇小说创作方面的主要成就。就题材而言,这些作品可以简化归类为"历史"和"现实"两副笔墨,一类以《当铺》《盟友》《王朝爱情》《县长朱四和高田事件》等为代表,一类以《灰色迷茫》《割礼》《最后期限》《名单》《猎头》《证人》等为代表。季宇一手写历史,一手写现实,直逼历史和现实的深度,而两副笔墨往往殊途同归,最终指向对人性的深度解剖,从而显示出冷峻深刻的特殊魅力。

季宇的初期创作,以对主人公内心探密的独特风格展示了一个青年作家的成长。他与同时期一些安徽青年作家一起,以多样的创作给安徽文坛带来了活力与朝气。《雪花，静静地飘》《爱的变奏》《悠悠凡尘》《失却的平衡》《为了爱》等篇什都是表现青年人爱情生活的作品，对纯洁爱情与世俗陋见之间、"爱人"与"爱事业"之间矛盾冲突的描写与剖绘，寄寓了季宇的某种美学理想。《重逢》《心中的荒原》和《第五次考验》均是聚焦20世纪80年代最可爱的人，表现战争的严酷和生死的考验，表现在战争中如何净化年轻人的灵魂，如何荡涤社会动乱遗留下的污泥浊水。战争也在净化灵魂的同时发酵出霉菌，它一方面制造了英雄，一方面制造了残缺。小说绘制了一幅幅耐人寻味的图景，国家一级战斗英雄利用"三等甲级残废"证享受特权，甚至欺世盗名，向金钱出卖良心，灵魂的残缺比战争带来的身体的残缺更加触目惊心。《魔表》与《带"徽章"的种鸡》是新时期的农村生活寓言，是法朗士所谓的那种"用谎言说出的真理"，体现了季宇在当时层出不穷、色彩斑斓的文学思潮的裹挟下对创作手法做出某种新尝试的努力，但这些尝试无疑都建立在现实主义手法基础上。此外描写老年知识分子一生坎坷和当下境况的《风波》和《寻》，以及描写新时期农村青年在经济利益驱使下价值观念纠缠与亲情关系变化的《同胞兄弟》和《母亲和舅舅们》等作品都显示出鲜明的现实主义特色。

20世纪90年代以后，季宇更多地致力于历史和人性的深度开掘。步入成熟的季宇从容平和地叙述着对历史和现实的焦虑，其小说往往具有深刻的隐喻内涵。

《当铺》是季宇中短篇的代表作，原发表于《小说家》，后为《小说月报》转载，1993年被改编成电影剧本，由宁夏电影制片厂和北京青年电影制片厂联合搬上银幕（更名为《家丑》，在全国上映，获北京第二届大学生电影节"最佳故事片"奖）。1995年《当铺》被收录于新时期具有广泛影响的"文学新星丛书"，由作家出版社结集出版。季宇在《当铺》中为受众提供了一种崭新的悲剧审美范式和阅读原则，叙述方式的传统化与思想内涵的反传统精神之间蕴敛着强大的张力。小说通篇暴露人性之恶，不见人间亮色，无论是裕和当铺老板朱华堂的"防范性报复"，儿子朱辉正的"复仇性报复"，还是仆人田七的

"对抗性报复",都淋漓尽致地泄露出人性的劣性。但正是这么一部以"恶"为核心的作品,却通过父子、主仆之间"恶"与"恶"的相生、相克、相搏,以恶制恶,恶性循环的故事,表达出惩恶扬善的主旨,足见季宇的独具匠心和深厚功力。

《盟友》是以辛亥革命为背景的历史小说,它虽然是面向历史的纯粹叙事,关注的却是个人欲望和人格缺陷在历史进程中的作用。这种负面能量击穿了时间和空间的阈限,以至于人们难以追溯历史的错误,诸如利欲和情欲提供的历史证词比事实本身更加意味深长,其渊薮在于潜藏于历史深处的人性的错误。深谋远虑的何天毅、耿直豪爽的蓝十四以及自私而不乏勇猛的马新田为了推翻清廷歃血为盟,结成生死兄弟。可惜生死之盟在马新田的欲望面前脆弱无比,吹弹得破。最终马新田借刀杀人,出卖了革命和刎颈相交的兄弟,并以上千条鲜活生命为代价,陪葬他曾经对天发下的盟誓以及悲惨死去的情与义。《盟友》是一个结构清晰、情节完整、内容可信的故事,但由于小说的开放式结尾包含了传统叙事之外强调某种历史暧昧的特殊叙述元素,从而使读者有了信马由缰和自由体验的空间。这是典型的季宇式"现代叙事"和"传统故事"的自信嫁接。

在《朱四县长与高田事件》中,季宇采用"元叙事"的手段经营一段关于战争背景下一个被唾骂的"英雄"与暧昧历史之间相互纠缠的故事。抗日战争期间的五湖县长朱四在日本人咄咄逼人的外交攻势、省府大员的淫威以及群众不理解的唾沫星子里内外交困,他绞尽脑汁、迂回曲折地采用了一种"天人合一"的奇特方式开展了一场捍卫民族尊严的不屈斗争。不同的人从不同的角度、用不同的标准,对朱四作了各种各样似是而非的解读,但是从来没有人真正读懂朱四,因为这些来自不同方向的暧昧目光都不同程度地按照自己所属阶级或者阶层的利害关系,出于集团或者个人的利益,对朱四进行了意向性的虚构。特定的政治对虚构的历史进行合法化处理的结果,让朱四这个忍辱负重的英雄和爱国者沦落成群众口中的懦夫和卖国贼。季宇将其命名为"爱国者的苦难",道尽了历史的暧昧和斗争的复杂。

《灰色迷茫》是季宇的另一部中篇力作,精准地把握了在经济改革年代的产业工人由行政附属物走向市场和民主的过程中性格意识的嬗变。这是一篇运用"散点透视"法予以结构的小说,种种不太连贯的局部的显影,叠合成一个"轻度阳痿"的国民人格缩影。小说的文化意蕴宽泛而深刻,关于"人种的问题"让"精神阳痿"这个人格的痼疾超越了阶级成分,并且超越了时代界限。在季宇的笔下,经典作家曾经构建的大公无私和具有革命的坚定性、彻底性的工人阶级理想被彻底解构,取而代之的是灰色的荒唐命题下无与伦比的沉重和悲哀。作品外谐内庄,细腻流畅,平和雍容却不掩其凌厉的批判锋芒,深掘灵魂的根本,直指传统的症结,以亲切随意的原生态手法完成了沉甸甸的批判和自我批判,在引发读者对社会问题的思考方面毫不逊于先锋作家。

季宇的另一部现实题材的中篇小说《最后期限》同样具有这样内蕴丰富的艺术张力。但与《灰色迷茫》中比比皆是的隐喻和荒诞手法不同,《最后期限》从叙事学角度来看是一篇特别传统的小说,几乎没有什么现代派的痕迹。季宇没有在叙事技巧上标新立异,甚至连言语的反讽都很少运用,只是老老实实地讲述了一个贪官架不住汹涌而至的恐惧感和一点点未泯灭的良心的煎熬,最终自首落马的故事。该故事情节简单,主题单一,就叙事策略来说,确乎没有丝毫新鲜可言。可就是这么一篇"毫不新鲜"的小说,却从另一角度对近年来的官场小说热进行了刷新,以辛辣成功的情境反讽完成了一次特殊的重构。季宇从揭示人性的角度把特别容易出现题材撞车、陷入庸俗的官场小说提升到了某种不乏深刻的艺术高度,使他的"旧瓶新酒"受到广泛的好评。

季宇受过良好的史学训练,深得传统文化之神韵,尤其偏爱研究民国史,其小说的题材优势在清末民初。20世纪90年代以后季宇开始长篇的创作,笔力几乎全部集中在他所擅长的历史题材,《徽商》《段祺瑞传》《新安家族》《铁血雄风》《燃烧的铁血旗》等,无一不是以现代意识重写历史的佳作。

纵观季宇的历史作品,一是着眼于中国的政治文化,如《段祺瑞传》《冯国璋传》;二是着眼于中国的商业文化,如《徽商》《新安家族》。两者的主题旨意,都是以人物承载一段历史,思考人性,反思历史。由于季宇的小说往往带有史传文学的影子,故而几乎不存在时效问题,经得起时间的考验,字里行间始终令人回味悠长。

洋洋38万字的长篇历史小说《徽商》,可以看作是《当铺》的姊妹篇。两个同为关于徽州商人的故事,从正反两个文化层面(人性之丑恶与人性之强健)挖掘出复杂历史的阻力和动力。《当铺》揭示的是文化的惰性和充斥其中的负面能量,而《徽商》弘扬的则是文化的积极面,不屈向上的精神品质。《徽商》中的潘浩璋是季宇苦心经营,集美学之大成的人物,他的不屈不挠的生存意志、刚毅强健的人格力量和重儒尚义的徽州文化精神,无一不令读者在掩卷之后感慨回味。季宇还在小说中首次聚焦女性人物,在其笔下曾经被无数经典的男性形象遮蔽的特殊艺术群体终于走到了台前,三个徽州女人在典型性悲剧美感的观照下熠熠生辉。潘浩璋的母亲潘沈氏是一个承载了中国传统女性全部美德的贤妻良母,她肩挑家庭重担,甘愿付出全部身心,承受所有苦楚,唯一的奢望只是丈夫和儿子在外平安顺达。她是徽州商人妇、商人母的典型形象,从她的身上可以看到含辛茹苦的徽州女人如何用女性的柔弱守护人的尊严,如何以吃苦耐劳的美德孕育徽州商人坚韧不拔、重情尚义的徽文化精神。潘浩璋的妻子玉妹是一个充满悲剧美感的女性形象。她善良忠诚、忍辱负重,在主人程祖荫一家悔婚之后成为一个被逼代主嫁夫的苦命女人。玉妹面对不幸的态度是耻辱地把所有过错归咎于自己,她一直负疚地认为自己对不起潘家,对不起少爷,对不起小姐,从来也没有想过在一个以男性文化为中心的社会,一个不能选择、无法反抗、忍辱含垢的女人,最对不起的其实是自己。潘浩璋的心上人,那个最终未能与他婚配的"未婚妻"程静娴则是另一类知书达理、具有一定进步性,又不乏传统东方女子坚贞美德的女性代表。她"娴虽女子,但志不可摧。天老地荒,生死相从"的爱之表白,显然已经突破了旧式女子忍辱认命、盲从父权的道德精神图圄,具有了追求爱情和自由的自觉意识。

《徽商》是当代文学中第一部正面描写徽商的长篇小说,也成就了季宇对自我的一次超越。

新世纪之后,季宇靡费五年重构一代徽商的乱世传奇。2010年,由其执笔的49集电视连续剧《新安家族》和百万字的同名小说相继问世。如果说在创作《徽商》时,季宇已经有了深挖徽商精神的自觉意识,那么《新安家族》的意义就在于历史挖掘的进一步深化和升华——写出新意,写出徽商不同于其他在历史上产生过重大影响的商帮的精神内核。作品的时间跨度从晚清一直延续到抗战,接驳了整整四代人,近现代中国政治和经济波澜壮阔、风云变幻的历史背景为故事缔造了一块富含底蕴的坚稳基石,历史的凝重思考与诗意的传奇叙述交织构建了这部小说的宏大结构。在《新安家族》中,季宇一如既往地坚持自己朴实庄重、平和温厚的艺术风格,沉稳扎实地写出了一部结构严谨、气势恢宏的家族史诗。主人公程天送从一个弃婴、一个学徒,经历磨难和坎坷,逐渐成长为一代民族实业家的过程,表达了徽商的社会责任和民族骨气,寄托了季宇对徽商的理解,也是小说的主旨所在。小说有两条主线,一是内求发展,一是外争商权。徽州商人程天送在这两条既是并列,又互为递进的线索中被推上了家族与民族斗争的风口浪尖。这是一个"胸中有天下"的民族商人,他经商济世,重义轻利,为争取公平商权不惜殊死抗争,在民族危亡的时刻毅然毁家纾难。他的形象代表了徽商,同时也超越了徽商,更成为一种民族理想的中国商人的代表。

纵观季宇数十年的创作历程,始终沿着现实主义和人道主义路线坚定前行,他不仅继承了现实主义文学长于写人的优势传统,还融入了自己独特的现代意识。其创作的总体趋势是从形式主义到历史主义,从不确定性的社会历史人生的认知入手,探索出一种崭新的叙事伦理,并上升到形式的意识形态与形式的文化意味的高度,真正成为"有意味的形式"。他的悬置道德判断与价值判定的"不动声色"的叙述,亦成为其作品重要的艺术特色。"零度叙述"所呈现的人性之丑陋与社会历史之蹉跎构成悖反性的审美张力,强化了文本的反讽意味与批判性,同时匠心独具地完成了传统的现代性转换。

第二节 许辉的小说创作

许辉(1957—),祖籍江苏省泗洪县,生于安徽蚌埠,1982年毕业于安徽大学中文系,省作家协会常务副主席、秘书长,省政协委员,国家一级作家,1993年起享受国务院特殊津贴。他从1976年开始发表作品,曾经先后获得过1990年和1992年上海文学奖、1993年《萌芽》文学奖、1993年安徽文学奖、1992年上海长中篇小说奖以及1994年庄重文文学奖(中国青年文学最高奖),他的小说《夏天的公事》曾被《新华文摘》转载,并入选了由北大教授谢冕、洪子诚主编的大学教材《中国当代文学作品精选》,列为20世纪90年代中短篇小说类首篇;《碑》《十月一日的圆明园和颐和园》等小说则被收录于由北大、复旦知名学者主编的《百年文学经典》《二十世纪中国小说读本》中,并被翻译成英、日等文字介绍给了国外读者;他的长篇小说《尘世》被誉为是"为新时期文学树立了一个新的参照系";《王》则被评论界定义成东方古典文学中的"圣经"。

许辉常称自己是"淮北佬",在他的作品中,随处可见淮北的方言,浓浓的乡音使得他的文本中弥漫着一种貌似只属于作者个人的地域感知。对于许辉来说,淮河文化既是他文学创作的重要源泉,更是他文本情感依附的有效介质,文本中夹带的皖北地域文化信息异常丰厚,他努力挖掘出淮河文化的精髓,在讲述现实与历史的同时,不动声色地展示出独特的地域文化意蕴,从而使得他的文本成了特定地域的人物群像展示图,具有非常强烈的地域参照性。

一、乡土世界

地域文化主要是在深厚的农耕文化基础上发脉生长的,因此,对乡村生活和乡土情结的书写成了许辉文本创作的主脉之一。

许辉的小说向来是以"淡"取胜的,在他的乡土叙事中,既没有大奸大恶,也没有舒适写意的世外桃源,其原因就在于许辉能够全然站在旁观者的角度,完完整整地还原真实的乡村图景,而真实,自有万钧之力。

《焚烧的春天》中的小瓦和国柱无疑是生活在彻彻底底的乡村,这两个父母都已早早过世的苦孩子,在草甸子上造了几间土坯房,靠砍草挣钱,"俺们两个都年纪轻轻的,在甸子上苦一把累一把,多养些畜生,多砍些草,俺们想也能糊上口啦。"哪怕是新婚,"第二日太阳刚露面,就都起来了。拿上绳子、砍刀和镰刀,上秋草最盛的地方去砍草"。他们对生活从来就没有过太深太远的设想,只是关注眼前的一事一物,许辉不厌其烦地在文本中叙述着这两个年轻人的日常生活:"靠正房的东边搭了一间小灶屋,小灶屋里拴着吱吱叫的半大的小狗崽子","小瓦开了门就忙不迭地舀水做饭","撩起衣襟在脸上抹一把,让饭在锅里头自个熟去,她就端了一盆衣裳","让水把衣服都泡到、泡死,沉到水底"。除了琐碎的生活外,作者还在文本中表现了这对小夫妻的小争小吵,而这种争吵也是全然乡村化的:国柱在秋光场净的时候觉得无聊,就和村里人赌钱,最后在同村年轻人的劝说下,上城打零工挣钱;小瓦既舍不得丈夫的远行,又明白这是国柱不得不做出的选择,这是典型的乡村困境。在作者细致入微的讲述中,一对生活在乡村的普普通通的年轻人,被淋漓尽致地展现在读者面前。小瓦和国柱仿佛是生活在我们面前的活生生的人,跟随着许辉的笔,我们这些局外人得以洞察他们的喜怒哀乐,了解他们的所思所想。

《飘荡的人儿》则写了一个野杂耍班子生活的艰辛,这个班子"五六个男女,有老有少,衣衫并不讲究,大约都是乡土之人",他们靠着走街串巷地杂耍卖艺,来苦钱生活,实际上这群人就是典型的"游民"形象。许辉在小说中就讲述了这一类特殊的乡村人的生活,这群人原本和小瓦、国柱、王麻子一样,是"头号厚道"的乡村人,可是,由于种种原因,他们无法容于乡村固有的生活规范:有的是因为私情违背了父母之命,有的是因为不能生育,不符合乡村的传宗接代的老传统,他们只能带着对乡土生活的眷念,被迫地相伴游荡在世间。对于这群人来说,他们"思着家上","家来一回","就再不想去踩外头的土",他们本能地依偎在一起,彼此熟稔,这个杂耍班子业已构成了他们的小村落。"构成这篇小说底色的乡风乡景,比故事本身更加迷人;作者入情入微地描写了泗水河畔乡野闲适而又恬静的春色,并生发出形而上的关于人和自然相辅相成的感悟与哲思"①。而这种渗入景致的感悟与哲思在许辉的作品中俯拾皆是,实际上,许辉是把自然景观当作具有地域特色的人文景观来描写的,他所写的是自然景观和人文景观为一体的文化厚土的风情。

在许辉的乡土世界里,一直都贯穿着引人向善的田园抒情,他在文本中对淮河的地域文化做了必要的理性梳理,给予了普通人性最真实的展示舞台。《碑》中的"我"是一个被悲哀压抑得近乎绝望的城市人,是王麻子用他的平和与静默拯救了纷扰中的"我","我"既为妻女洗碑而来,也为自己而来,而眼前的这个普通的乡村匠人不懂"我"的这些情绪纠结,他只是无意识地在"我"面前展示他的生活,正是这样一个平淡的,甚至对生活木然的人,却使得懂得很多人生道理的"我",得到了最终的释然与解脱。而这一拯救的过程对于王麻子来说,完全是无意识的,他所展示的不过是中国千百年来底层民众最朴素的生活智慧。

对于乡土生活的关注,并不是许辉的独创,事实上,这一类的创作在当前文坛中并不少见,但多数作家都是站在都市的视角来观察乡村的,他们在文本中着力去表现乡村人生活的苦难与艰辛,在他们的笔下,农村就成了单调和贫困的代名词,没有任何可供提炼的人文力量。而在许辉的文本中,乡村世界却带给读者截然不同的价值判断。许辉从来都没有回避过乡村世界的清苦,但他也从来不会在文本中预先设定任何的价值导向,作为知识分子的许辉,在文本中是全然隐去的,他从不修饰,更不评判,只是原原本本地再现出乡村生活,让其鸡犬相闻,让其琐碎平淡,而生命,自然会在这休养生息中寻找出路。

二、城镇题材

许辉的《夏天的公事》《没有结局的爱情》《尘世》等等这类叙写城市的小

---

① 王达敏:《许辉小说艺术三题》,《当代文坛》,1997年第2期,第44页。

说,在大多数情况下,"由于它们笔落城市,小说文本中没有乡野风光与民风人情的铺染,其乡土气息不甚沛然,但我们还是能从人物那带有明显的地域文化特色的语言、待人接物的方式以及性格等方面,感受到淮北地域文化厚土独特的魅力"①。

(一)琐碎现实的日常生活

在《野菜故土》中,作者就以市场上出现的荠菜,作为思乡的切入点,作者用温存的笔墨,把这里的风景、爱情、友情、亲情细致地描摹出来。

《夏天的公事》这样一件发生在夏天的公事,始终是围绕着夏城周边的乡村进行描写的,至于具体的公事是什么,作者却始终没有在文中点明。作者围绕着这个镇的特色食物展开,民以食为天,作者紧贴着人的这一本性去叙写,像信笔所至,却很耐人寻味。许辉在文本中客观地叙写着这些原本就是生活中常见的事,没有一点夸张与变形。对于生活在其中的人们来说,早已是司空见惯,所以无动于衷,而对于李中这些参加会议的人来说,"如此这般景象,若在大城市里,恐怕十年八载也难见一回。众人因此便噤了声,陷入到窗外的境界中"。在回忆小说的写作过程中,许辉在"上海首届长中篇小说优秀作品大奖"的颁奖会上,也表明了自己的写作态度:"《夏天的公事》,是 1989 年冬写成的,当时大冷的天我一个人跑到瓦埠湖边的小镇瓦埠镇去写它,很小的一个私家旅店,饭都是咸咸的豆腐汤,写完回来,胃里火烧火燎,看见文字就有一种生理的反应。写这篇小说,我一直感兴趣或依靠的,主要有两点:第一点是想把它写成文化类小说,有听,有看,有吃,有喝,这些都是文化之源,都往深里、细里写去,写进去了,不就文化了吗? 第二点是不想有自己的态度在里边,因为对生活中的许多具体事物,我只能以一种顺其自然的态度去应付它们,我的模棱两可的生活态度控制、限制并且指挥了我的小说。"

这样的写作立场,在他另一篇小说《幸福的王仁》中也有非常明确的体

---

① 王达敏:《许辉小说艺术三题》,《当代文坛》,1997 年第 2 期,第 44 页。

现。小说由春末写到初秋,围绕着王仁,详细地描摹了他的日常生活,王仁的日子像胡适说的"平淡而近自然",读者看来只会熟稔,但并不生厌,原因就在于许辉在描写时,早已把王仁具体成我们现实生活中的每一人,他有着众人皆有的烟火生活,王仁是没什么志向,甚至扯上玩物丧志也可以,但是,谁又能否认这不是百姓最寻常的娱乐和放松方式呢?谁又能否认百姓的这般寻常日子没有存在的价值呢?稳定,向来是中国传统社会文化的至高追求,而百姓的平淡日子恰恰就是稳定的最好体现。这样的生活单在王仁一个人身上,是显得有些卑微和琐碎,显得非常轻薄的,但在这个人物身上,一个小小的心计,都体现出了生活的分量。许辉用饱含着个人印记的文化眼光,去处理都市人的生活和情感,而构成他文化视野的支柱正是地域文化。

(二)原生态式的田园抒情

许辉的行文从不刻意求新,甚至他小说中的人物,其内在的生活轨迹也是一致的相似,再华丽的情节,再纷繁的人事,到了许辉的笔下,也就转化成了真实的市井人生。这一情感维度,并不是什么政治信念,更不是宗教教条,而是许辉出于对平凡世人的尊重而形成的一种极其自然的小说风格。《夏天的公事》无疑是许辉非常受人关注的作品。

在小说中,一直有一个隐而未现的人物——老夏。这个人物一直被提起,"老夏不去心中还真没有底,不过他是肯定要来的"。读者和李中一样一直都在等待老夏的出现,等待这个全知全能的人,来把故事推向高潮。可是,一直到最后,老夏都没有出现,这样的文学处理,颇有些类似贝克特的《等待戈多》。不过,老夏与戈多是有明显的不同之处的,《等待戈多》是贝克特虚无主义人生观的最好体现,这种虚无主义包含的是对现实的极端不满。所以,剧中的人物最不堪忍受的不是等待这一行为本身,而是由等待所带来的空虚及可恶,但许辉对于生活却是热情洋溢的。《夏天的公事》中老夏与戈多不同,老夏是有具体的实指,他比李中这些人更为熟悉夏城周边的生活,换句话说,他更为深入现实生活,李中们的等待也是希望,但不是等待老夏带领他们脱离这吃吃喝喝的琐碎生活,去寻找更为形而上的精神层次,而是等待老夏帮助他们去开拓更为琐碎的现实范围,去拥抱现实。从作者不动声色的表述中,我们不难看出,即便老夏出现了,他们这群人的"公事"也不会有多大的改观,无非是去更远更偏的乡野,去吃更具特色的食物,去看更具私人化的乡村生活。

生活并不是随时随地可以高呼口号的,它是琐碎的,甚至是不公平的,面对未知而强大的人生,人永远是最脆弱的那一环。面对许辉笔下的这些人物,我们已经很难去认定他们究竟是在"生存"还是在"生活",你可以说小瓦和国柱因循守旧,没有开创新生活的勇气;你也可以说王仁不思进取,是当前官场人浮于事的铁证。但事实上,我们不难从现实生活中发现这类人物的身影,而生活远不是理想文本中的跌宕起伏,平常人的日子多是平凡、寡淡,甚至有些不那么光彩,如何去表现并评价这样的人生,无疑是对作家最大的考量,许辉这种对于生活本相书写的勇气,正是他作品的出彩之处。

长期以来,在启蒙化语境的要求下,我们的文学作品在不自觉中承担了教育大众的任务,但是,再有道理的文字,如果没有让读者喜欢的温度,就不会让人有阅读的渴望。一个文本的温度并不在于它讲述了多么深刻的人生哲学,也不在于它创造了怎样的道德标杆,而在于作家本人对于平凡人性的感知与关注。许辉是一位抒情的人道主义者,正是因为他在作品中,给了平凡世人最大的宽容度,所以,文本中处处萦绕着作者的人性温度,成就了非经典时代的经典。

三、历史讲述

许辉的长篇小说《王》,应该是在许辉目前的创作中,最具争议的一部小说了,对于这部作品存在着近乎两极式的评价,一类觉得它是东方古典文学中的"圣经",另一类则认为它在分段处理以及人物塑造上有缺陷,晦涩难懂。许辉自己也曾坦言,这一文本所折射出的困境,恰恰是他本人十分苦恼的问题,而且至今无方解决。

其实,这部长篇小说《王》虽假托古人古事,但地物背景、心态精神,仍是江淮大地的精髓,它从根本上说,都是乡土的、地方的、江淮的,同时也都体现了现代的小说精神。《王》吸引不了读者的很大原因,不是在于许辉的内在理念有何脱离时代之处,而是由于它先锋化的行文风格。许辉在创作这部长篇时,注重的是气氛和情绪的营造,相应地忽略了对人物形象的塑造,所以,在《王》中,读者看到的是一个又一个的名字,看不到关于人物外貌的描写,无从知晓这人物是高是矮是胖是瘦。换句话说,人物更像是故事中一个虚无缥缈的影子而已。这对于习惯看故事的人来说,显然是有些难以接受的。而在小说的分段处理上,往往是七八页都不分段,这无疑是对读者阅读耐性的挑战。

《王》并不难读,但它很显然是需要读者静下心去阅读的,这篇看似是历史小说,其实有很强的现实针对性。比如许由对刘康的建议,刘康是被放逐的王,他面对的一片狼藉的失地,身边只是游手好闲、麻木冷漠、怀才不遇、知恩不报、生性孤僻、无家可归、偏激冲动的人,等于是处于完全的劣势,但是在许由合理的安排下,这些人却发挥了最大的功用:安排无家可归的人去开垦土地,"让他们在各地定居,不断发展,您的王国就有了根本的基础","对于无家可归的人来说,您让他们安居乐业,他们还有不奋力的吗";安排游手好闲的人去做游说工作,"在您需要的时候制造热点或恐慌,并且派他们在全国各地巡游,随时向您报告各地发生的事情";安排怀才不遇的人去做他们愿意做的工作,"他们就会发挥全部积极性来报答您的信任,为您的事业奋力拼搏,并且成为您的事业的中坚力量";安排生性孤僻的人去做研究和设计的工作,"这样,您的方针和方法就有计划性、科学性和连续性了";安排知恩不报的人到对方那里去,鼓励他们往高位上混,"这样在关键的时刻或者您需要的时候","他们就会对主人、恩人造成伤害,您正好可以坐收渔人之利";把偏激冲动的人编成军队,"训练他们只听您的命令","他们扑向对手时是没有任何人能够阻止得了的";训练麻木冷漠的人为刺客,"在您需要时让他们去刺杀敌手",成为一支威慑力量……这样的生存智慧,怎能不让人拍案叫绝!而类似于这样的表述,在《王》中是多次出现的,只是被掩盖在了先锋化的表述之下。

《王》充分展现出了许辉对淮河文化的理解。这部在艺术手法上颇有些先锋特色的小说取材于《尚书》,以上古生活作为文本的叙事对象。许辉从商周时代发生的真实故事入手,切入了中国封建政治和文化的内核,文章中既有对于政治清明的歌颂,也有对封建等级文化操纵之下的政治野心和伎俩的揭露,讲述了活在权力交纵阴影之下芸芸众生的种种表现,还原了整段的历史。小说通过展示大王、小王、中原王、边区王等等君主们光明与阴暗交织的错综复杂的内心世界,褪去了笼罩在他们头上令人仰视的光环。在许辉的笔下,帝王生活不复有宫闱的神秘,而是被泛化为普通人的社会生活。这种处理方式,实际上,对当前热衷营造帝王情结的小说创作态势来说,无疑是一次非常有力的反拨。

《王》并不是要为读者讲述一个历史故事,也不是要还原当时的生存场景,许辉的实际目的是在于通过这样一个切实存在的史事,来传达自己的人生感悟,即顺其自然、平静无为的生活理念,就算是王,也要时时刻刻保证自己的乡土味,要亲近百姓和土地,唯其如此,王位才可继续,事业才可永固。

不可否认的是,许辉的作品在学院和文化圈内很受欢迎和关注,但是,他的文本的确距离目前大众的阅读水平还很遥远。许辉自己也承认,他的小说在当下很难热闹起来,大众读者不会喜欢。1989年陕西电视台有人想把《焚烧的春天》改编成电影,"我心里明白,这很难"。许辉喜欢用历史的和地理的眼光来看他的家乡,同样他也喜欢用历史的眼光来审视自己的作品和创作道路。许辉执着于田园式的抒情,以其对人性的宽容和关注,使其文本成为了地域文化的里程碑。

第三节　潘军的小说创作

潘军(1957—),安徽怀宁人。1982年毕业于安徽大学中文系。作为中国先锋小说的代表作家之一,潘军的作品一直是学术界的研究对象,具有广泛影响。《重瞳》名列2000年"中国当代文学最新作品排行榜"榜首;《合同婚姻》获 2002 年《小说月报》百花奖;《死刑报告》作为中国第一部关注死刑的小说,在海峡两岸出版并引起法学界普遍关注,对推动中国法制进程产生了微妙影响;《流动的沙滩》入选"中国当代文学教学研究参考资料";长篇小说《独白与手势》之《白》《蓝》《红》三部曲被一些批评家誉为"成长小说的巅峰之作"。

如同他那些经常为评论界争议和讨论的作品一样,潘军本人也是一个具有传奇色彩的人物。2000 年潘军在中国文坛刮起了一股旋风。"潘军点亮严肃文学","出版界打造潘军年","漂泊而诗意的潘军","潘军,誓将文学进行到底","潘军访谈"等大标题出现在京城和各地各大新闻媒体上,中央电视台《读书时间》以"潘军和小说"为题做了一次特别节目,而后又制造了 2003 年的潘军"话剧年"以及 2007 年的潘军"影视年"。特立独行的他甚至敢于在创作最辉煌阶段毅然下海经商。这看似狂荡不羁的性格形成,源于他独特的人生价值观念,因而能够写出《重瞳》那样极具穿透力的大气之作。他以职业作家的坚持和选择清醒地将谋生和写作分开并始终保持独立的思考以及精神品格。

潘军于 20 世纪 80 年代后半期出现于文坛,正如当时许多年轻小说家一样,他着迷于拉丁美洲小说,特别是卡夫卡以及博尔赫斯。他后期叙述故事的方式便是深受博尔赫斯的影响。这样的潘军,理所当然地被当时的评论界归到先锋小说的行列,排列于刘索拉、马原、莫言、余华、苏童、格非、孙甘露……这样的一串名单之中。这一时期潘军对故事编得很复杂,语言密度性很大。他说,中篇小说《蓝堡》和《流动的沙滩》是自己当时最满意的作品。

然而 1992 年,潘军离开文坛,下海经商。尽管下海经商这一类词语对文学创作家来说并非雅事,但也正是这样的下海经商的经历给了他一系列有关城市文学创作的题材经验。1996 年他复归文坛,在两三年的时间之内发表了一批吸引注目的中篇小说。复出后的潘军,语言变得更加简洁明朗,但故事却愈加迷人。以《重瞳》的开头为例:

我要讲的自然是我的故事。我叫项羽。我名字怎么看都像个诗人,

其实我自己早就觉得是个诗人了,但没有人相信。而民间流传的那首"力拔山兮"又不是我的作品——我不喜欢这种浮夸雕琢的文字。[1]

这样的文字,随便一看都让人以一种好奇的心情期待一直读下去。这篇小说能轰动一时并名列 2000 年"中国当代文学最新作品排行榜"榜首,是理所当然的。

潘军的中篇小说可分为两种类型:一类可以称为虚构的传奇故事,通过超越与变形的主观叙事策略或开发一些非情节的软性叙事空间,或打破时间的界限重新解构历史,使故事内涵更为丰饶,如《重瞳》《结束的地方》《秋声赋》《三月一日》等。先说《三月一日》,主人公车祸受伤,左眼瞎,余另一目洞察人生百态。本来,能"一目了然"已算幸运,但作家偏赋予他这一目洞察他人梦境的特异功能,甚至穿越时间隧道,闯入二十年前自己的梦境。此小说堪称"第一人称超越全知叙事"。荒诞的形式成为心理描写和灵魂探微的最好载体。如果说《三月一日》是自由地打破空间的界限,那么,《重瞳》则是自由地打破了时间的界限。如果说前者是叙述人少了一只眼而多了一种功能,那么后者则是叙述人多了一只眼,少了一种记叙历史惯常的政治家的正史视角。两千多年的楚汉之争,小说竟以作古的历史人物"霸王自述"的方式讲述。我们不能不惊叹潘军的想象能力和创新能力。亡灵复生、第一人称、现代视角加上现代语言,已然是一部现代人对历史的新解大作。这故事看似面目全非、荒诞不经,但细想来却又合情合理、天衣无缝。在这虚拟的故事中,既展现了惊心动魄的真实的历史画卷,又表达了作者强烈的主观感受和审美理想。在这里,时空的界限被取消,历史与现实得以贯通,古人和今人得以相融,已迈入 21 世纪门槛的读者随着极富现代感的古老的亡灵一道去回溯历史、审视历史、拷问人性,去体会一种难以名状的对人类历史文本进行合理颠覆的快感。重新解构历史在《重瞳》的创作过程中既是一种写作策略,又是一种创作意图。作品一开始作者便借项羽亡灵之口向"历史"发难:

---

[1] 潘军:《重瞳》,长春:时代文艺出版社,2001 年版,第 1 页。

这段文字很重要,可以看作是作家向"历史"挑战的宣言书,也是他讲述"故事"的合理的逻辑起点。既然写历史的人不可能真正了解"从前",那么由当事人(实质为作者)"出来说几句"也就是理所当然的事了。为了增加虚拟的故事的"真实感",作者在小说中还多次让项羽就重要的历史事件及其细节与史学家,尤其是太史公争辩,其理直气壮,言之凿凿叫人不得不点头称是。例如,项羽关于鸿门宴和垓下突围的辩解等等。实际上,20世纪以来的人类史学研究早就开始了由重描述和考证,强调"史实",转向了重解释和评价。因为凭着理性人们知道,任何经典的历史文本都只能是对社会生活的某一侧面的描述,都留有巨大的事实"空白"。而且这种描述又必然会带有描述者的主观感情色彩。即使是如实描述的部分,由于年代的久远、当事人的缺席、材料的残缺等,也一定会有所疏漏和失真。一句话,绝对意义上的、不折不扣的"真实"的历史文本其实是不存在的。《重瞳》是一部历史小说,但它"无疑将一般意义上的历史小说推上了一个新的层面,改写了历史小说固有的范式,这个新的层面便是摆脱了一般的摹写历史事件和历史人物的'志'的意义,而是更多地从艺术的角度使历史更加鲜活更加富有人文情怀",潘军写下的鸿门宴,完全颠覆了历史,却又天衣无缝,无懈可击,"颠覆了历史,还得让历史来认账,让读者在认账的同时还惊叹不已,这便是新的审美视角的奇妙之处"[①],潘军对历史是严肃的,既不戏说,更不臆造。

另一类是以自己下海经商的漂泊经验为主要素材的城市文学创作,这类大多是有现实基础的,并表现出作家的讽喻意蕴,如《杀人的游戏》《对门·对面》《海口日记》《关系》等。潘军的城市文学,在其小说创作中是最突出的部分。城市是一种流动性的载体,一切的关系都在城市里被打败,自由地游荡,无所依附。城市书写在西方文学里早已有了相当的成熟度,潘军作品与其相比也毫不逊色:下海经商的阅历使其对城市有感觉,而且能从仿佛碎片

---

① 唐先田:《彻底颠覆后的诗意重构——评〈重瞳〉》,《安徽大学学报》,2001年第1期。

的流动画面里试着探索城市的意义。他的那些表现城市文学的篇章,充满了有如电影画面的机理,带着写实、苦涩的幻想和淡淡的讽喻。《对门·对面》是一部典型的城市文学作品,很有那种荒诞式悲喜剧的韵味。它写了一个计程车司机,在城市里,因为种种结构性的命中注定的原因,同时沾惹到了一个富人家年轻美丽的妻子和一个颇有姿色的女窃贼,而在过程中又涉及杀人案件。这部作品里的人物也都是被符号化的 A、B、C、D。而《对门·对面》所隐喻的就是城市的阶级与秩序空间机理,它所代表的乃是一个本身即已出了问题的城市,如女子沦为职业窃贼,女子为了金钱嫁给富裕但却得不到性满足的老夫。这部作品以悲喜剧的文体来表达这样的一个城市风俗志,就现实意义而言,小说的反讽寓意已极为明显。而同样可归类为城市文学的《合同婚姻》,则是另一种社会感伤剧了,在这个城市兴起、男女的婚姻关系出现松动的时刻,两个具有新中产阶级属性的男女,以私人定期契约的方式来决定自己的婚姻。这种流动的婚姻关系,真的确保了个人的自由了吗?这显然又是作者的反讽。

潘军的作品从不拘泥于某一种形式的风格,他能在怀疑与宿命、现实焦虑与深沉思考中将先锋文学演绎得完美与精妙;但潘军又摆脱、超越了先锋派作品那种过于迷幻使一般读者无所适从的境地,在新潮与通俗中使他的作品虽深邃然而又好看,虽辽阔却不难捉摸,作品的浪漫和迷幻,体现了后现代派的强烈超越意识,给人以无限的美感和明朗。潘军的创作,有以下几方面特点:

一、怀疑与宿命

潘军 1980 年走向文坛,其初期创作如《小镇皇后》《篱笆镇》《墨子巷》《红门》等不少中短篇小说的格局大都没有跳出前辈作家和当代作家们的圈子。创作方法基本上是现实主义的。1987 年,他发表中篇小说《白色沙龙》,才是他的先锋小说真正开始的标志。此后,他的创作一发而不可收。

1988 年,长篇小说《日晕》的创作表明,他在创作"心理实验主义文本",

用心理结构的形式来反映人在社会与自然中的状态已较为成熟。过了三年，他出版了长篇小说《风》，把历史看作"风"①一样易于飘逝，易于留下疑点、疑云、疑案让后人去猜测与捉摸。小说以现实、回忆、想象三个板块组成，叙述一个旧家族与革命战争的错综复杂的关系。在长篇小说《日晕》和《风》之间，他创作了《蓝堡》《南方的情绪》《流动的沙滩》等几部先锋实验性很强的中篇小说，均写得韵味十足。如果说他的长篇小说《日晕》已经对于历史、对于社会人生、对于自然在心灵形式上获得了深刻的反映的话，那么，在长篇小说《风》中似乎已经找到了更为恰当的表达方式，即将心灵与生活剥离开来，进行一系列的探询。生活中似乎已经发生过或曾经发生过的事件，在人们的心灵上会产生多种反映。这种心灵反映会以迷离惝恍、亦真亦假、似真似假、不真不假、真真假假的形式出现。任何所谓真实，都会随着时间、地点、环境的转移变得扑朔迷离起来，都会因人、因事、因条件的局限产生出各种不同的理解、认识和答案，所谓对于前人、对于历史"拉开一段距离才能看得清楚"的说法是靠不住的，因此，历史和历史事件会如同风一样，它存在着，但难以把握。不以一言定是非，不以某种权威结论为依据，正是这种怀疑与探询，让读者接近了生活真实，接近了历史真实和对于社会生活事件的接近真理性的认识。这种怀疑在《白色沙龙》《悬念》《南方的情绪》《蓝堡》《流动的沙滩》等中篇小说中则明显而成熟地表现为宿命的无奈。这种宿命也不仅仅表现为通常意义上的因果关系，而更深刻地表现为陷入生活迷宫中的关于异化、抗争、恐惧、逃遁种种心理反应被社会所制约的不能自拔的无奈。从这个角度看，他的近期小说《对门·对面》《海口日记》《三月一日》《关系》等叙述的也是种种宿命的无奈。这些小说中的人物都无一例外地被环境、外部条件所制约，注定了要进行挣扎和奋斗。同样，《重瞳》揭示的似乎也是一种宿命。《重瞳》将项羽的这种宿命揭示出来，就在形而上的意义上嘲弄了种种约定

---

① 潘军：《想象与形式——关于〈风〉的一些生活》，《风》，武汉：长江文艺出版社2002年版。

俗成的宿命的历史观,嘲弄了历史活动中的人的种种宿命的规定与约定。从这个意义上说,《重瞳》不仅开拓了历史题材的新领域,将历史人物写成既是历史的又是现代的,也在阐释历史人物、历史事件。他的小说浸染着先锋派,特别是新历史小说的特色。

潘军近期被一致称为"好看"的长篇小说《独白与手势》,也可以看作是这种怀疑与宿命的艺术观的结晶。这部小说中的"我"在社会环境、社会条件的制约下,命中注定要走上一条"只能靠你自己"的完全不同于规范的道路,而且某种规范的道路也不允许"我"进入。这迫使"我"只能选择荆棘丛生的小径,踏出一条血迹斑斑的令世人侧目甚至不可理解、不能理解、无法理解的道路。如果一定要说,这是社会发展变化给"我"提供了契机,那么,那些习惯于在规范的道路上滑行的人为什么不能获得这种创造的机会呢？如果说这后一种活法也是一种命定的话,那么,不也是一种被动的、平庸的、肉食者鄙的道路吗？考察这些故事,我们会发现作家在他的"故事"背后隐藏着一个共同的东西,那就是怀疑与宿命。这点颇似鲁迅先生的某些小说。在鲁迅那里,这种怀疑与宿命背后体现的是鲁迅先生的人生哲学与生命体验,最终指向"绝望的反抗"[①]。而在潘军这里,同样具有一种人生的感悟与思索。在潘军笔下,"故事"只是手段,"怀疑"才是目的,"宿命"最终演绎为"拷问",这体现了一个作家对心灵的探寻。因此,潘军"怀疑"与"宿命"的艺术观并不是消极的,而是在积极进取的探询与追求中,在对于成为规范与成法的抗争与挑战中揭示了深刻的心灵真实,从而在边缘性和暗示性的审美趣味上获得了深度的纯净透明,给人一种思考的沉重和命运的沉重以及奋斗、抗争的力量。这是无可争议的。

---

① 汪晖:《反抗绝望——鲁迅及其文学世界》,北京:生活·读书·新知三联书店,2008年版。

二、现实的焦虑与深沉思考

当20世纪90年代"先锋"文学探索逐渐式微的时候,曾经的"先锋"干将如苏童、叶兆言等摇身一变成为"新写实"的主力,马原、格非等寄身于学院而半隐半现,余华写作《活着》《许三观卖血记》等标志性作品完成华丽转身。在这些喧哗尘埃落定之后,皖籍作家潘军却凭着智慧的创作绝处逢生,为先锋小说开出了一条具有较高"审美尺度"的新路。尤其是近年来他以对城市生存的体认切入当下现实的小说(主要收录在小说集《戊戌年纪事:潘军最新小说》中),虽放弃了对形式技巧的过度迷恋,而追求一种朴素的与当下日常生活同步而行的叙事方式,但更多地寄予了深刻的人性洞察与悲悯情怀,字句声色之间依然显露着独特的先锋气质以及先锋背后潜藏的现实焦虑及作家的深沉反思。

《合同婚姻》(2002)是一部颇受作者、读者及批评家青睐的作品,它也像是一部现代都市男女的爱情寓言或婚姻"指南"。不可否认,在灯红酒绿的繁华背后,滋养着需要"一夜情""外遇""情人"等种种非法情感填充的无聊空虚,隐藏着现代都市人的种种情欲错乱与精神危机。婚姻的"围城"归根究底是源自欲望还是男人与女人间的隔阂?《合同婚姻》着力刻画的正是当代人在情感现实上的那种焦灼与困惑,隔膜与孤独,揭示了当代知识分子既要两情相悦又要保持个性自由的矛盾处境,并由此对人类婚姻制度的合理性与爱情观的现代性进行了深刻的反思与探讨。主人公苏秦在和前妻李小冬离异后,在北京与以前的同事陈娟相遇,两人签订了一份所谓的"婚姻合同"。在当事人看来,这种时尚而先锋的模式,既比同居生活显得严肃,又消除了法定婚姻的束缚,由各自合法婚姻的失败衍生出的这个富有游戏色彩的"合同婚姻",无疑是延续他一贯的嘲讽戏弄、怀疑反叛的作风。《合同婚姻》是对合法婚姻的一种亵渎与反叛,其合理性、合法性及可靠性、有效性因此而值得怀疑,最终三个月的"合同婚姻"像"一片枯萎的花瓣在男人眼前落下了"。小说认真地提出了问题,而未给出解决之道,最终只能是"一曲现代城市人的婚姻绝唱",余音袅袅,无奈而苍凉。与苏秦们与陈娟们"幸福中带着轻微的忧伤,陶醉中又透露出几分清醒"之感类似,短篇小说《纸翼》(2001)所叙述的婚姻模式和隐秘情感同样让人感叹深思。一纸合同,一纸飞鸟,潘军对"纸"的钟情,似乎也暗示出现代人对婚姻的逃离与渴望,对爱情的失望与希望,对人生的迷茫与清醒等难以名状的心态和反思。由此我们理解了作者关于婚姻"薄如纸翼"的思考实际上是对现实的某种探询和假设,而这探询和假设中自然蕴藏着小说之外作者的自我确证和现实焦虑,尤其是当"合同婚姻"真的从文本走向现实被都市男女普遍接受的时候,小说才获得真正的先锋意义,以及更沉重的现实焦虑。《枪,或中国盒子》(2004)正是这样一篇非常精妙的短篇小说。一个男人意外获枪,又意外开枪杀人,小故事,小人物,小感觉,小悲剧,却蕴意深广,"意外"二字是难以概括小说全部深意的,它分明最逼真地切入了当代人的肉体与心灵的痛楚,透示出人性的焦灼。作者从自身的内心出发,以深刻的人性洞察与悲悯情怀,抵达众人的内心,让我们看到他们生之艰难,心之痛苦,这正是潘军小说引人深思的内核所在。"死亡""恐惧"是先锋小说家的共同主题,但潘军关于死亡、恐惧的叙述迥异于余华、莫言等的叙述。他写"死亡""恐惧"不像余华似的对生命的冷酷无情,也不是莫言似的在堆积如山的尸体中显示死亡的恐怖状态,他所关注的死亡是给人带来的一种精神紧张感,更多的是带来形而上的对生命意义的思索,它展现了潘军小说的人道主义情怀和对现实的深深悲悯。在潇洒叙事的背后,潘军小说中仍然无法摆脱一种无奈或绝望下的忧伤,这种忧伤却是某种幻灭下对一种价值毁灭的悲悯和认同。忧伤是一种打击,忧伤表明固守和期待仍然是一种意义,从这个角度看,潘军无法用小说彻底粉碎自己,因为某种固有的东西已经深入骨髓成了作家的一种性质。

三、新潮与通俗

潘军最早是以先锋派的姿态步入文坛的,实验时期的作品稍显晦涩,偏重于叙述技巧和小说结构的探索。这时的潘军"甚至把新潮小说的叙述、结构方式淋漓尽致地发挥到长篇小说的创作中,从某种意义上说,潘军在中国新潮小说的发展中起到了继往开来的作用"①。他 1996 年结束南方之旅,重操旧业,写作风格日趋圆熟、从容,所有的人为痕迹消失了,取而代之的是好看、好读、耐人寻味的主题情节和汪洋恣肆的情感在作品中收放自如地呈现。

《地下》是一部话剧作品,意味深长而具有强烈的震撼力。简单的情境——地震以后遗留的地下废墟,简单的人物——一对青年男女和一老一少两个男人,却足以构成张力强大的情节冲突,从而给读者和观众提供了返回内心、追寻存在真义的心灵契机。这样一部带有探索性的新潮作品,却步步扣人心弦,十分吸引读者的视线,展现出了先锋文学可观的前景。既有新潮小说的荒诞情节,又有受大众欢迎的现实人文关怀,既有先锋一贯的叙述模式又有令读者耳目一新的另类情感。《地下》可以说是潘军小说审美价值的再次转换,他作为一位坚定的唯美主义者,以非常轻逸的方式表达了沉重的主题,是一位艺术技巧成熟的作家。他的这类写作无疑体现出他从"先锋小说"的死胡同里突围的努力——如使用一些最原始的悬念、故事性等技巧,使原本晦涩难懂的先锋小说变得"好看"起来,以更好的姿态去适应社会适应大众。"谍战三部曲"即《五号特工组》《海狼行动》《惊天阴谋》可以说是潘军作品的又一次自我与大众交流、新潮与通俗融合的产物。

正因为对文学有着赤子之心,在创作中对小说结构"漫不经心"的精心营构,对语言"看似无意"的推敲锤炼,以及对现实的急切关注和深深思索,使得这位当下最引人注目的先锋作家,在调整文学的价值、现实的思考和通俗的描写等方面做到了很好的分配。

20 世纪 80 年代讲"先锋"和"纯文学"是有特定的历史针对性的,在当时"怎么写"比"写什么"重要得多。今天,当年的对立物已不复存在,而我们的"纯文学"却仍然延续着 20 世纪 80 年代的老路,必然丧失了文学所应有的抗

---

① 吴义勒:《穿行于写实与虚构之间——潘军长篇小说〈风〉解读》,《当代文坛》,1994 年第 1 期。

议性与批判性。面对今天中国的现实,作家应该发出怎样的声音?"先锋""新潮"的意义何在?"纯文学"是否还要那么"纯"?

在以上这些前景下,潘军小说首先解决了中国先锋小说遗留下的"写什么"和"怎么写"这一相互对立的最大的困难。如果我们回过头来与早期先锋作家做一个对比的话,最大感受就是潘军的文本实验小说很好读、故事性强、一气呵成、没有阅读障碍,《海口日记》《对门·对面》《与陌生人喝酒》《抛弃》《寻找子谦先生》等小说除了表现个体的人在社会的人之外的悬空状态以及人对自身的无法把握等现代主题外,一个重要特征就是这些现代的观念是通过好看好读的故事来实现的,小说的整体结构中悬念设置贯穿始终、情节设计既出人意料又合乎情理,在细节上重视戏剧化冲突以增强阅读的张力。即使表现象征的语义也避免了卡夫卡《变形记》《审判》和余华《十八岁出门远行》《西北风呼啸的下午》等荒诞和夸张变形的手法来实现。

潘军小说正是从这看似正常与合理的生活演绎中表现出荒诞的内在品质。这就是对中国早期先锋小说的超越和突破,其理论意义要大于实践意义。潘军小说的意义在于,评论界对先锋小说必须重新评价和重新判断,先锋小说可以是很好看的小说,作家不必像萨特、加谬那样从理性出发来设计小说中世界的荒谬性,而应该从现实中呈现出世界的荒谬与不可理喻。叙事的先锋性不是语言本身的变形和阅读困难,而是内心体验后经验性的"陌生化"。这大概就是潘军小说的启示了。

潘军多才多艺,不仅小说写得好,书画创作也很有成就,他每天坚持临池练习,坚持读帖,但不临帖。他从小就爱好绘画,他的写意水墨,简练而别具意蕴,他的戏画更是匠心独运、栩栩如生。

第四节 许春樵的小说创作

许春樵(1962—),安徽天长人。1983 年毕业于安徽师范大学中文系。1991 年华中师大中文系文艺学硕士研究生毕业。曾先后在学校、报社、出版社等单位任职,曾担任编辑部主任和出版社副社长。1997 年调入安徽省文联从事专业创作,现为安徽文学院副院长、国家一级作家、中国作协第七届全委会委员、安徽省政协委员,享受政府特殊津贴。

许春樵于20世纪90年代初开始发表小说,至今已发表小说、文学评论、随笔、散文等共计两百多万字。许春樵的创作以小说为主,短篇、中篇、长篇兼而有之。2002年之前,以创作中短篇小说为主,之后,则以创作长篇小说为主。中篇小说代表作有《一网无鱼》《生活不可告人》《找人》《来宝和他的外乡女人》《不许抢劫》《艳遇》《九月的天空》《缴枪不杀》《知识分子》;短篇小说代表作《季节的景象》《请调报告》《谜语》《天灾》《过客》《犯罪嫌疑人》《跟踪》《礼拜》《悬空飞行》等;长篇小说有《放下武器》《男人立正》《酒楼》《屋顶上空的爱情》等。先后出版中短篇小说集《谜语》《一网无鱼》,散文集《重归书斋》。

许春樵是个高产作家,自20世纪90年代以中篇小说《找人》在文坛产生广泛影响以来,他就凭自己的实力稳打稳扎地占据了当代文坛的一席之地。他的中短篇小说多次被《新华文摘》《小说选刊》《小说月报》《中篇小说选刊》《短篇小说选刊》《中华文学选刊》《作家文摘》《书摘》等数家报刊转载,并被收入数种小说合集。长篇小说在全国的影响更大,其中《放下武器》进入"2003年中国长篇小说排行榜"、"长篇小说专家排行榜"前十位,被《光明日报》《人民日报》《文学报》《文艺报》《小说评论》《当代作家评论》《文艺理论与批评》《文汇读书周报》《文艺争鸣》《南方文坛》等全国各地数十家报刊评论介绍。《男人立正》作为中国作协重点扶持作品,发表后被《长篇小说选刊》《小说月报》《西安晚报》《南京日报》《江淮晨报》等报刊相继连载。《季节的景象》获"1990—1991上海文学奖",《请调报告》获"第二届安徽人民政府文学奖",《放下武器》和《暗示》获香港"陈伟南文学奖",《生活不可告人》获"《当代》文学拉力赛冠军"。

许春樵还颇具影视缘。其中《放下武器》由山西太原电视艺术中心购买版权投拍30集电视连续剧;《男人立正》由中央电视台、中国国际电视总公司购买电视电影版权,拍摄成20集电视连续剧,同时被深圳人民广播电台录制成"长篇小说连播",入围"阅读中国——建国六十年 500 部长篇小说目录";《酒楼》由北京东方龙门国际文化传播公司购买影视版权,改编成 30 集电视连续剧;中篇小说《不许抢劫》由中央电视台电影频道和北京金兴影视文化传播公司联合改编并拍摄成同名数字电影;《找人》也被改编成电影。许春樵的作品之所以能被影视界看好,这与其作品的关注视角以及主题揭示倾向很有关系。这些作品虽涉足不同领域,但多采用现实主义创作手法来关注社会百姓的本真生存状态,在枝蔓丛生的故事情节和跌宕起伏的情节冲突中展示人物性格、揭示作品主题。从题材的选取到关注的群体以及作品所要表达的主题来看,许春樵的小说无疑是改编电影、电视剧的理想文本。

许春樵的小说创作受到文坛如此关注,在一定程度上与其作品向"上"的主旨立意和向"下"的关注民生有关。许春樵是个有着强烈社会责任感的作家,敏于观察、善于思考的作家特质使他一以贯之地表现出对百姓日常生活的关切以及对人类生存种种困境与不堪的挖掘。截至 2011 年出版的中篇小说《知识分子》为止,回顾许春樵的小说创作之路,发现其创作表现虽然具有一定的阶段性特点,但整体看来具有明显的恒定性特征,恒定性主要指作品主题揭示的恒定和关注对象的恒定。

追溯许春樵的创作起源,评论家多从其 2003 年发表的长篇小说《放下武器》算起,其实,早在 20 世纪 90 年代初他就发表作品,1991 年至 1996 年发表了三篇乡土小说即《季节的景象》《季节的情感》《季节的背影》,这三篇可称之为"季节系列小说"或"乡土系列小说",在乡村四季景象的变化中叙写着一个个伤感苦涩的爱情故事。在《季节的景象》中少女荷子终于挣脱无爱的婚姻,在结婚的前一天逃离贫穷苦难的乡村;《季节的情感》中为娶心仪的女人而外出打工数年的秋槐,一身风尘地赶回老家时发现女人已经成为人妻人母;《季节的背影》中贫穷弱小的少女穗子在苦难的生活中编织着人生的幻想,但生活的艰难还是迫使她过早地成为人妻人母,瘦弱的身躯承受着不堪承受的生活之重。这三篇小说表现出许春樵在创作伊始就具有的敏感善思特质。他以 20 世纪 90 年代乡村生活为研究对象,细腻表现了当时中国乡村生活现状及生活在底层的农民苦涩的情感世界。

从1997年开始,许春樵的小说开始转向书写城市,写普通市民和知识分子的庸常岁月和烦恼人生,书写官场权力、物质对人性的异化和倾轧。小说《礼拜》截取了日常生活的一个小侧面,描写了三个研究生在大都市的一次尴尬经历。作为物质的匮乏者,三个研究生利用礼拜天光顾城市,可他们只是城市吐在地面的一口痰而已。面对城市的无情与庸俗,三个物质匮乏者想极力维护那点可怜的尊严和人格,但这种自尊因缺少金钱的支撑而显得那么苍白无力。最后,在尊严和人格被逼得走投无路时,三个研究生用愤怒的拳头才讨回一点尊严,在这里作者开始彰显小人物身上"不倒的骨气"和"立正的精神"。小说《我的亲戚们坐在椅子上》由三篇故事构成,笔锋直指官场非常态的运作规则。第一篇《我大哥》中大哥仕途一路见好,只因在一次党小组会上向县长提了一点善意的小建议,从此不再被重用。第二篇《我姑父》中姑父只会写材料,但另一个为官者只会用材料,会用材料的和会写材料的互相帮衬,二人官运亨通,职位连连上升。第三篇《我表哥》中表哥仕途一向艰难,只因在一次宴席上替县长喝了十几杯酒而得到县长的赏识,自此仕途顺利。

上述作品虽然在人物形象的塑造、主题揭示的力度和深度等方面尚欠火候,但已初显作者的创作意图。作者于同时期发表的中篇小说《请调报告》较之前期作品则朝前迈进了一步,这是一篇表达知识分子理想幻灭的悲剧小说。师范教师向序的人生理想是大学毕业后能在教育岗位上大干一番事业。大学毕业后,他主动要求分配到偏远小城的师范学校,但在坚守人生理想的过程中,他不仅在物质生活上陷入困顿之中,其所坚守的精神理想在世俗权力面前也显得不堪一击。是留在教育系统继续自己的苦难,还是调到行署任秘书开始自己讨厌的政界生活?当这个两难的问题摆在向序的面前时,他经过一番痛苦的思想挣扎,还是选择了后者。他在从政之路上步步走向成功的同时,其精神世界却步步走向了虚无。

表现人的异化是当代文坛小说热点关注的一个主题。许春樵的《谜语》

《缴枪不杀》《放下武器》等作品重点表现了在官场上权力的异化以及在权力和社会的倾轧下人的异化。《谜语》为读者讲述了官场上存在的运行规则,所有的人事变化都是在冠冕堂皇的"根据工作的需要"的幌子下进行的。而这里的"根据工作的需要",则表现为在权力系统中,下级对上级的不能越轨、不能犯上、不能自大、不能说"不"等诸多方面。这是官场权力异化的表现,而遵从规则者就成为异化的人,不遵从者则失去在官场生存的空间,甚至危及性命。《谜语》中的县财政局局长王跟业以自己几十年的为官之路,亲身体验了官场的异化。早在十二年前,他坚持原则,公事公办,敢于对上级说不,没给统战部换轿车。统战部部长升为县长之后,根据工作的需要将他调到无权无势的地震局任局长,一干就是十多年。在这十多年的被贬岁月中,王跟业终于悟透了权力系统的运行规则,并且深谙此道,成了权力运行的高手。在最近的县级干部换届选举中,最没希望的他却出人意料地当选为副县长。小说故事情节简单,但意蕴丰厚,讽刺意味颇浓。小说以"谜语"命名,谜底何在,作者并没有给出明确的答复。用作者的话来说,"可以根据自己的生活经验和审美理想去设计谜底"①。同样表达异化主题的小说《缴枪不杀》则走出了《谜语》中正常人的异化与同化的悲哀与局限,表现出对权力异化的对抗与逃遁。默默无闻的县图书馆管理员陈根林因发表一篇小文章,被急于想提高政府接待处人员文化素质的周县长相中,立即被调到接待处工作。不谙官场游戏规则的陈根林被莫名地抛进官场,在无处不在的权力纷争中,他不明不白地被人利用,还使有恩于自己的周县长丢了官。小说结尾处,他因祸得福获得了升官的机会,但已看透官场规则的他很冷静地放弃了这次机会,毅然决然地回到家乡开始了他钟爱的专业养殖生活。小说题为《缴枪不杀》,这里的"枪",可以从不同角度去理解,在战场,它是武器;在官场,它是权力的象征。陈根林傲然放弃众人趋之若鹜的权力,给异化了的权力系统一个深刻的嘲讽,也表达了作者对超脱物外的人生境界的诗意向往。

---

① 许春樵:《谜底在哪里?》,《中篇小说选刊》,2000年第2期。

2003年出版的长篇小说《放下武器》,从小说标题上来看,和《缴枪不杀》很是相似。把两部小说的标题放在一起,就是一句完整的战场用语"放下武器,缴枪不杀"。的确,两部作品表现内容比较相似,写的都是县乡干部的官场生活。较之《缴枪不杀》,《放下武器》表达了正常人性在异化官场中的本色生存以及生存困境。面对权力异化,作者在《缴枪不杀》中让陈根林选择了放弃,而在《放下武器》中,作者让郑天良做尖锐对抗,最后的结局只能是以死相对。若单从表面形式看,《放下武器》是一部反贪小说,它采用时兴的反贪小说的套路,讲述了县级干部郑天良如何从一个乡村兽医成长为劳动模范、优秀共产党员和第三梯队干部以及最后堕落为一个吃喝嫖的贪官的过程。在小说结尾遵循因果报应规律,让贪官受到了法律的严厉惩罚。其实深析小说,《放下武器》是一部另类官场小说。许春樵尽管也写了官场的腐败和丑恶,但是他尽力展示的却是官场人生。这就使他虽然有时候不自觉地要讽刺一下官场的丑恶,但绝大部分时候还是冷静地展现,超越了习惯上的善恶对立模式。并且作者还超越了传统反贪小说中贪官因为金钱和美女而堕落的写作模式,让郑天良的死更多地归因于"官场挤压"和"担心被边缘化的恐惧心理"[①]等因素。在作者冷静的叙述中,读者顿悟真正的贪官不应是郑天良,真正该上刑场的也不应是郑天良,而应该是诸如黄以桓之流。尽管作者是那么同情善良的郑天良,但在权力异化、人性异化的官场上,他永远是当年那名健康、善良、能干、无私的乡村兽医,他一直用他那一套淳朴、实事求是的为人做事的方式来行走官场,自然是捉襟见肘、步步受限。但是,他也没有能力改变异化的官场,摆在郑天良面前的路只有三条,一是像吴成业一样,悟透官场规则,对一切漠然处之,自然无功也无过;二是像《缴枪不杀》中的陈根林一样淡出官场,回到自己心仪的专业岗位,也算逃过必然灭亡的一劫;最后一条就是选择死亡,只有死才能表明他所坚守的人生立场。很显然,作

[①] 方维保:《投降:不关武器的精神事件——评许春樵的长篇小说〈放下武器〉》,《文艺理论与批评》,2004年第2期。

者没打算让他超然退出官场,也没给他悟透官场规则的机会,唯一只有他的死才能给读者以震撼,从而提升了另类官场小说反贪的力度。

知识分子系列小说主要代表作有《一网无鱼》《生活不可告人》《知识分子》。此类小说关注的对象均为不同层次的知识分子,作者在冷静描述中展示了当代知识分子在冰冷的城市中求生存、讨生活所遭遇的不堪困境和不屈服的抗争历程。《一网无鱼》中的中专毕业生陈空毕业之后一直在各个城市奔波,为了生存而找工作,但他"从小县城来到省城谋生就像一个技术不高的小偷企图钻进森严壁垒的银行保险柜,要么也进不去,进去了也撬不开,失败是注定的"[1]。虽然工作难找,但是若违背良心、背离人性,随便找个工作糊口还是可以的。但陈空看不惯市容纠察队为谋私利对底层老百姓以法制名义进行拦路抢劫,受不了有钱人把没钱人的性命和尊严看得比他们的狗还贱,更受不了所谓的大牌明星动辄耍大牌、无视他人尊严的无礼行径,所以为了尊严和良心,他一次次失业,一次次受到社会的伤害。陈空像社会上千万个待业青年一样,只好在网吧的游戏中打发和重组自己失意的生活。最后,在善良女友的感化下,陈空也如愿找到了适合自己的工作,开启了生活的新篇章。至于他们将来的新生活如何,作者在给读者留下无限遐想的同时,也让我们看到城市的庸俗、荒诞和无情,城市漂流者想融进城市显得力不从心。但在虚拟的网络世界就能寻找到精神慰藉吗?其结果依然是一网无鱼,一无收获。

时隔十年之后,作者沿着《一网无鱼》的叙事模式发表了《知识分子》。小说中知识分子的身份由过去的中专生升格为研究生,描述的对象也由一对男女青年发展为三对男女青年。依然是在城市中讨生活,但身为文学研究生的郑凡还是侥幸地在小城觅得文化局艺术研究所从事研究的岗位。但要想在城市扎根,买房子成为普通百姓生活的第一要义。为了实现这个愿望,郑凡想尽一切办法去挣外快,以早点凑齐买房首付款。小说中,以郑凡为代表

---

[1] 许春樵:《一网无鱼》,合肥:合肥工业大学出版社,2011年版,第1页。

的各类知识分子在物质和情感的双重挤压下一步步被异化,其中舒怀因父亲入狱、女友背叛、工作的不如意而走上因故意杀人被判处死刑之路;黄杉因两次被女友背叛而走上傍富婆之路。小说中两位同学的女友都是因为金钱的原因而离开男友,而郑凡却在网络上结识了与他不离不弃的恋人。作者通过演绎这三对年轻人的爱情故事,诠释了当代年轻人的择偶观、金钱观和人生价值观,凸显了金钱和物质对人性的异化与折磨,也彰显了郑凡和女友对美好人性的坚守与祈望。

描写底层百姓的生存状态,是许春樵小说的又一个系列,此类小说主要代表作有《找人》《来宝和他的外乡女人》《不许抢劫》《艳遇》《九月的天空》《男人立正》《酒楼》等。此类小说的关注点集中在原生态、冷色调地展现底层百姓的苦难生活上,但在通篇的苦难叙事中,读者看到的不是人与人之间的冷漠与自私、不是对生活的麻木与绝望,相反,更多的是温顺的忍受和坚强的反抗。《找人》"表现了普通百姓因对社会秩序、制度的怀疑乃至不信任而产生的信任危机"[1]。《来宝和他的外乡女人》《艳遇》则描述了一个处于生活劣势的男子在面对生活有污点的女子时所表现出的豁达、宽容和救赎。来宝花了很多钱买了外乡女人做老婆,在众人皆防备外乡女人会"放鹰"的情况下,他却给了她万分的信任。实际上这个外乡女人这次是第四次被迫"放鹰",但因为来宝的坦诚和信任,外乡女人在可以逃离的情况下放弃逃离,在得知来宝为帮她凑钱而被警察抓捕的消息后,以上吊自杀的方式报答了对来宝的感激与愧疚。《艳遇》中的陈林因怒杀与自己妻子通奸的仇敌而坐牢,出狱后身上有了污点的他开始新的生活。为了组建新的家庭,他走进了婚姻介绍所,认识了所谓富可敌国的富豪遗孀实则为中介行骗的吸毒女杨晓雯。在与杨晓雯交往的过程中,陈林已经知道她的真实身份,但为了挽救身上"有了污点但不代表就是污泥"的杨晓雯,陈林费尽周折帮她渡过难关。但在小

---

[1] 王达敏:《文学探索者的现实阐释——许春樵小说论》,《安徽作家报告(1949—2009)》,合肥:安徽文艺出版社,2009年10月第1版,第519页。

说结尾,杨晓雯死于因车祸而引起的火灾之中,临死前抢救了三条人命。她以自己的死免除了法律的追究,用实际行动诠释了陈林的那句"有了污点但不代表就是污泥"的信念。而在《不许抢劫》中以杨树根为代表的一群农民工远离家乡奔赴城市从事最辛苦的工地油漆活,靠自己的身体换取一些基本的生活费。可他们面对的是代表冷酷、虚伪、无情的城市包工头,这些包工头贪婪成性,在连续拖欠两年工资无望讨还的情况下,杨树根终于带领大家忍无可忍地走上绑架抢劫之路。小说结尾处杨树根因绑架罪而被捕,小顺子因年幼接触油漆活而染上白血病凄凉死去。作者借高老汉老泪纵横的那句"这究竟是个什么世道",发出了对不公社会的强烈谴责和对底层百姓善良品格与美好人性的高度礼赞。

在此类小说中影响力最大的是2007年出版的长篇小说《男人立正》。小说讲述了一个生活在社会底层极其卑微的男人,为了维护男人的尊严,在道德失范的年代里,秉承中国人的传统美德,进行了抗争与艰难的生存奋斗过程,体现了作家对美好人性的呼唤。家境贫寒的陈道生是名下岗工人,他为搭救因吸毒卖淫的女儿,被好朋友刘思昌以做生意为由,骗去了他向厂里其他生活同样拮据的工人们东挪西凑的血汗钱,共计三十万元。为了践行自己的承诺,为了维护自己在亲朋街坊中的信誉,陈道生开始了八年还债的苦难历程。其间,他卖糖葫芦、蹬三轮、卖西瓜、贩菜、卖血、去医院做护工,甚至到殡仪馆当背尸工,自己辛苦经营的一个小小服装店也被讨债者瓜分,贪图安逸的妻子也愤然离开了他。历经种种折磨,最后在亲戚和一个好女人于文英的全力帮助下,他在乡下承办了一家养猪场,终于还清债务,最后却因劳累过度,猝然离开人世。作者在这篇小说中继续让陈道生在生活的苦水中浸泡,但他的灵魂因为生活的磨难反而变得更加纯净与超脱。在作品中,作者不仅展示了陈道生的善良,还以陈道生为焦点辐射出众乡亲的诚信与互助,这些都是支撑陈道生抗争生存的力量之源。最后,连刘思昌也把骗他的欠款还给了他。有评论家认为:"如果说,陈道生的悲惨经历映射出作家对社会诚信与悲悯情怀的呼唤与拯救的理想光泽,那么在刘思昌的身上则更集中地体现着作家对人性危机的忧患意识与对社会邪恶的批判锋芒。……刘思昌的还债与自杀,是良知未泯、忏悔赎罪的表现,此举既可能让那颗罪恶的灵魂得以安息,也在人性的天平上为自己增加了一点重量,作品对人性内容的解读,也由此得到了提升。"①

2009 年出版的长篇小说《酒楼》,则描述了"金钱社会对于知识男人的道德理想形象的摧毁,以及这种道德理想被创作主体遽然摧毁之后所造成的前后反差鲜明的折断性叙述"②。与他以往许多的创作如《男人立正》中始终如一的道德理想主义不同的是,它表现了道德理想主义及其在商业社会中的尴尬和崩溃。小说的笔触直指物质理想背后的家族伦理崩溃与精神异化。经营老字号酒楼的齐氏家族,父子两代尖锐冲撞,兄弟之间冷酷相搏,在家族危机日益剧烈的演绎中,深刻揭示了诱惑对人心的篡改,利益对亲情的突破,物本主义对人本主义进行的公开挑衅。小说中天德酒楼传到了齐家三兄弟一代时,却被老大一人独占。老三齐立言不愿接受兄长的施舍,也不堪忍受老大的精神虐待,在造汽车的白日梦幻灭后,他从最底层做起,磨砺自己,寻找机会。他做过搓澡工,收过破烂,历经穷困潦倒和婚姻失败的打击,终于创办了自己的酒楼,吞并了老大的酒楼。作为成功人士的齐立言却变了,由诚笃奋发的创业者变成了狡诈贪心的资本野心家。作者向所有的人提出了一个严肃的问题,即在商品经济利字当头、多种欲望让人性愈加诡异的今天,人究竟应该有一个怎样的活法?

总览许春樵的作品,若单从作品的主题揭示倾向来看,其秉承的是鲁迅的现实主义批判精神,只是鲁迅批判的矛头指向整个封建制度礼教和当时社会不合理的一切黑暗,而许春樵则把批判的矛头指向当下社会一切不合理的存在,在揭示人类生存困境的同时以人道主义立场表达了对大写的"人"的

---

① 赵凯:《人性的反思与道德的呼唤——也谈〈男人立正〉》,《小说评论》,2009 年第 1 期。
② 方维保:《道德理想主义的困境与小说的折断性叙述——评许春樵长篇小说〈酒楼〉》,《海南师范大学学报》(社会科学版),2011 年第 6 期。

理想人性的向往与礼赞。许春樵在二十余年的创作中,始终把关注的焦点主要放在两类人身上,即生活在社会底层的小人物和官场上的各类权力人物。许春樵在作品中也揭示了权力机关和社会制度对人性的压榨和异化,但在描述各类小人物生存的困境的同时总是着力塑造出"小"人物"大"的形象和"大"人物"小"的形象来。许春樵笔下的穷人在穷到山穷水尽、一无所有的时候,作者给予他们更多的是"不倒的骨气"和"立正的精神"。

许春樵曾经说过,文学需要一批安贫乐道、灵魂纯净并能矢志不渝、坚贞忠诚、对文学满怀敬畏的人去捍卫和坚守,就像一个教徒对神的膜拜与牺牲。在宗教的意义上看文学,文学不只是一项事业,更是一种修行。他正是用这种信仰来对待文学创作,用自己一颗敏感的心去感触这个世界的人生百态,善于从一些小人物的人生经历中看社会的种种姿态。他是一位正在成长和成熟的作家,他以自己独特的笔法为当代的小说创作贡献了一份自己的力量。

第五节 徐贵祥的军旅题材小说

徐贵祥,笔名楚春秋,1959年12月出生于安徽省霍邱县洪集镇一位基层干部家庭。1978年应征入伍,之后由一名新兵成长为班长、排长、连长、集团军组织处干事。1989年9月已有深厚军事生活底蕴的徐贵祥考入解放军艺术学院文学系进修文学,1991年获得文学学士学位。毕业后接着回部队机关任宣传科科长。1994年调入解放军出版社任总编室主任兼编辑。1998年加入中国作家协会。现为空军政治部文艺创作室专业作家。

徐贵祥是20世纪90年代和新世纪军旅题材小说领域内一位笔耕不辍且收获颇丰的小说家,著有长篇小说《仰角》《历史的天空》《高地》《明天战争》《八月桂花遍地开》《特务连》《四面八方》《马上天下》,中短篇小说集《潇洒行军》《弹道无痕》《天下》《决战》等。其中《弹道无痕》获《解放军文艺》1991至1992年优秀作品奖,据此改编的同名电影获1995年"五个一工程"奖、中国政府电影华表奖;《潇洒行军》获《昆仑》1991至1992年优秀作品奖;

《决战》获第七届中国人民解放军文艺奖;《仰角》获第九届中国人民解放军文艺奖;《历史的天空》获第三届人民文学奖、第十届中国人民解放军文艺奖、第八届"五个一工程"奖。2005 年《历史的天空》获得第六届茅盾文学奖,这是当代皖籍作家第一次登上长篇小说的最高领奖台,也是唯一一个三次获得全军文艺大奖和三次获得"五个一工程"奖的军旅作家,因此,徐贵祥被评论家称为"新世纪军旅长篇小说的领军人物之一"①。

历史上的江淮流域安徽段,可谓文星璀璨。远的不说,近代就有桐城派驰名中外,现代有陈独秀、胡适、蒋光慈等文化名人。而徐贵祥的出生地安徽霍邱也有着良好的文化传统。在 19 世纪 30 年代,鲁迅创办的未名文学社中台静农、韦素园、韦丛芜和李霁野四名成员都是霍邱人,他们在中国文坛上都是名噪一时的大家。如此深厚的文化底蕴对徐贵祥的创作无疑有着深远的影响。徐贵祥在一次访谈中说,"我的作品以家乡文化为地理文化背景,实际上就是占领了一座精神高地,近水楼台,得天独厚,取之不尽"②。徐贵祥虽然 20 岁之后就离开了家乡,但是家乡给他的营养从来就没有中断。他曾说:"家乡作为我强大的后方,作为我取之不尽的动力源泉,作为我创作的生活基地,我想,我有责任,也有能力创作出更好的作品回报我的家乡。"③无怪乎他的小说都流溢着皖西淮河岸边的风土人情,有部分小说故事发生地就直接以皖西真实的地理山川名称命名。如《历史的天空》中的"蓼城"(现霍邱县城的别称)、"沣河"(淮河支流,发源于大别山腹地,流经六安全境)、"独龙潭"(霍邱中部地名)、"乌龙集"(位于霍邱西南部)等。有的则是皖西地名的谐音,如"洛安州"、"舒霍埠"等。《八月桂花遍地开》中的地名也是如此,如"沣水河"、"梅山城"、"大蜀山"、"小蜀山"、"东河口"、"东石笋"、"白塔畈"

---

① 朱向前:《中国军旅文学五十年》,北京:解放军文艺出版社,2007 年版,第 178—181 页。
② 李欣:《皖籍军旅作家徐贵祥:江淮文化是我的"精神高地"》,《新安晚报》,2008 年 3 月 9 日。
③ 徐贵祥:《我的土地我的家》,《江淮晨报》,2007 年 12 月 18 日。

(三地位于现六安市金安区境内)、"月亮岭"、"桃花坞"(皖西学院现所处区域)等,谐音的地名有"陆安州"、"天荼山"(皖西南有"天柱山")、"笋岗"(六安市裕安区内的松岗乡、金安区内的孙岗镇)等。而书名"八月桂花遍地开"就是皖西民歌《八段锦》之一的"八月桂花遍地开"。在《八月桂花遍地开》这部小说的创作后记中,徐贵祥回忆道:"在酝酿这部作品之初,我的学兄、安徽省六安市委宣传部部长喻廷江同志就江淮地域文化和抗战背景给了我很多帮助。我们常常通话聊至深夜。作品被定名为'八月桂花遍地开',也得益于喻廷江和史红雨、马德俊等家乡师友营造的意境氛围。"①这充分说明作家在进行小说情节和场景构思时,家乡故园的人事、风土、地物一直萦绕在他的脑海里,不仅成为他小说创作的素材,而且成为他创作的精神动力。"在他的心目中,故乡是一片自古以来就英雄辈出、文化底蕴丰厚的土地,也是他走到哪里也割舍不了的地方。"②

徐贵祥打小有两个梦想:一个是当兵,另一个是当作家。1978 年高考失利后,他选择了当兵,实现了人生第一个梦想。参军后不久,徐贵祥考入武汉军区炮兵教导大队,他就是在那里遇到了可爱的战友并把他们写进自己的作品当中。在教导大队经历的点点滴滴都被徐贵祥珍藏在心里,在与战友分别了二十年之后的 1999 年,他创作了第一部中篇小说《仰角》,其中很多故事原型都来自那个阶段。

1979 年,刚入伍不久的徐贵祥被拉到了对越边境自卫作战的战场上,这个没有任何实战经验的新兵,凭着牛犊之勇和战友之情,刚上战场竟稀里糊涂地立了一个三等功。"二十多年以后,我写《历史的天空》,在部队经历的那些往事总是不自觉地涌现出来。我把人性、情感、欲望、命运同战争和政治生活进行了结合,梁大牙身上发生过的一系列故事,都曾真实地存在过。在开始写这部作品之前,我内心对所见所闻、发生在战场内外军人身上的故事

---

① 徐贵祥:《在后面·八月桂花遍地开》,北京:十月文艺出版社,2005 年版。
② 陈晓敏:《徐贵祥:新年登上新"高地"》,《江淮晨报》,2006 年 3 月 19 日。

充满着讲述的欲望。特殊的时代造就了我们这样特殊的军人……"①对于有过两次战争经历的徐贵祥来说,这段特殊的经历也成了他今后创作的宝贵财富。"我对于军事生活的体验和理解,无不打上战争的烙印,脑海里时时会出现一些陌生而又熟悉的人物和情景。我身边曾经发生过的关于人的生死存亡的故事几乎构成了我文学准备的全部,同时也成为点燃我创作激情的动力源。"②作为一个经历过战争的当代军人,徐贵祥认为自己有责任把对战争的理解和认识告诉给更多的人。

身为军人作家,特殊的身份使他被评论界誉为"正面强攻军事文学"的实力派军旅作家。关于他的小说创作观,他说:"我不希望读者从作品里看见的只是精彩的故事,我更希望读者通过作品,了解我们的历史,了解我们的民族,了解我们的敌人,了解我们自己,了解在战争中作战双方的状态,了解在战争背后,我们的民族与不同民族的文化较量,从而了解我们的今天和明天。"③从20世纪90年代开始,徐贵祥以其在军旅小说创作主题表达上所取得的突出成绩引起了文坛和读者的高度关注。事实上,徐贵祥有着近三十年的"创作思索史",其间的每一次创作题材的转型和创作意图的转变都印证了每一部新作品的问世,这种进步与思索一直延续到《马上天下》的出版。

徐贵祥早期的作品有些稚嫩,《瞬间越野》《大路朝天》《走出密林》《征服》等中篇小说是徐贵祥在1984年至1985第二次上前线参战期间所作。这些作品对于大多数读者来说都是陌生的,但蕴含在作品中的那种对理想主义和英雄主义不遗余力的一往情深令人十分感动。那时候的他已经是一名军官了。在当时的战斗中,作为副连级指挥官,徐贵祥身上升腾的是军人的豪迈与激情。一般来说,作家早期的创作多循迹于其个体生活经历和大众传统

---

① 旺达:《纪念抗战胜利60周年·徐贵祥用真实书写历史》,《新世纪周刊》,2005年7月18日。
② 徐贵祥:《我为什么写战争小说》,《中国图书评论》,2001年第1期。
③ 贾明宇:《文学图书市场的"硝烟弥漫"》,《中华读书报》,2005年5月11日。

写作之间。从这点来看,徐贵祥此时段的作品所彰显出的是对英雄主义和理想主义的全力表达。英雄主义和理想主义历来是战争文学的主体品格,徐贵祥作为一个有着强烈英雄主义追求和理想主义色彩的作家,他在寻找一切可能的契合点切入军人人格的最高尚层面。

1989年徐贵祥进入解放军艺术学院文学系学习。在读书的那段时间里,徐贵祥自认为写得比较好的作品是《潇洒行军》和《弹道无痕》。《潇洒行军》借助一支战功卓著的炮兵营精简解散的过程,把从抗战草创时的第一任营长到80年代的一个小战士等六代军人集中到同一个场景之下,历史在骤然之间得到了浓缩和提纯。《弹道无痕》则以一位战士从新兵入伍到复员退役为线索,串结出个体在与军队利益的冲突和磨合中不断被消耗和提升的过程,集中体现了作为整体军队的品质和作为个体军人的人格。这两篇小说传递出的略带忧伤的义勇和决绝使作品在英雄主义和理想主义叙事上与同类作品相比显露出较为醒目的不同。

1991年徐贵祥从解放军艺术学院毕业,到解放军出版社当了一名编辑,告别了摸爬滚打、风风火火的基层生活,徐贵祥却在很长一段时间里难以适应这种按部就班、温文尔雅的生活方式。他尝试写过三个非战争题材小说《年根》《预约晚餐》《有钱的感觉》,作者以一个现实主义作家特有的敏感和责任来书写当代都市生活众生相。其中《有钱的感觉》被拍成电视片,可用作者自己的话来说没有拍出有钱人的味道和感觉。很遗憾,这三部中篇还是被淹没在缤纷的现实题材书写当中。

在相当长的一段时间里,徐贵祥把自己封闭了起来,重新回到战争的思绪当中。在那片想象的天地里,他开始对战争和文学进行更深层次的思考。从古战争题材《决战》《天下》和时代背景模糊的《错误颜色》,每一部小说都有着不可阻挡的军事视角震撼力。《天下》取材于一个著名的古老传说,但却更像是一则寓言。无限膨胀的征服欲和占有欲把所有的人卷进了一个永不停歇的争斗中,血刃和谋略都是一种战争形式,战为利往是这个巨大轮子最强大的驱动力,战争的合理性和魅力便由此突显。在这些作品中,勘窥作者军旅小说创作意图滥觞的作品《决战》写得磅礴大气、豪情万丈,读罢令人抖擞精神、荡气回肠。在作者眼中,虽然"战为利往"是战争永远的原则,但其理想世界中的战争是"兵不血刃""不战而屈人之兵"。《决战》原名就为《尚战》,作者取其"尚战不战"之意,展示了战争的至上境界即"尚战不战",彻悟了战争的终极目标即为了永久的不战与和平而战,表达了以不战的方式进行决战的小说主题。此种理想境界虽距现实遥远但恰恰构成了小说独特的价值意义。

随着《决战》《天下》《弹道无痕》等作品的问世,由初期的引起文坛注意到接踵而来获得第七届、第九届全军文艺大奖,徐贵祥在小说创作中找到了自己进攻的主阵地。接下来他的创作始终关注军旅生活。1999年,他结合自己对部队建设长期的观察与思考,创作了长篇《仰角》,把和平时期波澜不惊的军营生活,描绘得风生云起,恢宏辽阔。凭着自己对和平时期军队生活的了解,入木三分地塑造了一群形象生动的军人群体。如具有草莽英雄特质,因其在抓部队训练中表现出精、刁、细、刻而被尊称为"萧天狼"的师长萧天英;满腹经纶、稳重精明的参谋韩陌阡;教学上的炮兵专家、理论上的民间哲学家和生活中的糊涂虫教员祝敬亚;才华横溢、素质过硬的炮兵谭文韬;其貌不扬但军事技术过硬的训练标兵常双群;爱美如命、写得一手好文章的炮兵栗智高以及短矮粗壮、生活习惯糟糕透顶的炮兵马程度等,这些人物的性格特征迥异,奋斗目标不一,但他们在一次次人格历练和灵魂搏斗中共同展示着当代军人的精神风貌和综合素养。在《仰角》中徐贵祥写道:"战争一天也没有离开我们,只不过它是以一种隐蔽的方式暗中进行的罢了。"[1]这种战争观表明:即便在和平时期,军人所做的一切都是在为战争做准备,并且这种准备状态本身就是战争的一种存在形式。于是,"为了能在也许明天就要到来或者永远也不会到来的战争中立于不败之地,作为战争的主体——军人,

---

[1] 徐贵祥:《仰角》,北京:解放军文艺出版社,2006年1月第1版。

其人格素养、意志品质、精神品格就成了制胜的关键因素"①。

《历史的天空》以其"在种种历史的偶然背后,显示出了历史的必然,纵向而又曲折地演绎了梁必达从一介草莽到高级将领的性格史与心灵史"②而荣膺第六届茅盾文学奖。在这部小说中,徐贵祥首次集中笔力塑造个体英雄。与其说这是一部战争小说,倒不如说是一部人物性格演绎史和心灵成长史。主人公梁必达由一个带着匪气的流氓无产者,在复杂的政治斗争和对敌战争中,逐步成长为具有高度政治觉悟和斗争艺术的高级将领。作者一改传统军旅小说主人公一出场就具有较高政治觉悟和过硬军事素养的符号化英雄书写,开始了草莽英雄的成长书写。

在小说中,梁必达是个草莽英雄,其特征是粗口大牙、个性粗莽,对待战争"勇"字当头,不大讲究战术和战争智慧。但作者并不止于生动地为大家还原了一个有血有肉的草莽英雄形象,其真正目的是想通过草莽英雄的成长来演绎其战争观的生成。作者在《高地》中借严泽光之口宣称,"没有文化的军队是愚蠢的军队、不读书的军官是愚蠢的军官"③。这种军事观在《历史的天空》中也有体现。在小说中,当梁必达听到自己荣升为师长的消息后,不仅不欢呼雀跃,还躺在床上担忧自己的文化水平不够。在小说结尾,梁必达的那段有关对未来高科技战争如何打法以及我军如何应对的高谈宏论令人无比吃惊,让读者深深感受到这个草莽英雄经过不同历史阶段的战争洗礼已经初具战术意识。这也是作者准备在后期小说创作中要对战争艺术和兵家智慧进行探究的一种趋向暗示。

接下来,作者创作状态极佳。2004年出版《明天战争》,2005年推出《八月桂花遍地开》,2006年又有《高地》问世,2007年创作《特务连》,2009年《四面八方》与读者见面,作者一口气写出了五部军事题材长篇小说。其中,《八

---

① 朱向前、王新国:《一棵"绿色"的大树———关于徐贵祥的长篇小说创作及相关问题的对话》,《神剑》,2007年第1期,第44页。
② 朱向前:第六届茅盾文学奖《历史的天空》获奖评语。
③ 徐贵祥:《高地》,武汉:长江文艺出版社,2006年4月第1版。

月桂花遍地开》以人道主义的悲悯目光观照战争中的每一个人,揭示了在强大的战争机器面前人的无助与弱小。《高地》以严泽光和王铁山两位军人为争夺高地而结下恩怨为线索,揭示出和平时期军人的可贵品质:智慧、正直、阳刚,诠释了作者对战争与和平的辩证理解。作者认为"战争与和平永远是一对悖论,人们宁愿过和平时期的琐碎生活而不愿承受纷飞战火中血腥的浪漫和勇猛,但如何在和平年代平淡如水的日常生活中张扬军人的勇敢和尊严,是一个值得思量的问题"①。和《仰角》的叙事模式相似的《特务连》则为读者演绎了一群特务连的新兵在和平时期的军营生活中的成长、竞争与抉择,塑造了老一代具有草莽英雄特质的诸如阚大门师长的形象和新一代知识型、技术型军人的新形象,也在人物不经意间的对话,如:"你喜欢打仗吗?——我为什么要喜欢打仗?我又不是神经病。"②"打仗的时候你是怎么想的?——我什么也没想。箭在弦上,不得不发!"③中表达出作者对战争本质的思考——英勇的战士们不是因为喜欢战争而战争,而是为了民族、正义、信仰、和平而战!再一次抒发了作者对和平的渴望之情。和《历史的天空》相比,《四面八方》的题材和表述方法由战场转向了社会,由思考战争转为思考信仰、社会、人民。这种转变表明作者对于战争的思考已延伸到战争之外。

徐贵祥说:"过去的战争没有写好,现在的战争不好写,未来的战争写不好。"④徐贵祥正是因为敏锐地捕捉到中国军旅文学生存与发展的精髓,故始终秉承着纯粹的军人理想和崇高的英雄信念,肩负着对军队的神圣责任感和职责感,尊重历史的真实,站在人类、人性的高度去比较和诠释战争,生动地

---

① 张彦武:《新推力作〈高地〉徐贵祥:写战争是为了和平》,《中国青年报》,2007年1月19日。
② 徐贵祥:《特务连》,北京:作家出版社,2007年7月第1版。
③ 徐贵祥:《特务连》,北京:作家出版社,2007年7月第1版。
④ 徐贵祥:《我和我的民族一起歌唱——〈八月桂花遍地开〉创作感想》,中国作家网,2007年1月19日。

塑造了一批有血有肉的英雄人物形象,辩证地展现了军人性格的二重性乃至多重性,建构起了一套个性鲜明、风格独具的英雄叙事话语,在当代军旅文学乃至中国当代文学史上留下了浓墨重彩的一页。

第五章　当代安徽诗人的诗歌创作

第一节　韩瀚的诗文创作

韩瀚(1935—　)，山东苍山人，1949 年参加革命工作，1960 年毕业于中国人民大学新闻系。大学毕业后在北京《人民中国》杂志任编辑、记者，"文革"后成为安徽省文联专业作家。著有诗集《寸草集》《阳春的白雪》，长篇小说《同窗》《山鬼》《多情病患者》，散文集《难得的苦闷》《霜叶在窗》，2004 年出版的四卷本《韩瀚集》，收入作者主要的诗歌、小说、散文等作品，约 130 万字。

一、厚积薄发、笔耕不辍的诗人

韩瀚是"文革"以后以新诗创作受到文坛瞩目的，《重量》《写在祖国的江河土地上》等作品成为他的最初代表作。说到诗歌创作，人们往往会惊讶于他在"文革"以后诗坛的异军突起，却不知他并非诗坛的"迟到者"。由于诗人出生在旧式书香门第，幼时上私塾期间就酷爱文学，打下了良好的旧学底子，也受到了严格的旧体诗词的训练。他在 20 世纪 50 年代创作的旧体诗词（包括散曲），就很严肃很工整，也很有文采，不是那种附庸风雅的"打油诗"，而是合乎格律的真正诗作。他在 1979 年出版的诗集《寸草集》（百花文艺出版社），多数内容也是旧体诗词（包括散曲）。这些诗词在当初写作时，仅为作者抒发性情，没有什么发表、公布于众的想法，这恰恰保证了这些作品感情的真实流露。

"文革"刚结束的几年间，韩瀚创作了许多新诗。他的新诗大致可以分为两类：政治诗和其他抒发个人情感的自由诗。其中尤以政治诗最为人称道，有《关于张志新的传单》（1979 年）、《写在祖国的江河土地上》（1976—1977 年）、《为真理而斗争》（1978 年）、《阳春的白雪》（1978 年）、《为了明天，我们必须呐喊》（1979 年）等。其中《关于张志新的传单》组诗由 8 首精悍的

小诗组成,既可合而为一,又可独立成篇。其中以《重量》最为著称:

> 她把带血的头颅,
>
> 放在生命的天平上
>
> 让所有的苟活者,
>
> 都失去了
>
> ——重量。

张志新(1930—1975),女,天津人,原是中共辽宁省委宣传部的一名干部。面对"文革"中林彪、"四人帮"的暴行,她挺身而出,公开阐明自己的观点,揭露和反对林彪、江青一伙残害干部、篡党夺权的阴谋活动,被"四人帮"及其在辽宁的同党定为"现行反革命",于1975年4月4日惨遭杀害。行刑前,审判人员怕她喊出"真理之声",竟把她的喉管割断,心虚和残忍到了极点。"文革"以后,张志新被追认为烈士,歌颂她的文学作品传诵一时。其中以韩瀚的《重量》和雷抒雁的《小草在歌唱——悼女共产党员张志新烈士》两首诗最有名。《重量》是《诗刊》社主持的首次诗歌创作奖(1979—1980年全国中、青年诗人优秀新诗)的获奖作品,最为脍炙人口,诗人也为此获得了"韩重量"的雅号。这首小诗在没有正式发表以前就在社会上以无名诗人的名义广泛传诵,其巨大的艺术魅力和深邃的思想内涵深深感动着读者。著名诗人艾青就曾把它与古诗中传诵千秋的名篇相提并论①。诗人在短短的28个字、5行的篇幅内,起承转合,一气呵成,最后一行以一个破折号加上"重量"二字结束全诗,短小精悍,斩钉截铁,绝不拖泥带水,形式类乎古诗中的绝句和散曲中的小令。读者随着句式的起伏,如同接受了一次高尚的精神洗礼,思想内容和艺术技巧完美地统一在一起,令人荡气回肠。值得注意的是,本组诗的8首小诗均采用这种以大致整齐的4行诗句在前,最后一行以一个破折号加点明诗歌主旨的名词结尾的形式,颇有些类似京剧青衣名家陈德霖、尚小云在唱腔收尾时用甩腔收音,十分峭拔有力。诗人通过正反对比的

---

① 艾青:《艾青谈诗》,广州:花城出版社,1982年5月版,第41—42页。

手法,揭示张志新烈士的牺牲相对于苟活者的巨大意义,也控诉了林彪、"四人帮"的法西斯暴行,至今令人振聋发聩。

《写在祖国的江河土地上》发表在1977年第2期的《人民文学》,是为了悼念周总理所作。这首1000多行的自由长诗表达了作者乃至那个时期全国民众对于敬爱的周总理深切的哀悼和怀念,鞭挞了"四人帮"和林彪两个反革命集团的法西斯罪行,讴歌了周总理一生的丰功伟绩和高风亮节,也集中抒发了当时中国民众继承总理遗志,向"四个现代化"进军的革命豪情。长诗一经发表,引起了诗坛相当大的震动。这首长诗在艺术上借鉴运用俄罗斯未来革命诗人马雅可夫斯基的诗风,注意长句拆行时的节奏,做到了大体整齐和押韵,采用"楼梯体"的形式,句式长短错落有致,语言千锤百炼,加上夸张、比拟、对比等修辞手法的使用,熔描写、抒情、议论于一炉,鲜明地表达了诗人的政治态度和政治激情,格调高昂而奔放。在"阶梯式"这一诗体的运用上,诗人又自有其独创性,他不是简单地搬用和模仿,而是根据现代汉语的规律和特点,进行了民族化的改造,使之成为传达诗歌内容的较完美的载体。他把古代词曲章法模式(特别是散曲)与现代自由诗糅合在一起,使自由体诗歌句式精短,节奏明快,音韵流转自由,富有表现力。整篇诗作呈现出结构繁富、气势雄浑、波澜诡谲、诗情浓郁的特点。

20世纪80年代以后特别是1985年以后,随着政治自由诗热潮的减退,韩瀚的新诗也开始了思想主旨和艺术技巧的新探索,转向了开拓内心世界,如托物喻人的《动物志》(1980年),描写个人生活中心理片段的《白云》(1985年),香港回归之际悼念母亲的《家母的遗作》(1997年),描写域外风情的《站在爱因斯坦故居前》(2002年)、《伦勃朗,你哪里去了》(2002年),哲理诗《计算机前偶得》(2002年)等,以及近年发表的大病初愈后的《病榻四首》(2009年)。虽然没有了以往政治诗的惊心动魄、震撼人心,却也写得深入浅出、自然流露、富有韵致。

二、异军突起的小说家

20世纪80年代以来,韩瀚的主要创作精力转移到了小说,代表作有长篇小说《同窗》(1984年,人民文学出版社)、《多情病患者》(1987年,作家出版社)、中篇小说《盛世陈言》(1994年)等,成为当时中国小说界异军突起的小说家。《同窗》截取的是"文革"结束以后的1978年秋冬季节的某个生活片段,以中年知识分子蓝子烟、秋星、孔初屏的感情纠葛和社会各界对于作家洪钟的剧作《岁寒图》的不同评价为线索展开,清晰而又集中地展现了蓝田玉、秋光、蓝子烟、秋星、孔初屏、洪钟、赵越、石愚、廉上清、苏剑、小辉等老中青三代知识分子的命运沉浮、悲欢离合、追求探索、动摇幻灭等等人生旅途的酸甜苦辣。小说与作者的政治诗在思想意蕴上有一脉相承之处,揭露了林彪、"四人帮"的法西斯暴行,控诉了极"左"政治路线对于人性的戕害,在大浪淘沙的时代风浪中,展示了蓝田玉、秋光、蓝子烟、洪钟、小辉等中国知识分子脊梁挺拔的高尚情操和执着追求,昭示了人性的复苏和光明时代的到来,为中国新旧交替时代的历史画卷留下了沉重的印痕。小说以主要笔墨塑造了蓝子烟、洪钟两位中年知识分子的形象。两位都是同学中的精英,一位是学者,一位是作家,虽然一位富有学者的严谨、执着乃至几分迂腐,一位更多诗人的激情、社会良知,但是他们身上都闪耀着中华民族千百年来知识分子优良传统的光芒。蓝子烟出身书香门第,父亲蓝田玉是著名画家。他博学多识,在考古、陶瓷、书画方面均有造诣,并且痴迷京韵大鼓。他对于自己的事业、祖国的优秀文化遗产几乎到了入魔的境地。即使在父母坐牢、自身入狱、妻离子散等厄运到来之际,他仍然在狱中构思《陶瓷美学》这部学术著作,出狱后在劳动改造的苦难情境下,还在《红旗》杂志字缝的空隙里完成了这部学术著作的撰写。他虽然在农村监督劳动,还上书国家文物局报告他发现了一块不见著录的汉碑,要求有关部门加以保护。复出参加考古队以后,他甘愿搬到古墓里面居住……这与当年著名数学家陈景润的故事多么相似啊!但是,作家没有把笔墨只集中到这一方面,他还着重写了他的婚姻爱情纠葛。他与秋星、孔初屏的婚姻爱情关系成为《同窗》的主要线索之一,由此派生出廉上清与孔初屏、秋星与赵越、严峻,柳玉春与沈沉、石愚与赵岫的爱恨情仇,以及蓝子烟、秋光等老一代知识分子的故事,蓝子烟与秋星两家是世交,两人又是同班同学。两人的婚姻,在众人看来是情理之中,但是实质上两人的婚姻是友情多于爱情,这就为后来的不幸埋下了隐患。他本来深爱孔初屏,但是让廉上清捷足先登,只好与秋星结婚,在"文革"的不幸岁月中,因为坏人作祟而离婚。后来,蓝子烟与孔初屏意外相逢,度尽劫波终成眷属。由于其性格的丰富性以及内心世界揭示得比较深刻,蓝子烟这个人物就比较丰满、真实。相比之下,洪钟这个人物的理想主义色彩多一些。这部小说的结构也有独到之处,它没有去刻意追求什么情节、篇章结构,而是根据故事发展的自然轨迹自然地展开,随着读者逐渐深入小说世界,与书中人物同呼吸、共哀乐,这种结构形式既保证了故事的顺利展开,也使得作家可以拿出更多精力塑造人物,称得上是匠心独运。由于小说是正面描写知识分子,不可避免地涉及许多专业知识。这与作者丰富的知识积累和人生阅历有关,作家在这里坚持两个原则:一、一切服从人物,与塑造人物无关的删;二、写某些专业知识,要让外行感到有趣,内行读了认可。[1] 丰富的文史、考古、书画等知识的穿插也增加了这部小说的可读性,使作品有着浓重的文化内涵,作家也因此赢得了"学者型作家"的美誉。[2]

1988年发表的长篇小说《多情病患者》是韩瀚的又一部力作,它标志着作家的创作达到了一个新的高度。1985年前后,随着中国商品经济发展,文学也日趋边缘化,以前作为社会舆论代言人的作家也慢慢被公共视野所忽视。作家方无隅,是本书的男主角。他大半生多情而又忠诚地将自己的心挂在社会这个车轮上,却屡遭碾压;他用大半生的精力,一次次为寻找真正的爱

---

[1] 韩瀚:《窗外絮语》,见《韩瀚集》第2卷,香港:天马图书有限公司2004年版,第569页。

[2] 苏中:《当代儒林群像图——〈同窗〉人物谈》,见《韩瀚集》第4卷,香港:天马图书有限公司2004年版,第316—317页。

情而投入女人怀抱,留下满身污点。但他无法改变自己,一如既往地追求,最终成为悲剧人物。小说反映了 20 世纪 80 年代中期以后,有良知的中国知识分子在社会变革的年代,面对物欲横流、世风日下的社会现实的沉痛和苦闷,就像鲁迅写作《彷徨》时的境遇和心情,"有的退隐,有的高升,有的前进"①,作者借小说主人公所追求的"第三种东西",带有明显的形而上意味,它成为理想、精神家园的象征。

《多情病患者》的思想主旨与作家以前的长篇迥乎不同,在艺术形式上也随之一变。如果说韩瀚在以前的小说创作中在艺术上是一位现实主义的追求者,那么《多情病患者》则是一部明显带有现代主义色彩的长篇佳作。他借鉴德国作家黑塞等人的创作手法,不再像以前那样将主要精力放到追求典型人物的塑造上,而是强调作品中人物自我表白的话语欲望,重在表现人物的主体意识。小说注重展示人物生存状况,大量意识流艺术手法的运用令人耳目一新。《多情病患者》反映了韩瀚在社会变革时期的痛苦思索,也表明了他勇于求变、敢于创新的艺术探索精神。它与《同窗》堪称韩瀚小说的双璧,也是当时文坛不可多得的佳作。②

三、迟到的散文家

韩瀚的散文创作也很有成绩,1994 年由安徽文艺出版社出版的散文集《难得的苦闷》荣获 1994 年安徽文学奖。

韩瀚的散文挥洒自如,涉猎广泛,大体内容有以下两个方面:与朋友、前辈、同时代人的交往记录以及对他们的怀念,颇有些朝花夕拾的情怀;对时代、对艺术、对历史文化的思考,文化底蕴丰富。韩瀚的散文作品,见解独到,知识丰富,文笔或犀利辛辣,或抒情优美,揭示了比较广阔的社会生活,令人

---

① 鲁迅:《南腔北调集》,北京:人民文学出版社,1980 年版,第 39 页。
② 上述《多情病患者》的论述文字参考了黄书泉:《寻找的悲剧——评长篇小说〈多情病患者〉》,见《韩瀚集》第 4 卷,香港:天马图书有限公司 2004 年版,第 336—349 页。

爱不释手。作家自己言道,"作家,应该是杂家",由于作家的知识渊博、阅历丰富,许多读者读罢《难得的苦闷》之后,不禁为作者精心构筑的艺术世界所陶醉。如《古镇的迷雾》《祖母之死》《二叔》《票友》《自报家门》《前爱情时期的那双眼睛》《匹夫之责》等作品回顾了自己的家事、经历,特别是孩提时代的经历。作家出身旧式大家庭,这种题材正是目前影视界追逐的热门,不少人追忆自己家族旧事往往好沉溺于个人的恩恩怨怨,境界格局狭小,文笔也不免琐碎,但是韩瀚无心特意为个人或自己的家族立传,而只是记录下他的感受最深的部分,取材严谨,且删繁就简,不事夸张,有时寥寥数笔,使人物跃然纸上,栩栩如生,颇有实录的韵味。然而细心的读者不难看到作者笔端之下的无限深情。作家在叹息、在愤怒、在心碎、在流泪。然而这种叹息、愤怒、流泪是一种饱经沧桑之后的老年人的岁月感叹和人生理念的深化,不同于一般的"少年不识愁滋味"的"为赋新词强说愁"。

  他的散文中最引人注目也最为人称道的是记述与众多文化名人的交往。由于职业的缘故,韩瀚和许多文化名人多有交往或是很要好的朋友,比如黄永玉、启功、韩世昌、沈从文、林散之、茅盾等。韩瀚从小深受中国传统文化的熏陶,对传统文化的许多领域都具有丰富的知识,因此与众位文化名人交往也颇有共同语言。他的这类散文,多用白描手法,形态各异,呼之欲出。比如启功和赵朴初,二人同为林散之的书法所震撼,但在韩瀚的散文里,他们的言谈举止、表现方式却大不一样。启功第一次看到不为世人所见的林散之的书法作品时,"先是坐在椅子上看,继而站起,继而走到字幅跟前,有顷,脱下帽子,深深地鞠躬,一个,两个,三个"。谦谦君子之风跃然纸上。而赵朴初则是等人把字卷起来,坐到沙发上,才带着浅浅的笑说:"请代我向林老致敬意。倘能赐予墨宝,朴初不胜感谢。"(《关于林散之的出山》)佛学大家的从容与淡泊,栩栩如生。韩瀚在文化大家面前谦恭而不自卑,和一般编辑、记者、演员见面交谈热情随和,与名人、常人交往皆是一样面孔、一样心态,从容自在。他写了郭沫若、茅盾、田汉、沈从文、林散之、启功、赖少其、赵朴初等许多文化名流,在叙述他与这些人的交往时,丝毫不显示自己,甚至有意遮蔽自身而突出他笔下那些文化大家的风采,文笔从容淡定,颇有名家君子风范,许多文章也有珍贵的史料价值。

第二节 刘祖慈的诗歌创作

刘祖慈(1939—),笔名秋川、桑和仁等,安徽肥西人。1957年毕业于合肥医士学校医士专业。历任安徽省立医院医生,休宁县南塘公社下放医生,《安徽文学》编辑部编辑、编辑组长,《诗歌报》(主要创办人之一)执行编委兼编辑部主任,安徽文学院院长,编审。享受政府特殊津贴。1959年开始发表作品,著有诗集《年轮》《我们是大运河的子孙》《五彩梦》《问云集》等。诗歌《为高举的和不举的手臂歌唱》获全国1979—1980年中青年诗人优秀诗歌奖。诗作被翻译成英、俄、法、德、日、意等多种文字发表。

一、"你是属于春天的！你和春天不能分开！"

在20世纪70年代后期到20世纪80年代初的几年,刘祖慈的诗有着明显的政治抒情和现实批判的基调。在强烈的艺术感染力和思想的穿透力下,对新的时代真、善、美的呼唤与呐喊被气势浩大地抛掷在读者的面前。

> 最后一个沉闷的雨夜已经过去,
> 最后一块滞重的阴霾已经散开,
> 今天,一大早,
> 我从叫天子的啼啭中醒来。
> ……
> 而我哩——
> 我要写真正的诗,
> 献给养育我的土地,
> 献给一个崭新的时代!

"文革"后,面对又一个新的生活时代所开创的新的诗歌时代,诗人刘祖慈正是以"最大的真诚"和"绝对的真实",奏响了他新时期诗歌创作高潮的

第一乐章。他的首部诗集《年轮》开篇第一首诗《三月》就以轻松欣喜的声音,向我们做了最早的春天的宣告:

三月的江南是绿色的!

一切都碧绿碧绿……

这是刘祖慈对这个具有特殊意义的春天的答谢词。谢冕曾在《早秋的年轮》中为这一刻的刘祖慈定义:"那江南三月的绿色是透明的,他用孩子的真诚向我们争辩:'这是生命的色彩','这是希望的色彩','肃杀的冬天和肆虐的风雪,毕竟已经过去。'"在这个久盼初来的春天,诗人用孩子式的对理想的执着和期盼,向过去的艰难岁月做了乐观主义者的注脚。他歌咏那些在时代的风浪中仍激流前行的英雄主义精神:"离开风浪/他哪能睡得安生?!"(《簰工》)他为老诗人艾青的复出而欢呼鼓舞,歌唱被雷火劈死的老乌桕树,在痛苦中期待,"从沉默中活了回来",并且"它将活下去/活得无比自信和欢快!"(《老乌桕树》)他深信暂时的迷雾不能永远割断生活的律动,他眷恋挚爱着过去的故土,却又预言并期盼着新时代的变革:"假如,有了这一切就是'大逆不道'/谢天谢地!那就让这一切越多越好!"(《怀念和渴望》)而诗人更深觉时代所可能施与自身的重任:"呵,我是你、我是你——趁着春汛放出的一棵小树啊/在我的年轮里/交织着人民的叮嘱与期待……"(《过休宁》)我们可以想象,这种在五六十年代被搁置的青年人的梦想,一旦释放,欢乐的力量将是何其强烈与博大!1978年12月,刘祖慈屡次塑造了笋的意象,表达着对如自己一样具有行动能力、战斗精神和理想能量的新时期春天第一代儿女的形象认定。

在山的怀抱中企盼了很久的竹笋,

像箭一样猛蹿,向着太阳,向着光明!

在《春天又回来了》中,笋是昭示春天来临、生命复苏的迹象。诗人热情地召唤人们,到春水欢闹的江湖边走一走,到葱郁蒙茸的森林里大干一番。如果说这里的"笋"还仅是一种时代转折期对中国当代诗歌传统中惯有的"太阳"意象的侧面展示,那么,在接下来的《笋》中,刘祖慈则丰满鲜活、着意

塑造了这一朝气蓬勃的形象:

　　你是挥动绿色投枪奋战的英雄,

　　荒凉在你的攻打下节节溃败!

　　呵,笋,顶着亮晶晶的露珠的笋,

　　你是春天的!没有你就没有春天的未来!

　　在1978年以来刘祖慈早期的作品中,诗人的情感内涵是与新时代的脉搏一起跳动的。在大多数场合下,它是以宣扬革命激情为目的的政治抒情诗的面目出现的,而其统一的意绪则是对新生活充满的欣喜和对未来的无限希望。它轻轻裹挟着如春风一般甜美的思绪,使诗人的每一首小诗都像早春来临前一丝清风的预兆,温润而透明。这是一种开启了独立的诗歌时代的小号似的声音,高亢、嘹亮,传达着以战争和建设的凯歌为基调的自信乐观的音响。诗情如同解放了的天空,既不再有任何阴霾,也没有对前进途中坎坷的一丝犹疑。像刘祖慈这样的一批青年诗人成了新的时代最有希望的歌者。在歌者的笔下,"空气像蝉翼一样透明/浪花像玉簪一样舒卷"(《雨中过清澜港》);"太阳也像才钻出河面,湿淋淋地滴着晶亮的水珠"(《太阳河》);诗人将雨化身成代表希望的美艳的女性意象,"她好像穿着筒裙/裙裾有风/拖扫在地上",并急切地咏叹着"近了,近了,近了/听得出脚步声响"(《雨》)。

　　在自己的诗歌实践中,刘祖慈不遗余力地从传统题材、古典诗词和新意境的开拓上寻找自己更为适合的方式。意象的营造上,除了"笋"的系列意象,春天、浪花、太阳、细雨等也是诗人偏爱的意象,尤其是雨,它既是难熬的长夜过后,考验嫩弱和衰朽的夜雨,更是几乎时时氤氲在诗人心头早春如梦一样青春的诗情。

二、"我是一个先天不足的孩子,又是一个早熟的孩子"

　　1979年初,全国诗歌座谈会在北京召开,这也是继20世纪70年代末迎接期待新的时代降临的热情后,新的理性精神的复归。新时期文学由抚摩"伤痕"转向自身"反思",诗歌又一次于文学体式之先地显示了现实主义的批判力量。

早春的时候,那在泥土里突围着要迎向春天的"笋"开始成长,变得更为坚韧、更为有力。刘祖慈到了南方看到剑麻后,所产生的不再仅仅是像笋一样单纯进取一往直前战斗的号角,而是气氛悲壮、具体奇异的想象:

> 无数把锋利的青铜剑,
> 全砍钝了,尽是豁口;
> 荒凉的海滩上,
> 倒遍壮士的尸首。
> 夕阳把海天染得血红,
> 战马在风前抖鬃嘶吼。

这首《剑麻幻想曲》的整体意象,使刘祖慈早期单纯快乐的诗歌情绪突发逆转。尽管诗人仍然坚持着"黑夜是黎明的前奏"的战斗激情,但他显然将关注的重点和满溢的诗情投射在了正义与邪恶搏战中悲壮、崇高、沉痛、厚重的精神意绪之上。

可以说,诗人也是从这里开始逐渐告别旧有的主题提炼和艺术演习方式,重新获得生命的。这种抒情主体形象的营造为刘祖慈的诗歌创作开启了理性觉醒和人道主义精神的最初演进。社会性命题不仅唤起诗人的热情,而且将会得到社会积极的回应。这一阶段的诗歌,应该说是继续和发展了诗人战士式的激情,试图将诗歌超越颂歌的模式而在现实政治的在场感和深沉的历史感中获得强大的批判力量。1980年9月19日为第五届人大三次会议而急就的《为高举的和不举的手臂歌唱》是刘祖慈为会议表决议案的情形所触动,第一次为"路障般不举的手臂"唱起了颂歌。诗歌中所描绘的"扬旗般高举的手臂"和"路障般不举的手臂",这一变化和表现,与过去的"一致同意"和"坚决高举"形成了鲜明的对比;而诗人为代表着独立自由思想和民主意识的"路障般不举的手臂"大唱赞歌,这种政治抒情诗的变化值得重视、需要理解和认同。这首获得1979—1980年全国中青年诗人优秀诗歌奖的作品,所代表的积极介入社会生活和为民众代言的倾向,为诗歌赢得了新时期的声誉。

然而,诗人并不满足于眼前的成就,他努力去接受新的艺术观念和新的思潮的影响。作为这一努力的实验,他创作了《银杏》《月亮》《扶桑花开了》《净瓶山幻想》等一系列洒脱、轻巧的作品。这其中,尤以《月亮》《净瓶山幻想》最为人所称道。《月亮》的想象跳跃而奇特,意象之间没有前后关联,没有刻意组织,这些"遥远而又不着边际的幻想"被引出诗外,成为诗人与读者间开放式的意象领悟。《净瓶山幻想》则是一出精致的艺术小品。谢冕认为,相较于前期借李白《赠汪伦》诗意而作的成功之作《桃花源》,《净瓶山幻想》在意象上更为精致,艺术上更为随意、洒脱,是刘祖慈诗歌成熟的标志。

在对山水、景物,尤其是对江南的描述中,诗人又将这种较为简单的诗歌意象、艺术联想的营造转向生活情致中更为单纯的自身感情体验。刘祖慈常常寻找着与自然、与平凡生活、与社会产生交感的契合点,来表达他对于生命和生活的细微感受。在他写于1983—1984年间的《春夜细雨》《江南,在民歌里》等作品中,明确地体现出了这种转变。诗歌的意象不仅越来越自然、具有个人性,而且诗人也越来越多地作为抒情主体出现在作为客体的事物、景色、情感之中。山柔水软的景色中,诗人用充满色泽和音响的画面,使这些或写景或抒情的小诗透露出鲜活水灵的气息。刘祖慈的诗歌与中国民族传统诗歌有着直接的承接关系。这些诗歌带着以积淀着理性的感性形象进行思维的方式,创造出不同于传统的,历史、文化、现实共融的整体境界。

三、"母亲!爱我吧,当你把我找回来以后"

《年轮》中被公刘指为压轴之作的《诗人》是一首令人印象深刻的诗。这是一首运用传统的香草美人的手法写就的给历史的情歌,它表现着热烈、真挚、坦诚等迟来的诗人群对祖国和人民的情感。诗人用缠绵悱恻的呼唤,抒发着苦闷的追求和刻骨铭心的相思:

　　我是一个先天不足的孩子,
　　又是一个早熟的孩子。

> 我爱得很早，
>
> 也爱得很深——
>
> 坚贞得痴迷，
>
> 狂热得单纯。

这首写于1979年年底的一首长诗，对第二天即将进入的20世纪80年代充满了热烈的感情与冀望。在他的创作中，对祖国和人民的爱是强大而复杂的。诗人这种苦恋式的中国传统文人的精神流脉，一直是刘祖慈诗歌中活跃的情感因素。他们对于祖国、故乡和人民的热爱，不会被任何的逆流和污蔑所遮蔽，他们对于生活和社会的信心，更不会因为坎坷曲洼的道路而产生丝毫损折。

对于光阴逝去，童年无望，青春消失，诗人的感受异常深刻，他在《母亲，当你……》中表达着被称为青年而事实已进入中年的特殊的一代人对祖国母亲的特殊心境：

> 母亲，当你送我们上学的时候，
>
> 你没有看见吗？
>
> 我哭了，热泪如雨一样横流。
>
> 我会报效你的呀，母亲！
>
> 爱我吧，当你把我找回来以后。

诗中透露着诗人心灵的辛酸与痛楚。回望青春的眷恋与失落感，是这一代诗人重要的创作主题。1981年，诗人到了长白山区，看到了火山湖龙湾湖，他以这样的词句记录下了1981年诗人眼中的火山湖：

> 狂热之后是深沉。
>
> 深沉，不是死灰。
>
> 深沉下淀积着大地的隐痛，
>
> 深沉是说不清楚的滋味。

对比诗人在早期的写景诗，甚至是气质相通的北方的诗，《龙湾湖》里所体现的诗歌的力量虽然静谧，却更加厚重。诗人从更为辩证的哲学角度，对人的本质和命运进行了狂热的火山喷发之后沉积岩似的思考。这是对"十年浩劫"批判的狂热过后，整个社会、整个文学界重新唤回理性思考能力的知识分子重返反思的深沉思辨的有力代表。

大自然的山水遗迹不仅激起了人类对自身生命本质认定的热情和力量，而且还以与诗人精神相通的方式，融进诗人诗歌创作中的抒情主体中去，诗人开始重新打量历史："他盘腿坐在墓道旁/倚着白马打盹/……他醒了，风干的脸扯动一下/没牙的口中发出空洞的呼声'六百年啦……'/接着是永久的沉默，又去打盹/最是秋风多情，答理了他/遍地落叶翻滚……"，在《凤阳明皇陵墓道所见》中，诗人写的这个"他"，似是历史人物，却又似乎酣睡于现实之中。历史人物并不是在其历史事件中，而是在第三个世界完成了与诗人的对话，在想象中形成历史与现实的交响。显然这不是单纯的"恋旧"，而是在寻索着个人意绪和民族文化形态、意识在历史与现实间的神交暗合。

如果说从《龙湾湖》中可以看到诗人诗歌情绪的转折的话，那么写于1981年的《我们是大运河的子孙》则是刘祖慈在历史、现实的深沉思考下，献给祖国的另一首情歌，这首情歌是诗人站在历史火山的沉积岩上对祖国母亲的赞歌。尽管诗人仍然意气风发地渴望着，在古航道上，激起新的浪花、新的涛声；大喊着在雷峰塔的废墟上，正站立中国一代巨人的身影，但诗人的疾呼因有了"大运河"历史的阵痛，而平添了介入现实的力度。这里的抒情主体已经隐约由一位早春叶笛的歌者成长为成熟的立足于中国沉重历史和苦难人民中的思考者。

诗人的"秋天"开始了。他在《秋天从今天开始》中叹道："我的第一茎白发/同时被秋风扬起。"对于诗人而言，这个秋天不仅意味着年华的老去、时代的喟叹，更意味着创作上的丰收和诗歌上个体真正的成熟、沉潜。刘祖慈的第四部诗集《问云集》不啻为这一思维转变的践行。刘祖慈在《问云集·后记》中说："我们中华民族的诗歌，自古以来，就有一个深深根植于诗人心灵的忧国忧民的忧患意识。我们的诗人，从来是把国家、民族和人民看得很重很重的……这种忧患意识，无疑也是一种美。一种崇高之美、悲壮之美、刚烈之美、雄健之美。"他将笔触伸向中国历经磨难的农民大众,发现了他们如树一样将磨难镌刻在年轮中的深沉的人格,发现了那里流淌着的滋润诗心的母性的乳汁。诗人也因此将先前直面疾呼的抒情主体开始向内转,"把一切/都一圈一圈/深藏在心里"。诗人终于坚实地立于历史残破而厚重的土地,面对着人民,开始了新时期的歌唱。

20世纪80年代中期,诗的外在环境发生了巨大的变化。当变动中的生活实感同诗人的艺术气质相契合,便生成了诗人的审美个性。刘祖慈的审美个性,在不同时期表现着积极高昂的诗性精神、酒神气质和对故乡的游子情调,呈现着对新时代春天的真情赞美,对高昂的历史、现实介入能力的把握,对过往历史、时光在此境的追忆。

"报纸遮住老人的脸/世界贴着他的脸颊/炮火连天/一阵小风打远处吹来/河滩上的芦花白了/白了,是老人的头发和眼眉。"(《晒太阳老人》)

将这个诗人的抒情主体放在文化的发展、社会意识的变更中进行观照,诗人的个体主体性实际上是随着文化的发展而不断建构的过程。放眼刘祖慈诗歌抒情主体、抒情姿态的转移,诗人始终在一条寻求诗与时代、诗与人民、诗与现实生活真正结合的道路上踯躅。经历过伤痕之叹、反思之酌、寻根之挫和对个体人生的品味咀嚼以及在诗歌内容和诗歌形式一系列不安、挣脱、突破的动作之后,诗人刘祖慈终究是面向着一个上可溯往传统,下可抵达诗歌未来的时代忧患,文学良知表达了一个具有使命感的诗人的忠贞。

第三节　梁小斌的朦胧诗与"片断写作"

梁小斌(1954—　),安徽合肥人。1972年毕业于合肥市第三十二中学。1976年参加工作,历任合肥制药厂工人、秘书,安徽人民广播电台文艺部编辑,《婚育》杂志编辑部主任,后长期为"自由撰稿人"。1972年开始发表作品,著有诗集《少女军鼓队》,另外发表长诗《园丁叙事诗》,组诗《断裂》,以及"片断集"《地主研究》《独自成俑》和《梁小斌如是说》等;其中,《雪白的墙》

获 1982 年全国中青年诗人优秀新诗奖。

一、《少女军鼓队》：新诗写作里的一个"中间物"

1988 年梁小斌出版了他一生中第一本，也是唯一一本诗集《少女军鼓队》。这本仅仅 80 多首的薄薄的诗集，当年还是冠以"未名丛书"之名出版的，而在这几十首诗里，就有后被收入各种选本和各类教材的《中国，我的钥匙丢了》《雪白的墙》和《我热爱秋天的风光》等名诗。这些名诗成就了梁小斌，使之成为朦胧诗的代表诗人之一。

《中国，我的钥匙丢了》是 20 世纪 80 年代反思文学思潮中出现的"反思诗歌"。现今高校的各种"中国当代文学作品选"几乎都选了这首诗，将其纳入中国当代诗歌经典。这首诗的本事是：有一天，梁小斌上班迟到了。由于担心站在工厂大门口的考勤人员在考勤本上给他记上"迟到"，于是，急中生智地边摸自己的口袋边说"我的钥匙呢"，仿佛在焦急地找自己的钥匙；考勤人员见状后，也很关切地前来帮诗人找钥匙，忘记了诗人"迟到"之事，并让诗人进入厂房继续寻找；诗人如愿以偿，躲过了这次"迟到"的考勤。事后，诗人内心十分愧疚，慌乱中，操作机器失误，导致工厂生产设备遭到破坏而不得不停产数日。当天下班时，厂里还给每位职工发了一袋西瓜作为福利。诗人扛着这袋西瓜回家，一路上思绪翻涌，诗情涌动，欲罢不能，于是把西瓜丢弃在路边的水田里，飞快地跑回家，急切地把不断涌现的诗句凌乱地记录在稿纸上，于是就有了这首诗最初的模样。诗题一开始叫"我的钥匙丢了"，然后改成"祖国，我的钥匙丢了"，最后才改为现题。它明显受到了美国黑人诗人休斯"美国，已不是我的美国"之类诗歌欲抑先扬的启发。"文革"时期，作者那一代人，也就是学者们通常所说的"四五一代"，在激进的革命浪潮中，由于误导、盲从、偏执、集体无意识……把青春、理想、信念，全都丢失了，如同一个人把钥匙丢了。此乃本诗的象征意义。那以后，诗人觉醒了，不愿再让苦难的心灵茫然地流浪了。于是，"回家"，回归"真我"的感觉油然而生。该诗的第二、三节，展示了"回家"后可能出现的一幕幕美好的生活图景，可惜的是,这些终因没有开启门扉的钥匙而未能如愿以偿!由此可见,"文革"给这一代人,尤其是青年人,从生理到心理造成了多么大的、难以完全治愈的创伤。可贵的是,诗人并未绝望,而是焦急地、顽强地、信心十足地寻找曾经丢失的一切。它与此前诗坛上出现的大量揭批、控诉"四人帮"的"天安门诗歌"、当代讽刺诗和寓言诗,以及政治抒情诗不同,它将反思的触角伸向极"左"思潮的辽远时空,对极"左"思潮的根源进行深入的挖掘。尤其可贵的是,它没有把那场灾难的责任全部推诿给"四人帮",而是严肃认真地反省他们"四五一代"作为那场运动的亲历者和参与者自身应该承担的责任。这种反省的力量、理性的力量是它震撼人心之所在。还有就是,它没有像"伤痕诗歌"那样比较消沉,而是呼唤要带着鳞伤的遍体,面向未来,积极寻找,既有历史感,又有现实感,而且还有理想主义光芒在照耀。从艺术表现手段上看,此诗也大获成功。"中国"与"钥匙"并提,抽象与具象交错,历史与现实交融,由此产生了诗意的弹性,有利于抒发诗人复杂而丰富的思想情感。《雪白的墙》把不懂事、不听话、顽皮好动的小孩在雪白的墙上乱涂乱画,比喻成"文革"中那些在激进思潮鼓噪下理性渐失的青年人的胡作非为、劣迹斑斑,但是,当"文革"过去之后,恢复了理性的人们,开始反思这段荒谬的历史,努力回到正常的生活轨道上来。由此可见,这首诗视角独特,寓意深远。它以儿童的视角来观察、思考成人社会,尤其是极"左"年代种种粗暴的激进主义的言行,细腻地考察了儿童是怎样萌发坚决捍卫纯洁、美好、和平的决心的。梁小斌的这些朦胧诗均是对极"左"思潮的反思,主题多义,意象繁复,但语言比较净朗,所以,在朦胧诗写作格局中是独具一格的。

  梁小斌不仅在诗歌创作上取得了巨大的成绩,而且他的诗学观念也启发了"崛起派"和"第三代诗歌"。可以说,梁小斌的一些诗观是构成孙绍振《新的美学原则在崛起》里所说的"新的美学原则"的重要支柱。孙多处直接引用了梁的一些说法。孙还在给梁的一封信里风趣地说,"我没有勾引评论家,是你,是你们勾引了评论家"。该文引用了梁小斌的这样一句在当前诗论里也常常能看到的类似的话:"意义重大不是由所谓重大政治事件来表现的。

一块蓝手绢,从晒台上落下来,同样也是意义重大的。"像一件小事、一张邮票、一把硬币或一种情景等都能触发梁小斌的灵感、推动梁小斌的思想。值得注意的是,梁小斌的这样一些关注日常生活细节的诗歌写作发表的年份。毋庸讳言,随着时代的变迁,梁小斌日益感到真实生活的悄然逼近和"日常生活的锋利逆转",因而相应地部分调整了诗歌写作的策略,但根本的东西未变。

《洁癖》《重新羞涩》等也可以说是"第三代诗歌"的代表作。而在理论上,梁小斌早在1984年就说,"必须怀疑美化自我的朦胧诗的存在价值与道德价值","必须识破法则!面对冷酷!历经真实!"①这些话一直都没有引起人们的足够重视,其实,它们就是"第三代诗歌"理论的先声。

一些写隐秘、写性的诗歌,仍然可以在梁小斌那里找到它们的写作渊源。《真实的亲吻》是一首逼近生活本质的诗。也可以说,这首诗也是在"解构",在呈现亲吻的真实样子。梁小斌说:"唯有细节的描述能够改变形象本来的意义,能改变原来的命运属性。"②看来,现实生活和精神生活的细节是导致梁小斌思想产生的基本元素和基础力量,生活的丰富性和鲜活性就潜伏在这些细节里。有人一味去追求所谓的本质和意义,最终导致了在日常生活里的魂不附体!所以,梁小斌希望人们应该学会去"重新羞涩",他说:"一旦涉及某些真实的心态往往都与一种羞涩感有关。"③他又说:"我也发现了诗歌语言的内在对峙。"④而不像时下有些艺术表现拙劣的诗人,在他们写出来的文字里,到处只能看到分裂的"鸡零狗杂",尽是些僵硬的、棺木气息的东西;梁

---

① 梁小斌:《独自成俑》,天津:天津社会科学院出版社,2000年版,第288页。
② 梁小斌:《思念》,《独自成俑》,天津:天津社会科学院出版社,2000年版,第170页。
③ 梁小斌:《不仅是羞涩》,《独自成俑》,天津:天津社会科学院出版社,2000年版,第159页。
④ 梁小斌:《独自成俑》,天津:天津社会科学院出版社,2000年版,第284页。

小斌在他的这些生活流的诗歌里依然追求着"诗歌中的和谐构图"①,具有鲜活的生活气息。显然,它是有警世意义的。

二、一只手遮挡住笼罩他命运的绝望

梁小斌正是卡夫卡所说的那种人。梁小斌可能天生就不会应付生活,尤其是他在阅读了《海涅诗选》初识文学以后。明显的标志是,20世纪80年代初当他到北京领取全国新诗创作奖,走过了红地毯,受到了国家领导人的接见以后,他应对现实生活的能力好像越来越退化了。

由于对上司的反复"召唤"置若罔闻,由于从根本上鄙视、厌弃那种"深深地蹲在那里,半睡半醒"的、"已经不知道再想什么了"的所谓的本职工作(《本职工作》),又由于反对"专制时代的劳动美学"原则,还由于从本质上反对世俗型的物质追求,他被合肥制药厂以红头文件的"隆重"形式除名后,就频繁地更换工作,比如绿化工、电台编辑、计划生育干部、广告公司策划等。他像赶场子似的不断地找工作,随后又不断地被辞退,然后又不断地再去找工作……

虽然梁小斌也想像别人那样好好地干活,但是他拒绝被迫劳动而崇尚自觉劳动;当人们非要强求他去劳动时,他就只好"逃跑","三十六计,走为上策"(《忏悔》)。显然,梁小斌不会在一种不如意的工作岗位上不分好歹地待着,更没有用像卡夫卡那样的工作理念在导航着自己。梁小斌只有一个工作岗位或者说岗位意识,那就是他是一个始终不忘写作的人,即他所说的"作家的姿态"(《作家的姿态》)。

那么,梁小斌想象中的工作环境是什么样子? 他想象着在中国这样的国度里应该有一个"专门供养诗人的地方"。在那里,他不专门写诗,他想什么都干,比如扫扫地,管管收发等。他说:"我想扫一辈子地,然后安顿下来。"(《除名之后》)然而,这个世界就连如此低微的基本生存要求也不想满足诗

---

① 梁小斌:《独自成俑》,天津:天津社会科学院出版社,2000年版,第284页。

人,反而使诗人遭遇到了更为屈辱的排挤。

诗人彻底成了"一类没有工作的怪物"(《什么怪物》)。也就是说,梁小斌成了名副其实的"饥饿者""寄生虫"。难怪,诗人在《我是寄生虫》里直言不讳地讲出了自己的生存困境;而在《面条疗法》里又反复谈到了饥饿者的梦想及其屈辱。他严重地感觉到他生活在一个应该赶快去寻找食物的环境中。他说自己并不是一个形而上的饥饿者,而是一个现实主义的饥饿者。由于现实世界的光线太暗,诗人不得不将"整个头颅都伸到碗柜的黑暗里"。而就在这时,上帝正看着诗人的后脑勺说:"瞧,这就是不食人间烟火的诗人!"

梁小斌的物质生存是建立在无工作收入上,而他的知识态度就鲜明地体现在拒绝被政治或社会整合上。他与它们始终保持严格的距离。所以,梁小斌说:"与世界保持距离是我的美梦。"(《保持距离》)他乃至为他与世界之间毫无回旋余地而激动不已。同时,诗人警觉到要在知道别人也有头脑的前提下自己生活在自己的头脑中。诗人与世界之间就构成了拒绝和被拒绝、抛弃和被抛弃、变形和被变形、压迫和被压迫、审判和被审判之类的紧张对峙关系。梁小斌成了那冰块核心的"黑色石头",冰冷而坚硬,不可能被社会融化(《融化到此为止》)。而社会也报复似的将他的精神产品堆积在紧闭的大门之外,并拒绝他入内(《紧闭的大门》)。

从自身能力上来讲,梁小斌是那种一天到晚都显得病恹恹的人,抢东西抢不过人家,甚至在"人蜂之战"中连一群马蜂也对付不了(《马蜂》),就像普鲁斯特当年不知道怎样去打开一扇窗户那样。他只会在凌晨起来洗脸并学晨鸡报晓;他只会在割麦时将麦穗撒得到处都是。他只能任其女友先将金鱼掼在他脸上然后又将整缸凉水浇在他身上;他只能在夜色中窥视他人的幸福生活;他只能一边无休止地洗衣服一边艰难地克制住想吸烟休息的念头;而他不愿意"表演救火";他不愿意用洗孩子的尿片来虚假地陶冶自己的情调⋯⋯

梁小斌研究的领域很广。与其说他喜欢研究思维的盲点,不如说他喜欢研究思维的惰性和定论。他不喜欢通常意义上的所谓的世界观,认为它窒息了所有鲜活的生命,并使得灵魂也要腐烂掉(《世界观》)。他也不喜欢逻辑思维,认为逻辑世界是世界上最为黑暗的东西(《由逻辑世界所想到的》)。他敢于撼动道家思想,认为它仍然只是一种界线,而他总想把自己的手伸向这个界线之外(《道》)。他又敢于批评佛学思想的褊狭。他说:"佛学精神在解决现实重大是非问题上的无意愿、无立场的态度,证明佛学所解决的只是佛学中的思辨问题。"(《佛学家奥修和刽子手》)他乃至还批评所谓的"人民思想"的浮浅(《人民的思想》)。梁小斌发现,在诸如"其实很简单""老子说""佛曰"等借口下,人们的思维处于可怕的休眠状态。他痛恨人们认识和审美中的僵硬成分和棺木气息。因为正是它们虐杀了、歪曲了真理,从而使人们整天漂浮在世界事象的表面而处于蒙昧的可悲的精神状态。

梁小斌要揭露现实世界和认识世界里的假象。因为多少年来人们不断地制造假象,所以诗人就要不断地一一揭穿它们,将它们从掩盖世界本相上剥离开来,使"创世纪"里的那山、那水显露出来。它就是梁小斌作为思想者在精神上永恒的苦役(《假象》)。不仅如此,他还要致力于把已经变形的东西"还原"过来,以修补残破的世界。

在儒家思想自古至今的深刻影响下,中国人民长期以来形成了"奉献精神的哄抢局面"。比如,哄抢劳动工具(《专制时代的劳动美学》),哄抢劳动果实,乃至哄抢红旗等。梁小斌对症下药,用时下流行的解构主义方法来消解这些被人为神圣起来的东西,这些"文化"起来的东西。梁小斌运用了两种方法。一种是突降法,如《旗杆在握》,"失去了红旗的旗杆原来就是竹竿"。一种是突升法,如《游斗牌纪事》,"一块木头,一旦从桌面被锯下来掉在地上,就叫游斗牌了"。而突降和突升都是为了把一些可笑的、愚蠢的东西一下子推置到一种尴尬的境地,使其不攻自破,并在人们的幡然醒悟中哗然解体。梁小斌把这么重大的政治主题故意轻松地叙说着,体现了诗人言说的策略和内心满腔的苦楚。读者仿佛看到了诗人一脸的苦笑,含泪的笑。这大概就是梁小斌比较偏好研究的无产阶级文化逻辑的所指了。

这些都属于社会公众生活,属于社会公共话语。梁小斌反反复复地研究它们,并非出于诗人的喜爱。在《独自成俑》的"代序"里,梁小斌说:"我不是研究自我起家的。内心在逃避某种运动,嘴上却偏偏说喜欢它,并且力求要把这种喜爱表现得淋漓尽致。"而在一封公开信里,他又坦言:"我们一面歌颂一面又深深地埋葬我们看不起的东西(有时候装模作样地歌颂一下)。"①这都体现了梁小斌的策略意识,同时,也说出了他思想研究的起点、路径和旨归。梁小斌研究他内心所要逃避的东西,最终目的是要埋葬它们;他研究得越透彻,它们就被埋葬得越深入。

虽然梁小斌不是暴力论者(《想想和谁做邻居》),但是他却说:"我的内心生活需要屠杀,我的行为是屠杀行为。"(《对屠杀的研究》)梁小斌的屠刀指向的是他内心所要逃避的东西。从这个意义上,我们就不难理解梁小斌在《服从》里说的"我的哲学就是服从"和在《姿态》里所说的"我选择被压迫"。前者表明,梁小斌服从的是他的内心生活及其对庸常东西的屠杀,而后者是说,在变形是绝对真实的情况下,只有承认自己是个宿命的被压迫者,才能感受到内心生活的轻盈。梁小斌最终选择的是轻盈。梁小斌诗歌和片断的思想立场是他自己所说的"凶悍"和"反驳"。

在现实生活中,诗人被拒之门外,既为生存所困扰,又不被人们所理解。在《外衣》里,他写到了包括妻子在内的周围的人一点也不了解他。有的人还用歧视的眼光蔑视他(《不要逼我分行》),乃至有的人还警告他。不像卡夫卡被周遭的环境异化为一只"甲虫",梁小斌是被变形为一个"无助者""被抛弃者""窥视者""被压迫者"和"可燃之物"。所以,梁小斌干脆不要世人所谓的理解,因为它只能是虚幻的知觉,因为它难免落入不动头脑的俗套,因为它"不过是屈辱的再现"(《理解》)。连被别人理解都不要的人,在决绝的同时难免会孤独。梁小斌说:"我既反感于我生存的狭小的天地和社会阶层,

---

① 梁小斌:《凶悍:我的诗歌立场》,《地主研究》,北京:文化艺术出版社,2001年版,第267页。

又不能接受所谓的'革命',我骨子里不能接受旨在摧毁人的任何理论或是逻辑——这是我的孤独所在。"但是诗人仍然怀着期待在生活、在思考、在写作;何况伟大的期待,对文学的长期凝神注视,会有相当丰厚的回报! 不过诗人又说"我们是从虚无中而来"(《关于记忆》),"我可能在以后将更深地陷入虚无的境界里"(《给吴思敬老师的一封信[1986年4月]》)。正是从这个意义上,梁小斌才说:"绝望,的确是照亮我人生的唯一的太阳。"(《叩问》)但是,梁小斌始终不忘卡夫卡所告诫的,像他们这样的人"一只手遮挡住笼罩他命运的绝望",否则,还谈什么生存,还谈什么伟大的期待,还谈什么渴望内心生活的轻盈呢!

三、作为笨拙者和构思者的梁小斌

梁小斌对于笨拙是自觉的。他在文中是有意要引入笨拙观念的。在《笨拙概念》里,他说:"笨拙,就是你永远达不到天衣无缝的理想。我是一个天衣无缝理想的崇拜者。"所以,在《拒绝》里,梁小斌揭示了世俗生活道具般的虚伪。在那里,我们看到的是世人以其太聪明、太玲珑反衬出了诗人对世界的笨拙,乃至无知。在《夜半风波》里,诗人因其笨拙被儿子训斥。在《虔诚》里,诗人说自己就是那类在虔诚中笨拙地劳动的人。在《被抛弃者》里,我们看到,就连提出与女友分手的话也被女友给抢先说了。如果说以上提到的还只是梁小斌在处理人与人之间关系的时候所表现出来的笨拙,那么他在处理人与物之间关系的时候其实也是很笨拙的。

笨拙自有它的好处。在《羊态》里,诗人设置了同样是在被屠杀的情境下,羊所体验的痛苦要比人少得多;这就是由于羊比人笨拙;诗人在暗自庆幸"羊态"的胜利。而且在《行动必须推迟》里,他以哈姆雷特的骇世魅力,推论出笨拙带来的"歪打正着"。诗人这样写道:"我想着行动,终于失去了行动的机会。失去了一个行动的机会,就是失去了你被异化的机会,你在这失去机会里得救。"所以,诗人反复提请人们"走出优雅"。因为在流畅和优雅的生活和艺术里,看不到人的灵魂(《优雅》),而只能看到人的蒙昧。生活和艺术的流畅和优雅必将吞没我们。人只有在纹丝不动的时候,或者在思想遭遇障碍的时候,思想才有所蠕动。正是在这样的思想指导下,梁小斌重新体会到了自由的新义。所谓自由,就是忘记具体细节而依附在流畅动作之上的心理状态(《自由》)。对艺术他也提出了新见。他认为,艺术的精髓从来就不在它的流畅处,或者说,在流畅的艺术里,将看不到艺术的真谛以及艺术家的灵魂,"艺术从来就是被随意打断的声音所激起的另外的声音",这才是人生和艺术的最高乐章(《最高主题乐章》)。

梁小斌是拒绝和解的。因为一旦界限被取消了,他会真正变得一无所有。这样想来,我们就不难理解,当他深夜返回宿舍而铁门紧闭的时候,他不但不会懊恼,反而要翻到铁门的顶上,在这个警戒线上逗留、漫想起来,此时他觉得自己变得无边无际了;他又一次被一种强烈的幸福感所笼罩(《界限》和《释放之后》)。梁小斌说过,他是以一种蜷曲的方式伸展自己的。[①] 反过来,质朴的生活和艺术从来就不是流畅的,笨拙才是它们的本质所在。所以,梁小斌认为,生活不必那么愉快(《真实的生活》);那种依附在机械性的熟练动作之上的无所用心,表面上是幸福的,其实是不真实的。

梁小斌说:"实际上我们都是构思者,因为大家都构思得太好,反而不被构思所触动。其实,我总是在反复察看如何跟外界的生活打成一片,却注定要露出马脚,我好歹找到了一条与自己确实有关联的、笨拙人的写作方式。"(《独自成俑·代序》)在这里,梁小斌把自己的构思与别人的构思进行了区分。别人的构思是那种人所共知的所谓聪明人的构思。而梁小斌的构思却是鲜为人知的所谓笨拙人的构思,因为它独特,所以能一下子被人识别出来。可笑的是,聪明人的构思因为太熟练、太共性而使聪明人在面对构思时无动于衷;而像梁小斌这样的笨拙人的构思因为太障碍、太个性而使他在面对构思时总是为构思所触动。它再一次印证了梁小斌所说的那种依附在太

[①] 梁小斌:《幸福感》,《地主研究》,北京:文化艺术出版社,2001年版,第269页。

熟练构思运作上的人是无灵魂可言的。在《事实》里,梁小斌又写道:"我靠构思为生。"笨拙地骑在障碍物上的梁小斌"精骛八极,心游万仞"的目的是为了纳万象于胸壑之中,从而勾勒出自己心目中的思想前景和艺术图像。这也是梁小斌先锋精神的重要体现。

真正的构思者一生都生活在他的构思中。在写作这些片断时,梁小斌是用完全消化了的、形象和分析兼备的方式来推进他的叙述的。通过这种叙述和构思,梁小斌把这些"思想的碎片"集聚在自己研究和思考的周围,用命名或重新命名的方式,将真理引向光明。

第四节 海子的诗歌创作

海子(1964—1989),原名查海生,安徽怀宁人。1979年考入北京大学法律系。1983年分配到中国政法大学哲学教研室工作。1989年3月26日卧轨自杀。大学期间开始诗歌创作。在诗人短暂的生命旅程中,创作了将近200万字的诗歌、小说、戏剧、论文。其主要作品有:长诗《但是水,水》、长诗《土地》、诗剧《太阳》(未完成)、第一合唱剧《弥赛亚》、第二合唱剧残稿、长诗《大扎撒》(未完成)、话剧《弑》及约200首抒情短诗。现有《海子诗全集》。

海子的诗歌不仅是一种写作方式,更凝结着诗歌理想的升华。对于一个早已远离我们"飞腾而去"的诗人,了解他的最好方式,就是读懂他的诗歌。诗人容易接近的原因就在于诗人创作太认真、太投入,对灵魂的摹画没有半点虚假。如兰德所说的,自己是手捧生命之火取暖,火熄人走。诗歌更能浸润诗人对于世界的思考和诘问。海子的诗,大致有四个方面的命题。

一、拯救大地:对乡村牧曲的眷顾与决绝

海子对于大地有着无比的热爱,这种情愫既是因为海子生于安徽小镇,是一个农村的孩子,也是因袭了中国传统知识分子心中挥之不去的乡愁情结。这种愁绪随诗人走上还乡之途。没有哪一个诗人不眷顾他的故乡,从这个意义上说,所有的诗篇都是回家的歌,诗人的天职就是还乡,还乡使得故

乡成为亲近本原之处。诗人海子因此也在心灵归复的路上唱起了"回家"的哀歌。故乡意味着童年,回归故乡即回归"本我"的天然之心。海子自称眼中有两类诗人,一种诗人热爱生命中的自我,另一种诗人则喜欢自然界的魂灵。海子则于诗人夜色里的奔走上看到了深沉的忧郁和孤独。

在此意识的引导下,回归大地,触摸乡土,就成为海子诗歌的内核和诗学理想的终极。诗人是人类精神家园的守护神,家园应建立在厚实的大地之上,如果这仅是虚浮的乌托邦,那么诗人就回家无路,甚至无家可归。农村的海子和中国文化里的海子都有这种精神质素和追求。

但是在海子的诗歌中土地的确是死亡的,家园也是虚幻的。《土地·忧郁·死亡》具有艾略特笔下的《荒原》气息。"土地死去了,用欲望能代替他吗"。土地成了丧失了生育能力的"情欲老人,死亡老人"。在《太阳·七部书》中,有专门开设的《土地》篇章,"土地的死亡,迫害我,形成我的诗歌"。土地成为荒原,丧失了生机与活力,唯一的拯救方法就是去找回传说中的圣杯,用里面的甘露滋润大地使之复活抑或繁荣。因此海子诗歌承担起了拯救大地的使命。他要从内心出发去寻找那天外的活水,灌溉这死气沉沉的废园。

救赎是一个沉重而痛苦的过程,海子的诗人人格决定了他的拯救之途比他人更为艰辛。他的每一首诗歌都弥漫着这种焦灼和伤痛。"大地微微颤动,/我为何至今依然痛苦,/我的血和欲望之王,/鼓!/我为何至今依然痛苦"。这痛苦源于文明失落后造成的心灵上的干渴。工业文明的进步使得乡村牧曲日益与时代不合拍。于是,诗中便有了衰亡的老年气象。深深眷恋着的乡土真的满目萧然无法种植理想,那么就只好与之决绝,逃回自己的内心世界。拯救意识对海子而言,绝不能是无望的徒劳,他不愿意,更不能够承认自己的失败之举,只有殉身理想大地沉默地对抗着诗人的指问,导致了诗人的失败和大地的死亡。拯救主题可以在诗中表现,却在日常生活中被消解。所有这一切为诗人年轻的人生画上了一个终止符,尽管那绝不是一个句号。但它是诗人首要命题的致命失落,直接影响了诗人所有的诗歌写作。

二、怀念爱情：诗人灵魂的理想神话

海子一生写了许多优美而凄凉的情诗，诗人的爱情故事崎岖波折，甚至成为他告别这个世界的一个重要原因。爱情占据着生命的绝大部分，是最能唤起人的温情的那种感觉。恋爱既然可以使得一个不知诗为何物的人，一夜之间成为诗人，那么对这个本来就有丰富情感的诗人，爱情可以给予他更多的感受。

事实上，爱情给了海子寻梦的喜悦，更给了他梦碎的心酸。在海子爱情诗的意蕴里，隐含着除了"爱"之外更多的东西。《新娘》是海子写的最早的一首爱情诗，早期的海子诗歌干净透明，有着瓷质的温暖和光辉，"故乡的小木屋、筷子、一缸清水和以后许许多多的日子许许多多告别被你照耀"。珍惜与呵护，感恩和期待，以及今后的日子里相伴而行的愿望，都在诗中暖融融地表现出来，爱情在海子笔下被描绘得"大巧若拙大象无形"了。

通过海子的爱情诗，可以明显看出海子前后诗风的转变。对于一个生涯短促的年轻诗人来说，这个过程也太短了。《给 B 的生日》是海子写给初恋女友的，它和早期的《新娘》一样给人以快乐和温馨。那时节的诗里有一种海子式的天真和对世界的信任、依赖。和这些诗歌相比，海子后期的爱情诗支离破碎："荒凉的山冈上站着四姐妹，/所有的风只向她们吹，/所有的日子都为她们破碎。"诗中不再是人面桃花，小桥流水，而出现了麦子和烦躁不安。海子那时似乎有一种预感，自己快支撑不住了，有很多东西他都无法面对。"这是绝望的麦子，/请告诉四姐妹，/这是绝望的麦子，/永远是这样，风后面是风，/天空上面是天空，/道路前面还是道路。"海子建构了一个爱情神话，却分明感到自己在其中无处可逃。爱情之于海子，和土地一样，是可望而不可即的永远留存在记忆中的美好。

海子创造出这个安存灵魂的栖居地，但于其中却永不解脱，这从他的诗歌中的矛盾冲突可看出来。一个本身敏感而脆弱的人，是经受不住生活的多次打击的，何况海子在友情、亲情上的经历也无比糟糕。满是伤口的土地上生长出一株株绝望的麦子,曾有的爱情故事就这样毁灭了,那么在哪里还能放下这颗孤苦的心呢?在永远的怀念中,海子失去了今天和明天。也许是把明天看得太清楚,最终他无法拒绝前方自己的命运。一切,仿佛是诗人自己一手策划而成。

三、追赶太阳:内心燃烧不尽的寂寞与冷抒情

看过凡·高《向日葵》的人一定会被那冷漠而炽热的矛盾统一体深深地震撼。在艺术天才的构想和倾泻中,寂寞和狂野结合得如此紧密。"阿尔的太阳,/把星空烧成粗糙的河流,/把土地烧得旋转,/举起黄色的痉挛的手,/向日葵,/邀请一切火中取栗的人,/不要再画基督的橄榄园,/要画就画橄榄收获,/画强攀的一团火,/代替天上的老爷子,/洗净生命,/红头发的哥哥,/喝完苦艾酒,/你就开始点这把火吧,/烧吧"。太阳是海子的图腾,也是诗人的自喻。在海子冷漠的外表下,有一颗轰轰燃烧的狂热的心。如黑暗中奔突的地火,一旦喷发则一切无可逃避无可朽腐。鲁迅先生在遥远的黑暗中国就坚决地看到了这沉默中爆发的巨大能量,在当代还有几个人有这种狂不可遏的信念或说以身作火的情操。海子应该是一个太阳,他希图燃烧自己,创建光明,因此在《太阳》系列史诗中,能看到海子作为"太阳王"的诗歌追求。

海子生前好友骆一禾评价海子的史诗时解释道:"《七部书》的想象空间十分浩大,可以概括为东至太平洋沿岸,西至两河流域,分别以敦煌和金字塔为两极中心,北至蒙古大草原,南至印度次大陆,其中是以神话线索'鲲南鹏北之变'贯穿的。这个史诗图景的提炼程度相当有魅力,令人感到数学之美的简赅。"他更进一步发挥海子赋予太阳的含义。他不是沿袭古代太阳神崇拜,更主要的是,他要以"太阳王"这个火辣辣的形象来笼罩光明与黑暗的力量,使它们同等地呈现,他要建设的史诗结构因此有神魔合一的性质。海子自己则说,"我考虑真正的史诗"。他看到了太阳的巨大能量,"太阳就是我,一个舞动宇宙的劳作者,一个诗人和注定失败的战士。"

海子以为诗歌有两种写法,一种是大诗,一种是纯诗。写作大诗、史诗是一个死里求生的过程,但"我写作长诗总是迫不得已。出于某种巨大元素对我的召唤,也是因为我有太多话要说"。在史诗结构里可以看出西方文化对诗人的影响。他说:"这一次全然涉于西方的诗歌王国,因为我恨东方诗人的文人气质。"他对陶渊明和梭罗的态度可以说明这一点,"陶渊明和梭罗同时归隐山水但陶重趣味,梭罗却要对自己的生命和存在本身表示极大的珍惜和关注。这就是我的诗歌理想,应抛弃文人趣味,直接关注生命存在本身"。中国传统文人的自得情怀和太阳的热烈燃烧是极不协调的,因此海子冷漠而又热烈的性格也会酿成一出悲剧。海子的《太阳》系列既是海子在叙事,又是诗人在燃烧。无论用哪一种方式来爱惜,来寻找出路,毕竟都不容易。"太阳王"这个图腾永远可望而不可即。海子是另外一个夸父,在追求光明的途中终于把自己燃烧掉,只留下一片桃树林。也许,从这里能够明白,海子诗中,为什么有那么多热烈开放的桃花,要知道,它们不仅仅只是指代爱情。

四、热爱远方:从失落中找寻回的爱的力量

"远方的幸福是多少痛苦"。海子在远方看到了什么,同时也就知道自己失落了什么。还乡,这个永恒的话题,吸引着诗人在文化视野中找到属于自己的家园。在现实世界中找到突破口是一种不可能,真正的解脱仍是把目光投向远方,寄希望于未来。在这个基点上重建理想国,寻找回那已失落的世界。

对远方的遥望实际上也笼罩了海子所有的诗歌,在终极意义上,远方是海子诗歌所有意义的总和。如果没有对远方的看视,听不到那呼唤的声音,海子诗歌就失去了吸引自我的魅力。在对这个命题的解析中,可以看到海子最后的文化心态和持守。

在海子心中,一直有着拯救文化的精英意识。这是 20 世纪 80 年代中期社会思潮和文学思潮的主流取向。20 世纪 80 年代末,这个理念大厦一下子

坍塌,中国的文化精神四分五裂。商业的冲击把文学排挤到边缘状态,拜金主义与大众文化消解了理想主义和英雄主义,扼杀了政治激进主义,人文精神面临着瓦解的危险。一个一向摇旗呐喊坚守信仰的前驱者,成了在黑暗中寂寞奔驰的猛士,自己的行为一下子变得不合时宜,海子心中的感受甚于《呐喊》,而更多的是《彷徨》的悲凉。在这种状况下,海子才走得义无反顾。远方遥远,但毕竟残留着希望,好于脚下这无边的黑色和深沉的失落。

确立遥望这个命题,如同塞林格的《麦田守望者》一样,在守卫的同时还应看到更远,看到希望。海子用他的诗歌和行为对人类的精神家园作了最后一次无力的维护,然后上路,走向远方。实际上,那里仍然是遥远,海子只有不停步地走,走在这个异常沉重的命题里,感受时代和生命中不能承受的东西。

四个命题相互并行地表现海子诗歌中的价值取向和实际意义,并能够清晰地表明,在诗人理想的国度里,失望大于希望,追求大于拥有,诗人一直是无法释怀又不能割舍地在一个过程中行走,尽管很艰难。

海子诗歌中的命题和意象话语遥相呼应,命题是对世界存在本身的探视和发掘,意象则是承担命题的最后寄托。二者相互消解后,海子诗歌的内涵获得了最大限度的解释。海子的诗,大致有四个方面的意象。

一、麦子——关于诗歌写作的全部理由和话题。海子被称为"麦子诗人",他也无比地喜爱这朴素的麦子,海子的麦子和凡·高的太阳一样都在轰然燃烧。麦子是一个神秘的质问者,面对着它,不能说自己两手空空,一无所有。麦子和农业相联系,和粮食是同指。80年代的农业神话和乡村牧曲,形成了对工业时代的抵触和规避,作为一个"乡下人",海子的农业理想比那些从城市中走出的"隐逸者"的想法更为朴实鲜明。中国的田园意味着退守,海子明确表示了对这种做法的愤怒,如对陶潜。他要在工业时代的城市种植庄稼并拥有收获,这成为他创作的全部支撑。海子写过《麦子》一诗。"我们是麦地的心上人,/收麦这天,我和仇人握手言和,/我们一起干完活合上眼睛,/命中注定的一切/此刻我们心满意足地接受/妻子们兴奋地不停用白围裙擦手"。麦子作为意象在海子诗歌中多处出现,并在叙事中成为独立的主体。海子早期的诗歌十分纯净透明,就是因为在诗人心中确实有一个农业家园,那里山清水秀给人慰藉,一直到这个农业帝国破落,麦子也开始忧愤绝望,开始诅咒那吹刮不息的风和那毫无生机的大地。麦子相对于生活表现着一个诗人对眼前这种存在方式的关注。只有麦子,这才有生机,繁衍力旺盛的农作物能够消灭大地的荒芜,使之永远丰盈充实。生长于大地中间的麦子无论自身多么痛苦,都必须承担起诗人永恒的期待。诗人自以为麦子象征了他生命力的持久,麦子的绝望是因为诗人的失意。诗人就是一株麦子,他收割自己,吮吸自己,"他们自己繁殖"。无论空虚寒冷的乡村,还是热闹喧哗的都市,都有一块心中的麦田生机勃勃。只要有麦地的存在,就会消弭大地上的失意和寂寞,从而使人类理想的家园永远能够生机盎然。

二、黑暗:永恒的时空中迷惘的生命。《太阳·弑》"是一部仪式剧或命运悲剧文体的成品,舞台是全部血红的空间,间或楔入漆黑的空间,宛如生命四周宿命的秘穴。在这个空间活动的人物恍如幻象置身于血海内部,对话中不时响起鼓、钹、法号和震荡器的雷鸣。这个空间的精神压力具有恐怖效果,本世纪另一个极端是阿尔贝·加缪,使用过全黑色剧场设计。从色调上说,血红比黑更黑暗,因为它处于压力和爆炸力的临界点上。然而,海子在这等压力中写下的人物道白却有着猛烈奔驰的速度。这种危险的速度,也是太阳神之子的诗歌中的特征"。骆一禾注意到了黑暗的基调在海子诗歌中的地位和作用。

黑暗一方面是神秘力量的代表,另一方面也是恐怖的代名词。黑色即意味着遥远,既保留了失望,又隐含着希望"这个渴望飞翔的人注定要死于大地,但是谁能肯定海子的死不是另一种飞翔,从而摆脱漫长的黑夜,根深蒂固的灵魂之苦,呼应黎明中弥赛亚洪亮的召唤"。

海子的本意是摆脱黑暗,然而在他的诗中黑暗覆盖一切。"黑夜从大地上升起/遮住了光明的天空/丰收后荒凉的大地/黑夜从你内部上升"。王家新读了此诗后战栗不已,"写出了这种诗篇的人,他必死无疑。因为他洞见了创世的秘密,因为他已来到这样的境界,黑夜即安慰,丰收即荒凉"。在黑暗色调的映衬下,生命的存在被对比出来,从而使灵魂飞升之痛苦获得缓解。《献诗》写道:"黑夜降临,/火,回到一万年前的火/来自秘密传递的火,/他又是在白白的燃烧,/火回到火,/黑夜回到黑夜,/永恒回到永恒,/黑夜从大地上升起,/遮住了天空。"黑暗成为死亡的颜色。但在黑暗之中,秘密传递的火,有燃烧的太阳,这或许是海子热爱黑暗的一个原因。海子在不停地游走中寻找对应于心的天堂,和大地最亲近的结合方式是回归于他的沉默和黑暗,在海子的思想里,内心的幸福与痛苦也是在黑暗中传递着。

三、死亡:占领与生命对话的制高点。死亡代表着一种解脱吗?现代派自称占据了死亡的高度。加缪则在《西西弗斯神话》中更为冷酷地指出哲学的根本问题是自杀问题,是考虑我们究竟是否值得活着。在诗人心中,与世界的融合点是通过死亡。海子的诗从不回避死亡意识,在死亡意象取代黑暗意象后,这种表达效果就更加完整。实际上,从斯特拉文斯基不和谐的音符到法国作曲家拉威尔那些柔和而缠绵悱恻的乐章,处处都有这些黑色天使的影子。诗人、艺术家似乎和死有不解之缘,中国文化中也有太多的死亡案例,从最早抱屈沉江的三闾大夫,一直到老年发狂将竹筷插入双耳的徐渭,他们都听到了某种声音的召唤,恰恰这最令人难以忍受,因为那声音永远无法接近。海子"倾心于死亡不能自拔热爱着空虚而寒冷的乡村"。诗人用死来对抗时间的流逝,拒绝遗忘。有评论认为海子的死亡话语中有强烈的时间意识和浓郁的时间情愫。海子用死来消解沉默和遗忘。作者引用刘小枫的话来为海子之死作注解颇为精当,"大多数浪漫诗哲那里,死指的是对有限生命的自我意识,对感性存在的有限性领会,它迫使人们去关切自身生存的价值和意义"。海子诗中遍存着死亡意象,尸体、腐烂、埋葬、沉睡等等,这些超越常理的黑色话语在诗歌中显得过于涩重。海子在大地、天空和远方都无法找到生命存在的意义,因而陷入空前的绝望。死亡不仅仅是消灭肉体,更为沉重的是磨灭灵魂。"绝望"意指着遥无归期的结果和终局,使死亡承担的文化厚度增加。

海子之死的多种解释在真实的诗人之死面前变得无聊至极。生理上的死亡和哲学终结不是一回事,在病理上解释得了的死亡,并不能在生存意义上获得完美的解读。死亡之思比生存之思更令人痛苦。生存还是毁灭,它不仅是一个疑问而是哲学永远的定理。海子正是用死来表示他已到达生命本质的那一个诗人。

四、海子:大爆炸后轰然不绝的万世狂响。海子应是诗人对应于时代而创造出的自己心目中的神。在《春天 十个海子》这绝命诗篇中,海子再次呼唤起诗人的大地雄心,最后一次无援的构想成了诗人告别世界的遗言。文学里的海子成为诗人海子笔下永恒的话语意象,拷问着诗人脆弱敏感、沉默不语的灵魂。

总之,海子代表着诗人的一切,他是诗人心目中的王者,是永远存在的信念和力。那个站在麦田中央的海子和那个山海关卧轨的海子是同一个实体的投影,海子之死并不代表着"海子"的终结,他在遥远的地方发出绝响,代表着一个贫乏时代的文人们的心态,精英们"有心杀贼,无力回天"的万般悲慨。

海子用生命求证的东西距我们并不远,在我们现在的时代或许可以看得更为清楚。在海子的时代,诗人悲伤地找着自己的心中牧园,诗人就此倒下了,却在诗中建立了一个永远的春天的神话。

海子这一话语意象是其他命题和意象的支撑点。在海子这里,所有的存在才不再缥缈而实实在在对应着世界,成为我们不断前进的精神动力。

第五节 林散之的旧体诗词创作

林散之(1898—1989),安徽和县人,原名林霖,又名以霖,字散之,号三痴、左耳、江上老人等。当代著名书法家,被誉为"当代草圣"。他又是一位画家,曾师从黄宾虹,山水画风格萧散简远,颇得传统山水画之精髓。同时他更是一位功力深厚的诗人,爱诗成癖。年轻时因爱诗书画,自号"三痴生"。他晚年自我评价,认为诗书画三者,在诗上下的功夫最深,成就也最高。林散之曾说:"诗、书、画,我的诗为第一位。功夫深,用了六七十年心血。"林散之一生创作了两千几百首旧体诗词,记录了老人一生的才华和阅历。1993 年出版《江上诗存》,收录诗三十六卷,词二十首,编外集十卷,计两千余首。赵朴初、启功均曾为之作序。无论从诗的质量还是从数量上看,林散之的诗词创作均属不凡,套用他评价友人的诗句,可谓"奇境纵横又一家"。

　　林散之的诗词创作伴随其书画创作,呈现出一些阶段性的特点,这与林散之的生活阅历、社会背景、书画进步等等有着密切的关联。林散之的诗词创作历程大致分为早、中、晚三个时期。林散之在少年时期就显出了其不凡的诗词创作天赋。1914 年,17 岁的林散之自订诗集《古棠三痴生拙稿》(今尚存),收录诗词一百一十六首,他的老师曾点评曰:"词旨清婉,用典浑切。凤鸣高冈,自非凡响。"如果说早期诗作还主要是天分使然,林散之中期的诗词创作则是经过磨砺而日趋成熟。1934 年,37 岁的林散之负笈远游八个月,得画稿八百余幅,诗词近二百首,亲身体历山水自然风景,浓郁的情感熔铸在此时诗词创作中,形成高逸的格调。1937 年游黄山作诗十六首,1938 年,日寇侵占林散之的家乡,流浪中的林散之诗书画创作却未停止,曾作诗十九首记录该时情景。这些大致被划为中期的诗文越发深挚厚重,饱含对家国人民的浓重感情。林散之曾自言其书法:"60 岁前,我游骋于法度之中。60 岁后稍稍有数,就不拘于法。"其晚期诗文也进入了一种"无法之法"的出神入化境界。78 岁的林散之写道:"不随世俗任孤行,自喜年来笔墨真。写到灵魂最深处,不知有我更无人。"这种"写到灵魂最深处"的诗句,是林散之历经几十年风雨岁月之后进入澄净之境的写照。晚期作品,更是任性灵自然发挥而不失法度。先生 83 岁时作论书诗云:"自攫神奇入画图,居心未肯作凡夫。希贤希圣希今方,无我无人无主权。一种虚灵求不昧,几番妙相悟真如。浑然天趣留多少,草绿山中认蕊刍。"这是先生一生丰富阅历的创作结晶,也是其晚期诗词特点的一个诗意综述。

　　林散之的诗词取材广泛,内容丰富,大至国计民生,小至生活点滴,行万里路所见所闻,读万卷书所思所想,无不涉及。稍加归纳,可分为山水诗、时事诗、亲情诗、赠答诗、论艺诗以及禅诗等数端。在中国传统的文艺理论中，"诗画同源"说自古就有实践者。唐代王维被称为"诗圣"，同时又是南派山水画的杰出代表。宋代文豪苏东坡曾说："观摩诘之画，画中有诗；谓摩诘之诗，诗中有画。"而苏轼自己也是诗书画并称的大家。他们都看出了诗画艺术内在品质中存在相通的艺术规律，林散之亦是如此。他的《江上诗存》中，山水诗占有重要的地位。林散之在上海学艺期间，他的老师黄宾虹就和他说过："读书多，则积理富，气质换；游历广，则眼界明，胸襟阔。"沪上归来以后，他便把远游作为自己实现艺术追求的一种需要。1934 年，他只身作万里游，登览嵩山、华山、太白山、青城山、峨眉山、长江三峡等名胜，登山涉水，九死一生，历尽艰辛，搜尽奇峰打草稿，积累了大量的绘画和诗歌作品，还写下长篇散文《漫游小记》。1937 年、1964 年两度游黄山。1965 年、1966 年漫游江苏。这些游历锻炼了他的精神品质，摄取了大自然的灵气，也获得了丰富的诗料，使其诗词大得山川之助。万里远游期间所作的诗代表了其山水诗的最高水平。《苍龙岭》《太白山三首》《峨眉顶二首》等古风纵横捭阖，笔力雄健，风格几近李白山水诗的浪漫神奇。写华山的《苍龙岭》一诗具有代表性：

> 唏嘘太华高，疑从九天落。婉转苍龙来，悬崖万仞削。侧身蛇鼠行，惊悸足无托。往来云倏忽，变灭满虚壑。可怜春不到，冷日倚林薄。缥缈有寒香，空谷生奇药。垂蕊不能发，依依自绰约。愧我聋瞶人，寻幽攀绝峥。欲从得画本，范宽不可作。勾勒愧不才，约略写轮廓。

首二句破空而来，气势不凡，化用李白"疑是银河落九天"诗句。中间从悬崖到沟壑，从冷日到奇药，铺叙苍龙岭的神奇险峻，节奏舒缓有序，景物众多而无杂乱感。结尾引发感叹，又以书画原理作为诗文结语，如"画本""范宽""勾勒""轮廓"等词语的运用。"诗中有画，画中有诗"的创作理论在林散之的文艺作品里比比皆是。诗文末尾犹言只能写个大概罢了，更加衬托出苍龙岭的险绝与超凡。这首五古雄健流利，以刻画见长，读来顿觉身临其境。《青城杂诗十三首》也很优秀，其中一首云：

> 山古石更孤，积阴多妖孽。天师法力深，挥手巨石裂。至今誓鬼台，

犹存魑魅血。吁嗟今世间,鬼祸更鸿烈。安得天师来,一一试剑铁。

该诗由青城山的鬼魅到人间的妖孽,由山之传奇到现实惨状,联想自然,表达了祛除邪恶,天下太平的美好理想。观山水,不忘尘世,体现了诗人的人世关怀,这也是林散之山水诗的一种精神取向。写自然之景,是林散之先生诗作的特色,如《江上诗存》(卷一):

枫叶飘飘黄似金,芦花瑟瑟白于雪。

举目忽惊半天红,夕阳斜挂西山缺。(《夕阳》)

这是林散之写景的一首代表作品。前两联属于工整的对仗,"枫叶"对"芦花","飘飘"对"瑟瑟","黄似金"对"白于雪"。从词性上名词对名词,动词对动词。色彩的搭配也很美,"黄""白""红"的叠合。"伤春悲秋"是中国传统古诗词的一个主题,林散之先生这首秋景暮晚诗作却能别出心裁地给我们一种美好的新的脱离悲伤的赏秋情绪。走在枫叶飘舞的路上,金黄的落叶片片旋舞零落好像铺满了一地的黄金。而秋风中的芦花,摇曳在芦苇荡的上端,比大团大团的白雪还显眼。猛然抬起头时被漫天的晚霞惊愕驻足,此时的夕阳已含羞隐去一些斜挂在西山上。这幅深秋季节的暮晚夕照图,别有诗意。作为画家的诗人,诗作里充满了绘画的色彩,提升了视觉的审美主体。作为诗人的画家,画品里积蓄了诗歌的韵律。

除了山水诗,林散之作为一位对家国人民饱含深情的艺术家,还写了一些爱国情怀的作品。如《赠子退》(五首选一):

投笔惜从戎,我无班超志。

长日坐窗前,为人作书字。

书字竟何用,无补国家事。

唯此耿耿心,终夜不能寐。

首联化用班超投笔从戎的历史典故,自然而贴切。颔联描述了自己的生活状态"长日坐窗前",对国家事的挂虑,对自己不能立刻献身为救国救民于水火之中的焦急,在颈联与尾联中表现得相当到位。林散之一生沉迷于诗书画艺术,但也不是两耳不闻窗外事的书呆子,恰恰相反,他关心国事,体恤民情,在抗日战争与解放战争期间写下大量反映现实生活的诗,即时事诗。抗战八年,林散之写下275首诗,其中多是时事诗,揭露日本侵略者的滔天罪行,反映山河破碎,人民遭难的悲惨现状,"苦诗三百首,都是为承平"(《秋思二首》)。日寇进驻乌江,烧杀抢劫,无恶不作,为了建营房,砍去山上的林木,那是林散之多年经营的成果。林散之从乌江镇跑回家看到,非常气愤,写下《夜归》《松柏为海鸟所摧歌》等诗,前者如下:

> 星光不明露草深,夜半到家敲破门。老母仓皇儿失色,腹枵腕痛眼昏昏。母言别后事多苦,山松剪伐余其根。又言街头情更惨,穷饿之徒无一存。闻言怆恻不能睡,仰天长吁心乱烦。鸡鸣独去不择路,河汉倒影天一痕。西方有神东方鬼,时遇残骸野狗吞。砰砰訇訇又炮响,左右窜伏奔前村。呜呼人生胡如此?浩劫之成谁所使?君不见黄河水祸数百里,十口之间八九死。

忧时伤乱,语语沉痛,自是杜甫《咏怀五百字》《北征》《述怀》一路风格。在当时沦陷区乌江一带,一些地方上的邪恶势力乘乱拉起部队,以抗日为名,占领山头,滋扰民众。《今诗十九首(存十八首)》描述了当时农村的血泪史,如:

> 千年奇事一朝看,买卖官场上下贪。
> 中国不亡真万幸,问他那个有心肝?(其一)
> 英雄好汉满街游,每日乡村拉牯牛。
> 又是一番新气象,大旗杆上挂人头。(其七)
> 江边直是杀人坑,大小喽罗成一军。
> 每夜齐心来动手,掳回钞票大家分。(其八)
> 人肝割去下锅煎,说比猪羊味更鲜。
> 莫怪菜人传历史,惊心七杀又当前。(其十)

兵匪横行,草菅人命,让人触目惊心。林散之先生的此类作品有杜甫遗风,民胞物与的情怀渗透在字里行间。其诗语言平实易懂,感情真挚。当时官场上贪污腐败,日本帝国主义惨绝人寰的恶行,在诗中都有充满作者满腔痛楚与愤怒的刻画。

林散之的亲情诗与赠答诗占有相当多的比重。1966年,林散之的妻子去世,他失去了生活与事业上的伴侣与助手,林散之怀念恩爱伴侣,写了不少悼亡诗,以《忏悔诗九首》为代表,如最后一首:

> 平生芳躅已尘埃,白首心期事未谐。
>
> 鬘影当年留结发,灵光此日剩遗灰。
>
> 灯前作诔思潘岳,江上招魂惜景差。
>
> 泉路相逢知不远,千秋好伴永追陪。

在中国悼亡诗的历史上一共出现了潘岳《悼亡诗》,元稹《遣悲怀》,苏轼《江城子》,纳兰容若的悼亡词等几座里程碑,接着就应该数到林散之先生的《忏悔诗九首》。只有情至深处才能成就深情的作品。林散之与妻子相濡以沫几十年,妻子的提前离去让他伤痛欲绝。首联即包含了深深的怀念,颔联把当年"留结发"和此日"剩遗灰"进行对比,增强了今非昔比的哀叹。颈联连用典故,从潘岳悼亡诗到楚辞招魂的情结,都写满作者对妻子的深深思念。末句是一种无奈的安慰,又充满了令人寒心的希望。

在林散之先生的诗作中,赠答诗也具有一定的分量。他一生以真诚待人、交友。林散之曾说:"文艺家要做真人,不要做假人欺世。"而他自己就是践行真诚的艺术家。林散之名声大振之后,各个行业、不同年龄的人纷纷前来切磋求教,也有不少自命清高者,林先生却以作品说话,话语难免直白犀利。有时候会直接批评,故而常常遭人怨恨。但许多诗人和书法家与林先生却成为相互仰慕的知己。请看这首赠答诗:

> 有友孙龙父,维扬一篆人。殳书缮史籀,垂露更悬针。
>
> 气得江上助,才随日月新。瘦西湖内水,端为洗凡尘。(《赠邗上孙龙父》)

孙龙父是一位知名的篆刻家。殳书是秦书八体之一,一种刻在兵器上的文字,结构不脱离小篆。相传最古的字书是《史籀篇》,而"垂露"和"悬针"都是书法写作用语。此诗前两联都是常识的铺垫,那么后两联则是对孙龙父作品的艺术分析和赞赏。苏轼在《论书》中就曾写道,"书必有神、气、骨、肉、血,五者缺一,不为成书也"。在这里,林散之以气力饱满和脱却凡尘来形容孙龙父的作品,给予很高的评价。林散之一生拜了张栗庵、黄宾虹等名师,结交了邵子退、许朴庵、刁遁庵、张汝舟、高二适等益友,师友之间谈文论艺,过从甚密,《江上诗存》中大量的赠答诗书写了难得的师友情谊,这也是林散之一生中难得的财富,兹不一一列举。

在这各类题材中,论艺诗作是最具特点的。这些诗作凝聚了林散之一生的书画创作体验和收获。在"技道两进"的艺术创作中,林散之以诗书画大师的魄力和魅力向我们展现了艺术精妙的世界。如《论书六首》:

满纸披纷夸独能,春蛇秋蚓乱纵横。
强从此处看书法,闭着眼睛慢慢睁。

更羡创成新魏体,排行平扁独成名。
自夸除旧今时代,千古真传一脚蹬。

午夜磨砻实苦辛,墨池水涨自通神。
千秋饿隶犹成诮,何况戋戋吾辈人?

法乳相传有素因,蔡中郎后卫夫人,
却怜未识兰亭面,自诩山阴一脉真。

自谓平生眼尚青,层层魔障看分明。
莫言臣字真如刷,犹有天机一点灵。

狂草应从行楷入,伯英遗法到藏真。
锥沙自见笔中力,写出真灵泣鬼神。

这六首论书诗作可以看作林散之创作理论与创作实践的记录。通过他的诗作我们可以看出他陶醉于书法世界那种如痴如醉的情状,"闭着眼睛慢慢睁",多么和谐,多么投入。蔡中郎是东汉著名文学家、书法家蔡邕;卫夫人是晋代著名书法家,撰有《笔阵图》详细论书:"兰亭"与"山阴"指晋代书圣王羲之。书法家的典故用在其诗作中恰当自然。林散之在另一首《论书》还写道:

墨书意造本无法,随手写来适中之。

秋水满池花满座,能师造化即为师。

唐代著名画家张璪提出了"外师造化,中得心源"八个字,成为历代绘画的不朽名言。这八个字实际上概括了由"客观现象——艺术意象——艺术形象"的全过程。林散之在这首诗作里提到的"无法之法"和"师法造化"也是他本人书画到达成熟境界的写照。

林散之的一生,积累了丰富的诗书画创作经验,并写了大量题画诗、论画诗、论书诗,表达了林散之对绘画、书法的认识和体会,此中有真意,是一笔宝贵的精神财富。如:

诸子殷勤问画禅,此中消息耐言诠。

必能生处还兼辣,最忌纤时又带甜。

春雨滋涵浓欲滴,秋风干裂瘦仍坚。

若占火候功成日,大力煎熬数十年。(《论画》)

书法由来智慧根,应从深处悟心源。

天机泼出一池水,点滴皆成屋漏痕。(《论书二首》)

不随世俗任孤行,自喜年来笔墨真。

写到灵魂最深处,不知有我更无人。(《作书》)

林散之论诗,认为"诗、性情而已",他说"发乎至情,才是好诗",哪怕是写景诗、议论诗,也流露性情。尽管林散之也是学人,但他的诗没有掉书袋的毛病,没有艰深晦涩的弊端,而是平易畅达,了无涩味。他学诗研习百家,转益多师。《江上诗存·自序》有言："余学诗,先从含山张先生,宗盛唐,后改中唐,力宗少陵,为之弗辍,韩氏为百代所宗,又勉为之,宋之苏黄,变唐之体,由唐而宋,不倦也。"大体上,诗分唐宋,唐诗主情,宋诗重理,唐诗浑厚温润,宋诗瘦硬通神。在《江上诗存·谈诗》中,他说:"学唐诗不能入室登堂,往往流于柔靡,不得唐人福泽、温厚之境。""宋诗瘦,学而不深,流为粗犷,议论泛泛而少至情。""最好取唐诗温润入宋诗,力求兼美。"的确,林散之深悟"学我者死叛我生"的从艺之道,他的诗能入能出,力求兼美,有似李白处,有似杜甫处,有似杜牧处,有似苏轼处,既有唐诗的温润浑厚,也有宋诗的筋骨思理,大体上前期的诗似唐,后期的诗近宋,所谓"由唐而宋",成自家面目,也体现了林散之永不满足,要与古人争高下的进取精神。

关于诗体,林散之从古风到近体律绝众体皆备。有评论者认为"他的主要成就还是在律绝上"。尽管他的律绝数量超过了古风,但古风的成就不在律绝之下,甚至超出了律绝。他的山水诗多古风,且最能体现诗人的胸襟与才气。他的律绝写得纯熟精练,大类中晚唐,而古风在生新与烂熟之间,最见特色。如《江上诗存》开卷的《西楚霸王祠》:

> 秦一四海毕王六,破灭诸侯失其鹿。赤帝子与白帝子,奋身草泽共争逐。学书学剑总碌碌,取而代之祸忘族。纷纷募义起江东,八千子弟皆心腹。风云变色惊叱咤,壁上之观咸慑服。千里火飞在一怒,咸阳三月草不绿。惜背民心肆睢眦,四十万众一朝戮。伐国岂忍多杀伤,外黄小儿一言服。积威已摄诸侯将,力取霸王无不足。观其会军坝上日,人为刀俎我鱼肉。大义乃释汉王归,斗擿亚父空举目。背关怀楚计已失,欲以建瓴挽大局。天实亡楚非战罪,时不利兮马不速。军壁垓下令何肃,秋风吹幕寒生粟。起视中军夜寂寥,美人伤心颜如玉。把酒慷慨歌平生,百战灰心冷山岳。既死以战识故人,赠之头颅义不辱。英雄安可论成败,史官汉臣笔终曲。凄凉吴头与楚尾,西楚之魂空祠屋。悲王岂止杜师雄,我亦临祠同声哭。

该诗围绕西楚霸王项羽的英雄事迹,再现了秦末楚汉战争的历史,评议了项羽的功过是非,精当得体,叙事、议论、抒情相结合,押入声韵,造成一种拗怒的效果,神情激越,大气磅礴,可称压卷之作。启功在《江上诗存》的序中说:"伏读老人之诗,胸罗子史,眼寓山川,是曾读万卷书而行万里路者。发于笔下,浩浩然,随意所之,无雕章琢句之心,有得心应手之乐。"是真有大家气象。林散之先生诗作中还有一些"禅诗"不得不提一下。林散之自幼早慧,13岁之前《四书》《五经》等国学典籍已有广泛涉猎,后来随着年岁增长,又以很大兴趣研读佛教经典。从《江上诗存》中我们可以看到,他在诗中提到的《四十二章经》《大乘起信论》《多心经》《弥勒训》《维摩诘经》《妙法莲华经》《楞伽经》《无量寿经》《成实论》《六祖坛经》《八大觉人经》等等,在先生生命弥留之际更是书写出"生天成佛"字迹。林散之70岁时写《平山堂三首》诗,其三云:"天宝高僧一鉴真,不辞五渡到东瀛。大乘起信交流日,赢得宗门万世名。"(《江上诗存》卷三十一)佛教文化里的虔诚与清净影响了他的诗作也造就了先生豁达的人生态度。

林散之是一位充满人格魅力与艺术魅力的文艺大师。他以诗、书、画三种方式艺术地生活着。"豪华落尽见真淳",他的诗词是他的内心世界的真诚表达,其人格与诗、书、画艺术风格将影响一代代的后来人。

第六节 赵朴初的诗词曲创作

赵朴初(1907—2000),安徽太湖人。曾任中国佛教协会会长、全国政协副主席。生前出版《滴水集》《片石集》等诗词集。2003年上海古籍出版社出版《赵朴初韵文集》上、下两册,收录韵文作品近两千首。

赵朴初论诗重思想内容,重诗教,他说:"诗重思想质领先,由来体式随时迁。"(《毛主席致〈诗刊〉函发表二十周年纪念座谈会献词》)"常念讽喻导扬,兴观群怨,诗教关天下。"(《庆长春》)在诗歌体式上,赵朴初认为应该随时代变化,形式为内容服务。他说:"格律从来若准绳,翻愁拘泥失天真。诗称天籁发心声。"(《浣溪沙·题段云同志〈旅踪吟拾〉》)虽是题别人的作品,也表明了自己对诗词创作的看法,要讲格律,但不拘泥于格律,可以适当放开。他主张放宽韵脚,用"十三辙";有时为求语气的自然,也不妨突破平仄的限制,为的是不失天真,让心声如天籁,情达而已。在诗体的运用上,赵朴初的韵文包括古风、律诗、绝句、词、曲,还有极具探索性的自度曲,另有仿日本俳句而创新的汉俳,各种形式都运用纯熟,达到形式与内容的完整统一。

赵朴初的韵文创作内容丰富,比较有价值的可分为三个方面。

第一,弘扬佛法与促进和平。这是赵朴初一生的事业,他的宗教诗,记录佛教活动,表达宗教政策,阐发佛学哲理,集中所占极多。而弘扬佛法又与和平事业息息相关。他以平等心看待众生,以慈悲心引导人们向善,"和平、向善、崇德,构成其诗词的三大主题倾向"[1]。赵朴初"识得和平为佛事",1989年1月,他在澳大利亚墨尔本召开的世界宗教和平会议第五届大会上指出:"佛教所强调的慈悲、平等的精神,对于提高人类道德的情操,促进人类和平友好,具有重要的现实意义。"[2]《访问日本杂诗二十首》第十三首云:

> 普门一念同回向,礼赞香花忏悔辞。
>
> 识得和平为佛事,十方世界共扶持。

该诗的背景是1955年8月18日,日本佛教界为中国在日殉难烈士及中国佛教协会已故会长圆瑛法师示寂三周年举行法会,赵朴初以圆瑛法师"保卫和平是最大佛事"一语与日本佛教界人士相勉,表现了他爱好和平、促进和平的美好愿望。

赵朴初曾长期担任中国佛教协会的领导职务,与印度、日本、韩国、朝鲜、泰国、越南等国佛教界人士交往很多,记录佛教文化交流和友好往来的韵文也多。在这些国际题材的作品中,追求和平、表达和平是一以贯之的主题。《印度纪行杂诗二十四首》其四云:

> 前年此地成嘉会,槃恰西拉举世闻。

---

[1] 黄君:《九品莲花处处开》,《无尽意斋诗词选》,北京:北京图书馆出版社,2006年版,第215页。

[2] 释惟贤:《佛教道德的普遍意义》,《佛教道德经典》,成都:巴蜀书社,2001版,第2页。

不负释迦之种姓,和平志业见精诚。

1954年,周恩来总理访问印度的德里,中印共同倡议和平共处五项原则,印度人称之为"槃恰西拉"。"槃恰西拉"者,佛教术语,古人译作五戒,今已普遍用为五项原则之代用语。在此,五戒与和平共处五项原则精神相通,佛教与政治找到了契合点。诗虽纯属议论,然亦足见精诚。赵朴初韵文中常见名山寺院、佛像古塔、和尚禅师,这些内容也常与政治事业、和平志愿紧密相连。1960年,日本大谷长老领导日本佛教徒为促进中日友好,反对日本军国主义势力复活,进行正义斗争,并宣布退出执政党,义声所播,遐迩同钦。赵朴初闻之,欣然作《寄赠大谷莹润长老》,诗云:

虎狼之心不知止,伥鬼之行不知耻。

冲开瘴雾震雷音,竖起脊梁真佛子。

扶持正气健为雄,群力何难制毒龙?

莫道黑风吹浪险,已看朝旭照天红。

诗中的"虎狼""伥鬼""瘴雾""黑风"等暗喻日本军国主义势力,"雷音""佛子""正气""朝旭"等则喻指大谷长老等和平力量,倾向鲜明、正气凛然。

《赵朴初韵文集》中有些作品涉及民族团结的问题,有现实题材的,也有历史题材的,都指向和平主题。赵朴初认为唐代和吐蕃的文成公主、金城公主是和平使者,也是文化使者,在民族团结方面起过重大作用。如《塞鸿秋二首·咏文成、金城公主》其一:

漫等闲帝女嫁乌孙,长留着王子金杯话。为的是和亲民族安戎马,为的是交欢琴瑟传文化。重任付儿家,雪岭冰川跨。论功勋岂在萧房下?

帝女嫁乌孙:指汉武帝时的细君公主和解忧公主远嫁到西域游牧大国乌孙之事。这两位公主在西域生活多年,扩大了汉朝的影响,密切了汉朝和西域各民族之间的政治、经济、文化的联系,为开拓丝路、缔造多民族的祖国做出过积极贡献。王子金杯话:相传唐朝金城公主嫁吐蕃后,生子为他妃所夺。王子初能语步时,藏王宴请两家亲属,以金杯盛酒命王子授予舅氏。王子以杯授汉人曰:"我是汉甥。"这些公主和亲的目的是为了平息战乱、民族和睦、传播文化。她们虽为女儿家,但担当大任,跨越冰川雪岭,长途跋涉,完成和亲大业。这样的功勋并不在萧何、房玄龄等良相之下。和亲大业的确是千古佳话,故使诗人怀想并作诗赞颂。

赵朴初在作品中所表现的和平主题是民族的、国家的,也是世界意义上的,直接表达这一主旨的诗词曲句,俯拾即是,如"作和平使,为释增光","作大佛事,维护和平","阐扬圣教,利乐有情","可能空地狱?三界佛香中","好将佛事助文治","兴邦护法共安澜","不离于浊世,而净佛国土。普天现和平,广度一切苦"等等。这种情怀是大乘佛教,是着重利他,即利益大众的行为;而非小乘佛教着重自己解脱。赵朴初韵文以大乘菩萨的胸怀弘法利生,宣扬和平主题,可谓有大功德。

第二,描写自然风光与异域风情。赵朴初作为宗教界名人,经常到外国访问、交流,踪迹遍及亚洲诸国,非洲的埃及,欧洲的俄罗斯、瑞典等,留下大量的记游诗,记录了异域风景和风情,让人大开眼界。如《浣溪沙·泰姬陵》:

> 玉殿疑看玉骨清,端严池影晚妆明。经年偿梦泰姬陵。长恨君王殉望眼,千秋月夜耀奇珍。佳人难得是佳城。

泰姬是印度蒙兀儿朝王妃,死后,国王使工役两万人为陵,费时十二年乃成。国王晚年为子所幽,朝夕望妃陵自遣,终至失明而死。该词既描写了泰姬陵的月夜奇观,也对国王劳民伤财终至"长恨"的结局微露讽刺。又如《忆江南十四首·访缅杂咏》其五:"南国话,鸟兽自成家。瑞兆倾城观白象,玉颜刮目看乌鸦。垂手舞那伽。"写在缅甸观白象、白鸦、舞蛇(那伽)的奇观,令人大开眼界。又如《如梦令二首·印度漫写·鸟兽》:"过市神牛食粟,入肆飞禽啄豆。却顾戴瓶人,瘦影恒河面皱。知否?知否?可以不如鸟兽。"根据印度教俗,凡献神之牛,名曰神牛,不受羁勒,不服劳役,街市闲游,车马让路,每到人家,众皆供食。《大学》曰:"可以人而不如鸟乎?"词的结句说"可以不如鸟兽",对印度风俗发出幽默的感叹。

第三,歌功颂德与讽刺丑恶。赵朴初的一生与祖国共休戚,与人民共命运。因为亲眼目睹了新中国成立前后社会的对比,诗人感叹新中国翻天覆地的变化,改革开放以来的崛起,诗词曲写到一些政坛大事,且多雅颂之声。他的作品涉及政治、文化界很多重要人物,通过对这些人物的描写记录了20世纪的中国历史,反映了时代特征。如《清平乐·围棋,赠陈将军》:

纹枰坐对,谁究其中味?胜固欣然输可喜,落子古松流水。将军偶试豪情,当年百战风云。多少天人学业,从容席上谈兵。

写陈毅将军下围棋,以棋喻战争、人生、学业,颇具深意,写出了陈毅的儒将风度,流露出敬慕之情。赵朴初讽刺丑恶的作品不太多,但极具特色,如《杂诗十首》《蝶恋花·杨花》《某公三哭》《反听曲》《大院曲》《套曲字字双·故宫惊梦——江青取经》等,其中多数采用元曲或自度曲的形式,通俗幽默,讽刺入木三分。《杂诗十首》写于1941年,其一云:"万里长城万里长,长城万里耀金汤。防胡不若防黔首,毕竟今皇胜始皇。"蒋介石使胡宗南拥重兵于陕西,以封锁八路军,号称新万里长城。在民族危机重重的当时,国民党不积极抗日,却制造摩擦,掀起反共高潮,实在不得民心。该诗反话正说,尖锐讽刺了国民党的反动政策与倒行逆施。

1963年、1964年创作的散曲《某公三哭》曾传诵一时。当时的国际政治舞台上有"三尼"之说,分别指美国总统肯尼迪,苏共第一书记尼基塔·赫鲁晓夫,印度总理尼赫鲁。当时的世界意识形态纷争激烈,正如毛泽东主席《满江红·和郭沫若同志》中云"四海翻腾云水怒,五洲震荡风雷激"。亚、非、拉美反殖民的独立运动潮流汹涌,苏、美两国则以世界两大阵营主宰自居,试图以两国间的交易支配世界。而富有挑战性格的毛泽东偏偏特立独行,他认为苏共领导背叛了马克思列宁主义,与新老殖民主义同流合污,是世界被压迫民族和人民更危险的敌人,要同他们"斗一万年",这就是《某公三哭》的大背景。1963年,肯尼迪遇刺身亡,赵朴初写了《尼哭尼》;半年后,尼赫鲁去世,赵朴初写了《尼又哭尼》;又有半年的间隔,中国原子弹爆炸,苏联的勃列日涅夫等把赫鲁晓夫赶下了台,赵朴初又写了《尼自哭》。1965年公开发表时,

三个曲子分别改名《哭西尼》《哭东尼》《哭自己》,加了一个总题《某公三哭》。《哭西尼》如下:

[秃厮儿带过哭相思]我为你勤傍妆台,浓施粉黛,讨你笑颜开。我为你赔折家财,抛离骨肉,卖掉祖宗牌。可怜我衣裳颠倒把相思害,才盼得一些影儿来,又谁知命蹇事多乖。真奇怪,明智人,马能赛,狗能赛,为啥总统不能来个和平赛?你的灾压根儿是我的灾。上帝啊,教我三魂七魄飞天外。真个是如丧考妣,昏迷苦块,我带头为你默哀,我下令向你膜拜。血泪儿染不红你的坟台,黄金儿还不尽我的相思债。我这一片痴情呵,且付与你的后来人,我这里打叠精神,再把风流卖。

该曲模拟相思女子向死去的对象诉衷情的方式,隐射赫鲁晓夫背叛马列主义,与美国相勾结的丑行,极尽夸张讽刺。这种举重若轻的戏谑,睥睨一切的调侃可能影响了毛泽东,故有《念奴娇·鸟儿问答》:"不见前年秋月朗,订了三家条约。还有吃的,土豆烧熟了,再加牛肉"云云。

赵朴初的诗风以平易通脱为主,也有豪放与典丽之作。因为应酬之作很多,立意、构思与语言每多重复。其韵文有两个特色非常鲜明,一是受宋诗影响,好发议论。他的议论不乏新意与警醒之处。如:说文成公主、金城公主,"论功勋岂在萧房下?"(《塞鸿秋二首·咏文成、金城公主》)将和亲公主的功劳与宰相相提并论,发人之所未发。针对曹操赎蔡文姬归汉,让她完成父业,却使她抛儿别女之事,赵朴初发议论:"……遣使何为?赎身何意?我道曹公差矣。谓中郎有遗书,有女儿能诵记,只消得寄个纸笔。睦邻大计,更要将心比他意。常通声气,频传消息,何如认个亲戚?和吐蕃的唐太宗,和乌孙的汉武帝,都比你,有主意。"(《观演〈蔡文姬〉剧有作三首》)郭沫若1959年创作历史剧《蔡文姬》为曹操翻案,赵朴初的这只曲子算是再翻案,议论精彩,令人信服。又如"智力待开无尽藏,不拘一格造人才。"(《读〈中共中央关于经济体制改革问题的决定[草案]〉奉和周谷城同志》)将龚自珍的名句"不拘一格降人才"改动一字,遂有新意,且切合实际。又如"深思详究山何秃,子众孙稠始两狙。读未终篇思马邵,当时轻议二贤愚。"(《读〈临川集〉四首》)借王安石《秃山》诗本事,替要求控制人口增长的马寅初、邵力子鸣不平。又如"快然自足飞机上,珠穆昆仑脚底行。但畏密云遮望眼,应知身在最高层。"(《读〈临川集〉四首》)结合亲身体会,在王安石《登飞来峰》诗基础上翻出新意,令人深思叫绝。又如"轻歌缓缓梦归休,软语师师逐水流。忧乐后先天下事,矶楼争比岳阳楼?"(《矶楼》)拿风流皇帝宋徽宗与名妓李师师寻欢作乐的矶楼与范仲淹为天下忧乐的岳阳楼对比,主旨鲜明,议论精彩。二是长期勤于佛禅,禅味很浓。赵朴初说,"余少年时为诗多禅语",不独少年时,终其一生,诗中也多禅语。如《题〈茶经新篇〉》:"七碗受至味,一壶得真趣。空持百千偈,不如吃茶去。"要得茶中趣,只有靠吃茶,茶外说得再多终隔一层,强调的是知与行的关系,实践出真知。《妙香山访普贤寺三首》其二云:"乍认溪声是雨声,起看月照万松明。休凭闻见分真幻,大地山河一味清。"暗含着真如不动、万法皆幻的意旨。《随缘》云:"难得一日晴,又遇终朝雨。晴佳雨亦佳,好景随缘取。"不拘彼此,随分安心。《赠净土帮您中心诸友》云:"心静则土静,助人即自助。仁人畅本怀,志士必由路。"表达了利他即是利己的辩证思想和仁爱之心。

赵朴初还是一位书法大家,他的书法作品和诗、词、曲作品,充满着仁爱、宽和的旨意。

第七节　丁宁、宋亦英、刘夜烽、徐味、邹人煜的旧体诗词创作

丁宁(1902—1980)　字怀枫,别号昙影楼主,原籍江苏镇江,幼年随父移居扬州。新中国成立后,丁宁先是在江苏省图书馆工作,后到华东人民革命大学学习,1953年分配到安徽省图书馆工作,主要负责古籍的管理。安徽省图书馆当时收藏古籍约三十万册,丁宁主持组织整理、登记、编目以及古籍版本的鉴定工作。丁宁记忆力特强,国学根底深厚,知识渊博,对所保管的古书了如指掌。向她借书,只要开出书目,随要随取,非常熟悉,有如探囊取物。每逢读者查阅文学典故,她可即刻告知你出自何书,乃至几卷几页,人称"活目录""活字典"。

丁宁从小就异常聪慧,被目为神童,她的父亲经常背驮着她走亲访友。一年夏日,塾师看见她蹚水嬉戏,就罚她对对联,出上联"皮脸鬼",丁宁一瞥塾师,瞬即开口对以"肉头人"。丁宁自述,她自幼酷爱诗词,9岁诵唐诗,即深有领会,学为小诗,至12岁已积稿盈寸。以后家庭屡遭灾难,常为小词以宣泄悲愁寂寞。① 丁宁23岁时,在程善之家偶遇扬州著名词家戴筑尧,戴见其习作,惊羡其才气,当即表示愿收为弟子,丁宁向戴三鞠躬,次日,备礼到戴家行拜师礼,正式学词。数年后,女词人丁宁的名声不胫而走,为宁、沪词坛称颂。20世纪30年代初,著名词家夏承焘曾向丁宁索词。

丁宁所作《还轩词》代表了她的诗词成就,共收录诗词204首,编为四卷,其中1927年至1933年为《昙影集》,多为感伤身世之作;1934年至1938年与词学家龙榆生、王叔函、陈寒光等唱酬,辑为《丁宁集》;1939年至1953年,作者备经忧患及人事沧桑,感慨颇多,所作或怀念亲友,或感时赋怀,或借物抒情,为《怀枫集》;1953年至1980年,她作词很少,但也有反映新时期新气象的作品,如吟黄山等词,收为《一厂集》。② 丁宁的诗词清冷彻骨,悱恻动人,主要是继承了北宋婉约派的传统和清代常州派的余绪,并加以创造,从而形成了自己的风格。如这首《喝火令》:

洛浦尘无迹,瑶台梦有痕。自从流水悟檀因。不是清凉净土,不愿托孤根。海国春犹早,湘灵韵已陈。谁将金粉驻仙云,一样冰姿,一样玉精神,一样亭亭素影,姑射是前身。

再如《一萼红》:

花锦蹁跹,甚春光渐老,花事尚缠绵。娇蕊垂珠,仙衣拂羽,清影愁倚芳烟。问谁省、虞兮旧谱,怅环佩、缥缈画阑前。倦碧眠苔,堕红沉土,肠断年年。千古凄凉尘海,信拔山有愿,叠石难填。残垒临江,连烽照

---

① 1957年三卷本《还轩词存》丁宁自序。
② 安徽省图书馆古籍部1981年油印本《还轩词》于四卷之外,附有《拾遗》一卷,辑录丁宁未收入《还轩词》之中的部分佚作。

野,陈恨回首依然。剩日暮、灵芬袅袅,伴东风、吹遍奈何天。寂寞璇台夜永,心事啼鹃。

丁宁用扬州方言写的词,很有特色,词境与情韵俱擅,如《南歌子》两首:

小艇偏生稳,双鬟滴溜光。几回兜搭隔帘张。却道兔庄,那块顶风凉。杨柳耶些绿,荷花实在香。清溪虽说没多长,可是紧干排遣也难忘。

点个风儿没,丝毫雨也无。讨嫌偏是鹁鸪鸪。冷不溜丢,花外一声呼。索度邻家姬,唠叨故里书。大清早上费踌躇,无理无辜耽误好功夫。

1957年8月,华东师范大学周子美教授为《丁宁词》油印行世,在"跋"中说:"昔者,先叔梦坡翁曾与朱彊邨年丈于杭之西溪秋雪庵建两浙词人祠堂,祀唐张志和而下千有余人。而闺阁词人数甚寥落,舍清照淑真外,无著名者。今君所遭较漱玉幽栖为尤酷,而其词之低回百折,凄沁心脾,虽不外个人得失,亦未始非旧社会制度下呻吟之音也。"施蛰存评价《还轩词》,说,"辞逐魂销,声为情变,非翰墨功也""以还轩三卷当之,即以文采论,亦足以夺帜摩垒,况其赋情之芳馨悱恻,有过于诸大家者。"郭沫若在1963年致丁宁的书信中赞誉《还轩词存》"清澈寒冷、悱恻动人"。通观丁宁的诗词,给人的基本印象是:守律谨严,用典古奥贴切,感情深挚悱恻,词醇意远。丁宁中年以后所作诗词,较早年因为女儿夭亡、婚姻失败细腻凄婉之作,更为深沉醇厚。

丁宁的外祖母曾为慈禧太后作画,其父曾任江南裕宁官银局经理。丁宁为庶出,生母生下她后不久即去世,她由正房夫人抚养长大。13岁时,其父去世,寡母孤女备受族人欺凌。丁宁幼时由父母包办,许配给一黄姓子弟,16岁结婚,丈夫是个花天酒地的浪荡公子,还经常虐待她。婚后生育一女,小名文儿,不幸在4岁时夭亡。丁宁当此之时,既悲伤,又绝望,遂提出离婚。她的嫡母始不答应,后来请了家族中人,要她跪在亡父牌位前发誓不再嫁人,才许离婚,丁宁毅然照办。1924年丁宁离婚,年仅22岁。离婚后,丁宁于南京、上海一带谋生,自食其力。我省诗人刘夜烽先生的夫人吴坚(王元庄)1935年在扬州国学专修学校读书时,曾师事丁宁。离婚后的丁宁一直单身侍奉嫡母长斋念佛,1937 年,丁宁奉母避难于镇江东乡一个小沙洲上,次年一月避居上海;四个月后,嫡母去世,此后她伶仃一身,流寓上海。1941 年,丁宁在南京私立泽存书馆任编目员,当时曾有几个日本军官企图劫走馆内善本古籍,她抵死保护,后来还是主人陈某赶来解了围。抗战胜利后,该馆主人外逃(一说自杀),丁宁靠借债与典当度日,保护图书,直至该馆藏书移交给中央图书馆,丁宁亦被留在中央图书馆管理古籍善本图书。解放军渡江前夕,有国民党要人想劫取中央图书馆善本书籍,她据理力争,不让一书出库。

丁宁幼年习武,性格耿直豪爽,为人处世重承诺、守信义,有慷慨燕赵风。她年幼从陈寒光和程善之二位老师学习诗文,上海、南京相继沦陷时,丁宁把自身衣物都丢弃,独将两位老师的诗集手稿带在身边。"文革"时期,她用油布包好,埋入地下。"文革"结束后,她将安徽大学冒效鲁教授请到家,向他行磕头大礼,托冒教授将旧稿交还陈的家属,此时丁宁已 75 岁。

1976 年,丁宁被聘为安徽省文史馆馆员;次年特邀为省政协第四届委员会委员。1978 年,安徽省图书馆学会成立,丁宁当选为副主任。1980 年 9 月 15 日,丁宁因病卒于合肥,终年 79 岁。丁宁临终前,曾作过一副自挽联:

无书卷气,有燕赵风。词笔谨严,可使漱玉倾心,幽栖俯首;

擅技击谈,攻流略学。门庭寥落,唯有狸奴作伴,蠹简相依。

此联堪为她一生的自画像,也是她的事业行止的自我总结。1985 年 3 月,丁宁骨灰被送回扬州故里,葬入公墓。

宋亦英(1919—2005)　原名宋惠英,笔名宋梅、宋蕴,安徽歙县人。中共党员。研究生学历。1936 年毕业于国立北平艺术专科学校西画系。1945 年参加新四军,历任国统区上海小组联络员,《黄山报》美术编辑,新四军皖南地委文工队指导员,皖南行署工商处人事科机要秘书,安徽省文化局美术工作室主任,省群众艺术馆副馆长,中国美协安徽分会秘书长、省政协常委、安徽省诗词学会副会长,中华诗词学会理事等职。1998 年加入中国作家协会。

宋亦英是我省当代最具影响力的诗词女作家之一,先后出版《宋亦英诗词选》(安徽人民出版社,1983)、《春草堂吟稿》(安徽文艺出版社,1994)、《宋亦英集》(黄山书社,1997)和《春草堂诗词》(内部图书,2003)等诗词集。

宋亦英于1934年开始写作诗词,早期作品清新豪放,富有时代气息:

> 不作邯郸梦,何惊万户侯。愿为湛卢剑,斩尽倭人头。(《抒怀》)

> 绿遍柔条子渐成,薄罗衫袖趁身轻。杜鹃声里忆生平。十雨九风江上路,一春半卧病中身。自寻药饵自医贫。(《浣溪沙·春日遣怀》)

> 万里秋河似练,一天皓月如银。沉沉鼓角别离情,水绕山萦梦近。抛却当年花草,侧身此际风云。宝刀如雪拭摩频,杀敌歼仇务尽。(《西江月》)

> 战局秋风落叶,棋枰黑白兴衰。谁王谁寇早安排,看尔猖狂能再。百万雄师待命,千年枷锁应开。遮天帆橹正南来,助我翻江倒海。(《西江月》)

作品抒发了一名向往光明、投身革命的女战士的豪迈情愫、坚定信心和博大胸襟。新中国成立后,宋亦英陆续写有大量讴歌新社会新时期新事物、关注社会生活及其变革与发展的诗词:

> 风日丽,春色正当前。紫陌旌旗红一片,绿杨村社鼓喧天。歌舞庆丰年。(《忆江南·1963年抒怀》)

> 东风次第换山河,瓦埠渠西又碧波。信是向阳门户好,年年处处得春多。(《瓦埠湖村居春兴》)

宋亦英吟咏黄山诗词每每为人所称道:

> 痴绝黄山几度痴,晨昏造化幻神奇。红烟翠雾销魂处,细雨桃花十里溪。(《黄山桃花溪》)

> 绿嶂排云,清溪泻玉,涛声日夕潺潺。小红亭子,喜傍水边安。睡起

四山人静,绿窗外、满树鸣蝉。闲信步,苍岩石涧,翠扑夹衣寒。过来多少客,难忘雪个,永忆清湘。惜山川零碎,断简凄凉。争及生逢盛世,诗与画、容我清狂。南风里,浩歌一曲,响答水云长。(《满庭芳·黄山消夏》)

谁将彩笔长空染,赤橙翠紫深还浅。一霎锦屏开,金轮喷薄来。余霞纷四被,万壑千岩醉。恍到水晶宫,珠砂透顶红。(《菩萨蛮·黄山观日出云海奇观》)

这些作品情感细腻、刻画工稳、蕴含深永。

宋亦英1979年为悼念张志新烈士写有《水调歌头》和《满江红》,一以痛悼,一以抒感,音调铿锵,词气清越,均为当代词坛寄情抒怀难得的佳作。

《沁园春·欢庆香港回归祖国》曾获全国报纸副刊特等奖:

青史蒙羞,禹域含悲,忍痛百年。溯帝英逞霸,港人求活,以吾屈辱,供彼狂颠。杰阁崇楼,红灯绿酒,都是炎黄血泪篇。世但说,看香江妩媚,苦难谁怜!一朝还我河山,喜迎得文姬返汉关。更从俗从优,以遵民主,唯诚唯信,共渡辛艰。重振国威,别开生面,两制同存一国先。行看取,要花开并蒂,果硕枝繁。

全篇抚今追昔,情辞恳挚,寓说理于浓烈的抒情之中,情至文行,浑然一体。宋亦英在抗日战争初期亲历上海的沦陷,因此当她晚年喜见香港终得回归祖国怀抱,自然感同身受,各种思绪和激愤油然升起,唱出了一阕革命老战士深沉剀切的爱国之歌。词作语言凝练流畅、生动自然。

晚年的宋亦英多酬唱、抒怀、悼亡之作,都有着很高的思想性和艺术性。

宋亦英的诗词写景多新意,抒情则深沉、汪洋恣肆。《张志新之歌》《诗魂颂》等,读后动人心魄。宋亦英诗词的艺术风格,有人评价说:"清新流利而不陈腐晦涩,旷达豪放而不消极阴沉。"[1]宋亦英早年得益于其母的诗词启

---

[1] 刘夜烽:《宋亦英诗词选·序》,合肥:安徽人民出版社,1983年版。

蒙,参加革命后一度又以诗词酬唱为掩护,打下了很厚实的艺术功底。她的诗作,工于比兴,深于意境,神韵和性灵兼具。和她的诗作相比较,词作则相对造意更加深微,造语更见浅显,结构上也更多跳荡。宋亦英有"当代易安"的美誉,究其原因,在于她对于李清照"以寻常语度入音律"的继承和发展。她自己曾坦诚地说,常以口语入诗,即使是到晚年,宋亦英仍然表示创作不完全受格律诗韵脚的限制,而只要求"不脱离古典诗词的韵味、风格"①。在宋亦英诗词中,家常口语往往又和典雅蕴藉的书面语言有机结合,从而在雅俗之间形成特有的张力。宋亦英对于作品题材大开大阖的把握,也属一绝,大至世纪风云,小至花鸟虫鱼,皆可成诗,皆臻化境。即使相对来说难写一些的政治诗和一些应酬诗,她也写得很雅致,绝无生搬堆砌标语口号的痕迹。

"词之为体,要眇宜修",通观宋亦英诗词,女性所特有的细腻、丰富、敏感的心灵,从小就受到的对于古典诗词的熏陶,和长大后日渐丰厚的积累,使得她能够以女性独特的感受、体验来构思立意,熔铸创造意象,情深意切,婉约流转。同时,宋亦英从小就"侠骨柔肠具一身""有照人肝胆"。早在1940年,她在看完话剧《花木兰》后,写下这样的诗句:"解道兴亡都有责,直教生女生胜男。美人如玉刀如雪,此际应惭袖手看。"飒爽英姿,跃然纸上。她有着对于国家民族、真理正义的大爱大恨,爱得深沉热烈,恨得悲愤干脆,这一切恰如熔炉,将宋亦英锻炼得既继承豪放雄健词风而无粗犷浅率之弊,又学习婉约词艺术经验而不落于纤巧柔弱,端庄含流丽,刚健蕴婀娜,从而充分体现了她个人的艺术独创性。

刘夜烽(1920—2004) 江苏宝应人,原名文忱,字蕙风,笔名夜烽、蕙风、抑锋,别号樵园、竹庐、暗香室主人、无半车书斋主人。幼年从父学习诗词书法,1935年入扬州国学专修学校读书,师从张毕父学篆书,师从薛青萍学诗词。历任中共江苏省宝应县委农工部副部长、安徽省巢湖地区党校副校长、南陵县委书记、安徽省委宣传部办公室主任、省文化局副局长、省文联顾问、

---

① 宋亦英:《宋亦英集·后记》,合肥:黄山书社,1997年版。

省诗词学会会长、中华诗词学会常务理事等职。主要著作有《夜烽诗词选》（安徽文艺出版社，1989）等。

从1989年初版本的《夜烽诗词选》可以看到，收录他作于20世纪40年代的诗作仅5首，1961年到1966年的约60首，1981年后的作品则要占到全书三分之一以上的篇幅。初版本的《自序》里，刘夜烽这样回忆：

> 余幼年从家学，10岁即能作小诗。17岁入扬州国学专修学校，复从师受诗词课。弱冠参加革命，受命还乡从事地下工作。彼时，为掩护党的工作，曾随先父皖生公多次参与当地诗文集会，与吾邑上层社会文士往来唱和，有诗作近百首。抗战结束后，投身土改与解放战争，私觉此道，与革命情调不和，遂不复作。解放后，长期以来，仍误认此为："旧事物"；乃："封建士大夫抒发闲情逸致之工具。"故不愿作，亦不敢作也。后见毛泽东主席《诗词十七首》一书发表，始知思想之大谬不然。①

晚年的刘夜烽在组诗《八十述怀诗》中，曾有这样的联句：

> 冲冠一怒辞官去，还我斯文创作来。

这句诗以及上述所引他的回忆，基本上概括了包括刘夜烽在内的大多数诗人的人生轨迹：早年投身革命，纵有豪情与逸致，无暇也无意于诗文创作；中年后，由于种种的人生际遇，诗心"复萌"，遂转以诗文翰墨为寄托。

"忧时本是诗人职，报国常怀壮士心。"（《端阳抒怀》）刘夜烽的诗词源于古典诗歌的现实主义传统，作品题材丰富，国计民生的忧乐、山川花木的胜景、友朋家室的情意，都历历在目、盈盈在思，或言情，或述志，或写景，尽书于笔端。作品早年气息清新，晚年颇得老杜的沉郁顿挫，平淡入调，遣词用句有匠心独运之胜。

作于1940年的《答元庄》系刘夜烽保存下来为数不多的青年时期之作，写得风情绵延，晓畅天然：

> 青青柳色满河干，恨别楼头怯倚栏。知否绿窗明月夜，有人低唱"望

---

① 刘夜烽：《夜烽诗词选·自序》，合肥：安徽文艺出版社，1989年版。

江南"。

诗题中的元庄,是诗人的恋人吴坚,她当时在上海无锡国专求学,曾师从丁宁先生学习诗词。解放战争时期,结为夫妇后的二人,一同在家乡江苏省宝应县坚持革命,感情深厚。吴坚不幸于 1964 年因白血病去世。刘夜烽后来陆续写有大量的悼亡诗,情真意挚,凄恻动人,如作于 1987 年的《急性胆囊炎高烧醒后念及亡妻》:

> 隐患常为祟,翻腾石果顽。三更蝴蝶梦,一度鬼门关。抚琴空余泪,照人幸有肝。琴心衰欲碎,除却是巫山。

刘夜烽诗词的一大特色,在于言情真挚深厚,述志坚毅旷达,写景清丽自然,古人气息醇厚。如《登长城有感》:

> 蜿蜒直达玉门关,烽火台边百感生。回首十年时难日,东风却自坏"长城"。

作于 1988 年的《不寐偶成》颇有老杜遗意:

> 酒意渐消诗思浓,孤衾无寐数宵钟。病身往往升肝火,老态时时露倦容。书为勤翻多折角,笔因久用已无锋。楚狂豪兴今何在?惟剩忧时一片衷。

刘夜烽的近体绝句尤擅风神,如:

> 斜阳明远水,浩荡事东征。月明星争耀,舟飞江怒鸣。灯繁知近岸,风静欲颠人。一片晨曦里,山光识石城。(《自安庆乘夜轮赴宁》)

> 飞鹏鼓双翼,万里赴归途,天幕窗前展,云绵足下铺。夕阳长不落,残岁已云除。未识辞年夜,家人宴罢无?(《除夕乘机归肥途中》)

刘夜烽还是著名的书法家,他的书法始学欧阳询、苏轼,继学汉魏碑帖,1961 年后专攻隶书,得力于《张迁碑》与《泰山金刚经》,笔墨厚重,结体方正,以雄强古拙为主,兼有秀润挺拔之致,运笔方圆并举,融有篆、隶、草笔意。

徐味(1924—2012) 字蕴之,江苏沭阳人。中共党员。1944 年毕业于苏北解放区灌沭中学高中部。早年曾在家乡从事抗日救亡运动,历任沭阳县青年救国会干事、区青救会会长、区学校校长、文教股长，1948 年奉调入皖，历任《江淮日报》《皖北日报》及《安徽日报》记者、编辑、文艺副刊主编，安徽人民出版社文艺编辑室主任、总编室主任，中共安徽省委宣传部文艺处副处长，安徽省文联常委、省作家协会秘书长、省民间文艺家协会主席、省文联顾问，编审。1994 年加入中国作家协会。

《云水轩吟稿》是徐味的诗词结集，共收诗词 120 余首。其中绝句 90 余首，律诗近 10 首，词 20 多首。此外另辑有《续集云水轩吟稿》一卷。徐味长期从事行政工作，业余作诗词，每有所作，辄发自内心深处，诗名不胫而走，政名反被诗名所掩。

徐味早年的诗词作品，洋溢着年轻人对于新世界新社会的满怀豪情。如：

少年曾是抛家客，未归游子头先白，一意念苍生，关山万里程。初衷终不改，犹自歌慷慨，慷慨却生悲，豪情逐梦飞。（《菩萨蛮·抒怀》）

20 世纪 50 年代，徐味写有《城父怀古》，直斥当时的"共产风"与"浮夸风"，全诗如下：

千载兴亡逐逝波，悠悠白鹭起星河。英雄剑戟埋沙岸，美女衣裳挂薜萝。天下不愁佳士少，朝中只怕佞臣多。名城旧事流云去，踏月归来发浩歌。

《七律·亳州赠别》作于 20 世纪 50 年代末年荒时艰、饿殍遍野之际：

无端客里送君行，淮上萧萧木叶鸣。雁过霜天惊旅梦，蛩吟雨夜动离情。几茎白发添霜鬓，一寸丹心报万民。不把山河收拾好，心潮如浪未能平。

"文革"中，《城父怀古》被视为反动透顶的"黑"诗，作者因此被关入"牛棚"。此后，徐味诗风更加凌厉凯切，究其原因，汤明珠先生分析得好，认为他的诗作"无论是咏史还是抒怀，也无论是纪游还是怀友——无不寄寓他悲天悯人的旷世情怀，诉说着生的无奈与不甘"。这种"无奈"和"不甘"源自他"亲自参与了新世界的创造，便对新世界充满了美丽的幻想，认为既是新社会,那么一切都应该是新的、美的,自己流血流汗参与推翻的封建社会的东西应该是一去不复返了。但现实是严峻的,历史是残酷的。"①读者因此可以读到这样的诗句:

> 抛了头颅换了天,一碑风雨纪年年,耳边仿佛有人言。民气党风能好转,长眠地下也安然。勿须卮酒到灵前。(《浣溪沙·凭吊人民英雄纪念碑》)

再如长篇古风《七古·大泽行》中的诗句:

> 曾言富贵不相忘,何以称王便病狂?
> 佣耕羞说当年事,惟恐尊严受损伤。
> 藉口轻威杀故人,无辜伙计却丧生。
> 妄杀一人非小事,寒透身边将士心。
> 寒心将士纷纷去,众叛亲离失旧部。
> 从此势孤军力薄,终于兵败死城父。
> ……
> 抚今思古黯伤神,不见超凡入圣人。
> 后人如把今人论,一似今人论古人。

诗人在其诗作中抒发政治抱负,饱含着特定年代的一名新社会新时代的建设者、一名知识分子对于党和国家的殷殷之情。此外,举凡人事沧桑,世态炎凉,屯邅困踬,忧患凋零,宦海浮沉,风涛莫测,都在他的笔下得到充分的表现。如:

> 当年似觉移山易,今日方知行路难。留得豪情歌代哭,萧萧风雨暮凭栏。(《感怀》)

> 廿载光阴逐逝波,亲朋犹问近如何。此君早挂秋帆去,故地空余旧

---

① 汤明珠:《社稷苍生皆我病,最难冷眼作旁观——试论徐味〈云水轩吟稿〉》。该文另以《真诚的魅力》为题,载《清明》,1994年第5期。

网罗。(《哀罗秋帆》)①

　　欲为苍生尽薄绵,自珍敝帚亦堪嫌,枉将惆怅付吟笺。我道不才明主弃,人言玉殿正思贤,茫茫心事两无边。(《浣溪沙·抒怀》)

　　慧过常人竟祸胎,忠贞秉性更堪哀。悲啼不是怜双足,只为君王眼未开。(《抱璞岩》)

　　莫谓群氓欠主张,黄巾不犯郑公乡,为何兴国皆尧舜,反革斯文命一场。(《莫谓》)

　　历史洪流涌大波,百年岁月易蹉跎。风情已共秋心老,忧患相随白发多。岂冀诗名垂宇宙,要留豪气壮山河。人生富贵浮云耳,惟有丹忱不可磨。(《自题〈云水轩吟稿〉》)

《云水轩吟稿》取得了较高的艺术成就,钱仲联评价说:"纳须弥于芥子之境,良不易到,直言与婉陈,剑胆与箫心,两擅其胜。言皆有物,诗中有史。求之近代,羽琌山民、燕子龛之亚也。"施培毅在诗集序言里认为:"蕴之为人,虽疾恶如仇,而实敦厚豁达,柔中有刚,是多情种子,亦热血男儿。"

徐味笔调清雄俊逸,抒写题材广阔,感时抚事,寄兴遥深。诗中想象奇特,议论精警,字句锻炼精当。如《七绝·北海观日出》:"疏星淡月渐无痕,万物初归梦里魂。宿雨碧凝天半树,朝霞红透海中云。"《七绝·庐山谣》:"白云缥缈半山腰,人道庐山气势豪。一自山中开大会,有人更比大山高。"诗中暗喻1959年庐山会议时期我国政治生活的一度某种不正常。再如:

----

① 该诗注释中说:"罗秋帆,广东番禺人。50年代初,曾任安徽省委宣传部副处长。后被错划右派,早已折磨至死。1980年家乡亲友来信询其起居情况,作者代为拆阅,不禁潸然泪下,当即以此诗书函退还来信者。"

海上尝闻有白蕉,如椽大笔欲干霄。沾来春雨情何限,写到东风气更豪。歌革命,颂今朝。请君乘兴一挥毫。莫愁砚瓦无多墨,尚有江淮水半篙。(《鹧鸪天·赠白蕉》①)

整首词气象恢宏,而又运笔自如。《李蔡》则直抒胸臆:

李蔡为人在下中,居然高位列三公。阿兄不解求荣术,却道终身运未通。(《李蔡》②)

《喝火令·悼恺公》是一首悼词:

国破家亡日,天涯仗剑行。龙华高咏鬼神惊。最是无为大闹,风雨激雷霆。此夕乘风去,琼楼最上层。屏开马列降阶迎,笑语相携,笑语慰平生,笑语铮铮铁汉,心似玉壶冰。

恺公为原中共安徽省委书记处书记张恺帆。

邹人煜(1929—2013) 笔名紫千、梅次、子思等,江苏阜宁县人。1946年11月,还在中学期间的她就被选送至新闻部门工作,先后在华中《新华日报》《江淮日报》《皖北日报》《安徽日报》任记者、编辑,在《安徽日报》工作近40年。离休前曾任合肥市委宣传部副部长。创办《安徽老年报》,并任社长、总编,是安徽省老新闻工作者协会会长。著有《紫千集》等杂文、散文集6本,《姜斋杂咏》等诗词集2本,收录诗词300多首。其作品广为流传,在社会上有较大影响,是我省著名的诗、词、文俱佳的文坛女杰。

邹人煜深厚的诗词功底得益于幼年时接受的私塾教育。在塾师的严格要求下,她不仅熟读了《千家诗》《唐诗三百首》等古典诗词集,还被塾师要求

---

① 白蕉(1907—1969),上海金山张堰镇人,本姓何,名法治,名馥,字远香,号旭如。后改名换姓为白蕉。别署云间居士、济庐复生、复翁、仇纸恩墨废寝忘食人等。出身于书香门第,才情横溢,为海上才子,诗书画印皆允称一代。曾任上海中国画院筹委会委员兼秘书室副主任、中国美术家协会上海分会会员、上海中国书法篆刻研究会会员、上海中国画院书师。曾主编《人文月刊》,著有《云间谈艺录》《济庐诗词稿》《客去录》《书法十讲》《书法学习讲话》等。

② 李蔡,李广堂弟,曾任汉文帝的侍从,后任汉武帝的第二个丞相。

掌握各种词牌格律和平仄对仗规律。参加工作以来,走南闯北,从战争年代到和平时期,经历颇丰,见多识广,加之思维敏捷,新闻视角独到,故大到国家大事、世界风云,小到家长里短、身边琐事,信手拈来,稍作沉吟,便成佳作。正如她在一首诗中所说:

> 塾中自幼苦吟哦,自觉平生得益多。记忆存盘随支取,涓涓汩汩似长河。

她矢志于古典诗词创作,作品众多,诗、词、曲、小令均有涉猎,颇有造诣。她的诗词感情浓郁,词意隽永,既有清丽婉约,又多豪迈铿锵,更以其率性、率真、不伪饰、不媚俗的特色而闻名于省内外。

对于古典诗词的创作,她从不泥古,既吸取古诗词中的精华,又不拘一格,写出了许多富有时代气息的新诗词。20世纪80年代,我国改革开放方兴未艾之际,她满怀激情地作了《忆江南·迎春四唱》,其中一首写道:

> 春何在?二月看江潮,一夜东风波万里,惊涛百尺走鲸鳌,浪阔自逍遥。

在词中,她避开了如"盛世""河清""繁荣"之类的术语,而是用"曲径通幽"的艺术手法,把改革开放的"江潮"和"浪阔"充分地表达了出来。另一首则写道:

> 春何在?新绿动情思。几处书声飞户外,谁家小女背唐诗。清景少年时。

改革开放带来的欣欣向荣的新气象跃然纸上。

受多年新闻工作的影响,她一向喜欢搜集民间语言,这些民间语言后来就经常出现在她的诗词作品中。如写青年演员的两首《钗头凤》,她就分别用了"头刀韭,花香藕,嫩冰新月酥黄柳","冰中绿,三春竹,荷珠滴露朝霞沐"等语来赞美青年演员,读来既生动形象,朗朗上口,更觉其清新明丽。

又如在她创作的两首散曲《看江青受审有感》和《斥张春桥法庭装死》中,她更是运用了许多民间的俚语、歇后语等。在写江青被审的心情时用了"癞蛤蟆怕端午,仓蛀虫怕日晒"这样的语言;形容张春桥顽固不化时,她一连用了"陈年铁豌豆,经霜癞皮狗,咬不动的老牛筋,煮不烂的母猪肉""吃扁担横了心""鸡蛋掉油篓"等十多个民间俗语,不仅把他们的丑态描绘得淋漓尽致,而且比横眉怒斥的效果更好。

邹人煜敢于直面人生,无论是"文革"的坎坷,还是病痛的折磨,人生的风风雨雨都没有能够销蚀她的意志,她的大量诗词仍然针砭时弊,富有极强的战斗性,对社会上的歪风邪气和不正之风,她看了如骨鲠在喉,不吐不快,也因此形成了她诗词上独特的爱憎分明、直抒胸臆的鲜明风格。她创作的《清平乐·贪官烧香》是其中的一首:

> 心仪搜括,灵隐求菩萨。又怕东窗贪事发,小鹿撞胸难刹。大雄宝殿烧香,虔诚胜似玄奘。惟愿权钱尽拥,全家随沐余芳。

把贪官的心理状态描画得惟妙惟肖。

她还写了不少"十七字令"。如讽刺某些店铺以貌取人、不讲信誉的现象时,她写道:"说怪不算怪,量汤才下菜,信誉有人买,也卖!"讽刺贵人生病的"人参青春宝,补品知多少,一天三顿吃,病了!"等,亦庄亦谐,嬉笑怒骂皆成文章。"十七字令"俗称三句半,以往并不入诗词之林,邹人煜创作时冠以"十七字令",众词家以为"为其正名矣,从此,此体可以入词林了"。有人评说她的"十七字令"时说:"休云白俗与元轻,益世足称佳品。"虽然她自己说这些诗可能不登大雅之堂,但她坚持认为诗词不仅抒情言志,也应该激浊扬清,既赞扬真善美,也鞭笞假恶丑,文无定格,诗亦无定格,形式服从于内容,哪种形式适合表现某一内容,就用哪一种。正是这些"不登大雅之堂"但又贴近生活、切中时弊的作品深得群众喜爱。

邹人煜是个热爱生活的人,她创作了大量充满生活情趣的词曲,如《钗头凤·老人迎春二题》(其一):

> 春来也,冰消解,柳迎新绿梅增采。华灯照,时装俏。亲朋争说,迄来年少。妙!妙!妙!新诗改,长吟再,火花飞出红墙外。童声叫,孙儿到,盈盈春意,顿嫌房小。笑!笑!笑!

再如《江城子·老趣》:

老来底事倍匆忙？出书房，入厨房。泼醋擂姜，酸辣味先尝。无轨车开炊职误，汤竭也，饭焦黄。午间小憩任徜徉，伴书香，入甜乡。一梦归来，挥洒意飞翔。百态千姿来笔底，兴废业，费平章。

这些词曲妙趣横生，感染力极强，读之如身临其境，令人过目不忘。

邹人煜始终怀着一颗纯真朴实、达己达人的童心，一种对国家强烈的责任感，埋头苦干、锲而不舍。社会如此之功利，人格如此之自私，她却能奋力保持"自我"，强调责任。她时常提醒自己：不随波逐流，不沽名钓誉，不纵容冷漠，不逃避责任，不自私自傲，而要"自作主宰"，"躬身承担"。她将如此顽强的思想注入生活历程中，寻找一种文人雅士的生活境界，因而在这浮躁不安的年代，能孤独傲岸地依偎在细雨点滴的花前，爬梳于一室书香，"一任秋风冷雨，听凭浪浊船摇。秃笔一枝书一卷，半夜青灯甘寂寥，白头兴尚豪。"过着"素纸频铺弄小诗""直抒胸臆不趋时"的幽僻清雅的人生。她的每篇文字，诗词曲也好，杂文也罢，都是在不同的人生阅历中，用着同一的、质朴的、率性的至诚，以"我手写我心"的纯真坚持自强，爱己爱人，情真意真。"豪情大义堪盈卷，民瘼时艰总挂心"，"短唱长吟皆激烈，独行特立不因循"。邹人煜是一位才华横溢、侠肝义胆的诗词作家。

第八节　陈所巨的诗文创作

陈所巨（1947—2005），安徽桐城人，毕业于武汉大学中文系。1979年开始发表作品，1985年加入中国作家协会。曾任安徽省作家协会副主席，桐城市政协副主席、文联主席，一级编剧，享受国务院特殊津贴。出版诗集《乡村诗草》（合作）、《在阳光下》、《阳光·土地·人》、《玫瑰海》、《回声与岸》等5部，散文集《陈所巨旅行散文选》《文都墨痕》，长篇报告文学《痛苦与冲决》《一个年青的市长和一个古老的城市》《丰碑昆仑》等，长篇小说《明宫奇冤》（合作）、《父子宰相》（合作）、《黑洞幽幽》等。《父子宰相》荣获第二届安徽省社科文艺奖（文学类）二等奖、安徽省第十届精神文明建设"五个一工程奖"。2005年9月病逝后出版《陈所巨文集》七卷。著名作家石楠称赞道：

"他是个大才,多面手,虽然是以诗闻名于世,但他的散文、随笔、诗论、小说都写得很好,我甚至认为,他的散文比诗更好。他出道很早,才华横溢,又非常勤奋,在近 30 年的创作活动中,创作了两千多首诗歌和数量可观的美文佳作,达千万言。"①

一、情系大地:甘作田园歌手

1979 年,组诗《早晨,亮晶晶》在《诗刊》发表,这是陈所巨的成名作。他以自己的敏感,得风气之先,惊喜地发现改革的春风带给穷乡僻壤的变化,田园是他踏上诗坛的起点,从这里汇入了新时期波涛迭起的诗歌大潮。此后,陈所巨执着地植根于田园,在新时期的诗坛上崭露头角,创作出别具一格的新乡土诗。1980 年,陈所巨参加了《诗刊》举办的全国第一届"青春诗会",与会者是当时全国诗歌创作各种不同类型、风格和流派的代表人物,影响很大。这次诗会似乎给了他一个广角镜,能够全方位地观照与透视土地的表层和深处,于是,陆续写出了《阳光·土地·人》《土地,黑色的履历表》《土地,绿色的教科书》《田塍,我重叠延伸的脚印》等一系列具有清新之风和自然之美的乡村诗章,受到了读者的欢迎,也引起评论界的关注。陈所巨把诗歌视为此生之缘,不随意为之,而是要经过沉淀和酿制才能写诗,一直在寻找自己审美意识最敏感的区间和那根点燃情感使之产生火光与声响的引信。20 世纪 80 年代中后期,陈所巨先后参加一些全国范围的大型诗会,还曾到小兴安岭、大西北等地游历,并随地质勘探船在海上漂泊。这些游历开阔了他的视野,也拓展了他的诗风,不再是单纯地歌吟和平面地描摹,而是更注重内在的感悟与超越,逐步走向深沉和凝重。《三峡七百里》《黄波涛,黑波涛》《大河与鼓声》,豪放粗犷,意境开阔,领略大江的野性;《玫瑰海》《桅杆和渔人》《小岛醉了》物我交融,细腻如画,抒写心的海洋。正如著名诗人公刘所说:"这一个

---

① 石楠:《怀念诗人陈所巨》,《山西文学》,2007 年第 7 期。

哼着'民歌和黄梅调'的山村孩子,倏忽之间已长成自由翱翔于海洋的壮汉了!"①世纪交替之际,中国诗歌创作整体上处于低谷状态,陈所巨的诗歌创作并未停止,随着社会的转型,他不断地深入思考并进入历史的回顾和生命的追问状态,睿智而豁达,口语式的叙述随意自然,貌似回归平实,实则内涵更为丰厚,多了一些哲理,甚至有些禅味。《走进黄昏》《秋日黄昏的人与鸟》《秋天告诉我》等诗作,关注现代人的生存状态和内心感受,从日常生活和客观表象中发现被遮蔽的生命本真,提升人的精神品位,回到人自身。

土地是"乡土中国"一个巨大的文化符号,陈所巨多次在诗中"公示"自己的身份——"乡村的儿子"。童年、少年的成长经历使诗人与乡土结下了斩不断、理还乱的精神牵系,这块土地悠久的历史、坚韧执着的活力、淳朴宽厚的乡情……太多的甘苦与辛酸他感同身受,他用泥土一样淳朴的歌声,孤独而寂寞地歌唱乡村、田野、炊烟以及"油桐花",《我的乡村》《乡村五月》《蓝天底下的乡村》《夜,乡村碰响了酒杯》《乡村小路》等诗篇,乡村和土地化为一种情感底色,有一种田园牧歌式的调子,清新质朴而又厚重深邃。

陈所巨在写作实践中找到自我的角色定位,着力抒写乡村的历史现状与底层农民的真实境遇。他曾亲身感受到"大跃进"运动给中国带来的严重灾难,没有忘记那段沉重的历史,并在诗中进行描述。如《我的乡村》中写道:"我曾见'浮夸风'蚀毁了良心和诚实,/我曾见'食堂'的大锅饭里熬着晃动的叹息。/我曾和大人一起把十几块田的稻铺捋进'卫星田',/我曾见土高炉吞光了森林和社员的铁器。"从这些朴实的诗句中可看到童年生活的印象与体验的深刻性,诗人的回忆和反思常常表现出矛盾的心态,既有一些苦涩和淡淡的忧伤,也有对纯真和欢乐的向往,沉重的忧患意识贯穿诗中。陈所巨的乡土精神不仅仅是传统、单向、纯情的乡恋,而是在进行文化层面的探寻与发掘,把诗歌作为一种文化载体,忧国之忧,忧民之忧,诗中融汇了对重铸

---

① 公刘:《田野音乐会上的歌手——推荐新人陈所巨,兼谈他以及一般农村诗作者的烦恼》,《诗刊》,1983年第10期。

民族灵魂的思考以及寻找民族振兴之路的焦灼感和使命感。

检视陈所巨的诗歌创作,大地、阳光、人是其诗中的关键词并构成意象谱系。大地意象具有多重意蕴,是陈所巨乡村诗篇的灵魂与血脉。陈所巨在诗中多次阐释个人与大地的关系:"衔着一片草叶／在土地上出生"(《在土地上出生》),"我是组成大地的一粒微尘,／我是一朵金黄瘦小的满天星"(《我》),"掬一抔家乡的泥土,／捏成我自己的小像"(《小像》)。这里的"我"具有"土地"的品格与精神,是带有时代痕迹和真实特征的个体,朴拙自然。在大地这张履历表上,诗人"用犁铧填上五千年不朽的文明",也"填上我惰性的命运:／纺车边的摇篮／磨细的锄柄、打结的牛绳"(《土地,黑色的履历表》)。诗人填写的岂止是个人的履历,显然,这里的"我"是一个地道的"大我",是我们这个多灾多难的民族的履历,浓缩了历史的进程和足迹,写出我们这个民族的性格特点与思维方式。诗人"折一竿箭竹,／吹出泥土的音韵",不仅为伤痕累累的大地作证,也为新生的大地吟唱。《土地,绿色的教科书》是一个新的起点,陈所巨"在蒙昧中学会沉思",写道:"我总想掀开它／绿颜色的封皮,／但太沉重了,／一块天衣无缝的磐石,／覆盖着古老的历史,／和无数难解的谜。"在这些口语化的诗句中,一连串的意象和咏唱舒卷自如。诗人把大地看作"一本启蒙读物,／一部百科全书,／一页沉重得无法掀动的历史……"他挺直腰杆,挥笔在绿色的封面签上自己的大名。陈所巨汲取着大地的神力,有时他是蚯蚓意象,匍匐在泥土之下,发出光和热;有时他是蚂蚁意象,试图掀开大地绿色的封皮,去看厚重的历史;有时他是啼叫的杜鹃,一声一声,让人柔肠寸断,这些意象与情趣相互熨帖,巧妙传递特定的讯息。随着诗人视野的拓展、境界的提升,他笔下的乡村已不再是单纯的一村一镇,而是中国整个农村现状的缩影。与大地相对应的是阳光,阳光意象构成了陈所巨诗中的亮点。20 世纪 80 年代初期和中期,陈所巨曾写了许多以旭阳为题的诗,执着地抒写阳光,《阳光・土地・人》是他的代表作,诗中最先出现的是早晨 6 点钟的画面,"一个简单的几何图形,／太阳,猩红的圆",在沉默的大地上"立着一个黧黑的人影"。随着镜头的切换,当阳光与地面呈 45 度夹角时,一个母亲怀抱孩子的剪影,"投射在开满金樱子的喷香的墙篱上",这是安宁的瞬间,又似乎是永恒的静止;接着推出的是 12 点钟的画面,"一个老者,在树荫下,/酣睡。轻轻地打着鼾"诗人提出疑问"他是我的未来吗?"却又立即否认:"我不是躺卧的形象",而是"年青直立的形象","牢牢地站立在大地上"。镜头继续推移,"一群年轻的姑娘在河边洗麻",这是一组"劳动和光线雕琢成的美的形象",构成了跃动青春活力的画面。陈所巨在这组诗中极为形象地诠释了"阳光—土地—人"的和谐关系:"太阳是和地平线/ 相切的猩红的圆,/ 我是铅垂般庄重的/ 和土地垂直的直线。"一组组不断跳跃的镜头巧妙捕捉瞬间的直觉与印象,以时空转换和蒙太奇式的切割造成诗歌情绪结构的跳跃性和立体感,由于诗人对光线与色彩的敏感,强化了视觉的效果,具有鲜明的画面感。生活在大地与阳光之间的人应该是什么模样?陈所巨在《大平原上,思想者和劳动者》中推出一尊雕像:"两颗珍贵的黑宝石,/在微凹的眼眶,/流露睿智的光芒。""思维的小溪,/在黎明,活跃的流淌","他站立起来,他不是雕像。/他是和土地一样黑皮肤的/思想者和劳动者的形象。"这座雕像与其说是大平原上的农民形象,不如说是站立起来的大写的人的身姿,也是诗人的自我写真。《撷自九华山的野花·凤凰松》是一首别致的咏物诗,凤凰松的姿态、情思和遗憾,既"难舍这佛地的清净",又向往广阔空间的"飞腾",正是诗人流露出的心灵之声。

中国是茶的故乡,也是酒的国度,古代的许多诗歌都曾以茶与酒来表达乡情和思绪。在漫长的岁月中,茶与酒逐渐成为中国传统文化的符号,往往以茶之浓、酒之醇来表达诗人的情怀,增添悠远绵长的内涵与韵味。"茶"与"酒"又都是陈所巨钟爱的,信手拈来放入诗中,加重本土色彩,剔去时代的浮躁之气,对生命体验细心打磨。他写道:"我无法抓住色彩/ 但我抓住了/ 一个异常兴奋的瞬间/ 水杯底部/ 躺着 春天的一枚茶叶"(《夏日中午》),"有一片微醉的绿野/有一条微醉的河流/原野上炊烟如帆 / 河流上轻帆如烟/是那些微醉的粗胳膊男人们/趁酒兴把冬天一折两段/春三月酿了好久好久/春三月是一杯浓浓的/微微醉人的醪糟酒"(《春三月》),"茶"与"酒"都是富有中国文化色彩的意象,它们的醇香伴随着简洁的文字浸入诗中,更显得情的浓烈,味的纯正。

二、立足文都:承接精神血脉

陈所巨说:"有人说过,四十岁后,诗歌从窗户里飞出去,散文从门里走进来。打从不惑之后,我就担心诗歌会离我而去,在某一天不辞而别。我因此早做心理准备,少写诗或基本不写诗,更多地接近从门外走进来的散文。"[1]20世纪90年代之后,他开始转换路径,显示了其创作的多样性,一些散发着泥土清香和深刻思辨的散文与随笔陆续见诸报端,具有较高的艺术水准,被誉为新桐城派领军人物。陈所巨以生命的个体形式和独特的话语,探寻自我与民族的精神之旅,在一系列散文中隆重推出家乡的"文化品牌":"文都桐城'桐城派'兴盛两百余年,几乎与大清王朝共始终,它开始孕生于安徽桐城,以后蔓及全国,先后拥有散文作家知名者六百余人,著述累以千万,并逐步形成一整套科学、完整的创作理论。"(《文都墨痕》)"天下文章出桐城",陈所巨把传承"文都"的血脉视为神圣的使命,相信自己能够受惠于先贤的遗泽,写出更多更好的文章来。

桐城深厚的文化底蕴滋养了陈所巨,他总觉得自己的根在桐城,不仅是生命之根,更重要的是文化之根、文学之根。他对这里的一阁一亭,一桥一巷,一居一园,一堂一祠,一庵一寺,都倾注了满腔热情与生死般的爱恋,而这些又为他注入了灵气,寄予了他的思想、情感和美的沉思,为家乡写下了大量介绍历史文化的散文,如《文都墨痕》《风铎声声》《邂逅南山先生》《桐城文人》《桐城旧事多》《翰墨风香话桐城》《六尺巷又记》《桐城联趣》《紫来桥下水》《客来茶当酒》《父子宰相对春联》等。在这些散文中,既可以饱览文都的旧迹遗存,也可以透视文化名人的心像精魄,还能感受到浓郁的风土民情。

---

[1] 陈所巨:《关于〈走进黄昏〉》,《陈所巨文集》第七卷,合肥:安徽文艺出版社,2007年版,第288页。

"这是一个现代桐城人走进社会、走进历史、走进文化深处的点点脚印。他在寻找,顺着一条粗大的文化根系,寻找自己的故乡、故土、故人,他同时也在伫立和展望,他伫立着为故乡的现代建设成就而自豪,更展望着故乡美好的未来。"[1]陈所巨引领着读者徜徉在这座古城里,沿着龙眠河,穿过紫来桥,走出六尺巷,听着"父子双宰相,隔河两状元"的故事,品尝着"菜心夹沙",饮着"文城美酒","慢慢品出些情趣,品出些韵味"。然后,步入文庙,"听风铎之声,闻着那声音的味儿:是历史和现实的沉香之味;是经典和思想的砚墨之味;也是荣华了一个朝代又一个朝代的节律音韵文采的鲜活之味"。

陈所巨的散文意蕴丰厚,文化品位较高。《庄子的草帽》是一篇值得反复品味的美文,着意用草帽这一意象来解读庄子,视角独特、内蕴深刻,别有一番情趣。作者把"庄子的草帽"与"惠子的草帽"对比着写,根据人们耳熟能详的"濠梁观鱼""庄周梦蝶"这两个典故,将自己对庄子思想价值的感悟以及后人膜拜庄子思想的因袭习性的认识倾注在文中。"草帽"是青蒲草编的,能产生自由精神,是庄子"悠闲散淡的人生方式"的外在表现形式。这顶"散淡文人"必备的草帽使其思想有了依托,草帽成了"孵化原始思想的青色鸟窝"。"草帽"所具有的乡野性、民间性,意味着庄子能自由自在地呼吸,感悟大自然的一切。这是一种生命状态,一种生活态度,一种人格写照,是庄子自由灵魂的外化。"庄子的草帽"象征着庄子自由灵动的思想,形象地表达了作者对生活本真貌、思想原生态的冷峻反思。

陈所巨善于寻觅、捕捉、发现身边点点滴滴的美,写景状物多传神之笔,生机盎然,行云流水。《烟雨桃花潭》写作者在细雨霏霏中来到桃花潭,想起了唐代大诗人李白和那首脍炙人口的《赠汪伦》,语言的空灵、思绪的绵长,与桃花潭的景色和谐相融,堪称经典力作。《走近芦苇》是一篇充满诗意的文章,写人与芦苇的默契、沟通和交流,揭示生命的感悟,意在表达岁月和生

---

[1] 白梦:《故乡·故土·故人——陈所巨散文集〈文都墨痕〉序》,《陈所巨文集》第七卷,合肥:安徽文艺出版社,2007年版,第422页。

活的磨难能够改变生命的外在表现,却很难改变生命的本质,以破土而出的芦苇为代表的新生事物必将代替以枯老芦苇为代表的旧事物,这是世间万物历尽苦难生死更替的规律,也是毋庸置疑不可抗拒的。《微雨》以诗人的目光从大自然中探幽发微,将自身对周围世界的心灵感应提升到哲学的层面来追问;《落日》抒写自己独特的生命体验,展示出作者与落日融为一体的宽阔情怀。《烟雨桃花潭》《残荷》《知春》《雄哉,天柱》等被拍成电视散文在中央电视台反复播放,并获得"电视艺术片奖"和"星光奖"等奖项。

陈所巨对故乡的名胜古迹、山山水水、一草一木都倾注了自己的感情,篇幅虽短,却写得富有情致,十分耐读。"桐城派"以短文章见胜,陈所巨的散文继承和光大了"桐城派"的文学传统,先从小处落墨,再加以拓展,故土与先祖、历史与现实、自然与人文、亲情与友情,随意叠放不断变幻,多姿多彩而又清新隽永,行文的老辣和对意境的营构颇有特色。

三、拂去尘埃:采撷文化资源

桐城自明清以来文名炽盛,大家辈出,陈所巨为自己是一个桐城人感到自豪。然而,小说创作是桐城派的弱项,从全面振兴桐城文学创作的角度来考虑,陈所巨进行新的尝试,采撷丰富的文化资源,开始涉猎长篇小说以及电视剧本的创作,直接为桐城的历史名人立传。

《明宫奇冤》(与杨怀志合作),安徽文艺出版社1988年出版。叙述的是明末时期的历史故事,熹宗皇帝荒于国政,宦官魏忠贤专权,忠良屡遭陷害。出生于龙眠山的大侠占大刀追随史可法,与宦官势力斗智斗勇,最终诛杀奸佞阮大铖。

《父子宰相》(与白梦合写)是一部长篇历史小说,分为上、下两部,共计36回,逾60万字,安徽文艺出版社2004年出版。小说以反映清朝康熙、雍正、乾隆80余年的历史为背景,通过叙述刺杀康熙、大破噶尔丹、整顿吏治、文字狱、治河救灾等重大历史事件,着重刻画了张英、张廷玉这对父子宰相勤政廉政、亲民爱民、高远仁厚的人格品性。父子两人的勤勉、隐忍、清廉和才华,不但深得帝王们的信任和认同,在政治、经济、军事、文化等朝廷的诸多政策中,也产生了积极的影响。在作家笔下,人物形象丰满众多,繁简得体,各逞其彩,有凄绝感人的情感纠葛,危机四伏的矛盾冲突,惊心动魄的生死较量。作者认真查阅资料、寻访旧迹、搜集民间遗存,在尘封的古书中探究父子宰相所处的时代及其对于历史和社会的作用与贡献,并将现代诗人的语言转化为传统的章回小说。作家特有的纯熟的语言,于凝练沉稳的叙述中,不乏诗化与哲理色彩的闪烁。《父子宰相》虽然存在对历史人物欣赏有余、批判不足的弱点,但仍不失为一部好小说,这部小说改编为电视连续剧后,突出了"民族和睦,社会和谐,国家统一"的主题,还叙述了父子宰相与"桐城派"早期重要人物戴名世、方苞的情谊和交往,力图突破当前荧屏上的"戏说"风,以历史正剧面目出现,厚重感人、情节曲折、文化品位高、观赏性较强。

陈所巨的第一部长篇小说是《黑洞幽幽》,长江文艺出版社 2002 年出版,全书 26 万字。这部小说的扉页上写道:"要是你认识了你自己,你就真正认识了这个世界。要是你发现了一个可供灵魂进出的洞口,你就可以随意地进出所有的时间和空间。我是你,你是你,他也是……"这段话是解开"黑洞"之谜的一把钥匙。小说没有完整的故事情节,亦真亦幻,巧妙地将意识流和传统的叙事方式结合起来,跨越时空和人们的思维定式,写"你"的心路历程与生存空间,表现手法是特异的,那些貌似不完整的故事片段被鲜活的人物连缀起来,显示出内在的完整性。解读这部小说有助于更完整地认识陈所巨,贯穿全书的主要人物"你",是作者借以描写、叙述、抒情的载体和替身,其他人物还有悦、老妖、古队长、爷爷、奶奶、父亲、母亲等,也都十分真实。"黑洞"——善与恶、生与死的通道,身在其中,只是一个人生的过程,关键在于善待和珍视这个过程。作者引导读者领略人生的苦难和痛楚,体味和感悟生命的本质与真谛。

桐城是一片文化沃土,陈所巨深深植根于此守望着精神田园,在这里"蜗居"数十年。"文都"的昔日辉煌,让今天的诗人为之自豪和振奋,也在无形中承担了太多的重任,超负荷运转。有人说他颇得桐城派真传,有人称他为

"文都"旗手。但他只是以自己的虔诚、心血与生命,为当代文坛增添了一抹葱绿,化作了龙眠河畔一株临风而立的"凤凰松"。

第九节　那沙、贾梦雷、张万舒、玛金、徐子芳、时红军的诗歌创作

那沙(1918—2000)　原名林澄思。广东博罗人。1938年参加革命,1958年后曾任安徽省文学艺术界联合会副主席、党组副书记,《安徽文学》《戏剧界》杂志主编,安徽省文学艺术界联合会名誉主席,安徽省作家协会、音乐家协会名誉主席,安徽省政协常委,中国戏剧家协会第四届常务理事等职。著有诗集《英雄岩》《你早啊,群山》《关于自己的广告》,抒情诗《悲壮的婚礼》,叙事诗《金桂之歌》等。

那沙从20世纪30年代中期就已开始了诗歌创作,在那血与火的年代里,诗歌是他最好的战斗武器,正像他在《那沙文集·序言》中所说的那样,是"出于对劳苦大众的同情,对革命事业的憧憬,出于恨外敌之压境,哀民生之多艰,开始写些诗歌、小说等作品"。因此,他的诗歌既是他人生旅程的印迹,也是时代变迁的历史见证,他"迎着阳光/披着月色/享受过/丽日,甘泉/经历过/阴霾风暴/走啊/一往无前地向前走/留下,留下/深深的足迹"。

作为一名经历过金戈铁马生活的诗人,那沙一直有着军人的那份情怀,不仅坚毅果敢,而且热烈奔放,始终心系祖国和民族的解放,心系劳苦大众的幸福,故而在新中国成立之后便以无比喜悦、无比激动的心情赞美英雄的祖国、日新月异的社会主义建设,颂扬蔚然成风的美德风貌,成为一名政治抒情诗的歌手。"随着天安门上红旗的节拍,/向四方播送我们壮丽的歌。"这种歌颂虽显得单纯但情感却是炙热而真诚的,因为它充分展现了主人翁的精神风貌和姿态。与同时代的其他诗人一样,那沙在这一时期创作了大量回顾革命历史、讴歌英雄、缅怀革命先烈的诗篇,长篇叙事诗《英雄岩》记叙了抗美援朝战争期间,中国人民志愿军某部为守卫前沿阵地——老虎岩而和敌人进行了一场壮烈的战斗,志愿军战士赵义一人独守阵地,英勇机智地打退了敌人一次又一次的疯狂进攻,可是为保护前来送信的战友小万,赵义被炸瞎了

双眼,但他依然坚持战斗,最后用火箭筒与敌人同归于尽。这是一曲英雄主义的赞歌。《悬剑山》是诗人对革命历史遗迹的重访,诗人的目的在最后一节做了最好的说明:"我不去欣赏传说中的怪石,/我要探寻当年革命的遗迹;/我爱那挺拔苍劲的老松,/伴着一片片欣欣向荣的幼树;/我爱那奇峰好比英雄屹立,/守望着山下绿野,/翻腾无限春意。"通过将传说中的英雄与工农红军的对比,有力地讴歌了无产阶级的先锋队——中国共产党。在这一类题材中堪称代表作的是《你早啊,群山》,诗人寻访革命老区,发现了群山与中国革命、英雄战士之间的内在关系,是群山孕育了中国革命:"正是群山啊,/在苦难中孕育着希望;/正是群山啊,/在黑夜里催唤着朝阳",是英勇战士的鲜血染红了山上无数杜鹃花才赢得了中国革命的胜利:"你可知道,/是什么染红了山上的杜鹃;/你可知道,/是什么滋润着岭上的松杉?"很显然,诗里的群山意象被诗人人格化了,群山(井冈山、大别山、太行山、沂蒙山、五指山、长白山)是受苦受难的中华民族的化身,这个不屈不挠的民族在长期的磨难中孕育了伟大的中国革命,催生了新中国,而"祖国辛勤勇敢的战士"又是"连绵起伏的金城",就是说群山也是战士的化身,因此,诗人对群山的礼赞,也是对为了中国革命的胜利而英雄奋斗的战士的讴歌。

那沙在这一阶段的诗歌创作总体上说是思想性大于艺术性,这是与时代的节奏相合拍的,也是那个特殊年代所无法绕开的文学规律,但那沙在艺术手法上却能做到"同中有异""常中见新""平中见奇",这是与他的诗歌创作理念分不开的,他一贯主张:"诗人应当根据自己的禀赋和特点去寻找自己应走的道路去追求和创造真正属于自己的东西。"换言之,他特别注重诗歌的独特性,因为这是诗人艺术生命所在。如《山泉》一诗,与阐发饮水思源这一常见主题不同的是,那沙看到了泉水"踏着本来没有路的路","好像一番心事总未了,/百折不回地奔流再奔流"。这是独具慧眼,让人不由得想起鲁迅先生的"这世上本没有路,走的人多了,也就成了路"的开拓者,也显现了"春蚕到死丝方尽,蜡炬成灰泪始干"的无私奉献。真是构思精巧,发常人之所未想。《笛声》也跳出了对思乡之情的表达和牧童天真烂漫之状描摹的窠臼,而是通过年轻拖拉机手吹奏的一支旧竹笛将过去和现在,新、旧两种社会进行了对比,从而开掘了希望人们珍惜今天的幸福生活,努力建设伟大祖国的深远意义:"青年啊,／为什么不换一支新笛？／为什么笛声竟似翻涌的波涛？／青年微笑不答笛声更高,／两眼凝视着前方宽广的大道。"

新时期对那沙和他的诗歌创作来说是又一个青春活跃期,"历尽苦难而痴心不改",那沙把对"文革"的反思,对历史与人生的感悟,对未来的展望都熔铸进他的诗作之中,这就使得他的诗歌底蕴更加深厚,充满了思辨和理趣。在《无形的连环阵》中,诗人有感于历史与现实的交织,历史上君权神授和主奴意识结构的循环往复,郑重地告诫今天善良的人们:"再不要幽魂复活,／延续那无形的连环阵";而在《聂耳墓前》,诗人的情感和思想作了进一步的升华,不能一味地怨恨、悲伤于过去,应该着眼未来,创造未来:"真正的珍惜决不是对旧的因循／而是应该唱呵唱出一代新声。"这是老诗人的博大胸怀的高瞻远瞩。他借聂耳的酒杯浇灌了自己的情感块垒,弘扬民族美德,张扬时代精神,唱出时代新声。体现这一理念的是叙事诗《传说:有一个石工……》,一个石工一心要塑一尊至善、至真、至美的雕像——魁星,一个偶然事故导致他功亏一篑,愿望落空,但他并没有因此而沉沦、颓唐、一蹶不振,相反,为了实现自己的理想,他又重新振作起来,决心"去寻求更聪慧更执着的人／由他雕刻一颗更为灿烂的星星"！显然,这首诗有着很强的现实针对性,是诗人在对"文革"进行反思之后所得到的答案:社会主义事业虽经一些挫折但终将会实现,他鼓励人们要坚定信念,自强不息,一定会创造出美好的未来。另一首叙事诗《金桂之歌》则更多地体现了那沙的叙事技巧,故事时间跨度大,前后长达几十年,仍然是有关中国革命和建设的主题,重点刻画了主人公路妹和华焱的爱情,以金桂树作为一系列事件的见证者,同时金桂树也是男女主人公悲欢离合的象征,而且从某种程度而言它也是我们民族所遭受的苦难和所经历的曲折的一种象征。值得一提的是诗人在叙事中恰如其分地开掘了人物的内心世界,这种手法的运用不仅丰富了人物性格,而且有利于诗人情感的抒发,增添了诗的亮色。

作为一个与人民群众同呼吸、共命运的诗人,一个与时代同步的诗人,那沙的诗歌无论讴歌、忧思、感悟还是愤懑,都始终充满了昂扬的格调,一种不屈的精神和向上的动力,深深地贯注了知识分子的历史责任感和社会使命感,诚如杜甫所唱:"穷年忧黎元,叹息肠内热。"

贾梦雷(1933—) 原名贾遵兆,笔名田上雨,山东单县人。1948年参加革命工作,新中国成立后曾任安徽省文联党组秘书、安徽省作家协会副主席、安徽省文联副主席等职。著有诗集《美的奏鸣曲》,组诗《世态素描》《双目看人局》,散文《访苏纪实》《陈登科印象》,作品集《贾梦雷诗文选》等。

贾梦雷的诗歌,朴实无华但充满了激情,无论是对英雄的礼赞《将军行》,还是对人民、对生活的热爱《合肥,我的城市》《生活赞歌》,对爱情的讴歌《或许》《你呀,你》,对历史的扼腕叹息《真理之路》,对现实中矛盾的揭露与批判《一串辣椒》,对美好未来的深情瞩望《写给当代青年》等都直抒胸臆、豪情奔放、激越高昂。让读者在领略诗美的同时感受到一种向上的动力。

在贾梦雷的创作中,爱情诗不可不提,它虽然数量不多,却写得清新别致、韵味无穷,在同类诗作中颇显独特。像"浑沌天地,白茫茫,/雪路上,印下足迹两行。/大雪,纷纷扬扬,/春天,却在一把小伞下隐藏","漫天梨花,/为我们飞舞若狂。"(《雪夜》)语言清新优美,巧借唐代岑参的"忽如一夜春风来,千树万树梨花开"一句来为一对恋人创设情境,用白雪来见证他们爱情的纯洁与神圣。更让人赞叹他神思妙想的是《牛棚浪漫曲》,"文革"期间诗人被关"牛棚",其妻通过特殊的方式将关爱传送给他:"连忙拆开第三包香烟,/惊喜地发现情书一封。/'亲爱的:/每天只准抽半包,/多了我可不答应。/留个好身体,/是最要紧的事情/天塌下来,咱们好一起顶。'"患难夫妻的形象跃然纸上,更让人感到"浪漫"的是:"忽然听到大喝一声:/'你笑什么?哎,老实交代:/笑的反动实质,反动内容!'"诗人在诙谐之中嘲弄了荒唐的年代,讴歌了人间的真情。

对普通劳动者的歌颂是贾梦雷诗篇中不可或缺的一页。默默无闻的铁路建设者、矿工,忍辱负重的农民和基层干部,救死扶伤的白衣天使,甚至流浪的盲艺人都是他不遗余力讴歌的对象。这主要源于他始终与人民群众血肉相连的那份情感，正如他在《关于诗的对话》中所言："诗人的心和老百姓相通因此那些不朽的诗句才世世代代传诵。"《老李的扁担》《黄山筑路工》《船夫的臂膀》《矿井下的风》等是其中的代表之作。特别是那首让人辛酸、感人肺腑的名作《荷花塘》，讲述了一个红军游击队长的妻子在敌人突然袭击时为了掩护红军伤员的安全不得已溺死了自己的儿子——小红孩的惊心动魄的故事，这个"残忍"而又伟大的母亲"崇高的心灵里迸出一句话：'为了……同志……乡亲们……/我……只有……这样！'"真是感人肺腑。

贾梦雷是个与时代同步的诗人，他认为诗歌要张扬崇高、张扬时代精神，以昂扬的格调和真切的感受，抒发心灵感怀，诗歌要作催人奋进的进行曲，而不是装腔作势、无病呻吟的文字游戏，更不能一味地沉浸于对过去不幸的感伤之中，诗作《美的奏鸣曲》集中体现了他的这一观点："我们在种植，/——不是在种植仇恨而是种植绿树、鲜花、爱情。我们在上升，/——向着文明高地、美的胜境。""十亿颗心呵，像十亿口钟，/一起敲响美的奏鸣。"

张万舒（1938—　）原名张清海，笔名张东泉，安徽肥西人，曾任新华社安徽分社副社长、新华社总社国内部主任、新华出版社社长兼总编辑等职。作为一个高级新闻工作者，张万舒是在繁忙的工作之余从事着诗歌创作的。20世纪60年代初他的抒情诗《黄山松》一经发表便深受赞誉，产生了广泛影响，被看作是反映时代精神、抒发革命豪情的代表之作："好！/黄山松，我大声为你呼好，/谁有你挺得硬扎得稳，站得高；/九万里雷霆，八千里风暴，/劈不歪，砍不动，轰不倒。"诗中的黄山松已经超出了单纯的自然物义，更多地被赋予了革命者的人格色彩，这种战天斗地的硬骨头精神是与那个年代的政治氛围相融合的，也是时代所亟需的精神食粮，故而在读者中引起强烈共鸣。就是今天看来这种精神也是必不可少的时代强音。由于曾经当过工人而且又经常与工人相接触的缘故，他又写了许多反映手工业工人的篇章，诗味浓郁、别具一格。在对他们平凡生活和工作绘写的同时更照射出他们心灵和人格的伟大："啊，制镜工心明如镜，/工作平凡，/却值得自豪"（《制镜工》），"哪管白了头发和眉梢,/一生只为满足人民需要"(《老鞋工》),"我们每人都要一杆秤,/不断加重生命的分量/才符合这伟大时代的标准"(《制秤工》)。他的组诗《八万里风云录》获全国1979—1980年青年诗人优秀诗歌奖。这是一组反映异域风采的诗歌,抒写了他从西欧到拉丁美洲一路上的所见、所闻、所感、所思,充满了国际主义情调和爱国主义情思:"从来就没有什么救世主/井冈山扑打满身血迹站起来,/革命驾着风暴飞越二万五千里,/而今趁热打铁又在新长征路上大步迈"(《献给欧仁·鲍狄埃》);圭亚那的"绿心木"、委内瑞拉的"圣洁的瀑布"、秘鲁的"芦苇马"、墨西哥的"壁画"等都从诗人的笔尖流淌了下来。除了诗集《黄山松》以外,张万舒还出版了诗集《追寻的足音》《山格海魂》《张万舒诗选》,散文报告文学集《故乡人民的笑声》等作品。

相比于其他诗人而言,张万舒的诗作不算很多,这并不单纯因为他是一名业余诗人,而是源于他的诗歌理念,他作诗精益求精,绝不草就,在他看来,诗发表出来是要接受人民和历史检验的,他在《黄山松》前言中说:"诗的生命在于真。忠于时代,忠于人民的真声才能产生冲击波,挥发出感染的力量,震撼读者的心灵。虚伪的感情,失真的语言瞒不过读者。"这是一个具有崇高社会责任感的诗人的心声,更是诗歌的真谛所在。

玛金(1913—1996)　原名陈鹤南,曾用笔名陈斑沙,安徽怀远人。早年参加革命,新中国成立后曾任《人民文学》杂志编辑部副主任,中国作家协会会员、安徽文联专业作家、编审、安徽省文联第二届委员、作家协会第二届常务理事、安徽省出版局顾问等职。著有诗集《出发集》《彩壁集》《玛金诗选》《玛金诗存》等。其中《玛金诗存》获中国艺术界名人作品展示委员会优秀奖。

玛金在诗歌创作时兼新、旧两种诗体之长,既有旧体诗格律之严谨、语言之凝练,又有新诗形式之自由、情感之充沛。前者如《七绝三首》,且看其二《芦溪夜眺》:"烟峦雾水夜迷茫,时觉轻风动岸篁。远火飞来红数点,乌篷载米到山庄。"用词精练、形象,"动、飞"两字生动地展现了乡村夜景,从一个侧面反映了当时人民群众的生活情态,将诗人那种微妙的心理变化准确地描摹了出来,节奏流畅,意境开阔,有可意会而不可言传之妙。后者如《不谢的红花》《淬火之歌》《风暴,我灵魂的音乐》《唱给护路的小花草》等,在《淬火之歌》中诗人将"淬火"看作是"四化"建设中攻坚的能手,人民群众的一分子,赋予其人性化色彩:"淬火,淬火!/再强硬的,我们也要碰;/淬火,淬火!/生命不息,连战不休!"这首诗是献给向科技现代化进军的战士们的一面战鼓,激励着人们大步向前,在新的征途上多创佳绩。在诗中,诗人的情感汹涌澎湃,得到了最大程度的宣泄。

《彩壁集》收集了诗人早年的诗作,在诗里他满怀深情地讴歌中国革命所取得的伟大胜利、新中国成立后欣欣向荣的社会主义建设事业、劳动人民翻身做主人后的崭新的精神面貌。感情真挚,语言有力,唱出了时代的风采和人民的心声。《玛金诗选》则选录了玛金新中国成立以来的代表性诗作,既有对党和人民为创建新中国而坚持不懈、前赴后继战斗的歌颂,也有对解放初期中国新农村、新生事物和劳动人民美好心灵的绘写,还有对"文革"的回顾、反思以及对人生和世情的思考,诗人的艺术手法更加成熟,表现力不断增强,诗歌的思想性与艺术性也得到了很好的结合。

徐子芳(1944—) 安徽庐江人,毕业于庐江师范学校,1963年应征入伍,1969年从部队转业后从事新闻出版工作,曾任《安徽日报》文艺组组长、安徽文艺出版社副社长、安徽文学院院长等职。多年来,一直坚持文学创作,写有大量新诗、旧体诗词、散文和报告文学等。著有散文报告文学集《陶铸生命最后四十三天》,散文集《散花集》,诗集《周恩来诗传》《青春有约》《徐子芳新诗选》《徐子芳诗词选》,报告文学集《歌女·天涯》《旋转的世界》等。

徐子芳诗歌题材广泛,视野开阔,格调高昂,情感朴实。早期诗歌主要书写军旅生活,军旅诗成为其早期诗歌创作的主体。诗中的意象主要有军号、枪杆、刺刀、背包、热血、红旗、行军等,到处洋溢着革命英雄主义和乐观主义的豪情壮志。他将战士诗人的生命意识融入宏大的时代主题里面去,经过这样的酝酿和转化,赋予它强烈的生活气息。如《红月亮》一诗:"夜是一条河/ 枪是一片桨/ 在遥远的小山村/ 心上的阿妹倚西窗/ 战士的脸颊像喝醉了酒/草地散发着青春的芬芳/口令,继续前进/刀尖,挑着家乡窗口/那轮红色的月亮"。在这里,战士和阿妹通过月亮这个红娘来传递着爱情和相思,而爱情又因保家卫国而焕发出炽热的光芒。这种新的时代内涵在一定意义和程度上,扫除了古代边塞诗和闺情诗里的愁肠百结和怨声载道。

徐子芳感应时代节奏,反思历史,高歌新时期,创作了大量的政治抒情诗。《周恩来诗传》组诗六十多首,感情激昂而悲愤,表现了对周恩来总理的无限情思,对时世国事充满的无限关切和焦虑,在读者中引起了强烈的反响。他的旧体诗词中也有较多这类作品。可以说,徐子芳诗歌一个突出特点是拥有民本思想。他或记游咏物,或感事抒怀,或唱答应对,总是把平民立场作为自己的出发点,对劳动人民的命运给予极大的关注和同情。徐子芳说:"真正的诗人应该关注社会大众,关注身边发生的大事小事。应忌讳无病呻吟的冷峻,那颗火热的心就要为人民燃烧着!"

近年来,徐子芳转向旧体诗词的创作,写有大量的旧体诗词,代表作有诗集《徐子芳诗词选》。诗词或感事,或怀人,或吟咏祖国的名山胜水,始终充溢着昂扬真切的热情,有一种勃勃向上的感人气势。如《长相思》:"花满楼,画满楼,塞北江南景色稠。春风碧似油。龙抬头,凤抬头,四水三山起热流。金龙腾九州。"这首短令情调炽热,丰富而浓烈。《满江红·九九归春》《满江红·迎接新世纪》等都是激昂满怀之作。诗人关心百姓疾苦,指责时世,于诗中表现出对国事时世的关切。《问官》、《满江红·凭吊包公祠》、《过琥珀山庄》、《南行诗抄》(三首)等对现实问题、百姓民生表达了忧思,彰显了作为诗人的良知与责任感,体现了诗人的人文关怀。徐子芳的旧体诗词,也有许多可归入政治抒情诗一类,如歌颂祖国、吟唱香港澳门回归、寄情于台湾同胞的吟唱都属这一类。在新中国成立五十周年之际,徐子芳写有《四季花颂》四首诗,以春兰、夏荷、秋菊和冬梅做比喻,吟咏祖国的无限美好。《汉宫春·龙年贺岁词》《念奴娇》和《七律·澳门回归在即,喜赋》以及《遥寄台湾同胞》则寄予对祖国美好未来的祝福,对祖国统一的真诚渴望。

徐子芳的诗歌感于怀,敏于事,寄情山水,热爱生活,自然流露,于诗中渗透着对生活的理解和体悟。如书写山水的诗歌,"贺兰山我的贺兰山/ 我的一川大如斗的乱石/ 历史的血与火凝固不了你的远思/ 那一片小树林正延伸着明天的欲望// 翻过昨天便成为历史/ 历史是拐子马和航母/ 没有死去的是生存的砒霜/ 我们不能满足语言上的强大/ 让所有的记忆都退到幕后/ 让贺兰山今日之理念登台亮相"(《贺兰山》)。通过诗句的浓缩,思维伸展,沿着漫长的时间之河,去寻找一个伟大民族的精神命脉和文化渊薮,历史感极强。他在对物象和景象的描绘中,又往往融入鲜明的主观色彩,使之成为主客观相融会的统一体,成为诗人审美理想的具象。写《鼓浪屿》,他感觉到"风不知疲倦地/ 把思索播入海涛/ 天籁在孤独中梳理/ 寂寞的翅膀/ 演绎的填海神话"。写桂林是"半城绿色,半城雨花,一个朦胧的世界"(《桂林的雨》)等。长城、长江、黄河、乐山大佛、鼓浪屿、大漠、贺兰山、九华山和桂林等物象都会随着诗人的灵感而跳跃于纸上。

诗人在艺术上讲究"立意","意在笔先",以意统象,意象浑融。或一波三折,或一气贯通,都能跳荡自如,行止自然,细流潺潺,涛濝奔放,沛然一体,各得其所。《银屏白牡丹》《吴敬梓纪念馆书感》《抱玉岩怀古》《怪石》《云海》等诸篇,都大抵具备这种特征。他注重立意和抒情言志的创作实践,这是他对传统诗词文化营养的继承和发扬。

时红军(1945—) 笔名晓拂、皖艾红,江苏睢宁县人。1977 年毕业于安徽大学中文系,1962 年参加工作,跟中医专家学过医,当过解放军战士,做过印刷厂工人并以工代干。从事过新闻出版工作。1970 年开始发表作品,出版诗集《黎明的红帆》《蓝雪》《爱的小岛》《天之眼》《乐土之碑》《花示》《擦痕》等。

时红军以爱情诗的创作受到诗坛的广泛关注,他的爱情诗大都收在诗集《爱的小岛》里。时红军的爱情诗感情真挚,运用意象将爱情具象化,深入挖掘复杂的内心活动,包含自己对生活的理解和感悟,融入了自己的情感体验。像许多同龄人一样,时红军的青春期也是在饥寒交迫中度过的,诗歌《觅》中写道:"那一场洪暴/ 骤然而持久/ 淹没了最后一块绿洲/ 那一场冰雪/ 冷峻而坚厚／冻僵了馨香／绞断了温柔"。困难与艰辛的生活,阻断了人们对美好事物的向往与追求。而当这个贫乏落后的时代结束后,春回大地,万物复苏,人性、人情破土而出,"岁月／不再是无味的,酸转化甜／生活／有了阳台,阳台有了色彩"(《因为……所以……》),诗人"冷藏的青春"和"凝固的年华"开始焕发生机和活力,追寻属于自己的情感世界。有"四只忧郁的眼眸／同时迸发出火花"的"偶遇";有"一座移动的小岛／小岛上／垒起我们爱的巢";也有"走,走,走／跟紧我的脚步／拉牢我的手"。诗人"终于把一块神秘的大陆发现",仿佛"一只飞蛾,扑向炽烈的情焰",自信"即便化为灰烬,灵魂也获得永恒的温暖",表现了诗人对爱情的向往与渴望,让读者感受到爱情带来的无限喜悦,流露出真挚的情感。但年华易逝,诗人对于"竟在落花季节,才叩响世界的门环",虽然也深深感到惋惜、无奈甚至是悔恨,但从未丧失清醒和理智,坚守对生活的责任。"我呀,固然有一双翅／可远方又有自己的窝","我们都属于自己／而又不完全属于自己／大部分的生命／支付给自己亲手制作的生活"(《别》)。他深切地意识到,"家是港湾,我是船",面对"妻子瘦弱的肩膀","女儿天真的眼瞳",以及"父亲的训斥"和"母亲的呼唤",诗人驾驭方舟,满载着对生命的体验,温暖而充实,理性地返回到自己的生活轨道。

时红军爱情诗最显著的特点就是强烈的纪实性,没有虚妄,没有掩饰,自始至终都是情感的自然流露和真实记录。他的爱情诗就是一部自传体的爱情故事,不仅仅体现在情感的萌生、发展和结局上,甚至也体现在情侣的生活细节上。例如《八分钟》,写的就是与情人相约,利用列车停靠的短暂间隙,彼此见上一面。从列车进站时"欢快的长鸣",到"开车铃幸灾乐祸地响了",展示了诗人渴盼、寻觅、焦急、失望、无奈的情绪演变,一波三折,凄婉动人。短短的诗章,实际上就是一篇日记,真实地描绘了爱河上飞溅的一组浪花。但不可否认,强烈的纪实色彩,也在一定程度上限制了诗歌内涵的深入,影响诗歌的美学价值。

对于出生于农村的诗人来说,乡情永远是他心中难以抹去的念想。为此，时红军创作了大量的富有乡土气息的乡情诗。《乐土之碑》是这方面的代表诗集。诗人以敏锐的视角、浓郁的情感，抒发对故土一草一木的思念之情。在《柿树妈妈哟》中，诗人用形象化的笔触，勾勒出一位满怀亲子之情的慈母形象："贪婪而又冷酷的秋风，／掠走了柿树全身的叶子。／她既不呻吟，也不惋惜，／只牢牢抓紧每一枚果实……"祖母的坟墓、农妇、水库里的船家以及故乡的石屋寺、小屋等，都是诗人笔下情之所至的书写意象，注入了诗人全身心的情感。这些都可见诗人对那片有养育之恩的故土的热爱，诗人曾说："故乡永远是一个鲜活的字眼，一个永远亲切的形象，也是一个终生思念的载体，一辈子述说不完的话题。"

诗人书写乡情的同时，更心系国家，忧心社会。他描写故乡的变迁与祖国的命运相连，祖国繁荣、故乡富足，诗人会满怀激情地歌唱，对于祖国那沉重的历史，故乡遭受的一次次风暴，诗人则会在梦里哭泣，表现出担忧。诗人说："只因乡情温暖我的心，所以，即便在冬的包裹中，我也能健康成长。只因故乡经历了漫长的冬，所以，我祈愿未来的每一天，故乡都艳阳如春。"因此，可以说，诗人的乡情上升到了新的高度，在情感体验中得以升华，具有了深沉的外延：由个体的乡情乡愁上升为对祖国、人民的关注，胸怀大志，厚重而炽烈。《明天是立春》《春风，抱起我的祖国》都是此种情怀的抒写，体现了作品的人民性特点。

进入新时期以后，时红军的诗歌创作日臻成熟，思想和技巧都达到一个新的高度，创作了许多哲理诗，如《镜子》《牙齿》《窗》《白杨树》等，深刻老辣，能见出诗人的阅历与沉思。《天之眼》组诗、《墓前》《为大山寻梦》《诗人的清醒》等表现了诗人的独特生活感悟，给人以启迪。

时红军的诗歌，激情澎湃，爱憎分明，意境广阔，题材丰富，思想内容与语言形式结合得较好，隽永而美丽，体现了诗人丰富不凡的思想与才情，给人以积极向上的力量。

第十节　陈先发、梁如云、贺东久、贺羡泉、沈天鸿、杨键、祝国鸣的诗歌创作

陈先发（1967—　）　安徽桐城人。1989年毕业于复旦大学。现任新华社安徽分社总编辑、副社长、高级记者。主要著作有诗集《写碑之心》《养鹤问题》（中、英文版）、《九章》（中、英文版），随笔集《黑池坝笔记》、长篇小说《拉魂腔》等十余部。《九章》获2015—2016年度安徽省社会科学奖（文学）一等奖。

陈先发是20世纪以来国内具有代表性和影响力的重要诗人之一。他曾获得鲁迅文学奖、华语文学传媒大奖、十月文学奖、中国桂冠诗歌奖、诗刊年度奖暨陈子昂诗歌奖等多种重要奖项。2015年，陈先发与北岛等十位诗人一起获得由中华书局等多家学术、出版机构联合评选的"百年新诗贡献奖"。为纪念新诗诞生百年，华东师范大学出版社、花城出版社分别遴选当代代表性诗人的作品结集出版《五人诗选》和《新五人诗选》，陈先发同时入选这两个重要选本。近年来，陈先发作品逐渐在部分国家和地区获得关注，《人民文学》外文版陆续推出陈先发诗歌专辑的英文、德文、意大利文版。美国爱荷华大学国际写作中心文学交流杂志、欧洲老牌文学杂志《欧洲》（*Europe*）、法国及德国多家文学网站均陆续专题介绍了陈先发诗歌。2017年12月，安徽省委宣传部、安徽省文联在合肥联合举办陈先发作品研讨会，国内十多位知名评论家从文本特征、精神气质、诗学实践等多个维度，对陈先发作品进行了深入剖析与研讨。

评论家唐晓渡撰文说："陈先发的诗筑基于对当下存在的强烈关注、思接千载的历史意识和深入骨髓的生命虚无感之中……他的诗语境开阔，用意荒远，肌质细密，充满紧张的内心冲突，而又弥漫着光与影的魅力。他善于综合诸多诗歌元素，尤擅将中国古典诗歌的精要引入当代语境，使之在情境和语言两个层面上互破互渗并彼此发明；他以克制、质询和微讽引导传统的创造性转化，刷新了现代汉语诗歌陷入困顿的抒情品质。"陈仲义教授也在《论陈先发诗歌的"汉化"》一文中认为：陈先发自觉地或用心良苦地融铸传统文化中的精髓，并有意使之灿然鲜明，这样一来，他离庞德所言的"诗人是种族的

触角"就近了。

2004年至2010年间,陈先发写了大批创造性化用中国传统文化符号的短诗,这种"化用",既是一种解构、一种唤醒,无疑也更是一种再造。比如,重构梁祝化蝶故事的短诗《前世》:"这一夜明月低于屋檐/碧溪潮生两岸……只有一句尚未忘记/她忍住百感交集的泪水/把左翅往下压了压/往前一伸/说/梁兄,请了,请了——"这一场景状述,有强烈的图像化和奇异的京剧舞台艺术效果。他的另一些短诗名篇,如《鱼篓令》《丹青见》《青蝙蝠》《伤别赋》《从达摩到慧能的逻辑学研究》等,和他向家乡桐城派先贤致敬的长诗《姚鼐》等,都包含着对中国古典文学传统缅怀的深刻印记。这种精神上的"回望",同时也包含着质疑、审视与批判性。

陈先发自己多次谈到,要在汉语的本土性之上建构汉语的现代性。他的写作态度非常明晰,即当代汉诗创作,必须摆脱来自古典汉诗和西方现代派诗歌的"双重焦虑"。陈先发不是用他所谓的本土性,或者"东方的思维"去填补、凭吊甚至卖弄古典趣味,而是深层展示当代性,也即他所说的"将——对立——植入母体内,形成时代特有方式的批判性"。本土性、传统、汉文化、古典主义、佛教或禅宗,都不过类似于曼德尔施塔姆在讨论安年斯基时所说的"希腊精神"。就像《养鹤问题》一诗中,鹤,是最典型的被人格化的古典文学符号之一,陈先发把它拿出来解构重写,其要义正是在于诗中的"批判者"和"旁观者"这两个耐人寻味的角色互换。诗人重新把形态各异、变动不居的鹤定义为"唯一为虚构而生的飞禽",它可随时被"代替","永不要问,代它到这世上一哭的是些什么事物","哭"使"我"代替了"鹤",并且把痛彻心扉的当代性凸显出来:"我知道时代赋予我的痛苦已结束了/我披着纯白的浴衣/从一个批判者正大踏步地赶至旁观者的位置上"。

在陈先发的诗中,传统作为一种写作资源,不仅要承受当代视角的批判甚至是颠覆,而且要让它在再度熔铸下获得新生。犹如《丹青见》中的"死人""棺木",《前世》中的"父母的阴谋和药汁""与整个人类为敌""脱掉自己的骨头",以及《鱼篓令》里的"悲悯总是垂直向下""揪心",《箜篌颂》中的

"仁心""缄默"和"远古的舌头",陈先发持之以恒地把"对立"甚至愤怒植入古老的母体,然后再用语言和抒情的利刃,割开这一母体(就像他所指的诗歌的"剥皮学"),袒露出自己耿耿于怀的时代性的批判,这也是陈先发诗歌中"心灵解放的价值和朝向自由的初衷"。

吉狄马加撰文认为,陈先发的诗歌无论是精神姿态、意象构成、文化色彩,还是情感思想的触发点与着陆点,都与中国传统诗学和文化产生了极其密切的关系,是艾略特所说的那种有效关系基础上的"传统与个人才能"。也就是说,当代和传统往往并不是直接和显性的,这种呼应关系肯定不是直接的套用,而是应该采用个人化的历史想象力的方式,重新寻找、发现和激活传统、文化和语言的过程,而且这一过程又经过了现代性的、个人化的反思与反省。所以,就诗人与传统的关系而言,陈先发是当下诗人的一个重要代表。

陈先发始终强调一种"智性诗歌"的理念。在他看来,语言创造的过程,也是一个诗人对生命和社会不断深化认知的过程。他在《困境与特例》一文中说——我愿意给出一个最直白的阐释:诗,本质上只是对"我在这里"这四个字的展开、追索而已……"我"和"这里",不断往对方体内注入某种复杂性。一个伟大的诗人,天然地要求自己理解并在写作中抵达这两者之间的对立、抵制、和解……诗是对"已知""已有"的消解和覆盖。诗将世上一切"已完成的",在语言中变成"未完成的",以腾出新空间建成诗人的容身之所,这才是真正的"写作在场"。以上这几段话,几可看作陈先发写作实践的"秘诀"。如其《菠菜帖》一诗中:"我对匮乏的渴求/甚于被填饱的渴求"。对一个写作者而言,没有哪个时代,是什么最好的或最坏的时代,每个时代都有独一无二的困境,等着被揭秘。以诗之眼,看见并说出,让一代人深切地感受到其精神层面的饥饿感,正是一种伟大写作所应该承担的。当你看到的桦树,是体内存放着绞刑架的桦树,你看到的池塘,是鬼神和尺度俱在的池塘,一切就都变了,新的诗性就会爆发。从这个角度去认识诗歌,我们就不难理解陈先发在短诗《丹青见》中的名句:"死者眼中的桦树/高于生者眼中的桦树/被制成棺木的桦树/高于被制成提琴的桦树"。

2017年4月，陈先发在《对华语文学传媒大奖的答谢辞》中说："经过曲折与深省，新诗生态终于成为一个审美维度日趋多元、内在层次更为丰富的独立存在，既独立于古汉诗传统的典范语言经典，也日渐独立于我们曾置身其阴影中的西方现代派语言经验。当代汉诗在对个体尊严与生命意志的赞美的轨道上，以更具活力的语言方式探索着人内在的冲突，在语言中呈现人之内心光影交织的本真状态。诗学就是心学。无论科技或现实之力如何突破想象的边界，一颗感通天地而游于万物的心是无可复制的。心性与性灵，不仅是语言的源起，也会是语言创造的最美果实，更是人以其卑微来对抗虚无的最后手段。所以，成为更内在的人，仍然是诗学上永不会终结的理想。"

无论是以《白头与过往》《写碑之心》《口腔医院》等为代表作的长诗创作、以《黑池坝笔记》为代表的哲思类随笔创作，还是以"九章"系列诗歌为代表的体例创新之作，陈先发作品正引起越来越广泛的关注。他对当代诗歌的建树在于，一是他立足于他自己提出的"本土性在当代"和"诗哲学"这两个维度的写作追求，对一种智性诗歌展开了深刻与独到的实践。他的诗注重挖掘事物"不可知""不可言说"的部分，充满了况味与回声、歧义与多解，有非常开阔的解读空间。同时，他的诗也有人性的温度与批判的视角，对当代人的生存样本有深度的观照，这样的语言实践有着自身的丰富性和复杂性。虽然从阅读层面看，他的诗有一定程度的晦涩难解，但恰恰又蕴含着最多维的阐释可能。二是他建立了一种辨识度高又充满自身意味的形式感。陈先发曾给写作下过一个简短的定义，"写作即区分"。最有效的写作即是以最个人性的力量，把自我与众人分离。如诗集《九章》在文本形式上独辟蹊径，既区别于他人的诗集，也有别于自己以往的写作，共有16组"九章诗"，每组由9首围绕同一核心、同一指向的短诗构成，像九条枝桠同根而生、同体而活，又朝各自的方向生长，各自摇曳生姿。整部诗集，精神建构开阔大气、纵深有度，表达严谨老到，却常有豁口溢出飘逸与随性。诗人将现代色彩浓郁的个人化写作植根于巨大的历史文化传统之中，心怀自然与苍生，纵览人间与天地，过往与当下碰撞中的语言运动充溢着张力，体现了自成一体的美学抱负。

梁如云（1945— ） 安徽阜阳人，中共党员。1969 年毕业于安徽劳动大学中文系。历任阜阳行署文化局副局长、中共安徽省委宣传部文艺处处长、中共阜阳地委宣传部副部长、《阜阳报》总编辑、阜阳市文化局局长、安徽省作家协会第四届副主席等职。1979 年开始发表作品，著有诗集《永恒的情笛》《爱之海》《野雨》《恋痕》等，散文集《如云散文》，戏剧剧本《挑花挑》、《翠薇序》、《四·九英烈》、《冤家·亲家》(合写)、《山梅》(合写)等。

梁如云的创作始于"文革"时期，随着"文革"的结束，中国文艺迎来了久违的春天，梁如云的艺术才情也得到了集中喷发，尤以诗歌为最。叙事诗《湘江夜》发表于 1979 年第 8 期《诗刊》，这首诗通过湘江边渔女的抒怀，表达了人民群众对彭德怀的思念之情，歌颂了彭大将军为人民鼓与呼的伟大胸襟："湘江夜，野茫茫，/荻苇萧瑟雨洒江。/江头独坐谁家女？/楠竹架起罾渔网……"这凄凉忧伤而又古韵悠悠的起句，引出了新中国历史上一个令人悲愤的故事，开国元勋彭德怀因直面现实、敢讲真话而获罪罢职流放。但家乡的人民向他伸出真诚的双手："说实话未必犯王法，/讲真情又犯罪哪桩？/吹牛说假走官运，/真言真语遭祸殃。/人民胸中自有秤，/谁是谁非心头量，/湘江两岸人千家，/革命老帅万民仰……"此诗以真挚的情怀和强烈的艺术感染力荣获 1979—1980 年全国中青年优秀诗歌奖，使得梁如云一跃而成为全国一流诗人，这首诗后来也被收入《中国新文艺大系》。此外，《千手观音》获国际石韵第二届优秀诗歌创作奖，《小张庄》获安徽省首届江淮之秋歌舞节优秀奖，《感悟人生》获国际首届诗书画大赛荣誉奖。

1987 年出版的诗集《爱之海》收入诗作 50 首，分为《山魂》《爱之海》《帆影》《形象》《梦与传说》《小叙事诗》六辑，倾注了梁如云对人生、爱情和社会纯洁美丽的向往。1988 年出版的诗集《野雨》收入诗作 82 首，分《花戏楼》《谎话》《冷调子》《潜意识》四辑。这本诗集无论在内容上还是在形式上都体现了诗人新的艺术探索。

梁如云的散文饱含了他对人生、社会与自然的深刻思索，他以敏锐的洞察力和高度的社会责任感展现世间百态，彰显出一个哲人的睿智与一名共产党人的济世情怀。应该说,他的散文属于洗练、优美、老到的随笔文章,是集逸趣、哲思、智慧和使命感于一体的心灵鸡汤。

除了诗歌与散文之外,梁如云的戏剧创作也有成就,剧本《冤家·亲家》是一出寓意深刻、弘扬正气的好戏,描写了保护消费者权益、严厉打击制假售假的现实生活,塑造了不徇私情、廉洁奉公的工商干部万亚鸿的崭新形象。此剧以极强的现实性荣获安徽省第六届艺术节编剧一等奖、第十三届"田汉戏剧"剧本奖、安徽省"五个一工程奖"、"中国保护消费者杯"个人最高奖等。而大型现代戏剧《山梅》则是他与人合写的又一力作,特别是经过黄梅戏这种颇受欢迎的现代艺术形式的演绎而影响甚广。剧本讲述的是一个发生在大别山区的真实故事:山梅的丈夫大林外出打工不幸身亡,家中因公公病故负债累累,婆母病重,二林、小妹还在上学,山梅一人挑起重担,苦苦支撑,抚育弟妹。弟妹不能忍受嫂子受苦,欲抛下学业外出打工,被山梅阻止。山梅出国打工五年后,二林大学毕业到省城工作,小妹成为一名大学生。山梅回国与家人团聚,但不幸再次降临,山梅身患肝硬化晚期,二林瞒着山梅将自己的肝捐献给她,经过换肝手术后,山梅终于康复。对嫂子爱慕已久的二林鼓足勇气向她表白,山梅经过一番情感挣扎后,终于被二林的真情感动。该剧讴歌了山梅不离不弃、自强不息的精神,赞美了二林割肝救嫂、知恩图报的传统美德。

贺东久(1951—) 安徽宿松人,中共党员。1989年毕业于解放军艺术学院文学系,1969年应征入伍,历任战士、文书、干事、南京军区前线歌舞团创作员、总政歌舞团创作员、一级编剧、中国作协会员、中国音协会员、中国音乐文学学会理事、少将军衔。著有诗集《带刺刀的爱神》《相思林》《暗示》《光荣三重奏》《浮雕》等。

贺东久的诗歌创作始于20世纪70年代,1972年他在南京军区《人民前线》杂志上发表处女作散文诗《青春的火花》,从此便一发而不可收,至今已创作诗歌1000多首,歌词500余首,其中组诗《光荣三重奏》获1984年《昆仑》文学奖;《格局》获1986年《解放军文艺》文学奖;《中国,中国,鲜红的太阳永不落》获 1980 年全国优秀歌曲奖;《我爱我的称呼美》(和任红举合作)获 1980 年全国优秀歌曲奖和 1981 年首届中国人民解放军文艺奖;《莫愁呵,莫愁》获 1984 年全国青年歌曲奖等。

诗与词是贺东久几十年文学创作的两端。他的诗词兼有威猛和柔媚的风格,被论者认为"一半是火,一半是水",用他自己的话说则是"握刀剑而狂歌,捧玫瑰而低吟",可以说诗意、哲理和真情是其作品中三个最主要的元素,其中不得不提及他的爱情诗。

贺东久的爱情诗似乎更是一种异常真实的心灵独白,诗中饱含了他对爱与美的渴求与追寻,在艺术上注重纯天然的呈现,毫无造作与扭捏之感,在《回声》中他揭示了存在于大爱中的凄美:"记住他倒下的姿势吧/优美地扑倒/急切地亲吻大地/为什么/而不是/永恒地轻吻你"。诗歌会使人自然地联想到战争、和平与爱情,想到一个没有留下姓名的英雄和他所献身的开花的国土。诗人把一首犹如泣语般的诗歌献给他的恋人,注视她并做出平和的安慰,并以提问的方式对她揭示了生命的亡失与爱情的永恒——也就是残缺,而在一首优秀的爱情诗中,残缺无疑是美的另一种表现。《请望窗外吧,朋友》是行走中纯粹爱情的图景和恳求。在这里,行走的概念,是指两颗心灵相对并凝视的状态。在春天,诗人看到青青草地上黑白两色蝴蝶飞舞追逐,阳光在两只蝴蝶的翅膀上颤抖。诗人说,那是两颗心,共鸣着热情与温柔。这是窗外的景观,一个诗人的发现。在窗内,诗人的身边坐着年轻美丽的女友。自然、蝴蝶、阳光与人,使诗人的联想超越了现实,获得了自己独有的情感体验:"让我们也靠紧一些吧/高举起手/拆掉这间古老的房子/把爱/裸露给自由。"而在《眼睛》一诗中,贺东久将对爱的渴求渲染到了极致:"我的目光到处漂泊/呼唤着岸/没有眼睛/回答眼睛//那么,等待吧/即使双目失明/我也会看到/那两颗属于我们的星星"。从大地到星空,从起点到过程,从等待到重逢,从目光到心灵,从瞬间到永恒。贺东久用异常精练的语言描述了诗意无限的时空,并自信地预言了最终的可能。

作为一名军人,军旅生活是贺东久诗歌创作中不可或缺的内容,在早期诗篇《最古老和最年轻的》中,诗人写道:"这没有什么/挺秀的白杨们/玉立的梧桐们/不会嘲笑和遗弃/斑驳的苍松 我—— 一个抗风挡雨的形象"。而《面影》是其长诗的代表性作品,诗的副标题"从军之忆"鲜明地告诉了读者,这是诗人对其军旅生活刻骨铭心的记忆:"举向天空的手臂啊/注定在祈求中/保持宣誓的姿势/不在战火中永生/就在和平里衰老/直到桂冠被时光之鹰/啄成空洞"。可以说诗人的一生注定要涂上军营的绿色了。

当然,给贺东久带来更大声誉的,或者说让贺东久在新中国军旅文学史上留下印记的还是他的歌词创作。他的《中国,中国,鲜红的太阳永不落》已经成为一个伟大时代群体的记忆,是用歌声颂扬祖国的巅峰之作。这首气势豪迈、振奋昂扬的歌曲唱出了时代的最强音,即使到了今天,只要我们听到这铿锵激昂崇高向上的旋律,就会追忆起那个万象更新的年代。它有力地证明了青春、激情与信仰的力量,形象地记录并讴歌了祖国和民族复兴的黎明与渴望腾飞的梦想。

应该说,对伟大祖国的一腔赤诚之爱是贺东久歌词创作的一个永恒主题,在《眷恋》中,虽然整首歌词都没有提到祖国这个崇高的词汇,但读者处处都能感受到诗人那对祖国母亲博大而深沉的爱,其情之深、之切堪与艾青《我爱这土地》相媲美,充分体现了贺东久日臻精湛的艺术技巧:"赞美你的形象/不知该用什么语言/伟大太轻/崇高太矮/圣洁也不够全面/查遍世上所有的字典/也写不出一首诗篇//为什么我的心常常颤抖/九百六十万热土铺满眷恋/为什么我的眼睛饱含泪水/三百六十轮太阳在飞旋"。以这首歌词为标志,贺东久的创作进入了稳定的成熟期。随后,诗人创作出很多脍炙人口的军旅歌词,并在军内外广为传唱。

激荡、火热的军营生活给了贺东久创作的灵感和激情,他以一个词作家的良知与责任感坚持不懈地张扬军人所应有的自豪感和无怨无悔的壮美情怀,甘当当代士兵的"代言人"。《边关军魂》以内心独白的方式,表达了军人朴实深远的情怀:"人海茫茫,你不会认识我,/我在遥远的路上风雨兼程/霓虹闪闪,你不会发现我,/……/我情牵着你,我梦绕着你,情牵梦绕是那军人魂/路漫漫,我与妈妈最近/山巍巍,我与太阳最亲;/天水间,我与红星最亮/我留给你一个绿色的背影"。这首词一经谱曲便广为传唱,感染了一代又一代听众。

在多年的诗词创作道路上,贺东久总是尽量摆脱那种旧模式的羁绊,寻找一种属于当代军人的"魂"。他时时捕捉着生活中的变化,并把自己的感悟融入他的诗词中去,他并不反对"雄壮",但他总想在其中渗进一些温柔的力量,在展现军人丰富的内心世界时,使其形象更显亲切。他曾说"我不仅表现出了军人的奉献精神,还能把人性的温柔展现出来",他把这种追求一直贯穿在自己的创作中,用那种充满空灵的感觉,去观照每一个个性的生命律动,用自己酸甜苦辣的生命体验去填写文字,并力求体现出强烈的时代精神和艺术美感。正源于此,人们才既感受到了《中国,中国,鲜红的太阳永不落》的雄壮磅礴、《不要问为什么》的柔美大气,也能聆听到《莫愁啊,莫愁》的悠悠古韵、《芦花》的绵绵深情、《边关军魂》的高亢激越、《士兵的桂冠》的神采飞扬。

贺羡泉(1927—2002) 笔名羡泉、雪鹤,安徽太和人,1948年参加革命工作,1950年毕业于黄麓高级师范学校,1951年开始发表诗歌作品,著有诗集《神秘谷》《天女花》等,1990年加入中国作家协会。曾任安徽省作家协会理事。

《神秘谷》由安徽文艺出版社出版于1986年,收录在这本诗集中的23首诗,创作时间上最早的是1955年,最迟的是1985年,跨度达三十年。2018年11月,安徽广播电视台安徽音乐广播推出《庆祝改革开放40年——诗歌的记忆,安徽诗人与时代》节目,以"四十年、四十首"的方式,遴选有广泛影响力和代表性的著名诗篇,反映安徽乃至全国改革开放的时代进程与丰硕成果,其中就选取了诗人贺羡泉收入该诗集的《大海给我一条声带》。诗中,贺羡泉说,他在"如海的平原上长大","向往大海、热爱大海",因为"海的壮美、海的辽阔",因为"海的深邃、海的辽阔",更因为大海不仅赠予他"珊瑚、螺号",还给他一条"波涛喧响的声带"。诗人讴歌:

　　我的祖国

每天都在

启航、扬帆

我的眼前

时刻涌动着

激浪千排

我真羡慕那

正值最佳年龄的

船长、水手

他们常年

把祖国的尊严和自豪

载向海外

我不能随他们

乘远洋轮

走遍天涯海角

我的心律,却紧扣着

每一声航笛的节拍

全诗热烈、丰富、激昂,海的辽阔与诗人自身对波澜壮阔的时代发展的体会相结合,通篇洋溢着诗人心境的开阔和人生态度的旷达。诗人、诗评家阿红曾经就这首诗准确地指出,贺羡泉衷心地表达了对大海的热爱,而那大海"不是自然海,是生活海、人海"[1]。对此,诗人自己则在他的另外一首诗里这样表达:"诗人,都有一条很长很长的声带,/诗人的心域,比原野更为辽阔,/他心中常有山崩云涌,雷鸣电闪,/常有飞瀑倾泻,大潮起落!/他用百种音响鸣奏炽热的心曲,/他用千双手臂拥抱他的祖国。/他热爱大地上的一山

---

[1] 阿红:《大海给了他一条宽声带——序贺羡泉诗集〈神秘谷〉》,《神秘谷》,合肥:安徽文艺出版社,1986年版,第6页。

一水,一草一木,/让生命之树,不断绽开带露的花朵。"①

与这首诗相似,诗集中的其他作品同样讴歌的是新生活之海、新生的人民之海。贺羡泉早年从黄麓高师毕业后,分配在淮委会工作,历任《治淮周报》副主编、对外宣传组组长、淮委创作组创作员以及《安徽基建报》《安徽水利电力》编辑、记者。治理淮河、水利建设工程的伟大实践无疑给予了诗人极大的创作灵感,主要体现在他的早期诗歌当中,如创作于1955年的《金色的河流——浉史杭灌区之歌》以及创作于20世纪60年代早期的《家——献给大别山区一位老妈妈》《丘陵水乡歌》等,这些诗歌有着明显的时代抒情烙印,明朗,激昂,是诗人发自心底的对于新的生活的真诚礼赞。稍后一个时期写作的《唱给大江——一位长江水手的歌》《大船歌》等,同样抒情优美,是标志诗人风格渐趋成熟的诗歌作品,写作手法上,一定程度上借鉴了苏联现代诗人如马雅可夫斯基的"楼梯体"的递进抒情,想象恣肆。

显然,经历过十余年的沉寂之后,贺羡泉也是20世纪80年代诗坛的"归来者"之一。诗集《神秘谷》中的大部分篇章,以及《天女花》当中除去《小篙手》②之外的其余全部作品,都写作于20世纪80年代,此时的诗人已经五十开外了,但仍然激情不减当年,写下了大量的诗歌作品,其中多为抒情诗。值得注意的是,在这些作品中,诗人表面上寄情山水,内心瞩意的却是辽阔的现实社会人生,因此这部分作品,在江山揽胜的意蕴里,深寓着诗人对于人与人之间、事业与社会之间、历史与历史之间的思考,洋溢着诗人的坦诚与执着。

在诗集《天女花》中,收录有诗人悼念张志新烈士的两首诗,分别是《声带》和《向人间献出生命之火》。在《声带》中,诗人再次询问:"一个人应该有什么样的声带?"这是从特定时代走过来的人无比痛切的疑问,而张志新烈士的声带"是一条喷焰吐火的山脉","紧连着真理的大海"。从诗意的表达来说,"喷焰吐火的山脉""紧连着真理的大海",诗人"远取譬",极其鲜明而又

---

① 《诗人》,载《天女花》,天津:百花文艺出版社,1989年版,第92页。
② 文末标注的写作时间为1963年5月。

形象地表达了对张志新的敬仰,而对"一个人应该有什么样的声带"的追问,无疑凝结了诗人对于一个时代的反思。五年之后,基于同一主题,诗人再次写下《向人间献出生命之火——写于张志新烈士遇害五周年》,诗中,诗人将张志新誉为"流星""最富有感情的人"。

通观收入《神秘谷》和《天女花》这两本集子里的诗歌,可以看出诗人极具特色的是,在他的笔下,既思考凝重又晓畅明白,语言不做作、不滞涩,形成了诗人率真、自然的艺术风貌。在一些诗中,可以品味出诗人的审美意趣和独到见解,尤其是他的晚期作品,既充满了童趣,又充满了理趣,如在《海洋博物馆随想》这首诗中,深刻地反映了诗人的审美意趣和独到见解,他在这里敏锐地看到了一幢"散发着海腥味的""活生生的艺术宫殿",看到了"诗神",说"好作品为什么能给人美的享受?／只因为它有美的风骨,美的神韵,美的内涵"。又如在《挂在鱼竿上的一串小诗》里,诗人说,"生活需要坚硬的钢钎,／也同样需要轻柔的鱼竿"。他从钓鱼当中感悟到的,是"因我看到了新人辈出的竞争年代,／生活中到处都有'后来居上'"。

贺羡泉赓续的是现实主义的诗歌传统,这一方面源自诗人早年所接受的诗歌艺术教育和20世纪50年代的诗歌整体创作氛围的影响,另一方面也出自他自觉的艺术追求。《遥寄鱼龙洞》是一首曾引起较为广泛关注的现实主义讽喻诗,作者在这首诗的"引言"里,记叙了写作这首诗的缘起,"纵观江河湖海及市肆、广野之上,渔人如雨,'渔歌'盈耳",于是"忆及《古诗源》中'熙熙攘攘、皆为利往'"的句子,有感而发,写下了这首诗歌。诗中,诗人对于"鱼龙洞"展开"反讽式"的想象,以一个有着"特殊游兴"的"钓鱼人"形象,解构了美学意义上的"鱼龙洞"的风光,消弭了"鱼龙",这是"身上缝着九十九个口袋"、每个口袋都如同"鱼篓"的当代人,"逐利"而对于"美"的肆意侵入,是诗人对于人究竟应当追求什么的反思,笔锋老辣,诗句幽默,充满现实讽喻意义。这首诗写作于1986年12月,发表在1987年第6期的《星星》诗刊上,同时还配发有署名为思汶的《唱给〈渔歌〉的和声》及曲直的《〈遥寄鱼龙洞〉得失小议》两篇评论文章;《作品与争鸣》杂志同年第9期全文转载该诗及评论文章。1996年,由《诗刊》社编选、时代文艺出版社出版的《中国新时期争鸣诗精选》收入了该诗。

诗人在不少篇什当中,都申论过他本人的诗歌观,同时也在自己近三十年的创作生涯当中,一以贯之地实践着他的诗歌理念。如他在《神秘谷》的"代后记"——《诗人的哺乳期》当中,就反复申明,诗歌来源于生活,和生活密不可分:"我相信灵感,／我相信天才,／更相信它们不能和生活分开。／／诗是诗人的产儿,／即使是'试管婴儿'／不管在科学多么发达的国度,／也必须在母体里成胎。"值得注意的是,在这里,贺羡泉提到了"试管婴儿"这一比喻性说法。这篇文章,作者自己说是"诗体诗话",写作于1986年3月,在这一时期,同步于整个文学届的探索与创新,让人眼花缭乱的现代诗歌运动正风起云涌,应该说,贺羡泉表达了自己的立场,那就是诗歌不应当凌空高蹈,而是应当像唐朝的白居易所说过的那样,"歌诗合为事而作"。

1963年后,贺羡泉相继担任《安徽文学》编辑、诗歌组长,副编审。离休以后,他被返聘回《诗歌报》(《诗歌报月刊》)继续担任发稿编辑。在担任《安徽文学》以及此后的《诗歌报》(《诗歌报月刊》编辑期间,贺羡泉以编辑家的身份,参与文学社会活动,热心扶掖诗歌新人,赢得了广泛的社会赞誉,众多青年作家、诗人,早年都曾经得到过他的热心指点。

沈天鸿(1955—) 安徽望江人(祖籍江苏),中共党员。1982年毕业于安徽师范大学中文系,在望江县长岭区中学、安庆市第八中学当过教师,历任安庆日报社编辑、文艺副刊部主任、安徽省作家协会副主席、安徽省报纸副刊研究会副会长。1976年开始发表作品,著有诗集《沈天鸿抒情诗选》《我和世界》,文学理论集《现代诗学形式与技巧30讲》,散文集《访问自己》等。《中国当代诗歌经典》《中国诗选》《中国新时期文学研究资料汇编》《安徽文学50年·散文卷》《安徽文学50年·诗歌卷》《新中国50年诗选》《中国现代名诗三百首》等多种诗文选本收有其作品。

沈天鸿的诗歌创作是与朦胧诗歌的崛起相伴的,也就是说,他的诗有着强烈的现代性。《黑鸦》可以看作是对现代人生存和现代诗自身的存在本相、精神特质与本体追求的一种诗性把握与呈现:"到处可见的乌鸦,比这个夜晚/要稍白一些/这就是我们不可多得的/幸福,从它们的翅膀/倾泻而下/阴郁的声音。月光在水面/和天空之间跳跃/乌鸦也是如此,但它是最终的/极限的颜色,活着并非抒情/……我回头看见/恐惧与幸福同义//人接近乌鸦一直有个限度/才逾越/乌鸦已经飞走。"名篇《秋水》写出了他对人生与自然的诸多思索:"我总说:秋水在远方/总是忘了/这句话就是秋水/我说这句话时正是夏季/这句话一出口/秋水就淹没了/我的脚背//站在秋水里我总说:/秋水在远方/日子,就是这么过去"。诗人通过秋水,照见自身的生存状态,对生活中一切美好而又极易失去的事物和人进行了深刻观照,并置身于对美好事物的不懈追求之中,进而在恬淡中步入澄明之境。这首诗看似简洁却饱含着复杂的意蕴,具有多种阅读的可能性,首先秋水这个中心意象即具有多重隐喻,它既象征着时间、爱情和美好事物,也喻示着一种沉静、清澈、空茫、幽远、澄明的境界,在艺术上,诗人化实为虚,化虚为实,虚实相生,回环往复,一咏三叹。同时,悖论性循环也使得诗歌结构具有强烈的张力。

  一直以来,沈天鸿都秉持着理性思维的诗歌理念,在《还乡》中,他写道:"我平静地让草割伤我的脚/来看这些/黑暗中的我的亲戚"。这是理性回归的精神指向,灵魂高度自由的空间象征。而在此之下,那些必须忍受的事物,它们所具有的黑暗中的不安、深思、惊恐,完全统一于理性精神的彻悟中。诗中的故乡,除了人类原乡这一内涵之外,还指代人生终极的归宿,因此,这首诗所达到的高度,显然更胜于普通意义上的归乡情怀了。在《沉重的纪念:2008 汶川地震》中,诗人没停留在表层的描述上,而是深入人性与灵魂,对生与死进行了拷问:"还有谁敢活下去?当大地/变得恐怖,将人蹂躏?/——活下去需要多么大的勇气/克服多少次死亡。"可以说,诗人极其冷静地对这场民族大灾难做了理性的阐发,他认为在灾难面前只有保持活着的人性,才能让灾难成为一种永久的记忆。

  对理性精神的推崇必定会带来诗歌浓厚的哲学意味,这是沈天鸿对社会与生活不断思考的结果,在《悖论》中他说:"我梦见我两次/涉过同一条河流"。显然,这是一个经典的哲学命题。而诗人告诉我们的是:"在不同的空间里,却在/完全相同的时间里"。《深秋的果园》则引发出诗人对空间与时间的思考:"一个人站在树下/浓郁地默想着所有不在此地的/果实/它们轻轻震颤,仿佛飞翔/经过思想和思想中的反思想/使空间和时间改变了质量"。

与在外漂泊的其他诗人一样,沈天鸿在诗歌里充满了对故乡的思念、对童年生活的温馨回忆,家乡的一草一木都激发了他无限的诗情。在《在乡下》中,诗人就罗列了晚上、暮色、小雨、蘑菇、泥点、劣质卷烟、灯等,一系列与乡村生活有关的场景与道具组成了一首韵味十足的乡村牧歌。"点上灯,一些东西立刻就/真实却又陌生,认识它们/要冒一点意外的危险"。而《夜间的老水车》又让诗人回到了难忘的童年时代:"路途遥远,老水车/和所有更深地埋在黑暗中的/东西/都住在水的外面"。

相对于诗歌创作而言,沈天鸿在诗歌理论上的成就更显光彩,他主张将深厚的民族传统文化的精髓与敏锐而深刻的反思、追问的现代诗歌精神进行有力的结合。他不仅主张努力从中国古典诗歌中汲取营养,更强调现代诗的形式和技巧的探索。他认为:"诗的形式是诗得以存在的不可或缺的根本,没有诗的形式,就没有诗""有没有本体,什么是本体,这是诗学的一个根本问题,也是焦点所在的一个问题,诗学的其他问题都由它派生,一切分歧也由此产生"。此外,沈天鸿还是中国文艺批评界最早对后现代文学现象进行发现和研究的批评家之一。早在 20 世纪 80 年代中期,他就写作了《中国后现代主义诗歌及其批判》一文,对中国后现代主义诗歌现象予以了清晰而理性的分析,并将这种思潮对中国新诗的影响进行了独到的阐释。而直到好几年之后理论界才逐渐出现"后现代"热潮。可以说,沈天鸿不仅散发着诗人的儒雅,而且深具一位学者的理论素养、敏锐观察力和思辨力。

杨键(1967—) 安徽马鞍山人。著有诗集《暮晚》《古桥头》。杨键真正意义上的诗歌写作始于 20 世纪 90 年代。杨键是一个守成主义者,他的思想属于"德行"理想主义,它比道德理想主义更宽泛些。在杨键那里,"德行"是什么?"德行"是山水、伦理、宗教。"德行"是人生的导师。正如他在《命运》里所呼唤的,"一个山水的教师,一个伦理的教师,一个宗教的导师,我渴盼你们的统治"。质言之,"德行"有具体感性层面,如山水;也有抽象理性层面,如伦理;还有哲学超验层面,如宗教;"德行"是一种"三位一体"的存在。如此一来,既避免了使"德行"过于形而下,也避免了使"德行"太形而上,还避免了非此即彼的简单二元论。这种虚实相生,使得"德行"把我们的肉身与精神、经验与超验、时间与空间贯通起来。反过来看,由于没有杨键这种"三位一体"的"德行",海子的想法就显得太过于形而上。海子总是在大地上写着那些悬在高空中的缥缈的诗。海子有一首诗叫《活在这珍贵的人间》,诗中有这样一些虚静空灵的句子:"活在这珍贵的人间/人类和植物一样幸福/爱情和雨水一样幸福"。所以,海子一旦面对现实就显得十分虚弱;最终他的理想也就轰毁在现实面前。杨键不同,他把眼光紧紧盯着芸芸众生,盯着"在",思考现代人的现代生存,而不是像有些人所想象的,杨键的诗歌是出世的,是厌世的,是消极的。这都是对杨键诗歌的误解,是那种望文生义的误解。

在杨键看来,人在自然中,人在社会中,人又在精神中。

首先,人要向自然学习,道法自然,就像梭罗在瓦尔登湖时那样生活以及在《瓦尔登湖》里所呈示的那样。杨键一有时间就到郊外人迹罕至的地方去坐坐,看看大自然里的各种景致,然后通过诗写出他心目中的景致。而他看到的自然与一般人看到的又不一样。他在《一个孤独者的山与湖》里开头就写道:"一段时间以后,/我又要到山上去坐一坐,/去调我破琴一样的心。/我会选择一块抬眼就能看到落日的地方,/我想坐下去,/一直到石化。"杨键为什么要向自然学习呢? 一方面是使自己常常不忘人的"自然性",常常回到自然怀抱,践行"回归"愿景;另一方面可以洗涤我们在日常生活里已经被弄得疲惫不堪的心灵,并从自然里获取从书本里、从社会上都不能获得的启示,如《山巅》所说:"落日以自己的无常向我们展示/化解痛苦的方法/蜒蜒的小路也来帮忙/还有草丛里星星点点的野花"。

一旦谈到社会,谈到历史,谈到文化传统,谈到国家发展,杨键就很忧心。

作为20世纪60年代出生的诗人,对那个年代愈演愈烈的文化激进主义及其悲剧十分不满。在《祠堂》里,杨键说,"我们死于污秽的激情";在《农民》里,杨键又说,"我们的激情,/刺伤了这里,/也毁灭了我们自身"。尤其是极"左"思想、个人崇拜、现代迷信、文化的过度民间化和工农兵化、对知识分子传统和中国传统文化的否弃等等,使得"人们丧失了欢乐的能力,/只有一些粗俗的/转瞬即逝的东西"(《古镇》);"我们六十年代的愚昧如今得到了普遍的回报,/我们承受着毁灭一切标准的后果"(《古宅》);"因为我们的愚昧,/我们的颠倒,/心灵被掩盖一切都变化了,反掉了,/我们来到一个反过来的世界"(《观心亭》)。是非颠倒,本末倒置,工具与目的误置,制造出了畸形的世界、畸形的心态、畸形的人们,我们的心灵被"蒙着痛苦的灰尘"(《一样》)。在那个"充分暴露的伟大时期"(《甄山禅寺》),尽管我们价值迷失了,心灵荒漠了,但是我们不能把这一切悲剧的责任都推到历史、社会和别人身上,而把自己装扮成一个受害者的无辜形象,就像文学史上"伤痕文学""反思文学"曾经所表现的那样,其实,那是很不道德的,因为那一代人就是那场历史悲剧的参与者,乃至是主导者。杨键是把历史的荒谬归责于自身的,如《过错》所说:"在古桥头,在一颗星下,/我迷惘了,/啊,我承受着幻灭之痛,/那都是由于我自己的过错……"从我们自身找原因,才是对自己、对历史、对民族国家负责任的有德性的行径。

其实,涉及我们自身的问题很多。在这红尘滚滚的人世间,我们往往表面镇定而内心不安。正如杨键在《在浮世》里写道:"多么像我们,/面部安详地走着和坐着,/心里总有一种隐约的凶兆,/朦胧的担忧","我们为爱而忧愁/为爱而恐惧","我们留在了世上/为形体所苦,狼狈不堪"(《老夫妇》),就像一只小鸟那样一生短暂而悲苦,"迷失在世上,/循环不已"(《微光》)。太过于敝帚自珍、斤斤计较、蝇营狗苟是造成痛苦的根源之一(《暮晚》)。我们人类在追逐名利上浪费了过多的生命。因此,杨键要求我们要懂得最大限度的包容,包容一切;因为世间的一切"没有什么彼此,/也没有什么先后,/呵,只有迷茫的人才会去伤害,/只有糊涂的人才会去憎恨"(《懂得》)。由于不懂得这"古老的玄机",我们总是把生活弄得十分僵硬。我们要有一颗平常心,我们要清心寡欲,要懂得和谐,要始终忠厚、无言、温良,简单问题简单处理,正视人的本色情境,如此一来,"人的一切复杂都将远去"(《农田间的小河水》)。人一旦摆脱那么多不必要的负累之后,心灵就会为此而百感交集。诗人常常为自己的灵魂"像夜晚一样清新"而流泪哭泣,喜极而泣,为感受到了"那幸福的起伏"而哭泣,也"为了挽回的光辉"而哭泣(《啊,国度!》)。杨键期盼自己能够像一阵清风那样安详(《一位绣花的乡下妇女》),要"与蓝天和大地/共享清贫的繁荣",乃至连"造句的惆怅"都无影无踪(《白头翁》)。这样层层"减负"后,我们的思想就会"因为单调而无垠"(《古典建筑》)。对待现实欲望要"低调",不能有太多的贪念。对待生死更应如此。我们只要懂得生死轮回就没有什么可以畏惧的了。杨键在《生死恋》里写道:"一个人死后的生活/是活人对他的回忆……/当他死去很久以后,他用过的镜子开口说话了,/他坐过的椅子喃喃低语了,/连小路也在回想着他的脚步。在窗外,/缓缓的落日,/用他惯用的语调。/一个活人的生活,/是对死人的回忆……//在过了很久以后,活人的语调,动作,/跟死去的人一样了。"杨键认清了物质世界生生不灭的道理。当一种物质在消融,另一种物质就在产生。我们肉体消融了,但这不等于它就此消失了,它更有可能"化身"为花草虫鱼(《在公园里》)、"湖边的柳丝/温婉的濡润"(《春光》)以及"暗下来的夜色/和那片杉树林里的寂静"(《幸福》)。杨键相信儒家思想的力量,相信佛家精神的力量,他相信"古代沉睡的智慧从那里苏醒"(《薄暮时分的杉树林》)。因此,他决心在中国传统文化的废墟上重建现代人的精神大厦。他要做清风,他要做细雨;他要吹拂,他要滋润,如《清风》:

如果我是清风,

我就在寺院的废墟上吹过,

如果我是细雨,

我就在孔庙破碎的瓦片上落下。

救救我，

观音和地藏；

救救我，

孔子和孟子

可喜的是，杨键没有把自己打扮成能够救苦救难的"菩萨"，也不指望能够为受难中的芸芸众生指点迷津。他很务实地、很清醒地认识到了自己仅仅是一介书生、一个平民诗人的真实处境。他在《锁江楼》里写道："我是一个看江水的人，我读的书，写下的诗，不能减去人们丝毫的坎坷。"他没有美化自己，更没有神化自己。他不是救世主，而仅仅是一个凡俗人生的考察者、思索者。他还说："我不过是一名过客。"（《过客》）

祝凤鸣（1964— ） 安徽宿松人。1985年毕业于安徽师范大学地理系，曾担任过中学教师。1992年，在安徽省文联《诗歌报月刊》任编辑，后兼任该刊编辑达10年之久（包括部分《诗歌月刊》时期）。1993年，正式调入安徽省社科院从事科研工作。1998年，参加《诗刊》社第十四届"青春诗会"，著有诗集《枫香驿》，评论集《樱桃变黑之月》《山水精神》，主编学术著作《安徽诗歌》等。作品入选《中国诗选》《中间代诗全集》《中国最佳诗歌》《中国新诗年鉴》《中国当代青年诗人诗选》《诗刊创刊60周年诗歌选》《这才是中国最好的语文书·诗歌分册》《中国新诗百年大系·安徽卷》等数十种诗歌选本，并随《中国新世代诗人》（日文）、《世界诗选》（英文）翻译到日本、美国。其编导的纪录片《我的小学》（与方可合作），曾获得2001年"金熊猫"国际纪录片大奖；参与撰稿的系列纪录片《大黄山》，获得全国"五个一工程奖""中国电视金鹰奖"等奖项。

祝凤鸣大学期间开始文学创作，1983年，与同学一起创办安徽师大"江南诗社"，并开始发表诗歌。祝凤鸣的前期诗歌，明显受当时校园诗歌影响，具有较强的青春感伤色彩和浪漫主义气息。但从1988年开始，他写出《枫香驿》《白石坡》《田亩》等诗作后，迅速找到自己独特的音调，转入具有浓郁神秘感与哲学意味的乡土情怀。祝凤鸣的诗歌，在矫情的"大学生诗歌"和所谓的"麦地诗歌"泛滥时刻,以其坚实的来自现实的意象和形而上的意味,为引领中国现代诗向健康的方向前行提供了有益的影响。至 20 世纪 90 年代中期,祝凤鸣诗歌进一步深化,心灵景象更为明晰与幽深,写出《河湾里》《白夜》《流星纪事》《乡村冬夜》等篇章,使其与当代中国诗坛上的其他诗人区别开来。

> 朝北的路通往京城/汗淋淋的马在这里更换/少年时我从未见过马/通过我们家乡的驿道/秋天来了,红色的叶子落满路面/枫香驿,在以往的幸福年代/稻田里捆扎干草的/农家姑娘/在一阵旋风过后/总是想象皇帝的模样/……/驿道一程又一程/没有一个人能走到底啊/夜色里飞驰而去的消息/都是官家的消息/随后是冬天,飘雪了/枫香驿便渐渐沉寂下去/在一片寒冷的白色里/很少听得见马蹄哒哒的声音。

这首《枫香驿》,意境苍凉,哀而不伤,堪称祝凤鸣早期诗歌的代表作,也被翻译为多国语言并被中国很多歌手谱曲传唱。写作此诗的 1988 年,国家改革开放已经十年,中国农村正朝现代化迈进,这首诗,也可以看作是中国传统农耕文明的告别曲。此诗意象朴实、具体,画面感与色彩感清晰,声音内敛,显然受到欧美"意象派"诗歌影响,即使用普通语言、精确的意象来直接表达诗歌主题,避免装饰与象征,用一种内在的旋律而不是节拍器般的节奏来表达新的情绪。

祝凤鸣的诗歌题材,绝大多数是生养他然后他又离开的乡土,很多诗歌的名字就是宿松县的地名。但他写出的不是通常意义的乡土诗,而是新颖的、优秀的现代诗。祝凤鸣诗歌的现代性,最引人注目的,是通过乡村意象呈示出的对"存在"或"本体"的关注与沉思,就意蕴拓展和精神提升而言,有着强烈的"形而上"的冥思色彩。人的生命从乡村出发,渗进了历代祖先的梦想,并融入生生不息、大慈大悲的情怀中。这一点,与祝凤鸣常年研读西方现代诗、西方现代哲学以及中国传统哲学息息相关。

例如《田亩》一诗,祝凤鸣开篇即写:"山阴尚有积雪/山岗的南坡明亮/溪水低浅/田亩抖动着隐密的梦寐"。往下,按常理诗人应该写出欢快的春耕景象,但祝凤鸣却笔锋陡转,展开议论:"这田亩下埋葬着雷暴/人的骨头/和千百个秋天的月亮//这田亩里还埋葬着/寂寞的狮子与春霞/黎明里悄悄锈蚀的犁铧"。随后,诗人写出"残破的小路上/走着几个闪闪发光的/春耕的人//他们黝黑,平实/承接着天空广大无言的映照",再随后是"夏天,禾苗的青火逼进乡村少女忧郁的瞳仁","秋天辽阔/大地向红砖的村子倾倒","这田亩下还埋藏着火种/难隐的幸福里/暗逝着久远的艰辛"等等。

显然,在这首诗里,祝凤鸣看到与感受到的春耕情景,实际上是无时间的春耕时节:是古代的也是现在的,是不断重复的也是永远不变的。春耕时天空广大无言的映照蕴含着世世代代农人的艰辛,但人的坚韧简直无法想象,久远的艰辛里,也体验到了难以隐藏的某种幸福;这幸福是真实的,也是一种幻觉。《田亩》整首诗意象鲜明、缤纷,寒凝与火焰交织,具有极强的暗示性与辐射力,思想完全渗透在意象和意境中,从而形成一个总体象征,具有浓郁的形而上意味。

祝凤鸣的诗,密布着大量的乡村自然物象,如杨柳、喜鹊、乌鸦、河流、灯火、流星、溪水、炊烟、鸟巢、枫树、蟒蛇、胡椒、池塘、大麦、梨花等等,通过对这些物象的选取与提炼,诗人从"存在"的角度切入,将情怀有机地依附或紧紧包裹在这些自然物象之上,从而构成诗的意象,组织诗的语言。这些意象,是诗人特意为读者走进诗歌深处而铺设的一条条通道或打开的一扇扇窗口。同时,它们在诗行中的流动是自然的,是风摆杨柳,随物赋形,尽管,诗人在表达之前无不经过精心处理,有时甚至是千锤百炼。正是通过这些自然物象组成的意象,乡村里的生命、亲情、爱情、记忆、时间、死亡等等,在一首首诗歌中,呈现出宗教层面上的终极意义,而不仅仅是伦理层面上的情感意义。

在《流星纪事》一诗中,祝凤鸣通过对两个事件的回忆与铺陈,将乡村生命的轮回与万古千秋的自然物象与天象紧密地融合在一起,真正做到了情景交融,意境宏阔,发人深思。

> 我们站在风中,谈起宅基,柳树,轮转的风水。//阴阳和天体在交割,无尽的秘密,使人声变冷,/"生死由命。"/这时,蓝光一闪,/话语声

中,一群流星静静地布满天空;//还有一次,我和父亲走在冬月下,/旷野的一切仿佛在锡箔中颤抖。//脚下是隐形的尘土和古蟒的灰烬。/父亲拿着铁棒,问我:"你怕不怕?"//哦,我抬起头来,猎户星座在中天闪耀,/空中传来千秋的微响——//那无声垂落的,是流星,还是一道道蓝色的鞭影?

祝凤鸣的诗,还有一个重要特色,就是想象奇谲诡异,意象醒目锐利,其营造的意境极具神秘色彩。例如《白夜》一诗:"青蛙叫喊着/到处是春暮之火;/树枝间,月亮/燃烧着它的白骨。"在《乡村冬夜》中,"月亮的斧头在树丛里滑落/头顶的木星又白又亮";在《凌晨》中,"蓝色旷野的边缘蜷曲/仿佛一个暗示","山峦透着大团的寒气/一轮新月在呼喊/声音很细/仿佛还在恐龙和遥远的冰河时代"。这些奇崛的意象,洪荒般的场景,诗人没有提供解释,实际也无法解释,读者只能从这些穿透经验外壳的幻景中,去感受将内外两个世界一体化的神秘氛围。

在对乡村与田园沉思这一点上,祝凤鸣的诗有些像美国诗人弗罗斯特,弗罗斯特也以写乡土题材为主,只是其诗风质朴,而祝凤鸣的诗歌偏于华美。有意思的是,他俩都没有参加各自国家现代派诗歌对传统诗歌的分裂甚至否定活动,而是很难为人觉察地继承、激活了传统,写出了自己的现代性质的诗篇。总之,祝凤鸣的诗在哲学上是现代的,西方的影响明显可见,但由于他将现代诗的直接源头即西方现代诗,成功地与中国古典诗歌和中国古典美学的精髓相结合——思想完全渗透在意象和意境中,其意义难以用文字确凿地说尽,正是中国古代诗歌和中国古典美学的精髓体现。因此,祝凤鸣的诗是中国的现代诗。也因此,他的诗为中国新诗的发展提供了一个范例。

第六章　当代安徽作家的散文、报告文学及其他方面的创作

第一节　王英琦的散文创作

王英琦(1954—),安徽寿县人。她于20世纪80年代初开始发表作品,出道伊始便以电影文学剧本《李清照》和散文《有一个小镇》闻名于文坛。之后,在近三十年的文学创作中笔耕不辍,先后出版《热土》《爱之厦》《漫漫旅途上的独行客》《情到深处》《我遗失了什么》《漫漫孤独路》《美丽地生活着》《遥远而切近的爱》《乡关何处》《远郊不寂寞》《我们头上的星空》《守望灵魂》《求道者的悲歌》《背负自己的十字架》等17部散文集,在中国文坛上产生了一定的影响。其作品《我遗失了什么》获1987年全国优秀散文奖。不仅作品获奖,有的篇章被收进中学语文课本,还有些作品被翻译介绍到日本、印度及欧洲诸国。王英琦以自己的坦诚与率真受到散文界和广大读者的厚爱和赞许。不仅读者关注她,文学评论界也很关注她。当时有《文学评论》等50多家国家级报刊先后介绍评论其散文,甚至有学者将其称为"大陆的三毛"。随着时间的推移,当下,王英琦散文创作在中国当代文学史上的地位和影响已得到众多文学史家的认可。近些年出版的较有影响力的当代文学史著作都将王英琦列为中国当代知名散文家之一,并辟专章论述。朱栋霖主编的《中国现代文学史》认为,"女作家的散文创作在80年代显示出强劲的集团优势。张洁、陈慧瑛、马瑞芳、李佩芝、斯妤、梅洁、苏叶、王英琦、唐敏、叶梦、韩小蕙等灿若星空,以其不凡的创作实力绘就女性散文亮丽的风景"[①]。对于王英琦在当代安徽文坛上的影响,有评者认为"无论是就安徽女作家在全国的影响而言,还是就安徽散文创作在当代文坛的地位而论,人们往往首

[①] 朱栋霖、丁帆、朱晓进主编:《中国现代文学史(1917—1997)》,北京:高等教育出版社,1999年8月第1版,第163页。

先想到的是王英琦。"①"被载入当代文学史的安徽作家,王英琦固然不是唯一的,却也是凤毛麟角。王英琦不仅当之无愧地坐上安徽散文创作的第一把交椅,也是安徽作家在全国影响最大者之一。"②

王英琦的散文创作受到大众如此的关注,在一定程度上与其坎坷离奇的人生经历有关。作为被父母遗弃的孤儿,她倒也不缺少养父母的疼爱,但这些都无法弥补其心中残缺的亲生父母之爱。特殊年代坎坷屈辱的少年人生,湮淹没了一个少年曾经美好的艺术梦想。青年时期的不幸婚姻和几次外出又使她成为漫漫旅途上的独行客。这些传奇的人生历程使她成为当代女作家队伍中最独特的一个。而其在人生历程中所产生的感悟也水乳交融地反映在创作中,凸显了其散文创作独特的个性风格。

王英琦的学历并不高,用她自己的话来说:"我的文化程度,充其量也就是一个念了一年初中的冒牌初中毕业生。"通过这句话大致可以了解王英琦的性格。她的人生道路曲折,当过公社社员、麻纺女工、建筑工人,也当过广播员、政工干部、记者和编辑。现实生活并没有给她提供接受学校教育的机会,但王英琦作为最独特的女性之一,她的成就体现在她的善于自我反思与自我超越的人格品质上。虽然没有机会接受学历教育,但她自始至终在学习。她一方面在不断审视反思自己所接触的生活;另一方面自主利用业余时间贪婪地学习。她靠着字典,一本又一本地读着她在下乡前从废品站弄来的大批"废书",通览中外古典文学、历史、哲学等书籍。而艰难曲折的生活感悟和书本知识,都不折不扣地反映在其不同创作阶段的作品中。

从王英琦的创作轨迹来看,她的文学创作与人生经历及情感倾向是同步的。有评者认为:"在20世纪的中国文学史上,出现了众多风格各异、个性鲜明的女作家,其中安徽女作家苏雪林、戴厚英、王英琦是其中突出的几位。同

---

① 黄书泉:《在超越自我中超越文体——王英琦散文创作发展论》,《安徽作家报告(1949—2009)》,合肥:安徽文艺出版社,2009年10月第1版,第407页。
② 黄书泉:《在超越自我中超越文体——王英琦散文创作发展论》,《安徽作家报告(1949—2009)》,合肥:安徽文艺出版社,2009年10月第1版,第408页。

大多数女作家一样,她们都擅长采用个人视角,从自我生命感觉出发,言说自我经验,展示内在灵魂,她们的作品具有明显的自叙传特征,是作家自传式思维的文学表现。"①也有评者认为:"可能更重要的是,她的身世经历使她内心积压了太多的创伤记忆、太多的思绪情感需要立即喷发、宣泄,而她又是一个主观性极强、率性写作的作家……只有在散文中,她才找到了'自我'。"②的确,阅读王英琦的作品,不管作品中人物的身份如何变化,她始终采用"我"这个视角,从"我"的生命体悟出发,坦言自己对社会、对历史、对文化、对哲学、对人性、对人情等的理解,进而展示作者内在的灵魂和丰富的内心世界。正因为如此,她的散文创作"最大限度地实现了散文表达自我的功能,其强烈的自我意识成为散文创作的鲜明特色"③。

从王英琦的传奇人生历程,可以清晰地看出她的散文创作轨迹。她写于20世纪80年代和90年代初的早期散文,有评论家称为"创作无意识阶段",即"长期形成的内心欲望、追求以及创伤的回忆和屈辱种种细微复杂的情感隐藏在她的内心深处,奔突涌动,寻找喷火口。被压迫的记忆和伤痛一旦调动起来,就会异常活跃地鲜明地表现出来,经过反思的理性光芒的照耀,就会完成艺术的转化,放射出熠熠光彩"④!王英琦写于20世纪80年代前期的散文大多沉溺于对从前往事的回忆,以挖掘人世间"真、善、美"为散文主旨,以"不该遗忘"作为情感表达的主旋律。这里的"不该遗忘"主要包括大和小两方面内容。前者主要指对国家民族苦难、历史传统、古代文化等所表达出热烈缅怀的情思;后者主要指"对自己童年的孤寂、缺少欢乐和少年时代苦难遭

---

① 朱菊香、方维保:《自传式思维的文学表现——论20世纪安徽女作家的创作》,《安徽师范大学学报(人文社会科学版)》,2009年第6期。

② 黄书泉:《在超越自我中超越文体——王英琦散文创作发展论》,《安徽作家报告(1949—2009)》,合肥:安徽文艺出版社,2009年10月第1版,第410页。

③ 肖向东等主编:《中国文学历程·当代卷》,北京:国际文化出版公司,1999年10月版,第385页。

④ 李正西:《在艺术自由的道路上跋涉前进——王英琦散文论》,《当代文坛》,1995年第5期。

遇的回忆,由此产生追回美好记忆的渴望和对人生美好的追求"[①]。这两方面内容主要体现在电影文学剧本《李清照》和她的散文集《热土》中。对于古代文化的热烈缅怀是摆脱孤寂、不断超越自我的精神需要,因而作者在表达对国家历史文化"不该遗忘"的情感时显得格外真切。此时期创作的电影文学剧本《李清照》和散文《古城墙断想》《烽火台抒怀》《羊城花感》等都从生活积累、知识储备和精神体悟出发,表达心灵深处的断想。虽词锋浮露,笔无藏拙,但能给人们以激情的感染。被视为其散文成名作的《有一个小镇》便是作者对自己在"文革"期间被下放到农村生活的真切回忆。文章主要描述了"我"与乡镇徐大爷、二秃子、小梅这三个人物的交往过程。在"我"眼中,徐大爷是敦厚、虔诚、老实巴交的,二秃子是厚道、认真、待人恭敬、拘谨的,小梅是朴实、爱劳动、待人以诚和对文化知识充满向往和追求的。在这一群普通人身上,王英琦发现了人间最有价值的品质即真、善、美。散文以一个少年女顽童的视角,为读者描绘了一幅动人的乡镇风俗画,表达了对古老乡风民俗的礼赞,抒发了在"文革"那个特殊年代人间温情依然存在的感慨。《"大救驾"——童年的渴望》将童年的辛酸与孤苦化为精神上对历史文化的仰慕和对沦落年代的诅咒。《少年梦的幻灭》从一个独特的视角透视"文革"对文化的扫荡,写出了"我"——一个小女孩追求美的梦幻的破灭。总之,通观王英琦早期散文,我们可以感受到王英琦所独具的艺术个性。她早期的散文或记叙历史、反思文化,或关注民生疾苦,抒发个人感叹,文风豪爽洒脱,有着男性风范,与同时期的唐敏、斯妤等关注女性内心体验,描写身边感悟的散文完全不同。她追求写作的自传式思维和无意识状态,坦率地进行性灵表白,以其对自己人生行旅和芸芸众生苦辣酸甜的真切描绘、个人情感的真诚抒发、自然明快的风格、平实质朴的语言、散漫而有章法的结构,赢得了众多读者的赞誉。

---

① 李正西:《在艺术自由的道路上跋涉前进——王英琦散文论》,《当代文坛》,1995年第5期。

如果仅仅满足于这种无意识写作状态,那王英琦就不是王英琦了。王英琦是个善思敏感和不断追求进步的作家。到了20世纪80年代中后期,随着年龄的增长、思想的成熟以及不幸婚姻的遭遇,王英琦开始陷入了理想和现实发生极大冲突的苦闷之中。面对冲突,她感到越来越不认识自己了。对文学理想与现实生活之间巨大反差的思考促使她西出阳关,走向荒漠,走向古西域,走向塔克拉玛干大沙漠,欲图在新的人生体验中获得心理平衡。面对荒漠,她做了一次精神游历,她"到敦煌去朝拜艺术的殿堂,到轮台去寻找古代屯田的遗址,到库车去瞻仰唐代城墙,到喀什去感受穆斯林文化的遗风,到塔克拉玛干去探索三十六国的兴亡史"[①]。正是这种貌似消极实则积极的人生态度,使她的思想和创作提升到了一个新的高度,由此也导致她此时期的散文创作由不能遗忘、歌颂真善美转向对民族、历史的审视和对女性觉醒意识的反思。这种审视与反思始于1986年创作的《我遗失了什么》《写不出自传的人》,一直延伸到90年初期。纵览此时期的散文创作,若按题材选取、表达内容以及人生经历来分类,王英琦的作品大致可以归纳为以下四类:

第一类散文表现出对中国古代民族文化的追溯与赞美。她西出阳关写出了《塔克拉玛干之谜》《"木乃伊"旁的奇思异想》《大唐的太阳,你沉沦了吗?》《写在空白的壁画上》等篇章。第二类散文表现出对女性意识的觉醒及其生存价值的思考。她从切身体验中认识到女性"成为你自己"是非常艰难的。她在《被"造成"的女人》一文中酣畅淋漓地批驳了对女人的种种流俗偏见和谬论。她一针见血地指出,在"贤妻良母"这个词的背后,"那是牺牲,那是劳动力,那是永远带不完的孩子,做不完的家务。那是永远的忍气吞声,失去自我"。女人要想获得真正的独立是如此艰难,所以她热情歌颂女中英杰。第三类散文是作者对自我内心的真实袒露,抒写人生道路上的执着追求与忘我奋进。在《写不出自传的人》中,作者真实地袒露自己弃婴的身世,对自己的不幸命运和悲惨遭遇抒发感慨,从中既可以看出作者的苦难情愫,也能看

---

① 王英琦:《向戈壁》,《女子文学》,1985年第2期。

出作者试图对自己无根的命运进行突围。而与此同时,她对理想的追求也同样达到了舍己忘情的地步,有一股如自己所说的"傻大胆"的劲儿。《向戈壁》堪称此类散文的代表作。而她的另一篇散文《我遗失了什么》可以看作是她成为散文作家之后的自画像。第四类散文是对日常生活的描写,表达对底层民众的关怀,体现作家的草根意识和人道主义情怀。她以殉道者的姿态带着孩子搬到郑州郊区小刘村,与菜农在一起,朝夕相处生活了三年。这期间她写出了《看社戏》《远郊无童话》《远郊不寂寞》《蓬莱堂笔记》《蓬莱堂书信》《吃穿随俗》等文章,用她自己的话来说,是实现了"努力把散文写得更像生活,努力使生活变得更像散文"的追求。

王英琦此阶段的散文没有矫情的装饰和故作迷人的姿态,也没有纤巧、轻柔、闲适、消沉之气,有的只是性直、情真。强烈的情感使她的作品表现出一种特有的浪漫气质。与这种气质相吻合的,是在她的散文中驰骋着丰富、奇美的艺术遐思和幻想。文辞自然,不尚雕饰,遣词造句总是发自情感的旋涡之中,直接明朗地表达出她胆壮、执着、勤思和旷达的性格。

纵览王英琦的全部写作过程,其实就是一部自我反思与自我超越的成长史。从作品中能看出,王英琦的自我反思过程是异常痛苦的。她总结自己经历了三次精神上的危机。第一次是在20世纪80年代初,为寻求写作上的超越,王英琦独自一人漫游祖国的西北沙漠、西南边疆和东北的白山黑水,写下一批豪放大气的文化散文。第二次是在20世纪80年代后期身为人母后,为了超越自己只写家庭琐事的题材,她带着孩子迁居河南郑州郊区的小刘村,与菜农为伍,体验底层生活,写下了《看社戏》等优秀作品。第三次是在20世纪90年代,为了寻求突破,王英琦开始从哲学、科学、宗教中寻找宇宙规律,写出了如《我们头上的星空》等哲理散文。王英琦的三次精神危机就是不满自己,寻求创作上的突破而经历的自我超越。极端的追求导致王英琦身心疲惫。近几年,为了强身健体,她选择了打太极拳。

近几年,她写得少了些,只有少量的如《太极文化的魅力》《太极与生命》等有关太极文化的散文出现,作者将对宇宙法则的寻求和哲理思辨的追寻转化为求真悟道、身体力行的实践体验,这一转变过程体现了王英琦散文创作不可避免地出现一些新的变数。

第二节 白榕、刘湘如、潘小平、苏北、徐迅的散文创作

白榕(1929—2004) 原名谭之仁,安徽芜湖人。1952年毕业于北京大学中国语言文学系。1953年又毕业于中央文学研究所。历任《人民文学》编辑,青海省文联文艺记者、编辑,安徽省歌舞团编导,省文联专业作家,一级编剧。1945年开始发表作品。著有散文集《花街》,散文诗集《云诉》,杂文集《芒寒集》,剧本《逃不出人民的眼睛》《车间里的战斗》《白衣红心》等。

关注现实,关注人生,是白榕散文的一大特点。他的视角和笔触始终投向现实人生的现实命运。《唢呐曲》凭借一个民间艺术家的经历,控诉了旧社会、讴歌了新时代。作家在行文中充分运用了散文的抒情特长,生动描摹了主人公超凡的艺术天分和人生追求,以美的文字、美的语言、美的意境完成了曲折的写真叙述,并给人留下了无穷的回味。《花街行》是借助描绘一条小街的节日景观表现时代的变迁,其间有细致的灯市景象描绘,有民风民俗的真切风采,有对往事的悲怆回顾,有对今日新风的讴歌。《难忘赣江那边雪》写的是作者在20世纪50年代参加"土改"的一段往事,但字里行间始终都饱含着他对普通百姓的爱。《怀念废名老师》以淡笔浓情赞颂了老一代知识分子的高尚品德;《水路三千》以融情入景、借景传情之笔,倾诉了兄妹亲情和他对人生的沧桑感悟。白榕当然也写景观散文或游记散文,如《青阳醉我九芙蓉》就把九华山的丛林、寺院、古树、溪流乃至素食小吃都写得真真切切,令人神往和垂涎,但穿插其中的小尼姑罗巧云和果成的出家故事,却成了游记的真正主体,把我们又重新拉回到现实人生中来。

白榕散文的另一特点是崇真、扬善、重情。散文是作家说真话、吐真情、表真知的文体,任何虚情假意、矫揉造作、曲意逢迎或无病呻吟都是散文的大敌。白榕以真诚为信念,以写真实、抒真情为主旨,形成了他的风格和特色。在《难忘赣江那边雪》和《水路三千》里,作家所投入的情是凝重而又深厚的,

毫无矫饰之态,读着它能让你和他一起共享同一种情思。《街上又卖白兰花》写的是真挚博大的母爱,其景、其情、其爱都写得真真切切,历历在目,令读者从中细细地体验母爱的温暖。从其写作时间看,他对母爱的讴歌和对母亲的崇高敬意,还暗寓对祖国的爱与敬的深层内涵。他崇真是为了扬善,而扬善又切忌虚夸,所以他的许多篇章都穿插有叙事情节,并在情节中扬善挞恶,同时又依托真实的叙述倾吐真情,形成真善美相统一的整体,这是他的追求也是他的成果。他的又一特色是题材宽广,社会内容丰富。白榕散文所涉及的题材领域,可谓无框架、无套路、无拘束,天南地北,往昔今朝,小潮小景,兴事悲情,市井故事,山乡风物,他什么都写,当美则美,该刺就刺,散文集《花街》说明了这些。白榕的散文堪称美文,当然某些篇章也有不足之处,如他的语言,有时有过于雕琢之嫌等。

刘湘如(1947—) 笔名老象、向曙、申辰,安徽肥东人。曾在安徽肥东县众兴和梁园中学任高中语文、外语教师。刘湘如自少年时代即涉足文学创作,处女作《春天的翅膀》(诗歌)发表于 1959 年《少年文艺》。20 世纪 60 年代有散文、短篇小说和剧本发表于《长江文艺》《新港》等刊物。粉碎"四人帮"后创作更加活跃,迄今已于国内外报刊和出版社发表(出版)各类作品 30 多部 900 多万字。其中有散文集《星月念》《淮上风情》《瀛溪小扎》《十步芳草》《刘湘如哲理散文》《刘湘如系列散文》《刘湘如情志散文》,还有长篇小说《美人坡》《风尘误》和报告文学集《当代百人》《大地流芳》《旋转的人生》《马拉松橡皮大战》《共和国星光》《斧光》《闪亮的历史抛物线》。刘湘如的文学创作成就表现在多方面,散文和纪实文学成就突出,散文《星月念》《箫笛漫忆》《苇念》《彗星》《瀛溪小扎》《扇话》《却鼠》《鱼花塘小记》《春望》《悟》《浮躁之城系列》《庐山心理笔记》《佛国的岸》等计 100 多篇获得各种奖项。

刘湘如的作品有一种特殊的语境美和思想美,正是这两者使他具备了很多人没有的风格。拿他过去写的大量散文来说,其实是一种个性化和别具风格的生活底蕴的流露。阅读刘湘如的作品也就阅读了刘湘如。他是那样持重、温和、准确、细致,那样沉思警悟、睿智深邃;他又是那样细心如尘、情发于衷,那样漫步行吟、不急不怠……那蕴蓄深厚的生活,温馨浪漫的文采,诗一般的语言氛围,画一般的渲染色彩,幽远纯净的意境,哲理性的提示和阐述,总是把读者带到生活真挚而丰富的内涵之中——读到《星月念》就如在广阔的原野上呼吸晨风,拾取美丽而不妖冶的珍珠,生活本初的一切,被巧妙地折叠在优美的文辞里,洋洋洒洒地流出一条条形散神聚的河。文笔优美,意境隽永,娓娓动人,像仙乐悠扬,若莺语喁喁。清新典雅的风格,给读者留下了久久难忘的印象。

如果说刘湘如早期的作品注重艺术的表现形式,给人以一种美感,那么在他中年以后的作品中则是偏向探索现代社会的种种真实而带有典型意义的现象,用他敏锐的观察和深刻的思想去剖析人生和社会。刘湘如在20世纪90年代曾出版过系列散文,《庐山心理笔记》将笔触探进现代人的心灵深处,有生活于幻觉里的女大学生,有害怕菩萨的男青年,有每天要骂人上百次看不惯周围一切的老人,有自认为能当"世纪伟人"的"狂妄症"患者——现代文明使我们的生活节奏骤变,生存的空间拍荡起滚滚红尘,文明产生的同时也产生人心中的幽暗。作家用自己的敏感触角去发掘引发产生它的社会根源,将"黑色思维"展现在人们面前,给读者的警示和震撼不可低估。他另有《情志卷》问世,那深刻的人性思考,真朴的语言格调,使读者如同聆听一个高贤智者的倾诉。《佛国的岸》《悟》《春望》等等,在意趣隐幽之中向读者揭示了一个个真朴的人生道理。这类散文中不时流露出一种超脱平静,顺乎大道自然的境界——他在《情志卷》的自序和跋里简要地道出了自己的心声:"人各有志,人各有梦,志或能成,梦有谁觉","不是为了寻求和得到什么,而纯是一种心性的自然,感情的流淌","堆一座自制的金字塔,不炫照别人就炫照自己的心灵",许多优秀的文字构成精妙之作,把作家自己连同他的思想收藏于铅字的著作中。有时是抑扬起伏、跌宕多姿、淡妆浓抹、疏密相间的漫画式笔触,寥寥几笔就能画出生灵活现的场景;有时他又不直接去写,如云中藏山,秀峰逶迤,让人从美感中通过自身的感觉去琢磨,让你在有意无意间悟出另一层真正的人生奥义。"想想我们中国人,本有许多值得自豪的智慧之光,可惜许多方面被偏见的积习遮蔽了"(《彗星》),"生活铸造了轰轰烈烈,显赫高贵,不也铸造了无声无息,很少奢求很少失望很少色彩平淡无奇毫无保留地献出一切的芸芸众生么"(《苇念》),"人们把感叹留给昨天,人们把梦想留给明天"(《夜的眼》),"世间之事,有时蝉翼为重,有时千钧为轻,蝇营狗苟为争身内一食,剑影刀光为争身外一物……我们所有的人不过是生活于一种过程中"(《鱼花塘小记》),"人的一生都在挣脱积习,挣脱困厄,再加上透惑,这都是人生的叠嶂险关"(《天命悟》),"世界上充满了聪明能干的人,有轻而易举超越人前的;有规规矩矩追随人后的——有以他全部的纯情,唤起人最初的真诚"(《星月念》自序)。这类揭示警拔的语言在他的文章中随处可拾,以不容置疑的尊严,配以秀灵和浪漫,组织在作品和谐的乐章里。

刘湘如用自己对文学和人生的体验,用独特的行文方式为我们打开了一个文学与人生的双重窗口。他从不沽名钓誉,从不哗众取宠,更不包装自己。用他自己的话说,真实地做人,真实地做文。有位评论家曾说,读刘湘如的作品,心灵就像在月光里陶醉一样,那样纯洁、深远、美丽得不容亵渎。当代著名诗人公刘称其散文作品,"动真情而不夸饰,寓哲理而非说教,由表及里,因小见大,笔尖上流着的是作者自身的真血,真泪"。当代著名作家鲁彦周称其散文是"散文中的精粹"。

潘小平(1955—) 安徽蚌埠人。1977 年毕业于淮北煤炭师范学院中文系,同年留校任教。1992 年调入安徽省文联,曾任《清明》杂志副主编、现任安徽文学院院长、《安徽文学》主编。有《作家心态差异论》《归来的流放者——新时期小说十年批判》《新时期小说的理性精神》《现实与关怀》《全球化语境下的中国散文》等论文发表。1992 年后,由理论研究转向散文创作,有《季风来临》《北方驿站》《城市呓语》《爱情这逃犯》等散文随笔、纪实文学出版。近年来精力主要集中于徽州和徽州文化的研究和传播。

潘小平做人率性坦荡,为文率直洒脱,其作品无论是迷恋于咏物与抒情的《月下的白沙》《灯火》《听涛记》,或是探索人生意义的《驿站》《人生一世》，还是以"乡村落日"为题的述旧怀旧系列散文，以表现淮北平原独特的地域文化风貌，坦荡而粗放的风俗民情和乡村社会兴衰为主旨的《木铎》《路教三忆》，都蕴含着知识精英的审美情趣和淳朴的人文情怀。1992 年后，其文风发生改变，开始向随意、通达方向变化，走世俗化的道路。而最为明显的标志之一就是她的叙事立场和思想观念的变化，即由"士大夫趣味"转向"大众趣味"。这种转变作家是有备而来的，"关注文化转型期大众传媒的特殊文化意义，试图以节奏、大信息量和有切近感的叙事，完成散文'士大夫趣味'向'大众超味'的转变"。在 1992 年以前，潘小平的文学创作坚守精英立场，《月下的白沙》《沙原一轮老太阳》《听涛记》《灯火》等作品唯美雅致，抒情中传达出文人的审美情趣。《驿站》《人生一世》探索人生意义，文中深感人生渺茫无奈，然而又不断地寻找人生的"驿站"，叩问存在的意义。《台静农》叙写台先生的才情、学历、识见、历练，以及体味人生苦难的敏感与宽厚，独立的情操与人格，由此感叹大陆文人的浮泛，不能保持纯净的人文精神。诸篇传达出的是知识分子的忧患意识和人文精神。1992 年以后，潘小平由学者转变为作家，这种社会角色的转变，使潘小平的叙述立场也发生了根本性的变化，由精英立场转化为世俗立场，即大众立场。它是大众文化形态的一部分。大众文化是工业时代市民社会的特产，在中国，它是随着市场经济的崛起、市民社会的出现而产生的一种时尚文化。它最大的特点是世俗性、民间性。而在潘小平散文随笔集《城市呓语》中的《现代主妇手记》《城市呓语》《红尘说钱》《畅销书谈》《中国男演员》等，就具有大众文化短、平、快的特点，在形式和艺术趣味上与大众文化接轨，有着鲜明的世俗立场。

但潘小平并没有把世俗立场推得更远，她一方面在大众文化中运作，表现出世俗立场，另一方面，强压下去的精英立场顽强地冲击水面，并很快漫过世俗立场，到后来，其持守的世俗立场也被精英立场同化了。出现这种状况，也许是她始料不及的。但又是可以理解的，因为在她的观念中，根深蒂固的精英立场的力量比起根基不深的世俗立场来，不知要强多少倍。在当今社会金钱至上与道德下降、物欲横流与精神腐蚀面前，她的焦虑情感与忧患意识并起,人文精神在文学作品中油然而生:金钱称大,知识贬值,她忧心忡忡;金钱至上,金钱腐蚀人,人腐蚀金钱,造成双向腐蚀(《红尘说钱》诸篇),她感到无奈;与市场经济伴生的实用主义、拜金主义、纵欲主义、享乐主义,以空前的坦率,毫不遮掩地集合于畅销书中,助长着图书市场的无序和混乱。在咄咄逼人的物质刺激面前,我们的文学似乎只有肉体,没有灵魂;只有欲望,没有灵魂(《书名广告大联唱》《丰乳肥臀咄咄逼人》)……她又有些不知所措,她不是救世主,她所能做到的,只是面对以"无耻告别羞耻"、变"逼良为娼"为"弃良从娼"的时髦,告诫女人要小心地往前走(《妹妹你小心些往前走》),面对离婚时髦、不结婚的现代现象,劝导人们要善待婚姻(《无梦是婚姻》《幸福在哪里》)……

近年来,潘小平的小说创作,也取得诸多成就。

苏北(1962—) 原名陈立新,安徽天长人。1997年毕业于北京大学思想政治专业,法学学士。1986年开始发表作品。著有小说集《江南江北》(合作)、《苏北乡土小说》,散文集《遭遇湘西》《灵狐》《像鱼一样游弋的文字》《忆读汪曾祺》等。另有中篇小说《蚁民》,短篇小说《刀技》《狗报》,散文《关于汪曾祺的几个片断》《一往深情:回忆汪曾祺先生》等。苏北散文的文字温润、淳美和俏丽,是从汪曾祺先生那里传承下来的,读来让人觉得亲切舒服。苏北有一篇散文的题目是《击倒读者的文字》,他说,"称得上大师的现当代作家们,都是用平实的句子说话,鲁迅是,沈从文是,孙犁是,汪曾祺是"。苏北正是循着这些大师的足迹走在文学创作的道路上。

苏北与老作家汪曾祺来往较多,并对其为文与为人都深为敬佩,在他的陆续发表的散文作品中,汪曾祺甚至还成为其中一个主要题材或重要主题。看得出来,这种对汪曾祺的崇敬与喜好,已深浸于苏北的散文写作之中,并给他的文字和文风以极大的影响。汪曾祺是一位极具风格的作家,作品冲淡雅致、俊逸潇洒,在当代享有盛名。他不仅是一位优秀的小说家,还是散文家、戏剧家、画家、书法家和美食家,被喻为"20世纪中国最后一位士大夫"和"中国式的抒情人道主义者"。作家苏北曾追随汪老多年,文笔深得三昧,并积十多年研究写出了与汪先生文风颇为契合的回忆性散文集《一往情深:回忆汪曾祺先生》。他的文字,淡泊、内敛,显然得了汪曾祺先生自然、清奇的某些神韵;而最为要紧的是,汪曾祺先生"出于自然,归于平淡"的写作姿态,苏北也是心领神会受益颇多的。这种由内到外的师承与借鉴,在与他自己的主体造诣与个人趣味内在地结合之后,就形成了苏北的鲜明特点,那就是在看待人生上的立足本原和艺术表现上的力求本色。苏北散文的题材与题旨,涉猎相当广泛,很难简单归类,从儿时记忆到成长记趣,从家庭家乡到为夫为父,从记学记游到买书读书,还有就是与汪曾祺其人其文的种种邂逅,简直就是信马由缰,信步徜徉。但这些总体上都可归为常人常事,而他则是由这些常人常事,去生发和述说人生之中的常情常理,守护人之本性,倡扬人之天性。比如,他从自己从小爱喝粥的习惯,说起南北两地有名的粥食,又说到某粥店出于"牟取暴利"的目的搞出几十种花样粥品,把"好东西"搞成了"粥的怪胎,煞风景";他由一对由乡下进城卖馄饨的小夫妻的"快乐的忙碌",看到了"真实的快乐",也感到了"亲切自然";他还由小区里一个穿高跟鞋的女人怀抱的小京巴狗的"娇憨可爱""打着哈欠",一时为之"非常感动";他又由钟点女工王翠兰为失血过多的小孩子无偿献血,又不愿对外张扬,觉出了自己和妻子曾误解过她的不该。在这里,事情是平常的,人物也是平凡的,但却从这些平常与平凡之中,看出了其中的不平常,品出了内里的不平凡。在这样一些文字里,苏北是敏感的,更是纯真的,他以一种纯真的心态去感知生活,那敏动的感觉就格外细切,就能见人所常见而未见。

徐迅(1963—) 安徽潜山县人。中国作家协会会员,中国煤矿作家协会副主席兼秘书长,《阳光》杂志社社长、主编,著有散文集《半堵墙》《春天乘着马车来了》《在水底思想》等 6 部,诗集《失眠者》、长篇传记文学《张恨水传》等。多篇散文作品被《中国年度最佳散文选》《中国现当代散文 300 篇》《新世纪优秀散文选》《新时期散文经典(1978—2002)》《新中国文学精品文库》等多种文集收录或作为大、中学生教材。获首届老舍散文奖、第二届冰心散文奖。

徐迅的作品大都发表在《人民文学》《中国作家》《十月》《青年文学》《北京文学》等报纸杂志上。他的文学创作虽起始于小说,并著有中短篇小说集《某月某日寻访不遇》,但给他带来声誉的却是他的散文。皖河的水滋养他长大,天柱山的灵气也始终在孕育着他,徽风皖韵是他散文的命脉。徐迅的散文沉迷于历史记忆中故乡的地理、风物、人事与亲情,他谋生于北京,却像沈从文等"京派"作家那样,愿意以"城里的乡下人"自居,倾心于对故乡的油菜花、水稻、麦子进行心灵吟哦以及对故土亲人的深深眷恋。在他的笔下,你看不到一丝矫情与造作。他用素朴的心重新回味曾经与他患难与共、生死相依的艰难岁月,从中显露并体味人性的温暖光泽,在当代散文写作中写出了自己的特色,成就了自己散文的"识别码"。这显示了徐迅写作的"定力"。

徐迅散文与"闲适"散文无涉。他是以一个"大地之子"、一个农家孩子的身份来言说发生在中国乡土大地上的一切的。他乐此不疲地抒写乡村的大小事物和事情,在生活细节里蹲了下来,慢慢进行咀嚼,试图真正拥有它们,使之转化成自己的血液,成为自己生命的一部分。所以,他不是以一个旁观者的身份,像道德律令者那样,居高临下地评判一切,或者投注同情怜悯的眼光;他是一个乡村历史与现实的参与者、亲历者。这就使他的叙述亲切而平实。徐迅是一个忠实的记录员,事无巨细地书写下曾经发生的一切。

徐迅的散文忠实于历史与生活本身。他的写作既不夸饰也不遮蔽。他能够正视与中国当代农村变革同时并存的历史的疼痛与忧患,农村改革道路上的曲折与艰辛,贫困与疾病的无休止的困扰,传统文化在被现代化肆意地侵蚀,农民精神生活的单调与贫血……

对乡村风物、风俗和生命体的细腻描绘,则是构成皖河两岸乡土记忆的长轴画卷。民谚、民俗、民事、民风、蝉、萤火虫、蝴蝶、蚕豆、红薯、萝卜、花生、荞麦……故乡的风物连带记忆中的乡土温情,在徐迅的笔下汩汩而出。

《半堵墙》是徐迅很有特点的乡土散文集。这部散文集大都以忆旧的视角触及乡土的物象,以自然、生命、大地、墙为主要话语要素,散开呈扇形的叙述节点,进而荡漾开去,形成流动的文本片段,以情感为叙述中轴的超时空结构形态。在对故土的追忆上，徐迅着力打捞出处于时空断层处的乡村碎片，并加以诗性的描摹，试图重温被现代性所拂去的乡土氛围，找寻出"在家"的感觉。《半堵墙》可以看成是一部"皖河地方志"，是一部长江北岸的乡村青年的"成长史"，也是一部苦难乡村中国的"青春热泪书"。"母亲"是《半堵墙》中反复关注的情感客体，无论是兄弟姐妹的养育重担、父亲的早逝还是祖母年迈的身影，母亲瘦小的身躯成为作者家族记忆中的半堵墙，母亲对生活的隐忍，乐天知命的生命体验，成为无法言说的精神丰碑。"半堵墙"作为贯串整本文集的一种"有意味的形式"，它以独特的指征方式激活了具有相同文化记忆的人，从而能从隐含在其中的丰富而又具有张力的意味里，感悟到乡土的传统凝聚力和作者本身的情感内核，从某种程度上说"半堵墙"虽则是实指，但承载更多的是一种隐喻或是象征。"半堵墙"是空间的栅栏，是对母亲丰碑似的坚韧精神的赞美，更是对乡土记忆的封藏。

徐迅一直秉持着他的乡野之风，以质朴的笔温情地拂拭去故土记忆的尘埃，以深邃的目光穿越在农耕文明向现代文明转换中的阵痛事实，匍匐大地成为他写作的唯一姿态。徐迅说，散文"是一种充满个体性的内在文字，是形而上文字的主要表达方式"，写散文，实际上是"心灵沉淀和撞击中真实灵魂的不断行走"，是在"个体化的语言表达层面上开掘思想"（《随笔三题·我说散文》）。他又说，"文字不是唯一的。真正唯一的其实是我们人的思考——我思故我在"（《在水底思想·散文的身份》）。徐迅并且将这种思考化为他的散文的内容，使得他的散文思考深刻，情感丰富，别具一格。他不只是写故乡，不只是写皖河，他还在不断地开掘，他在追求思辨的深刻。《在水底思想》就是这样的一本散文，在这本散文集里，他写了屈原、李白、王国维、朱湘、老舍，他们都是水面上的事情抓不住了，选择"在水底思想"。选择"在水底思想"，当然不是一种最好的反抗，但却是如水一般无声、纯洁和清澈透底的反抗，是一种对直接的和间接的压迫所呈现出来的无奈和愤慨。这是十分令人悲伤和耐人深思的。

徐迅散文，除了呈现，除了追忆，除了对话，更重要的是，为了"回家"，为了使流浪无着的灵魂安顿下来。正如他的一篇散文的标题所示:"写作,找我回家的路。"

第三节 张锲、陈桂棣、温跃渊、高正文的报告文学创作

张锲(1933—) 原名张奇,安徽寿县人。曾任《蚌埠日报》文艺组长,安徽省文联副主席,中国作家协会书记处书记、常务书记,中国文联副主席,中国报告文学学会会长,全国政协委员等职。1949年开始发表作品,著有报告文学《热流》《在地球的那一边》《又当桂子飘香时》《是真名士自风流》,长篇小说《改革者》,抒情长诗《生命进行曲》,散文《魂兮,归来》《在陈嘉庚先生墓前的沉思》《剪不断的中国情结》等。长篇报告文学《在地球的那一边》获《十月》文学奖,《热流》获全国第一届优秀报告文学奖。

张锲是从学习戏剧和电影剧本创作正式走上文艺创作道路的。20世纪60年代末期,他被调到蚌埠市文化部门参加地方戏的编写工作,后来创作演出了梆子戏《小厂大路》并获得成功。北京电影制片厂知道这个消息后派专人前往观看。在时任省创作研究室主任、著名作家鲁彦周的极力推荐下,张锲和另外两位剧作者被借调到北京,修改剧本。但因当时大环境不好,一直没有修改成功。"四人帮"被打倒以后,张锲和全国人民一道迎来了解放。1980年,张锲应人民文学出版社《当代》杂志的安排,以特约记者身份深入河南,花了两个多月的时间几乎跑遍了中州大地,写了反映河南改革开放大好形势的长篇报告文学《热流》。这部长篇报告文学在中央人民广播电台播出后,在全国引起强烈反响。张锲谈起当年的创作,往事历历在目:"那个时候提到河南就三句话,一个是古,古城、古迹;第二个是土,土得掉渣;第三个是苦,河南的苦那是出名的。改革初期,河南的情况比较复杂,具有一定的典型性,所以《当代》选择河南作为反映改革初期社会状况的一个窗口。作为《当代》杂志的特约记者,在采访《热流》的当事人和事件发生的背景情况时,我曾经和河南省委的一些负责同志同吃同住了两个来月,他们当中包括中共河南省委书记段君毅同志、省委常务书记刘杰同志以及省委副书记王树成同

志、乔明甫同志和省委副书记兼郑州市第一书记李宝光同志,他们那时都刚刚从全国各地调到河南,还没有在河南安定下来,一同聚集在省委第二招待所住宿,并在小食堂里吃饭。我最初采访的主要对象是王树成同志,也在第二招待所内和其他负责同志吃住在一起。那两个来月令我永生难忘。白天我跟着王树成同志几乎跑遍了中州大地,到了晚上,这些负责同志都纷纷从各地返回郑州。虽然我是从北京赶去的记者,但没有人把我当成陌生的外人,我们在一起几乎无话不谈。他们谈自己过去的战斗经历,谈'四人帮'对他们的残酷迫害,谈他们各自对振兴河南的雄心壮志和宏伟计划,慷慨激昂、意气风发,有时谈到动情处,还止不住顿足长叹,泪落如雨,我就是在这种情况下,和这些党的高级干部交结为忘年知己,并创作出长篇报告文学《热流》。"

完成《热流》回到北京之后,张锲不止一次地和文学界朋友回忆起在河南的那段经历,听到的人都说十分难得,鼓励他赶快把它们写出来。因为素材很多,张锲觉得一篇报告文学很难容纳得下,所以就想着要写一部长篇小说。"这件事我想了很久很久,在同志们的鼓励下,就一鼓作气地动起笔来。那时我借住在中央实验话剧院芳草地的一间平房里,室内面积很小,总共只有六七平方米,很难安顿下一张书桌、一张床和一大堆稿纸。有一次我的朋友贺捷生和她的丈夫来看望我,见到那种情况,就通过关系在基建工程兵部队找了一个住处,让我安下身。我就在那突击了九十来天。因为没有写过长篇小说,所以改了又改,单是第一章,就改了十多遍,最后从两万多字,压成了七千字,费尽了吃奶力气,好不容易啃了个初稿出来。"这就是《中国青年报》用将近两个月的时间全文连载的《改革者》。张锲说,如今过去了二十几年了,还有人记得那部长篇小说,主要是因为看过《中国青年报》连载的缘故。《改革者》连载后,中国作协副主席冯牧在《人民日报》上发表了关于《改革者》的评论文章《一部引人思考的作品——读长篇小说〈改革者〉》,进一步为这部小说扩大了影响。

在长篇小说《改革者》中,张锲通过省委书记陈春柱等改革者的形象塑造,充分展现了改革开放初期经济发展中的重大矛盾,真实地再现了改革开放初期工业战线上的斗争生活和各种人物的思想面貌,一举获得了《当代》文学奖。近三十年后重新审视这部作品,张锲这样评价:"关于《改革者》,在一段时间内,报纸和刊物上曾发表过不少评介文章。对于许多前辈和同辈朋友给予我的鼓励,我是很感激的。如果说,《改革者》在艺术上还多少有些可取之处,我觉得主要是写了陈春柱、陈颖和'钮一把'等几个较为可信的人物,特别是较真实地写了我们党的一位高级干部、省委书记陈春柱的内心矛盾、痛苦甚至是自我反省的思想斗争过程。这些就我个人的创作来说,无疑是有了点小小突破。"

20世纪90年代,张锲在中国作家协会工作之余,仍坚持写作,创作了《在地球的那一边》《重访美利坚》等长篇报告文学,把他自己对美国社会的观察与思考奉献给中国的读者。

张锲有着诸多的头衔,在中国作协工作期间,努力为作家为读者办实事,张锲的一位朋友曾写诗称他是"一只不知疲倦的老牛",张锲很喜欢这个评价,而他也正如朋友所说的那样,一直默默地耕耘!

陈桂棣(1942—) 安徽怀远人。1966年毕业于蚌埠柴油机机械学校铸造专科班。1962年参加工作,历任蚌埠市交通局职工学校语文教师,合肥手扶拖拉机厂工人、厂报主编,《希望》杂志社编辑、记者,合肥市作协主席。1959年开始发表作品。著有长篇小说《挣脱十字架的耶稣》《共和国选警长》《裸者》,中篇小说《第二人生》,报告文学集《五月的微笑》,长篇报告文学《主人》(合作)、《不死的土地》、《悲剧的诞生》、《淮河的警告》、《民间包公》、《双轮霸业》、《中国农民调查》等,散文集《相思草》,电影文学剧本《逃犯》《零点行动》,电视艺术片撰稿《魂系大别山》,广播剧剧本《天上多了一颗星》等。《主人》《民间包公》《淮河的警告》分获三届《当代》文学奖,后者还获首届《中华文学》奖、首届鲁迅文学奖。

陈桂棣的报告文学从社会政治、经济、法律、道德等不同层面揭示了一个又一个深刻的沉重话题,关注现实社会中的重大事件,具有一定的思想深度以及无可置疑的真实性力量。透过这些作品,我们可以看到,在我国社会发生变革的当今时代,作家采取现实主义的创作手法,以关注社会人生的真诚态度去直面现实,正视各类实际存在的生活矛盾,在生活的巨大震荡中揭示现实的发展动态与社会的脉象。

《悲剧的诞生》是陈桂棣报告文学的代表作。全国"五一劳动奖章"获得者高永嘉,由于莫须有的罪名而遭到诬陷,而当时的有关领导滥用职权,司法机关违法乱纪,最终高永嘉冤病而亡。这篇报告文学在《当代》发表以后,在社会上引起了强烈的反响。当时的蚌埠,四元一本的《当代》杂志居然卖到了一百元,一时洛阳纸贵。《悲剧的诞生》的意义在于它揭示了法律的脆弱性,揭示中国法制的弊端。法律本是代表正义的,而在作品中我们看见的却是法律的合法性被颠覆。同时揭示了中国权力机构内部的官场病,从而使高永嘉案得不到平反。这部作品在社会上的强烈反响使作家认识到报告文学的社会影响力,这是任何一部小说作品都代替不了的。

《淮河的警告》是作家的又一代表作。由于淮河水受到严重的污染,生长在淮河边的乡亲们已经找不到可以饮用的水源了,淮河的水质每况愈下,但新闻媒体却不关注,作为淮河养育长大的儿子,作家不能再沉默下去。这篇报告文学气势恢宏,第一次揭露了淮河的污染事件,在全国产生轰动,引起中央的重视,治理淮河水污染遂成为当时中国的焦点,他被破例邀请参加国务院淮河流域环保执法检查现场会,对全国江河湖泊的水污染治理起到了一定的促进作用。

陈桂棣的报告文学塑造了众多人物形象,有企业的厂长、有律师、有新闻工作者、有知识分子、有工人农民,更有许许多多的官员等等。透过这些人物形象,我们可以看出作家所着力塑造的"官"和"民"这两个重要角色。从作品看,作家以民间立场,全方位地展开了对官与民诸多问题的深刻描绘和真切透视。对于作为"民"的一方的普通百姓的叙写重点着力在农民群像的塑造上。作家对于农民问题所给予的特别关注与农民在中国所处的特别重要的位置是相适应的。在《淮河的警告》《民间包公》《不死的土地》《中国农民调查》等作品中,作家不惜笔墨地给我们叙写农村、叙说着农民的故事。作家写农民,是把农民放在我国全面奔小康的社会背景下来写的。中国的农民是勤劳的,但又是最苦的;他们是善良的,但又是需要得到帮助的;他们的人数是最多的,但又是力量最弱的;他们的贡献是最大的,但收益却是最少的……在作品中,我们读出了发生在农民身上的诸多矛盾和困惑。

陈桂棣的报告文学可以称为大气之作,这不仅仅是因为他的报告文学篇幅浩大,更重要的是他的作品中反映的都是重大的题材、深刻的主题、精辟而理性的思想,意蕴丰富、气势恢宏,使人振聋发聩。分析陈桂棣的报告文学作品,我们可以发现并归结出其基本特征:

一、题材重大。从题材上看,《主人》选择的是改革开放之初国企改革的题材,关注的是中国企业第一次"民主选举厂长"的问题;《不死的土地》选择的是"抗洪救灾"这样具有时代背景的重大事件为题材;《悲剧的诞生》选择以全国劳模高永嘉冤病而亡这样重大而敏感的事件为题材;《淮河的警告》写的是人与环境的问题;《民间包公》写的是法与非法的问题;《中国农民调查》写的是"三农"问题等等。作家抓住的都是广大群众关注的社会热点甚至是焦点问题,往往都是关乎国家民族命运、国计民生的大事,因而在题材选择上显示出极端重要性和尖锐性。

二、主题深刻。在陈桂棣的作品中蕴含着许多深刻的思想,往往伴随着一种强烈关怀整个民族和人类命运的炽热情怀。他在观察和分析任何一个社会问题的时候,总是将广大民众生存的状态、前途与命运,作为进行阐发的比较物和参照物,从而得出引人深思的结论。对生活中那些腐朽落后的东西和社会阴暗面的揭露和批判,一直是其创作的"母题"。《民间包公》以五个典型案件多层面地解剖着中国法制的弊端,探索民主与法制建设的途径,提出了令人十分关注的司法腐败问题。《中国农民调查》更是具体而深刻地揭示了当今中国重大的社会政治问题——"三农"问题,凸现了作家对国家前途和民族命运的关切。作家的思想之所以如此深刻,其关键性的真谛就在于他抓住了问题的根本,然后层层切入地加以剖析并对所发掘的问题做出深邃的思考。

三、分析问题精辟而富理性。陈桂棣的报告文学创作从一开始就一直保持着理性探索的精神,保持着对现实社会问题的深入思考,探寻造成各种社会问题的根源。陈桂棣的作品并不停留于对现实种种现象保持着发人深省的追问,而是在追问的同时,保持着认真而严谨的探索,进行着精辟的学理性分析,显示出强大的逻辑论证力量,从而使作品获得了重大的现实意义。比如《悲剧的诞生》在保持着对高永嘉冤案何以产生这一问题的追问中展开对高永嘉冤案的叙述,从中发出许多办案过程中法律问题的责问,在责问中多方面揭示着这一冤案产生的原因。作品产生了轰动影响,并由此触发而产生了令人鼓舞的结局。

从陈桂棣的作品中,我们能读出作家的社会责任感和忧国忧民的忧患意识。作家视文学为生命,每篇报告文学都要经历无数次的采访、考察,为了完成《淮河的警告》,采访途经四十八座城市,采访上千人,历时一百零八天,背回了五万多字的资料。作家自己曾这样说:"我真的开始迷恋起报告文学,并且还将会继续用生命去写作。"

温跃渊(1941—) 安徽肥东人。1958年开始发表文艺作品。1963年3月发表第一篇报告文学《咱们工厂的"李双双"》。五十年来,共出版长篇报告文学《托起太阳的人》、《功业千秋》(合著)和报告文学集《小岗纪事》《小岗风云录》《刘明善三部曲》《缉毒神探》《传承与超越》《人民村官沈浩》《沈浩故事》等12部,计280万字。曾任安徽报告文学协会会长。

温跃渊在安徽报告文学界的特点是:扎根两个基地,关注三个人物。三十多年来,温跃渊长期深入中国农村改革第一村小岗村和安徽工业战线的一面旗帜新集矿区。长期跟踪采访工业战线的先进人物刘明善、文教战线先进人物何家庆、农业战线先进人物沈浩,并多次撰写他们的报告文学。这些作品都产生了一定的影响。

1981年3月,大型期刊《钟山》以头条位置发表了温跃渊的中篇报告文学《凤凰展翅》。著名经济学家童大林认为,这是一部最早、最长、最全面地反映凤阳农业改革的报告文学。1981年3月由其执笔撰写的另一部中篇报告文学《风雨小岗村》（与江深合作），则是第一部描写小岗村农民按"生死印"的作品。此后的三十多年中，温跃渊不论寒暑，无数次地深入小岗村的田间地头，家里屋外，和小岗人促膝谈心，了解他们的愿望和要求，感受他们的喜怒与哀乐，和他们同吃同住，亲如家人，被授予小岗村第一号荣誉村民称号。2008年12月28日，《深圳晚报》在纪念改革开放三十周年时发表了温跃渊的《小岗十二家》，在编者按中说："温跃渊是记录小岗村历史时刻、关注小岗变迁的中国作家第一人。"1999年9月22日，安徽省文联为其报告文学集《小岗纪事》举行研讨会，文艺评论家唐先田说："读过这本书，印象很强烈。这是一本真正的报告文学集。它的特点是非常朴实，朴实得像小岗的泥土。温跃渊笔下的小岗的农民和小岗以外的农民是真正的农民的形象。"著名作家季宇说："《小岗纪事》出版后，我当时很感动，我给它写了一篇文章在《文艺报》发了。当时我为什么感动呢？我觉得一个作家当小岗村的事情一出来，他第一个去采访，然后他这么多年来一直跟踪采访，能做到这一点，是非常了不起的。"

温跃渊在小岗生活时，敏锐地感觉到，小岗村的第一书记沈浩，应该是我们这个新时代的一位英雄人物。因此在沈浩生前，他就在小岗村撰写了关于沈浩的中篇报告文学《小岗的新"村官"》，收入他的报告文学集《小岗风云录》一书中。沈浩逝世后，这部报告文学为新闻界、影视界宣传沈浩提供了第一手翔实的素材。沈浩逝世后的三年中，温跃渊共出版关于沈浩的3部著作：安徽文艺出版社的《人民村官沈浩》（合作）、党建读物出版社的《怀念沈浩》、长春出版社的《沈浩故事》。通过报告文学来宣扬沈浩的事迹，温跃渊是中国作家第一人。

淮南市的新集矿区，是安徽改革中的一大亮点。二十多年来，他们的改革被党和国家领导人胡锦涛、李鹏、吴邦国等领导同志赞誉为"新集精神""新集模式""新集速度"。温跃渊关注新集矿区的创始人、全国政协委员刘明善已三十年。他不仅在刘明善改革成功时关注他，在他因搞改革而受挫折时也关注他。温跃渊在新集创业的二十多年中,不断地在这个矿区的新集矿、花家湖矿、八里塘矿、刘庄矿、板集矿等地深入生活,不论井上和井下,他和矿工打成一片,摸爬滚打在一起,写出了三十几万字的报告文学作品,其中二十三万字的长篇报告文学《托起太阳的人》经安徽人民出版社出版。对于《托起太阳的人》,著名诗人公刘说:"写刘明善这样的书,我觉得很了不得。温跃渊跟踪这么一个人物,矢志不移,而且是个有争议的人物,看准了,就干!我觉得这真是了不起。他曾经一个人主编过《文艺作品》,当初是'四人帮'时候,作为一个地方刊物,是很有性格的,很有胆量,很有胆识,所以我曾通过刘祖慈的关系向他投稿。我很欣赏这个刊物,很有风度。跃渊当年自费去西藏,这令我们很惊讶,很佩服;有年大水,他就在一个孤岛上坚守,我觉得很了不得。我觉得像温跃渊这样的作家,在安徽也不是太多了。"

温跃渊关注的另一位人物,是安徽大学扶贫教授何家庆。在20世纪80年代中期,何家庆作为一个自费考察大别山的植物学家,被人们所注目。温跃渊因何家庆的锲而不舍的精神而采访何家庆。尽管何家庆的事迹他已烂熟于心,但何家庆的家,他还是一次一次地跑;何家庆所做的报告,他还是一次一次地听。然后,他又自费跑到何家庆的老家,采访何家庆80多岁的老父亲,采访何家庆小学的老师;然后,再跑到大别山中,去采访支持他的县科委主任、县委书记等人。在掌握了大量的第一手材料后,写成的报告文学《"野人"历险记》,翔实、生动而厚重,发表于《报告文学》杂志。十五年后,何家庆拿出全家的积蓄,扶贫西南,九死一生!他的壮行壮举震撼了新闻界,震动了共和国的高层。温跃渊决心再写一部关于何家庆的长篇报告文学,他像何家庆一样,只身一人在鄂北的大山里追寻着何家庆的足迹,日行500里,累得腰疼背酸。《扶贫教授何家庆》是一部全面描写何家庆扶贫的报告文学作品,《报告文学》以头条位置发表,《解放军文艺》也以《天职》为题刊登。中国报告文学学会一位副会长著文给予高度评价。

2005年出版的另一部长篇报告文学《功业千秋》,也受到评论界的好评,评论家们指出:"在真实的前提下,报告文学应该大胆提升文学含量,兼收并蓄更多文学表现手法。《功业千秋》恰是这样一部将文学性与政论性掌控得当的报告文学。作者运用灵活的写作技巧,多手法表现主题,融史料、科技、文学、社会学于一体,多角度、全景式地展现我省'八百里皖江堤防加固'这项功在当代、利在千秋的伟业。《功业千秋》成功地跳出'以真实性否定文学性'的误区,张扬了报告文学理应具备的文学性。能做到这一点,其特殊的语言形式功不可没。"

2010年,是温跃渊创作的丰收年。这一年,他一下推出了报告文学、长篇小说、散文等6部著作。他的艰苦奋斗精神,得到了文艺界的高度赞扬,他被誉为文艺界的一个劳动模范。著名作家鲁彦周生前曾赞扬温跃渊,说他是一位责任感、使命感很强的作家。

高正文(1949—   ) 安徽来安人,中共党员。现任安徽省作家协会副主席、安徽省散文家协会常务副主席、安徽省报告文学协会副会长。以报告文学名世,已发表、出版报告文学作品400万字左右。同时,诗歌、散文、长篇小说和影视创作,也颇多收获。鉴于高正文在文艺创作方面的成就,2007年中共安徽省委宣传部授予他"安徽省六个一批(文艺类)拔尖人才"称号。

高正文1967年毕业于安徽省濉溪中学。1969年入伍,历任南京军区临汾旅战士、班长、连长。1976年7月24日,在一次军事演习中,高正文为保护战友的生命,用左腿压住即将爆炸的手榴弹,英勇负伤,左腿高位截肢,右腿大面积创伤,关节腔周围至今仍残留24枚弹片。1978年2月转业后任中共濉溪县委办公室秘书,文化局创作股股长,同年开始发表作品。1980调到宿州市文化局从事专业创作,1990年被吸收为中国作家协会会员。

数十年来,高正文身残志坚,笔耕不辍。20世纪70年代末,就曾在《诗刊》《解放军文艺》《安徽文学》等文学杂志发表组诗《我回来了》《淮海的歌》《饮酒歌》《喝下吧,团长》等百余首。1980年在《钟山》发表电影文学剧本《琵琶行》。他有着强烈的社会责任感和使命感,克服常人难以想象的困难和艰辛,南奔北走,深入调查,挖掘素材,发现问题,认真思考,写出了一系列颇有影响的报告文学。其《部长家的枪声》1982年7月在《安徽文学》发表后，被《新华文摘》全文转载，之后有100多家报刊予以连载，法律出版社还出版了连环画，一时争说，脍炙人口，在全国产生了强烈反响。文艺评论家唐先田以《勇气和力量》为题在《安徽文学》发表评论文章，对作品给予高度评价。《文学报》载文赞誉作者打响了全国反腐"第一枪"，称"高正文是新中国法制文学的奠基人之一"。香港《大公报》发表文章《战士自有战士的性格》，对于作者和作品都给予了高度评价。1982年《部长家的枪声》获《安徽文学》佳作奖第一名。之后，高正文发表的报告文学《法官落网记》《一个并非独立的王国》《布达拉宫之谜》等均在全国引起轰动，其中《法官落网记》被数十家报刊予以转载，中国文联出版公司出版发行了单行本。艰辛的耕耘，赢得累累硕果。1985年作者第一部报告文学集《部长家的枪声》被四川文艺出版社纳入"当代报告文学丛书"出版；第二部报告文学集《法官受审记》1986年由云南人民出版社出版；第三部报告文学集《医道怪杰》1987年由重庆出版社出版；同年，他和诗人陈所巨合著的体现改革艰辛的长篇报告文学《痛苦与抉择》也由百花文艺出版社出版。

高正文的创作始终保持旺盛的激情，密切关注时代的变化、社会的进步。自20世纪90年代以来，又先后出版了报告文学集《关山难越》（安徽文艺出版社）、《铁血警英》（作家出版社）、《高正文作品选》（中国文联出版社）、《啊，苍天》（作家出版社）。还著有长篇小说《酒缘》（中国文联出版社）、《暗害》（法律出版社）；中短篇小说集《暖暖》（中国文联出版社）。高正文富于激情、非常敏感，他把精力更多地放在了反映改革大潮的长篇纪实文学上，先后写作出版了反映改革前后截然变化的《十年河西》（华艺出版社），激起社会广泛反响的《调查牛群》（江苏文艺出版社），用生命谱写壮歌的抗洪英雄《蔡玉昊》（作家出版社），一个创业家改革者坎坷、传奇、一波三起经历的《壮怀激烈》（中国文联出版社）。其中《调查牛群》2004年由江苏文艺出版社出版发行后，全国100多家报刊连载，湖南电视台和江苏人民广播电台对作品作了专题报道。与前相比，作者更重视对人物命运沉浮的反思，对人性的探索拷问。如《壮怀激烈》中既讴歌了主人公创业的成功辉煌，也品味了主人公的艰难苦涩;既有主人公会当凌绝顶的喜悦,也有主人公弦断有谁听的寂寞。高正文还著有散文集《短笛真情》、《魅力埇桥》、《正文序曲》(大众文艺出版社)等。

第四节　陆洪非、金全才的戏剧创作

说到安徽的当代文学,不能不提及安徽的戏剧文学,陆洪非和金全才这两位戏剧作家各具才华的戏剧创作,使安徽的黄梅戏熠熠生辉。

一、陆洪非的创作

(一)陆洪非的生平与创作

陆洪非(1923—2007),望江县人。曾用名陆鸿飞,笔名陆沉、路程、陆耕、洪非等。他的老家在望江县华阳区杨长乡牌楼村,家境殷实。少年时,受粗通文字,又喜爱看戏、读唱本、讲故事的父亲影响,较早就开始接触戏文、抄录唱本,并搜集了300多首民歌。在家乡完成了小学到高中的学业后,便很快做起了职业的文字工作,表现出优异的文学天赋和文字才能。1946年至1949年,其先后在芜湖《皖民日报》、"大雷通讯社"、望江《燃犀报》以及合肥《皖报》、安庆《新皖铎报》担任副刊编辑和记者。他同情革命,支持和参与进步文化活动。新中国成立后,又转行从事教育工作,先后在太湖、望江中学担任语文教师。1951年,进入安庆行署文教科,遂与戏剧结下不解之缘。他喜爱黄梅戏,开始注意搜集黄梅戏资料,学习和研究黄梅戏。1952年,他撰写了《从农村到城市的黄梅戏》一文,被收入上海文艺出版社出版的《华东地方戏曲介绍》一书,是黄梅戏研究的早期文献,使黄梅戏成为新中国成立初期即被关注和宣传的地方剧种之一。是年,参加在省会合肥举办的暑期艺人训练班。由于他较丰厚的文化储备和对黄梅戏史料的独特占有,1953年初,即被调入安徽省文化局剧目研究室工作,与来自全省各地的文化人一同投入安徽的戏剧文学事业。1954年初,调入刚成立不久的安徽省黄梅戏剧团担任专职编剧。直到"文革"爆发,他始终致力于黄梅戏传统剧目的整理、改编和新剧本的创作。所完成的主要戏剧文学作品有黄梅戏《天仙配》、《女驸马》、《春香闹学》、《砂子岗》、《宝英传》、《桃花扇》、《焦裕禄之歌》、《年轻一代》、《电闪雷鸣》、《告粮官》(合作)、《牛郎织女》(合作)等以及庐剧《打桑》(根据庐剧传统剧目整理)和歌剧《春茶记》。他在黄梅戏剧本文学方面的成就直接引发了黄梅戏的"一度辉煌"①。除此之外,他还主持编校了10卷本的《安徽省传统剧目汇编·黄梅戏》(1957)。"文革"中,被打成"反动文人",创作被迫中断。"文革"结束后,转做黄梅戏研究,出版了《黄梅戏源流》(1985)、《皖戏丛谈》(2004)等著作,并参与了《中国戏曲志·安徽卷》的编辑出版工作,执笔撰写了4万余字的《综述》。

1987年获得一级编剧职称。1992年获准享受国务院颁发的"政府特殊津贴"。2007年在合肥病逝。

(二)《天仙配》的思想与艺术成就

《天仙配》改编自同名黄梅戏的传统剧目,由胡玉庭口述、安庆坤记书局刻本。原作内容比较庞杂,主要是宣扬传统孝道,表现社会对董永"卖身葬父"孝行的褒赏。其中还有董永与七仙女分别后,董永用七仙女所赠之"罗裙""白扇"进京献宝得官,又续傅员外之女傅赛金为继室等情节。

陆洪非全本《天仙配》的改编(此前,安庆地区的剧作家曾整理演出《路遇》一折),首先在思想性上有较大突破,这突破主要表现在三个方面:

其一是变弘扬孝道为讴歌自由爱情,顺应了当时社会的思想主流。

"七仙女下凡配董永"是一个流传千年的民间故事。其基本情节是董永"卖身葬父"感动了上天,玉皇大帝即派膝下七公主下凡,与之结配"百日姻缘"。这里,明显地表现了正统文化对孝道的褒奖。七仙女对董永的所谓爱情,只不过是这种褒奖的工具或手段而已。这与新中国成立之初摈弃"父母

---

① 业界把黄梅戏在20世纪50年代中期以严凤英、王少舫为代表的发展高潮称为"一度辉煌",亦曰"梅开一度"。相对应地把20世纪80年代以马兰、黄新德为代表的新的发展高潮称为"梅开二度"。

之命""媒妁之言"旧有包办婚姻秩序,建立青年男女自由恋爱、自主婚姻的新的婚姻观念和社会思潮颇相违背。那时,新中国第一部《婚姻法》刚刚颁布,青年知识分子陆洪非敏锐地觉察到了这一点。他首先对董永和七仙女的爱情本质作了思考。变七仙女的"奉命下凡"为"偷跑下凡",让七仙女在天宫看到"忠厚老实"的董永,萌动了爱恋之心,即如唱词所述"我看他忠厚老实长得好,身世凄凉惹人怜"。于是,趁玉皇大帝外出巡游之际,在大姐的帮助下"私下凡尘",与上工路上的董永缔结了"槐荫树下好夫妻"。旧本中,七仙女与董永的"百日缘"实质上是一桩包办婚姻。改本中,董永和七仙女的成功结合,是新的婚姻规则对旧婚姻规则的战胜,是新婚姻道德对旧婚姻道德的冲决,成为新婚姻观念的一首凯歌。诚如著名导演石挥所赞美的那样:"仙女下凡,嫁与卖身为奴的农民,这是多么大胆而智慧的想象。"[①]

其二是变董永的秀才和官宦身份为农民身份,弘扬了劳动创造幸福的时代观念。

旧本黄梅戏《天仙配》中的董永起初是一个家境贫寒、尚未获得功名的穷秀才,其后,由于七仙女赠与"罗裙""白扇"等宝物并进而晋献朝廷受封得官。可以明显地看出,董永的全部幸福都是由外部"施舍"而得,含有不劳而获的成分。原作对他的歌颂,实际上也还是对"十年寒窗无人问,一举成名天下知"的世俗人生路径的肯定和惊羡。这与新中国成立之初的社会主流和大众情感是格格不入的。陆洪非的改编取消了董永的秀才身份,并且删除了"进宝得封"的全部情节,还以普通乡民的草根身份。使之紧贴当时社会价值取向和大众情感诉求,成为一个具有时代意味的典型人物形象。董永便不再只是贫寒,而是居贫不馁、处逆不刁,依然勤劳善做、诚实本分,依然保持着一个农民的善良纯正。这些正是他获得爱情和社会赞许的基本理由。面对家庭的贫困,他去做长工还债;面对蓦然到来的七仙女,他想到的是不能"连累与你挨冻受饥"。七仙女的"上无片瓦不怪你,下无寸土我自己情愿的。

[①] 魏绍昌:《石挥谈艺录》,上海:上海文艺出版社,1982年7月版,第243页。

我二人患难之中成夫妻,任凭是海枯石烂我一片真心永不移!"的表白虽然是其本人大胆追求自主爱情的坚定誓言,但同时也是社会及作家对普通劳动者价值与地位的认同和弘扬,是对"穷人"优秀品质的敬慕。也正是因此,七仙女虽然真实的仙女身份未作改变,但其下凡后从思想感情到表现行为也都彻底地"农民化"了,成为一名可以和董永无缝对接的"村姑"。电影《天仙配》的导演石挥曾明确指出,"七仙女不是白蛇精不是祝英台","董永不能娶一个文质彬彬、弱不禁风、好吃懒做的老婆,他必须与一个不怕穷苦、能劳善作的人共同生活,这样才符合人民的想象"[①]。在这一点上,七仙女完成了与董永的身份与精神同构,使得"你耕田(来)我织布,我挑水(来)你浇园"的爱情境界和生活理想有了产生的基础。夫妻戮力,用劳动创造美好生活,也使全剧顺应了时代和大众的情感,几乎成了一首劳动和劳动者的赞歌。

其三是变大团圆结局为悲剧结局,揭示了新思想、新道德建立的艰巨性。

旧本《天仙配》在七仙女奉命返回天庭后,傅员外又主动将女儿傅赛金许配给喜得"进宝状元"、荣归故里的董永,是一个大团圆的喜剧结局。这虽是传统戏曲结构上的固有套路,但也毫无疑问地显现了对"嘉奖孝道"主旨的延展。让傅员外步玉皇大帝的后尘,继续着正统文化的导向。把"皇恩"民间化,把朝廷的倡导转变成民间自觉行动,这显然有悖时代精神。陆洪非的改编旨在讴歌青年男女的自由恋情和自主婚姻,当其目的不能实现或遭到破坏时,悲剧便不可避免地出现。尽管新中国已颁布了《婚姻法》,但男女青年真正的婚姻自由还面临重重阻碍。习惯于包办子女婚姻的家长,还很难接受年轻人的自谋婚嫁。七仙女的"自嫁董永""未得善终"即是对这种破坏力量的揭示。本欲"比翼双飞"的"鸳鸯鸟",却遭到"从空降下"的"无情"之"剑"的砍杀。改编后的《天仙配》以七仙女被迫上天为结局,表现了追求自主婚姻的艰巨性。从而激起人们的抗争,用"不怕他天规重重来拆散,我与你天上人间心一条"的决心和意志,去争取自己的爱情与婚姻,争取人的自我归

[①] 魏绍昌:《石挥谈艺录》,上海:上海文艺出版社,1982年7月版,第246页。

属。这里,悲剧给人以力量,也带领人们走向崇高,激励了一代又一代追求自由爱情和幸福生活的青年男女。

至此,陆洪非改编的《天仙配》基本上形成了"始于'槐荫会'(《路遇》),终于'槐荫别'"(《分别》)的结构格局,成为一出浪漫而又悲怆的爱情悲剧,寄托了戏剧作家的社会理想。陆洪非的改编,实际是全新的再创造。

通过这样的改编,新中国舞台上的黄梅戏《天仙配》不仅令人耳目一新,而且紧扣了时代与大众的心音。也正因为如此,一曲"树上的鸟儿成双对"才口口相传、久唱不衰。此剧由严凤英、王少舫担纲主演,1954年,参加华东戏曲观摩演出大会获得剧本一等奖。1955年由上海电影制片厂拍成电影,风靡海内外。

(三)《女驸马》的喜剧情境与人物塑造

《女驸马》是依据黄梅戏传统剧目《双救主》(亦名《双救举》)改编而成。原作由黄梅戏老艺人左思和口述,情节较为庞杂,风格也不够鲜明。1958年,安庆行署文教局王兆乾(署名王湛)、杨琦对此剧进行了最初的整理改编,更名为《女驸马》。是年,安庆地区黄梅戏剧团携此剧参加了在芜湖举办的安徽省第二届戏曲会演。此后,陆洪非受上级指派对该剧进行再度改编,遂产生了今天人们熟悉的安徽省黄梅戏剧团的演出本。1959年,该剧由上海海燕电影制片厂和安徽电影制片厂联合摄制成黄梅戏电影,剧本也因之最终定型。

与《天仙配》不同,此剧创造了一连串趣味盎然、生动别致的喜剧情境。这主要表现在冯顺卿之女冯素珍"女扮男装",以其未婚夫李兆廷之名"冒名进京"赶考,竟然金榜得中,博得头名状元。这里,已先自赢得了故事格局的喜剧情境。而善于逢迎的主考官刘文举又自作多情为公主"作伐",让皇帝下圣旨把这个女状元招为驸马。由此,又构成了阴差阳错的误会情境。最后,金殿之上,公主又在冯素珍的"策划"下,给皇上讲她们事先编好的一个错把女人招为驸马的"奇闻逸事",让皇帝和刘大人在嘲笑故事中的皇帝和大臣的迂腐可笑之际饱受观众的揶揄,由此便产生了贯穿全剧的喜剧情境链。这在剧中具体表现为三个效果强烈、风格各异的喜剧性场面。

其一是"状元府"。正在为"侥幸得中状元郎"女扮男装的冯素珍突然接到与公主配婚的"圣旨",将人物一下子推入"大麻烦"的边缘。在人物陷入危机的同时,一种辛辣的讽刺和巨大的滑稽随之到来,喜剧意味油然而生。

其二是"洞房"。在观众对冯素珍勉强"接旨""红妆一对怎配婚"的担忧中,让"女驸马"携公主进入洞房。构筑了"女儿之身做东床"的既是危机也是尴尬的情境,加重了情势的荒唐与滑稽,使讽刺意味进一步提升,并借此形成了人物的情感高潮。

其三是"金殿"。冯素珍凭自己的智慧与胆识化解了危机,也显现了"才女""义女"的风采。在赢得了公主的同情与钦敬之后,她们借"古"讽"今",用"讲故事"的方式讽刺了皇家"招了个女驸马"的荒唐之举,以其人之道还治其人之身。既表达了自己的抗议,又揶揄了昏庸的皇帝和刘大人,构筑了一个妙趣横生的喜剧场面。最令人捧腹的是,如此高贵的皇帝和刘大人起初对"故事"含义竟浑然不知,也跟着冯素珍一起嘲笑、责骂故事中人物的昏庸荒唐,使得喜剧效果越发强烈。

以上这些喜剧场面,不仅仅是对封建科举制度和皇家尊严的一种调侃,而且也是对"包办婚姻"的一种嘲弄,与封建文化开了一个大大的玩笑。黄梅戏《女驸马》喜剧情境的成功营造正是得益于其对喜剧人物形象的成功塑造。

冯素珍虽然生长在官宦人家,但由于"生身母早年逝世仙乡去",使她在一个缺少母爱的环境中长大,养成了自立自强和敢作敢为的性格。当她得知父亲在继母的挑唆蛊惑之下,将自己的未婚夫李兆廷污为盗贼,又将自己许给他人之时,感到人的尊严和纯洁的爱情遭到污辱,便决心"学花木兰女扮男装""上京应试",表达"救夫一片心"。这里,她为爱情和自由的果敢行动,与七仙女的"私下凡尘"如出一辙。然而,她毕竟是一个未曾出过远门稚气未脱的天真少女。她"进京赶考"实质上是某种冲动情绪之下的懵懂之举,根本未意识到可能犯下"欺君之罪"的严重后果。更有趣味的是,她虽"不料得中头名状元"却并不明白"状元"的含义,也不知"蒙圣恩帽插宫花"的烦恼和"原来纱帽罩婵娟"背后的"大祸临头",只是一味地要救出她的李郎,被一种"眼看李郎得救,叫人好喜哟"的情绪所包围。作者有意刻画她的天真烂漫,淳朴无邪,使人物可亲可敬亦复可爱。按照作者自己的话说,就是"冯素珍中状元后,感到很好玩而非常高兴"①。于是,这个胆大得有点傻气的"民间女子"表现出的竟是"中状元,着红袍,帽插宫花好新鲜"的快乐。她甚至把"琼林赴宴""打马御街"也都看作是"新鲜"好玩的事。她不仅与丫鬟春红玩笑逗乐,还"喜洋洋"地"手提羊毫""修本告假",要去"监牢救出李公子,送他一个状元郎",活脱脱地刻画出了一个简单幼稚、淳朴天真、无忧无虑的民间小女子形象。严凤英在谈到她扮演这个角色的体会时就曾这样分析道:"她帽插宫花,身穿红袍,会像乡村小孩穿花衣、戴花帽过新年那样按捺不住快乐的感情想唱、想跳。"②正是这样的性格导致了这出喜剧的形成。以少女的天真颠覆皇权的威严,全剧的喜剧情境便应运而生。

另一个喜剧形象是刘文举。他老于官场、善于奉迎又自作聪明,常常"搬起石头砸自己的脚"。由于他总是揣摸皇帝的心思,不失时机地投其所好,也就不免总是要弄出荒唐事来。当他面对既"才华出众"、又淳朴天真,已然女扮男装"金榜题名"的冯素珍时,喜剧便不可避免地发生了。因为要博得"龙心大喜",他在未弄清新科状元是男是女的情况下就抢先为公主做媒,导致了荒唐之事愈演愈烈,越发不可收拾。最后,当真相大白于金殿之上时,他又顺水推舟,当即提出了让皇帝认冯素珍为义女,从而"双招驸马"的创意,使全剧走向了"皆大欢喜"的情节与情绪的新高潮。他的前半部是自作聪明、弄巧成拙、搬起石头砸了自己的脚;后半部又是随风转舵、自取尴尬、贻笑大方更愚顽。

---

① 洪非:《关于〈女驸马〉》,《女驸马》,合肥:安徽人民出版社,1981年5月第1版,第3页。

② 林涵表:《谈严凤英演〈女驸马〉》,转引自《艺谭》,1983年第4期。

黄梅戏《女驸马》喜剧风格和喜剧情境的成功构筑,得益于文学意义的喜剧人物性格定位和形象塑造,文学的成功引发了戏剧的成功。中国戏曲舞台上,作为折子戏保留最多的往往不是冲突激烈、主题揭示深刻的逻辑场面,而是喜剧意味浓郁、人物刻画生动的抒情场面。《女驸马》的《状元府》如同《天仙配》的《路遇》一样,成为各种场合演出最多的著名片断。

经过陆洪非整理改编的黄梅戏《天仙配》《女驸马》分别被收入《中国当代十大悲剧集》和《中国当代十大喜剧集》,并荣登"建国五十周年五十部经典剧目"之列。

二、金全才的创作

(一)金全才的生平与创作

金全才(1927—2008),无为县人。笔名金芝、劲芝、曦文等。早年曾读书识字,后进入安庆师范专科学校学习。1948年毕业,在无为县绣溪小学任教。其间创作了第一部戏剧作品《快乐不在明天》,由该校教师业余排演。由此结下了与戏剧的情缘。三年后,调入文化系统。1953年起,进入安徽省文化局剧目研究室工作,开始了专业戏剧创作和研究生涯。依照分工,主要从事庐剧传统剧目的整理和改编。最初完成的是对庐剧传统剧目《讨学钱》的整理,此剧1954年由安徽省合肥市地方戏实验剧场即今合肥市庐剧团演出,参加了当年在上海举行的华东地区第一届戏曲观摩演出大会,获得成功。按照他自己的话说,此剧是他的"破蒙戏"[①]。此后,又相继整理、改编、创作了《打芦花》《打面缸》等多部小戏和《李华英》、《牛郎织女笑颜开》、《双丝带》(合作)、《花绒记》(合作)等大戏,为新中国成立初期庐剧艺术的发展提供了有力的文学助推。20世纪50年代后期,因奉命将已拍成电影发行放映并获得成功的《天仙配》电影文学剧本的新成果吸收进舞台演出本,始介入黄梅戏的剧本文学工作。其为《满工对唱》增写的"随手摘下花一朵,我与娘

---

① 金芝:《舞台影视剧作选》,北京:中国戏剧出版社,2000年1月版,第83页。

子戴发间"①两句唱词流传至今。1959年,与人合作改编的大型黄梅戏《罗帕记》作为新中国成立十周年献礼节目由安徽省黄梅戏剧团上演。1963年,又与陆洪非、完艺舟、岑范合作,创作了黄梅戏电影剧本《牛郎织女》。次年,由上海海燕电影制片厂和香港大鹏影业公司联合摄制完成,成为黄梅戏第一部直接为银幕而创作的戏剧文学作品。"文革"中,创作受到干扰,所写作品多为应景之作。"文革"结束后,创作恢复正常。1978年,根据祝兴义短篇小说《抱玉岩》改编创作了黄梅戏《袁璞与荆凤》,次年,由安徽省黄梅戏剧团参加在合肥举行的新中国成立三十周年戏剧调演。1981年,再度改编加工了《罗帕记》,成为安徽省黄梅戏剧团首次赴港演出的三个剧目之一。②

自1982年起负责安徽省文化局(即今安徽省文化厅)内部交流刊物《安徽新戏》编辑出版工作。1987年,该刊转为公开刊物后,先后担任责任副主编、主编及安徽省艺术研究所副所长、安徽省剧目工作室副主任。晚年是其戏剧创作的第二个高峰期,陆续改编、创作了黄梅戏《无事生非》(根据莎士比亚同名喜剧改编)、《梁山伯与祝英台》(根据黄梅戏同题材传统剧目改编)、《徽商胡雪岩》以及徽剧《刘铭传》等。同时涉足黄梅戏电视剧的创作,先后改编了《秋》、《啼笑因缘》、《二月》、《朝霞满天》(《红岩》)、《潘张玉良》(《画魂》)、《祝福》等。

在进行戏剧文学写作的同时,从事戏剧理论研究。出版了《编剧丛谭》(1985)、《当代剧坛沉思录》(1992)、《惜花育花品花》(2000)等。主编《程长庚研究文丛》(3卷),参与《中国当代戏曲》和《中国戏曲志·安徽卷》的编

---

① 黄梅戏电影《天仙配》这段唱腔的原词是这样的:"树上的鸟儿成双对,绿水青山带笑颜。从今不再受那奴役苦,夫妻双双把家还。你耕田来我织布,我挑水来你浇园。寒窑虽破能避风雨,夫妻恩爱苦也甜。你我好比鸳鸯鸟,比翼双飞在人间。"见安徽省黄梅戏剧团音乐组编:《黄梅戏新腔选集》,合肥:安徽人民出版社1960年1月版,第50—51页。

② 另两个剧目是黄新德与陈小芳主演的《天仙配》、王少舫和马兰主演的《女驸马》。此剧由王少舫、许自友主演。

撰,并为《中国徽班》撰写了长达三万五千字的前言《一支红烛照千秋》。

1987年,获得一级编剧职称。1993年退休,并获准享受国务院颁发的"政府特殊津贴"。2001年,被安徽省人民政府授予"繁荣黄梅戏艺术事业优秀艺术家"称号,享受省级劳模待遇。2008年在合肥病逝。逝世后有《金芝作品选》(2集)出版。

(二)《讨学钱》的喜剧语言风格

《讨学钱》是金全才走上专业戏剧创作岗位后的第一部戏剧文学作品,由整理庐剧传统剧目而来。其基本内容是:家境殷实的陈大娘子请了落魄秀才贺老先生做"家教",却不愿爽爽快快地支付"学钱",年年克扣拖欠。无奈,贺老先生于年三十晚上前去讨要。不料,刻薄的陈大娘子不但不给,反而戏弄他,说自己如何以"好烟好饭"款待了他。贺老先生只好据理力争,逐一反驳,既揭露了东家的刻薄尖酸,也叹息了自身的潦倒与可怜。最后,贺老先生还是被陈大娘子设计轰出门外。

看过此剧的人都知道,该剧所有的喜剧效果几乎都来自精彩的人物语言,来自人物滑稽、戏谑和自嘲的话语风格。由此构成了一种满含酸楚的"冷幽默",使观众的笑声也带有了些许悲凉。

该剧的喜剧语言风格首先表现在人物的"迂腐"上。剧作通过人物的"迂腐"创造了语言的滑稽。贺老先生本来贫困潦倒,学问平平,却又偏偏放不下身段,总爱摆出一副"饱学"的模样。剧之开场,尽管已困窘到了"等米下锅"的地步,卑微到了出门"讨"要"欠薪"的程度,却依然"自我感觉良好"。一路上"之乎者也"地转文,开口的唱词便是:"巍巍乎欠起身,荡荡乎走出门庭",其风雅和矜持令人惊叹。这里,"巍巍乎,荡荡乎"是对《论语·泰伯》篇语句的引用,其与当下境况的巨大反差,一下子就把人物的迂腐穷酸、自命不凡的形象推到了观众面前,喜剧意味油然而生。此后,他又多次引用《论语》词句,如"贫而无谄,富而无骄""一箪食,一瓢饮"等,这种迂腐使其语言显现了浓烈的滑稽色彩。境况与做派两相背离,有效地凸显了语言的讽刺意味,提升了人物的喜剧性定位。

其次,该剧的语言风格还表现在人物的善于自嘲上。通览全剧,其人物语言处处带有自嘲。虽然是反驳陈大娘子的刻薄吝啬,但却每每落脚于自己的悲哀,体现了一种小人物的"冷幽默",常致人笑出泪来。用电影剧作家桑弧的话说,其"绝不使人一笑了事",而是"在笑声中蕴蓄着沉痛"①。请看贺老先生对东家娘子"好烟好饭"的批驳:

  提起你家饭,真正气死人。

  一进你家门,稀饭一大盆。

  瓢在当中打,浪在四边行。

  伸过头去望一望,

  盆里面,清清楚楚照出我老先生。

  心里想不吃,肚子实在饿生疼。

  先生忍耐吃几碗,

  一箪食,一瓢饮,

  老先生肚子胀得像个洗澡盆。

  提起你家烟,气我大半天。

  好烟耽价钱,你尽去买臭烟。

  三个钱要买一大堆,

  买的说不要,卖的还往上添。

  一要烟袋通,二要按得松,

  三要紧紧拔,四要迎着老东风,

  老先生的喉咙秋得像个破烟囱。

  这里,剧作运用了大量的夸张手法,把陈大娘子所谓的"好烟好饭"驳斥得体无完肤。其生动的形容、比喻,获得了强烈的喜剧效果。精彩的是,剧作并不就此而止,而是在夸张构成的情境中,陡然一转,把人物的悲凉投掷进

---

① 桑弧:《略谈〈讨学钱〉》,原载 1954 年 10 月 24 日《新民晚报》。

去,直接托出了人物的窘状,把贺老先生遭遇"好烟好饭"、饱受其戕的悲哀表现出来,构成了人物的自嘲风格。如果说贺老先生历数"稀饭"之"稀"和烟丝之劣,是构筑了语言幽默的话,那么,当他最终引出自己的"肚子胀得像个洗澡盆"和"喉咙秋得像个破烟囱"的比喻时,则立刻表现为一种"沉痛"的自嘲,是一种被侮辱与被伤害者的"黑色幽默"。贺老先生乞食于人,窘困潦倒,虽有不甘,却又不得不隐忍,这是就是读书人的普遍悲哀。自嘲,鲜明地表现了人物特征,也增强了演出的戏谑性。西方文艺理论家认为,喜剧是表现比我们低的人。这种语言风格,使人物矮化,令喜剧的基础更加坚实。该剧也因此成为一部演出最多、最深受观众欢迎的庐剧经典小戏。

(三)《罗帕记》主题思想的现实观照

《罗帕记》是一部剧场性较强的黄梅戏传统剧目,多年来被反复搬演。老本曾分为上、下两部,分别名为《罗帕宝》和《三鼎甲》,其基本是一部惩恶扬善的戏。新中国成立后曾有过一次改编,把两部戏浓缩成一个单本戏,但影响不大。此后,金全才两次参与和执笔改编此剧,对其主题思想做了较大改动,注入了强烈的现实观照。尤其是 20 世纪 80 年代初的第二次修改,通过对题材和剧情的调整实现了主题的变更,使全剧面貌一新,并取得了较大成功。

老本《罗帕记》写陈赛金不慎丢失被视作夫妻信物的罗帕宝,家佣姜雄拾得并在陪同王科举进京赶考的路上以此向所下榻旅店的店姐寻欢,吹嘘与陈赛金有染。王科举知道后,向妻子陈赛金问罪,因姜雄逃遁无法对质,致其蒙冤被逐。陈赛金于流浪途中生下二子,多年后与王科举同科应试,父子三人包揽"三鼎甲"。最后父子合力,擒获姜雄,真相大白,阖家团聚。显然,原作旨在表现善的光明与恶的毁灭,表现善对恶的最终战胜,虽然有很强的传奇性,但也带着浓厚的公案戏色彩。金全才的改编变公案戏为情感戏,把原作旨在揭露和惩罚姜雄恶行的故事主线变为王科举与陈赛金夫妻间的情感冲突,由表现道德意义上的善与恶转到表现社会学意义上的是与非,使得剧作在不改变其传奇剧特色的前提下,呈现出强烈的现实观照,体现了作家思想的敏锐性和高度的社会责任感。

第五节 苏中、舒芜、李何林、吕荧的文学研究

一、苏中的文学评论

苏中(1927—),男,汉族,辽宁阜新人。1948年3月参加革命。曾任《长江文艺》《人民文学》《安徽文学》《百家》等期刊编辑、组长、主编及安徽省文联理论研究室主任、安徽省文联领导小组组长等职。1956年加入中国作家协会,曾被选为安徽省作家协会副主席、安徽省文艺评论家协会主席、中国当代文学研究会理事、中国文联第五届全国委员会委员,现为安徽省文艺评论家协会名誉主席。早年从事戏剧创作,后转入文学批评,发表各类评论文章200多篇,出版著作有话剧《现场即战场》《反击》,报告文学集《麦田公社史》,散文随笔集《魂牵梦绕》,论文集《生活探索和艺术探索》,评论集《走向文学》《苏中文学评论选》《苏中自选集》等。《苏中文学评论选》获2013—2014年度安徽省社会科学奖(文学类)一等奖。

1948年,苏中投入冀察热辽鲁迅艺术文学院文学系学习,并于当年发表了第一篇小说《童养媳》。1949年2月,在《天津日报》上发表了第一篇评论文章《工人看了〈白毛女〉》,同年5月,又在《天津日报》上发表了第一首诗歌《光荣花》,从此,开启了苏中70余年文学道路的征程。

1950年8月,苏中从中南文工团创作部调往中南文联,在《长江文艺》编辑部任通联组组长,他联系、发展工农兵文艺新军,培养和扶植了中南地区近千名通讯员作者。1952年底,苏中调到《人民文学》编辑部,担任评论组组长,开始了"人生际遇中最充实、最具活力、受教益最丰、个人进取心最强的五年,也是对自己整个文学生涯影响最深的五年"[①]。在这段时间里,苏中以极大的毅力坚持自学,钻研理论书籍,全面提高文学素养,积极参加文艺评论活

---

① 苏中:《魂牵梦绕》,合肥:安徽文艺出版社,2004年版,第3页。

动,在实践中提高理论批评水平,先后在《文艺报》《人民文学》《文艺学习》《光明日报》发表多篇理论文章,并在《人民文学》创设《作家论》《创作谈》等特色评论栏目。

1959年3月,苏中响应"支援地方文化建设"的号召来到安徽,在安徽省文联主办的《安徽文学》编辑部担任评论组组长。其时,安徽文艺评论战线比较薄弱,苏中以刊物做园地,积极建设、培育理论队伍,组织开展文艺批评和理论研讨活动。一批中青年理论批评队伍开始崭露头角,文艺界开始注入生气。

"四人帮"覆灭后的很长一段时期,安徽文艺界的主要任务都是拨乱反正。苏中以《安徽文学》为阵地,组织理论家对"四人帮"推行的反动文艺政策、文艺理论进行了深刻的、有系统的批评。1977年3月,上海《解放日报》《文汇报》发表《评反革命两面派姚文元》的长篇文章。苏中认为该文以"左"批"左",在立论和观点上都存在严重错误,化名李文群撰写《一个值得注意的倾向》一文,在《安徽文学》7月号上发表。此文被视为"粉碎'四人帮'后第一个内部争鸣的声音",被时任中宣部副部长的贺敬之转至《人民日报》内参刊发,引起广泛关注。从1977年起,两年多时间内,苏中先后组织和参与了近百次理论研讨会,发表了几十万字的理论、评论文章。当时文艺界许多刊物尚未复刊,《安徽文学》从1977年1月至1981年底,每期拿出约20%的版面刊发评论文章,在反复讨论选题的基础上,对文艺界一度流行的诸多错误观念进行清理批驳,采取普遍揭、逐个批、重点打、破中立的方法,将被"四人帮"破坏了的、颠倒了的、扭曲了的有关方针、政策和理论,进行了有理、有据、有力的清理,并在批判中进行马克思主义文艺原理的正面建树,以一批又一批有质量有锋芒的文章,为文艺界拨乱反正、解放思想冲锋陷阵,成为当时理论评论界倚重并产生较大影响的重要阵地。

在文学蓬勃发展的新时期,苏中与编辑部的同志一起,在《安徽文学》适时推出一批成长中的作家作品,如祝兴义的《抱玉岩》、蒋濮的《半个月亮》、王英琦的散文和短篇小说等,它们都曾引起省内外读者的关注。从踏入安徽的第一天起,苏中就一直致力于培养安徽老中青三代文艺评论家队伍,倾注诸多心血,使这支队伍得以迅速形成和壮大。2002年,已经离休的苏中组建成立安徽省文艺评论家协会,并当选为主席。

2013年,《苏中文学评论选》出版。选集分上下卷,这是苏中从文六十年间,对当代文坛各个时期所呈现的文艺现象、思潮创作和批评的观察、思考、回应与剖析,是一部个性化的"当代文艺批评史论"。上卷《批评论》部分主要包括对文艺批评自身的性质、任务、地位、意义、功能、价值等方面的思考与认识,还包括苏中对不同时期文艺批评发展态势的观察、思考与进言,以及参与批评活动或文艺争鸣的论文汇集。下卷《创作论》部分,主要是对作家和作品的评论以及对某些创作问题的探讨,以及对作家作品的评论、解读或鉴赏,尤其对人物塑造、文学题材、主题开掘和深化、美与刺的关系等问题进行较多思考。所有论文皆针对当代文坛的具体问题、具体作品、具体言论而发,言之有物,言而有据,直言不讳,实事求是,处处显露出苏中为人为文的"赤子之心"。

苏中的文学评论,见证了新中国成立以来当代文学、文学批评、文艺思潮的发展轨迹,他亲历安徽本土文学创作、文艺评论的各个重要阶段,对众多文艺创作的理论命题,对流行的文艺现象和文艺思潮,在提出质疑的同时,做出了深刻的个性化阐释,思想敏锐,文风犀利,针砭时弊,实事求是,语言鲜活,机智凌厉,有些篇章在国内曾引起重大反响。

在70余年的文学活动中,苏中一直保持现代而中正的批评品格。他较早地提出批评是一门独立的、有自主品格的学科。倡导时代精神、坚守艺术的审美标准、秉持大胆质疑的精神,是苏中文学评论的核心价值。新时期伊始,苏中相继发表了《一个值得注意的倾向》《对十六年提法的异议》《从"真实的辩证法"走到真实的禁区》以及《百家》杂志创刊词等文章,在国内文学界均产生了重要影响。这些评论文章,把脉文坛现状,或驳斥某种荒谬理念,或质疑某种错误倾向,或提出自我新的见解,倡导"兼容的文学评论观",兼具"美学的眼光"和"历史的眼光",注重敏锐感知和问题意识,强调批评精神和文化担当。苏中的文艺评论,始终坚持马克思主义文学观的基本价值体系,与时俱进,面向具体创作实践,批评直接而有识见,既不失科学的理论基础,又富有时代精神的特质。

理论联系实际,追求有效批评,提倡"直言批评",是苏中文学评论的基本特色。他将评论之道概括为"求真、求实、求异",并阐释之:"求真就是说实话,求实就是尊重文本和评论对象的实际,求异就是说出自己的真知独见。"[1]苏中立足文学创作现状,以兼收并蓄的包容性格、真诚的心态面对作家作品,阅读细致深入,批评知人论世,他的《第一个十年——鲁彦周创作论之一》与《陈登科的小说世界》,是鲁彦周、陈登科研究的代表性作品。在选集中,关于鲁彦周的评论7篇,陈登科的2篇,且都是长篇宏文,因苏中熟悉他们,故其人其文尽收眼底。评贾梦雷诗歌,他写道:"他常常把诗的意境融入到散文的叙述里,在诗境中倾泻真情。"[2]对韩瀚作品,苏中称为"正直文人的正直声音",尤其是杂文,"既有直面人生深沉思索与评议,又有情真意切的感慨浩叹"[3]。他评邹人煜杂文,在指出其文章"有正气、有胆识、有爱心、有良心、有真诚、有文采"后,又指出"少了些含蓄婉约,少了些对语言诗性的追求,直白有余,韵味不足"[4]的遗憾。

苏中作为安徽当代文学的见证者、参与者、组织者、批评者,安徽文艺理论工作的奠基者,在安徽文学创作评论、文艺评论队伍建设、评论期刊创立,以及文艺论坛开办等方面均做出了极大贡献。他跟踪共和国当代文学的步伐,积极参与这个时代,尤其是关注安徽重要作家作品和重大文学现象,直面

---

[1] 苏中:《苏中文学评论选》,合肥:安徽文艺出版社,2013年版,第8、210、155页。
[2] 苏中:《苏中自选集》,合肥:安徽文艺出版社,2018年版,第199页。
[3] 苏中:《苏中文学评论选》,合肥:安徽文艺出版社,2013年版,第8、210、155页。
[4] 苏中:《苏中文学评论选》,合肥:安徽文艺出版社版,2013年版,第8、210、155页。

创作症候,提携新人新作,总结创作成果,以宽阔的胸襟、深厚的情怀、独到的见识和对文学的敬畏之心,传递出"正直文人的正直声音",形成了一个宽广而强大的动态批评系统,使批评成为能够正常发挥导向影响力,并对文艺事业的繁荣发展起着巨大推动作用的力量。①

二、舒芜的"主观"论

舒芜(1922—2009),原名方管,安徽桐城人。大学毕业后历任国立女子师范学院国文系副教授,江苏学院中文系副教授,南宁师范学院国文系教授,广西南宁中学校长,人民文学出版社编辑、编辑室副主任、编审,《中国社会科学》杂志编审。著有论文集《说梦录》《舒芜文学评论选》《周作人概观》《周作人的是非功过》《回归"五四"》,杂文集《挂剑集》《毋忘草》《舒芜小品》,散文集《空白》《书与现实》《串味读书》《未免有情》,诗集《倾盖集》,古典文学编选注释《李白诗选》,等等。

"主观",是舒芜在20世纪40年代的系列哲学文化论文中所表达的一个核心理念,它蕴含的思想理论比较驳杂。舒芜的"主观"最初指人的主观能动性——反映世界并改造世界的能力。在《论主观》中,他首先在马克思主义哲学的基础上提出这一哲学范畴,并在唯物主义的发展历史中加以阐释。他明确表示,"主观"就是与客观存在(物质)相对的主观精神(意识),同时他又指出,马克思主义哲学发展到约瑟夫阶段后,"主观"得到前所未有的强调,又说:"主观即是一种能动的用变革创造的方式来制用万物,以达到保卫生存和发展生存之目的的作用。"

但是随着论述的深入,舒芜的"主观"的内涵逐渐从马克思主义的认识论转向了生命哲学的本体论。在第二节中,他先提出"所谓'主观',是一种物质性的作用",接着用"含蕴人类社会的自然生命力""大宇宙的进化力"加

---

① 本文部分评价性文字综合转引自赵凯、王达敏在苏中研讨会上的发言,刊于《安徽文学》2013年第12期。

以说明,最后把"主观"归结为"大宇宙的本性——生生不已的'天心'"。显然,舒芜套用了柏格森"生命冲动是世界一切事物生生不息的根源"的生命哲学观点。当然,他说"主观"是"人类生命力"和社会因素的化合,还是体认了马克思主义关于人的"社会性"本质的观点。舒芜从社会历史的角度强调生命力,更类似于生命哲学家狄尔泰的"精神科学"。狄尔泰认为历史世界就是生命在时间里的延展,生命以及生命的体验是对社会—历史世界的理解的生生不息、永远流动的源泉。舒芜的"主观"并不仅仅指生命力。他在《论主观》的姊妹篇《论中庸》第四节中说,"主观""包含有人们强烈的情感、强烈的愿望、强烈的意志",他进一步指出"主观"包容了个人情感、生存意志、生理欲望等非理性内容。在接下来的论述中,舒芜的"主观"是理性的别名,但不同于黑格尔的"理性"。《论主观》第五节提出"我们一切斗争是都为了解放和发扬人类的主观"。在舒芜看来,发扬"主观"就是个性解放,一个人只有个性自由才能成为历史乃至宇宙的真正主人。显然,他又从启蒙主义思想家那里得到了启示。启蒙主义举起的是理性的旗帜,它需要的自由就是运用自己理性的自由。因此,在以"主观""主观作用"阐述社会、阶级、文化思想时,舒芜认为历史的发展就是追寻人类主体的解放和自由的过程,人类的主观"是可以发展自身生存于无限而充分实现宇宙本性的东西"。这里又援借了黑格尔的思想,黑格尔认为历史就是精神的历史,而"精神的实体或者本质就是自由"。舒芜的"主观"有着世界本源的意义,也是脱胎于黑格尔的"绝对精神"(理性)。但是,他对"绝对精神"进行了改造,不像黑格尔那样把理性加以绝对化、客观化,变成了独立的"无人身的主体",而是加入了非理性的内容。他在《论中庸》第七节中说:"作为历史之动力的'绝对精神'究竟渺渺茫茫,缺少了人类的控制,所以主观的感受也就感受不到它。新哲学产生,在一切客观法则中,都打进了主观力量,这才胜利地解决问题。"舒芜在给"绝对精神"输进了生命力、情感、意志等质料后,把它综合为"主观"的概念。

舒芜说,他写作《论主观》等文章就是"要通过(欧洲)古典哲学遗产,来发展马克思主义哲学,结合个性解放的要求,奠定一套历史哲学的基础"。这种目的决定了舒芜论"主观"的思路和内涵。

三、李何林的文学史研究

李何林(1904—1988),原名李延寿,又名李振发、李竹年、李昨非,安徽霍邱人。我国现代著名文学史家、教育家。20世纪20年代中期参加革命,曾与李霁野、台静农、韦丛芜、韦素园、曹靖华等组织成立未名社,并在鲁迅的指导下翻译、写作、编印书刊。曾任北京师大、南开大学教授、中文系主任,鲁迅博物馆馆长,鲁迅研究室主任,中国鲁迅研究学会副会长等职。著有《中国文艺论战》《鲁迅论》《近二十年中国文艺思潮论》《中国新文学史研究》《关于中国现代文学》《鲁迅的生平和杂文》《鲁迅年谱》等。

与其他学者进入史学历程颇为不同的是,李何林是"带着革命的风尘走上治学道路的","以一个革命战士的姿态"开始了鲁迅和中国现代文学的研究①。他早年投笔从戎,参加北伐、南昌起义,组织过霍邱的"文字暴动",这就使得他的史学研究从一开始带有了一种战士的风格,具有极强的论争色彩。他于1929—1930年编选的《中国文艺论战》和《鲁迅论》是他从事中国现代文学史研究的开端之作,这两部著作反映了李何林敏锐的学术眼光和独到的编辑思想,同时也构成了他观察中国现代文艺思潮,进行其一生学术研究的两个重要基点——论战思维和鲁迅视点。《中国文艺论战》为了让"留心文艺的人"知道和了解"文艺界的现状",通过对各家对垒文章的筛选和编排,最早呈现了1928年发生在中国文坛的"革命文学"论争,以"论战"为主导线索,以史料的排列归类,为"革命文学"论争勾画了大致轮廓,在"论争"中来凸显鲁迅文艺思想的正确。由于当时知识分子还处在转变之中,现代文艺的发展方向也尚未定型,正经历碰撞调整的过程,所以《中国文艺论战》的主要价值不在判断、结论方面,而在史料整理方面。《鲁迅论》是文学"论战"

---

① 田本相:《李何林的鲁迅研究——纪念李何林先生百年诞辰》,《文学评论》,2004年第1期。

的继续,"论战"的中心和焦点是在鲁迅同以创造社为代表的一些主张的争论上,李何林是从对鲁迅的评论的角度来判断"文艺界的现形"的是非,实际上是把鲁迅看成了当时文艺界和思想界的标准和唯一裁判,也就是说鲁迅的文艺思想和见解代表了中国现代文艺发展方向。显然,这表露了李何林史学研究中鲜明的评判倾向,从某种程度来说,他是有意识地宣扬鲁迅的伟大、揭示鲁迅的地位和作用。作为选本,李何林在编选《中国文艺论战》和《鲁迅论》时非常注重对资料的甄别和鉴定,他一方面强调资料的准确性、客观性、代表性,另一方面他又要求选本须具有较高的文献价值。正是他的这种"涵容各家的态度"和"有独立见解的史家的眼光"[1],使得这两部著作尤其是前者在中国现代文学研究和鲁迅研究上都有着重要的史学意义和文献价值。而于1939年出版的《近二十年中国文艺思潮论》则使李何林成为中国现代文学史研究的奠基人、开拓者和中国现代文艺思潮史研究的首创者,奠定了他在中国现代文学研究史上的地位。该书以翔实的史料梳理了中国新文学特别是革命文学的产生、发展,文学社团、流派的创作,文学论争以及20世纪30年代文艺思想的发展状况,尤其是它突出地论述了鲁迅在中国现代文艺思想史乃至中国现代文学史上的地位。李何林不但把鲁迅和宋阳(即瞿秋白)的肖像作为"现代中国两大文艺思想家"放到卷首,而且在初版序言中他言道:有人说,"孔夫子是封建社会的圣人,鲁迅则是新中国的圣人",其对鲁迅的推崇可见一斑。此外,《近二十年中国文艺思潮论》也表现出了李何林作为马克思主义文艺思想家的特色。他写作这部史著的指导思想是自觉地以马列主义作为依据的,他曾坦言:"我编《近二十年中国文艺思潮论》的思想武器,是这以前十年间所接受的,'革命文学'论争前后所介绍宣传的马克思列宁主义文艺理论,'左联'成立以后所译介和传播的马克思文艺思想。"[2]毋庸

---

[1] 陈鸣树:《李何林教授对鲁迅研究的贡献》,《李何林纪念文集》,北京:文化艺术出版社,1989年版,第6—8页。
[2] 李何林:《我的文学研究与教学生涯》,《李何林文论选》,北京:人民文学出版社,1986年版,第3页。

置疑,浓厚的意识形态色彩成了这部思潮史论的底色。如果说李何林通过《中国文艺论战》和《鲁迅论》尚在发现和评估鲁迅,至《近二十年中国文艺思潮论》时期已发展为推崇备至,至新中国成立以后更体现为一种信仰化倾向。他通过对鲁迅生平的介绍,对鲁迅作品的解读和注释,对鲁迅世界观文艺观的阐发,对鲁迅与中国革命、传统文化及外来文化关系的分析等,建构起规模宏大、体例完备且独树一帜的鲁迅研究体系,在鲁迅研究史上书写了厚重的篇章。

新中国成立后,李何林继续从事着中国现代文艺思想和鲁迅研究,相继出版了《关于中国现代文学》《鲁迅〈野草〉注解》《鲁迅的生平和杂文》《鲁迅年谱》等学术论著。《鲁迅〈野草〉注解》是李何林在"文革"极不正常的历史时期里完成的纯学术性著作。他对于收入鲁迅《野草》集中的每篇作品写作时的社会、政治背景及其思想倾向性和艺术特点都加以详细分析和说明。同时他对较为难懂的字句都详加注释,使得具有中等文化程度或文学修养的读者能够看懂;对不常见的字词也用汉语拼音或同音汉字注音,力求把这部难懂的好作品普及到广大的读者中间去。他更着重说明全部作品的政治倾向性,指出"《野草》的主导思想倾向是积极地反抗和战斗、讽刺和批判,只是在积极的因素里面,有时有一些消极的空虚失望和黑暗的重压之感","灰色的暗淡的调子"和"劳顿孤独之感",既分析了艺术表现的美丽,也论述了传达方法的晦涩难懂。而《鲁迅年谱》则是我国第一部大型的鲁迅年谱。

李何林大半生都在对鲁迅思想和鲁迅精神进行阐发、传播、普及和捍卫,成为"传递鲁迅精神革命火炬的一代传人"[①],李何林几十年的鲁迅研究总体上呈现出以下几个特点:首先,以鲁释鲁,以鲁注鲁。也就是以鲁迅精神来研究鲁迅的作品、思想和精神。鲁迅精神即没有丝毫的奴颜媚骨,而有独立不移的个性,一种韧性的战斗精神,而李何林正是以鲁迅"横眉冷对千夫指,俯

---

① 张怀瑾:《鲁迅精神的传人》,《李何林纪念文集》,北京:文化艺术出版社,1989年版,第80页。

首甘为孺子牛"的精神从事他一生的鲁迅研究。他的研究不是仅仅着眼于维护鲁迅个体,而是维护鲁迅的一种精神、一种品格、一种文风、一种文化思想的道路。曾有人因其与鲁迅的私人情谊将其归于"鲁迅党",将其研究称为对鲁迅的一味崇拜,这显然是有失公允的、片面的。其次,以史实说话,倡导实证主义研究风格。恪守原典、尊重史料的严谨治学精神是李何林的一贯学术风范。对于文学史的研究者而言,尊重文学史料是研究的"合法性"和"科学性"得以成立的前提,只有将研究建立在丰富且确凿的史料的基础之上,才能实施客观的历史描述,进而进行富有创造性的思想言说。对于鲁迅研究,他主张回到鲁迅那里去,也就是从鲁迅的思想和创作实际出发,既不拔高也不贬低,实事求是地进行文本研究。如他在编辑《鲁迅论》时遵循着以选入评论鲁迅作品的文章为主,兼顾不同时期,兼顾各个不同文学流派的评论文章的"兼容并蓄"方针,不以他的个人好恶而取舍,体现了一种客观的、宽容的、科学的态度。选入的文章,既有对鲁迅及其作品给予高度评价的,如茅盾的《读〈呐喊〉》、张定璜的《鲁迅先生》等,也有批评十分苛刻的,甚至包括了一些诬蔑和谩骂的文字,如钱杏邨《死去了的阿Q时代》。唯其如此,我们才能看到当时鲁迅批评的真实的历史面貌,看到"当时的文艺理论和批评究竟是怎样的水平?文艺界又是怎样的情况"[①]。再次,李何林的学术研究精神特别可贵,他始终不是把研究鲁迅作为建立自己学术地位的一种方式和手段,而是作为宣传鲁迅思想、推广鲁迅作品、弘扬鲁迅精神的一个方式和手段。他所关注和解决的,似乎始终是一个我们应当怎样感受鲁迅、怎样理解鲁迅和怎样评价鲁迅的问题。他把整个中华民族对鲁迅价值的确认作为自己一生的学术使命。正如王富仁所言:"他举起的是鲁迅的火把,而不是整个中国现代文学的火把。他把鲁迅的火把越来越高地举起来,举起来,一直举过了自己的头顶。在所有这些论著中,他让人看到的不是自己,而是鲁迅,而

[①] 李何林:《〈鲁迅论〉重印说明》,《李何林文论选》,北京:人民文学出版社,1986年版,第2页。

是鲁迅的思想和人格。"①

四、吕荧的文艺美学思想

吕荧(1915—1969),原名何佶,曾用名吕云圃,笔名倪平、吕荧等,安徽天长人。1935年考入北京大学历史系。大学毕业后,曾先后担任中学教师、大学教授、人民文学出版社特约翻译、《人民日报》文艺部顾问等。20世纪50年代开始美学研究。1957年12月3日,《人民日报》发表了他的著名美学论文《美是什么》,并由毛泽东主席亲自校阅了"编者按"。在美学领域,他创造性地提出了美是人的社会意识的美学观点,并从马克思主义实践论角度对美的根源问题展开了初步的探讨。吕荧的美学思想为我们建构中国当代马克思主义美学开辟了道路。

吕荧对美的本质和性质、美感、社会自然美与艺术美,以及美的起源等美学问题都有着较系统、全面的论述。这些论述主要集中于由他的五篇美学论文集成的《美学书》和早期专著《文学的倾向》中。吕荧在文艺美学基本理论领域方面的成就主要有以下几点:

一、在美的本质问题上,创造性地提出了美是人的社会意识的观点,并把这种观点牢固地确立在马克思历史唯物主义的强大的哲学基础之上。他指出"美是人的社会意识。它是社会存在的反映,第二性的现象","美的事物自身是不依赖人的意识为转移的客观存在,然而并不是世界上一切客观存在的事物都可以被人认为是美的。因此,美的事物需要具有一定的特征或条件(即美的条件),方能够被人认为是美的。反对唯心论者所说,美是绝对的无条件的主观的观念或感情,任由感情外射或者感情移入就可以创造出事物的美"。提出美是人的社会意识,又承认美这种社会意识的产生具有一定的客观条件,这样,吕荧把美是人的社会意识的思想最终牢固地确立在了马克思

---

① 王富仁:《他擎着民族精神的火把——纪念李何林先生一百周年诞辰》,《北京师范大学学报》(社会科学版),2004年第4期。

历史唯物主义的强大的哲学基础之上。当然,吕荧的这种观点仅仅是开始,还需要我们进一步广泛思考,深入研究。但是,就是他对美的这种初步探讨,正代表了中国当代美学研究中唯物主义的正确方向,从而有着重要的和划时代的里程碑意义。"美是人的社会意识"的思想具有非常重大的意义。那种认为吕荧的美学思想是主观唯心主义的观点,不符合吕荧美学思想的具体实际,是根本错误的。

二、吕荧"美是人的社会意识"的思想体现了伟大的唯物主义立场、观点和方法,有伟大的开创性意义,是唯物主义美学研究的历史性突破和重大发展,从而在中国当代开了唯物主义美学研究的先河。17世纪荷兰著名的唯物主义哲学家斯宾诺莎就曾提出美是人的一种意识的唯物主义观点,但他的阐述过于简单,非常粗浅。吕荧以马克思历史唯物论为武器,把这种唯物主义美学研究进一步明确化,从与社会存在的关系角度比较全面和系统地提出了美是人的社会意识的思想,这就不仅在人类社会历史上破天荒地赋予唯物主义美学思想以一种辩证、历史的性质和特点,具有毋庸置疑的伟大的开创性意义,而且也极大地推进了唯物主义美学的研究进程,是唯物主义美学研究的历史性突破和重大发展,有着无可争议的划时代的里程碑意义,为美学研究做出了重大的理论贡献。

三、吕荧在理论中引进马克思主义的实践论,认为"事物创造生产的规律,就是人创造生产事物的规律。那意思也就是说,人类创造生产的事物,或为食用,或为欣赏,都是有益于人的生活的。无益而有害于人的事物,人类不会去生产它们。这些有益于人的生活的事物,能够改善人类的物质生活条件,增进人类生活的幸福;因此,它们也就是美的事物,因此人也是按照美的诸规律而创造的。人类创造生产的社会的事物具有这种性质,是很明显的。自然的事物也是如此"。在美学研究中引进马克思主义的实践论,并且把着眼点放在社会实践的功用意义、实用价值上,而不是放在社会实践与人的本质的联系和关系上,这在中国当代美学界是一种十分广泛和极为普遍的现象,甚至所谓的"实践美学"也就是在这样的基础上才逐渐形成和发展起来的。但吕荧在提出美是人的社会意识后，又从社会实践角度开始考察和探究客观对象作为审美对象的特殊本质，从而进一步为美这种社会意识的产生寻找客观根据、现实基础。这种做法，在中国乃至世界美学领域显然都是独特的，为揭示美学所反映的具体客观内容开辟了一条正确的道路。

四、从认识论意义上，提出人对客观事物的审美反映、审美评价也与人的审美观念紧密相连、密切相关，从而在美学研究中，在对美的本质的揭示上，既坚持了唯物主义，也贯彻了辩证法，具有重要的方法论意义。美的产生，或者说人对客观事物的审美评价，以客观事物为基础，取决于客观事物本身的性质或特点，这是吕荧先生所确认的，也符合审美活动的实际情况，如果没有客观事物本身的原因，美作为一种社会意识岂不成了无源之水、无本之木？但是吕荧对美的研究、探讨没有停留于此，他又进一步从人的主观意识方面对美的产生、形成进行了一些初步的考察和粗略分析。他说："这些形色声味是美还是不美，以及美到什么程度，这种美的意义如何，就要通过意识的判断。拿花来说，人在生活中见过许多花，关于花的美的概念已经形成，所以对于花的美与不美可以进行直接的判断，不需要多加思考。表面上看来，人觉得花的美仅仅只是凭借感觉，实际上这个判断是跟生活观念美的概念以及观念联系着的。""人认为事物具有这些特征或条件是美的，具有那些特征或条件是丑的，与人一定的社会生活及这社会生活所决定的一定的观念有关。"这实际就潜在地、深刻地隐含了客观事物的本质特点符合人作为审美主体的审美观念，人作为审美主体就认为客观事物美，给客观事物以美这样由衷的审美判断、审美评价；相反，就认为客观事物丑，给客观事物以美、丑这样的审美反映、审美认识。从物的客观方面，也从人作为审美主体的主观方面来揭示美这种社会意识所形成的根据或原因，这显然既坚持了唯物主义，也贯彻了辩证法，在中国当代美学研究中，在对美的本质的揭示上，具有重要的方法论意义。

吕荧的美学思想曾经一度被人们误读，认为吕荧的美学思想是"主观唯心主义"的。我们只有弄清吕荧美学思想的真实情况或本来面貌，才有可能准确地和符合客观实际地判断吕荧美学思想的理论性质,发现吕荧美学思想在中国乃至世界美学领域所处的独特的学术地位及其重大的科学意义,从而有针对性地指导我们当前处在困境中的中国当代美学研究。

第六节　皖籍台港暨海外华人的文学创作

一、张默与创世纪诗社

张默(1931—　),原名张德中,安徽无为人。1949年去台湾,后从军,长期从事海军文宣工作,后任职于华欣文化事业中心,主编《中华文艺》月刊。创世纪诗社社长、创办人。著有诗集《紫的边陲》《上升的风景》《无调之歌》《张默自选集》《陋室赋》《爱诗》和《光阴·梯子》等,诗论集《现代诗的投影》《飞腾的象征》《单一与丰繁》等,编有《小诗选读》《新诗三百首》《中华现代文学大系》等诗卷。其诗曾被译成英、法、德、荷、比、韩、日等文。

创世纪诗社是由张默和洛夫、痖弦于1954年10月在高雄左营发起的一个有着军中诗人倾向的诗社,同年10月10日出版《创世纪》诗刊。《创世纪》诗刊的出现,团结了一批台湾诗坛的现代诗人,形成了创世纪诗群诗歌流派。创世纪诗社是台湾最大、持续时间最长的现代诗歌文学团体,在20世纪60年代成为超现实主义的集聚地。代表诗人有洛夫、张默、痖弦、杨牧、辛郁、管管、商禽、叶维廉等。

创世纪诗人针对现代派,早期宗旨是提倡新民族诗型,以期对新时代、新世界有新的认识。提出"新民族诗型"的创作路线,要求现代诗排除纯理性、纯情绪的呈现,而主张"美学上直觉的、意象的表现","形象第一,意境至上",强调中国风,同时赞同运用西洋现代诗的技巧,重视"感性"。20世纪50年代末期,现代派中衰,《创世纪》革新版面,扩充阵容,一反原来的创作主张。特别是自1949年4月第11期《创世纪》后,逐渐抛弃"民族诗型"的主张,转向追求现代化和超现实主义,进而否定传统,导向西化。它大量介绍西方现代主义文艺理论及现代派代表性诗人,包括里尔克、艾略特、梵乐希、纪德、许拜维尔、波特莱尔等人,并留心有关中国早期现代派诗人如李金发、戴望舒的创作,倡导纯粹经验的美学,强调诗的世界性、超现实性、独创性与纯粹性,于20世纪60年代将现代诗运动推向第二次高潮。由此,创世纪诗社逐渐与现代诗社和蓝星诗社形成鼎足之势而进入了黄金时期,成为西化的大本营。它掀起了一个以超现实主义为核心的诗歌风潮,使台湾现代诗歌的现代性运动进入了一个深入发展的时期。在"现代派"的主知和"蓝星"的抒情对应格局中,创世纪诗社以对西方现代主义的全面实验和兼收并蓄的接受姿态,将现代诗推向以强调感性和直觉为核心的高峰浪潮。超现实主义在20世纪60年代出现,有两个主要原因:一是台湾工业资本化的发展,致使台湾社会与文化高度依赖西方,文学移植西方典范也就顺理成章;二是台湾当时的权威统治及其检肃导致诗人在压抑中必须寻找出口,而超现实主义提供了避免检肃的有效方法。不过,台湾超现实主义根本上缺乏西方超现实主义者的批判性,这使得外界对超现实主义诗人忘掉自己是"什么时代什么地方什么人"的质疑高涨,最后终于出现蓝星诗人、乡土派与年轻诗人群的对抗。作为一个具有开阔视野的诗刊,《创世纪》密切关注两岸诗坛的新动向,1988年,率先推出"大陆诗页",接着,"大陆朦胧诗特辑""两岸诗论专号""大陆女诗人专辑""大陆第三代诗人作品展"等又陆续推出。进入新世纪后,《创世纪》的编辑走向又作了适度调整,开辟了好几组著名诗人的"诗的跨世纪对话",以华文新诗为主轴,各有创见。从2005年开始,《创世纪》更注重挖掘年轻的新一代诗人。在汹涌的时代变革大潮中,创世纪诗社始终以诗歌创作、评论、翻译和史料呈现的面孔与读者见面,广及海内外各方华文诗人创作,赢得了广泛青睐。另外,面对人生中的悲剧情境,创造生命的本真境界,正是创世纪诗社共同的艺术追求。心有不足,遂发而为诗,运用意象语言,以超越人生中悲剧性的现状,乃是创世纪诗社的文化精神之所在。诗性精神即是第二度创造的意向,让未来重新"开始"即是创世纪诗社的目的所在。以沧桑之感、超越情怀、纯诗意向和边缘处境为创作心态的四个要素,在困境中以创意开辟"反常合道"的超越之路,体现了创世纪诗社沟通民族与现代、美学与社会、独创与传统的文化使命及其史册蕴含。

作为创世纪诗社的创办人和中坚,张默在创世纪诗社的成长发展中功不可没,他曾长期担任诗社社长、总编辑,参与编选了《六十年代诗选》《七十年代诗选》《中国现代诗论选》等,尤其是选编了五四以来诗人的作品,如刘大白、刘半农、戴望舒、王独清、辛笛、绿原等人的诗。在诗社除了编选作品以外,张默还扮演了一个极为重要的角色——诗评家,为《创世纪》发现和网罗了大批诗歌新人。从批评角度而言,张默是一位主张表现论的诗评家、"直觉还原型的代表"(古远清语),他认为论诗应与诗人的具体作品紧密结合起来,也就是论不空发,否则便是空中楼阁,浮光掠影,华而不实。他的评论题材广泛,涉及对象众多,并不局限于诗社内的同人,而是广及活跃于当时诗坛的诗歌作者,如郑愁予、白荻、季红、叶珊、大荒、叶维廉、商禽、罗门、纪弦、覃子豪、沉冬、洛夫、渡也等数十位诗人。正是在评论的过程中,张默发现和培养了一大批诗坛新秀,他以敏锐的诗人视角去发现、选择新人新作,然后加以评析介绍,表彰他们的创作成就,以扩大他们的影响。这是张默对创世纪诗社和台湾诗坛所做的独特贡献。对此,张默也曾自豪地宣称:"我们最大的成就是还发现了很多诗歌界的人才。"在张默的批评视野中,诗评家的主体性异常鲜明,强调直觉,是一种直觉还原型的批评,不要求充分论证,只要求把从诗作品中获得的直觉印象最完整地传达出来。这种批评方法形象生动,带有强烈的诗人气质和抒情色彩,但同时也带有必然的缺陷:深刻性不足,解析面过于狭窄,狭隘的门派性也会影响批评的尺度和公正。

在进行诗歌评论的同时,张默还以自己的实际创作充实了创世纪诗社的诗歌理念,让《创世纪》的旗帜更加绚丽多彩。超现实主义曾经作为创世纪诗社的核心理念,无疑会在张默的创作中留下深深的标记。诗是一种灵魂的冒险,诗人心灵活动的真实记录,超现实主义诗人都服膺这种说法。所以布洛东在《超现实主义第一次宣言》中强调"下意识"是超现实主义魔幻艺术的秘密。概言之,诗人应该将自己置放在最轻松虚有自在的环境中,思想可以任意奔驰,情意可以任意流泻,让诗写我,不是我在写诗,属于一种"自动书写"。像张默在《窗之嬉》第二节中以开窗面对大海所引发的心绪流动,句句承接而下,每句都以"窗之海"为首,诗句长短不一,音律高低相间,似与海潮之澎湃、心绪之流动相呼应:"窗之海,黑暗无边/窗之海,灿烂而没有光亮/窗之海,站在灵感小麦上的一枚黑蝴蝶/窗之海,把残存的记忆悠悠举起/举起如三月的风筝面对没止境的惊愉/窗之海,酣舞/窗之海,摆动夜晚的头……/窗之海,戴上一顶传统的鸭嘴帽/窗之海,反叛,跌倒,蛇行,耸立/窗之海,如雷雨,如巨火,把它们活活地炙死"。这是诗人的思绪透过想象着的海洋的窗口飘荡、飞驰,在海的具体形象和抽象意蕴之间穿行,自动跳跃,自动书写。台湾诗评家李英豪在谈到张默诗歌的诗体结构时认为:张默的主体结构是心象的基形,不是须根,而是圆锥根;不是从地上就分枝的灌木,而是有一根主干,从主干中开枝散叶的乔木。因而意象的给出不是齐现,而是从主干中向四面八方生长出来,犹如一个核子的构成,中子外绕着许多电子,形成不同轨迹的电子层。在这节诗中,"窗之海"就是主干,其后的句子则是开出的枝、散出的叶,也只有这部分才是自动书写。换言之,张默的诗歌并不属于一种绝对自由、全然解放的超现实主义,他只是在非紧要的时刻,任诗思流泻,拓展出不可思议的魔力空间,背后的理性仍在支撑着诗歌的主干。再进一步而言,他的诗歌理念并不是完全西化的。对此,他的挚友痖弦也有同感:"张默偏重气氛的经营","张默的诗仍不同于超现实主义,他比较深沉、厚重、不炫才、不卖弄,常常以含蓄的手法探讨生命,诊释生命,以细腻的感受为经,以真诚的表现为纬,逼近事物的内里,写出人生的尊贵和庄严,有戏谑,也不刻意谐趣,在这方面,他甚至是偏向古典的"(痖弦:《爱诗·序·为永恒服役》)。严格来说,张默创作的最佳时期是在对超现实主义进行省思和扬弃,提出"现代诗归宗"——归向中国传统人文精神之宗的20世纪70年代以后,一方面是诗人诗艺、诗观的成熟,另一方面更是诗人对生命和自然都有了较深的领悟。像在《无调之歌》《露水以及》中就传达出了深沉的人世沧桑之感和历史在浩荡、永恒的自然面前的无力。而他晚年的作品——抒情长诗《时间,我缱绻你》不仅是乡愁诗的集大成之作,深刻地表达了一个时代集体放逐的悲剧主题,更是诗人纵横古今、穿越时空,对人生、人类和宇宙作了前所未有的深思。

在诗歌形式建构上,张默侧重于中西方艺术的融合,"着眼于汲取西方诗的意象纷繁及某些图像诗之所长,并充分运用传统诗歌中的娴熟技法和音乐美的法则"①。20世纪70年代的短诗《露水以及》较好地体现了他这种艺术手法:"露水横过天空/天空横过棕榈/棕榈横过咱们的眼睫/咱们的眼睫横过水鸟的翅膀/水鸟的翅膀横过/一页正在发呆的大地,//熊熊的焰火究竟能烧掉什么呢//露水还是横过/棕榈也是/天空也是//水鸟与眼睫也是/直到历史一匹一匹地列队长啸而去"。显然,"横过"是全诗的一个关键词,毋庸置疑,它与唐朝诗人韦应物的名句"野渡无人舟自横"中的"横"是颇有渊源的,全诗在一系列意象(露水、天空、棕榈、眼睫、水鸟的翅膀等)"横过"所创设的氛围中,抒写了诗人深重的沧桑感,特别是第二节"熊熊的焰火究竟能烧掉什么呢",独句成节,在全诗建构上突兀醒目,让人不得不深思其义,与诗人的灵魂进行对话,在诗人的喟叹中感受其深远的历史内涵。张默的诗强调歌谣之美,讲究音韵声律,喜欢用排比型的句式,除了上述《露水以及》外,比较典型的还有《无调之歌》,在诗中排比与顶真并用,回环往复,节奏流畅,极富音乐性。

如果说在诗歌主题的书写上张默和创世纪诗社同人基本上都能保持一致的话(从初期对故乡的思恋、对自由的渴望到后来对生存困境的思索以及对整个大千世界的观照等),那么在艺术理念的具体表现上他则拥有鲜明的独特性,而这份独特又显得那么质朴和亲切,没有过多雕刻的痕迹,相反,保持了更多诗的本真,正如他本人所言:"没有故作惊人之笔的庞大感,没有特别标榜的永恒与历史感,更没有每一首俱属活蹦乱跳的新鲜感……只是忠实地虔敬地浮雕出近四十年来自己所经历过的一些事事物物,给予它们以纯然

---

① 陶保玺:《对西方现代诗和东方古典诗的双重逼近——论张默诗歌形式建构的妙谛及其音乐美》,《淮南师范学院学报》,1998年第1期。

的、朴素的,甚至也是宁静的真面目。"(张默:《爱诗·后记》)更为难能可贵的是,作为与《创世纪》风雨相伴的诗人,张默有着无比宽广的胸襟和哲人的睿智,他以宋代诗人曾公亮名句"开窗放入大江来"来喻指创世纪诗社在新世纪的办刊理念,体现了他和创世纪诗社非凡的气度:不分地域、颜色、性别、老少,合力提升诗歌创作的品质,让华文新诗永远"海纳百川,万古长青"。

叶维廉对张默总评道:"他是个彻底的浪漫主义者,或者说,用浪漫主义情怀来拥抱现代经验。"这种浪漫主义可以戏称为"后浪漫主义"。因为它不同于徐志摩那样的"布尔乔亚"式的欧风美雨。茅盾当年指出徐志摩是中国布尔乔亚的开山诗人,同时又是末代诗人,都是因为他的诗歌"光滑的外形和神秘缥缈的内容"。王佐良也说,浪漫主义的路在中国没有走完。由于中国特定的政治文化环境,浪漫主义在中国的发育与发展很不充分。可以说,张默是对浪漫主义在中国的发展做出过贡献的诗人,他是现代中国的浪漫主义歌者。

如萧萧所言,张默是个"诗痴"。这一点与徐志摩也很相近。他对诗用情太专,十分投入。他办创世纪诗社、诗刊,积极主办诗歌活动,写诗、编诗、评诗,既是诗的主人又是诗的侍者,是真正的"诗"人! 可以说,当代台湾诗歌里不能没有张默;换言之,没有张默的当代台湾诗歌史是不完整的诗歌史。具体来说有四点:第一,张默参与了当代台湾诗歌的全过程,是当代台湾现代化的大力推进者、排头兵、急先锋;第二,张默为当代台湾诗坛贡献了《创世纪》和以《贝多芬》为代表的一批新诗典范文本;第三,随着这些新诗典范文本的流布,张默和他的诗歌正在产生持续的力量;第四,张默、《创世纪》以及他的诗歌已经作为当代知识,乃至思想,进入教育体制,有像叶维廉这样的著名教授在研究,有不少硕士、博士做过学位论文,有的还通过这种研究获得教职或者晋升职称。这大概就是张默的文学史意义。

从文学本位上来看,张默诗歌是中国意识很强的诗歌。尽管他一度受到西方现代主义影响,但是,正如他所言,他强调超现实主义的精神,而不是所谓的主义。也就是说,张默不只是借鉴超现实主义的技巧,更重要的是汲取其精神内质,扩大诗歌的表现容量和天地。

  张默诗歌的内质是浪漫主义和现实主义的融合,而张默的诗歌的底子是浪漫主义。这种"现代"的浪漫主义,用洛夫的话来说,就是"做事向前冲,做人往后退"。而作诗是持重沉稳,不偏不倚。具体来说,就是张默写诗,没有传统浪漫主义那种"我不知道风在哪个方向吹"之空茫,也没有传统现代主义那种"对于天的怀乡病"之郁积。因为张默坚信"艺术可以抗衡人类的幽冥"。从文体与作者这个角度来考察,张默诗歌经历了从作者"个人"到作者"主体"的嬗变。同样是强调"有我之境",但这个"我"是前后有变化的。早期张默诗歌中的"我"是个自我比较扩张的"我";而中期诗歌里的"我"则基本消弭了个性;后期诗歌里的"我"具有对话功能,具有交互主体性,有时能够达到心灵辩难的精神高度,如《依稀鬓发,轻轻滑过时间的甬道》:

  我用头颅行走,而你以根须
  我用灼热嬉逐,而你以梦寐
  在戚戚然一片未被舒开的
  贝叶之上
  你我分占了地球的两个方位
  寂静迤逦向东
  那里是天涯
  忧愁款步而西
  何处是日落
  我是不愿睁目的一朵睡莲
  在这慵慵的夏日
  依稀鬓发,轻轻滑过时间的甬道

  没有什么争论
  没有丝毫声响
  没有任何颤动

没有半点晕眩

你是愉悦的
你把大地当作浩瀚的酒泉
饮我以微醺的眼,高耸的唇
在稀疏的双眉小小的岔道之间
你栽植某些饮不尽的曙光
凝视,那一泓流转不息的轮回
握住,那一颗澄明如镜的舍利
你是不易腐朽的
依稀鬓发,偷偷滑过时间的甬道

请让我躺在你揽星捉月怀里
请让我倾听你震撼山岳的语言
请让我食于斯、乐于斯、视于斯、驻于斯
请让我擂动你腹中的鼓钹
　　狂饮你眼中的喷泉
请让我述说,你是唯一的逍遥者
依稀鬓发,急急滑过时间的甬道

张默诗歌的形式追求也常常为人所津津乐道。张默追求诗歌的"有意味的形式"。他在新诗形式探求方面已经形成了自己独具的鲜明特色。张默不屑于写那些装模作样的"翻译体"的新诗,而是从现代汉语的自性出发,调动各种技法激化现代汉语自身的诗性。这就是叶维廉所说的张默新诗中的可贵的"真语言"。汉语本身具有绘画性和音乐性,是声色俱佳的诗性语言,现代汉语尤其如此。我们常说,一种优秀的文学可能会丰富发展本民族的母语。试想当代汉诗的语言对当代汉语的影响何其之深;反之,如果没有当代汉诗,我们今天的语言不知会陈旧到什么地步!优秀的诗歌总在影响,乃至改造一个民族的语言或话语方式。张默充分认识到新诗的语言学价值,所以长期致力于语言学和诗学的共通融合。这可能是张默诗歌创作的最大贡献。现在有不少诗人、专家、学者已经注意到这一点,纷纷撰文论述这方面的价值和意义,如叶维廉的《五官来一次紧急集合》、陈启佑的《声韵学在新诗上的一项试验》等。后者从类叠、元音和停顿三个方面谈到了《无调之歌》的节奏,那种由汉语自身功能所带来的、所呈现出的节奏、音乐性,就是这几年所主张的新诗现代"汉语性"、新诗的自足性。下面,我们再来回味这首有名的《无调之歌》:

> 月在树梢漏下点点烟火
>
> 点点烟火漏下细草的两岸
>
> 细草的两岸漏下浮雕的云层
>
> 浮雕的云层漏下未被苏醒的大地
>
> 未被苏醒的大地漏下一幅未完成的泼墨
>
> 一幅未完成的泼墨漏下
>
> 急速地漏下
>
> 空虚而没有脚的地平线
>
> 我是千万遍千万遍唱不尽的阳光

《无调之歌》看似无调,其实通过顶真修辞格,通过重复回环,通过分行有序排列,已经形成了一种类似咏叹调的音乐美感。这首咏叹调的主题是:在苍茫大地上,在无涯时空里,"我"如永恒的阳光那样生生不息。

尽管张默也出版过几部新诗评论集,但是不同于台湾其他同样也很有名望的诗人、诗家,张默对新诗自身建设层面的思考多于对新诗外部生态环境的考察,而且,他更多的是把他的思考落实到自己的新诗创作中,以作品感动人、影响人、启迪人。

二、钟鼎文与蓝星诗社

钟鼎文(1914—2012),笔名番草,安徽舒城人。上海中国公学大学部政经系、日本京都帝国大学社会学科毕业。1930 年开始发表作品。1949 年去台。1969 年发起组建"世界诗人大会",任荣誉会长,诗作曾在英、美、菲律宾、德、巴等国获得多项奖励。是台湾蓝星诗社发起人,台湾诗歌运动的推动者和活动组织者,被誉为"台湾诗坛三老"之一。著有诗集《三年》《桥》《饥饿者及其他》《行吟者》《山河诗抄》《白色的花束》《雨季》,诗论《现代诗往何处去》等。

蓝星诗社是由钟鼎文、覃子豪、余光中等人于 1954 年 3 月发起成立的一个重要的现代诗群,它的前身是 1951 年钟鼎文与覃子豪、葛贤宁发起成立的新闻周刊社,诗社主要同人有夏菁、蓉子、邓禹平、史徒卫、罗门、周梦蝶、向明、张健等。先后出版了《蓝星诗刊》《蓝星季刊》《蓝星年刊》《蓝星诗页》等诗刊,以及"蓝星诗丛""蓝星丛书"等系列丛书。蓝星诗群的诗人以发展个性、提倡乡土文化等为写作宗旨,以诗歌来体现出生活态度和面对现实的艺术价值观念。在诗歌理念上它以"纵的继承"和"抒情"来对抗现代诗社的"横的移植"和"知性"。蓝星诗社是具有沙龙精神的现代派诗社,最具特色的是自由创作路线,提倡充分发挥个人才华、个性,形成独有的以乡土情结作为诗歌精神的创作风格。因而,它既没有统一纲领和统一诗刊,成员的诗歌观念和风格也各不相同,对此引发了不同的见解。创世纪诗社的洛夫认为蓝星诗群在精神和风格上差异很大,其个人成就大于整体影响。而李敏勇则认为虽然蓝星诗社有"轻团体而重个人"的倾向,但是并不意味着"没有它们的主张和偏执"。蓝星诗人在创作上比较尊重传统,偏重于主情风格,但也接受西方技巧,艺术趋向比较稳健,大都存在着唯美倾向。换言之,蓝星诗社虽然追求创作自由,没有统一的诗学纲领,但并不意味着没有大体一致的诗歌风格,"主情性""唯美性"和"拟古性"被大多数论者概括为蓝星诗群初期创作的共同倾向。后来在不断的诗学变革中,蓝星诗人更侧重于"知性"和"感性"的结合,这种结合主要体现为:在情感表现上注重个人化与普遍化的结合,注重情感的审美性;在形式表现上注重语言及形式的张力和弹性,并注重与读者接受力之间的和谐共振。蓝星诗社在几十年的过程中,虽然变动较多,但一直致力于中国新诗的发展,尤其是"对50年代的'现代诗'和60年代的'创世纪'曾误导的'现代主义'起过制衡作用,对整个台湾新诗在'民族'与'现代'的融合中发展产生过积极的影响"①。

作为蓝星诗社的发起人,钟鼎文一直以自己的创作来充实这个沙龙式的现代诗歌社团。自他抵台以后,抹不去的乡音、乡愁一直是他诗歌作品的基调,这也是所有蓝星诗人创作的一个宗旨,这种情感随着时光的流逝在诗人的心中愈显强烈。在《风雨黄山行》中,诗人含蓄地将自己的故土之恋融进黄山的景致之中:"迎面的山风,飒飒,/迎面的山雨,蒙蒙,/迎面的山色,掺着曙色,/如梦的幽昧,苍翠而朦胧;/三十六峰,还在睡眠中。/冒着迎面的山雨,/顶着迎面的山风,/我在风雨的山岬间独步,/忽觉得这盘曲的山路,/通向米芾的画图中……"诗人的抒情视角由物及人,由现实通向历史,亲切自然,风雨黄山行更是他心灵上的一次故园之行,无论怎样的山风山雨都阻挡不住诗人的这份浓浓乡思。如果说在《风雨黄山行》里诗人的情感抒发还很含蓄,那么在《留言》中,诗人的情感则有如决堤的江水,喷泻不止:"让我将我不朽的爱,留给世界。/将我难忘的恨,带进坟茔。/一片浮云飘过大海,是我的生命,/一片微风吹过花丛,/是我的感情。/我祈祷的手将变作树,/伸向穹苍,/我含泪的眼将变作星,/俯瞰大地。亲爱的母亲、亲爱的故乡,/我太困倦了,/让我回到你们的怀抱里久久地安息吧。"诗人的爱与恨都是基于对故土的极度思念,他道出了所有海外游子的心声:对祖国的魂牵梦绕以及刻骨铭心的离别之痛,炽烈而又深沉。特别是"一片浮云飘过大海,/是我的生命"巧妙地化用了李白的"浮云游子意"一诗,创设了一个充满哀怨、伤痛,而又至死不渝的抒情意境。钟鼎文的怀乡之情较之同时代其他诗人更趋浓烈,这种情感已经穿越时空,更沉淀成一种潜意识,他曾言道:"世界上再好的地方去过就去过了,从不入梦,唯有故乡常常入梦。"因此他的诗风经常交织着潇洒和梦幻般的愁怨,在美国长岛时:"听窗外虫吟,竟是乡音/看窗外明月,

---

① 翁光宇:《论〈蓝星〉及其主要诗人》,《暨南学报》,1991年第1期。

并无异色/仿佛不是江南,便是冀北"(《长岛午夜》),连异国的虫声在诗人思乡情结的重压下都变形成了乡音,情何以堪! 当他乘飞机经过珠峰时:"中国! 中国! 中国! /我亲爱的母亲! 我久别的故国!"(《朝圣山》)这是游子对祖国母亲一种撕心裂肺的呼唤。作为一名蓝星诗人,钟鼎文的诗歌也集中体现了"感性"与"知性"的结合,只不过他的诗歌"知性"更多地侧重于一种哲理的阐发。在晚年之作《登泰山》中,他俯仰天地,将人与自然、宇宙并置,在抒情中进行了思辨:"它站着,它是泰山,/在它的上面,我站着,/而我的上面,是天……/天,从我的上面,垂向四方,/山,从我的下面,波及四边;/天与山,在远处连接成一线,/以我这轴,画出宇宙的浑圆。/在此时,在此地,我是一点,/寄托于无边际的时间、空间;/我要以我的有限,对抗无限,/放开怀抱,高歌在泰山之巅。/在我的上面,是天,/在天的下面,我站着;/而我的下面,是天……/啊啊! 泰山,/你且站在下面……"全诗意境深远、雄浑,视野开阔,充满了一种不屈、一种壮美,既有对人类征服精神的赞颂,刻画了一位主宰大千世界沉浮的"我"的形象,也有对人类在自然、在宇宙中的位置进行的思索,有着丰富的哲学内涵。

除了诗歌创作、成立新诗会等活动外,钟鼎文对蓝星诗社的成长以及台湾新诗发展的促进和推动还体现在诗歌评论、诗集编选上。作为资深诗评家,钟鼎文不断地发现新人、奖掖后人。当蓝星诗人蓉子的第一部诗集《青鸟集》出现在台湾诗坛时,他赞不绝口:"觉得是一串晶莹滑润的珍珠从我的手指间溜过,掩卷回想,又觉得那珠串散入夜空,化作天边熠熠闪光的星斗。"[①]这对青年诗人的成长、发展无疑起了巨大的推动作用。此外,他还搜集、整理、出版许多诗人的著作,尤其是他在蓝星诗社的掌门覃子豪逝世后克服了难以想象的困难,用了十年时间,搜集其遗作,完成了对其全集的出版,实现了覃子豪临终的遗愿,其劳心、劳力非常人所能企及。

钟鼎文深受现代派主将戴望舒的影响,在创作上追求西方象征主义诗歌

[①] 转引自古远清:《"蓝星"诗人群》,《长江师范学院学报》,2008年第6期。

技巧与中国古典诗歌技巧的统一,"故而诗作有较沉郁的历史感,既包含着对中国民族优秀文化的留恋,又隐藏着对人类未来命运的忧虑;既有着对如何拯救人类于动荡迷乱中的迷狂探求,又有着对社会在发展中给文明带来的是进化还是疯狂的反思"[①]。钟鼎文这一独特的身份决定了他诗歌创作视野的开阔、胸襟的博大。而深重的使命感又让他一生都在走一条"比丝路更漫长、更艰辛的诗路"。

三、傅天虹与香港诗歌

傅天虹(1947—),原名杨来顺,安徽嘉山(今明光市)人。南京师范大学毕业,20世纪80年代移居香港,曾任香港金陵书社出版公司创办人兼总编辑、香港《当代诗坛》诗学季刊创办人兼主编、香港银河出版社总编辑、北师大珠海分校文学院教授、国际华文文学发展研究所名誉所长等职。著有诗集《火花集》《酸果集》《花的寂寞》《四地沉吟》等数十部,诗论集《诗学探幽》等。

傅天虹的诗真挚、情深、意浓,具有很强的感染力。早期作品反映了他对人生艰辛的体认,一种从他自身的曲折生活道路中得到的感悟和反思,诗作从不同层面表现了生活的冷峻和压力,印有"文革"浩劫的血迹,但在对人性弱点和社会弊端进行暴露与批判的同时,也展示了人间不泯的爱心和人性中的亮点,属于一种痛定思痛式的反思和展望。在《酸果》中诗人写道:"童年的我/是一棵扭曲的大树上/结出来的一枚酸果/……我做过金色的梦/……可是,灾难/复灭了梦幻/唤醒了我的思索/……劫后的新枝条/像一蓬蓬绿色的火焰/……从石缝中/伸出嫩黄的触角……/扑不灭的生机/压不垮的振作/我向它们学会了/在拼搏中生存/在生存中拼搏!"诗中有辛酸、破灭的梦幻,但这一切并没有让抒情主人公气馁、消沉,相反,他勇敢地站了起来,重新振作、继续拼搏。这是充满朝气的一代新人形象,他们坚信在祖国肥沃的土地

---

① 李传玺:《渴望"飘过大海"的浮云》,《台声杂志》,1995年第8期。

上一定是生机勃勃、春意盎然,因为她是一片充满希望的土地。傅天虹的诗感愤而不失敦厚,不怨天尤人,有一种向上的动力,并能以哲理的眼光,探索一条充满希望和光明的人生之路。由于诗人的生活经历没有安逸只有漂泊,没有低沉只有自强不息,所以他的诗歌意蕴始终背向表层的浮夸而放眼人生的百味。随着他20世纪80年代初移居于香港,他的创作便与香港结下不解之缘,写出大量香港都市题材的诗篇,开始了他一生诗歌创作的辉煌历程。有学者曾言:"'香港诗'是诗人傅天虹创作中最独特也最可贵的组成部分,是他身居'慈云山木屋'时期'沐浴野风'、深入底层的情感体验与诗意结晶,它们所具有的认识价值和审美价值,都是其他诗人或诗无法替代的。"①诚者斯言,他这一时期的诗歌如诗集《夜香港》和《香港情》就以广度与深度刻画了香港底层的生活形态,剖析了金钱社会的阴暗丑恶面,反映民间疾苦与社会蜕变。作为从一直封闭的内地移居于香港这个英国殖民者统治下的国际化大都市的诗人,傅天虹没有被香港社会那灯红酒绿、纸醉金迷的表面现象所迷惑,他清醒而又敏锐地抓住形形色色的生活中的内在矛盾并给以典型化的表现,使他的诗篇在反映香港(回归前)社会生活方面达到鞭辟入里的程度。正如一些论者所言:"他热情地关注这个物欲横流的缤纷世界,体认那悲凉酸辣的百味人生……"②诗人在《野望》里写道:"乡音失血变成苍白","遍地都是/遗落的牧歌",而乡野都已经被"私家的车/私家的屋/私家的田园/私家的路"所割裂,"篱墙上每一根尖利的铁簌/是势和利的宣言",这种道德的沦丧和金钱至上主义在《夜香港》里被表现到了极致:到处是"人欲横流/物欲横流/香发流成瀑布/渴望/膨胀/沿曲线上升","夜香港/珠光宝气/连天上斜挂的月/也闪烁着/一枚银币的/眼神"。表面上的歌舞升平,掩饰不住人与人之间的残酷争斗,人心被金钱所吞噬、异化,铜臭之气弥漫于大街小巷,从天上到人间,由人及物,无不被打上金钱的烙印;在金钱的奴役下,处于社会

---

① 傅天虹:《香港抒情诗》,香港:香港银河出版社,1998年版,第7页。
② 傅天虹:《香港抒情诗》,香港:香港银河出版社,1998年版,第217页。

底层的小人物的命运更如水上浮萍,漂泊无依。《舞女之女》讲述的是两代舞女在生活的重压下被迫沦落风尘的故事,从艺术表达来看,它与老舍的小说《月牙儿》有异曲同工之妙,两代舞女的命运提示了人性的正当需求同不合理的社会之间存在的巨大矛盾;从这种生活矛盾的集中展示里,传达出了诗人对挣扎于生活底层的妇女命运的同情和叹息,对日益物质化的社会的一种控诉和批判。

作为一个"移居"诗人,傅天虹在对香港这个特殊的"殖民地"书写的同时,不由自主地要进行多方面的反思,传达出移居者特有的心态。诗人一方面极力铺陈都市的"灯红酒绿""珠光宝气""香气"与"性感",另一方面他并不借此直抒胸臆,而是重在升华和提炼后的诗意沉思。"大酒店/坐在五颗星星上/一架转动现代色彩的/古老的风车"(《大酒店》),"暗流涌动/沿着红灯之下发亮的泪痕或许你可以追寻到/花心深处的另一片汪洋"(《红灯之下》)。显然,这是一种移居文化的根性本能的情思,是永远抹不去的。诗人在大陆式的传统文化与港台式的西方文化的比较中凝结诗意,在现实与历史比照中寻觅文化精神,他更多地在诗歌中进行"存在之思"。因此,傅天虹常常在诗里传达出一种不确定性的人和物、景与人,是物非物、是人非人之状态、之感觉,充满了"悖论思维和文化身份的反思性"(杨洪际语)。

在艺术表现上,由于经受了东西方两种诗歌艺术的熏陶,傅天虹的诗歌既有古典韵味,更体现了当下风格,这一点在他对诗歌意象的选择和营造上显得尤为突出。在意象选择上,他比较倾向于日常性,举凡人们习以为常、随处可见可闻的事与物皆能成为他诗歌中的意象:花、草、树、木、云、鸟、海、岛、大酒店、交易所,等等。傅天虹把他独特的人生经历和感受、对人与社会的深沉思考都熔铸在这些意象之中,这就使得他的诗歌意象具有鲜明的艺术个性。在《途中》,诗人精心营造了大树这个中心意象,大树向天发问,却无回音,表现了一种苍凉和无助。同时诗人又借助于战国时孟尝君的食客纷纷离去,昭示了现实社会人情之淡泊、世态之炎凉。傅天虹诗歌意象的这种冷色调在《雨后》里表现得更加明显,这首诗着重抒写了一种悲苦又无奈的心境。

在诗中,那道美丽的"虹",正在为风的到来而担忧,它在扩大的寂寞中听着各种乐声的消逝,眼看着"榕树千手/抓不牢近在咫尺的土",只有"如瑟缩的画/如徘徊的云/听任一群野郊瘦竹/笑得前倾后仰",结局只能是"你无可选择/偷袭的阳光/趁机而来/染红了青梅",这是一种无奈,更是一种悲壮之举。显而易见,虹和榕树这两个意象寄寓了诗人太多的身世之感。傅天虹的诗歌不仅具有"意象的悲苦性与感情的隐藏性",而且还兼有"意象的象征性与象征体的变异性"(吴开晋语),意象的象征性不仅增加了诗歌内在的艺术张力,更使作品具有了深刻的思想内涵,如《并非含羞的草》:"没有惹火的鲜红/并不性感/不是会唱歌的鸢尾花/仍有风险/被脚/逼到狭窄的路边 牛奶树已被强暴/伤口流淌/泪的生活/一棵掩面的小草/为清醒/痛苦也就多了十倍"。这首短诗,蕴聚着深厚的内涵,诗中的核心意象小草,虽然普普通通,没有耀眼的光环,但时时生活在风险之中,牛奶树就是可怕的写照。小草或是象征一个弱女子,或是象征挣扎在生活底层的一个清醒的小人物,或是诗人的自我写照,或是……总之,它给读者留下了丰富的想象空间;诗人从小草这个意象所衍生出的更多的是对生命个体在金钱社会中挣扎与无助的慨叹。傅天虹是个勤于探索、善于创新的诗人,他的短诗更因在艺术手法上灵活多变而颇受称道,在《无怨》中他写道:"欲望有时也像/栖于浅滩的小虾/一经撩动/会窜行得很快",诗人把人的欲望比作小虾这个意象,可谓新颖别致,独具匠心。而在《情火》中诗人融入了多种艺术手法:"一朵花/露出伤口",喻指恋人为情所伤;"它疲惫的面容/是一部情史",则属于直观写实;"黄昏被雾漂白/山谷的花径/又埋下了/一条泪河",诗人在具体形象的画面中巧妙地融入了艺术的夸张。

  傅天虹对中国新诗特别是香港诗歌的发展做出了卓越贡献,他到香港后,一面写诗一面活跃于诗坛,组织诗团体,创办诗刊物、诗出版机构,历经磨难、身经坎坷,而志向不改。他对两岸诗歌的沟通与交流、对整个华文诗歌的发展起了巨大的推动作用。1983年,他经时任香港中国笔会会长的何家骅介绍与香港诗人蓝海文接触,后倡议并协助蓝海文创办香港诗人协会和

《世界中国诗刊》诗报;1987年创办《当代诗坛》诗学杂志(《当代诗坛》是香港坚持出版最久的诗刊,旨在促进全球诗学交流,是中英对照的双语诗刊,被誉为"香港文学的一片绿洲");1990年创办"当代诗学会";1999年创立"国际炎黄文化研究会",设立香港、澳门两总部,及新加坡分会与澳大利亚分会,创立"龙文化金奖";主编《国际炎黄文化名人大字典》及《国际炎黄文化名人作品经典》两巨册。新世纪初,傅天虹又将《当代诗坛》改版为中英双语对照的大型诗学刊物,并策划出版"中外现代汉诗名家集萃"(中英对照)大型诗学工程;除此之外还出版了"世界华文诗库"作品集1000余部,开办"中国新诗藏馆",以便保存两岸诗家的大量手稿、书信、照片等珍贵资料。应该说傅天虹二十多年的辛劳便是在港台与大陆之间架设了一道诗歌彩虹,使海内外华人诗歌文化交流日趋活跃、兴盛,有力地推动了世界华文诗歌的发展,也更使得香港诗坛的桥梁角色不可或缺。

四、严歌苓的小说

严歌苓(1957—),肖马之女,祖籍上海,出生于安徽马鞍山。早年曾参加中国人民解放军文工团,做过战地记者、部队创作员。后获得美国芝加哥哥伦比亚艺术学院硕士学位。20世纪70年代后期开始发表文学作品,其创作涵盖了诗歌、小说、散文、电影文学剧本等多种文体;作品多次获得国内外各种奖项,并被翻译为英、法、日、泰、荷、西等多国文字。代表作有:小说《绿血》《一个女兵的悄悄话》《雌性的草地》《谁家有女初长成》《少女小渔》《小姨多鹤》《第九个寡妇》《赴宴者》《扶桑》《穗子物语》《天浴》《寄居者》《金陵十三钗》《一个女人的史诗》《陆犯焉识》,散文集《波希米亚楼》等。

严歌苓的创作大体上以1989年赴美国留学为界限分为前后两个时期,前者称为中国时期,后者可称为美国时期。第一个时期是严歌苓创作的成长发展期,她于1978年发表处女作童话诗《量角器与扑克牌的对话》之后,又发表了电影文学剧本《心弦》《残缺的月亮》《七个战士和一个零》《大沙漠如雪》《父与女》《无冕女王》《避难》等。严歌苓在这些剧本中常常把目光投入硝烟弥漫的战争年代,在描写气势宏大的战争场面的同时,又能加入自己独特的女性感情色彩,使每一部作品总是充满了浪漫、温馨的气息,形成了自己独有的艺术风格。当然,严歌苓主要的成就还是在小说方面,自 1983 年至 1989 年,她陆续发表了短篇小说《葱》《腊姐》《血缘》《歌神和她的十二个月》《芝麻官与芝麻事》,中篇小说《你跟我来,我给你水》,长篇小说《绿血》《一个女兵的悄悄话》《雌性的草地》等,特别是长篇小说集中代表了这一时期的创作成就,在手法和结构上她都有意识地进行了大胆的探索。她这一时期的小说大多以"文革"为背景,着眼于知识青年题材,从军事题材的角度来看又可属于军事文学,从手法上看无疑又属于现代派小说,这种小说题材、主题及手法取向的多样性极大地提升了作品的审美价值,同时也深深地打上了时代的烙印。

留学美国后严歌苓的小说创作更加丰产,艺术上也更加成熟,相继写出了《海那边》《穗子物语》《一个女人的史诗》《天浴》《扶桑》《人寰》《少女小渔》《谁家有女初长成》《女房东》《无非男女》《金陵十三钗》《第九个寡妇》《白蛇》《小姨多鹤》《赴宴者》等多部作品,这一时期的作品也多次被改编为影视剧。从题材上看,严歌苓这一时期的小说基本上可以分为国内题材和移民题材两种,前一类作品主要追忆国内的社会生活和人生,着重写了对"文革"的思索、对人性和灵魂的审视。在小说《一个女人的史诗》中,作者没有以单纯政治批判的模式来写荒诞的历史,而是以冷静的笔触,叙写时代风云下个体的挣扎,通过女主人公田苏菲的遭遇,展现复杂的人性,揭示时代的荒谬。总的来说,严歌苓在这类小说中并没有十分明显的政治反思和批判的倾向,也没有那种最能引发人们同情的、为知青说话的功利性极强的激情,萦绕读者的只有那个特殊的年代过去之后悠长的回声,展现在人们眼前的是动乱时代中人性扭曲的变形的图画,既有辛酸、感伤,也有幽默、诙谐。后一类小说则是作家带着浓重的悲愤情绪和强烈的历史使命感创作的结晶,其中有对东西方从来就没有停止的冲撞和冲突的反思、对中国人伟大的美德和劣处的反思。如《扶桑》中的克里斯与扶桑的畸形的恋情就属于东西方两种文化的冲突与碰撞,西方的男子对东方女性怀有神秘感,抱有一种梦幻式的痴迷,但经不起时间的考验。东方的女性具有博大的母性情怀,一种与西方女性不一样的天生的雌性,而这种雌性对西方男子克里斯又具有极大的诱惑力。然而在西方社会那种大环境中,这种诱惑力不久将会减弱、消失,他们之间的爱情自然也会随之夭折。有对华人移民血泪史的关注和淋漓尽致的展现:在《少女小渔》里,来自中国内地的少女小渔,不得不与极度贪婪的澳大利亚老头以假结婚的方式领取结婚证,以骗取存在的"身份"。为此,她交付了一万五千美元作为代价(这笔钱中的一部分是借款),另外她还要在老头家住上整整一年,她和老头实质上是房客与房东的关系,所以还得另外交付房钱。不仅如此,在这一年里,老头还"涨了三次房钱,叫人来修屋顶、通下水道、灭蟑螂,统统都由小渔付一半花销",所有这些支出,都需要小渔和她的男朋友靠起早贪黑地打工去赚取。而在《茉莉的最后一日》里,旅美华人郑大全夫妇刚刚30岁的年纪,"活得一身劲头",但经济窘迫,常是过了今天没明天。为了生存,他不得不走街串巷磨破嘴皮搞推销,奔走一天,一无所获,更让他雪上加霜的是,妻子因流产而大出血,住院抢救。如果说,小渔的假结婚是以丧失人格尊严来换取生存,那么郑大全夫妇则是几乎用生命为代价来谋取在异国的生存。严歌苓以充满人文关怀的笔触描摹了这些华人移民的生存困境,小渔们也好,扶桑们也罢,他们是西方社会中的弱者,处于社会的底层,受到了来自多方面的歧视和困惑。作家一方面在他们身上集中展现了东方人的睿智和人性的光辉:温柔、善良、宽容、坚韧、自尊、自我牺牲、对苦难的不屈和抗争;另一方面也把华人的劣根无情地挖掘出来,延续了鲁迅"揭出病苦,以引起疗救的注意"的做法。诸如《无出路咖啡馆》中的留学生"我",因贫穷而偷窃,为了能得到奖学金而引诱教授;《花儿与少年》中的徐晚江、《约会》中的五娟,为了获得美国的"绿卡"而抛弃爱情和亲情;《拉斯维加斯的谜语》中的老薛身上显示出知识分子性格中最薄弱的一面,他经受不住繁华赌城的诱惑,竟沉湎其中而不能自拔。概言之,严歌苓旅美时期的作品无论是对东西方文化魅力的独特阐释,还是对社会底层人物、边缘人物生活的关怀以及对

"文革"历史的重新评价,始终都折射出复杂的人性、哲思和批判意识。

严歌苓的小说故事性较强,注重情节的营构,在一定程度上契合了大众的阅读期待,容易产生"热销效应",其创作的"王葡萄""小渔""扶桑""多鹤"等人物已经成为许多读者眼里重要的文学形象,这与严歌苓对小说结构和形式方面的精心营造是分不开的。她并不是如其尝言"平铺直叙"地给读者讲故事,相反,一方面她非常注重叙事的技巧,时常采用一种"扑朔迷离的现代性叙事"[1],不断转换叙事视角,尤其是将第一人称内视点(即内聚焦方式)的叙事和第三人称外视点(即非聚焦方式)叙事交叉进行;另外,她在叙事中多次运用预示叙述,预示叙述是风行于西方的一种新的叙述,又称为未来时叙述,"是关于言说时尚未发生之事的叙述","预示叙述中的唯一事实是叙述声音在叙述时间的现在从事假想、编造或心理拟真行为"[2](马尔克斯的《百年孤独》是对此种叙述方式的典型运用)。另一方面,她也格外讲究小说的修辞艺术,在选字遣词、辞格择取以及意识流手法的运用上都着独特的造诣,从而使作品达到"情采并茂"的效果。特别是她的小说语言,凝练、生动、刚柔相济,具有"对语言的天生的灵气"(梁晓声语)。曾有论者将其精致、细腻、优美的文字比作她优雅的外表和华美的舞蹈,颇为贴切。换言之,严歌苓讲述的故事本身不仅精彩,她讲故事的方式、技巧、语言也非同一般,颇能激起读者的兴趣。正如一些评论家所言,"她叙述的魅力在于瞬间的容量和浓度,小说有一种扩张力,充满了嗅觉、听觉、视觉和高度的敏感","严歌苓的文字美得像诗,在她笔下,无论是食物或水,故事里的主人公都有了生命。她生动的描述和精彩的故事是绝佳的组合"。《陆犯焉识》是严歌苓最新出版的一部长篇小说,小说中的陆焉识早年留学美国,精通四国外语,仪表堂堂,善于盲写文章,具有中国传统知识分子气质,但莫须有的罪名,使他被

---

[1] 陈振华:《扑朔迷离的现代性叙事——严歌苓小说叙事艺术初探》,《华文文学》,2000年第2期。

[2] 让·戴卫·赫尔曼:《新叙事学》,北京:北京大学出版社,2003年版,第101页。

关押了几十年。他的妻子冯婉喻在险恶环境下,不改初衷,心心相印地追随着他,尽一切可能为他做能做的一切。囚牢、改造的无边苦难,两相情悦的凄婉,一个文化人被残酷打压的精神世界,在这部小说里,都得到了形象深刻的体现。严歌苓曾说,这部小说是在她父亲肖马讲述的关于她祖父、外公故事的基础上,她自己深入甘肃等地实地体验写成的,可是新书出版,肖马先生却与世长辞,她为此而深深伤感。无须讳言,严歌苓的作品有较强的迎合文化市场需求的倾向,不过这与其说是商品经济大潮对作家的裹挟,倒不如说是作家的创作与大众文化心理需求的相契合。

后　　记

《安徽文学史》(三卷本)历时多年、历经坎坷,因有多位学者、教授的共同努力合作,又得到社会有关方面的热情关心支持,终于奉献在读者的面前。

编著者在编写的过程中,深感安徽这块土地文学底蕴的丰富深厚,将和这块土地联系在一起的文学家以及他们的文学创作,初步地系统地做一次梳理,虽然付出了一些艰辛,但的确非常值得,也是应当承担的社会责任。

编著地方文学史,虽有诸多外省市走在前面,但在安徽是第一次。在编写过程中,作为编著者,我们努力搜集本省的文学资料史料,并借鉴外省市的经验和做法,希望尽量做得好一些,但由于能力水平和其他条件所限,仍有不少不能尽如人意之处,难免存在一些缺失、疏漏乃至错误,我们真诚地期待着读者朋友和专家学者的批评指正。

本书的框架、编写结构和主要内容,由两位主编在征求省内有关专家的意见后,共同策划、商定。绪论由两位主编共同撰写。古代部分:第一编、第二编、第三编、第五编由陈友冰撰写;第四编由刘良政撰写。古代部分由陈友冰统稿、修改并审定。现代部分:第一章,第二章,第三章的第二、三、四、六节,第四章,第五章的第一、二、三、四、六、七节由杨四平撰写;第三章的第一节由石钟扬撰写;第三章的第五节由张应中撰写;第五章的第五节由孟方、张桂玲撰写。当代部分:第一章由苏中撰写;第二章的第一、四节,第三章的第一节,第六章的第六节由却景好、陶婧撰写;第二章的第二节由何冰凌撰写;第二章的第三节由唐先田撰写;第三章的第二节由陈振华撰写;第三章的第三、四节,第四章的第三节由陈汉生撰写;第三章的第五节由施晓静撰写;第三章的第六、八节由朱菊香撰写;第三章的第七节由段儒东撰写;第三章的第九节、第五章的第七节由王永华、朱强娣撰写;第三章的第十节由沈敏特撰写;第三章的第十一节由赵凯撰写;第三章的第十二节由刘霞云、孟方撰写;第三章的第十三节由熊陈俊、陈汉生、叶明、唐先田撰写;第四章的第一节由刘鹏艳撰写;第四章的第二节由汪杨撰写;第四章的第四、五节由刘霞云撰写;第五章的第一节由王灵均撰写;第五章的第二节由赵蓉撰写;第五章的第三、四节由杨四平撰写;第五章的第八节由朱育颖撰写;第五章的第九节由却景好、王灿撰写;第五章的第十节由牛孝英、杨四平撰写;第六章的第二节由童园园、唐先田撰写;第六章的第三节由熊陈俊、孟方撰写;第六章的第四节由王长安撰写;第六章的第五节由牛孝英、却景好、熊陈俊撰写。杨四平教授在承担繁重的撰写任务的同时,协助主编对现当代卷做了许多组织、协调方面的工作。现当代部分由唐先田统稿、修改并审定。

本书的出版,得到安徽省委宣传部、安徽省社会科学院和安徽文艺出版社等有关方面的热情支持和帮助,谨表谢忱。

编者　二〇一三年七月

《安徽文学史》修订后记

《安徽文学史》于2013年出版后,读者朋友们和文艺界的朋友们给予了热情的鼓励与肯定,还曾获得2013—2014年度安徽省社会科学奖(图书)二等奖。但作为编者,还是有感于其中的疏漏和不足,觉得有做一次修订的必要。

此次修订,主要是做些增补,增补的内容有:白居易在安徽的文学活动,捻军歌谣,毛泽东与桐城派的渊源关系,张弦的短篇小说创作,苏中的文艺理论研究,黄复彩的长篇小说创作,陈先发、贺羡泉、祝凤鸣的诗歌创作。唐代大诗人白居易青少年时期,在安徽的符离和宣州断断续续生活有二十二年之久,特别是在符离,留下了他与友人同窗苦读的形迹,其中有诗酒唱和的欢乐、与亲人生离死别的痛苦,还有初恋的甜蜜和苦涩。白居易早期的部分诗作是在符离完成的,内容或与符离宣州关系密切。了解了诗人的这些经历之后,便觉得他在那首成名作《赋得古原草送别》中的凄美吟唱,是他在符离的种种欢乐浪漫、悲伤痛苦的心灵表达。白居易在安徽的文学活动,与李白在安徽的文学活动一样,都在中国文学史上闪耀着不灭的光彩。捻军歌谣,是捻军斗争的记录,生动而真实,数量也较多,文学史不应忘记。毛泽东认同桐城派,看重桐城派,固然他在学生时期受湖南师辈的影响是其重要原因,但与桐城派的一些理论主张,如文学审美方面关于阳刚之美与阴柔之美的论述,和他的审美观念高度契合,也不无关系,对此做些梳理,对于弘扬安徽地域文化,有学术价值,也有现实意义。张弦的短篇小说创作独树一帜,他的作品在20世纪80年代很有影响,他的代表作都是在马鞍山市工作期间写成的,将他作为安徽作家队伍中的一员,也就理所当然了。苏中、黄复彩、陈先发的作品,都先后获得过安徽省社会科学奖(文学类)一等奖,老诗人贺羡泉、青年诗人祝凤鸣的诗歌创作也很有特点,文学史有责任将他们在文学理论研究、小说创作和诗歌创作方面的成就介绍给读者。

  此次修订,白居易在安徽的文学活动与捻军歌谣部分由陈友冰撰写,毛泽东与桐城派的关系及张弦的短篇小说创作由唐先田撰写,苏中的文艺理论研究由何冰凌撰写,黄复彩的长篇小说创作由江飞撰写,陈先发的诗歌创作和贺羡泉的诗歌创作由祝凤鸣撰写,祝凤鸣的诗歌创作由木叶撰写。修订的内容由唐先田统筹策划并修改审定诸篇增补稿件。

  此次修订,得到安徽省委宣传部的关心指导,得到安徽文艺出版社的大力支持,谨表谢忱。

编 者 二〇一八年冬